论儿童文学的
诗性品质

On the Poetic Nature of Children's Literature

侯 颖 / 著

Hou Ying

北方妇女儿童出版社

图书在版编目（CIP）数据

论儿童文学的诗性品质 / 侯颖著. -- 长春 ：北方
妇女儿童出版社，2018.2
ISBN 978-7-5585-1411-1

Ⅰ．①论… Ⅱ．①侯… Ⅲ．①儿童文学理论－研究
Ⅳ．①I058

中国版本图书馆CIP数据核字(2017)第165661号

论儿童文学的诗性品质
LUN ER'TONG WENXUE DE SHIXING PINZHI

出 版 人　刘　刚
策　　划　师晓晖
责任编辑　王　婷

封面设计　书虫文化
开　　本　720mm×1000mm　1/16
印　　张　26
字　　数　520千字
印　　刷　延边星月印刷有限公司
版　　次　2018年2月第1版
印　　次　2018年2月第1次印刷

出　　版　北方妇女儿童出版社
发　　行　北方妇女儿童出版社
地　　址　长春市人民大街4646号　　　　邮　编：130021
电　　话　编辑部：0431-86037512　　　发行科：0431-85640624

定　　价：68.00元

引言

儿童文学往何处去

在儿童文学的世界里，有许许多多的房屋，房屋有不同的功用，里面住着的人更是千奇百怪、各种各样，而引导人们进入这些房屋的动机和目的也大异其趣。有些人借助文学给他们自己创造一个表达内心情感的出口，文学是他们自娱自乐的一种形式，他们在这种娱乐中满足记录自我生活的经验。人们通常会认可这种文学给人带来的教育作用，而这种作家也是我们日常生活中司空见惯的作家，他们的文学追求也往往被人津津乐道，这些人在生活和舆论中也以一种正面的形象出现，被大家所公知。文学界自娱自乐者何其多？有多少人想通过文学叩问存在的丰富性或者说对世界特有的观察呢？也许这一群作家还是比较有正能量的作家，他们毕竟在满足自我的同时也许会满足一些读者的需求。

还有许许多多的作家把他们的智力活动转换成商品，为的是纯粹功利的目的。特别是文学市场化之后，大多数作家的所作所为，就是通过用文学来达到纯粹现实功利的目的。不以文学作品的创造性和艺术性为标准，仅仅以发行量是否大，能否大卖特卖为目标，尤其是儿童文学作品，更是如此。如果有位天使跑来把自娱自乐者和急功近利者驱赶出去，聚集在儿童文学这间屋子里的人会大大减少，但还会有一些人留在里面，其中有古人，有今人，有外国人，有中国

1

人。哪些儿童文学作家会被留下来，永远被人爱戴呢？

众所周知，这两类被驱逐的人具有蔓草的特征，哪里有机会，他们就去哪里生长，他们攀附着其他的物体而生长，他们不可能是文学堂奥里的主人，他们会成为商人、教师、演员、服务员等等各种各样的职业人。实际上，只要儿童文学的森林存在，就需要这些人的存在，没有蔓草的生长，怎么能形成森林呢？森林中不可能也不应该只有树木。退一步说，蔓草即使长在森林中也只能是蔓草。只有蔓草的地方也不可能形成森林。

成为森林里的可用之才是成功者吗？套用托尔斯泰的句式：不成功的人是相同的，成功的人各有各个的不同，不创造的人是相同的，创造的人各有各的不同，成功和创造都不可以复制，只要是可以复制的，就不可能属于人类的精神和情感等这些创造性活动领域的事情。正如叔本华（Schopenhauer）所说："把人们引向艺术和科学的最强烈的动机之一，是要逃避日常生活中令人厌恶的粗俗和使人绝望的沉闷，是要摆脱人们自己反复无常的欲望的桎梏。"从事科学研究和艺术创造者的动力源泉完全是相同的，渴望实现人的创造性。那些蔓草型的带有物本主义的作家，只是为了满足自己反复无常追求功名利禄的欲望，当文学不能给他们那么多物质的和感官的刺激时，他们就会离开这里。

只有当文学成为他们认清自己内心生活的一种渴望时，文学才可能形成作家精神的根性，有了这种精神和情感的根性，才有可能摆脱"五色令人目盲，五音令人耳聋，驰骋畋猎令人心发狂"的感官刺激。当下，受到物质和环境的鼓噪，专为感官的刺激和物质享受而进行写作，就是无生命的机械复制和拼贴，这期间没有创造性的劳动。只有创造性的劳动才是人类智慧的结晶，才是自我的实现和对世界所做的贡献。自我实现的人才是真正意义上的人，真正意义上的人才可能达到一种心灵的自由。这种自由的世界存在于很多个体之中，进而在一段时间形成一种合力一种气氛甚至一种空气的时候，才有可能成为一种人类的精神境界，这种人类的精神境界是一种自然而然的状态，"人法地、地法天、天法道、道法自然"，不用人类无休止地鼓噪，才是我们的目标。反之，就不是文学艺术的境界，即我们通常所说的伪文学。若能陶醉于那宁静以致远的境界，摆脱现实生活的痛苦与乏味，文学为作家提供一个自由眺望世界或者挖掘人类精神和情感的生活，才可能形成一个全新的自我。

经验世界如此繁复枯燥与无趣，大得令人惊悚，多得令人咂舌，艺术家就要尝试以最简便的图像征服或者表达对这个世界的认知，寻找一种可以被大家普遍理解的可知并表达出来，文学艺术以这种浅显的深刻，才易于被大家理解，乐于被大家接受。这就是真正的作家以哲人的思想和语言的诗性来重新构筑的一个广阔无边的宇宙，努力给世界寻找的一个支撑点和生活的本质。实际上表达自我存在与世界的关系，才是每一个作家的出发点，也应该是终极目标。

面对如此博大高远的精神目标，这些真正伟大的作家都是谨小慎微、如履薄冰、战战兢兢、不打诳语，儿童文学创作更应该如此吧？一些无畏者往往是无知者，现实生活中儿童心理如此丰富而绵密，在表达这个如宇宙般精准而博大的儿童心灵世界时，每一个作家都应该怀着敬畏之心。幻想儿童文学也需要这种精神，给幼儿看的图画故事书更需要谨小慎微，这对作家来说太重要了。即使你是一个在生活中大胆狂野的人，在面对儿童文学和想象儿童的世界时，也要给予足够的尊重和自尊。

我认为，文学需要写出一种直觉的力量，并把这个过程客观地描述出来，伟大的文学家一定是这样描述的，而且是精准地从一个生命的点进行描述的，曹雪芹、吴承恩、安徒生、托尔斯泰、莎士比亚或者普鲁斯特的伟大，可能就在这里。人的直觉以及直觉的真理性，才有可能得到人们普遍共鸣，这种共鸣就是艺术审美力量的泉涌，产生这种共鸣的人们以得到与大家相同或者相似的人生力量而愉悦和欣喜，这就是艺术存在的直觉基础，或者是经验性的真理。感觉的无限性和原发性，为这种人类的情感和精神的探索提供了可能。

幻想文学同样需要细腻而精准的直觉把握，直觉的对象化要具有真实性，否则，会失去文学幻想的基础，鲁迅写死亡的一篇文章，能够得到那么多人的共鸣，就是建立在想象的物象中，尸体没有严格执行火化的中国社会背景下的想象，被埋葬的"我"的尸体已经变成了被分解者，被土地下的昆虫重新加工改造，在改造的过程中人的思维和感觉还存在着，直觉的经验反复出现，这样直觉的真理让人们读了作品之后感到震惊，没有人面对自己的死，但很多人直视了别人的死，通过别人的死来想象自己的死，在没死的时候想象死的存在，情感上容易引起共鸣，理性的推理是合乎逻辑的。文学创造的规律是从认识宇宙和自我中得来的，与物理学一样面对世界进行思考和表达，表达这种精神的人类肉身还要消失在茫茫宇宙之中，这就产生了强大的悲剧精神和审美力量。

任何一个时代都可能有一个特别高明的精神存在，发现那个先定的和谐是科学和艺术努力的目标，也是文学努力的目标，而这个目标在孔子那里可能是仁，在老子那里可能是道，在笛卡尔那里可能是理性，在萨特那里可能是存在，思想家和文学家都在努力寻找这个"道"，只不过用的载体"术"不同，文学家用形象化的模糊语言，思想家用精准的逻辑语言，物理学家用物理上的公式定理等等。

经典儿童文学往往有深刻的思想作为背景，这种深刻的思想性就是在努力寻觅这种先定的和谐，中国人称之为道的东西，在寻觅的过程中表现出无穷的毅力、耐心和韧性，无论是作家还是作品里的人物都在努力追求，即使是恶也要进行无限的探寻，这就是我们所说的文学的张力。美国文学理论家乔纳森•卡勒发现恶的诱惑力在艺术品中被放大，引诱着读者沉醉其中，波特莱尔的恶之花给这种诱惑戴上了美丽的皇冠，无论是作家还是读者，在抵御恶的诱惑与坚持善的力量对比中，同样是在考验一个人的灵魂，如果作品中没有这种抵抗的力量，也很难成为伟大的作品。英国作家狄更斯的《雾都孤儿》，小男孩奥利弗在抵御自己变成坏人的过程中是多么艰难的人生磨砺，他被关在房子里没有饭吃，甚至有丧失生命的危险，他也不想轻易放弃自己做人的尊严而被坏人利用——去偷别人的东西，但是，大人的权力，又使他很难摆脱这种困境，看主人公在恶的环境中的抗争以及寻找生存下去的勇气，对任何一个人来说，都值得敬佩和仰慕，就像孙悟空被锁在太上老君的八卦炉中烧炼了九九八十一天，才有可能练出火眼金睛。美国作家塞林格的《麦田里的守望者》，霍尔顿对欲望的抵抗，是那么充满外在的冲突与内心的博弈。当下中国儿童文学创作，很少对恶进行这样真实的讨论，人们经常臆想不存在恶，即使有恶，也被人轻易战胜，使得恶如此虚弱的不是现实生活，而是作家没有直视恶打败恶的勇气和能力。这是人的全部生活，当中国儿童文学不能直视现实的时候，就缺少了人性的坚持力量，也很难抵达到儿童读者心灵深处。即使有些作家在努力用勇气和信心抵达到心灵的底部，在抵达的过程中也过于严肃，没有生的乐趣，儿童生命是一种在场者的欢悦，儿童文学创作过于沉闷乏味，缺少精神与审美的丰富性和层次性，更不用说多元化。坚持的力量和勇气，是人类得以生生不息的物质基础，这是人类最可宝贵的精神力量，也是人类面对内心而不甘于堕落的艺术生命力的源泉。

激情是实现真正伟大作品的可能，来自激情而不是计划和意向等书面上的概念，是面对人生和不满日常生活的一种痛苦状态，否则，很难写出真正的文学作品。细数二十世纪八九十年代，中国探索儿童文学的力量，即来自于一批作家的激情满怀和创造之力，才收获了曹文轩的《第十一根红布条》、梅子涵的《蓝鸟》、陈丹燕《灾难的礼物》、程玮的《孩子·老人与雕像》等等一大批沉甸甸的果实。与当下一批作家从网上花边新闻得来的猎人眼球的素材、人物的怪异、物质的奢华等"伪"经验写作是完全不同的出发点，当下的一些所谓畅销和流行的儿童文学，只停留在刺激人基本欲望的层次上，还没有也不可能抵达情感和精神的层面，就更不用说激情和理想。好莱坞商业大片的视觉轰炸和迪士尼动画中娱乐至死的经营模式，只能使人看到人类审美目光的委顿与生命力量的黯然无色。

平心静气才可能进入一种创作的常态，当下中国儿童文学亟须建立一个宁静致远的港湾，文学太过嘈杂。这与"文革"时期文学的激情化、程式化与模式化状态还不相同。哲学家第欧根尼在中午，在光天化日下，曾打着一盏点着的灯笼穿过市井街头，碰到谁他就往谁的脸上照。人们问他何故这样，第欧根尼回答："我想试试能否找出一个诚实的人。"从第欧根尼寻找诚实的"怪异"行为中，可以给文学创作一点启示和力量：只有诚实的品质才有可能发现最重要的真问题，这是儿童文学创作最缺少的东西，也是儿童成长中最需要关注和理解的成长伤痛。

无论是创作还是理论研究，文学同样需要一个完整统一的逻辑体系。当下的碎片似的阅读，削弱了人们的逻辑思维能力。建造一座长篇小说大厦的内在结构能力，在作家那里也在减弱甚至消失，只能做短篇小说的连缀或者段子文学的堆砌，真像毛泽东所批评的那样，成了老和尚的百衲衣。逻辑缜密、结构完整、思想深刻、境界深远、表述平易的儿童文学，无论是中国还是外国儿童文学都比较缺乏。如果作家能认真思考并深切表达自己的思想，儿童文学创作会有一个很大的提升，从不同角度思考自身和世界问题，这种思考应该贯穿在文学创作的每一个细微之处。儿童文学研究同样需要建立自己的逻辑秩序，不能沉醉于作家作品印数的狂欢中，这个点钞机与艺术的创造性无关。要保持理论的逻辑、基本的价值判断以及学术伦理的底线。

儿童文学是一种观察和表现社会的艺术，是儿童精神哲学的一次次历险，是人类自我精神和情感探索的美丽画卷。毫无疑问，儿童文学作为人类文明中的一滴水，反射着太阳的智慧和光辉。加拿大作家杨•马泰尔在《少年奇幻漂流》中描写理查德•帕克处在绝望的时刻，他说："第一次注意到，我的痛苦是在一个宏伟庄严的环境中发生的。我从痛苦本身去看待它，认为它是有限的、不重要的，而我是静止不动的。"儿童文学就是一个窥视痛苦并打碎痛苦的一面镜子，从这个镜子看一看无限雄伟壮阔的宇宙，个人的痛苦就渺小成一粒沙，每一个人才可能从这个"小我"中长成一个自足而无限开放的"大我"——肉体之我与精神之我，形成一个全新之"我"，人类之"我"与宇宙之"我"。作为人的基本情感以及无限博大深广的宇宙情怀，从来没有这么迫切过现实过，每一个儿童的精神中都潜藏着这个梦想，只不过它们埋藏得太深，被遗忘了，需要伟大的文学和作家把这个梦想挖掘出来。一部经典儿童文学的心灵世界应该具有时空穿透力，达到无限和永恒。

历史上，一个国家或民族儿童文学的发展水平，可以说与这个国家的文化和文明发展水平基本契合，有什么样的人文环境，就会产生什么样的文学。难道那不是儿童文学应该担当的最美妙的事情吗？难道那不是人类最美妙的未来吗？因为，儿童文学是关乎世界和未来的艺术，更是建构一个民族伟大复兴的精神大厦和基石，揭示这个天道，无疑是儿童文学今后应该努力的方向。

目录/contents

第一辑　儿童文学理论

第二辑　经典重读

第四辑 动物叙事

第五辑 图画书论

第六辑 评论现场

第 **1** 辑　儿童文学理论

为童年留下一片绿洲

——论儿童文学的诗性品质

当下城市化进程的加速促使儿童游玩空间缩小，现实生活的功利化教育使儿童被体制化为没有围墙的"囚徒"，电子媒介时代成人私生活过早植入儿童精神世界，使儿童的不知情权受到干扰，越来越多的儿童被异化而早熟，童年生态受到了严重的破坏，导致人类童年的消逝。[1]文学不能改变世界，却可以创造一个诗意的家园。"儿童文学的意义就是要引导儿童走入诗性的世界，培养儿童的诗性的体验能力，将儿童由于与现实功利的天然距离产生的萌芽性美感变成自觉的审美能力，从源头上反抗现实生活、理性等对人的异化，为人生保留一点诗性的绿洲。"[2]而我们有些儿童文学不但没起到保护这片绿洲的作用，反倒助桀为虐，同质化、类型化、机械化、成人化、图像化、架空性、雷同性、低俗性的作品大量存在，儿童文学创作被商业潜规则，甚至变成了电子媒介互文性的商业同谋，以物质代替精神，以思

---

[1] 美国著名媒体研究者尼尔·波兹曼在《童年的消逝》（广西师范大学出版社，2004年版）一书中振聋发聩地指出，电子媒介时代由于图像的传播方式，一些原本在印刷术时代儿童经过漫长的学校学习才能掌握的知识和信息，通过图像让儿童过早接触，尤其是作为儿童和成人界限的"性"毫无遮蔽地传播给儿童，模糊了成人与儿童的边界，造成了人类童年的消逝。英国学者大卫·帕金翰在《童年之死——在电子媒介时代成长的儿童》（华夏出版社，2005年版）一书中也指出，以商业获利为目的的电子媒介越来越控制儿童生活，使儿童成为商品、暴力、色情和政治的俘虏，童年精神开始死去。尼尔·波兹曼和大卫·帕金翰都认为童年不是生物学上的概念，而是文化学的概念，童年是一个发现的历史。

[2] 吴其南：《守望明天：当代少儿文学作家作品研究》，宁夏人民出版社，2006年版，第6~7页。

维代替感觉，以观念代替方法，以情绪代替情感，以欲望代替理想，以未来代替当下，以图解代替意象等等问题大量存在，儿童文学的价值判断出现了混沌状态，背离了儿童文学的诗性本体。再加上成人文学中伪童年视角的泛滥与狂欢，不用说保护童年生态的危机，与健康的文学底线也渐行渐远，那么，呼唤儿童文学的诗性品质，确乎成为拯救儿童文学和童年生态危机的双重诉求。

一、诗性与儿童精神生命的自洽性

认识儿童是理解儿童文学本质的关键，没有对儿童的认识就没有对儿童文学的认识，一方面会忽略儿童的感觉、知觉、情感、心理和精神，另一方面也降低儿童作为一个独立生命个体童年期的存在价值，把丰富复杂的儿童个体共性化概念化。如果把人生看成一个过程，每一个阶段的人生都有意义，作为一个独立人生阶段的童年，儿童应享有自己独特的人生权利。相对于成人世界，儿童世界是一个诗意的国度，诗性与儿童精神生命具有自洽性。

儿童思维与原始人相似，具有泛灵性，认为事物是有生命的，天上的小星星、月亮和太阳都是生命体。皮亚杰研究儿童心理时发现，儿童的泛生论一直到12岁左右还存在于他的心理。儿童文学作品中的小桌子椅子会说话，又哭又笑在儿童看来是司空见惯的事。诗性不是寓居在儿童生活之中，诗性即儿童生活本身，日常生活的诗化是儿童独有的生命体验。儿童在对现实生活有限的认识中，他的思维充满了幻想，往往现实和幻想混杂在一起，分不清哪些是幻想，哪些是真实的，会认为玩具与自己一样是有生命的，但这种生命似乎又不同，在亦真亦幻、似是而非、似有若无之间形成一个审美的空间，诗意随着语言流淌出来。当一辆夜行的火车行驶在城市的立交桥上，火车车厢的灯光亮着，一个六岁的小男孩子从远处看见，写下了一首诗《夜间的火车》："有一列长长的长长的火车/妈妈说/火车像蜈蚣在爬/爸爸说/火车正慢慢爬进车站/我说/火车有许多许多眼睛/却看不见我/我只有一双眼睛/就把火车全看见了"[1] 成人把握这种题材的诗，往往写火车怎样驶进车站，火车的形态，即"我看"，作为诗的主要意象，但儿童创作的这首诗，不只写火车的动态，而通过火车进站这样一个独特的现场情境，重点写的是"看"，这种"看"是火车和"我"相互交流地"看"，"火车有许许多多眼睛，却看不见我"，把夜行火车车窗里的灯光想象成眼睛，赋予了火车以生命。"我只有一双眼睛，就把火车全看见了"。火车的许许多多的眼睛却不如"我"的一双眼睛，在物我不分的泛灵性的思维中，又分出了我与物的不同，儿童思维和感觉达到了一种诗的意境，令人回味无穷。骆宾王七岁作的《咏鹅》在中国可谓家喻户晓，"鹅，鹅，鹅，曲项向天歌，白毛浮绿水，红掌拨清波。"白鹅、绿水、红掌、清波这些意象组合叠加，构成一幅清新美丽的画面，而语言的声音节奏又谱写了一首天籁的交响曲。

儿童在自我的情感表达和认识世界的过程中，也是最艺术化诗性最为丰沛的过程。儿童不仅情感泛灵、泛生，还善于把抽象的概念、原理，甚至感觉、知觉具像化，在认识和情感的转换时把这些形象放在具体的事件当中，形成故事性思维。"实验心理学中曾有过这样的发现：对于许多年龄在六至七岁的，'能够理解音乐，找出节拍、旋律和节奏的儿童'，他们大多把音乐看成是'关于某种东西的'，换言之，他们把音乐当成是在讲故事，事实上我们得承认'一个讲故事的人即是生活诗人，一个艺术家'，因为他能'将日常生活、内心生活和外在生活、梦想和现实转化为一首以事件而不是语言为韵律的诗'"。[2] 流传在中国上千年的传统儿歌："小老鼠，上灯台，偷油吃，下不来，吱吱叫奶奶，奶奶不肯来，叽里咕噜滚下来。"与其说是儿歌的语言节奏浅显有趣吸引幼童，还不如说小老鼠偷油吃时出现了意外事故，一个"滚"字描摹了这种滑稽可笑的场面，产生了强烈的喜剧效

[1] 高则远：《夜间的火车》载《诗刊》，2004年6期，第37页。

[2] 徐岱：《故事的诗学》载《江汉论坛》，2006年10期。

果，引起儿童的共鸣，从而让儿童感到好玩亲切，温润心灵。

游戏是儿童日常生活的主课，游戏的生成通常是来源于日常生活的审美化和儿童自由自在的闲适心态，儿童会动用身体的一切感觉器官来积极配合这种思维狂欢的演出，英国作家格雷厄姆的《柳林风声》写蟾蜍为了搭乘便船，声称自己能洗衣服，但实际上又不会洗衣服，经过了漫长的半个小时，"他能做的一切似乎都不能让这些衣物满意，给它们带来好处。他试图拍打，试图用拳击。它们从盆中对他回之以微笑，没有丝毫的转变，仍然沉溺于原罪之中快乐逍遥。"[1] 俨然一个顽皮淘气的小男孩在洗衣服，把这个日常生活的事件游戏化童趣化，令人忍俊不禁，诗意被机智风趣的语言营造出来。儿童对现实生活许多事物的接触往往是第一次的，会感到新奇，他们没有成人先入为主的偏见，也不会用概念和思维来置换感觉，他们与世界接触是全身心地感受，调动自己的视觉、听觉、味觉、嗅觉等，感觉作为认识世界的基础，认识事物之间的物理位置、事物之间的相互转换、人与各种生物及各种环境的关系，儿童经过观察、感受内化成一种认识世界的模式。

另外，儿童又是不满足于现状的群体，他们要么希望自己是巨人，与大人一样平起平坐，拥有与成人一样的力量智慧和能力，要么想象自己是一个小人儿，小到拇指那么大，可以钻来跑去，甚至隐形，他们永远不满足于现有的身体和能力。当认识到自己的身体和能力是相对的固定存在时，他们会很失望，如小孩总是说我长大了怎么样？儿童的这种审美心理状态，可以称为"儿童反儿童化"，即精神的儿童反抗肉身的儿童，《西游记》中的孙悟空成为世界范围儿童喜爱的形象，一个很重要的原因就在于他的肉身可以有七十二般变化，每一次变化都给儿童提供一次换位认识世界的机会，孙悟空多重身份的转换，是儿童精神游戏的一种具象化过程，当下中国儿童文学离儿童现实生活太近的生活戏仿，娃娃腔、小儿语、撒娇派都会让读者感到不自在，像照镜子一样照出相同的自我，儿童会失望，会有一种成长的挫败感。

---

[1] ［英］格雷厄姆《柳林风声》，译林出版社，2008年版，第196页。

儿童思维的幻想性、游戏性、形象性、生命性和感觉的新鲜独特，使他们的日常生活审美化，诗性也成为他们成长的精神特质，换句话说，诗性与儿童精神生命具有一种自洽性，反映儿童生活、儿童心理和儿童精神状态的儿童文学作品，必须具有诗性的品质，与成人文学相比，也具有自己独特的存在范式。

二、儿童文学诗性的独特存在范式

儿童文学的诗性与成人文学的诗性有内在的一致性，即通过对人类的生存状态和精神生活的一种终极关怀，从而在作品中形成一种感动人心的审美力量，一切真正的艺术本质上都是诗，诗性是文学赖以存在的基础，但儿童文学的诗性与成人文学的诗性相比又有自己的独特表现方式和存在范式，因儿童思维的突出特点是好奇，好奇是儿童学习和认识世界的源泉和推动力。好奇常被看作是儿童的一种性格特征，海德格尔却发现"好奇"具有存在论的意义，是人类"此在"的"明敞"，属于"在之中"的视见方式，"自由空闲的好奇操劳于看，却不是为了领会所见的东西……而仅止为了看。"[1]"不逗留在操劳所及的周围世界之中和涣散在新的可能性之中，这是对好奇具有组建作用的两个环节。"[2]决定了好奇的性质为"丧失去留之所的状态。好奇到处都在而无一处在。这种在世样式崭露出日常此在的一种新的存在方式。此在在这种方式中不断地被连根拔起"。[3]好奇决定着儿童文学诗性的流向，儿童好奇"到处都在而无一处在"的一种存在状态，决定了儿童文学的诗性也是一种"到处都在而无一处在"的一种存在状态，诗性与空间、人物、故事、反复、幻想、游戏、童趣、语言等形成共同体，产生

[1] [德]马丁·海德格尔：《存在与时间》，生活·读书·新知三联书店，2006年版，第200—201页。

[2] [德]马丁·海德格尔：《存在与时间》，生活·读书·新知三联书店，2006年版，第200—201页。

[3] [德]马丁·海德格尔：《存在与时间》，生活·读书·新知三联书店，2006年版，第200—201页。

神奇的效果和审美范式。

　　故事便能够满足儿童这种"到处都在而无一处在"的好奇的存在状态，"听故事的欲望在人类身上一直就像对财富的欲望一样根深蒂固。有史以来人们就一直聚集在篝火旁或者市井处相互听讲故事。"[1]童话和儿歌是儿童文学独有的体裁，与儿童的精神一脉相承，也与人类原始的文化理想愿望紧密相连，是独特的诗。童话的诗性也与故事互为表里，这是成人文学诗性中很少强调的内容，一篇最富有诗性的作品，也往往是最有趣的故事，故事与童心密不可分，"故事与专制势不两立、水火不容的原因不言而喻：一个故事承纳和要求个性。没有独一无二的、互相间可以区别的个人，故事永远不可能顺利进行。因此，个性和故事像如胶似漆的双胞胎那样不能分离。它们具有一个共同的住所：多元化。"[2]故事作为一个生命体，具有不可复制性，故事的生命与儿童生命一样具有独一性，正像世界上没有相同的两片叶子，经典的故事也不可以替代，都有它们存在的理由。儿童文学的诗性来源于故事性，缺乏故事性，会使中国的儿童文学缺乏诗性，如果没有与儿童精神生命相契合的故事本体，就无从谈诗性，中国儿童文学常常把抒情性与诗性相混淆，实际上，抒情性与诗性有本质的区别，抒情性是人生的一种慨叹，可能产生诗性，也可能不产生诗性，而诗性是人生的一种境界。对于极富有抒情色彩的中国抒情派童话，被儿童接受的部分，不只是因为它们以抒情性作为作品的主调，而是以诗性的境界表达了对童年生态的一种悲悯情怀。

　　诗性需要一个属于儿童自己的独立生命空间，才能尽情释放能量，才能使儿童精神自由飞翔，中外经典儿童文学作品无不重视这个空间的建构，形成了一系列幻想世界的乌托邦。杰姆·巴里《彼得·潘》中的永无岛、古田足日《鼹鼠原野的小伙伴》中的鼹鼠原野、JK·罗琳《哈利·波特与魔法石》中的霍格沃茨魔法学校、佐藤觉《谁也不知道的小小国》中的小小

---

[1]　[美]罗伯特·麦基：《故事》，中国电影出版社2001年版，第88页。

[2]　徐岱：《故事的诗学》载《江汉论坛》，2006年10期。

国等等，在这个世界中，所有的价值判断都是儿童化、理想化的状态，儿童们制定游戏规则而又执行规则，这是一个极富有诗情画意和梦幻的所在，同时，也潜藏着巨大的困难需要儿童去挑战，在这个世界中，儿童才成为真正意义上的人和自我的上帝，它属于儿童心灵的秘密花园。在一些以描写现实生活的儿童文学作品中，作家也营造了一个属于孩子们自己的童年乐园，鲁迅《从百草园到三味书屋》中的百草园、萧红《呼兰河传》中的后花园、金曾豪《高家竹园》中的美丽竹园、汤素兰《奇迹花园》中的花园等，都属于童年的伊甸园，这里的孩子可以尽情玩耍，成人也极富有童心童趣，如《高家竹园》中年近四十的高叔逮住一只百年老龟，发现龟没有前爪，就给龟装了一对小轮子做"义肢"，而这只老龟自如地在高家竹园"吱吱"地出出进进，一点不怕人，还被赠予一个见多识广的名字"马老四"，仿佛家中的一员。年轻姑娘凤姐最愿意与老乌龟逗趣，在它的背上粘了饭粒，"它拼命地伸出脖子也够不到背上的饭粒，却准会引来老母鸡一晌争啄。鸡喙雨点般敲在硬壳上，直震得它肠子发痒。"[1]这场面可谓竹园的奇观，属于孩子们自己童心世界的快乐。

儿童文学需要营造一种诗意的氛围，当下中国的儿童文学也取得了一些成绩。金波的《乌丢丢的奇遇》、《蓝雪花》本身就是诗体童话，陈丹燕的《我的妈妈是精灵》营造了母亲与"我"从相遇到离开的情未了人永在的伤感气氛。青年作家汤汤的《天子是条鱼》，写出了母子之间一种神秘的亲缘关系，以一个姐姐的口吻来叙述，弟弟天子13岁那年飞走了，离开了这个充满爱和温暖的家，回到了属于自己的星星上，字里行间充盈着浓浓的诗意，把母爱的悠长写得情真意切，读来令人动容，能够拨动读者心底沉潜的爱，从而珍视生命中的所有。反映现实生活题材的作品也离不开诗情，青年作家吴洲星的小说《老潘》，把少年良子对父亲情感的变化写得丝丝入扣、细腻生动、感人至深，尤其能够从日常平凡的小事中，突显人物性格和丰富的情感世界，一股生活的气息扑面而来，父子两个人的形象鲜活饱满，少年的自

---

[1] 金曾豪：《高家竹园》载《儿童文学》（上）2010年2期，第63页。

尊、自立、自强的阳刚之气也令人敬佩。周锐的童话《变种鞭炮瓜》，一只从小被骂大的瓜成熟后会爆炸并发出鞭炮一样的巨响，小个子猫养育瓜时却每天给它唱一支歌，使瓜产生变种，成熟后向四周喷出耀眼的火花，变成美丽的焰火瓜。作家不动声色的叙述、巧妙的构思、有趣的情节、诙谐的语言，使童话故事诗意盎然，读者会反复咀嚼回味，惊诧于小故事后面所蕴藏的巨大而丰富的人文情怀。沈习武的《狐狸的集市》充满了传奇魅力和神秘气息，是一篇传递爱心的温暖故事，弘扬了中华民族的传统美德，故事中的集市、木匠、裁缝、烧鸡、扒鸡等，带有鲜明的中国元素和民间色彩。朱自强和左伟合著的《属鼠蓝和属鼠灰》，直接用汉语多音字的丰富内涵来形成童趣，小学生属鼠灰不知道新来的夏老师，是"下雨、下雪"的"下"，还是"吓一跳"的"吓"，每天他都想到一个新的词语来称呼夏老师。郑春华利用汉字的结构来形成诗情画意，在《非常小子马鸣加》中，一年级的马鸣加写不好自己的名字，有一次发作业的时候，老师念"马口鸟力口"没有人答应，最后马鸣加发现自己没有得到作业，才想到那个"马口鸟力口"原来是自己。儿童文学的诗性可谓"大音希声、大巧若拙、大智若愚"，"无处不在而又无一处在"，对儿童的精神生命润物细无声。

　　然而，儿童文学作家毕竟是成人，作为成人，如何回望自己的童年并瞩目当下的儿童且以一种诗性境界与童年和自我进行交流呢？

三、回望童年与成人的诗性表达

　　儿童文学作品主要是成人写给儿童看的，成人与儿童是完全不同的文化拥有者，他们在认识世界和感受自我方面，与儿童有很大的区别，但儿童又是生活在以成人为主宰的世界中，儿童和成人是矛盾统一的整体，随着人的社会性增强，人的价值认同感也不同，大多数成人已经阻隔了和切断了与儿童的联系。这些大人"对数目字有一种特殊的爱好。当你他们谈到一个新朋友时，他们从来不会向你打听主要的情况，也绝对不会这样问你：'他说话的嗓音怎么样啊？他喜欢做什么游戏呀？他是采集蝴蝶吗？'而是问你：'他几岁啦？他弟兄几个呀？他体重多少呀？他爸爸一个月挣多少钱呀？'他们以为经过这么一问，就了解这个人了。如果你对他们说：'我看到一座漂亮的粉红色的砖房，窗前开着绣球花，屋顶上落着成群的鸽子……'他们怎么也想象不出这种房子是什么样儿的。你必须这样对他们说：'我看到一座房子，价值十万法郎。'那他们就会叫起来：'啊！怎么这么豪华啊！'"[1]

功利主义的成人世界与儿童诗性心理背道而驰，沟通成人世界与儿童世界的天使是儿童文学作家，经典儿童文学是成人送给儿童和自己最好的人生礼物。"诗性主体贯穿于人生的各个阶段，它突破年龄的屏障和时间的制约，成为儿童意识与成人意识相契合的精神桥梁。"[2]儿童文学诗性的崭露往往是作家自我的真实表达，没有沉潜的爱心和对世界的终极关怀，不可能产生真正意义上的诗，而走入儿童心灵深处的文学作品，往往是符合儿童心理的诗。

儿童文学要调和肉体本能与精神愿望的矛盾，还要调和成人期许和儿童个体能力愿望的关系，儿童文学存在着两个或者是多个价值判断，有儿童原初的本能，比如吃喝玩乐等身体生活，不劳而获的轻逸愿望和付出沉重的美好，这两种选择在儿童的心里一直在挣扎，前者是本能，后者是成人的希望，或者说前者是儿童的后者是成人的，成人代表了社会的集体的愿望，也是儿童从自然人向社会人行进过程中必然要付出的代价，经典儿童文学往往两者兼顾。中国儿童文学往往急于表达成人的愿望，从而压抑儿童的个性，比如十七年的儿童文学作品，金近的《小猫钓鱼》《狐狸打猎人》等，尽管有较精彩的故事，但过度的教训会使故事变质。孩子百看不厌的法国民间故

---

[1]　[法]圣·埃克絮佩利：《小王子》，载《世界童话名著文库》（第八卷），新蕾出版社，1989年版，第594～595页。

[2]　仇敏：《当下儿童文学与诗性主体》载《浙江师范大学学报》，2010年2期，第37页。

事《列那狐的故事》，以动物作为故事的主人公，人的道德律令和生活伦理无处不在，但是，每个人物的性格鲜明生动，幽默风趣，带有法国人特有的日常性，对话的语言精彩富有个性特征，随着岁月的打磨流传下来的经典字字珠玑了。

安徒生的童话大都写出了人的本性与社会价值判断之间的矛盾，求真求美求善的人类理想是他追求的永恒主题，但人的本能欲望与社会诉求之间往往形成了一个巨大的矛盾。在《海的女儿》中，人鱼公主消除了自己的肉身换取永恒精神，即是放弃个人生存本能来实现社会性价值判断和伦理诉求，个人的幸福牺牲给集体性的社会愿望，童话不只是为爱情献出生命的凄婉的言情童话悲剧，也可视为一篇个人伦理和社会伦理挣扎的故事。文学最撼动人心灵的不只是那些伟大而空泛的理想，往往是人之常情。质言之，个体的生命感觉又千差万别，这种伦理要求带有鲜明个性色彩，是人自由意志的表现，尊重人之常情就是尊重常人的本能或天性的伦理，是一种现代性的人生观和世界观。德国作家于尔克·舒比格的《邀请》[1]，写了人与不同物种间的交流，蜜蜂邀请"我"去参加女王的新婚并主持婚礼，"我"穿什么衣服去呢？蜜蜂说"翅膀"。翅膀是蜜蜂最美丽的衣服，恰恰是人所不具备的东西，虽然受到了盛情邀请，但"我"无翅膀，陷入了一种尴尬的境地，因为仁爱与平等"我"倾听到蜜蜂的呼唤，也是这种良善让"我"陷入深深的苦恼中。每一个物种都有自己的存在方式，生命体之间的尊重是儿童文学现代性的诉求。如果儿童文学创作背离了这个原点，儿童文学将会"向死而逝"，而不可能"向死而生"。"作家把自己对世界的价值取向、审美立场和叙事方式表达在文本中，通过文本与读者形成对话，如果这样的对话是真诚的、平等的、友好的、有启发性、有意义的，甚至是有趣味的，我们就把这样的叙事称为伦理叙事，否则，成人作家通过文本表现出一种高高在上的权力意识，叙事时使用教训的、挖苦的、讽刺的、打击的霸权话语，我们就

[1]　[德]于尔克·舒比格:《邀请》载《当世界年纪还小的时候》，四川少年儿童出版社，2006年版，第71页。

称之为非伦理叙事。经典的儿童文学作品往往能够很好地进行伦理的叙事。把作家自我的心灵感受通过平等的方式传递给读者，既不高高在上，又不故意蹲下来装腔作势，形成一种相对和平的对话氛围。"[1]用著名诗学理论家叶维廉的话说："一篇作品是一个语言事件用对话的方式完成，用对话的方式达致两者不同'意境的融汇'"。[2]文学的诗性在意境的融汇中洋溢出来。

儿童文学的诗性是一个不断被建构的过程，是儿童和作家双向选择的结果。符合儿童思维的文学被孩子喜欢，不符合儿童思维的儿童不会喜欢。儿童文学的诗性会在一种反复中得以生成和强化，这在成人文学中会被视为枯燥与贫乏，儿童文学却乐此不疲。因为儿童的好奇是线性的一串串糖葫芦似的思维，呈现追踪性而不是因果性，前面的事件不一定是后面事件的因，后面事件也不一定是前面事件的果，这些事件往往是一个个单独的事件，但事件要有一个线索连接起来，用追踪一个事件或者是历险这样的线索来串联，这就决定了儿童文学作品中系列故事、历险记奇遇记、三段式故事的大量存在。比如说民间童话中的反复故事和三段论的模式，如科洛迪的《木偶奇遇记》、罗大里的《洋葱头历险记》、马克•吐温的《汤姆•索亚历险记》等，这些被儿童喜爱的经典儿童文学基本是重复性的事件，事件本身变化不大，重复性很强，在这反复的过程中儿童的追踪性思维得到了满足，但因时间地点人物这些事件或单单是环境发生了变化，儿童感觉事情就发生了变化，故事的核心没有变，依旧为人类古老的愿望：真善美战胜假恶丑。这种反复和强化的过程，会提高儿童认知能力和想象力，使他们的精神丰富起来，在故事中，往往是好心办坏事最让儿童喜欢，因儿童自身经验不足，心地善良，但办事能力有限，与他们愿望的达成还有很大差距，他们希望作品中的主人公能够担负起这种责任，以一种英雄行为实现自己的梦想。即使进入后现代社会消解价值消解英雄的时代，儿童文学依旧在呼唤英雄，英雄是

---

[1] 侯颖：《图画故事对儿童诗性心灵的守望》载《文艺争鸣》，2010年6期，第168页。

[2] [美]叶维廉：《中国诗学》，人民文学出版社，2006年版，第194页。

儿童崇拜的楷模和成长的目标。没有英雄的民族也不会是一个高贵的民族，但英雄的时代性很强，每一个时代对英雄的构筑都不一样，超出一般人能力的个体性英雄，表现对人类未来充满坚定的信念，这是儿童文学的一种积极向上的精神特质。

总之，"真正的儿童文学并不产生于对儿童的教育意识里，而是产生于儿童文学作家追寻自我的儿童梦的内在需求中，产生于他对儿童的亲切感受中，产生在净化自我心灵的愿望里，产生在对更美丽的人类社会的理想中。他展开的是一个儿童的心灵世界，也是他沉潜在内心深处的求真求美的愿望。"[1]儿童文学作为整个文学家族里最富有诗质的语言艺术，一方面它的文学史年龄较小，充满了勃勃生机而又脆弱娇嫩，另一方面它与人类的童年一起诞生，它的精神力量古老悠长而又容易被忽视，当电子媒介时代人类的童年出现危机时，拯救儿童文学的诗性，无疑是维护我们人类童年的一片绿洲，"童年持续于人的一生。童年的回归使成年生活的广阔区域呈现出蓬勃的生机。"[2]只有童年永驻，人类才可能建立真正梦想的诗学。

（原载《当代文坛》2011年3期）

---

[1] 王富仁：《呼唤儿童文学》载《现代中国儿童文学主潮》序言，重庆出版社，2000年，第13页。

[2] [法]加斯东·巴什拉《梦想的诗学》，生活·读书·新知三联书店，1996年版，第28页。

奇幻动物小说的中国"确认"

自从十七八世纪儿童文学诞生以来，各种不同的动物形象被儿童文学广泛书写，动物拟人化成为童话幻想诗学的主体。随着十九世纪人类对动物认识的加深，逼真的动物生活描写成为儿童小说创作的潮流。二十世纪以来，随着幻想儿童文学的迅速崛起，动物奇幻文学把童话的浪漫想象与小说的逼真写实成功融合，以奇致幻，以幻传奇，以幻喻实，亦真亦幻，呈现了前所未有的巨大审美空间，释放了人类无限的想象力。

动物奇幻小说是幻想小说（fantasy）的一个分支，既不属于拟人体的传统动物童话，动物穿上人的衣服做人能做的事并说人话，如米尔恩的《小熊温尼普》，也不同于动物小说，以动物为主人公，动物行为以动物天性和自然法则为主，动物不能开口说话，如西顿的《狼王洛波》。动物奇幻小说以动物为书写线索，虽忠于动物的自然本性，但在这一种类动物的天性上付诸了超自然、非现实、魔法力、幻想性的要素，动物除了靠他们的本能交流以外，还与人一样思考并开口说话。英国是儿童动物奇幻文学的肇始者，意·奈士比特《许愿精灵》里的精灵是一个集行走飞翔于一体的小动物，畅销世界的巨作J·K·罗琳的《哈利波特》系列里面充满了各种神兽，送信的猫头鹰、宠物老鼠、独角兽、喷火龙、幻化成猫的麦格教授等。C·S·刘易斯《纳尼亚传奇》中的狮子阿斯兰，已经成为智慧和勇敢的代名词。理查德·亚当斯《沃特希普荒原》中的兔子榛子与整个兔子家族经历了一系列历险，最后兔子王国的臣民们走出了一个又一个危险境地，进入到沃特希普荒原，开始了崭新的生活。艾琳·亨特的《猫武士》系列，把家猫和野猫的生活进行大胆神奇的想象，在宠物猫拉斯特主人花园的外面，有一个幽静的森林，森林深处竟然存在着雷、风、影、河、星几个大家族的野猫，他们从族长到普通武士，都有严密的社会组织，每个成员要各司其职。在美国幻想小说的开山之作弗兰克·鲍姆《奥兹国的魔法师》中，胆小的狮子和只有头的魔法师奥兹也是动物形象。藉此之后的美国幻想小说，以动物作为主人公居多，如伊丽莎白·寇茨沃斯的《上天堂的猫》，E·B·怀特的《小老鼠斯图亚特》《夏洛的网》，露丝·加内特的《我爸爸的小飞龙》《埃尔默和龙》《蓝地之龙》三部曲，畅销书作者凯瑟琳·拉丝基的《猫头鹰王国》系列，把不被人熟知的猫头鹰的世界逼真地展示在读者面前。获德语大奖的幻想文学"彩乌鸦"系列十六本登录中国二十一世纪出版社，从2004年到2011年的六年时间里，平均每本印刷二十四次之多，作品大多以动物奇幻文学为主。韩国金津经的《奇境猫王》是韩国首部动物奇幻系列小说，亦畅销韩国十年之久。当下，动物奇幻文学题材开发范围之大，主题内蕴之丰富，幻想功能之齐全，对读者阅读影响之深，被其他媒介开发利用之广，达到了前所未有的程度，动物奇幻文学正在悄然改变世界幻想儿童文学的格局。毫无疑问，动物奇幻文学将成为世界范围内儿童幻想小说的一支劲旅。

一、幻想和动物两个儿童喜爱的文学元素

幻想和动物两个经典的儿童文学元素，其活跃程度不亚于化学元素周期表中的氢气和氧气，它们与各种主题的儿童文学融合产生了一系列的化学反应，形成了各种新奇有趣的奇幻动物文学，这些新的幻想文学往往不是单一主题的作品，呈现出复合型主题和多维价值选择，其文学内蕴极为丰富，下面主要举几种类型：

1、动物历史幻想小说。《猫武士》描写了四大猫族的发展历史，各个

猫族在成长的过程中，既有自己猫族内部争夺领导权的斗争，又有与其他猫族之间的斗争，在错综复杂的斗争中，每一个猫族又形成了自己的部族特点和文化特征，如为了战胜其他部族，猫族的国王可谓煞费苦心，既有正面战场的斗争，又有暗地里派去敌国的奸细，进行里应外合，才取得了一个又一个胜利。但是，建国容易守业难，总有儿女不听祖辈的遗训，生活萎靡颓废不求上进，使国家一次又一次陷入危难之中。这种动物历史小说，具有史诗般的宏大叙事和具体的生活细节，故事情节极为曲折紧凑，在描写事件的过程中亦有丰富的人物性格描写，猫的神秘王国如一幅幅历史画卷展现在读者面前，动物世界中的社会性因素，也是儿童走向社会拓宽社会视野的一条管道。理查德·亚当斯《沃特希普荒原》中的兔群不断地迁徙生存领地，被人们称为动物世界的《出埃及记》，也是一部关于兔子的史诗。

2、动物校园幻想小说。动物成长的过程中要学习许多生存的本事和技能，有的在家里要爸爸妈妈来教育，有的要去学校学习。《奇境猫王》中的猫咪进入魔法学校，学习了一系列本领，成为一个猫咪英雄。在《猫头鹰王国》中，谷仓猫头鹰在成长的过程中，有比较严格的课程规划，比如刚出世不久的小猫头鹰伊兰，爸爸妈妈要为她举行初肉仪式，比依兰大二十多天的哥哥赛林举行的是初毛仪式，比依兰大半年左右的哥哥昆郎举行的是初骨仪式，而这三个仪式是随着猫头鹰成长吃食物能力的增强而设置的不同课程。到了一定的时期，小猫头鹰的拨风羽长出之前，爸爸还要像老师一样教孩子们学习跳枝，就是从一个树枝跳向另一个树枝。谷仓猫头鹰赛林被抓进圣灵枭孤儿院开始了学校生活，这个猫头鹰学校有校长、老师和严格的课程训练，甚至还有极不人道的校规，不许学生提问题，只能无条件地服从老师，学生都有自己的编号，赛林的编号是12-1，他的同学吉菲的编号是25-2，有的教师极为严格，学生做不好就被体罚——两只黄色眼睛的猫头鹰露出凶恶的目光，一起俯冲向赛林并把他揪起来飞向空中，让赛林感到这种押送方式痛苦极了。有的老师对学生还比较友善，芬妮老师喜欢赛林，赛林练习睡眠齐步走的时候差点累晕了，芬妮老师就让他躲到石头缝里偷偷休息，逃过了监管员的目光。一个善良和蔼对学生体贴入微的猫头鹰教师形象，一下温暖了痛苦的赛林内心，让离开爸爸妈妈的赛林有了一个阿姨般的亲人。赛林的同学也各有性格，他们之间的关系错综复杂，一个活脱脱的儿童学校生活的翻版。但因为是猫头鹰的学校，他们所学的课程也都与猫头鹰生活相吻合，如喙姿训练、月光催眠、睡眠齐步走等等，所讲的故事也是很久很久以前，还没有猫头鹰王国时的"珈胡传奇"。

3、动物家庭生活幻想小说。家庭是儿童情感的港湾，爸爸妈妈是儿童人身安全的保护神，动物小的时候一样需要爸爸妈妈生活的照顾与情感的呵护。在E·B·怀特《夏洛的网》中的小女孩在爸爸的斧头下救下了小猪威儿伯，当小猪威儿伯面临着喂养大了会被杀头之时，蜘蛛夏洛像一个勇敢的妈妈来救护小猪，整个谷仓里的动物亲如一家。没有人参与的动物奇幻小说，同样需要温馨的家庭气氛。在《猫头鹰王国》中，谷仓猫头鹰诺图一家是一个温馨快乐勤劳善良的大家庭，有盲蛇皮圈太太做保姆，每天把窝里收拾得干干净净，猫头鹰爸爸和妈妈偶尔温和地拌嘴。在早餐桌上，一家五口人围坐吃饭，小猫头鹰都喜欢一边吃东西一边说话，最小的孩子依兰小姑娘总是话太多，妈妈不得不提醒她赶紧吃饭。"吃那只甲虫的腿，依兰，快吃腿。你说话太多了，把甲虫最好吃的部分都错过了。"[1]这哪里是猫头鹰在吃饭，分明是人类和谐家庭的早餐桌。虽然哥哥专横跋扈甚至把赛林推倒到大树下，甚至被圣灵枭的猫头鹰抓到孤儿学校，但一想温暖的家，猫头鹰赛林就"满脑子都想着爸爸妈妈。似乎每个小时他都会以一种新的更痛苦的方式思念他们。"[2]母爱和父爱在动物奇幻文学中丝毫没有减弱的趋势，因为以动物的自然属性来表现这一情感，反倒增加了爱的丰富性和他者化，以一种全新的方式给读者新奇的情感体验。爱，应该是儿童文学永恒的主题。

4、动物成长幻想小说。以动物为主角的成长小说，也与以人为主角的成长小说在叙事上极为相似，动物主人公大多经历了离家——历险——迷

[1]　凯瑟琳·拉丝基《猫头鹰王国》第一卷，湖北少年儿童出版社，2009年版，50页。

[2]　凯瑟琳·拉丝基《猫头鹰王国》第一卷，湖北少年儿童出版社，2009年版，48页。

茫——引导——顿悟这样的一个成长过程。《夏洛的网》中的小猪威伯一听到自己要被杀掉就什么办法都没有，只有呜呜呜地哭，后来在夏洛织网救助自己的过程中，小猪不断地认识了世界的残酷也开始认识自我的力量，知道许多人生道理。直到在去参加比赛的过程中，小猪成为一只英雄，他不仅自己活了下来，还能在冬天里照顾夏洛留下的子囊，小猪从无力担当的孩子形象成长为有责任感有担当的男子汉，就是一个人典型的成长过程。在《猫头鹰王国》中，赛林在家的时候是一只还没有学会跳枝的幼儿，到了圣灵枭孤儿学校，受尽了无数的折磨，后来与好朋友精灵猫头鹰吉菲一起，保持清醒的头脑，不被圣灵枭孤儿学校洗脑的课程所毒害，努力保持自我，并学会了飞翔，团结同学与学校的恶势力斗争，挑战杰特和加特两个比自己大几倍的猫头鹰老师，与其他三个好朋友一起逃出了圣灵枭孤儿学校，回到了家中。并把圣灵枭孤儿院所有侵害其他猫头鹰王国的罪恶昭示天下，在这个过程中，赛林成长为一个身体健壮经验丰富意志坚强的猫头鹰，他们的理想就是成为猫头鹰历史上的真正的勇士——歌佬时代的骑士猫头鹰，飞入夜空，行善除恶。从一个孩童成长为勇士的过程，就是猫头鹰赛林的成长史。在《猫武士》中宠物猫经过一系列的历练，加入了雷族的训练，到作品结尾，他已经成长为一名叫火心的武士，"再也不是几个月前初到营地时那只天真的小猫了，他已经更加高大，身体更加强壮，身手更加敏捷，头脑更加灵活。"[1]而且，随时随刻准备迎接敌人的挑战。

动物奇幻小说还有以励志、武侠、科幻、魔幻、探案等等为主要内容的小说，可以命名为不同的动物幻想小说。可以说，动物奇幻小说的题材极为广泛，主题也往往不是单一的，在小说的叙事中都以复合型主题为主，动物在家庭中得到了父母的关爱，在学校生活中与老师和同学相处，在成长的途中会遇到一个又一个危险，他们的生命成长也和人类一样，充满了艰难险阻。通过动物的性格行为和语言，可以看出作家们在处理这一类型作品中所做的种种努力。

---

[1]　艾琳·亨特《猫武士·呼唤野性》，中国少年儿童出版社，2009年版，287页。

二、以动物为主体的奇幻世界的建构

　　动物奇幻文学在一个新奇有趣充满幻想的时空背景和自然环境中，建立一种与人类生活相仿的社会关系和社会生活——一个二次元的世界，主人公通常要克服重重困难去完成一项伟大的使命。在叙述手法上，不同于以往的童话写动物时的概况性和幻想性，完全用小说写实的笔法，利用动物的天性和环境的关系，展开充满现实矛盾的故事情节，动物的性格饱满立体，多面性复杂化，动物之间的亲情友情爱情等情感关系都描写得充满人情味，给读者的感官体验细腻传神，有一种身临其境之感。

　　1、对待人们比较熟悉的动物，在奇幻动物小说中，作家对人们熟悉的动物以创新性的手法重新演绎，呈现出完全新奇陌生化的叙事故事类型，如《小老鼠斯图亚特》把人们熟悉的老鼠变幻了身份，成为人类家庭里一个普通的孩子，他要像普通的孩子一样去学习和成长。艾琳·亨特的《猫武士》系列颠覆了普普通通家猫的日常生活，把他的生活带入一个全新的野猫世界，而且，野猫的世界也不是普通的日常生活，他们组成强大的武士社会来保卫森林，并与其他国家的猫族进行殊死搏斗，令人不可思议的是，这个普通的宠物猫也变成了雷族猫的学徒，后来发展成一个武士，得名火爪。火爪用自己的勇气和智慧同伴们一起参加战斗，实现自己伟大的武士梦。理查德·亚当斯《沃特希普荒原》中的主人公是一群普通的兔子，但当兔子先知小多子预知了族群的危险之后，整个兔群就开始了斗争，一方面是兔子内部的权力和政见之争，一方面是外部环境遭到破坏的生存斗争，两种力量和危险一直伴随着兔群。囿于吃喝拉撒睡等生物本能的兔子被赋予一种崇高的人类使命感和道义感，把小动物的生命力量神圣化传奇化，便会产生出乎人们意料之外的神秘而奇异的审美艺术感受。C·S·刘易斯《纳尼亚传奇》中的狮子阿斯兰除了具有王者的智慧和勇气之外，他还是一个慈爱的父亲形象，当小女孩露茜见到久违的阿斯兰，她不顾一切地向它跑去，"用双臂紧紧地搂住阿斯兰的脖子，不停地呼唤它，亲吻他，并且把自己的脸埋进那美丽而有光泽，像缎子般柔软光滑的鬃毛里面。"[1]阿斯兰也把头伸过来，用舌头轻轻舔舔小女孩露茜的鼻子，他"那温暖的气息立刻遍布了她的全身。她抬起头来，眼望着那巨大的、充满智慧的脸。"[2]这种爱的温暖，带给女孩心灵的安慰，同时，彻底颠覆了现实生活中作为百兽之王凶猛残暴的形象，一个善良敦厚的狮子长者形象，给人类带来一种愿望的满足和情感的享受。

2、对待人们不太熟悉的动物，在动物奇幻文学中，把不熟悉的动物行为习惯进行人类的日常性情感化叙事，E·B·怀特《夏洛的网》中的蜘蛛夏洛不仅有一个人类的名字，而且拥有超常的智慧和舍己救人的奉献精神，蜘蛛夏洛的传奇行为都被日常生活化了，她想救助小猪，但是不是像传统童话一样依靠魔法的力量，而是发挥蜘蛛的结网的天性，她不舍昼夜地织网，在网的中间形成"王牌猪"三个字，使看到这些字的人不敢怠慢小猪，小猪的主人朱克曼先生甚至有些神魂颠倒了，"这几个字是'王牌猪'，再清楚不过。一点也错不了。一个奇迹已经出现，一个信号已经降落人间，就降落在这里，就降落在我们农场，我们有一只非比寻常的猪。"[3]蜘蛛形态的丑陋和不为人所熟知的习性与她奉献精神相比，形成一个巨大的反差，人们更容易被蜘蛛的精神所感动。凯瑟琳·拉丝基《猫头鹰王国》系列故事中的主人公猫头鹰，可以说远离人们的日常生活，人们很难认识和理解这种夜行动物，对人类来说神秘而恐怖——昼伏夜出很难接近。小说写了猫头鹰们的学习生活和饮食习惯，如小的猫头鹰要吃妈妈带回的肉作为食物，稍微大一点就可以吃带毛的肉了，再大一些的猫头鹰就可以吃带骨头的食物了，作品形象地把这些命名为初肉仪式、初毛仪式和初骨仪式。这是猫头鹰的动物习性与人类感觉完美结合。大哥哥猫头鹰昆郎自私自利，性格暴虐，对弟弟妹妹充满了仇恨，爸爸每次教他学习跳枝课他都不虚心。弟弟赛林性格温和，喜

---

[1] C·S·刘易斯《纳尼亚传奇·凯斯宾王子》，译林出版社，2005年版，105页。

[2] C·S·刘易斯《纳尼亚传奇·凯斯宾王子》，译林出版社，2005年版，105页。

[3] E·B·怀特《夏洛的网》上海译文出版社，2004年版，80页。

爱妹妹，听爸爸妈妈的话，不做违规的事，是一个谦谦君子，小妹妹伊林顽皮可爱。所有猫头鹰都拥有自己独特的性格特征，和人一样会思考会做梦会与其他猫头鹰交流感情，更主要的是，每个猫头鹰都拥有并会表达喜怒哀乐等情感，把这种情感流露于眉宇之间和表现在行动上，赛林吃了活的蚯蚓之后，感觉喉咙痒痒的非常舒服，就唱起了开心的蚯蚓之歌。这使读者认识到这三个小猫头鹰的性格与我们人类的孩子何等相似，其实，那就是我们人类自己的世界。但是，猫头鹰又不同于人类，他们认识和理解世界的行为方式只能在黑夜中发生，翅膀是他们思想的力量，胃部才是他们情感、思想和感觉的渊源，猫头鹰的这些行为和感觉又只能属于他们自身。陌生而神秘化的猫头鹰世界，亲切而隔膜化的亲情友情爱情等情感体验，激发读者对动物世界强烈的好奇心，特别能够使人类对不同于自己的生命多一份了解，多一份尊重，敬畏生命便不再是一句空谈。

　　3、创造了一个不同于人类世界也不同于动物世界的崭新的第三世界，这是一个艺术的世界。《纳尼亚传奇》中的纳尼亚王国、《猫头鹰王国》中的提托森林王国、《沃特希普荒原》中的沃特希普荒原、《猫武士》中的雷族领地、河族领地、影族领地、风族领地等等。这个世界既属于动物们生存的家园和乐土，属于他们自由自在成长的世界，也是他们生儿育女和发展自我的空间。但是，这个世界除去自然环境的恶劣之外，也像人类社会一样充满了真与假、善与恶、美与丑的激烈斗争，有时全动物家族都要面对环境恶劣的灭顶之灾，有时还被人类侵蚀和外族的入侵。但是，只要有一线希望，动物们就在积极进取，表现了一种积极乐观的生命态度，这对成长中的儿童建立正确的世界观和人生观，起到了激励作用。无论是舍己救人的蜘蛛夏洛、突破重重困难的猫头鹰赛林、一心为全族兔子着想的小榛子，还是尽心尽力的小保姆盲蛇皮圈太太、足智多谋的小雌猫头鹰吉菲、未卜先知的预言家兔子小不点、服务热情周到的医生猫斑叶等等，这些动物都以其特有的动物属性、自身的性格特征以及职业特点，成为世界儿童文学人物家族的鲜活一员，丰富着世界儿童文学的人物画廊，逐渐成为儿童读者和成人读者熟悉的好朋友，甚至是人们学习和生活的榜样。

三、世界动物奇幻文学对中国儿童文学的意义启示

世界范围内的动物奇幻小说都得到了长足的发展，而我国的动物奇幻小说的创作才刚刚起步，中国的幻想小说很少以动物为主人公，还无法把人类自身的问题与动物的问题联系起来思考。尤其是在儿童文学理论界，对动物奇幻小说的认识还比较模糊，要么把它归为传统意义上的童话，但其现实主义的笔法，尤其在表现生死、搏杀、暴力、爱情等问题上又有很强的现实感和逼真性，不似传统意义上的童话。要么给这些小说归为动物小说，它们又不同于西顿、黎达、杰克·伦敦、椋鸠十等动物小说家的作品，动物小说家笔下的动物自然属性鲜明，不可能说人话，更不可能像人类一样思考，非常忠实于动物的情感和行为。我国一些作家的作品中的动物虽然不开口说话，但它们的智谋、道德、情感、行为、思想境界等等甚至超出了人类，让人感觉不可信，被有的理论家称为"带着动物面具"的类人小说，也有的理论家称这种动物小说是"兽面人心"的小说。如果能够把动物奇幻小说文体在中国确立下来，将对中国儿童文学的创作和理论研究都会有一场深刻的变革，因为，这种动物奇幻小说，在世界范围内已经形成一种潮流，其重要的现实意义和理论价值不可不重视。

在创作上，可以大大开拓动物小说和传统童话的审美空间。如果把动物奇幻小说纳入到幻想小说之列，在幻想小说中可以对动物学知识进行创造性的人性化的处理，动物奇幻小说突破了传统动物小说的种种限制条件，动物行为的不确定性和非理性会使童话的幻想增加动力源泉。幻想作为一个常数，参与一种新的文学的生成与发展，动物的加入又使幻想拓宽了内涵与外延。实际上，幻想没有对错之分，没有美丑之别，更无善恶之界限，动物奇幻文学建立在童话幻想和动物小说写实的基础之上，对童话幻想艺术的借鉴，使得奇幻文学的风格呈现出一种指向自然、浪漫唯美、情感丰富的空

灵世界；另一方面，小说的写实手法又使这种诗意情怀与现实的复杂矛盾对接，小说的写实笔法又使动物的幻象走向现实。幻想与动物这两个儿童文学因素融合之后，做的不会是简单的加法，而应该是乘法运算，中国的幻想儿童文学会得到一次质的飞跃，而不是量的积累。在理论研究上，对动物奇幻文学文体的确立，使得在评奖分类和读者阅读上更明晰。中国作家协会的全国儿童文学优秀奖评奖分类上，只有童话、小说、科幻文学等，个别文学性极高的动物奇幻文学很难走进评委的视线，因为没有办法使其归类。在儿童文学研究者的认同上，对被读者普遍接受的畅销书有一个客观准确的定位，如沈石溪、金曾豪、常新港等许多以动物为主角的作品，不属于传统意义上的动物小说，也不属于童话，应该归于动物奇幻文学之列。亦真亦幻的动物世界，是人类世界的一个隐喻。幻想文学的另一个非常重要的特征就是儿童幻想和成人幻想很难区分，儿童文学理论家帕米拉·S·盖茨认为："儿童幻想作品与成人幻想作品并没有一条清晰的界限，二者区别很小，用在成人幻想小说中的创作手法儿童的幻想作品中也可以使用。"[1]也就是说，儿童幻想和成人幻想会强强联手，为动物奇幻文学打造一个更广阔的发展空间。

在思想深度上，动物奇幻小说表现的往往不只是关于动物的科普知识，阅读动物小说也不仅仅是为了获得关于某一种动物的科学知识，而是通过动物在思考人与人、人与动物、动物与动物、动物与环境、动物自身以及人自身发展的种种问题，动物小说呈现出完整的生命和艺术世界，并通过这个世界努力探索和尝试着解决这些问题。当人类意识到有一个动物世界与自己并存时，人类便不会孤单，也会形成"去人类中心主义"的广阔胸怀，对动物的同情心同理心亦会加深。特别是以动物作为主人公的小说，每个动物所面临的最残酷最现实的问题就是生存问题，那么，生存便成了最富挑战意味的话题，看似动物吃喝拉撒睡玩的小事情，实际上，每一项都是关乎"国计民生"的大问题，所有的生命都"向死而生"。动物奇幻文学所面对的当然不

[1] FantasyLiteratureforChildrenandYoungAdults, byPamelaS. Gates, SusanB. Steffel, andFrancisJ. Molson. Lanham: theScarecrowPress, 2003。

只是动物问题，也是人类自身的问题，动物奇幻文学在审美空间上加入人性化情感化的因素，会潜移默化地引导读者向更深更广阔的领域思考，人从哪里来，到哪里去这些形而上的哲学问题会通过"他者"化的动物，有更深层次的思索，文学的仿生学无疑会对文学的人类化固定化的空间扩容增量。"把其他物种的成员当作'个人'，当作具备远远超出我们通常所期望的潜能的生命体来对待，就能使它们做出最佳表现，而每个动物的最佳表现包含了我们未曾预料到的天赋。"[1]动物文学虽然一直不属于主流文学，但是，其思考人类问题的深度和广度丝毫不亚于以人类为主角的小说，姜戎的《狼图腾》曾经翻起对中华民族文化图腾反思的巨大浪潮，也是只有文学并通过文学对中国人精神世界和文化传统的一次严肃的拷问。

3、对人类文化的贡献上，动物奇幻文学丰富并壮大了文学认识和表达世界的方式。不同的作品，建立了一个又一个叙事符号系统，既属于人类的语言被读者阅读体会，又属于动物自身生命的感觉符号系统，对人类的文学语言来说，是一次又一次冲击。《猫武士》把人类居住的房屋称为"两腿动物领地"，《沃特希普荒原》专门在小说的附录中列了一个词汇表[2]共有29个词语，如"安布赖"解释为"臭的，比如用来形容狐狸的气味等"，"弗瑞斯"解释为"太阳，另外也指兔子的太阳神"，"呼噜嘟嘟"解释为"机动车船（本书中指的是车辆）"，"佐恩"解释为"完蛋了的、毁灭了的，用于指一些可怕的大灾难"……这些被称为"拉帕恩词汇"，拉帕恩是兔语的意思，是兔子之间交流信息表达情感传递思想的一套语言符号。《沃特希普荒原》《猫头鹰王国》《猫武士》等奇幻动物小说每本书的前面，都展示了一张动物王国的地理位置图，如在《沃特希普荒原》中，恩波恩河、桑德弗德领地、弗瑞斯矮树林、艾金威尔、纳桑格尔农场、沃特希普荒原、坎农·希思农场、海尔·沃伦农场等等，所有这些地名都是兔子们活动的场所和故事情节发生的源发地，亦能看出兔子迁徙路途的遥远以及中间的艰辛

---

[1]　汤姆·睿根彼得·辛格《地球也是它们的》，宁夏人民出版社，2007年版，152页。

[2]　理查德·亚当斯《沃特希普荒原》，人民文学出版社，2005年版，436～437页。

生活，给人一种直观的印象，而地图的方向标记又不同于人类的习惯，是用兔子头像标注了上东下西后北，而没有南边的方向。一方面展示了兔子生活的确实性和特殊性，与人类生活地点的相异性与相关性；另一方面也创造了一套属于《沃特希普荒原》文学世界的符号系统，这一套具有原创性特殊含义的语像系统。在法国思想家米歇尔·福柯看来，"语言表象思想，如同思想表象自身一般。构造一种语言或者从内部赋予语言以生命，并不需要基本的和初始的指称活动，而只需在表象的核心处，表象拥有一种表象自身的力量，即表象凭着在反思的目光下一步步把自己与自己并置在一起，来分析自身，并且以一种作为自己的延伸的取代形式来委派自己。"[1]语言的生命、文学的生命、兔子的生命都在这一整套的符号系统中获得了重生，而人创造性思维的获得也往往从命名开始，人类符号系统的建立成为一种新的文学语言和对动物生命世界认识的基础，从而实现了文化与现实相似性的对接和交流。

总之，动物奇幻文学为幻想文学的意义和保护想象力提供了无限可能性，为幻想、为动物、为文学都提供了一个新的发展空间和诗性表达的场域，是儿童文学作家和儿童双向选择的过程。当今世界，随着科学技术的迅速发展，人类理性的日益强大和高度制度化，生态环境日益恶化，动物和人类的家园逐渐锐减，人类思考动物的问题就是思考人类自身，放动物一条生路在现实中成为考验人类心灵的道德和法律命题。只能在奇幻动物文学的世界中，动物和人类的精神和情感可以一起飞翔，动物奇幻文学无疑将成为幻想儿童文学的一支劲旅，算是这个世纪人类对地球上的动物朋友们一次深情的告白吧！

（原载《社会科学研究》2015年第1期，有删改）

---

[1] [法]米歇尔·福柯：《词与物——人文科学考古学》，上海三联书店z，第103页。

童年经验的治理
——当成人文学作家走向儿童文学

　　近日，《光明日报》发文，"请成人文学的评论家参与到儿童文学当中来。从事儿童文学的人，如果有机会听听成人文学评论家的想法，或许也能从中受益。"[1]从评论的角度号召成人文学和儿童文学进行互动。从创作实践来看，成人文学作家早已向儿童文学迎面走来，集体亮相带有纪实性的丛书为《我们小时候》，包括王安忆的《放大的时间》、苏童的《自行车之歌》、迟子建的《会唱歌的火炉》、张梅溪的《林中小屋》、郁雨君的《当时实在年纪小》、毕飞宇的《苏北少年"堂吉诃德"》、阎连科的《从田湖出发去找李白》、张炜的《描花的日子》。其中张梅溪和郁雨君是儿童文学作家，其他六位均为中国成人文学当红作家，亦不乏国内外文学大奖的获得者。2014年6月《人民文学》开辟儿童文学专号，刊载马原的中篇小说《湾格花原历险记》、张好好的长篇小说《布尔津光谱》等，虚构类的儿童小说还有张炜的《少年与海》、赵丽宏的《童年河》、虹影《奥当女孩》等，成人科幻文学作家刘慈欣的《三体》、王晋康的《古黍》、胡冬林的《巨虫公

---

[1]　饶翔：《儿童文学与成人文学该如何互动？》，《光明日报》2015年2月8日。

园》成了儿童文学一道亮丽的风景。[1]一方面，这些作家在进入儿童文学之后，从思想价值、叙事技巧、审美趣味、语言风格等等，呈现出与原有的成人文学作品迥异的创作气象。另一方面，"名家们跨界介入儿童文学写作，让儿童文学能够更充分地从当代文学的整体经验中汲取写作资源。"[2]儿童文学的活力和想象力，也激发着成熟的成人作家的好奇心和勇于突破自我的探索精神。他们积累的人生体验、故事话语、童年想象在表达时呈现出与儿童文学作家和而不同的创作倾向，形成一个摇曳多姿、令人回味的"准儿童文学"或"准成人文学"地带，在"像与不像"、"是与不是"的儿童文学之中，显示出文学整体的时代共性和个体作家无限的可能性，他们真诚而为的写作给中国儿童文学界不少启示。

一

二十世纪八十年代的中国文学，"伤痕文学""问题小说""反思文学"中一部分以少年儿童为书写对象，卢新华的《伤痕》、宗璞的《弦上的梦》、刘心武的《班主任》、张洁的《从森林里来的孩子》、王蒙的《做宝贵》等。张炜八九十年代的中篇小说《他的琴》《黄沙》《童眸》《海边的风》等基本上也以少年儿童为主人公，生命激情充沛儿童的求知欲和探险精神强烈。迟子建的文学天空中，童年是与自然和生命并置的一个重要主题，如她的《雾月牛栏》《北极村童话》等，围绕着童年、童心、童情、童眼，甚至用童语来构筑她文学世界的底色。无一例外地，这些作家在中国被

---

[1] 刘慈欣的《三体》和胡冬林的《巨虫公园》获得了"第九届全国优秀儿童文学奖"，王晋康的《古蜀》获得了"第一届大白鲸世界杯幻想儿童文学特等奖"，在儿童文学界产生了不小的震动。儿童科幻文学从某种程度上说，与儿童文学可以并肩而立的门类，与成人科幻沾亲带故，又不是成人科幻的亚种，它们有自己的一种存在方式，儿童科幻文学又不容易被儿童文学这个母亲所涵养，总是旁逸斜出，不同于一般意义上的儿童文学，笔者将另文展开这个话题。

[2] 李东华：《2014年儿童文学：瞩望高峰不断成长》，见中国作家网。

禁锢的时代中成长着自然的生命，但是，他们步入文坛时恰逢八十年代思想解放和追求自由的个性时代，那个时代人们对文学的敬畏和对自我的认同是与责任、使命、理想、民族甚至与人类的命运息息相关，不会小姿小态地迈入文学的殿堂，他们的文学使命与苏醒的人一起被"大写"，这一次成人文学作家集体向童年出发，应该是文坛重返八十年代文学呼声的实践和创作的不自觉，亦可以视为成人文学主流下的一条波涛汹涌的暗河。王安忆理性深邃个人心灵史诗的记录、苏童悠远缠绵的情感透视、迟子建温暖抒情的自然絮语、毕飞宇带有鬼才般的另类人生把脉、阎连科在神奇与平常中发现人性的荒谬、张炜在历史传说与现实生活之中的志怪传奇、虹影文学书写的自足与诗意、赵丽宏散文的清丽优美等，均构成了当代文坛个性鲜明的文学博物馆，在这次集体重返童年的书写中，读者诸君亦能清晰地辨识出他们文学的故事品质、地缘文化、时代精神、语言风味，甚至情感的俗世与繁华。

　　童年经验无疑成为这一代作家书写的逻辑支点，即使是非虚构的"宣称"，人们还是从作家讲述的选点中看出了明显的审美取向。王安忆可谓写流言的圣手，她在《长恨歌》中看到了流言与鸽子之间的精神血脉，发现了流言与心灵之间的博弈是复杂而多变的，鸽子飞翔需要天空，流言成长需要胡同中的人们。在儿童中，流言一样生命力茁壮，作家意味深长地告诉你儿童之间的流言是不可靠的，却能够衰而不亡，即使成年之后，还在蛊惑着人心，上海狭窄逼仄的胡同里的流言就从儿童中间起飞。苏童的香椿树街少年成长小说，始于八十年代的《桑园留念》，这些故事的时代背景为六十年代末七十年代初，与苏童的童年记忆和少年的生命体验有一种暗合。苏童近三十年的少年成长小说的写作，"见证了一个作家从先锋到民间，从逃离到回归，从人性恶到人性善，从晦暗到澄明的写作变迁。"[1]作家的心路走了一条与作品中的人物成长相反相承的路，可以看出苏童从"爱上层楼强说愁"的青年作家走到"知天命"的中年作家人生观的演化过程，与荒唐残酷的现实相比，童年应是人生的一个避难所，重返这个诗意朦胧的避难所，苏

---

[1]　吴雪丽：《从晦暗到澄明——论苏童的香椿树成长》，《东方论坛》2009年第5期，第49页。

童反问"童稚回忆是否总有一圈虚假的美好的光环？"[1]他遇见了在游泳池中程式化标准化游泳的"我"，童年是那么乏味和不快乐，倒是一家三口的狗刨使泳池中激荡着快乐的音符；群众点心店的小伙子与胖女人的风化案子在街上流传；在幸福就是红烧肉的年代，肉铺店操刀卖肉的中年妇女就是一个"权力与智谋兼备的人"——与煤球店的女人互通有无损公肥私；一群少年对一个骑自行车姿势不雅的人齐声大骂："乌龟，乌龟。"骑车人想追打少年又怕自行车丢失，只能忍受无端的侮辱，苏童永远记住那个可怜人的眼神；孤身一人挎着篮子在余晖的街道上行走的女裁缝，竟是一个尼姑，当家人用黄鱼车把她载向火车站，"我"永远忘不了她愤恨的眼神。苏童的童年从来没有离开民间和社会这所大学校，一个人的童年经验带有鲜明的终身性，"童年持续于人的一生。童年的回归使成年生活的广阔区域呈现出蓬勃的生机"。[2]

童年经验在作家那里，成为他们创作的永远挖不尽的矿藏，坚硬的童年情结有的成为作家一生绕不开的话题，面对童年经验，童年的"我"、叙述人的"我"、故事中的"我"这三重叠加的视角和话语，构成了童年经验文学艺术空间的丰富多彩，同时也在这个空间内，童年经验经过不同作家的"翻炒"和治理，呈现了迥异的创作风貌。成人文学作家余华对自己的童年经验可谓"执迷不悟"，"童年生活对一个人来说是一个根本性的选择，没有第二或第三种选择的可能。因为一个人的童年，给你带来了一种什么样的东西，是一个人和这个世界的一生的关系的基础——我们对世界的最初的认识都是来自童年，而我们今后对世界的感受，对世界的想象力，无非是像电脑中的软件升级一样，其基础是不会变的——一个人的一生都跟着他的童年走。他后来的所有一切都只是为了补充童年，或者说是补充他的生命。"[3]

---

[1]　苏童：《自行车之歌》，明天出版社2014年版，第6页。

[2]　[法]加斯东·巴什拉：《梦想的诗学》，北京：生活·读书·新知三联书店1996年版，第28页。

[3]　余华、洪治纲：《火焰的秘密心脏》，见洪治纲《余华研究资料》，天津人民出版社2007年版，第，第3-6页。

余华的小说中的暴力和血腥来源于他童年生活造成的创伤性记忆，他的家在医院附近，他看到了太平间太多的死亡。世界儿童文学大师林格伦的创作却是为心灵深处那个永远长不大的孩子——一个原生态的小女孩，她的创作动力来源于她要满足童年期自我的阅读愿望，她的每一部作品都帮助儿童满足一次心底的愿望，以及激发儿童更加善良和美好的情愫。童年是作家可以随性自由往来的精神原乡，在成人文学可能是血腥暴力和黑暗，在儿童文学可能是取之不尽用之不竭的"真""纯""美""乐"。儿童文学中有生就的天才型作家，有后天努力形成的勤奋型作家，他们的内在性格和精神气质也有一定的区别，有时他们仿佛行走在永远不能相遇的两个平面上。

二

这一批作家的童年，大多生活在"文化大革命"的社会动荡和物质极度匮乏的时代，却没有妨碍他们对童年快乐的回忆和品味。有那么一片属于自我的天空，这天空里虽有乌云翻滚，但童年澄明的眼睛还是发现了世界的霞光，不耀眼，或明或暗，却依然闪烁着温暖。农村儿童毕飞宇可谓广阔天地大有作为，童年生活丰富得如一座工程浩大的百科全书，吃喝拉撒生老病死无所不包。自然界长养了他的肉体，更滋润着他自由自在的心灵。"红蜻蜓真的是红色的，"当这些精灵在孩子们的头顶飞过时，"它们密密麻麻，闪闪发光，乱作一团。可是，它们自己却不乱，我从来没有见过两只蜻蜓相撞的场景。"[1]谁见过呢？这是孩子的天问，这是儿童心理的真实表达。更神奇的是，谁看过桑树会议呢？毕飞宇是参会者或者是会议主持人，他对会议现场有清晰的记忆，你看那会议的规格，在桑树上，"一到庄严的时刻"，也就是村里的孩子商量到哪里偷桃，到哪里偷瓜，这些会议带有一定的"秘密"性质。"我们就会依次爬到桑树上去，各自找到自己的枝头，一边颠，

---

[1] 毕飞宇：《苏北少年堂吉诃德》，明天出版社2014年版，第109页。

一边晃，一边说。"何等逍遥自在，"我们在桑树上开过许许多多的会议，但是，没有一次会议出现过安全问题。我们在树上的时间太长了，我们拥有了本能，树枝的弹性是怎样的，多大的弹性可以匹配我们的体重，我们有数得很，从来都不会出错。你见过摔死的猴子没有？没有。"[1]树不只是孩子的玩具，简直成了是孩子身体的一部分，在孩子与树之间建立了怎样的身体的、物质的、情感的、精神的关系呀，这个精彩的细节，我们在世界著名的儿童小说黑柳彻子《窗边的小豆豆》里似曾相识，巴学园的孩子每人有一棵属于自己的树，下课时或者是体育课可以爬上去，与毕飞宇的桑树会议比起来，可以说小巫见大巫了。我们在惊叹当下孩子物质生活的丰富，学校现代化装备齐全，孩子拥有海量电脑信息，课后补习班辅导班林林总总，与那个时代童年的自由自在相比，现在的都市儿童仿佛生活在"囚笼"里，缺少身体生活。孩子正是通过他们的身体体验来认识世界和人生，没有与自然相拥抱的童年是何等匮乏和苍白。在《猪的死亡》中，毕飞宇说："我最早的关于死亡的认识都是从家畜那里开始的，无论是杀猪还是宰羊，这些都是大事，""和天性里对死亡的恐惧比较起来，天性里的好奇更强势。这就是孩子总要比大人更加残忍的缘故。"[2]毕飞宇把杀猪过程娓娓道来，从猪出生到变成猪肉的过程，完成了一个生命的一生，作者深有感受："因为我们人类，猪从来就没有在这个世界上生活过，它的一生是梦幻的。它的死支零破碎。"[3]在看似轻描淡写风趣幽默的叙事中，生物种群之间的关系，生命的价值、生命的意义和生命的本质早已力透纸背了，使读者的心灵有了大震撼。

阎连科在接受《天天新报》记者采访时说："童年，其实是作家最珍贵的文学的记忆库藏。可对我这一代人来说，最深刻的记忆就是童年的饥饿。从有记忆开始，我就一直拉着母亲的手，拉着母亲的衣襟，向母亲要吃的

---

[1] 毕飞宇：《苏北少年堂吉诃德》，明天出版社2014年版，第86页。

[2] 毕飞宇：《苏北少年堂吉诃德》，明天出版社2014年版，第122页。

[3] 毕飞宇：《苏北少年堂吉诃德》，明天出版社2014年版，第128页。

东西。贫穷与饥饿，占据了我童年记忆库藏的重要位置。"[1]考虑到儿童读者，阎连科的《从田湖出发去找李白》一书中关于饥饿着笔并不是很多，贫困中的诗意篇章倒是比比皆是，对人性的淳朴善良、对儿童的天真和梦想、对一段少男少女的朦胧恋情，充满尊重饱含深情。一个又一个平凡的生活细节被作者讲得花团锦簇，城里来的女孩见娜随父母建设大桥到"我"家，对一个农村少年来说，"发生得惊天动地，突如其来，宛若刚刚一片阴云中，猛烈静静地云开日出，有一道彩虹悄然地架在我头上，拱形在了我家院落里，一下把这个农家小院照得通体透亮，五光十色，连往日地上墙角的尘埃都变得璀璨光明了。"[2]使小连科的内心世界产生了巨大的变化，两个人之间产生了如诗如画纯真美丽的情感，后来，见娜随父母不辞而别回到了城里，贫乏单调的农村少年生活中如天使"快闪"，却给阎连科的精神和情感打下了深刻的烙印，丝毫不亚于《少年维特之烦恼》中纯真美好的情感，经过这样的情感历程，"我"长大了，亦激发了走出乡村到大城市去寻梦的美好愿望。那虽是一个物质生活极为匮乏的时代，但没有因为这种匮乏影响情感生活的丰富和人性的美好。寂寞里有喧嚣，荒诞中不乏暖情，他文学后面的童年背景，无疑成为阎连科小说神秘色彩后面永远的情感原乡。把一个个细小如沙的日常生活事件打磨得如金子般闪闪发光的故事，这也许会给一些胡编乱造的儿童文学作家敲起警钟。

　　"《十月》杂志副主编、作家宁肯发现当前的成人文学和儿童文学创作是脱节的：儿童文学基本上有非常确定的主题，真善美、友谊、道歉等等；成人文学，尤其到了现代主义文学之后，作家惯于写人性的丑恶，写人的精神分裂和变形，惯于解构传统价值。'作为一名成人文学作家，我总是把真实放在第一位，而真实里面有很多不确定的东西，丑恶与美好是夹杂在一起的。当我读到儿童文学作品的时候才突然意识到，我一直是沿着与儿童文学

[1]　阎连科：《童年的最深记忆是饥饿》，《天天新报》2011年4月7日。

[2]　阎连科：《从田湖出发去找李白》，明天出版社2014年版，第56-57页。

相反的另外一条路在走，这是我应该反思的。'"[1]童年经验无疑会架起儿童文学与成人文学的彩虹桥，孩童的天性是游戏，游戏的自由和自由的游戏为孩童健全的童年生活插上了一对翅膀，这双翅膀把孩童从自然人的世界到审美人的天空飞翔。游戏的人和自由的人才可能是审美的人。世界上没有绝对的黑与白、对与错、真与假、善与恶，难道成人文学中的以丑恶为"真"的美学原则不值得思考吗？

三

　　儿童文学通常包括两种写作倾向，一种是童年经验型，如林海音的《城南旧事》，通过小英子的眼睛来看这个令孩童好奇而神秘的世界。既表达作家自我的人生观和价值取向，又把儿童的心理和情趣放置其中，把童年经验和成人感受进行有效而完美地融合，这种童心主义的文学被大人和儿童所共享，如李白《古朗月行》有云："小时不识月，呼作白玉盘。又疑瑶台镜，飞在青云端。"童心童趣童情被演绎得浪漫唯美而多情。另一种被称为"儿童本位"的儿童文学，创作者完全潜入孩子的世界中，以孩子兴趣、愿望、感受为主体，他们从生命之中升腾出一种强烈的力量，推动着故事向前发展，作家信任自己笔下的孩子并忠实地记录他们的成长，可谓纯粹的儿童文学，在儿童文学界被称为"无意思而有意味"的儿童文学，那意思不是成人作家添加在作品里的"意思"，而是童年天空的星星在闪烁。这是两种不同的儿童文学创作管道，童年经验型的儿童文学是人生的既定性加上回忆的浪漫性，故事的结局已经大白于天下。儿童本位的儿童文学如儿童的生命状态一样，具有无限的可能性，如梦幻般的色彩斑斓。

　　童心是可以溜在时局之外的，即便灾难深重的时代，在复杂的时局中，只要有孩子出现，这世界就与众不同，如王尔德的《巨人花园》一样，有孩

---

[1]　饶翔：《儿童文学与成人文学该如何互动？》，《光明日报》2015年2月8日。

子有春天，无孩子无春天。成人文学作家在进入儿童文学之后，他们无论是表现自我还是书写世界，都表现得过于成熟老到，阅读时没有一丝跌跌撞撞的意外在场，倒是让人心升几分"不满"，大多数读者是怀有小坏的顽童，希望看出点破绽，儿童文学中的童年书写需要意想不到的效果，增添一些喜剧和闹剧的气氛。儿童文学毕竟是快乐的文学，而这些成人文学作家过度的矜持严肃和责任意识，把自己的童年生活讲述与读者"隔膜"起来。倒是王安忆《放大的时间》里的一个小故事，深得儿童文学之味。写她小时候，在一个招待所里与父母朋友家的小男孩一起玩牌，因为自己要输掉了，把珍稀的全套的牌撕坏了几张，撕完之后自觉理亏，便大哭大闹，一直闹到大人孩子不得安生，自己睡去，大人无法责怪惩罚自己，这种无理取闹的孩童把戏，读了之后让人觉得有力道，那是一种真实的儿童生命状态。在这一批成人文学作家的笔下，儿童都有些太过"懂事"，大都为长大了成熟了的儿童，为儿童的完成时态，而不是正在进行时态。顽童成长的母题是儿童文学的一种力量，也是一个重要的美学纬度。张炜的儿童小说《少年与海》，写了一群行动中的不满现状的少年，他们在"听说"妖怪的故事中成长，又不满于"听说"，他们是怀着巨大的好奇心和行动力的群体，在探索的过程中勘破了成人的一个又一个的秘密，在成人的"情""性"被看见之后的喜悦与恐惧中成长起来。看林人"见风倒"是一个弱不禁风带有女性气质的男人，在偷偷地爱恋一个小妖怪——长着翅膀像兽像鸟又像人的小爱物，三个少年在猎人的帮助下捕捉到小爱物，小爱物遭受了令人难以想象的折磨，"见风倒"的精神和情感世界也行将坍塌，三个少年不忍心看到这种惨状，偷偷地放走了小爱物，看林人和小爱物再续前缘。在这个看似极为荒诞传奇的故事后面，是少年无意作恶→内心迷茫→良心受谴→忏悔自责→积极行动→精神释然的心路成长和精神救赎之旅。《少年与海》在结构上比较散淡。由五个不相联系的五个故事构成，只是故事的经历人——三个少年，"我"、虎头和小双没有变化，在每一篇故事里他们都是故事的倾听者和探秘者，并不主导故事。与张炜的成人小说结构故事的方式有一定的相似性，有许多情节在他的中篇小说中也反复出现，正如宇文所安："作家们复现他们自己。他们在心里反复进行同样的运动，一遍又一遍地讲述同样的故事。他们用于掩饰他们的复现，使其有所变化的智巧，使我们了解到他们是多么强烈地渴望能够摆脱重复，能过找到某种完整地结束这个故事、得到某些新东西的途径。然而，一旦我们在新故事的表面之下发现老故事又出现了的时候，我们就认识到，这里有某种他们无法舍弃的东西，某个他们既不能理解也不能忘却的问题。"可以看出，作家真正的对手永远是他自己，而不是他者，"看一个作家是否伟大，在某种程度上要以这样的对抗力来衡量，这种对抗就是上面所说的那种想要逃脱以得到某种新东西的抗争，同那种死死缠住作家不放、想要复现的冲动之间的对抗。"[1]民间故事和传奇色彩也许是他童年精神文化生活的主要形态，在儿童文学创作中，无疑也成为张炜复现的核心意象。

经营散文的作家赵丽宏一迈入儿童文学领地，仿佛就找到了"儿童本位"的入口，显示了儿童文学的创作天赋，作品的主人公均为第三人称，儿童主体性建立起来，他的《童年河》是一部感人至深唯美浪漫的儿童小说，亲情的至善、友情的纯真、人与人之间的无私互助，在上海六七十年的小胡同里，像一朵朵纯洁美丽的莲花，在苏州河上绽放。作家亦不回避时代和社会的黑暗和复杂，突如其来的社会风暴把许多人的童年生活拦腰斩断。因带有鲜明的自传性质，这部小说鲜明的写实性和细节的可感性，成人经验和儿童生命体验融合反应后的升华，使《童年河》结晶成"质地纯正"的儿童小说。虹影的《奥当女孩》显出了自觉的文体意识和高超的叙事技巧，把现实中的少年桑桑与梦想中的奥当兵营中女孩的友谊，亦真亦幻、亦实亦虚地刻画出来，儿童的梦想成为每一个人存在的理由，也可以作为一部可以疗伤的心理小说。但是，与陈丹燕的幻想小说《我的妈妈是精灵》并置阅读，这部小说对儿童生命和生存困境的把握还显得不太准确有力，尤其在幻想的独特

[1]　[美]宇文所安：《追忆——中国古典文学中的往事再现》，生活·读书·新知三联书店2007年版，第114页。

性和内容的丰富性方面还差强人意。

四

成人文学作家基本上形成了自己的创作个性和风格，当转入一种新的创作环境下，他们会在文本中表现出矛盾对立的心态。一方面保持自己已经形成风格的前提下渴望创新和突破，另一方面，这种确定性又阻断了多种神性和可能性，在儿童文学的空间内，把"儿童文学"作为一个过程和一种方法，还是作为本质的独立的儿童文学，对作家新的艺术作品的生成，会产生一定的影响。

童年经验经过"儿童文学化"的治理，至少要思考以下几种关系：首先，个人童年经验与整个人类童年愿望之间要保持一种良性互动，在互动中把自我经验的独特性和人类理想的普遍性相结合。安徒生《海的女儿》的个人愿望是人鱼公主对爱情的追求，人类普遍的理想是，人类不仅有高贵的灵魂，还有为了追求高贵的灵魂而牺牲个体生命的大无畏的勇气，这种深刻的思想和情怀是人类精神的本质力量，也是童话故事成长的内在生命动力。其次，在童年经验与儿童生活现状之间建立一种内在的关联性，将作家的自我童年经验与当下儿童生活的困境互动，避免成人作家"童年经验的自说自话"，甚至"独语"的文学，没有阅读对象"儿童"的文学，在以"儿童"为主体的儿童文学世界中难以容身，曹文轩的《草房子》虽写了六七十年代中国江南乡村儿童的生活，所指涉的却是儿童生存面对的永恒问题：疾病、苦难、隔膜、孤独、歧视、关爱等等。回忆性的童年经验写作，会给人们情感的积淀带到一个遥远的时空，带有诗与梦的色彩，同时也坚守了古典的浪漫。亲情、友情、爱情等可以不变，但是，表达对当下儿童成长的深切关怀时，如若与当下儿童生命主体和日常生活产生断裂，形成儿童文学中的悬置和虚化，也是一种巨大的危机。儿童文学作为一种独立的文学存在，与主流文学实际上有一种内部勾连，作为正能量的审美价值往往是孩子成长的一种力量，"在当前全球化和文化多元的语境中，文化如果不能与经济生活、社会生活和日常生活的根本价值取向相结合，它就变成了一种毫无意义的抽象。离开'我们要做什么人'的问题，离开我们'如何为自己的文化做辩护，说明它存在的理由'的问题，文化就会沦为一种本质主义的神话，要么蜕变为一种唯名论的虚无。"[1]中国儿童文学对当下儿童生活现状的回避，也是不得不让人警醒的一种创作倾向。最后，成人作家的"童年经验"所暗含的"理性""启蒙"，要与儿童文学的"感受性""趣味性"和语言的独特性产生良性互动，用儿童文学理论家朱自强的话来说，"儿童文学作家应是儿童的同案犯"，共同面对人生和人性的大问题，一起在困境中成长，不能是高高在上的"教育者"。马克·吐温在《汤姆·索亚历险记》中，曾严厉谴责那些自以为是的大人，这些附在事情之上的道理，从某种程度上说，是观念的泛滥或成人保守僵化的表征，离"儿童本位"的感性的艺术的儿童文学大相径庭。

儿童文学的生命力，来自于那种创造性的想象和妙趣横生的表达。儿童本位的儿童文学，是用梦的无限可能和快乐削弱着成人世界守成的价值观，是生命力和幻想力的爆发，演奏出的华美乐章将成为人类文明进步的一个又一个文化符码。为获得灵魂甘愿牺牲生命的丹麦"人鱼公主"，为挽救小猪威伯而牺牲性命的美国"蜘蛛夏洛"，在沙漠中出现并带着真善美感动世界的法国星王子，童心永驻的英国男孩彼得·潘等——是世界文学一个又一个不灭的灯塔，面对这些，中国的成人文学界和儿童文学界亟须思考的是，我们中华文明为世界文学和文化贡献了什么样的儿童文学形象？儿童文学作家要带给人类怎样的"中国儿童"去感动世界？"一个作家不可避免地要表现他的生活经验和他对生活总的观念；可是要说他完全而详尽地表现了整个生

---

[1]　张旭东：《全球化时代的文化认同：西方普遍主义话语的历史批判》，北京大学出版社2006年版，第2页。

活，甚至某一特定时代的整个生活，那显然是不真实的。"[1]这些作家童年经验书写的意义也就在于，对童年的注视，是一种人生态度，源于人们生命长河中沉淀的河床中金灿灿的金沙，作家可以不断打捞玩味自省。在对童年经验的想象与阐释中，这一批成熟成人文学作家书写童年的意义就在于，把五六十年代中国人的生活从一种社会的概念化的观念中还原为一个个鲜活的生命体验，避开了社会学意义上对童年苦境的定性，进而转换成一种审美的想象和诗意，凸显出童年生命的本质意义和多彩气象，真正的童年经验不是来自于时代和社会给定的责任和义务，而是来自于对生命本体的认知和超越自我的重新出发，把童年经验从个体的过往，上升到一种形而上的精神的情感的和美学的高度。

纵览中国现当代文学史，成人文学作家从来就没有远离过儿童文学，五四时期现代大作家中，鲁迅、周作人、叶圣陶、冰心等都有经典的儿童文学作品，新中国十七年文学中，也有一些游离于政治和主流意识形态之外的经典儿童文学作品，新时期文学的代表作刘心武的《班主任》，从思考儿童的命运开启了伤痕文学之后的反思文学。近20年来，出现了儿童文学和成人文学所谓的"壁垒"。不只是也不可能是人为的壁垒，从某种程度上来说，这是文学发展到一定时期的必然结果，儿童文学读者对象的年龄跨度大，从0～3岁的婴幼儿到15～16岁的青少年，需要与他们年龄段相适应的文学作品，读者的需求也越来越精细。有像奶粉一样的婴幼儿文学，也有像牛奶和可乐的一样的青少年文学，两者都很难互换。当下的成人作家集体向着儿童文学出发，是儿童文学的母集？并集？交集？子集？补集？最好不是空集。因作家的鲜明创作个性和多种复杂的因素使然，现在下结论还为时过早，还需假以时日。无论如何，这一次成人文学作家"以对逝去童年的诗性回望，把个体经验提炼为可与今天的孩子亲密交流的共同话语，为儿童文学提供了更多的艺术可能性。"[2]事实上，在世界文学经典的榜单上：安徒生《海的

---

[1]　[美]勒内·韦勒克，奥斯汀·沃伦：《文学理论》，江苏教育出版社2005年版，第101页。

[2]　李东华：《2014年儿童文学：瞩望高峰不断成长》，见中国作家网。

女儿》、王尔德《快乐王子》、圣埃克絮佩里《小王子》……永远是儿童文学和成人文学互动成长的硕果，你中有我，我中有你，经典的儿童文学应该是空气、水和阳光，成为不同年龄不同种族不同时代人类成长的生命元素，当下中国文坛亟须这样的文学：像空气、水和阳光一样，滋养人的一生。

（原载《当代作家评论》2015年6期）

论朱自强的儿童观与儿童文学批评

朱自强是当代著名的儿童文学理论家、评论家和作家，他所涉猎的范围极为广泛。儿童文学外部研究，有儿童文学与儿童教育、儿童生态文化与儿童教育哲学、儿童文学与儿童阅读、儿童文学与小学语文教育等；儿童文学内部研究，有儿童文学的本质、儿童文学的美学内涵、中国现当代儿童文学发展与现代化进程、中国幻想文学论、图画故事书研究、儿童文学比较研究、儿童文学作家作品批评等；在儿童文学创作方面，与左伟合著儿童故事《属鼠蓝与属鼠灰》系列；另外，他还有大量的儿童文学翻译著作刊世。可以说，朱自强是中国当代儿童文学研究的集大成者，王确、谈凤霞、俞义等学者对他在中国儿童文学发生期"两个现代"理论的学术贡献已有过诸多评析。实际上，朱自强儿童文学理论着力最多影响最大的莫过于他"儿童本位"的儿童观，集中在他的《儿童文学的本质》《中国儿童文学与现代化进程》《论儿童文学》《儿童文学与小学语文文学教育》《儿童文学概论》等多部著作中。朱自强现代儿童观的确立，为中国儿童文学理论、创作和少儿读物出版坚持正确的儿童文学方向奠定了基础，若想了解中国近三十年的儿童文学理论与研究脉络，朱自强的儿童文学理论无疑是一座无法绕过的山峰。

一、发现"儿童"："儿童本位"思想的有机性

在中国历史上，儿童问题一直是人们关注的热点，在推崇儒家思想的封建社会，提倡忠孝礼智信，"孝"甚至排在以"礼"治国的儒家思想之前，"不孝有三无后为大"，这是中国尽人皆知的至理名言，但是，这之中的"无后"不是对儿童生命和儿童精神本体的重视，而是在以宗亲为主的封建国家对未来族权合理合法的想象。即使到了近代中国，梁启超的《少年中国说》中"少年"的提出，也是针对老年中国的一种国家政治未来的想象。据朱自强先生考证，"儿童"是一个历史的概念，"儿童"在中国与在世界其他国家一样是进入现代社会文明之后的一种"发现"，儿童的"发现"被称为人类文明发展的一种标识。在中国，周作人是最早"发现儿童"而述诸文字的人，他在1913年12月的《儿童研究导言》中说："盖儿童者，大人之胚体，而非大人之缩形……世俗不察，对于儿童久多误解，以为小儿者大人之具体而微者也……"[1]周作人在1914年6月《绍兴教育月刊》第9号《成绩展览会意见书》进一步说："故今对于征集成绩品之希望，在于保存本真，以儿童为本位。"[2]鲁迅在1919年《我们现在怎样做父亲》一文中也提出了"幼者本位"、"儿童本位"的观念，明显晚于周作人。朱自强颠覆了以往儿童文学史上关于鲁迅是提出"儿童本位"儿童观第一人的学界成见，他不因人废文，对中国儿童文学的理论问题能够廓清本质并梳理出路线图，进行了一种学术突围和真理性追求。他批判了人类历史上教训主义、清教徒的原罪主义、洛克的"白板说"、皮亚杰纯理性主义等儿童观的局限以及对健全儿童精神人格的不良影响，对自然主义、浪漫派、童心主义等儿童观对发现"儿童"的贡献给予了辩证而学理的分析，他继承发展并超越了周作人"儿

---

[1]　朱自强：《中国儿童文学与现代化进程》，浙江少年儿童出版社2000年版。

[2]　朱自强：《中国儿童文学与现代化进程》，浙江少年儿童出版社2000年版，第219页。

童本位"的儿童观，结合时代社会和儿童精神世界的独特性，创造性地提出了现代"儿童本位"的儿童观。在朱自强看来，"从成年人观念中的儿童，走向现实生活中的儿童，这是二十世纪儿童观的根本特征。不是把儿童看作未完成品，然后按照成人自己的人生预设去教训儿童，也不是从成人的精神需要出发去利用儿童，而是从儿童自身的原初生命欲求出发去解放和发展儿童，并且在这解放和发展儿童的过程中，将自身融入其间，以保持和丰富人性中的可贵品质，我将这种形态的儿童观称作'儿童本位'的儿童观。"[1]朱自强"儿童本位"的儿童观具有以下几层意思：一是以儿童的原初愿望为本位，如果说文学是人的本质力量的对象化，儿童文学是儿童本质力量的对象化，那么，儿童的本质力量即含有个体生命的欲求，这是儿童文学得以吸引儿童阅读并存在的根本。在此基础上，"儿童本位"的第二层含义是人类童年本初愿望的一种原始胎记，是没有被社会过度异化的人类童年的精神原乡，这是人类得以进步和发展的内驱力。第三层是以成人作家自我生命体验的童年为本位，作为儿童文学得以生成和发展的情感状态，成为儿童与成人共同的文化资源。多种儿童观液体般融合在一起，无法分辨提炼成单一的元素，往往作为一种暗流在儿童文学中涌动。

实际上，儿童观并不等同经典的儿童文学作品，儿童文学创作与儿童观之间确乎有内在的血缘关系，但很难用理性的言语来描述，所谓真理是用眼睛看不出来的，只能用心灵去体会，那么，概念化的儿童观也许不是本源的儿童本位的儿童观，儿童观应该是一种生命的感受和体认，有时在儿童文学中良善而无声地表达出来，有时作家过于表达反倒会出现意图谬误，这是应该警惕的儿童观对儿童文学的一种霸权倾向，也是成人对儿童的一种"殖民"表征，具有现代性"儿童本位"的儿童观应该是一种交流和对话的姿态。

以"儿童本位"儿童观为契机，朱自强从未停止对儿童观现代性自觉

---

[1]　朱自强：《儿童文学的本质》，少年儿童出版社1997年版，第68页。

的追求和学术酝酿，在后来出版的《儿童文学概论》[1]中他很有创意地把儿童文学的概念用一个公式来表示，即：儿童文学=儿童×成人×文学，"从儿童文学的生成中，成人是否专门为儿童创作并不是使作品成为儿童文学的决定性因素，至为重要的是儿童与成人之间建立双向、互动的关系，因此我在这个公式中不用加法而用乘法，是要表达在儿童文学中，儿童与成人之间不是相向而踞，可以分隔、孤立，没有交流、融合的关系，而是你中有我、我中有你的生成关系，儿童文学的独特性、复杂性、艺术可能、艺术魅力正在这里。"[2]在这样的公式和表述里，我们能够明显感受到朱自强儿童观的有机性和生成转换，儿童观不是一个固化的概念和符号，而是一个开放而多维的系统，是一个与儿童生命一样的有机体。朱自强的儿童观，从本质上激活了儿童文学与儿童生命的内在联系，以及成人文学作家主体意识的有效性和生成性，唯我独尊的成人和过分自我的表现在儿童文学中都会无地自容。朱自强多次引用日本童话作家秋田雨雀的观点："一种观点是成人把成人的世界看成是完善的东西，而要把儿童领入这个世界；另一种观点是，意识到自己和生活的不完善和不能满足，而不想让下一代人重蹈覆辙。""从前一种观点出发，便产生了强制和冷酷；从后一种观点出发，便产生了解放和爱。"[3]因儿童文学是成人写给儿童看的文学，儿童观从根本上说是成人人生观和人性观的折光，人生有多复杂多丰富，儿童观就有多复杂多丰富。

在朱自强看来，"儿童纯真的天性具有向善的能动性。是否对儿童的天性怀有肯定和信任，是衡量儿童文学作家之优劣的首要标准。……乐观主义原本就是那些真正的儿童文学作家们的人生哲学，事情的逻辑是他们由于具有乐观主义心性才成为儿童文学作家，而不是相反。"[4]朱自强对儿童的信任和人性本善的认同与肯定，与其说是他儿童本位儿童观思想的哲学基础，

[1] 朱自强：《儿童文学概论》，高等教育出版社，2009年版，第27页。

[2] 朱自强：《儿童文学概论》，高等教育出版社，2009年版，第27页。

[3] 朱自强：《中国儿童文学与现代化进程》，浙江少年儿童出版社2000年版，第310页。

[4] 朱自强：《儿童文学的人性观》，《东北师大学报》1996年第1期。

不如说是他乐观积极人生态度的一种学术性表达。秉持着"儿童本位"儿童文学的立场，朱自强对二十世纪四五十年代和二十世纪八九十年代中国"经典"儿童文学作品"霸主地位"的批判，亦引起了中国儿童文学界的哗变。

二、残存的农药——对非"儿童本位"的批评

由"五四"中国第一代儿童文学理论家所开创的"儿童本位"的思想，随着新中国的建立，在五六十年代以"国家本位"的立场得到了承继和弘扬，儿童文学因国家的大力提倡，出现了新中国八年的"黄金期"。朱自强并不否认中国儿童文学所取得的巨大成就，但在他的文学史著述与文学批评中，他本着"吾爱吾师吾更爱真理"的治学态度，对中国儿童文学几次教育工具论和理性压抑感性的文学思潮，进行了大胆而激烈批评。

首当其冲的是对中国儿童文学标志性作家张天翼童话的批判。张天翼作为继叶圣陶之后中国童话创作的一座高峰，他的文学才华得到了学界广泛的认同，新中国成立后，他成为"新中国社会主义儿童文学的开山祖"、"我国的儿童文学至今还未超越他的水平。"[1]朱自强在《张天翼童话创作再评价》中却是很明确地认为，"张天翼在新中国成立前创作的《大林和小林》（1932年）、《秃秃大王》（1936年）、《金鸭帝国》（1942年）三篇长篇童话。……走了一条向后退化的道路。"张天翼新中国成立后的童话《宝葫芦的秘密》是"一部以幻想的方式引起儿童读者的兴趣开始，以教训来压抑儿童的幻想而结束的童话。""是张天翼儿童文学创作的顶峰，同时也是结束。"[2]《宝葫芦的秘密》结尾让王葆从梦中醒来，没有满足儿童甚至成人都想拥有一个宝葫芦的愿望旨归。张天翼曾说："我之所以要这么写，无非

[1]　刘再复：《高度评价为中国现代文学立过丰碑的作家》，吴福辉等：《张天翼论》，湖南文艺出版社1987年版，第27页。

[2]　朱自强：《张天翼童话创作再评价》，《中国现代文学研究》，1990年第4期，第23～26页。

为了更容易表达出我那个想要表达的思想内容，为了想把这个思想内容表达得更集中，更恰当，更明显，更为孩子们所能领会。"[1]张天翼这一番话从侧面说明了朱自强对其文学性让位给概念性、感性让位给理性所造成的文本艺术品质的降格敏感指认，与世界著名儿童文学作家德国的埃•拉斯伯相比，如英国的刘易斯•卡洛尔、瑞典的阿•林格伦等作家有本质的区别，"因其对中国儿童文学道德教训传统的归顺，未能自由自在、淋漓尽致地发挥自己的才气。"在朱自强看来，"张天翼的童话传统已经陈旧了、过时了。任何将张天翼的传统封闭在中国这块儿童文学尚未完全开化的土地所作出的评价，都将成为中国儿童文学走向世界的障碍。""如果不从根本上否定被认为代表中国儿童文学最高水平的张天翼的童话创作，整个中国在儿童观、儿童文学观上的彻底的、根本的变革是十分艰难的。"[2]

张天翼心目中的潜在读者——孩子，是具有一定理解力且认识能力比较低的儿童，需要成人帮助和教育有缺点的儿童，张天翼急于把成人社会的经验告诉儿童。儿童文学需要一种表达的情感性和智慧性，而这种智慧性是"一种以儿童为指向的多方面的、复杂的关心品质。"[3]朱自强却不把儿童阅读儿童文学看得那么简单，"儿童是身心都在迅速成长的一个人类群体，在其成长过程中，当然离不开成人社会的养育和教育，而且儿童在成长过程中从儿童文学阅读中受到的影响，也远比成人从一般文学中受到的影响要深刻和具体得多。"[4]儿童的心灵像种子一样充满勃勃生机，"儿童时期，感性和理性是处于根本对立的状态，两者是互不相容的，是一方要排除另一方的；优先发展儿童的感性能使他们了解生活的丰富、和谐及诗意；优先发展儿童的理性会使他们心灵中绚丽的感情花朵凋谢枯萎，使他们身上说教的杂草蔓延生长。儿童的智慧一旦陷入空洞的抽象之中，它在大自然和现实生

[1]　张天翼：《给孩子们》序，沈承宽编《张天翼研究资料》，中国社会科学出版社1982年版，第209页。

[2]　朱自强：《张天翼童话创作再评价》，《中国现代文学研究》，1990第4期，第23～26页。

[3]　[加]马克斯•范梅南：《教学机智——教育智慧的意蕴》，教育科学出版社2001年版，第270页。

[4]　朱自强：《中国儿童文学与现代化进程》，浙江少年儿童出版社2000年版，第316页。

活的生气勃勃的现象里所看到的只能是丧失掉精神养分的僵死的形式和为它而下的逻辑定义，这是一个触之只能损坏牙齿的腐烂的胡桃壳"。[1]应该说，对张天翼童话的批判，不是对某具体作家的否定，而是通过对这样一个在中国儿童文学史上碑石地位作家的批判，来警醒世人——儿童文学作家要有经典的眼光和"儿童本位"的情怀，建立一种与世界儿童文学相媲美的高品质普世性的中国儿童文学理想。朱自强对五十年代的两只公鸡和三只猫的批判，包括严文井的《小花公鸡》、金近的《骄傲的大公鸡》和《小猫钓鱼》、陈伯吹的《一只想飞的猫》、严文井的《三只骄傲的小猫》，这一类作品基本以指责孩子身上的缺点、错误为主，而所谓的"错误"往往是儿童生活经验不足造成的，有些是快乐原则与实用原则相抵牾的产物，如金近《小猫钓鱼》中猫弟弟的贪玩，是儿童的天性或人类的天性使然，而不是儿童的缺陷。"五十年代的教育儿童的儿童文学，特别执着于批评儿童身上的'骄傲'缺点，这与当时社会对'骄傲'思想的批判态度有关。"在朱自强看来，"两只公鸡和三只小猫的这五篇作品所出现的思想与艺术上的一切问题，根子上都是作家们倾斜的儿童观所造成的。"[2]思想先行、教训为主、成人本位、道德高蹈等成人世界对儿童无疑会造成一种心灵的挤压和逼仄，使孩子在这样的文学"烛照"下一点点走向了没有光的所在。著名学者王富仁曾谈自己阅读中国现当代儿童文学如芒在背，这种阅读感受一直留存到他成年之后，也许是他童年生活永远的精神梦魇。

"儿童文学是儿童的。儿童这一生命存在与儿童文学本质之间存在着恒定的独一无二的本体逻辑关系，因此，儿童文学本质论必得以诗化的儿童生命哲学———儿童观为最根本的理论支点。"[3]质的研究（qualitativeresearch）是朱自强儿童观和儿童文学批评的逻辑起点，从读者反映来判定一部儿童文学作品的优劣，是必须重视的儿童文学研究视角，

---

[1]　周忠和：《俄苏作家论儿童文学》，河南少年儿童出版社1983年版，第7-8页。

[2]　朱自强：《中国儿童文学与现代化进程》，浙江少年儿童出版社2000年版，第316页。

[3]　朱自强：《儿童文学本质论的方法》，《东北师大学报》，1999年第2期，第72页。

亦是儿童文学的本体研究，没有儿童就没有儿童文学，况且"儿童读者是具有健全的感悟儿童文学艺术神髓的审美能力的"。朱自强《新时期少年小说的误区》[1]一文，对九十年代远离"儿童"的儿童看不懂、成人不愿意看的所谓"探索儿童文学思潮"进行精准而深刻的批评。他的批评针对儿童文学具体作家展开，而且，这些作家在世当红且得到了主流媒体的认可，"这是他的不易之处，也使他的批评显出孤单。"[2]

朱自强对三四十年代的张天翼，五六十年代的严文井、金近、陈伯吹，八九十年代的班马、曹文轩、常新港、刘健屏等创作误区的批评，建立在以世界经典儿童文学的广览博收为参照之上，以儿童审美天性的纯粹为考量，自觉追求儿童文学史家超脱而公正的学术情怀，贴近每一部中国儿童学史上定评的经典之作，并把立论的矛头直指中国文学上非"儿童本位"色彩的儿童文学作品，这种摧古拉朽的疾风，"是面对中国儿童文学传统所应该也是必须采取的行动！"[3]理性、教训性、工具性等等残留的农药，无论怎么清洗，都已渗透到中国儿童文学的肌体里。坦率地说，朱自强不是简单地为解构而解构的理论家，他从中国儿童现实生活出发，以对儿童生命情感的尊重，以对中国儿童文学崇高的情怀，破坏之后，他又小心翼翼地建构起中国儿童文学的理论大厦，对"儿童本位"的儿童文学作家作品甚至理论，全力支撑，如希腊神话中滚巨石上山的西西弗思一样，肩起中国儿童文学"希望的闸门"。

---

[1] 朱自强：《新时期少年小说的误区》，《当代作家评论》，1990年第4期。此文后载于《儿童文学研究》1991年第2期。据梅子涵在《朱自强教授》一文中回忆说："那时候，一个规模很大的儿童文学研讨会在上海举行。在宾馆的大厅里，在房间里，乃至电梯里，都有人在说这篇文章。……文章尖锐。……批评和探讨都围绕着儿童性进行。"

[2] 梅子涵：《朱自强教授》，《中国儿童文学》，2002年第1期。

[3] 朱自强：《张天翼童话创作再评价》，《中国现代文学研究》，1990年第4期，第23-26页。

三、诗意栖居——可持续的儿童文学想象

一边颠覆一边建构，在对具体儿童文学作品的解读上，朱自强显示出对自我文学感觉的认同和对"儿童本位"的责任意识，以及对经典儿童文学纯粹意义上的美学坚守和诗性追求。童年是人类历史的花期，儿童生命绚丽多姿，儿童文学在与这种生命状态相遇时，亦显得生机盎然，充满诗情画意。"儿童文学的诗性与成人文学的诗性有内在的一致性，即通过对人类的生存状态和精神生活的一种终极关怀，从而在作品中形成一种感动人心的审美力量，一切真正的艺术本质上都是诗。"[1]朱自强抓住中国儿童文学作家的诗性本质，如数家珍地一一品评回味，再加上他激情四射的绮丽文笔，使他的文学评论呈现出绿色的质感和学理的通透，从不滞重呆板。

可以说，《新时期少年小说的误区》[2]是朱自强一篇疾风暴雨似的文章，但是，他没有忘记对那些带有儿童文学诗性作品的凝视和尊重，梅子涵的《课堂》《走在路上》，陈丹燕的《上锁的抽屉》《灾难的礼物》，夏有志的《我听见了我的声音》《普列维梯彻公司》，葛冰的《我们头上有一片云》《一只神奇的鹦鹉》，金曾豪的《小巷木屐声》《笠帽渡》，程玮的《白色的塔》《孩子、老人和雕塑》，任大星的《三个铜板豆腐》，汪晓军的《把大王的故事》，苏纪明的《"滑头"班长》等。并不只做备忘录似的列举，而对其中有些作家进行了深入细致而敏锐的评论。

陈丹燕是具有儿童文学天性的作家，八十年代创作的反映少女心理成

---

[1] 侯颖：《为童年留下一片绿洲——论儿童文学的诗性品质》，《当代文坛》，2011年第3期，第18页。

[2] 朱自强：《新时期少年小说的误区》，《当代作家评论》，1990年第4期。此文后载于《儿童文学研究》1991年第2期。据梅子涵在《朱自强教授》一文中回忆说："那时候，一个规模很大的儿童文学研讨会在上海举行。在宾馆的大厅里，在房间里，乃至电梯里，都有人在说这篇文章。……文章尖锐。……批评和探讨都围绕着儿童性进行。"

长的小说《上锁的抽屉》《男生寄来一封信》可谓清水出芙蓉，天然去雕饰，九十年代末期的《我的妈妈是精灵》作为中国的幻想小说，在艺术形式上有了重大突破，创造了一个充满真情实感的幻想世界，还以一个精灵的感觉，描写了一个小学五年级小女孩寻找母爱的心理过程，朱自强被这部儿童文学作品深深感动。在朱自强看来，陈丹燕"对少年们充满善意、理解和爱护的儿童观……与少年们建立起充满着坦诚的信任和温馨的爱之和谐的人际关系。"[1]在《程玮小说创作论》一文中，朱自强如咀嚼橄榄般欣赏程玮作为一个"生就的"少年小说作家的天才表现，程玮"保持着用儿童的方式来感受、体验和认知生活的能力"，大多数评论家看中程玮《白色的塔》《孩子、老人和雕塑》中淡化情节的抒情表达，朱自强从程玮作品中却发现抒写真实心灵的力量，程玮小说中"有取之不尽的生动情节和呼之即出的儿童人物形象。"[2]对她的《走向十八岁》《我和足球》高度肯定，敏感而精准地抓住了作为一个天才儿童文学作家之根本。

台湾作家王淑芬富于生命感性的诗一般的语句，被朱自强津津乐道，"一个蒸得热烘烘的便当，对一个十岁的小孩子来说，是很重要，很珍贵的。""校长是不是把上下课的时间弄颠倒了。""烛泪一滴滴往下，往往半路就凝结，仿佛走到半路，忽然忘了为什么要伤心。"这样的语言往往是从儿童本位出发的天才儿童文学作家情感生命的自然流露，才能达到如此出神入化的艺术境界。"儿童文学是大巧若拙、大智若愚、举重若轻、以少少许胜多多许的独特艺术，创作好的儿童文学需要作家有真正的文学修养。"[3]朱自强一贯反对儿童文学中理性对感性的压抑，即便儿童文学理论带有生命力的诗意表达和尊崇儿童的情感，也为他所推崇。高洪波作为中国儿童诗的一个中心，他的儿童诗得到了小读者和评论界的高度认可，朱自强

[1] 朱自强：《清水出芙蓉，天然去雕饰——论陈丹燕的少女文学》，《儿童文学研究》，1999年第4期。

[2] 朱自强：《程玮小说创作论》，《语言文学集》，东北师范大学出版社1991年版。

[3] 朱自强：《王淑芬儿童文学创作论》，《儿童文学学刊》（台湾），2001年第6期。

却发现高洪波儿童文学理论的独特价值和对中国儿童文学发展的重要意义。"高洪波的儿童文学理论建立在他对人生问题的诗性深省和对儿童文学名篇佳作的品评之上，因而时时闪烁着生命的绿色。"[1]这种评论的朴素感性是中国学院派儿童文学研究极为缺乏的，也是中国儿童文学作家极为需要的把脉似的文学理论，因而，在朱自强看来，这样的儿童文学评论才是绿色的，充满了生机和活力。

"朱自强对儿童文学本质的思考，一方面是受到了儿童文学理论研究现状的催逼，儿童文学研究在一些根本性、基础性的问题上还期待着理论廓清。另一方面也反映了他的学术思路，他力图通过对'儿童文学本质'这一类'元命题'的追问，谋求对诸多具体命题的整体性的理论超越。"[2]也有的学者认为："朱自强成熟的儿童文学观，和他几次去日本研修、研习儿童文学有重要关系。和他很长时间里重视研读儿童文学经典有重要关系。这两个原因可能是决定性的。日本是一个儿童文学很成熟的国家。"[3]依笔者之见，这些只构成朱自强成熟儿童观的外在因素，不足以形成他个人独特的儿童文学思想，朱自强现代儿童观的建立，源自于他对儿童和儿童文学的酷爱，他与儿童文学有一种命定的亲缘关系，他本人具有诗人气质，著名文艺评论家王确在《中国儿童文学是"现代"文学》中披露，朱自强"在大学时代是校园里一位有名的诗人，是诗心未泯吧；我还知道他对所有的孩子都是尽力施与爱心与自由。"[4]诗人的本性与儿童的本性同质异构，朱自强对儿童生命有一种深度的感性认同就不奇怪了，再加上对人性的信任和乐观积极的人生态度，多重质素一起构成了他"儿童本位"儿童观的合理内核。"儿童的心性所追求的，常常是向往光明的理想主义的事物，因此，任何流派的

[1] 朱自强：《诗人的绿色理论睿智——评高洪波的儿童文学评论》，《当代作家评论》，2000年第6期。

[2] 张永健：《20世纪中国儿童文学史》，辽宁少年儿童出版社，2006年版，第405页。

[3] 梅子涵：《朱自强教授》，《中国儿童文学》，2002年第1期。

[4] 王确：《中国儿童文学是"现代"文学》，《娄底师专学报》，2003年第3期，第73页。

儿童文学，都应是理想主义文学。"[1]可以肯定，朱自强儿童文学理论的建构也充满了理想主义光辉，诗意浪漫，但并不回避人生的苦难。儿童总是美丽的，成人和成人所构筑的不合理的社会才是愁人的。那么，儿童文学就有一个非常重要的精神指向，解放儿童并担负起教育成人的职责，社会文化教育思潮的主导从来都是成人而不是儿童，单单"中国社会的不成熟的重要表现之一，是没有学会向儿童学习，没有通过思考'儿童'来获取富于生气与活力的思想资源。……儿童文学并不只属于儿童，而是属于全人类。表现儿童的儿童文学常常于不动声色之中，深刻揭示整个人类生活的本质，成为开启时代心性的一把钥匙。"[2]这是对中国社会思想文化缺少内在动力别有洞天的思考，希望能给铁屋子里沉睡的人们敲响警钟。美国著名学者尼尔·波兹曼《童年的消逝》震惊了整个西方世界，就是从童年的视角出发，考察了从印刷术到当下电子传媒时代，随着人类文化传播载体的变化，从图书纸介媒体的文字阅读到电视传媒等的图像阅读，继而拆掉了成人世界和儿童世界的一堵墙——"性"，随着童年世界与成人世界隔阂的消逝——童年便消逝了。消逝的人类童年必然影响人类世界的发展进程，波兹曼思想的一个重要来源就是儿童文学阅读。朱自强对儿童身体生活和精神文化生态的思虑，无疑对中国当下的文化危机和童年生态危机具有重要的理论意义和现实影响力。

事实上，朱自强并不满足于儿童文学小圈子做学者型考据性的勘察，他能够站在人类文化历史的高度来审视儿童文学，朱自强关于儿童文化的重要性和敏感性的发现，确乎是朱自强作为一个理论家最具有思想性和创造力的地方。限于文章的篇幅，我在这里不赘述，只希望关心儿童精神、儿童教育、儿童心理、儿童文学理论的研究者能够与朱自强一道来构筑有关"儿童"的现代性思想理论，为二十一世纪"地球村"的孩子们做点力所能及的

---

[1]　[日]上笙一郎：《儿童文学引论》，四川少年儿童出版社，1983年版，第2页。

[2]　朱自强：《中国原创儿童文学的困境和出路——用眼睛看不清的困境》，《文艺报》，2004年7月24日。

事情，也可以说，为了人类的未来，携手共进。当凝望、思考、整合朱自强的儿童文学理论时，发现他的视野如大海般广阔深邃，儿童之善、文学之善、人性之善、理想之善是朱自强儿童文学理论的源头活水。老子云："上善若水，水善利万物而不争。"儿童文学上善若水，是滋养人类童年精神生命的丰富泉源，亦给中国当下思想文化和文学教育领域提供一种深度思考和识见的可能。

儿童文学创作中存在的几个问题

二十世纪三四十年代，中国的儿童文学作家曾坚守着"一片净土"，只写正面、光明、快乐与温暖，读者的诉求也局限在这些方面。当时，有一位家长提出来他的孩子在看了儿童文学名著班苔莱耶夫的《表》后偷了母亲的一支自来水笔，引发了"儿童读物如何描写阴暗面的问题"的讨论。二十世纪八十年代，随着中国的改革开放，文学的审美场域越来越宽，儿童文学作为文学的分支也枝繁叶茂地成长起来。但作品的审美趣味还是囿于阳光和快乐，作家们觉得儿童单纯的心灵上接受不了悲剧的"打击"，死亡更是离孩子很遥远的事情。常新港在1984年11月发表在《少年文艺》上的《独船》因涉及主人公石牙子的死亡，引发了儿童文学如何表现社会生活广度、深度甚至是悲剧问题的讨论，反映了人们对儿童小说艺术特性强烈的困惑和追求。二十一世纪初，《儿童文学》杂志举办全国"中青年作家小说擂台赛"。在发表的48篇作品中，有18篇涉及死亡问题，占全部作品的三分之一。其中7篇是以死亡作为小说的主要情节，另外11篇以死亡作为小说的功能。

在生与死的二元对立结构中，对生命的赞誉和对死亡的贬斥，构成了人类文化的一个基本特征。但因中西文化不同的追求，对死亡的认识也迥然有别，在《论语》中子路问生死，孔子曰："未知生，焉知死？"其实意在言外，亦即告诉人们要做好本分的工作，如果心有余力再关心死后的事。但是，至圣先贤对生死的这种回答，成为中国人对现实强烈追求和不问死亡的人生观和价值观的至高法则，遮蔽了中国人对死亡话题的深度探讨，在中国的民俗里谈论死亡也是一个不吉利的话题。在西方的文化中，对死亡研究从古至今都是对生之意义的一种给予，海德格尔认为，人从诞生之时起，就具有了"向死性"特征，弗洛伊德在强调生的本能时，认为人有一种死亡本能。美国学者萝丝认为："死如同生一样，是人类存在、成长及其发展的一部分。它是我们生命整体的一部分，它赋予人类存在的意义。它给我们今生的时间规定界线，催迫我们在我们能够使用的那段时间里，作一番创造性的事业。因此，从正面的积极意义来看，死亡的意义可说就是'成长的最后阶段'，也就是说：'你是什么，都在你的死亡中达到了高潮'。"[1]如何教育儿童正确认识死亡，不要让孩子从小就蒙上阴影，应该说是儿童成长教育的重要一课。

近年来，世界范围内的青少年犯罪率和自杀率每年正以11%的速度攀升。2004年6月9日《中国青年报》报道，距被执行死刑不足48小时，记者采访了杀人犯云南大学学生马加爵，记者问："四个年轻同窗的生命在你的铁锤下消失了，你对生命有过敬畏吗？"马加爵回答："没有。没有特别感受。我对自己都不重视，所以对他人生命也不重视。"特别在科技至上的今天，人们对技能和知识的尊崇超过以往任何时代，但对生命的意义和生命价值的大命题似乎淡漠了。文学是人学，儿童文学更是关注儿童成长赋予儿童感情源泉不绝的文学，我国以往的儿童文学排斥"死亡、黑暗、悲剧"等，事实上，哪怕是在严格禁止悲剧的阳光般的儿童文学后面，也有死亡和悲剧真实人生的影子，只不过在儿童文学诉求中以一种极端恐惧的和禁绝的形式出现，是虚伪人生的另一种版本和描摹。加拿大著名儿童文学评论家利里安·史密斯认为："赋给作品文学价值的，是技巧而不是素材。"[2]苏联作家波罗耶波利斯基也认为："我主张写全面，不能只写善，那么恶就会成为绚丽的珍品；如果只写幸福，人们就不再去注意不幸的人，最后对他们也都

---

[1]　转引自冯沪祥：《中西生死哲学》，北京大学出版社2002年版，第2页。

[2]　利里安·史密斯：《欢欣岁月》，富春文化事业有限公司1999年版，第74页。

麻木不仁了；如果只写那些美好的，一本正经的东西，人们就不再去讥讽生活中的丑恶。"[1]《儿童文学》杂志小说擂台赛集中关注死亡问题，似乎可以标志着中国儿童文学向现实和成长迈进，说明我国的儿童文学作家越来越关注生命、关注现实，在反映生活的全面性和深刻性方面向纵深发展。其独特视角主要表现在以下几个方面：

第一，对待死亡的态度上，能够坦诚客观，不再遮遮掩掩，把一个真实的人生现象展示给孩子们。如黑鹤的动物小说《饲狼》中主人公其其格老人的死就表现得很好。其其格是一位住在草原上远离人群的小木屋中的老妇人，一天夜里，有位司机把两只小狼遗留在老人那里，老人爱惜这两只小生灵，精心地饲养它们，为其取名为牙和石，当老人发现牙和石是两只小狼时，他们已经结下了浓厚的感情，老人孤独的心灵由牙和石得到了慰藉，当牙和石长大之后，老人自己的生命也慢慢地走向了终结。一天黄昏，老人像往常一样站在屋前的台阶上，"当太阳完全被地平线隐没时，其其格却没有像往常一样慢慢地站起来，回屋子里生火做饭。牙轻轻地叼住其其格的衣袖，老人慢慢地倒在台阶上。"死是自然的缓慢的过程，牧人的生命来源于草原，如草原上其他有生命的物种一样，也是自然的一景，小说写得恬淡静美，其其格爱的伟大如雕塑般凝固在她抚养长大的两只小狼———牙和石的记忆中，也凝固在读者的记忆中。

不仅生命的自然死亡，儿童文学能够坦诚面对，而意外的残酷死亡，世界经典的儿童文学作品，也能以审美的眼光，引领儿童理智地认识。日本著名儿童文学作家加藤多一的中篇小说《白围裙和白山羊》描写了小学生小透和他心爱的白山羊之间的生死离别的故事。弗洛伊德在探求儿童的精神成长中发现，儿童与母体分别之后，有一阶段移情给他最喜爱的物品，出现"恋物情结"，这物包括儿童最喜爱的物品、有生命的宠物和友谊挚深的朋友等。随着物品的丧失，儿童的心灵也经受一次次痛苦的洗礼，逐渐变得坚强和成熟起来。小学生小透有一只精心喂养的小山羊淘卡，在妈妈死后，淘卡

---

[1] ［苏］波罗耶波利斯基：《白比姆黑耳朵》，人民文学出版社2000年版，序2页。

成了与小透密不可分的伙伴，小透去城里不得不与淘卡分开，他不忍让淘卡到小松家送死，就偷偷地把它放到水草肥美的森林中。过了一段时间等他再去乡下寻找淘卡时，淘卡已经死去。小伙伴们都回避淘卡已遭不幸的现实，这时小松伯伯大声骂道："混账东西，不许自欺欺人！""小透！好好听着！你的山羊已经死了。""我估计，还没到冬天就死掉了。"小透听了这个消息，忍受着心中的伤痛，但淘卡的死是小透的"善良"造成的，小透必须正视现实、忍受伤痛、战胜伤痛，他才能长大。

第二，在探索死亡的原因时，儿童文学作家不再单纯地归结为社会自然等外部原因，或单纯的自身内部原因，而是努力寻求内部原因和外部原因的纠结点。韩青辰的《水自无言》是一篇"摄人心"的艺术作品。主人公形象、情节安排和主题思想都与常新港的《独船》相似，《水自无言》的主人公哑巴与《独船》中的石牙都是农村贫困的少年，哑巴没有父亲，石牙死了母亲；哑巴想上学，渴望正常孩子的生活，石牙想与王猛等同学一起玩球获得友谊。结果，石牙和哑巴双双死去，并以死唤起了人们的警醒。但这两篇小说在结尾的处理上有本质的区别：石牙是为了救人而亡，面对洪水的一刹那，同学们的"石牙来了，石牙划着船来了"的呼喊，打破了石牙与同学们的隔阂，使他从孤独中解放出来；而《水自无言》中的哑巴被人们怀疑偷了校长家名贵的手表，被警察抓走，在他死后，人们发现他写在纸上"不是我"的这句话，这句话表明了哑巴从肉体到精神的双重毁灭，他对人生绝望了，临死前处在被误解的孤独与绝望之中。这种悲剧的震撼力是巨大的，结尾老瓦匠恶狠狠地骂秋桃说："你这个孩子太没志气，还不如人家哑巴。"这既是世人送给不能为自己辩解的冤死的哑巴的墓志铭，也表现了作家对活着的所谓正常人的辛辣讽刺，这些正常人既包括成人世界的校长、警察、瓦匠们，也包括儿童世界的秋桃、惠惠和山竹们。从而，引发人们对生命的深度探求和对人性的拷问，比起《独船》中张木头以儿子的死惊醒起来的光明的尾巴要意味深长。哑巴和石牙都是少年，同样面临着美国精神分析学家·埃里克森所说"自我同一性"的建立，积极的令人满意的同一感就是

"一种个人身体上的自在之感，一种自知有何去何从之感，以及一种预期能获得有价值的人们承认的内心保证。"[1]不能确立"自我同一性"的人，就会陷入双重人格的纠结，从而造成角色定位的混乱。如果说哑巴在成长中追求"自我同一性"，从而断送了精神和肉体的双重自我，那么石牙则在断送肉体自我中完成了精神"自我同一性"的建立，所以说《独船》与《水自无言》体现了作家对生命死亡外与内纠结的深层思考。哑巴和石牙子比起斯坦贝克的《小红马》中的主人公乔迪，他们都没能勇敢地面对苦难，也没能成长下来。事实上，与单纯的死亡相比，关注人生许多突如其来的打击和考验，能够坚韧地活下来对儿童成长更有意义。石牙和哑巴的死亡绝不是简单的、单纯的死亡，他们的死涉及心理层面和文化层面的许多问题，值得我们继续纵深思考下去。

第三，在面对一系列的死亡问题时，儿童文学在叙述手法和思想倾向上与成人文学有很大区别。谢华良的《落雪无痕》和余华的《一种现实》都写了家庭内部成员接连的死亡。在小说《一种现实》中，死亡与鲜红的血是连在一起的，而且伴随着老人骨头腐烂的声音，让人觉得死的恐惧和不可抗拒。一个四岁男孩皮皮因抱不动襁褓中的堂弟而撒手摔死了他，婴儿父亲为了给儿子报仇，用脚踢死了侄儿皮皮，皮皮的父亲也为了给儿子报仇又害死了弟弟。每个人死的过程、死的细节都描述得逼真细腻，作者的笔触如手术刀般肢解着死亡的因素，表现了作者对人生的不满和愤懑，一种压抑与绝望的暗流通过作品流向成人读者。而谢华良的《落雪无痕》写到的死亡，也是一系列的，父亲因车祸而死，爷爷因思念父亲而死，父亲死后，大家都瞒着奶奶，怕让她知道受不了丧子的打击，奶奶也装作若无其事的样子，直到年后，奶奶临死才流露出已经知道儿子死了，奶奶怕大家悲伤才装着那么乐观的。为了一个"爱"字，所有活着的人都在"制造"幸福，作品反映出人间的温暖与美好。通过对死亡迥然不同的描写，可以看出儿童文学是积极、乐观、向上的，而成人文学可以表现作家对人生消极、冷漠和绝望的态度，它们的艺术手法和思想倾向明显不同。

第四，在对死亡具体描写的审美层面上，儿童文学作品往往流露出宁静之美和淡淡的忧郁之美。在阅读左泓的《永远的约定》时很容易使人联想起我国经典音乐《化蝶》的旋律，小说中的小女孩陈小囡得了不治之症，但她喜欢在病房里画仙鹤，背景是"胭脂红的云霞，一只仙鹤正从云边落下来"。因为三年前陈小囡捡到一枚鸟蛋，孵出一只毛茸茸的小仙鹤，陈小囡给小仙鹤起名叫欢欢，并把它放回扎龙自然保护区。等第二年再去时，那仙鹤认出了陈小囡。陈小囡以知自己得了绝症之后，对好友何谐说："死没什么了不起如果有一天，我你要是在扎龙看见一只仙鹤，长着一双我的眼睛，那只仙鹤准是我。"何谐替病重的小囡去见欢欢，何谐沉浸在与仙鹤欢欢相会的喜悦中，可这时传来了小囡病逝的消息，何谐思念好友，但她深信小囡的话："有一天，我死后，就变成一只仙鹤，又高贵又美丽，在天上自由自在地飞啊飞！"这是一篇凄美的故事，但在作家轻松优美的语言中，描绘得如诗如画。日本著名儿童文学作家黑柳彻子的《窗边的小豆豆》，用了整整一章篇幅，通过主人公小豆豆的眼睛写泰明同学死后，大家对泰明的悼念，校长小林先生"好像哭过一样"，终于，先生缓缓地开口说道："泰明死了。今天，我们参加他的葬礼。泰明是大家的好朋友，真是可惜，老师们也都难过极了""巴学园的空气中第一次充满了悲伤。""小豆豆想起了泰明的影像，还想起了两个人一起玩耍的日子，但是，小豆豆知道，泰明再也不会到学校来了。""死就是这样的。"一向活泼淘气的小豆豆在参加泰明同学的葬礼时，只是"静静地低着头"，"把悼念泰明的小白花轻轻地放进泰明睡着的棺材里面"。作品直接描写了死者的形象，"泰明睡在棺材里，被花朵围绕着，闭着眼睛。但是，泰明虽然死去了，却像平时一样，看上去那么温和，那么机灵。小豆豆跪下来，把小白花放在泰明的手边。然后，轻轻地抚摸了一下泰明的手，这是小豆豆曾经摸过多少次的手，是令小豆豆留恋不已的手。"泰明同学平静安详，"抚摸"写出了小豆豆对泰明的爱和留恋，更表现了她的天真善良，直到葬礼结束走出教堂，小豆豆"脸颊上沾满了泪水"。作品充满了对死者的深深怀念之情，这种情感不断激发出人灵魂深处的情感的波率，仿佛是灵动的小溪，清澈透明，温柔可亲，令人动容。

中国儿童文学对死亡的关注意识越来越清晰明了，作家在表现技巧上，是纯儿童文学式的，作品在直面人生的悲悯情怀和美学追求上，也是纯中国式的。与世界经典的儿童文学作品相比，中国儿童文学死亡叙述的符号意义远远大于它的审美意义，对生命意义和生命存在状态缺少宗教般形而上的思索和诉求，往往停留在现实和精神世界的交叉点上，进一步说，只是拘泥于人物的偶然命运和个人性格，没有西方文学的悲剧意识和对人存在和异化的精神求索，更没有西方现代作品中为当下的人寻找一个精神的出口。

（原载《文艺争鸣》2005年5期）

网络儿童文学的正负文化价值透视

　　网络儿童文学这个概念的界定现在似乎还没有统一的说法，就我们的理解，网络儿童文学似乎应该包括以下三种形态：第一种，儿童文学网站将中外传统儿童文学经典作品在网络上登录出来，供读者阅读、欣赏和评论；第二种，当代儿童文学写手乃至作家们将自己已经写作完成并发表在正式儿童文学刊物上的作品登录在网上，供读者阅读、欣赏和评论；第三种，当下一些作家或爱好者将自己的儿童文学作品首先在网络上原创发表出来，供读者阅读、欣赏和评论，便于自己快速听取读者与受众的反馈意见，从而，使自己极大缩短了获取读者反馈意见的时间和修改的周期，乃至有的作品在网络上发表三五分钟之后便可获得相应的反馈意见，这些作者中的部分人不仅有文字稿，还有画片、插图，乃至flash动画和影视视频的制作相配合，试图通过此种方式吸引读者眼球，以达到通过现代技术领先于文化竞争市场的目的。本文拟以网络后童话写作这一网络儿童文学的典型代表作品进行教育性与反教育性的正负文化价值的辨证思索，并试图深入到中国文化的深层，以透视出网络儿童文学作家的创作心态，分析出他们创作的优长与不足，以此为网络儿童文学的健康、持续与稳定的发展，做一点基本的文化上的梳理与铺路的工作。

净土坚守的尴尬

　　首先，这些作家作品中的优秀之作是极具文学性和教育性的，同时又能辅之以娱乐性与审美性，确乎是网络时代儿童文学佳作的代表。这类作品虽少，但由于其有超凡的艺术魅力，而给人过目不忘的深刻印象，在成人读者的世界里确乎有着更强大的影响。比如濛濛和小筱的《想吃熊猫到兔子的饭店》，讲述了一个维护自然、保护动物的故事，由于人类对熊猫等动物的猎杀和肆意残害，导致兔子们的义愤，促使颇有侠义心肠的兔子群起而攻击人类。小说采用了拟人化手法，对愚昧无知、纵欲无度和贪口腹之欲的人类进行了酣畅淋漓的讽刺，乐感和悲感相互渗合并渗透于字里行间，令我们慨叹小作者纯净的内心世界，他们在以自己的纯净的心笔勾画着心中的一方净土。从本质上说，这个故事不但具有人道主义的关怀，而且具备世界主义的关怀，因为它关涉了包括人类在内的所有生灵的生命生存关怀。

　　再比如小碗的《是谁邮给了我一只象》，亦是一篇人道主义与世界主义关怀兼具的佳作。话说由于人类野蛮砍伐森林、猎杀大象并获取象牙，促使象妈妈担心自己孩子未来的生存，在自己生命的最后时期，象妈妈知道远方有个好心的姑娘叫阿熏，于是将自己的孩子小象打包邮到阿熏家里，让她帮忙照顾，虽然阿熏对照顾小象有些不大在行，但她还是全力以赴、竭尽所能。

　　这样的作品确乎充满了智慧的因子，通过人们愚昧行为造成的可怕后果，来起到发人深省的教育意义，加上带有某种未来幻想的成分，其文学性、审美性、娱乐性与教育性融合得近乎完美。

　　但这类努力维护心中净土、勿使沾惹尘埃的优秀作品毕竟相对较少，不足以代表网络儿童文学的大气候与滚滚主潮，且这些优秀佳篇中精华与糟粕同在，促使我们梳理和分析网络儿童文学文化价值与内涵的工作变得尤为重要。更不容忽视的是，由于"网络后童话写作"的这部分优秀佳篇深受小读者喜爱，其糟粕与精华的文化强势影响会同样强大，因此，不可不重视，也不能不关注这部分作品的文化梳理工作。

媚俗的时尚

当下，在网络儿童文学中，各种童话作品或在浪漫传奇的演绎中，或在悲剧的抒写中，或在"无忌"的童言中，或在冷静的叙事中，演绎着色彩斑斓的多元图景。透过重重的迷雾与斑斓的色彩，其核心精神似乎一反中国儿童文学传统以教育性为核心，以此向外衍发出审美性与娱乐性的文化价值取向，而是以反教育性为导向，给予中国孩子的是一个另类的世界。这无疑给我们教育根本的儿童文化领域敲响了一记"万不要走错路"的警钟。那么，在网络信息通信技术异常发达的今天，人们的心态也异常浮躁、生存环境异常喧嚣的当下，这些反教育性因子对孩子们究竟意味着什么？限于篇幅，本文所要透视的网络儿童文学姿态只从中择取了以下四种：

1. 浪漫传奇的娱乐姿态

这部分作品似以娱人娱己为主要目的，带有空灵之美与奇特曼妙的想象，但却似乎是由于对现实观察与思考不足所带来的突兀式的浪漫传奇，这构成了"网络后童话写作"的一种主要潮流与姿态。比如疾走考拉的《入梦羊》，这部作品写了一个想离开现实世界到梦国去的女孩，通过数羊，并与第107只羊对视，最后与第107只羊互换了身体而常驻梦国。在梦国，她真心思念起现实世界，因为梦虽美，但永远无法触及、无法拥有自己的所爱。所以，她体悟到"梦国再美丽，我也会更加幸福于每个醒来的清晨，比梦乡更迷人的是真实的生活"。[1]整个故事充满了空灵之美与曼妙的想象，同时也形象地表达了作者对梦与现实的思考，如果从纯艺术价值上来衡量无疑这是

[1] 疾走考拉：《"e蜘蛛丛书"·入梦羊》，中国福利会出版社2005年版。

篇上佳之作。而从教育价值这个角度来看，斩获却会有所降低。我们在这种作者所渲染的空灵曼妙的气息里，难以切实感受到作者对梦与现实思考的根基，从而，很容易就将作者诉诸读者的人生领悟如虚幻般轻弃，这样的接受效果似乎与作者娱乐化的创作初衷有一定的关联。

当然，她们的作品中没有以拼杀和征服为标志的男性儿童作家印记，但其至阴至柔的柔弱与缠绵有时虽无爱情之名，却有着爱情的情感心理状态之实，这也是我们的隐忧所在。比如：小碗的《小巫婆的故事》确乎凄楚动人，小巫婆因为对王子的爱，而颇具自我牺牲精神。可见，作家自己首先建立起理性精神的重要，特别是建立起以智慧为皈依的意志品质体系尤为重要。当然，我们也不能说儿童文学的全部指归就在于理性、智慧与品德的教育，但作为儿童文学作家，应该有这种"虽不能至、心向往之"的较高的精神追求与道德责任。儿童文学教育如果不能为理性精神和以智慧为皈依的意志品质教育体系建立做有力助缘的话，那么，这样儿童文学的负面价值定会在审美想象等教育旗帜下彰显出来。

我们都不想让自己的孩子沉溺于妄念与无根的幻想之中，不想让孩子以失之理性与智慧的眼光情绪化地来看待这个世界。儿童文学的存心长善、知性养性的救失、动心忍性的意志培养、寡欲淡泊的人格养成、知耻改过的勇气造就，这都是作家应给予孩子的，如果儿童文学不能为这些意志品质的铸就提供强大的助力，至少不应该先培养孩子们的妄想性情感和欲望型想象，即使这些情感与想象确实令人眩目与眩惑。

事实上，我们认为，儿童文学的理性精神的建立和以智慧为皈依的教育的最后完成，主要是通过家庭教育中的文化经典的教育和父母对经典演绎的言传身教来完成，而后才是父母为之拣择的文学、音乐、美术和书法等审美教育作补充似较为妥当。

2.叙传式悲剧审美姿态

"网络后童话写作"存在着一种准叙传式的贵族化悲剧，这种悲剧的效果能令成人都为之动容，其美学效果令人称道，但由于对个性化自由写作的追求，有使儿童陷入是非善恶混淆乃至易位的泥淖中的嫌疑，因为，毕竟儿童文学从根本上还是良心的事业，所以，建议作家在这一点上应慎之又慎。比如：小碗的童话《我的小鲸，永不沉没》中讲述了生活在鲸背上的人鱼族，他们都长着美丽优雅的鱼尾。其中一个叫陶子的女孩，她出生时就长着畸形的鱼尾。因此，她受到人鱼族其他成员的歧视，她为此难过和自卑。可是，有一天，老天让充满爱心的陶子获得了一颗生命的种子。她将种子放在自己的衣兜里，在外仔细缝好，并让它每天接受阳光呵护、风儿抚临与雨露的滋润，终使这小生命得以孕育和诞生。当这个小生命小鲸第一次叫陶子"妈妈"的时候，陶子是何等的欢跃与幸福啊！但小鲸出生后三十天就生病了，小鲸拼尽最后一丝力气将陶子带到了传说中的陆地，只活了四十天的小鲸自己却沉入大海，而陶子最终获得了人生命的依托——陆地，这也是因为小鲸的存在和帮助才使她获得了新生与人生的新感悟。陶子在心里高声呼喊："小鲸，你在妈妈心里，永不沉没。"[1] 无疑，这是生命感悟的悲剧，因作者那充满爱心的情感诠释，使这个故事弥漫着凄楚之美与真诚之爱。个人凄惨的境遇，给人以启迪和思考，并促使人们对生命的价值与意义有了新的领悟。无疑，作者运用了转移与变形的笔法，但我们还是看到了这种叙传式的痕迹。实际上，青少年读者往往感受不到生命的苦难与阵痛，而能感到的与可能效仿的恰恰是那种传奇的现实经历。

作者小碗在给竖琴天使的信《谢谢你喜欢我的童话》中说："过于善良便可能软弱，而一颗真的充满爱的心要能做出一些事情来，一定要有力量，我现在正在努力使自己变得更有力量，这样才爱得更智慧，生活得也更好。"[2] 诚然，作者也意识到仁、勇、智三者一而三、三而一的关系，实际上作者的感悟早在中国传统文化典籍《大学》里就已经阐释透彻，这个道理可以指导、印证我们从事各项事业，包括童话的创作，而我们绝大部分的"网络后童话作家"大都是凭一时之灵感、灵动之想象、创作之冲动与充沛

---

[1]　小碗：《"e蜘蛛丛书"·谁的心里藏着谁·我的小鲸，永不沉没》，中国福利会出版社2005年版。

[2]　小碗：《"e蜘蛛丛书"·谁的心里藏着谁·谢谢你喜欢我的童话》，中国福利会出版社2005年版。

之情感来创作。她们对于生活中那些真正属于平民的苦难和人生路上的苦难却没有深刻的体验，加之没有高度智慧文化的引领与提升，这都决定了"网络后童话写作"的贵族化倾向与悲剧精神根本的滑落。

3．"童言"无忌式的无礼姿态

这种"童言"无忌式的无礼姿态具体表现为：作品情感动人有余，文化底蕴不足；清澈坦率有余，含蓄蕴藉不足；无忌式"童言"有余，礼仪之美不足。比如童话《两只鱼的故事》中有这样一段：

小鱼也看到他了，很热情地打了个招呼："嗨，老头鱼，你好啊？"嗯？这只鱼吓了一跳，我有这么老吗？她居然叫我老头鱼？他很生气地说："你好没有礼貌啊，我还很年轻呢，怎么能叫我老头呢？"小鱼哦了一声，装作明白了的样子，重新打招呼说："你好啊，老爷爷鱼。"他气得咬牙切齿。小鱼嘻嘻笑着说："再敢提意见，就叫你老不死的鱼。试试哦。"他没办法……[1]

无疑，篇中的小鱼连基本做人或做"鱼"的礼貌都谈不上，那就更不用说什么礼仪之美了，再加上作家潜在欣赏态度的描绘，我们可以了解到文本具有某些媚俗的价值取向。这媚俗形态的成因是作家的文化底蕴与礼仪有待于进一步提高？还是作家在市场经济的强势之下所做出无奈之举？我们认为，无疑后者的可能性更大，这种潜在欣赏态度及其文化底蕴状态衍生到他们的具体创作中，还会有种情感紊乱心理状态存在。比如：《装象》中是"我"让爸爸装象，"我"装爸爸的妈妈等，角色互换让人感觉"我"对爸爸的感觉很奇异，不仅仅是父女之间的感觉，还有天真无邪的朋友间的感觉，和角色互换之后的微妙感觉。这些微妙情感确乎令我们动容，但动容之余总感觉有种种缺憾，这些缺憾促使笔者真情感动之后，感到了人与人之间礼仪的消失与距离的消泯，人与人之间微妙过界的情感，致使读者在面红耳赤之余，在记忆里只留下了一个复杂变化的情感轨迹，而没有留下更有益的文化上的深度智慧启示、心灵净化与升华以及持久的感动与震撼。

[1]　小碗：《"e蜘蛛丛书"·谁的心里藏着谁·两只鱼的故事》，中国福利会出版社2005年版。

4.冷静乃至冷漠语言叙事姿态

流火的作品《啊呜》是一篇冷静叙事的童话，其冷静程度几乎达到了冷漠程度，而当冷漠成为一种叙事习惯，甚至是一种时尚的时候，阅读的影响力就应该遭到质疑。比如其中一段：

"啊呜尖叫着往同桌啊呀的座位上缩呀缩，弄得啊呀的桌子要倒下去了还不够，索性推开他跑下位来。

'啊呜同学，请你回座位！'

啊呜咬着嘴唇看老师，站在走道里不肯动。

'它不会咬你的，蜜蜂蛰了人自己就会死掉。'

啊呜咬了唇瞪大眼，站在走道里更是不肯动。

老师生气了，走过来把啊呜拉回座位，摁她坐下。

'它从不会蛰你的，你又不是一朵花！'"[1]

面对啊呜的恐惧，老师的反应没有太多的同情与爱心，而是冷静以至于冷漠地强迫啊呜回座位，最后是将他按在座位上。当然，这种描绘充分显示出网络传媒时代人们的内心状态，适当的时候也需要用冷静与冷漠来衬托热情，但是，如果通篇冷漠的话，似乎就会形成所谓的"冷漠美学"了。但其形成的根本是想通过某种新鲜而陌生的风格吸引大众的眼球，其过度娱乐以至于残忍的情感，会浸淫儿童的心灵。问题是这样的作品在网络儿童文学中比比皆是，甚至蔓延到纸质儿童文学创作之中。其残酷冷漠如果成为常态，其负面文化价值不言自明。

综上所述，当下网络儿童文学确实取得了一定的成绩，比如：具有娱乐性、审美性与教育性结合较为完美的佳作，并以真情动人，为我们开拓出一片心灵的净土，从而让人眼前一亮。但由于很多作品从最初的心灵追求，到最后公开发行而对销量的追求，于是有了作家心态的转化，表现在文本上有

---

[1] 流火：《"e蜘蛛丛书"·啊呜》，中国福利会出版社2005年版。

了喧嚣热闹好看和充满曼妙想象的呈现，但这些表面的好看由于文本深度智慧和教育因子的缺乏，导致了作品思想教育价值的降低，事实上也使作品的艺术价值停留在浅薄的表面，而使这些作品常常成为好看的空洞或唯美的花瓶，这似乎已经形成了我们当下网络传媒时代的一个时尚的潮流，势必难以阻挡。而且这些作品也没有给我们塑造出理想人性的中国儿童文学的人物形象，似乎还存在着传统文化底蕴不足的嫌疑。当然，我们相信，网络儿童文学作家有能力来弥补这些缺憾，使他们的童话作品既有高度智慧的教育性又有极具审美高度的娱乐性，可以达到贺拉斯所推崇的"寓教于乐"。如果我们的作家只能以激情和各种奇特复杂的故事动人，以浪漫传奇和曼妙奢华的想象让我们晕眩和迷惑，以对西方童话的模仿与追随来获得网友的支持和点击，这样的写作永远不会成为大气的写作，且终有黔驴技穷的一天。

（原载《文艺争鸣》2007年6期）

试论中国原创儿童文学的危机

一

　　儿童文学是关注儿童精神生活，关怀儿童心灵成长的文学。这样的儿童文学就必须面对特定时代中的儿童的生存状况并对此做出能动的反应。

　　著名儿童文学学者朱自强近年来一直关注中国当代儿童的童年生态问题，他以《童年和儿童文学消逝以后》《儿童文学与童年生态》《童年的挪亚方舟谁来负责打造——对童年生态危机的思考》等系列论文探究了当前童年生态的危机现状及其深层原因。我赞同他的童年生态出现了根本性危机的观点，同时认为，如果我们的原创儿童文学不能坦率地承认、清醒地面对当前童年生态的危机，并且从自身的立场解决这场危机，那么，这场危机就会转化成自身的危机。

　　近来，随着美国学者尼尔·鲍斯特曼于1982年出版的《童年的消逝——对教育和文化的警告》一书介绍到中国，"童年消逝"问题开始受到儿童文学界的注意。按照童年历史学的观点，"儿童""童年"都是历史的概念，是成人关于儿童的普遍假设。儿童文学的产生是以"儿童""童年"概念的产生为前提的，没有"儿童""童年"的发现，就没有儿童文学的"发现"。按照这一历史逻辑，"儿童""童年"的消逝，将直接导致儿童文学的消逝。英国学者大卫·帕金翰用极其敏锐的目光进一步发现，在电子媒体时代成长的儿童，"童年的公共空间——不管是玩耍的现实空间还是传播的虚拟空间——不是逐渐衰落，便是被商业市场所征服。这样一个不可避免的后果是儿童的社会与媒体的世界变得越来越不平等。"[1]童年在泛商业的成人世界的侵蚀下逐渐走向死亡。因此，儿童文学要确保自身的发展，就必须承担起保护"童年"生态的历史使命和现实责任。要保护"童年生态"，需要儿童文学作家具备思想力。比如，今天的孩子，特别是城市的孩子，拥有着较为丰富的物质生活，但是，很难说，他们的童年比50年代、60年代出生的那代人更快乐、更幸福。因为精神上的愉悦比物质上的享受更具有人生的质量，同样，精神上的痛苦也一定比物质上的匮乏造成的身体痛苦更为难以承受。今天的孩子的痛苦是心灵的痛苦，这种痛苦并不是夸大出来的。造成这种痛苦的原因也不在儿童自身，而确定无疑的是成人社会的责任。对这一问题，应该说，很多作家还没有清醒的认识，有些作家甚至还有似是而非的错误观点。以儿童文学作家的这样一种思想状态，要创作出超越时代的优秀之作是不可能的。

就整体而论，当下中国的儿童文学作家的艺术表现力也存在着问题。儿童文学是立足于儿童生命空间地文学。我们检验那些称得上世界儿童文学经典的作品，就能够发现，其作者都具备一种可以自由往来于成人世界和儿童世界的飞翔能力。因为有这种能力，他们能够将两个世界有机地融为一体，作品中成人作家对人生问题的洞察，就蕴涵在对儿童生活、儿童心性的生动表现之中，比如巴里的《彼得·潘》、林格伦的《淘气包艾米尔》、诺索夫的《马列耶夫在学校和家里》等等。但是，我们的儿童文学作家则少有这种艺术能力。执着于成人化的艺术感觉，陋知于儿童心性，是很多儿童文学作家的通病。儿童文学的繁荣必须有儿童的阅读作为保障。只有被儿童读者阅读，儿童文学才可能对当下中国儿童的精神成长发生影响。那么中国原创儿童文学的被阅读状况如何呢？

---

[1] ［英］大卫·帕金翰：《童年之死——在电子媒体时代成长的儿童》，华夏出版社2005年版，第110页。

据开卷（北京开卷图书市场研究所）2003年少儿图书的零售市场调查报告显示，每年的少儿图书品种大约都在1万多种，2亿多册，80%的图书变成了库存，剩下的20%中平均每年只有400万册左右的儿童文学销到读者手中。以3亿6千万的少年儿童计算，平均每个孩子阅读的儿童文学作品不足0.01册，与欧美等发达国家每个孩子平均5至6部儿童文学作品的阅读量来比较，我们的孩子阅读儿童文学的数量是相当可怜的。

问题还不止于此。在中国图书市场流通的每年平均400万册左右的儿童文学作品中，外国儿童文学经典作品如安徒生童话、格林童话和当代的儿童文学作品如《冒险小虎队》和《哈利·波特》等，又占有了80%多的市场空间。受市场销售利益的驱动，国内有100多家出版社在出版少儿图书，而且大部分是引进外国的版权图书，儿童文学中引进版权的儿童图书占有绝对的销售优势，如《哈利·波特》和《冒险小虎队》等书连续成为图书市场的主打产品。中国的儿童读者，越来越不愿意读我们自己国家的儿童文学。儿童文学评论家周晓波研究发现："对当代儿童文学作品的冷落现象相当严重。在我们所列的中国当代较有影响的儿童文学作品中，读者阅读比例基本上未能超过50%，大约只有百分之二三十。而在其他孩子们首选的排位列前23位的作品中居然连一部中国作家创作的当代作品都没有。"[1]

中国原创儿童文学的读者市场的萎缩，必然造成出版社出版原创图书的热情下降，出版社出版原创图书热情的下降又会影响中国儿童文学作家的创作热情。这种恶性循环影响着整个中国儿童文学的发展。

以上的数据表明，中国原创儿童文学面临双重困境：一方面，相对于我国这么大数量的儿童读者市场来说，创作、出版数量远远满足不了孩子的需求。另一方面，退一步讲，就算中国原创儿童文学的数量达到了发达国家儿童文学的平均阅读数量，我们的孩子也不愿意阅读自己国产的儿童文学作品。我们的儿童在大量地阅读外国的儿童文学，中国原创儿童文学对中国孩

---

[1]　周晓波：《素质教育中的小学生文学接受现状的调查与分析》见《中国儿童文学》，少年出版社2004年1期。

子的现实生活和精神世界几乎没有起到应有的影响作用。从儿童的生存成长状况、儿童文学作家的思想力及表现力、儿童的阅读状况这些角度看来，中国原创儿童文学在表面繁荣的背后，其实潜藏着巨大的危机。如不及时认清形势，冷静客观地探究造成危机的内在原因，在市场经济全球化的趋势下，中国儿童文学的前景将令人担忧。

二

中国原创儿童文学的危机交织着历史与现实的多重原因，如不及时剖析，还陶醉于表面的繁荣，那么对中国原创儿童文学的进一步发展相当不利，甚至会障碍儿童文学的发展。我认为，中国原创儿童文学出现的问题，主要有以下几个原因。

1. 中国传统文化中的成人本位思想的影响。

中国漫长的历史正如鲁迅所说是封建礼教吃人的历史。中国古代的启蒙读物《千字文》《三字经》《小儿语》表面上是为了适应孩子教育需要编写的，事实上体现了封建思想、封建道德的人才观，要把儿童培养成为统治阶级服务的善民和愚民，儿童的天性被完全地压抑下去。正如周作人1920年10月26日在北京孔德学校所做的演讲《儿童的文学》所批评的那样："以前的人对于儿童多不能正当理解，不是将他当作缩小的成人，拿圣经贤传尽量地灌下去，便将他看作不完全的小人，说小孩懂得什么，一笔抹杀，不去理他。"在"儿童的发现"方面，西方走在了前面。欧洲18世纪发现了人，19世纪发现妇女和儿童。19世纪中期的丹麦儿童就在安徒生童话的滋养下生活了，而中国的儿童还在封建礼教的压迫下痛苦地呻吟。中国久远的历史文化传统，非但没有积淀成中国儿童文学的催生因素，反倒成为中国儿童文学发展的障碍。

中国传统文化中的成人本位的思想，千百年来，已经形成集体无意识，至今仍然在儿童教育、儿童文学领域作祟。

2.中国儿童文学的主体性贫弱的问题。

发端于五四新文化运动的中国儿童文学，无论是理论上还是创作实践上，都明显地受动于西方，属于外源型的现代化。拿五四时期儿童文学理论的代表人物周作人来说，他的儿童本位理论，是直接受西方文化的影响而产生的。离开西方儿童学、生物学上的进化论、英国浪漫派诗人、日本白桦派的人道主义思想的影响，周作人的理论就不会是这样一种面貌。中国儿童文学在出版和创作上与外国文化的关系更为密切。中国第一部儿童读物《童话》主要是孙毓修集编辑、编撰、编译于一身，从1908年开始出版一直到1923年9月，历时15年，一共出版了三集共收录了102种作品，这其中外国儿童文学作品编译的占了64种，也就是二分之一还多。而被称为我国现代儿童文学开山之作的《稻草人》，更是受到了西方儿童文学的影响，叶圣陶在《我和儿童文学》一书中回忆说："五四前后，格林、安徒生、王尔德的童话陆续介绍过来了。我是小学教员，对这种适宜给儿童阅读的文学形式当然会注意，于是有了自己来试一试的想头。"[1]

中国儿童文学在发展过程中的每一个波峰都有西方文化的冲击，中国原创儿童文学胎带的外源型血统一直伴其成长。五四时期的西方民主与科学催生了儿童文学的产生。新时期儿童文学突飞猛进的发展也与中国改革开放后，西方思想的大量涌入密不可分。世界经典的儿童文学作品的大量翻译出版，给我们的儿童文学创作以很大的震动，学习西方儿童文学的经典越来越成为普遍意识。应该说，西方儿童文学经典有许多我们可资借鉴的东西。但是，问题出现在我们自身，那就是如何将西方经验转化成我们自身的能力。可以说，中国的儿童文学在每一次外来文化的影响之后，都有了长足的发展，但是，也存在着顶礼膜拜模仿重复小心谨慎地步国外儿童文学的后尘，表现出相当的不自信，自身的品格却没有明显提高的问题。我们的儿童文学始终处于学习西方的阶段，这个过程十分坎坷而漫长，飞速成长的新一代儿

---

[1] 叶圣陶：《我和儿童文学》少年儿童出版社1980年版，第48页。

童再也没有耐性等下去，所以才大量地接受外国的儿童文学。特别是近10年，我们创作了许多平庸的儿童文学作品，扩充着出版社越来越大的库存。

3. 在新的传播媒介、传播方式面前，儿童文学缺乏竞争力。

现代科技革命的发展，知识经济席卷整个世界，传媒信息的爆炸，不仅分散了读者群落，使他们转向电视、电影和网络，更造就了中国一大批外向型的读者。孩子崇尚科学，推崇发达国家的文化和文明，如好莱坞的大片融高科技和先进文化于一体，给儿童耳目一新的感觉，那种造神的英雄主义电影如《超人》《蜘蛛侠》《蝙蝠侠》等无疑为儿童自我精神世界的实现创造好了最佳的诠释园地。而我们国家的科技落后，在从计划经济向市场经济转制的过程中，文化和高科技的结合才刚刚起步，制作出的产品相对于我们自己是发展了，但与发达国家比还有相当一段距离。于是，儿童这一活跃的文化消费群体便把视线投向国外的作品，中国本土的文化不被重视，原创儿童文学无疑也要承受当代消费者无情的冷眼和排挤。

4. 中国原创儿童文学的作者队伍老化问题。

这里所论中国原创儿童文学的作者队伍老化问题，主要是指观念老化和创作的作品老化。占中国文坛主流的作家大都是计划经济体制下就已确定了文坛地位的作家，他们习惯于写稿子按千字赚稿费或是挣工资，至于作品卖不卖出去不太关心。现在进入市场经济，按版税付酬劳，作家开始关心自己作品的销售量，但思维的惯性还没有调整过来，还不知道如何适应市场经济的模式。不关注读者群，不研究儿童，写出的作品往往在儿童文学作家和评论者的小圈子自娱自乐，没能与广大的儿童读者互动。事实上，网络文学的出现，也是电子民间文学的诞生，儿童的集体无意识会在网络文学中自然流露出来，给了我们作家零距离接触读者的机会，但我们的文学文本的作家往往瞧不起网络文学，不与为谋，也使自己失去了一个了解读者的窗口。中国当代原创儿童文学在反映现实的作品中，与当代的儿童的精神需求相去甚远，往往记述作家自己儿时的生活，用十几年甚至几十年前的审美标准衡量当代的儿童。随着时代的发展，变化最大、观念最新的应该是最富活力的儿童，再用以前的标准创作作品，读者很难买账。更有一些作品秉承中国儿童文学固有传统，板着脸孔教训人，让儿童感到压抑和不快。在描摹幻想空间的作品方面，儿童文学作家想象还没有读者丰富，没有新奇和"意外"在场，粗制滥造严重。表现手法、题材、体裁、语言风格故步自封，这一切又羁绊了儿童文学作家前进的脚步。作家皮皮在翻译德国作家雅诺什绘本《噢，美丽的巴拿马》时说："雅诺什是个为孩子写作的作家，尽管他也有许多成人读者，在中国像他这样与儿童有天然亲近感的作家几乎没有。他把孩子能够表现却无法表达的故事尽可能用孩子自己的方式写出来，孩子看了觉得亲切，成人看了会展开回忆。"智慧的语言在作品中俯拾皆是，"我无论如何需要一把摇椅，不然，我就不能让自己摇晃起来"；"直线距离准确说大约还有7米"；"后来小熊钓到两条鱼，他决定把其中的一条带回家做晚饭，把另一条鱼放回水里，让这条鱼高兴一下。"皮皮充满钦佩地写道："我已写出近百万字，但还没写出让鱼高兴一下的句子。"

5. 儿童文学理论批评和研究的落后，致使儿童文学作家作品的评判尺度模糊。

五四时期，周作人起步很高的儿童文学的文化研究没有得到接续，从当下众多的儿童文学理论书给儿童文学下的定义可以看出，理论研究还是停留在儿童文学创作主体作家上，研究方法也多用反映论一种。"儿童文学是专为儿童创作并适合他们阅读的、具有独特艺术性和丰富价值的各类文学作品的总称。"[1] "广义的儿童文学即适合于各年龄阶段儿童的心理特点、审美要求以及接受能力的，有助于他们健康成长的文学，其中以特意为他们创作、编写的作品为主，也包括一部分抒写作家主观意识却能为孩子们所理解、接受又有益于他们身心发展的文学作品。"[2] "儿童文学是根据教育儿童的需要而专为少年儿童创作、编写的、适合他们阅读的文学作品。"[3] 儿

---

[1] 方卫平、王昆建：《儿童文学教程》，高等教育出版社2004年版，第4页。

[2] 浦漫汀：《儿童文学教程》，山东文艺出版社1991年版，第1页。

[3] 蒋风：《儿童文学概论》，四川少年儿童出版社1982年版，第8页。

童文学是"适合不同年龄的少年儿童阅读的各种体裁的文学作品……是向少年儿童进行审美教育、思想品德教育和增长科学文化知识的重要手段。"[1]这些定义大都从创作的主体论出发，忽视儿童文学的服务对象———儿童这一阅读主体的存在，"专为儿童创作"和"适合儿童阅读"两个关键词频频出现，可以看出我们的儿童文学理论研究者意识中还有儿童和阅读，但在操作中就忘了儿童，至于儿童阅读和儿童阅读心理的分析，尤其是对儿童读者的研究非常少，仅方卫平一本《儿童文学接受之维》的专著，蒋风主编的《儿童文学原理》仅用很少的篇幅提及了"接受论"。而外国儿童文学研究的方法可谓琳琅满目，心理分析的观点如贝克汉姆的《魔法的作用》，原型理论如富莱的《The Great Code and Words with Power》，还有结构主义、功能论等，这些研究不仅提升了儿童文学自身的理论品格，对整个人类文化精神建设而言，也是一笔巨大的财富。

理论与创作是文学腾飞的两翼，儿童文学也不例外。而对中国这样的儿童文学外源型国家，理论对于创作的影响尤为重要。中国儿童文学理论批评和研究的滞后状态，对儿童文学创作进一步向上攀升相当不利。

三

中国的原创儿童文学要想摆脱面临的危机，当然应该标本兼治。但是，我们当前的首要任务应该是寻找前行的根本方向。这个根本方向定位准确，我们的一切作为才可能形成一股合力，收获事半功倍的成绩。

在中国儿童文学历史上，有着多种形态的儿童文学观，比如儿童本位的儿童文学观、教训主义的儿童文学观、教育主义的儿童文学观、工具论的儿童文学观等等。历史的经验越来越证明，"儿童本位"的儿童文学观才能把我们引向广阔而光明的道路。

[1]　上海辞书编辑部：《辞海》，上海辞书出版社1989年版，第890页。

"儿童本位"理论最早是由中国儿童文学理论的奠基者周作人在五四时期创立的。在那个时代，周作人倡导的儿童本位论是最具有现代性的理论，只是由于时代的原因，它被搁置了起来，没有收获创作上的实绩。在当代，儿童文学理论家朱自强继承并发展了儿童本位的理论，他以专著《儿童文学的本质》系统阐释了他所主张的儿童本位理论的当代形态，并在发表的一系列论文中，赋予它新的时代含义。他主张用儿童文学"教育成人"、"解放儿童"，他认为："真正的儿童本位的儿童文学，就不仅是服务于儿童，甚至不仅是理解与尊重儿童，而是更要认识、发掘儿童生命中珍贵的人性价值，从儿童自身的原初生命欲求出发去解放和发展儿童，并且在这解放和发展儿童的过程中，将成人自身融入其间，以保持和丰富自己人性中的可贵品质，也就是说要在儿童文学的创造中，实现成人与儿童的相互赠予。"[1]

　　1.如果中国的原创儿童文学真正走向了儿童本位，中国儿童文学将与世界儿童文学同步发展，就会形成一种充满现实关心和理想情怀的高品质的儿童文学。立足于儿童本位，中国的儿童文学作家将获得观照人生、社会以及儿童心灵世界的独特而有效的方法。这样的儿童文学将以独特的站位的人文精神，像西方儿童文学那样，影响社会发展的进程，书写一部以儿童为视角的中国社会发展史也会指日可待。

　　2.如果中国的原创儿童文学真正走向了儿童本位，信息高速公路上的一切传媒都将成为中国儿童文学的积极协作者。以儿童为本位，中国的儿童文学作家就不会排斥网络文学等电子传媒和动漫卡通等影像文化，并进一步增强读者参与意识，实现创作主体和阅读主体零距离接触，从而实现创作主体和接受主体的良性互动。

　　3.如果中国的原创儿童文学真正走向了儿童本位，中国儿童文学将成为人类儿童精神的共同财富，世界各国的儿童文学都会得到同步的阅读。在这种不同文化的碰撞中，现代作家故事资源的匮乏也会从根本上得到改观，具有本民族特色的儿童文学会受到广泛的欢迎。成人和儿童越来越多地进行共

---

[1]　朱自强：《中国儿童文学的困境和出路》，《中国儿童文学》2005年第1期，第69页。

识阅读，满足9至99岁读者的儿童文学的作品将成为儿童文学最有机的组成。

4. 如果中国的原创儿童文学真正走向了儿童本位，现代传媒技术的广泛应用，使儿童文学作品以最快捷的速度进行传播，以最大的范围进行阅读，名品精品传播迅速而久远，平庸作品淘汰加快，儿童文学的审美体系和自身的价值也会得到最有效最迅速的实现。

5. 如果中国的原创儿童文学真正走向了儿童本位，阅读主体口味的差异性会带来作品创作的多样化和小众化的阅读倾向，文学固有的体裁将被打破，审美形态也越来越丰富鲜活。儿童文学将会出现历史上从未有过的灿烂景观。

信任儿童的本性，寄希望和未来于儿童，通过"儿童本位"的思想，激发所有成人自身生命的活力，开创人类更为合理、健全、美好的明天，这是以儿童为本位的中国儿童文学作家、理论家和出版工作者共同的历史责任。这也正如波尔·阿扎尔在《书·儿童·成人》一书中分析安徒生的童话所说："在安徒生诗情充沛的童话里，浸透着梦想更加美好的未来的坚强信仰。这一信仰使安徒生的灵魂和孩子们的灵魂直接融合在一起。安徒生就是这样倾听着潜藏于儿童们心底的愿望，协助他们去完成使命。安徒生和儿童们在一起，并依靠儿童们的力量，防止着人类的灭亡，牢牢地守护着导引人类的那一理想之光。"[1]

（原载《东北师大学报》2006年1期）

---

[1]　[法]波尔·阿扎尔：《书·儿童·成人》，东京纪伊国书屋1986年版，第154～155页。

儿童是成人的学校
——评皮耶罗·费鲁奇《孩子是个哲学家》

西方哲学的历史分为两个主流，一个是以柏拉图为代表的诗性哲学，一个是以亚里士多德为代表的理性哲学，这位意大利哲学家心理学家皮耶罗·费鲁奇显然是诗性哲学的代表，他在《孩子是个哲学家》里，像博物学家那样持续观察，像探险家那样不断接受挑战，像哲学家那样深入思考，像心理学家那样调适情绪，像戏剧家那样生动表演，像诗人那样情感丰富，像小说家那样妙笔生花……因为，他进入了一所儿童学校，他的5岁和3岁的两个儿子把他带入这所学校。

为什么说儿童是成人的一所学校呢？"和孩子们一起生活，就像一场持续的地震——古老的确定性土崩瓦解，新的思想和情感不断涌现。"哪一个面对地震的成人能够无动于衷呢？必须行动起来，是改变地震还是被地震改变？这是一个问题的两个方面。孩子要你跟他玩耍，父亲要去工作还有一大堆账单要还；孩子翻来覆去玩一个游戏，父亲已经厌烦；孩子慢吞吞吃一个又一个蛋糕，父亲约好的会客时间已经延误……每一天甚至每一刻都要面对这样的困境，是做一个压制孩子自由的暴君，还是顺应孩子意愿陪伴他们成长的"奴隶"？皮耶罗在反复用成人的强权也没能摆脱困境之后，他决定放下自己像空中楼阁一样的理论，放弃自己虚弱的自尊，面对孩子这所学校，重新学习，他开始了一段充满发现和快乐的旅程，进而欣赏孩子创造的人生奇迹。在这一过程中，他的个人生活也发生重大改变，甚至人生观、世界观和价值观也有很大改变。下面我们看看孩子这所学校里的主要课程：

第一门课程是创造力，"孩子的思考是散式的，不会走你事先规划的路径，自由自在，天马行空、独往独来。任何一样东西或工具，到他那里都可能会以其他方式而非依照原功能使用。创新的头脑不会只看见大家的所见，更会对大家视而不见的细节感兴趣。"他们是活在文化、历史、约定俗成甚至语言之外的一族，他们面对世界和心灵，完全是自发式的，他们的创造力随着生命力一起涌动着，按照天道行进就是了。然而，太多的成人教育者不知道"顺其自然"，阻碍着儿童创造力的发挥，这需要成人教育者反思忏悔。

第二门课程是专注力，不仅专注于一个物品一个事情一种游戏，反反复复，永无休止，还要专注于此时此刻此地此事和此人。埃米利奥永不知疲倦地蹦跳跳床，父亲感到十分厌倦，当从儿子兴奋的笑脸中看到幸福时，"我开始聚精会神地看着他，终于慢慢看明白了：那一跳果真是新的！每一跳都不同，第一百跳跟第一跳同等重要，而你对他的注意也应该是一样的。"游戏的儿童，是最专注而认真的投入者，他们是永远活在当下一族，难道人生不就是活在当下吗？

第三门课程是感受力，"成年人通常很懂得掩饰并控制自己最私密的情绪。可是小孩却把它们统统抖出来。"儿童的心灵是透明的。他们表达自己的需要并努力达成自己的心理满足，有一种不达目的不罢休的坚韧，3岁的男孩乔纳森"吃饭的时候也可以跳舞、交朋友、欢笑、说话、研究地心引力，跟所有同样欢乐的人共同玩耍，全部一起来。"5岁的埃米利奥时不时地叫一声爸爸，爸爸问他有什么事的时候，他又不说话。他只要知道爸爸在那儿，被陪伴着，心灵就获得一种巨大的安慰，难道，这不是一种真正的爱吗？

第四门课程是审美力，成人是被许许多多经验包裹着的，比如说对一些事情的态度："讨厌蜘蛛、性爱的难以启齿、饮食习惯、维护己利、跟金钱的关系，和对死亡的恐惧。"儿童对一切事物都没有成见，很少功利主义和概念性的判断，他们的思维是感性的，更有发现美与真理的眼睛。

这四种课程可以作为核心课程，相辅相成，缺一不可，当然，还有音乐、美术、机械、烹饪、天文、地理等等无数的新课等待成人学习，好在有不知疲倦的儿童带路，学起来会有方向性。

我认为，在进入这所学校学习的过程中，每一个成人都要经历一个过程，皮耶罗经过了四个阶段：

第一个阶段是发现这所学校，即发现儿童存在。多少成人拥有发现儿童的能力呢？在人类文明历史的长河里，经历了漫长的发现儿童的过程，西方在十七世纪发现了人，把人从宗教的桎梏中解放出来，十八世纪发现了妇女，十九世纪才发现儿童。中国要比西方晚一个多世纪，五四新文化运动提出"立人"思想，才发现妇女和儿童应该拥有"自由平等"人的权利。直到现在，还有多少儿童没有被发现呢？就像周作人所说"不是把他们当成缩小的成人，拿圣经贤传灌下去，就是说小孩子懂得什么，一笔抹杀"。通过儿童自我成长的节奏，"我这才明白什么叫作自发的生活，原来可以这样更丰富，更多元。被不属于我的节奏牵着走，但却轻松自在，那是全新的感受，一切重新启动。"儿童可以成为成人生活的导航。

第二个阶段是认识这所学校，认识到儿童是独特文化的拥有者，他们有不同于成人世界的生命感受。这是走进这所学校并在这所学校能够学习下去的基础。许多儿童教育家提出了自己的认识，如洛克发现"儿童的心灵是一块白板"，卢梭认为儿童的心灵是一颗种子，蒙台梭利认为"三岁决定一生"，华兹华斯感受到儿童是成人之父。皮耶罗强调，"我对孩子的思想充满了敬畏——他们以纯真而又智慧的眼睛打量着世界。"

第三个阶段是在这所学校认真学习，不能稀里糊涂混日子，不能应付疏懒不求上进，成为一个劣等生。这些学习就在于日常生活的点点滴滴，重视孩子的话语，尊重孩子的思维方式，探寻这种思维的独特价值。比如，一天早餐时，埃米利奥默默地吃着麦片，皮耶罗没有打扰孩子，知道孩子正在思考，儿子突然问："爸爸，如果我们所有的生活只是一个梦，那会怎么样？"皮耶罗回答了孩子的问题，也许有一天所有的东西都消失了，躺在床上，意识到一切都是梦。埃米利奥回答："也许连床也是个梦呢。"皮耶罗作为哲学家敏感地发现："一个孩子在观察着世界，并好奇这个世界是否全是他自己的大脑创造出来的。"大人常常被日常生活琐事占据，已经忘记了思考人生的终极问题。

第四个阶段是通过这所学校的学习，改变自我、探索自我、超越自我、开启智慧，成为一个有创造力的成人。这是在与儿童的共同生活中互动成长的结果。正像皮耶罗所言："我感觉到我的人生更丰富，更深刻了。我意识到每一段小插曲，不论是多么无趣或扰人，在它的背后都隐藏有巨大的惊喜，有时甚至闪现智慧的灵光。"他认为如果按照成人的先在的目标教育儿童，儿童的生命就是一趟有目的地的旅行；如果按照儿童自我成长意愿和规律，成人陪伴和引导儿童成长，儿童的生命就是一次又一次探险。前者是约定俗称的旅行，教育者比较轻松简单不费力气；后者是富有创造性的发现，成人要和儿童一起成长，需要付出艰苦努力和辛勤汗水，甚至承受失败的痛苦，成人和儿童一起面对人生的险境，哪一种人生更有意义和价值呢？

也许，这才是真正的教育，面对儿童这所学校，每一个人都应该虚心学习。"我在做父亲之前比较喜欢漫无边际地做梦。有了孩子以后就没有时间做白日梦了，反而使我觉得自己没有任何特殊之处，跟其他父母一样，只是一个普普通通的父亲，惊恐而又甘心地发现了自己的平庸。"甚至"我变得男女性了"。这些都是因儿童带来的努力和探索，发现不一样的儿童和不一样的自己，在改变自己的过程中，改变世界。令人欣喜的是，在这所学校里，人们永远也不会毕业，因为有各种各样的儿童学校，等待我们去学习和发现，学习和改变自我难道不是一种幸福吗？

这是一部改变人生态度的书，不只是一部哲学书和儿童教育书，《孩子是个哲学家》是一所真正的大学。

（原载《深圳晚报》2016年12月11日，有删改）

第 **2** 辑　**经典重读**

经典抑或难题

——读叶圣陶的童话《稻草人》

　　《稻草人》是叶圣陶先生于1922年6月7日完成的一篇童话，刊登在1923年5卷1期的《儿童世界》上，而后作者把1921年至1922年上半年创作的23篇童话结集出版，名为《稻草人》，叶圣陶自言："我之喜欢《稻草人》较《隔膜》为甚，所以我希望《稻草人》的出版，也较《隔膜》为切。"可见作者对这篇童话的珍爱，郑振铎在为《稻草人》做序时认为："在描写一方面，全集中几乎没有一篇不是成功之作。"再加上鲁迅《〈表〉译者的话》序文中说："叶绍钧先生的《稻草人》是给中国的童话开了一条自己创作的路的。"《稻草人》作为中国现代儿童文学史开山之作的经典位置得以确立，这是无可争辩的事实。

　　事隔近百年，我们再来看童话《稻草人》讲了怎样的故事呢？童话开篇以抒情的笔调写了田野里的一个稻草人，夜晚忠于职守，看到稻子长得茂盛，想着可怜的老妇人曾经死了丈夫和儿子，几乎哭瞎了眼睛，用六年的时间好不容易还清了丧葬费，庄稼又连年受灾。当下的境况却非常好，稻子长得非常茂盛，将要有一个好收成，于是替老妇人高兴起来，想象着收割时老妇人看到稻穗又大又饱满，"脸上的皱纹一定会散开，露出安慰的满意的笑容吧。"突然，一只蛾子在稻叶上产卵，稻草人心如刀割，拼命地摇着扇子，做出啪啪的声响，想赶走小蛾子，告诉老妇人，但是，他既没有办法扇走小蛾子也没有办法让老妇人知道。稻草人的内心承受着巨大的痛苦，"他的身体本来很瘦弱，现在怀着愁闷，更显得憔悴了，连站直的劲儿也不再有，只是斜着肩，弯着腰，好像害了病似的。"等到看见大量的蛾子咀嚼的稻子只剩下光杆时，无能为力的稻草人在冷风中哭泣。紧接着，稻草人在夜里发现一个渔妇在河边用鱼罾捞鱼，她生病的孩子在船舱里不停地喊着渴，渔妇一次次把罾绳拽上都是空的，孩子大哭起来喊渴，渔妇不得不停下手里的活，从河里舀了一碗水给孩子喝，孩子停止了哭泣，接下来不断地咳嗽和喘气。过了好久好久，渔妇终于捞上一条鲫鱼，渔妇用很少的水把鱼养在木桶里，盛鱼的木桶恰好在稻草人脚下，鲫鱼祈求稻草人救他，把他放回到河里，稻草人可怜鲫鱼，可怜妇人，可怜那个生病的孩子，稻草人心里悲痛极了，一面叹气一面哭泣。忽然，稻草人发现一个妇人因不想被赌博的丈夫卖掉，要投河自尽，稻草人想叫醒那个沉睡的渔妇去救那个妇女，但他无论如何都办不到，见死不救是一种罪恶，稻草人感觉自己正在犯罪，"这真是比死还难受的痛苦哇！"稻草人期盼着天亮。第二天早上，农民发现河里的死尸，人们都跑来看热闹，木桶里的鲫鱼已经死了，生病的孩子更清瘦了，咳嗽更厉害了。赶来看热闹的老农妇看见自己的稻田都变成了光杆，捶胸顿足地大哭起来，这时，稻草人也倒在了田地中间。作品借助感情丰富细腻的稻草人的眼睛，叙述了人世间三幅悲惨的画面，而且一幅比一幅沉重。苟延残喘的孩子已经预示了他的死路，歉收稻子的老妇人虽生犹死。更让人悲哀的是，老妇人不知道渔妇的悲哀，渔妇不知道老妇人的悲哀，自尽的女人不知道老妇人和渔妇的悲哀，渔妇又不知道鲫鱼的悲哀。稻草人痛苦自己没有腿不能走路，即使能走路，他又能怎么样呢？童话的结尾，唯一有同情心的稻草人倒下了，他应该是心痛而死。童话写了一个没有爱没有互助没有希望的漆黑而寒冷的夜的故事，即使太阳出来了，人们来到河岸看热闹，对捞上来的死尸也没有一点同情，人与人之间的厚障壁，民众的麻木不仁，放逐了人世间的暖意，人情冷漠，人心隔绝，社会的黑暗，统治者的剥削，天灾和人祸到了无以复加的地步，越是细腻地描写稻草人痛苦致死的心路历程，越延长和强化了读者这样的情感体验时间，越感觉人世间的悲哀和无望。

叶圣陶作为教育者肩负着教育责任，往往在作品中较直接地说道理，他于1921年创作的童话《小白船》唯美清新，但说教味道较浓，男孩女孩乘坐小白船外出遇险，在得到成人救助时，还要回答三个问题："鸟儿为什么要唱歌？花儿为什么香？为什么你们乘的是小白船？"好在孩子回答了"爱、善与纯洁"三个答案，得到了救助。如果孩子不能回答这三个问题，是不是成人就不救助了呢？从童话叙事来看，这三个问题明晃晃硬生生地嵌入童话，破坏了故事的完整性，也不符合人之常情，表现手法比较粗浅稚嫩，但作者所表达的对童心纯真善良的赞美，还是令人欣喜的。也许社会现实的黑暗很快打破了作家的审美理想，时隔半年创作的《稻草人》，艺术手法非常纯熟，达到了出神入化的程度，但是，作品如放大镜般渲染了社会的悲哀和苦痛，这是与儿童活泼向上的生命力有隔膜的，尤其面对儿童读者，幼小的心灵在不谙世事的情况下，巨大的成人社会的悲哀排山倒海地压下来，加上善良而情感丰富的主人公稻草人的毁灭，都给人绝望的无力感。诚然，稻草人作为作者的替身和中国知识分子和社会良知的载体，他站在启蒙主义的立场上来启迪民众，唤醒沉睡的国民，与二十世纪二三十年代的文学主潮相契合，与叶圣陶"为人生而艺术"的审美追求相一致，也延续了中国文学"文以载道"的传统，是较为精湛的艺术作品。但从作品的艺术效果来看，《稻草人》所描摹的黑夜与社会黑暗的叠加，增加了恐怖的气氛。黑夜本身就让儿童感到恐惧，作品通过稻草人的眼睛又加上一幅比一幅凄惨的人间悲剧，令人胆战心寒，心缩紧为一团，读者的情感随着稻草人一步步跌落到冰冷而黑暗的深渊，走入了没有光的所在。儿童文学当然不排除成人读者对象，但作为阅读对象主要是儿童的儿童文学作品，这样的主旨和情感会销蚀孩子生活的勇气与对人性的信任。中国家庭往往对孩子进行听话教育，不听话的孩子会被大灰狼吃掉，恐吓孩子这一传统具有强大的民间力量，这种意识不自觉地流露在叶圣陶《稻草人》的创作之中吧，这也许是笔者的一种臆测。

　　很多人把《稻草人》与英国唯美主义作家王尔德的《快乐王子》相提并论，依笔者粗浅的阅读体验，《稻草人》与王尔德的《快乐王子》在结构和形象的选择上尽管有很大的相似性，但在思想境界、主题意蕴、情感指向上却大异其趣，《快乐王子》中的王子和燕子，面对黑暗的现实和残冬的严酷，都没有避免死亡的命运，但是，他们彼此相爱与付出的真挚感情，是作品的主线，燕子与快乐王子生死与共的爱情基础，就是他们尽最大努力甚至不惜牺牲自己的生命来解除人间的贫病、苦难和饥寒，快乐王子和燕子死后，尽管受到人类的鄙视和唾弃，上帝的眼睛却是明亮的，让他们的灵魂升入了天国，善良和大爱有了比较完满的出路，也为儿童读者的心灵播撒了爱和希望的种子。童话大师安徒生认为，他无力改变现实世界，但他会努力创造一个童话艺术的世界，即对人类未来存在着坚定不移的理想和信念的世界，这应该是现代儿童文学的一种本质诉求。

《稻草人》与鲁迅的《从百草园到三味书屋》、《故乡》和《社戏》等回忆童年的作品也有很大不同，鲁迅的作品中单单对童年生活美好的回忆，童年时期无忧无虑地快乐玩耍，就使作品充满了诗情画意，如《社戏》里的"我"回到外婆家，那村上从老到小的乡下人都极富人情味，所以"我"感觉那晚与小伙伴看的社戏和偷吃的豆，值得"我"一生回味。对比成年之后看戏的枯燥和无聊，童年可以说是作家永远的精神故乡，鲁迅无意而为的作品可以成为儿童阅读的常青树，因其具有生活真实、情感挚诚和深厚的人文情怀。叶圣陶有意而为的童话《稻草人》，在创作形式上具有童话的质素和技巧的纯熟，揭露与批判了社会的极度黑暗，所表达的情感却是纯粹成人的悲哀与无力感。退而言之，黑暗的社会现实从来不是儿童造成的，如果让天真稚嫩的儿童过早地承担成人社会巨大的悲哀和人生的伤痛，也可视为把儿童当成了一种"缩小的成人"，儿童观与创作思想需要进一步检视，也许是作者过于自我表达的后果使然。

《稻草人》作为中国现代儿童文学的开篇之作，它所开导的现实主义创作手法令人称道，但作品所承载的巨大的成人社会的悲哀，似乎与儿童文学指向未来指向希望的艺术精神相矛盾，沿着《稻草人》这条现实主义创作的传统和里程碑似的作品路数，中国现当代儿童文学出现了许多形式和内容扭曲和变形的作品。从读者阅读的角度说，一个有爱心而又深谙儿童心理的成人，很难把《稻草人》这样没有一丝光亮的作品推荐给儿童阅读，《稻草人》也许具有儿童文学史上的巨大存在价值，可以作为中国现代文学发展支流的互文性文本存在，但是，确乎不太适合儿童的阅读和精神成长，这也许是中国儿童文学界不得不思考的一个难题。

（原载《文艺报》2011年4月13日，有删改）

用什么给灵魂称重
——读萧红儿童小说《手》

萧红是中国现代文学著名的女作家，被誉为"30年代的文学洛神"。尤其是写于1936年3月的短篇小说《手》，首刊于1936年4月15日上海《作家》第1卷第1号，是她1936年创作的8篇小说中最重要的一篇。在文学与政治纠结的年代，往往以作品政治性和思想倾向来评价文学，《手》被儿童文学界和理论研究者所忽视，儿童文学史没有给这篇经典之作应有的定位。《手》作家沿用《生死场》中"越轨"的笔致，通过出身染坊店的女孩王亚明的手——一双涂了颜料的被人嘲笑的黑色蓝色或紫色的手，把一个阶层种种不幸用这个符号诠释出来，表达了萧红对底层儿童深切的同情和对人类灵魂高贵的赞美。小说以其复杂的文化内涵、透彻的人性批判和超越时代呼声的主体自觉，成为萧红构筑的文学世界中令人敬慕的篇章之一，即使放在世界儿童文学之林，也有深长的意味和独特的价值。

人类社会一直与贫穷和苦难为伍，当这种贫穷和苦难落在未成年孩子身上，贫穷和苦难便膨胀起来，无休止地在孩子身上发着淫威。小说主人公王亚明是染坊店老板的女儿，她兄弟姊妹六人，从她懂事起就帮家里干活，姐姐专染红色，她专染蓝色，爸爸妈妈也专染一种颜色。在姐姐订婚的时候，婆婆来家里相看，一看到姐姐一双红色的手，大喊："哎呀，杀人啦！"此后，家里不再分颜色来染，而是每个人各种颜色都染，王亚明变成了这样一双手："蓝的，黑的，又好像紫的；从指甲一直变色到手腕以上。"这双手在请医生给临危的母亲看病时，被医生毫不犹豫地拒绝，母亲死去。当贫穷不只是生活的拮据，而变成一种符号贴在人身体上，这贫穷就变成了深重的灾难，甚至成为难以原谅的等待审判的一种罪恶。类似霍桑笔下的海斯特•白兰胸前佩戴的象征罪恶的红字，等待接受宗教、法律和公众的审判，也类似中国封建社会被流放罪犯在脸上刺的象征罪恶的"犯"字一样。然而，海斯特•白兰是生活在十七世纪清教时代的成年人，美国还没建国，所谓文明民主和自由精神还没有出现。王亚明却是生活在讲文明办新学十九世纪二三十年代的中国，而且，她是一个无辜的初涉人世含苞欲放的花季少女。

从王亚明入学那天起，她的手，连同她这个人，还有关爱她的父亲，以及她的家庭，就开始示众。在代表社会一角的学校，接受同学、老师、校长、校役、舍监等一系列人的审视。人们对王亚明的态度是逐步转变和恶化的，王亚明初来几天，同学们叫她"怪物"，下课时在地板上跑着也总是绕着她，关于她的手没有人去问过，避之不及，冷漠观望。等上课点名时，她迟钝的反映和一连串认真的回答，引起同学们的哄笑；上英文课，她古怪的发音，逗得英文老师笑得摘下眼镜，"全课堂都笑得颤抖起来"。这一阶段，同学和老师只是看王亚明的笑话，不是很友善但也不包括太多恶意，只是感到可笑而已，也可以解释为同学间的一种玩笑。王亚明的父亲第一次来学校看她，让王亚明好好学，"干下三年来，不成圣人吧，也算明白人情大道理"。接着的一个星期，同学们学她父亲的口气，拿王亚明打趣，算是一种嬉笑。第二次王亚明父亲来看她，在学校"接见室"门口嚷嚷着家里细碎的琐事，同学们在围观，校长一句看似礼貌的话"请到接见室里面坐吧"，但"好像校长把他赶走似的"，临走前王亚明父亲把手套摘下来，也露出青色的手，比王亚明的手更大更黑。从此以后，校长说过王亚明多次："你的手，就洗不干净了吗？"并以上早操王亚明手伸出来会被校园外的外国人看见为由，停止了王亚明的早操。王亚明想戴上父亲大手套上早操，"校长笑得发着咳嗽"，坚决不允许。同学们上早操时，王亚明只能留在楼窗口。有一次，学校来参观的人，王亚明留在楼梯口没有避开，等客人走后，校长训斥谩骂甚至动手撕王亚明的领口，还用她黑色漆皮鞋踢王亚明落到地上的大手套，甚至踏上一脚，"抑制不住地笑出声来"，校长的蔑笑，是对王亚明最大的侮辱。由于校长带头对王亚明排斥和欺辱，同学们开始用种种手段欺辱王亚明，不允许她睡在自己身边，舍监（一个自称留学日本的老太太）在宿舍过道里大声宣讲王亚明身上有虫子、不卫生、肮脏，这样的学生应该开除等等，这黑手人就只能睡在过道的长椅上。校役在王亚明早上去教室时，不给王亚明开门，谩骂侮辱她，让她在寒冷冬日的早晨冻了一顿饭的时间，甚至更久。整个学校编织了一个无形的网，以校长为中心，还有舍监、校役和同学们，把王亚明牢牢缚住、勒紧。又仿佛一个巨大的怪兽，在吞噬王亚明的精神和肉体，王亚明从刚入学的蛮野强壮，渐渐干缩，眼睛边缘发绿，耳朵薄了一些，　胸部陷下，生了肺病不住咳嗽，手背在身后，畏缩起来，一朵鲜活的野花开始凋敝。

　　女校长在十九世纪二三十年代，被人们视为高尚的化身，是美、爱与善的象征，这里的女校长却用一种精神摧残的方式虐杀她的学生，包括应该同情者。"校长触动王亚明的手时如同接触黑色的已经死掉的鸟。"《呼兰河传》里面无知识的人们对小团圆媳妇虐待，身体的毒害以至于欺凌致死，令人发指，仿佛可以理解。而兴办新学的女校长，对王亚明的精神折磨丝毫不亚于小团圆婆婆们的虐杀，无名无姓的女校长是不是在中国社会普遍存在呢？甚至可以推广到世界上的许多学校，都可能有这样虐杀儿童精神的校长呢？以权威、先进和知识为名，对儿童进行精神的虐杀，以至于身体的摧残。退一步想，假使王亚明没有一双黑手，假使王亚明家里不贫穷，假使王亚明学习较好，是不是就能够避免人生悲剧呢？答案是否定的，还有别样的痛苦和悲惨命运等着他们。

　　女校长是成人世界、教育界和先进文化的代表，而她虐杀儿童的普遍性和平常性，甚至不动声色，恰恰给王亚明们久远的精神毒害。这种毒害无所不在，如空气般缠绕在一些人的童年。当童年走向成人世界的时候，他们发现成人世界是一个巨大的黑洞，就会出现儿童成长的非成长性拒斥，他们的内心是多么困惑与苦痛，来自孩童所向往的未来和梦想竟然是这么的无聊甚至是卑鄙无耻，儿童怎么能够面对这一切呢？无疑，童年精神在没有成长的时候就被成人扼杀了。萧红之所以能够力透纸背地把人类的愚昧和对弱势的欺凌书写得如此撼人心魄，恰恰是她的童年在成人世界压榨下的一种痛苦呻吟，这种呻吟是对成人世界的控诉，也是儿童世界代感代言与反抗之音。尽管这种反抗是人类久远的悲剧。

从周遭人们对王亚明手的嘲笑，无休止的厌烦、谩骂、训斥、打击，到对王亚明人格的侮辱以至于摧残，在王亚明心目中所谓文明的学校、求知识的学堂，成了葬送她美丽梦想和健康生命的坟墓。那么，王亚明对这一切，是如何应对的呢？也就是她在做怎样"生的坚强"和"死的挣扎"呢？

萧红往往能找到生活中最弱最平庸甚至最"傻"的人来写，王亚明是一个脑筋笨的女孩子，别人很容易学会的东西，她学起来却很费力，但比她父亲还强一些，一个"王"字她父亲年轻时要记半顿饭工夫还没记住。每天早上第一个去教室念书的是王亚明，每天夜里在厕所里念书的是王亚明，夜里念书累得睡到冰冷窗台上的是王亚明。周末同学们休息玩耍，唯独在念书的是王亚明。即使被赶到走廊的椅子上去睡，她也很坚忍地认为："睡觉的地方，就是睡觉，管什么好歹！念书是要紧的……"她是家里唯一念书的人，学了之后，还要回家教两个妹妹，但又不知道自己能不能学会。一个没有母亲的女孩子要把全家的希望都承载着。"我的学费……把他们在家吃咸盐的钱都给我拿来啦……我哪能不用心念书，我哪能？"一句"我哪能？"透出了家族的希望和自己小小年纪承担的巨大压力。所以她"华提……贼死，右……爱"地念着，努力地念着，念着她的英文也念着她的希望，念着她很难实现的愿望。

王亚明是一个穷苦的女孩子，王亚明甚至是由于贫困而在身体上贴上贫困标记的女孩子。但是，她为人善良、宽厚、纯朴、大度，对生活要求很低。同学们歧视她，不同意她睡在自己身边，校长让把王亚明的被子夹在同学们中间，为这最基本的她应该享受的权利，她竟然高兴得嘴里打着哨子。

然而，她很快又被同学们驱逐出宿舍。小说中不止一次写她"喝喝"钝重的笑笑，面对连续不断的歧视和打击，自言自语，像是对自己的宽慰又是像对别人解释，把痛苦压到内心深处，"贪婪、把持和那青色的手一样在争取她那不能满足的愿望"。家庭的希望，已经压倒了她一切生命诉求。小说正面写她两次大哭，一次是学校来了客人王亚明没有躲避，校长认为给学校摸黑，对她推搡谩骂甚至侮辱，把她做人的尊严彻底撕碎了，她迎着风用一双黑手捂着脸哭了很长时间，"好像风声都停止了，她还没有停止。"过了暑假，她还是坐着马车来上学。还有一次哭，"我"把小说《屠场》借给她，看到小说里悲惨的情节，王亚明"很高的声音，她笑了，借着笑的抖动眼泪才滚落下来"。小说勾起了她心灵深处的痛楚，想起妈妈的死，如果说前一次哭泣是尊严被侮辱被损害的伤心，这次痛哭则是看透人生世事决绝的悲恸，她的哭都不是廉价的。

王亚明的悲剧就在她有一种道德和人生的坚守与抱持，而这种抱持不可能靠主体的努力能实现，她周围的看客在不经意间把她的坚守一刀刀剪断。小说十二次写同学老师校长对她的讥笑、嘲笑、蔑笑，这些打击她都挺过去了，最后校长把她赶出校门，剪去了她所有的梦想，由她的被开除而引发她家族梦想的破灭。命运的多种打压在不应该发生的年龄发生了。萧红是一个从小失去母亲的女孩子，她笔下的孤儿也都是如她般艰辛而倔强地努力着，"我"多次能够体验到王亚明的坚强，而这种坚强又是无收成的坚强。校长不动声色地把她从学校抹掉的一刹那，把她的学习生活抹掉了，也把她从社会抹掉了，甚至疾病还会抹掉她小小的生命，因为小说中不止一次地暗示王亚明得了肺结核，是那个年代的不治之症。

萧红写王亚明离开学校最后一天的情形，堪比都德的《最后一课》。都德抽取典型事件来表达思想性和历史的纪实性，一个民族在另一个民族的欺辱中告别自己的历史，但民族的屈辱却不会时时发生。萧红笔下王亚明的最后一课，却表达了作为主体人正当的诉求无法实现，被一次又一次灭杀掉，更具普遍性和震撼力。王亚明在等待爸爸赶着马车来接自己，但是爸爸没有来，王亚明有机会再和同学们一起上她人生的最后一课。"在英文课上，她忙着用小册子记下来黑板上所有的生字。同时读着，同时连教师随手写的，已经没必要的、读过的熟字，她也记了下来。……好像所有这最末一天经过她思想都重要起来，都必得留下一个痕迹"。这痕迹与王亚明一起消逝，她的一生一世的梦想也许永远消逝了。但是，无论是何等身份何等地位何等时代的人，只要保有梦想就永远令人尊重。事实上，珍重自己梦想的人，永远不会在世界上消失。人们悲叹于王亚明命运的无价值，悲叹于她的自认为有价值，更悲叹于萧红在王亚明的无价值中找到了价值，而这价值恰恰是人类得以生生不息的动力和泉涌。兴办新学的校长，用先进文化先进精神先进教育的陷阱，断送了一个鲜活美丽的生命，也就是人的尊严与价值。即使到了二十一世纪，以科学理性和功利主义教育为目标的学校，也残存着童年文化生活挣脱不掉的噩梦。

人类历史是一部螺旋式上升的历史，在远古时代人类的物质文明虽然匮乏，但精神生活还比较自由，中国春秋时代和西方的古希腊，都有较高的文明。到了中国封建社会和西方的中世纪，展开了人类历史的黑暗一页，人的精神被神学、皇权和封建思想禁锢。人类历史在这个时段开始倒退，用所谓的文明来戕害人，如鲁迅所说是一部"吃人"的历史，物质的吃人是有形的，礼教的吃人是无形的，以无形的礼教迫害有形的人，是人不如动物的地方。老子《道德经》七十七章认为："天之道，损有余而补不足。人之道，则不然，损不足以奉有余。"一个"奉"字把不足者令人哀叹的姿势展现给世人，这种恃强凌弱的人类发展历史，大的方向很难改变，但有良知的人却一直在挣扎着试图改变，包括病弱刚强的女作家萧红。

经典的文学往往有深邃的思想、精美的形式承载，形成一个无限丰富的文学生命体。《手》有许多精彩的"诱人"表达。萧红的叙事是鲁迅说的"越轨"，不只是写小说笔致的"越轨"，更是力透纸背人生的"越轨"——人生的拉开距离"越轨"的看与被看。萧红用三种视角来写《手》：一种视角是成年的萧红，她成熟之后作为作家的叙述者，也是全知叙事者，但这个叙述者很少说话，若隐若现地透视了王亚明悲剧命运不可抗拒的过程，对这个苦命女子充满了同情和怜悯，字里行间流露出人生的切肤之痛。第二种是与王亚明同学的"我"，即小说里的萧先生，用同学的眼睛来看用同学的心来感受王亚明在学校的处境，"我"是学校生活的直接参与者，是故事见证人和事件的旁观者，把这种感受以第一人称"我"传递给读者。在小说中，"我"是有所行动的，王亚明看书睡倒在窗台上，"我"把她叫醒；在阅报室回答王亚明的疑问而没有嫌弃她；把自己看过的小说借给王亚明；校役不给王亚明开门时，"我"叫开门让王亚明能够进屋读书。尽管这都是微不足道的小事，却给了王亚明一些安慰，能够把家庭的不幸和内心的烦恼向"我"诉说。但王亚明遭遇歧视凌辱时，却没能站出来抗议，"我"感到无能为力，一种深深的无奈与自责。第三种视角是主人公的内视角，也就是王亚明自己，一个活在王亚明心中的代言人（与王亚明同学时的童年萧红与成年之后萧红的融合体），萧红在表达王亚明的内心感受，一个顽强向上而又愚钝贫苦的女孩子，在人世间遭受种种坎坷和不幸，也是萧红半生遭遇的隐喻，"半生尽遭白眼冷遇……身先死，不甘，不甘。"小说立体多维的叙事视角，使事件和细节成为一个原点，从这个原点通过叙述视角的切换放射性地向外延展着故事情节与人物情感，时间与空间都被重新组合与创造，从而形成立体多维的文学世界。所以，每次读萧红作品都感到新鲜和独特，尽管往往以生活中简单又简单的人和事作为原点。"真正天才的标识，他的独一无二的光荣，世代相传的义务，就在于脱出惯例与传统的窠臼，另辟蹊径。"

单是《手》的开端，就令人反复咀嚼玩味。第一遍阅读时会感到强烈的喜剧气氛，上课点名同学都"到"一声，王亚明半天没有反应，等有了反应站起来应答，是一连几声的"到，到，到"，垂着两只黑手，两眼望着天棚，一副滑稽可笑的模样。英文课上大家用标准的英语"here"，她却是"黑尔"，等老师纠正她，就变成了"喜儿""喜儿"，幽默略带喜剧气氛，一下就把人的阅读兴趣调动起来。第二遍阅读，有一种如鲠在喉之感，无论如何也笑不出来。第三遍阅读，了解了王亚明的种种遭际和悲惨命运，再接触这样诙谐的开头，有一种内心被刺的疼痛。在评论前刘爱华看来，"萧红有意拉大了阅读者和小说人物的距离，以一种散漫、迭唱并略带韵律的语言魅力，冲淡了小说的故事情节，用主观镜头的快速剪接、移动，不断变换着叙事主角，让人忍受着常规意义上的阅读出局的别扭和意义理解的失语状态。"实际上，引导读者不仅用感情来读作品，更要用良知和心灵来品读，震撼读者的灵魂。

萧红承继鲁迅批判国民性的弱点，鲁迅以一种启蒙者的姿态对待自己作品中的人物，"哀其不幸，怒其不争"。萧红与鲁迅不同，萧红谈道："我开始也悲悯我的人物，他们都是自然奴隶，一切主子的奴隶。但写来写去，我的感觉变了。我觉得我不配悲悯他们，恐怕他们倒应该悲悯我咧！悲悯只能从上到下，不能从下到上，也不能施之于同辈之间。我的人物比我高。"对自己作品中的人物，萧红充满了敬仰，用《手》中的话："她（王亚明）的眼泪比我的同情高贵得多！"这种高贵是灵魂的高贵，忠实于生命状态一种质朴的感情，是对人类灵魂吟唱的一首凄美的挽歌。安徒生《海的女儿》的人鱼公主，不惜生命的代价，不就是在追求这种灵魂的高贵吗？肉身不管是人是鱼，地位不管高还是低，生活不管贫穷还是富有，手不管是黑是白，当人的灵魂高贵起来，人类就会获得生生不息的光芒，小说在一种绝望中表达了希望之所在。尤其在作品结尾，"我"看着王亚明的背影向着弥漫着朝阳的方向走去，"雪地好像碎玻璃似的，越远，那闪光就越刚强。我一直看到那远处的雪地刺痛了我的眼睛。"实际是刺痛了"我"的内心，刺醒了"我"的良知，也刺醒了所有人的良知，去追问人类生命的价值和灵魂的重量，以唤醒沉睡在人类心灵深处的大慈悲。

由此看出，萧红小说的创作不是来自于时代给定的思想，某种程度上来说，她是从根本上拒斥这种给定的小说模式，她以自身对童年生活的理解和感受来写，她只是用直觉和语言构筑文学世界，给这个世界最大的自由，所有的思想和思考都不言自明。整体的人不正是个体的人的组合吗？那么，萧红这种对个体生命真理性的意象书写，不正暗含一个天才作家的普世情怀吗？不是站在儿童立场一次次为儿童和弱者争取精神权利和尊重的艰难抗争吗？萧红是较早具有个人主体意识的作家，她对儿童生存境遇的关爱与困惑，具有强烈的人文关怀和理想诉求。面对人类持久的焦虑，她一生都在儿童世界中挖掘着憧憬着人类的"爱"与"温暖"，一如鲁迅赞誉她作品中那一抹"明丽和新鲜"。《手》这篇儿童小说，在中国现代儿童文学史上彰显了独特价值。叶圣陶的《稻草人》以病儿展示人生的种种不幸，引起世人疗救注意；王统照的《湖畔儿语》，以忧愤深广批判社会的黑暗；《手》超出这些层面，揭露人性的复杂，抨击人类的愚昧，悲剧不只是个别人、时代、阶级、社会制度造成的，人与人之间的疏离，人精神与肉体的间隔，个体生命的脆弱无助，才是人类永恒的痛点，也是中国当下儿童文学创作最薄弱的地方。当下对具有中国文化印记的儿童生命价值独特思考的儿童文学作品可以说少之又少，应该引起我们足够的重视和深层次的思考。

（原载《文艺报》2011年2月14日，有删改）

追求儿童文学的形式尊严
——读梅子涵的《蓝鸟》

　　重读梅子涵八十年代的探索小说《蓝鸟》，发现梅子涵有自觉的叙述精神，他强化了话语的诗学和叙述的魅力，带有鲜明的批判性和现代性意识，《蓝鸟》是二十世纪八十年代儿童文学文体形式尊严确立的一个范本。

　　现代儿童观建构的最重要的表现之一，就是人的觉醒。作家对觉醒的儿童以及他们的思想情感有一种洞察力，这种洞察力能够穿透所谓"文化"的迷障，达到一种人性的张扬和个性的解放。儿童文学理论家朱自强在《中国儿童文学现代化进程》一书中指出，新时期儿童文学有两个转向，一个转向是儿童本位，第二个转向是文学本位。无论是哪一个转向，都是不可割裂的融合，是儿童的文学，也应该是儿童的文学，两个重点号在强调彼此之间的关系。有些探索作品矫枉过正，出现了一定的偏离是可以理解的，但是，有些作品过分追求儿童文学的形式，已经远离了儿童，亦不符合儿童文学"现代性"的主体诉求。有的评论者认为，梅子涵的小说《蓝鸟》"通篇作品有一种扑朔迷离的无意识的氛围"。这只是部分地发现了作品意识流的叙述感觉，实际上，无论是作家还是主人公，都带有鲜明的主体意识。作为中学生的周明明是小说的主人公，他具有强烈的自觉意识、独立思考、批判精神和挑战自我的勇气，在成人社会打造的密不透风的铁屋子里，周明明经历了一系列的过程，从思考、觉醒、叛逆到上路寻梦。他是具有现代人的主体意识和行动力的中国孩子，不同于莎士比亚的哈姆雷特"to be"或"not to be"西方贵族的犹豫不决，那种犹豫是成人化的贵族式的"矫情"，而非儿童精神生命的实践性表现。中学生周明明的叛逆是从对所谓"师道尊严"的老师开始，升学考试动员会上的吕老师，他从功利主义的现实入手进行"精神"总动员，他更把孩子的未来看透了，学习好的可以考汤山林校，或者好的中专，"读出来了总还是个干部待遇"。这所谓的动员，激起了"我"强烈的愤怒和叛逆，"窝窝囊囊的语气！我骤地恍然大悟，为什么这么多年来，我们学校只有一个小德宏考上了植树王"，成为植树王重点学校的副校长。"我"开始思考和怀疑，对这种"窝囊"老师和教育现实的批判变成了愤怒的抗争："大人们在讲小德宏的时候就如同讲一个神话。其实只出了一个小德宏倒真是不该有的荒唐神话！"叙述者"我"和主人公周明明同学已经完全按捺不住自己的独立意识和思考力，他在争取老师的意见或者是读者的支持，偶尔跳出故事说："您说不是这样么。"这个叙述者面对读者或者老师的话语用的是句号，而不是问号，愈加表现出"我"对问题的深刻洞察。"我"是先知先觉第一个跑出来追梦的人，一个痛快地抗争和反弹，"我可没死。我偏不考什么汤山中学，考植树王！"当"我"有了一个远大的理想——考植树王之后，"脑子里'哐'的一下，像使尽了全身气力重重地敲响了一面大锣。"这个决定是对自己的鼓励，对周遭可能"爆炸"性的预判，"我"有比较清醒的认识，而在"我"内心"也亮得犹如升起了一轮太阳"，这种梦想的召唤是多么有力量。

然而，周遭的"流言蜚语"会使"我"完全灭火，吕老师是窝囊透顶的，何老师简直是冰块，她把两个给《少年文艺》杂志上作家写信的两个女孩子称为"床底下放风筝"，打击学生毫不留情，可谓体无完肤。作者在替梦想代言，强烈地反叛抗争，何老师"自己算是床底下的风筝还是天空中的风筝？不精神抖擞地希望飞向天空的其实根本就不能算风筝，而是纸片。……她难道就那么喜欢我们当纸片？荒唐。"老师是学校教育的化身，这样的老师是扼杀学生梦想的罪恶渊薮，怎么可能教育出具有个性化和创造性的人呢？更令人悲哀的是："我们许多人也真的就心甘情愿无动于衷地当了纸片。"学校教育对人的扼杀，会像病毒一样传染，甚至会"遗传"，如同前面吕老师的"窝囊、无精打采、毫无热情、毫无希望"一样。与周明明关系比较好的同学二歪也会质疑："你往植树王考？往植树王考？那能中？"学校环境没有给周明明的梦想一个可以生存的土壤，这时候的周明明多想得到一句真正的鼓励！火热的梦想在学校的冰窖里被冷冻起来，回到家里又会怎么样呢？爸爸说："植树王！下辈子投个有出息的胎吧。"一下把孩子打击到死，语言的暴力和恶毒让人难以想象，妈妈貌似关心的话语："你知道植树王在哪儿，我们都摸不到门，你想跑丢了让我急死啊！"妈妈对"我"的担心只是建立在"我"不丢的状态下，不跑当然就不能丢，怎么可能理解"我"的梦想和追求呢？

"我"只好自己上路，没有人知道真的"植树王"怎么走，只是口口相传的植树王，都让"我"觉得是一个"奇异幻境"。只有去请教跑码头挣钱的矮子良，一个被全村称为见多识广的人，人们在矮子良"家的场儿上少说也坐了十几个人，听他扯淡。还能抽到他带回来的五花八门的香烟。他很慷慨，总递烟给人抽。大场面新鲜事，个个听得喷喷叫乖乖，剩下的就是傻不唧唧地笑。"这个四陇洲，仿佛是辛亥革命后的未庄——阿Q的家乡，人们根本就不知道有植树王，而又装作知道，一会儿说好像在横山，一会儿说仿佛在三湖。"我"怀疑是否有真的植树王，真的小德宏，也许是大人们编的骗人的神话。行文至此，读者阅读之心宛如坐过山车一样，担心"我"动摇，暗暗在给周明明加油，好在周明明知道宇航员航天的故事，连地球之外的星球人类都能到过，何况一个"植树王"，这个人类的"大"梦想和"我"的小梦想有惊人的同构性。当"人"在追梦的时候，做第一个吃螃蟹的人，是要付出代价的，"我"走在路上，向爬蟹矶走去，爬蟹矶和四陇洲一样，那儿的人精神不到哪去，"植树王对他们来说也同样只是一个幻境"，说明日常生活中随处都是未庄、爬蟹矶、四陇洲等等。好在"我"做了一个扯淡的梦："说爬蟹矶那儿有一条很小的岔道，根本不能算真正的路，道口有块不显眼的牌子，上面画着一只蓝鸟，还用英文写着'NISSAN'。'NISSAN'

就是蓝鸟？我不知道。紧接着岔道的是一条长长的峡谷，沿着峡谷走就能到植树王。"梦想召唤着周明明上路，峡谷是幽静而崎岖的路，走在这样的路上，是每一个人成功人的生命隐喻。小说巧妙地运用了'NISSAN'汽车广告牌子，使得这个牌子有了双重的意向，一个是走向都市生活的现代感和外来性，一个是作为路标的蓝鸟，这是有生命的可以自由飞翔的蓝鸟。

《蓝鸟》用主人公内视角，自言自语地叙述话语，却能够达抵达儿童的心灵深处，真正实现了儿童文学的本位。小说对儿童心理的准确把握，对作家自己情感的控制，对事件环境复杂的多层次把握，对各种人物在事件中的不同态度和表现，对各色人等的声音、语言、语气、状貌、情感的描摹，仿佛说话人就在眼前，对成年人——吕老师、何老师、爸爸、妈妈的性格心理的把握，可谓一笔千金，勾出了灵魂的深刻。一种千年不变"顽固的规矩"和文化，仿佛铁屋子把一代人一代人打造成窝囊废，变成一堆堆破碎的纸片，不是风筝，更不可能是青鸟——象征着幸福爱情和梦想的青鸟。小说仿佛要挖出国民的劣根性和人类的愚昧。正如梅子涵所说："我对写作是很认真的。我不愿意用'第二流'的作品去'敷衍'儿童，更是憎恶粗制滥造。人们总说，作家是人类灵魂的工程师，我理解，这并不是说，当作家的，自己的灵魂都已经非常高尚了，而是说，作家写出来的作品会影响人的灵魂，影响人的精神，影响他们的情趣、性格、语言等。"《蓝鸟》这样的作品，给处于懵懂的少年儿童，一种有力的精神支撑，人的梦想在觉醒时，宛如春天迎着严寒发出的细小嫩芽，需要成人的呵护才能成长，人在成为自己并拥有梦想时，才可能是觉醒的人，觉醒的人才是现代意义上真正的人，毫无疑问，梅子涵探索在"五四新文化"运动中"立人"思想的延长线上，并掷地有声。

现实生活中儿童作为"人"的主体意识，经常处于一种混沌状态，需要这种镜子般透视心灵的作品，才能发现自我和认同自我，如果没有对自我的认同，没有建立自我同一性和主体意识，又怎么能发现、认同、尊重别人呢？《蓝鸟》最后一句话："不过我现在得快点走，不然的话还真可能让我妈追上来拉住我不让我去。"父母所谓的"爱"那么顽固保守,对儿童的不信任、不给试一试梦想的空间,成为儿童前进路上的一个障碍。小说看似荒诞无稽,实际上是对儿童深刻的人文关怀和感同身受的情感体悟,儿童生命还没有展开的时候,如果碰到像吕老师那样"善良"的人,只为了有一个好"待遇"而学习,难道不是在培养文化侏儒吗?

过了三十年,笔者又遇《蓝鸟》,反复品味,流连在字里行间,非常感动。梅子涵不忘儿童文学的故事初心,故事情节编织得丝丝入扣,带有严密的逻辑和戏剧的张力,看似散漫的印象,实际上有非常牢固的故事和鲜活的人物,达到了难以超越的一种叙述境界,这与他儿童本位的儿童观的建立,以及他对儿童与文学的双重敬畏有关。差强人意的是,笔者觉得小说中周明明有过于强大的理性和内心,还有航天员的插入,也比较突兀。沿溯当代中国儿童小说的创作状态,像《蓝鸟》一样具有创造性的世界观、人生观、儿童观和价值观的作品,可谓凤毛麟角,这样的作品诞生在八十年代各种思想驳杂、儿童文学作为教育工具的主潮时期,《青鸟》真如同一面大锣敲响了儿童文学作家上路的步伐,只是,今天看来,跟随这锣鼓上路的儿童文学作家还很少很少。到九十年代之后,商品经济大潮洪波涌起之时,儿童文学作家大多数去报考汤山中学了,学好了上林校,并有了很好的"待遇",也很少有人像周明明一起上路寻找蓝鸟了。三十年来,一大批吕老师和何老师,在中国的教育界雨后春笋一样成长起来,造了一座又一座禁锢儿童生命和个性的监狱,儿童本位的儿童文学多么稀薄无力,真担心变成纸片,而不是飞在空中的蓝鸟——精神之鸟、梦想之鸟、幸福之鸟。

在希望面前一切是否可以寡淡
——读毕淑敏《同你现在一般大》

　　毕淑敏的小说《同你现在一般大》最初发表在《东方少年》1994年第1期，后被收入多种文集。毕淑敏被称为"中国文学的白衣天使"，她的作品情感细腻，心理刻画逼真，直抵人物的心灵深处，在现实和理想之间形成巨大的紧张，这种紧张既是对作品中人物的命运考验，也是对读者心灵的拷问。小说以内在的巨大审美张力和清丽活泼的文笔见长，尤其对青少年有励志的作用。她的《不会变形的金刚》被收入高中一年级语文教材，越来越有经典化的趋势，亦成为中国当代文学的重要收获。

　　二十世纪九十年代，中国的儿童文学界在进行一场儿童文学"文学性"的探索，各种文学表现手法轮流上场，展露前所未有的"西方化即经典"的文坛盛况。而毕淑敏这个远离儿童文学圈子的作家，却把目光集中在儿童文学中的"儿童"身上，发现了他们正承受着不能承受的生命之重，《同你现在一般大》中的花季少女黄米正遭受着非常态的关爱之压。时光飞逝已近二十载，黄米所承受的成长之重，丝毫没有减轻，反倒愈演愈重，压得人喘不过气来，仿佛置身在密不透风的铁屋子中。

　　难得下午教师突然宣布不上课，黄米像得到了一个从天而降的大蛋糕，可以抱着双膝，看树的影子在地上爬。放松下来的是时间，却不是身心，还有20天就要小升初考试。"考砸了，可怎么办？！"妈妈会用巴掌打黄米，还会逼她不停地复习功课，妈妈套在黄米头上的紧箍咒像悬在头上的一把剑，直刺黄米的心："你要不用功，就考不上重点初中；考不上重点初中，就考不上重点高中；而考不上重点就上不了大学……"黄米的一辈子仿佛在这一次考试之中坍塌。妈妈不是魔鬼，会给她无微不至的生活关照，把鲜红的西瓜瓤用勺舀给黄米，自己只吃粉白的瓜皮。在黄米看来，妈妈虽没念大学也当了医生，算知识分子了。但妈妈不依不饶，"黄米觉得自己的脊梁被几代人的期望压得好疼"。

读到这里，人们像黄米一样挣扎和绝望。故事情节突然峰回路转，天上掉下来一个巫婆似的老奶奶，她不仅了解黄米的妈妈，还像天使一样钻到了黄米的心里，甚至知道黄米因作文而苦恼，"一老一少两位女英雄坐在清凉的石板凳上，有一句没一句地聊着天。"老奶奶露出她那扣子似的白牙齿，不要一分钱，只要求黄米保证不要把这件事告诉妈妈。两人拉手成交。黄米感觉拥有一个秘密非常惬意，就像咀嚼一枚橄榄，更像给紧张烦躁的内心安置了一个温暖的港湾。在接下来的日子里，老奶奶细心地给黄米辅导作文，最后一天聊天时，老奶奶告诉黄米，许多年前，她做过妈妈的语文老师。因为脾气很暴躁，对妈妈很严厉，怕妈妈至今也不肯原谅她……

黄米的作文考得很顺利，感觉内心轻松，妈妈来接黄米时带来一块蛋糕，从妈妈小心谨慎察言观色中黄米感觉到妈妈的好，便不自觉地把老奶奶辅导作文的秘密泄露出来。妈妈承认老奶奶是她的小学老师，黄米感觉到奇怪："那您为什么要躲着她？您不是一直教育我要尊重老师吗？"拗不过女儿的坚持，妈妈仿佛下了很大的决心，"二十多年前，我曾亲手打掉过她的牙齿。那时正是文化大革命，我同你现在一般大……"小说至此，仿佛欧·亨利小说结尾亮起的氖光灯，完全出乎人的意料之外，前面布下的一条条线索仿佛有了合理的解释。

毕淑敏完成了两代人的精神救赎，老奶奶为年轻时候的脾气暴躁而忏悔，以德报怨地来给黄米辅导作文，这种人性之光在老年时发出绚丽夺目的光彩。妈妈对黄米爱的"重压"和变态的期望有了时代和社会的解释，高高在上的母亲能在女儿面前承认打掉老师的牙，亦需要怎样的心灵忏悔与勇气呀？这为中年的妈妈似乎找到了一个精神救赎的出口。

　　这部小说让人想到毕淑敏的其他几篇作品，比如《孩子，我为什么打你》《不能变形的金刚》等等，都是以妈妈的权威叙事视角来结构作品，字里行间流露出妈妈艰难困苦的生活与对儿女满溢的期望之间的矛盾，作品的妈妈一再把个人愿望压抑下去，为儿女的爱而牺牲了许多许多。但是，作为读者，尽管作品中的妈妈有一千个一万个理由可以打孩子可以寄托妈妈的期望，我们还是感受到了成人与儿童之间情感的不对等以及地位的错位。妈妈作为成人的不宽容和权威性的不可置疑，这种权威建立的前提就是"我是你妈妈，你做错了我可以打你"，那么，"妈妈做错了呢"？小说似乎不太愿意思考这类问题。作品中妈妈的语言也不是绵软亲切的，而是霸道强硬甚至无理取闹，这也许是付出了千辛万苦的中国妈妈现实的精神写照，母爱的本能如果得不到儿女的理解和认可，母爱就显出了一种歇斯底里的躁狂，她们不懂得爱是需要智慧和艺术的。如果说母爱是无私的，那么，就要给儿女被爱的空间，不能用这种无私的幌子来压抑儿女生命力的成长。

　　如果说黄米是整个作品希望的隐喻，那么，作品中一切矛盾都要在这种希望达成之后迎刃而解。黄米的妈妈和老奶奶觉悟的情感也要在这种希望面前寡淡下去。但是，这是小说最让人难以信服的，老奶奶为什么面对在一个小区迟迟不相认的学生突然来了包容力，是什么促使她做出这样的决定，义务为自己仇人的女儿辅导作文而又一分钱不要，只是想对自己年轻时候的脾气暴躁进行忏悔吗？如果这样的忏悔能够拯救自己行将谢幕的灵魂，还是可以理解并令人同情的。与此相对，黄米的妈妈人到中年，也经受了许多人生的历练，在作品前半部分表现的是一味的偏执，黄米质疑妈妈把西瓜瓤给孩子，自己吃淡绿色的瓜皮，接受妈妈这种奉献带给黄米强大的情感压力，黄米想和妈妈交换吃淡绿色的西瓜皮，但被妈妈转移了话题，又落到了考试上，这里的妈妈对子女的爱是单向度的付出，从这个角度来说，妈妈不仅在行为上是偏执的，而且，在情感上也是自私的，她没有提供给女儿学会爱的机会，甚至不可理喻。妈妈对黄米爱的情感令人压抑，让人透不过气了，更让人觉得这个人物行为的偏执，对于一个病态偏执的人，她情感的度数尽管浓烈，但其价值也是令人怀疑的。

那么，是什么原因造成了毕淑敏母爱主题作品内在的悖理悖情呢？可以坦率地说，冰心的作品写到的母爱温暖清晰，像天使一样洁白无瑕，有时我们觉得这样纯粹的母爱似乎只能在仙界与人相遇，但是，我们还是分明地感受到"母亲的翅膀能够帮孩子遮蔽人世间的一切风雨"，母亲的怀抱温暖而博大，是寂寞游子安放灵魂的处所，是最美的人间天堂，人们丝毫不怀疑母爱的力量。但是，在毕淑敏这里，却让人感到母爱的局促不安。

同样是母爱，怎么会有如此大的同题异质的审美效果呢？如果说冰心的母爱如灯，照亮人类前行的方向，明亮温暖。毕淑敏的母爱即如镜，且是变了形的镜子，破碎而迷惘。在行文上，冰心小心翼翼地尊重她笔下的人物，包括一花一草一水一滴。毕淑敏强烈的社会责任感促使她急吼吼地时不时地出现在作品中，她想告诉读者她的创作意图，她没有耐性给人物足够的成长空间，她跑得太快的创作目的干扰了人物成长的节奏，如黄米的妈妈在女儿考试之前如暴君般霸道，在黄米考试之后却如天使般小心谨慎地对女儿察言观色，怎么会变化这么大？如果只是因为看到女儿兴奋的面庞，被传染了兴奋元素，那么，她后面的突然承认自己"打掉老师牙"的行为，也只能解释为"乐极生事"。因为，与她无数次在小区里碰到小学老师不相认的行为，构成了巨大的矛盾。如果作品里交代了妈妈躲闪的眼神或者是内心的忐忑，这个人物的转变就有了合理的情感基础。退一步说，即使她承认了与女儿一般大的时候所犯的错误，也只能归因"文化大革命"，她本人是不负任何责任的，在作品结束以后，她也不会到老师面前去忏悔，这样"偏执"的人还值得别人为她付出，对她同情吗？那么，老奶奶的"善行"就显得极为可笑了，小说的艺术感染力就会大打折扣，毕淑敏的"意图谬误"可谓差之毫厘失之千里了，笔迹过于用力而只能达到不及的审美效果，非常令人惋惜。

好在，无论人生承受怎样的情感和精神的压力，人性的温暖亦会永远伴随少女的黄米、中年的妈妈与老年的奶奶，如果把这三个人物的年龄放置在一个人身上，无疑，我们会发现毕淑敏在解读女人一生不同时段的价值追求，比起一般的儿童文学，这篇小说有了比较丰富的主题意蕴和审美价值。

神性的复魅
——读残雪《饲养毒蛇的小孩》

　　残雪的短篇小说《饲养毒蛇的小孩》最初发表在《收获》杂志1991年第6期。残雪努力在人与动物之间建立了一种超离而内在的关系。蛇被小男孩养在肚子里，让人感到不可思议。

　　残雪是一个"我思，我写，故我在"的作家。她把生命的存在感，用一种纯中国的方式来表达，亦可以说是《捕蛇者说》的前传，这个人为什么会成为捕蛇的高手，苛捐杂税只是外在的条件因素，男孩内在的对蛇的饲养、了解和捕杀，都是出于天性。砂原的母亲对"我"说："他总是对父母的行为有一种好奇心。"一直待在家里，也是许多父母让孩子免遭伤害的一种心理，他们后悔六岁那年，让孩子溜出去玩，在月季花丛中被蛇咬了一口，他就倒下睡着了，看到了蛇，蛇有很多很多的头，甚至看到了蛇的骨骼。希腊神话中的九头蛇海德拉（Hydra），就是一只具有九个头的怪蛇，所吐出来的毒气形成瘟疫沼泽，它的毒液也是世间奇毒，它的毒血可以成为最致命的武器。但是，被蛇咬了一口的砂原并没有因此丧命，这是这部小说的关键点，小说是现实的超验，而不是现实本身。"依我看，他的儿子虽有点怪气，但天生杰出，说不定会干出什么大事来呢。"这个"我"发现了男孩的特殊才能，可是，砂原的母亲不稀罕他干什么大事业，饲养毒蛇，是见不得人的勾当，最可怕的是他现在不出门就可以干出奇怪的事情来，他总能达到目的。母亲理解不了儿子的行为，觉得丢人，希望儿子做个普通人。夫妻俩到处去砍蛇，让儿子远离蛇，甚至带着儿子去风景优美的地方，让孩子跟更多的人交流，使他性格开朗起来。在海边，砂原竟然把一个孩子的手指咬得血淋淋的。年年旅游，砂原都无动于衷，坐在火车车厢里就像坐在家里一样，既不向窗外观望，也不与别人交谈。后来，他又唆使父母对蛇进行杀戮，家人实在折腾不起，只好把砂原关在家里，孩子竟然在肚子里饲养蛇，孩子最后离家出走，以至于消失了，像《小王子》一样，离开了地球回到了他自己的星球。"父母的苦心只是起到了与他们的期望相反的作用。"砂原的母亲似乎不承认儿子出走这件事，甚至恍惚，"谁知道他本来是不是我的孩子，他是不是一直和我们住在一起呢？我并不认为他是昨天走掉的，我从来就无法肯定他是不是存在。"人与人之间，或者说生命与生命之间，也许只是这样一种过往，连"我"也迷惑起来。对于生命的不确定性，"我"是深有感受的，小说以倒叙的笔法来写，既是对结果的探寻，又是对这个神奇的饲养毒蛇的孩子的追悼。"思来想去，留在脑子里的只有一些碎片，一些古怪的语句，再一凝神，句子也消失了。关于砂原，除了这个名字之外，我实在也想不出什么了。"句子在"我"的脑子里撞来撞去，让"我"亲历并写下了此文，但是，名与实之间到底是什么关系呢？句子消失了，砂原就不能存在过吗？还是因为有句子的存在，砂原才得以存在并活下来，这是一个难题，残雪清醒地知道存在与语言之间的困境。事实上，生命以及生命的不可知性在这个世界里生生不息，留存下来的文化都是很少的部分，人类的语言和句子也许都会消失，恰恰是句子写下了这个能够饲养蛇的孩子，这个出走的孩子撞击着读者的心，也许每个人都曾经是砂原，并饲养着自己的"毒蛇"，不知道什么时候失去了"毒蛇"，也失去了饲养"毒蛇"的能力，尤其是一边饲养"毒蛇"，一边杀戮"毒蛇"的悖论，存在于每一个伟人的心灵之中，在饲养和杀戮之间，这种生命的困境才能给自己一种存在的感觉。看似荒谬，实则本真，更则守望。

动物是人的存在的证明的他者，动物的存在，尤其是蛇的毒性，在诱导人类对自然的恐惧和对生命不确定性的认同。这远远超离现实主义的思维框架，建立了一种神性精神。无论是蛇生长在孩子的肚子里，还是蛇的多头，都能在古希腊神话里找到原始的出处。小说的精神指向在于神性的复魅，蛇所代表的就是这样一种人类通往神性的中间物。没有这样一种对人的神性的敬畏，就不是本质的文学，这是作家思考存在的一种自知之明的表征。许多评论者把这篇小说看成是生态主义或者是儿童视角的小说，都远离了小说文本的本意，更是对小说勘探存在精神的一种误读。退一步说能够被误读的小说往往是有大容量、多意象的自治而丰富的世界，在这里能够看到一个生命的世界，人类永远破译不了生命的密码，正像人类永远破译不了成长的密码一样。残雪对着生命的神奇和神秘，指认出"和死人还是有点区别"，保持对生命的敬畏，这也许是残雪存在的一个坚硬的美学力量。也是对希腊神话的一种现代演绎，诸神之王宙斯娶了神灵和凡人中最聪明的人墨提斯为妻，在她就要生产时，宙斯害怕她可能生下拥有比霹雳还要厉害的孩子，将她吞进自己的肚里，后来，宙斯从自己的头脑里生出了这个女儿雅典娜，雅典娜便是人类智慧和力量的象征。

《饲养毒蛇的小孩》是中国化的现实主义的附笔，而语调是鲁迅《狂人日记》的感觉，也是对愚昧而又善良的国民性的鞭挞。每个富有神性的人，在现实的土壤中都被以爱的名义，教育成一个和死人没有区别的空空洞洞的一张脸，孩子在这个土壤里被害了十多年，从六七岁到十六七岁，应该是残雪非常有力道的思考和象征，所有人的命运是不是都是那个饲养毒蛇的小孩的下场呢？通过这样的作品，我们觉得残雪的存在是有效的现实批判，故事只是精神的外壳和载体。而从动物与人的关系来思考的话，我们不得不说蛇作为爬行类的卑贱地位和其毒液的力量，让人类既鄙视又恐惧，世界医学通用的标准权杖上两条缠绕的蛇，在人类心目中有丰富的意味。这与人看待智慧的态度是相同的，人类的发蒙，是亚当被夏娃引诱吃了智慧树上的果实，前因是夏娃被蛇引诱。这种身体生活的感觉，在童年状态下往往保持比较具有原始性和整体性，与人的真实而自然的存在状态有一种若隐若现的关系，用语言的织物织成一张大网之后，网住的往往就是文学的灵魂。

第 **3** 辑　**文体突围**

一种令人惊叹的超越
——评麦考琳《重返梦幻岛》

可以说英国戏剧家杰姆·巴里创作于一百年前的《小飞侠彼得·潘》是世界儿童文学的奇迹，是人类发现童心世界的"独立宣言"，那个穿着树叶衣服，满口乳牙，永远长不大的彼得·潘，给一代又一代的孩子插上翅膀，飞在宇宙间快乐里。海盗头子铁钩船长是彼得·潘的死敌，也是孩子心目中一切恶毒、恐怖与凶残的化身。正角与反角是多么入骨入髓地深扎于儿童的心灵深处。通过电影、戏剧、卡通片、网络游戏、儿童玩具等大众传媒的强势传达，一个世纪以来，《小飞侠彼得·潘》已经挣脱了儿童文学的范围成为人类文化的巨擘和丰碑。在巴里诞生一百周年之际，英国政府斥巨资三千万英镑（约合3亿人民币）在全世界招募续集作者，我听说英国的小女子杰拉尔丁·麦考琳"过五关斩千将"，从3000多名竞争者中脱颖而出续写了这个故事，中译本《重返梦幻岛》已由上海少年儿童出版社隆重推出，作为杰姆·巴里的铁质粉丝，我是倒吸了一口凉气，后背发冷，心被"一缕伦敦的雾"缠得很紧很紧……

《重返梦幻岛》是杰拉尔丁·麦考琳"反弹琵琶"之作，用上海少年儿童出版社社长王一方先生的话来说是达到了"出奇制胜"的效果，源于天才的儿童文学作家的胆识、功力以及对童年生命的独特理解。

第一，人物关系的反弹。《重返梦幻岛》里的彼得·潘穿上了钩子船长的红大衣，竟然像钩子船长一样，他变成了钩子船长的替身，对同伴颐指气使，飞扬跋扈，想放逐谁就放逐谁。而钩子船长的身份是出人意料之外的神奇，他在《小飞侠彼得·潘》中经过与彼得潘的恶战，最后被彼得·潘战败掉在鳄鱼肚子里。但是在《重返梦幻岛》中出现了一个马戏团的老板毛毛人，愿意当彼得·潘的忠实仆人，几次救彼得·潘于危难之中，还有很温情透彻的人生分析。这个毛毛人是谁？他和钩子船长是什么关系？他和彼得·潘之间是什么关系？温迪还吻了毛毛呢？看完作品之后我们才会恍然大悟，麦考琳深有感触地说："有时候，游戏会变得连想出它来的人也控制不了。在梦幻岛，游戏总是这个样子，于是玩不再是玩，会变成了真的——它让人吃惊……这是最美妙的时刻。"这种人物关系的反弹，就是《重返梦幻岛》颠覆原作的突破口，也是阅读时感到最美妙的"游戏"，不止是梦幻岛，人生活的世界哪一个地方不是如此呢？

第二，故事情节的"轻盈"。巴里的《小飞侠彼得·潘》有一个很深沉很明晰的情节主线，随着彼得·潘和梦幻岛的孩子们一起探险展开，彼得·潘与钩子船长的斗争是你死我活的，永远长不大的童年是一片清洁纯粹的圣地——在儿童的现存世界中永远找不到。麦考琳的《重返梦幻岛》努力刻画不一样的现实童年，她笔下的故事"轻盈"起来，更多的是人物内心的挣扎，人与"自己"、人与人、人与物、人与自然等等关系的梳理，加入了童年心灵溪水的随意流淌，情节娱乐化、生活诗意化，但探险和寻宝的主线没有变，人物的基本底色也没有改变。国际儿童文学研究会理事长、瑞典斯德哥尔摩大学教授玛丽亚·尼古拉耶娃谈现代童话时认为："童话最重要的功能不是教育功能和认知功能，而是向童话读者提出我们确实存在的问题。要特别指出：是提出问题，而不是解决问题。当代童话的一个明显的特点是具有开发性的结尾，让读者自己动脑筋就童话所提出的问题去寻找答案，自己去分辨善恶，其间最重要的是要让读者认出世间并不存在绝对的善和绝对的恶的道理。"《重返梦幻岛》形象地书写了这一观念，即使钩子船长沦为海盗头子时还珍藏着在英国伊顿公学念书时的奖章和奖杯，麦考琳借温迪之口说："没有一个人是坏透了的。"这种文化探寻和现实思索也适合于我们对所有儿童文学作品进行良性的审视。

第三，对童年精神的颠覆。《重返梦幻岛》中有麦考琳极为深刻的对人类童年文化的考量。杰姆·巴里的彼得·潘问世以来，作品为谁所写，它的阅读对象怎么圈定，《小飞侠彼得·潘》是哪一类的儿童文学作品，这些问题一直是儿童文学评论家和研究者争论不休的课题，应该说巴里构筑的梦幻岛和永远长不大的童年是成人的想象而不一定是儿童的理想，如果站在儿童本位的观点来看，儿童是希望自己不断地长大的，或者变大或者变小或者会飞或者变成"他者"，以摆脱现实生活和成人世界的困扰和压抑，这就是孙悟空、爱丽丝、尼尔斯、大人国、小人国永远活在儿童心中的理由，那种希望"儿童永远长不大"是成人本位思想所开的"童心之花"，这种"童心之花"所结的果子是成人对儿童作为"非主体"的占有和崇拜，离儿童的主体精神和梦幻岛是有距离的，一不小心闯入了梦幻岛，也是要返还的，就像温迪、约翰、小卷毛、小不点长大了再去梦幻岛旅游之后都要回到账单里、办公室和文件中。麦考琳的《重返梦幻岛》从童话的世界走入到当代的奇幻色彩的小说世界，但麦考琳出现在儿童成长的现场，帮助儿童解读成长中遇到的难题。儿童文学评论家刘绪源把儿童文学爱的母题又划分为母爱型和父爱型。巴里的彼得·潘是母爱型的，巴里用赏识的目光呵护的心态来维持理想童年；麦考琳的彼得·潘是父爱型，童年所遇到的一切烦恼都是他们成长中不可避免的，麦考琳不仅让孩子们勇敢地面对，而且努力和孩子们一道寻求摆脱困境的秘方。我们无法分辨哪一类型是好是坏，但我们会发现生活在传媒时代的儿童和一百年前巴里理想的童年世界相比，有了不小的变化。麦考琳发现了当下童年的巨大危机，她满怀情愁地来到了儿童成长的现场，灵性地感知、深刻地思考和诗意地表达，使她笔下构筑的童心世界内涵要丰富复杂得多，作品中用彼得·潘穿上钩子船长的红大衣来考验童年精神，来象征儿童成长必然面对的磨砺，好就好在，彼得·潘在朋友的帮助下，经过死亡的威胁，终于摆脱了那件红大衣，挣脱了"成人世界的魔力"，麦考琳让彼得·潘再一次照亮童心世界，照亮人类生存的理想之光。

　　第四，机智幽默的风格。机智幽默是大师级儿童文学作家的通行证，如果没有马克·吐温笔下汤姆索亚阔佬财产的列举："十二颗石头子；一只破口琴；一块可以透视的蓝玻璃片；一门线轴做的大炮；一把什么锁也不开的钥匙；一截粉笔；一个大酒瓶塞子；一个锡皮做的小兵；一对蝌蚪；六个鞭炮；一只独眼小猫；一个门上的铜把手；一根拴狗的颈圈——却没有狗——一个刀把；四片桔子皮；还有一个破旧的窗框。"如果没有张天翼《大林和小林》中小林干枯日记的转述："星期五。起来拿早饭。后来剃胡子。后来做工。后来挨打。后来我哭了。后来睡。星期六。起来拿早饭。后来剃胡子。后来做工。后来挨打。后来我哭了。后来睡。……"这样一连五天的相同内容，我们就无法看到天才的儿童文学作家如何步入儿童内心，变成他们的"同案犯"，为人类发现了思想和文化的富矿——童心世界和童年精神。无论是现实生活还是幻想世界，《重返梦幻岛》都有精湛的描绘，在麦考琳的笔下，生动逼真的儿童生活和想象细节不胜枚举，如：小不点会吹单簧管，有一天他被穿上红大衣的彼得·潘训斥，小不点十分害怕，小萤火就过来安慰小不点，希望小不点把字母表上的字母吹出一个个音符，于是小不点开始吹从A到G的音符，小萤火高兴地"追逐从小不点儿那单簧管吹出来的音符———在半空里像吃巧克力糖那样吃掉它们。最好吃的是短音符——又胖又圆，有奶油夹心味道。半分——十六分——八分音符吃下去嗞嗞响，就是太小，一口要吃几十个。升半音音符飞得高，将半音音符飞得低。小不点儿看着仙子噼噼啪啪吃它们，哈哈大笑，把挨彼得·潘骂的伤心事也忘了。"在挨饿受冻的探险历程中，吃音符的想象是多么神奇又妙趣横生。再比如，"雨下了起来，像无数的惊叹号。""白日梦和激动念头打着滚儿涌进他们的头脑。"在寒冷的天气里唱歌，"歌词像小冰块在他们的嘴里咯咯响"等等，单凭这样的神奇想象力和机智幽默的语言就可以把英国作家麦考琳的名字刻在世界儿童文学大师的丰碑上，完全可以和《小飞侠彼得·潘》比肩，甚至是一种令人惊叹的超越。

看完这部作品，纠缠在我心底的那"一缕伦敦的雾"，随着《重返梦幻岛》故事的展开已经渐渐散开，无数次惊服于天才女作家麦考琳的"胡编乱造"，经历了一种无与伦比的阅读冒险和心灵的快乐。麦考琳将21世纪儿童的心事精心叠制成无数个飞翔的小鸟，悄悄地放在每一个儿童和不想长大的成人的心底，谁要想潜入这个瑰奇壮丽的世界，《重返梦幻岛》会帮你打开一扇神奇的大门！

（原载《中国儿童文学》2007年6期）

原来好玩的故事在这里
——刘海栖《扁镇的秘密》

　　《扁镇的秘密》是一部三卷本的系列童话故事，以扁镇为生活背景，写了由鞋垫猫、鼻涕猪、扑克鼠组成的"冬眠三人组"的历险故事。在历险的过程中遇见了形形色色奇怪的事情，因为它们生活的扁镇是一个非常特殊的地方。扁镇的生活既是幻想的又是现实的，扁镇本身有镇长、街道、茶馆、饭馆、学校等等，作为一个镇子应该有的几乎全有了，但扁镇又不同与其他的镇子，是剪刀奶奶剪出来的镇子，这个镇子上的居民可以与同是扁的世界的居民来往，最密切交往的人员就是图画故事书中的人物。

　　童话在自身故事发展的前提下，用嵌入式的结构把各种各样的图画书中的故事和人物放在里面，变成了故事本体的一个个情节。如果把《扁镇的秘密》比喻成一棵大树的话，剪刀奶奶是树的上帝，她想剪什么故事中就出现什么，类似于《神笔马良》的神笔、《阿罗有支彩色的笔》中的笔。剪刀奶奶有一把带魔力的剪刀，剪出的世界是艺术的世界，却复活在人类的现实生活中。《爷爷一定有办法》、《好饿的毛毛虫》、《驴小弟变石头》、迟到大王约翰帕特里克诺曼麦克亨尼西、三只小猪一只狼或者三只狼一只小猪、三个穿黑斗篷戴黑帽子手拿奇形怪状武器的强盗、甘伯伯、母鸡萝丝等等等等，都可以随意地出入扁镇，仿佛是一次图画故事书阅读的狂欢，这些图画故事书都出现在扁镇人的生活当中，也可以说图画书是他们生活的一部分。

　　如果说童话的主干是剪刀奶奶剪出的扑克鼠、鞋垫猫和鼻涕猪三个主要人物的历险故事，每个人物都有自己的性格特征。那么，一篇篇图画故事中的人物和故事是这棵大树上的叶子，每一篇叶子都是一个有趣的故事，它们的生命力来自于自身的故事。在这些故事中，扁镇得以存在和丰富，在这个扁镇中，图画故事得以重生，扁镇和图画故事互文般地生存着，你离不开我，我离不开你，扁镇中的故事亦奇亦幻，如一个神奇的魔方，怎么转换都会形成新的故事，而读者仿佛走进了一座神奇无比的故事魔幻城堡。有丰富阅读经验的人，会因为故事中的大量图画故事书的巧妙运用而称奇；没有阅读经验的读者，也会尝试着去寻找图画书的故事密码，童话故事的构思新颖巧妙，也是这套书吸引人阅读的魅力所在。

与妙趣横生的故事紧密相连的是幻想的大胆神奇，自由自在的幻想是一种游戏，也是故事产生的前提，美学家席勒认为人只有在游戏的状态下才可能达到一种审美的境界。在童话故事之中，夸张有趣的场面随处可见，有时候可以称为"有意味"的游戏。扁镇毛毛虫先生竞选镇长的时候，有虫虫党的人火力支持，最后胜出。童话没有写毛毛虫胜利的场面，而是不厌其烦地罗列毛毛虫在"无数拥趸的鼓噪声中顺利地吃掉了一个苹果、两个梨、三个李子、四个草莓、五个橘子、一块巧克力蛋糕、一个冰激凌甜筒、一条腌黄瓜、一块奶酪、一截火腿、一根棒棒糖、一块樱桃派、一条香肠、一个纸杯蛋糕和一片西瓜"。符合毛毛虫的物性和儿童的游戏心理，而且，这种数字的罗列给人留下深刻的印象，从一个侧面突出了竞选的荒诞无稽，蕴藏着许多暗喻和讽刺。幽默风趣的气氛也无处不在地弥漫在故事中，使人忍俊不禁，如鞋垫猫谢蒂尔先生告诉鼻涕猪毕提，说世界上有一所大学专门崇拜和尚，鼻涕猪和扑克鼠百思不得其解，鞋垫猫揭开谜底是哈佛大学，实在出乎人的意料。借用"哈"字和"佛"字的多义性，和尚与"佛"字有关系，这个"哈"字与当下流行的"哈韩""哈日"是一个意思，而鞋垫猫一番独特的解释使这个情节合情合理，机智幽默符合儿童的思维特点，也对扁镇街上的哈韩族哈日族进行了善意的讽刺。

幽默不失之油滑，讽刺不失之刻薄，是儿童文学的一种温情呼唤。《扁镇的秘密》故事也不乏温情，在轻松热闹的背后潜藏着厚重感和人文性，成人生活的经验也巧妙地穿插在故事当中，增加了故事的时代性和社会性，如鞋垫猫谢蒂尔先生想办公司，跑到镇上的工商所去注册，"发现忘了拿二寸半身正面免冠照片三张和公章私章以及房产证身份证驾驶证原件和复印件了"，讽刺了成人社会条文和规章制度的冗长给人造成的麻烦。而这样繁复而连绵不断的长句子也成了文本一种叙述风格，如"病后初愈的母鸡萝丝戴了副墨镜正懒洋洋地倚在干草垛上晒日光浴"，儿童文学的语言往往讲究精短而明晰，动作性强于描述性，文本随处可见的长句子如绵长的流水，时而叮咚作响时，而波涛汹涌，平滑的时刻便是作者要收束一篇小故事的时候，童话这种叙述方式可以说是一次叙述的冒险，在以儿童为读者对象的童话叙述中是非常少见的，至于儿童的阅读体验如何，是否会猜中文本后面的玄机，那还要拭目以待。

英国作家爱德华·福斯特在《小说面面观》里强调"故事是一切小说不可或缺的最高要素"，而"真正的好故事必然属于真切的生命体验"。尽管《扁镇的秘密》这部童话中的故事是极为荒诞的，正像卡夫卡的《变形记》一样，人变成虫子在现实中是不可能的，故事中不但可能而且具有情感的真实性和意象的丰富性。那么，《扁镇的秘密》中构成故事的最根本的要素，便是作家所积累的深厚的人生经历和阅读图书的精神体验巧妙的结合，并且能够借助于最富有中国文化特质的剪纸艺术形式，把作者的直接经验和间接经验在幻想的世界里进行狂欢化表演，吟诵着字词的游戏和童年顽皮的歌谣，在中国新世纪的童话百花园中吐露出独异的芬芳，这是我们不得不面对的事实——有一个扁镇，那里有无数的秘密，属于大人和孩子的秘密。

从儿童文学角度说《三体》

想象力是艺术创造的本质力量，幻想文学的创造力就在于其幻想的独特性，《三体》对儿童文学的启示在这一点上可能会达成共识，这也是儿童文学追求的一种艺术境界。中国文学的幻想力从未走远，也很难超越，有庄子的《逍遥游》为证。即使在高科技的今天，我们也得承认庄子想象力的奇绝，没什么可自卑的。汉字就是这样一种想象的符号，是人类象形性思维的精髓和表征，也是人类文明的一种高度。

如果说文学是情感的符号，儿童文学就是暖情的文学。《三体》是写情感的，情感的丰富与深刻是文学存在与发展的一种动力。刘慈欣以他沉默而深情的性格发起对人类未来的关怀，道出了人类情感的复杂。无论什么文学，情感都需要流入其中，那是中国"上善若水"的哲学观使然，流动性的水与中国人的善良可谓相得益彰，也是生命本源的自然表露。何况，任何情感都不是实体，需要附着在此岸的身上，刘慈欣的长篇小说《超新星纪元》《球状闪电》和中短篇小说《流浪地球》《乡村教师》《朝闻道》《全频带阻塞干扰》都有丰富的情感，氤氲其中，缭绕不止。

文学有丰富多彩的存在可能，尤其作为语言的织物，世界的语言千姿百态，阐释世界的文学亦需要百态千姿。文学不只是镜子与灯光，镜子与灯这些都是人造的器物。有没有从来就没有人到过的宇宙存在呢？无论是以哪种思想来支撑，刘慈欣的宇宙，不止是乌托邦，不只止恶托邦，亦不止是异托邦，刘慈欣的笔下世界是典型的"能"托邦，他不是在解构人类，他是在结构，他很成形地结构价值、意义、希望、梦幻和可能，这也是写给希望和未来的儿童文学应该具有的一种力量。

儿童的未来有多种可能，不像成人的未来那么固定僵化和濒临死亡。刘慈欣这一次把宇宙的未来，作为当下人类复杂而迷茫心理的一种解读，形象而瑰丽。刘慈欣对中国的科幻怀着巨大的期望，不像科幻文学在国外那么成年化甚至老龄化，刘慈欣对儿童文学的意义和价值仿佛也看出来了。

从文学创作的发展历程来看，刘慈欣在拓宽儿童文学的管道。从创作的情感上看，他使得有些"装酷"的中国儿童文学有了一种飞翔的姿势。从读者的阅读上看，《三体》善于出"考试题"，给读者留了那么多存在的可能，让读者思考，抓耳挠腮地做题。在刘慈欣看来，文学可以是有一定智力的"编程"，科幻文学也应该是一款最具智慧的"软件"，与作家玩对手戏的文学读者，尤其是儿童，他们是不按规矩出牌的一族，他们的智商也不一定比成人低下，这种创作思想应该算作"以儿童为本位"的一种身体力行，也可以称作是刘慈欣"尊重的教育"的一种行为艺术，如果把文学看成教育工具的话。

（原载《文艺报》2015年9月30日）

诗性正义　童心无敌
——评董宏猷《一百个孩子的中国梦》

　　董宏猷在《一百个孩子的中国梦》的后记中说："我的梦幻小说，是'梦幻现实主义'的萌芽，在我看来，现实是梦幻的摇篮，梦幻是现实的花朵。"这部宏大的儿童文学梦之作，写了中国当下社会现实生活中不同地区、不同民族、不同阶层、不同身份的一百个孩子的梦。其中现实主义的描写和致命的真实性，是这部作品最令人迷醉的地方，从其创作方法和选材来看，所有的梦都来自于作者对现实生活中真人真事的观察和采访，在当下儿童文学创作出版的商业大潮中，这种创作和出版行为无疑属于一种"苦役"。非虚构的真诚写作，展开了这部梦之书莲花瓣的结构，这一朵梦之莲花，深深扎根于现实的水中，所以，才能够从三十年前一直开到三十年后，文学传递了诗性正义和童心无敌的力量，以童稚性的思维方式和独一性的生命体验，超越时空，达到永远。

　　大量现实生活的取材和对现实生活逼真的描述，使得作品现实批判性较强，极其有力道。在《春蚕》中，那个不辞辛苦的十一岁小女孩，爸爸妈妈在城里打工，她和爷爷奶奶在乡下养蚕，为了让爷爷奶奶更好地休息，她每天夜里要三次起来给蚕宝宝铺上桑叶，"她眼皮好沉，头也好沉，好像躺在云彩上，不由自主地飘啊飘……不行啊……我，不能睡过去……我，我要帮奶奶……铺……桑叶……"善良坚韧孝顺的美丽心灵可圈可点，令人敬佩有加；这种坚韧勤劳的精神，不就是中华民族的传统美德吗？

在一部儿童文学作品中，我非常在意作品是否写出人的尊严和灵魂的高贵。而这一切精神的指向都在日常生活的点滴之中。《捡煤渣》中的小男孩，冒着凛冽的寒风，在伸手不见五指的冬晨来到煤矿附近捡煤渣，在暴风雪中推着自行车艰难地爬上山一样的矸石山，每走一步就退半步。捡煤渣的大人和孩子人流如织，一车突然倒下来的废弃矸石，会吸引人们像蜜蜂一样扑过去，人们在这废弃的矸石中淘宝一样寻找少得可怜的煤渣，这些煤渣是每一个家庭驱赶严寒的黑色"天使"。突然有一天，一大车亮晶晶的大块煤，像"天使"一样从天而降，人们是何等惊喜，蜂拥而抢，司机把煤块和矸石倒错了位置，这时候的男孩大声呐喊："这是煤块！不是矸石！不能抢！不能抢！"两只手，十个手指，全都火辣辣地疼，但是，却像一道坚不可摧的堡垒挡住了人们的疯狂，这是孩子的噩梦还是现实正义的力量呢？毫无疑问，这是孩子内心高尚的道德律，即使贫穷，即使卑贱，即使严寒，这个矿山底层孩子的世界中，还在坚守着一种灵魂的纯净与高贵。

　　不忘初心，回到本真，于物质生活的贫乏中找到人生的真谛。在《甜甜的大海》中，茶马古道上送水的布依族男孩，可以把仅剩的半碗水送给黎爷爷，黎爷爷又把这半碗水留给男孩。在崎岖山路随着马帮挨家挨户送水的男孩理解这半碗水的深情厚谊，更懂得了半碗水带来的生命价值，他梦想中"甜甜的大海"是那么真切而现实，渴望水的人们就像渴望生一样热情而节制，读来令人动容，仿佛一下回到了生活的本真。今天，在物质极为丰盈便利的城市"自来水"生活中的人们，还有多少人能够想到"半碗水"的生命意义呢？这样的小故事无疑在唤醒人类对养育我们生命"水之源"的爱惜和感恩。

　　苦难的物质生活从来没有泯灭孩子心中的梦想，他们饱满的热情、充沛的善良、生存的坚强、道义的勇敢……如浩瀚无垠夜空中的星光，那么耀眼而迷人，这是童心的力量，也是人性的光芒。从这个意义上说，我更愿意称其为现实的浪漫主义，从儿童苦难的现实生活出发，主人公却能够战胜自我，超越现实，超越苦难，这是人类童年的精神写照，董宏猷的一百个中国孩子的梦，就是整个人类精神、未来梦想和人性力量的最美丽的诗篇。

童年的梦就是一个多彩的万花筒，有噩梦、有美梦、有甜美、有苦梦、有大梦、有小梦……梦的本质是人们心灵的映像，对梦的发生地一次次深刻地探索和研究，就是对孩童心灵世界的探险和发掘。在成人作家创作的儿童文学中，因为自己已经成为"成人"，再返回儿童心灵世界的时候，必须有一种神奇的力量。天才的儿童文学作家，可以潜入儿童心灵世界的底部，痛苦着孩子的痛苦，悲哀着孩子的悲哀，快乐着孩子的快乐，我们从董宏猷三十年如一日的写作中，发现他百科全书一样展开儿童丰富多彩的心灵世界，挖掘出儿童心灵的复杂与深邃。孩童心灵世界的奥秘，像谜一样吸引着他。真像意大利哲学家皮耶罗《孩子是个哲学家》中所说："我对孩子的思想充满了敬畏——他们以纯真而又智慧的眼睛打量着世界。"董宏猷又用纯真而又智慧的眼睛打量着儿童，发现他们梦想的神奇和美妙。

在《我的尾巴在哪里》中，四岁的男孩希望自己像小狗萨摩耶一样长出尾巴；在《小小铁骑军》中，六岁小女孩的梦就是随着爸爸妈妈在广东打工返回广西老家的摩托车队能飞起来；在《魔鞋》中，八岁藏族小男孩阿卡住在青海塔尔寺中，他的梦想就是有一双魔鞋，穿上这双魔鞋可以比姚明还高，跟乔丹、詹姆斯和姚明一起打篮球；在《青春的味道》中，十五岁女孩的幽微细腻的心绪，就从男孩篮球鞋的臭味中觉醒，那种青春的味道，萦绕在女孩梦中，难以摆脱又无时不刻不在期望。女孩心，海底针，这种心海无边无际。董宏猷，作为一个领悟童心本质的作家，他找到了一个多么丰富而深邃的写作入口，味道，永远也写不尽的味道，最难忘记的味道，这味道是看不到摸不到而又无处不在的一种生活之"真"，真是像雾像雨又像风，但是，在青春期就是一个标志，一种神秘而顽强的青春的力量，能够击碎一切情感和心理的防线，中国古训所谓的"臭味相投"，可以堪称知音的另一种戏谑表达，难怪屈原《离骚》中经常以香草和花香隐喻他纯洁高尚的心灵。因为世间许多不平事，在气味面前是平等的并充满了诗性和正义的力量，无声无息地飘向远方。

长大成人的读者，还清楚地记得童年时阅读《一百个中国孩子的梦》的情景，那是儿童文学润物无声的审美力量，成长从来就不孤单，有那么多同龄的朋友相伴，难道不是最幸福的人生吗？从阅读的感受来说，阅读一个孩子的梦，就是刷新一次人生。

事实上，每一个孩子的中国梦，都是伟大的中华民族复兴中国梦的一部分，儿童文学作为指向未来的文学，这种描写和表达超越了文学本身的功能，具有了丰富的社会学价值和人类心灵史的意义，有梦想的人生才是真正的人生，儿童文学从来都是人类文化的精神资源。从这个意义上说，当梦想与儿童相遇时，人类的创造性将展开美丽的翅膀，飞向宇宙，创造奇迹！

（原载《中国教育报》2016年12月26日，有删改）

一部非虚构母子心灵成长史
——评萧萍《沐阳上学记》

　　用诗来写童话，用童话来生活，用生活悦动成长，用成长淬炼母子真情。萧萍的新作《沐阳上学记》用七年时间真实地书写了自己儿子李沐阳的童年时光，包括《我就是喜欢唱反调》《请投我一票吧》《男生女生那些事儿》《我为什么不去美国》四部，是难得一见的中国儿童文学的非虚构写作，亦可称为一个中国儿童成长的史诗。

　　孩子们的脑袋里想什么是所有大人都想知道的秘密。萧萍作为儿童文学作家潜伏在儿童成长现场，探索他们的成长秘密，孩子的生活不只是色彩斑斓的诗，还有无尽的烦恼。选择去哪里过年呢？在《欢欢喜喜过大年》一节，小学生教室里热闹起来，邓米拉想去海南岛的亚龙湾玩沙子，梁子儒想去香港的维多利亚湾观烟火，吴肖蓝想去澳大利亚剪羊毛——真的羊的毛，而李沐阳想去宝鸡，"宝鸡"这个词语说出来之后，让所有的孩子诧异得说不出话了，没有人知道宝鸡在哪里，甚至有一个同学还装成知道的样子说："宝鸡是不是就在新加坡那里？"因为班级的许多同学知道新马泰。李沐阳一家在宝鸡过了一个最为传统的中国年，一大家族的人聚在一起，李沐阳觉得非常快乐。

　　在《老妈日记》中萧萍写道：每每想起以后我们孩子的字典里将缺少，甚至没有"舅舅""伯伯""姑姑""姨妈""堂哥"这样的词汇，"我的心就会轻微地疼一下"。在如此平常细小的事情中，把李沐阳这一代人独生子女的精神面貌勾勒出来。作为上海这个中国第一大都市的小学生，这一代孩子有足够丰饶的物质生活和阅览世界的目光，却不一定了解自己脚下的土地，包括剪"真的羊的毛"都成了一种奢侈的童年游戏。儿童文学理论家朱自强反复呼吁儿童要有身体生活，身体生活是真的人生经验，身体生活是一个人成为真正人的前提和基础，即使在高度虚拟化的社会，儿童的身体生活也是不可缺失的，当思想观念、文化等高度密集的时候，身体生活成为儿童文学最具有温暖的地方，萧萍以作家的亲身经历，逼真地写出了这种成长之痛以及灵魂之伤感。

萧萍作为一个儿童文学作家，以敏锐的目光和深邃的思想发现，当字典里没有那些复杂的亲属称谓的词语时，情感的贫乏、生活的枯燥、中华文化的断裂感也会显现出来。中国的儿童文学界，一直在呼吁作品的思想性，思想性不是漂浮在生活上的一次油皮，往往就在日常生活细微之处。《沐阳上学记》这个开篇之笔，萧萍的写作调性起得实在妙不可言，以后的大事件、小烦恼、长深情、短吁叹，都有了时代和社会生活的大背景，李沐阳作为一棵树，妈妈也以树的名义和李沐阳站在一起，在肥沃复杂的土壤中成长起来。

李沐阳是个性极为丰满的小孩子，因为他是日常生活中的真实的孩子。当我们在斥责中国儿童文学界千篇一律的儿童形象时，不是现实生活中的孩子成了一个样子，而是作家在用一个模子"做孩子"，没有遇到一个"真孩子"，当然写不出一个"活孩子"。看李沐阳这个活力四射的孩子真是过瘾，尤其是李沐阳和妈妈"战斗"的画面，更是动人心魄。《我就是喜欢唱反调》中，沐阳讲述作为儿童文学作家儿子的烦恼，看"鸡皮疙瘩""午夜幽灵"入迷时，妈妈想让他休息眼睛，吃一个炖梨，梨子中间挖了洞放上川贝之类的"良药"，妈妈想出的"反对游戏"就是让李沐阳用红笔改著名儿童文学作家萧萍的《一只靴子》，反对版的《一只靴子》想象丰富大胆神奇，妈妈发明一种"反对游戏"让李沐阳练习改稿子，因为李沐阳不愿意修改作文，即使修改也从不用橡皮，而是用口水去擦。靴子不叫老大叫老小，不是瞎子是瘸子，妈妈专门喜欢走在妙趣横生的路上。

萧萍对儿子的态度是民主的、充满爱意的、尽职尽责的、聪明过人的、敏感的、欣赏的。没有育儿经验的母亲是不写出这样的儿童文学作品的，为潜伏在儿童世界的儿童文学作家亮出了最有力道的一张王牌，只要深入他们的内心世界，还是有能力和他们斗智斗勇的，只是，不一定能斗过他们，这场战斗的赢家永远代表着未来，因为他们是春天是花园。

文学的形式永远是内容存在的原乡，这部书在设计上可谓别开生面，有诗歌，有孩子的自述，有老妈的笔记，三个部分各自独立成篇，又藕断丝连，每本书的形式虽然没有变化，但是，故事的构成又各有调性。在反对和研究女孩心思的过程中，明显看出了主人公李沐阳先生的成长；一年级的时候简直成了受气包，因为男孩身体和心理成长晚于女孩，因为身材矮小被女孩折磨得要命，噩梦一样。妈妈的焦虑和不公平也在内心郁闷着；到了六年级，这个劣势变成了优势，孩子的长高也释怀了母亲的不安。多么逼真而现实，而教育的观念完全是一刀切，仿佛总是男孩子在欺负女孩子，儿童文学的本位就是要写出这种丰富性和复杂性的生活，不是作家根据观念在臆造情节。从这个意义上来说，萧萍的创作是带有行为艺术家的特征，她走在儿童成长现场的时候，会发现儿童的成长多个事件各种矛盾纷沓至来，无论作家的文笔有多漂亮，面对一个活生生的儿童，都是很难言说清楚的，即所谓当局者迷旁观者清，如果一个作家没有这种对生命成长客观性的尊重，就不可能创作出诚实可信的儿童文学。

我一直倡导儿童文学的诗性，只有诗性存在于儿童生活的现场，才能把儿童现实的生活变成精神和情感的生活。面对儿童成长的困境，作为教育儿童的成人，尤其是作为儿童文学作家不一定有比儿童更敏锐的心灵，但是，成熟的思维、语言表达和人生经验，应该成为替儿童表达心声的一个管道，而不应该用"瞒和骗"的手段来编织谎言，那种谎言，早晚有一天会被儿童揭穿，就像安徒生《皇帝的新装》里的皇帝一样赤身裸体地在广场上游街示众，对儿童的真诚，对儿童成长的困境，作为儿童的家长和作为儿童文学作家有多少人尊重他们的成长规律，理解他们的"新思维"新世界呢？如何在"变"与"不变"之间把握住儿童文学的本质呢？

诗性生活是解决儿童精神困境的一个重要出口，儿童文学的诗性就存在于儿童日常生活的点点滴滴之中，在《沐阳上学记》中被表现得淋漓极致。那个活力四射的儿童世界，经常打败成人世界，让我看到了中国儿童的希望和儿童文学的希望，难道中国儿童文学近三十年来的蓬勃发展，不与现实生活中儿童的精神生活密切相连吗？儿童成长的现实中，不只是贫穷、屈辱、残疾、变态、暴力等因素，然而，近年来的儿童文学创作确实有这样一种倾向，其创作目的已经昭然若揭，无非是被市场经济裹挟着在消费童心，美其名曰为"儿童文学"。

总之，萧萍以诗人的情感、戏剧家的戏仿、母亲的胸怀、朋友的赤诚等等多重身份，来写一个实实在在的中国小学生真实的生活，她能够做到感同身受，塑造唯一的"这一个"小学生李沐阳，也是中国一代儿童的代表。对我来说，目睹了太多胡编乱造的儿童文学，萧萍《沐阳上学记》却如此感人，阅读时几次掩面落泪，作为母亲有太多的相同感受了。萧萍替天下许多母亲写下了中国孩子的童年，这样的作品具有史实的性质，是优秀而丰富的非虚构文学的标志性作品，亦是中国儿童文学应该努力的一个重要方向。值得一提的是，因《沐阳上学记》是生命成长纪实性的作品，可以称为一种"原叙事"——种子作品，在此基础上，能够演绎出许多其他形式的艺术品，期待着那一天的到来。

（原载《中国新闻出版广电报》2016年12月2日，有删改）

给儿童一个安放心灵的快乐家园
——读葛竞《幸运兔精灵》系列

葛竞是幸运的，因为这是一个儿童文学英雄辈出的年代，葛竞是不幸的，要完成父辈葛冰把《哈利·波特》挑下马的巨大重任。许多中国儿童文学作家都有一个哈利·波特情结，我们一直想拥有自己的魔法石，葛竞从9岁开始发表童话，她的成名作是中国孩子的《魔法学校》系列，到了《猫眼小子包达达》系列，她已经摆脱了背负的宿命，开始寻找到了自己独特的表达方式。创作《幸运兔精灵》的葛竞，仿佛拥有了一支神笔，达到了中国儿童文学创作的一个峰值。

她在努力寻找中国儿童文学自身表达方式的途中，进入了中国儿童成长的生活现场——儿童与老师、同学、家长、社会的对话中，形成了一个又一个矛盾，陷入了一个又一个成长的困境，如何摆脱这些困境？很少有作家能像葛竞这么了解儿童内心，儿童是最有生命力的一族，他们不断地剥离成人和成人作家的"伪生活经验"，他们用自己的"血肉身躯"直面现实，并实现梦想。成长的痛与快并行不悖，《幸运兔精灵》系列给人的阅读感受就是痛快淋漓，令人拍手连连叫绝。

名字叫幸运的小女孩是一个普通的小学生，她常常为考试和作业发愁，喜欢看漫画书，拥有当下小学生的一切快乐和幸福。她的爸爸妈妈也是中国家庭普通的爸爸妈妈，爸爸是电脑工程师，有点大智若愚，喜欢晨练，经常跑得像一个热气腾腾的馒头。妈妈是服装设计师，有点虚荣有点美，最希望孩子学习成绩好，在家里任劳任怨，还能像侦探一样发现女儿的秘密。这一家人相亲相爱，偶尔有点小误会，大多数时候是同舟共济，彼此珍惜。在《疯狂老妈》的故事中，当妈妈与女儿互换了身份，女儿幸运在厨房里忙着做菜，妈妈担心幸运被炒菜的火烧到和被油烫到，她在暗处不断地叮咛警告幸运，细心温婉，读来令人动容。人生最幸福的一刻就是母亲和女儿相拥在一张床上，彼此说着自己的心声，慢慢沉睡，慢慢进入梦乡，那是何等美妙的人生幸福，普通而难忘。法国哲学家朱利安•班达在《知识分子的背叛》中说："推崇冷酷是现代知识分子的一种宣传，他们产生了极大的影响。……现代知识分子在文化世界中创立了一个真正的冷酷的浪漫主义。"在当下的中国儿童文学界，也有许多儿童文学已经"不屑"表达这种母子之情，认为是"不酷"的表现，是陈旧的煽情，推崇一种"冷酷的浪漫主义"。可是，爱才是生活的主流和儿童文学应该坚守的方向，尤其是母爱不应该成为被嘲笑的对象，这对有些冷酷的中国儿童文学母爱的书写，可以说，是葛竞一次真实而有力的正面回击，信任、理解、奉献和爱，在儿童文学中永远是最浓墨重彩的华章。那些非常令人向往的和敬重的师生之爱、父母之爱、祖孙之爱、同学之爱，满溢在《幸运兔精灵》的字里行间，这种温暖的情节在作品中俯拾即是，随处可见。

即使对次要人物的描写，作品也十分重视，葛竞用中国传统白描的手法，三言两语就突出了一个人物的特点。兔精灵是未来的一个小机器人，化身为一个小男孩，住在幸运的手环里，是幸运的保护神，他有很大威力，还能变形，更喜欢吃胡萝卜，一吃胡萝卜就像醉酒的人一样。对精灵兔实行打击报复的敌人是黑猪巫师，他长着猪鼻子，是来自未来的机器人，经常变形成各种人来阻止幸运成为未来的科学家。他满足幸运的各种玩耍贪婪、好逸恶劳的欲望，在《我是倒霉大明星》中，他把幸运一家的虚荣心推上了巅峰，用各种欺瞒的手段获得别人的同情，以此来达到扬名天下的目的。黑猪巫师喜欢住在垃圾堆里、喜欢喝酒、喜欢臭的东西，每一次出现都冒着黑气，可以说是邪恶的象征。这种正义和邪恶的斗争在童话中带有鲜明的戏剧性，事实上，道德与欲望的冲突在每一个人内心都是一生应该面对的课业，也是永远解不完的人生之谜。

　　每一个儿童的成长都要独自面对自己的生活，没有人能够替代他们生活，他们也不需要别人包办代替。一个极为严厉的教导主任贾老师用一双发出激光的眼睛，扫视出幸运和她的好朋友刘高兴把漫画书带入校园，漫画书是刘高兴的最爱，他还没来得及看，幸运只是想借来看看，可是，漫画书却突然掉入了教导主任的"魔爪"，她的那双眼睛"唰唰地扫过去，一切伪装都被烧成灰烬，四周一片寂静"，最可怕的是无人"生还"，不，是无人喧哗！那可真是一场灾难，读者担心幸运，更会为漫画书被没收而着急，怎么办？贾老师捡起漫画书却又还到幸运手中："别在校园里乱跑，有空在教室里看看这本书多好啊！"是贾老师"变态"了，还是幸运在做梦，谜底是那本书"变态"了——用语文书的封皮包起了漫画书。作品的戏剧性极强，翻转、跳跃、腾空、落地都那么自然而然，这是因为葛竞一贯坚持的创作立场："换个角度，有智慧地观察，合理推理，展开想象。"所有的想象和推理都要合情合理，读者才能信服。每部童话的开篇都交代了故事中两个非常重要的角色，一个是来自未来世界的兔子精灵，住在幸运手环里帮助女孩幸运实现60年后做科学家的梦想，另一个是机器人黑猪巫师，他会变形并阻止幸运好好学习，让她未来不能当上科学家，正反两方面力量的博弈从未停止，这次是一本神奇漫画书《幸运的36计》的功劳，让幸运脱险啦。

　　我一口气读完葛竞的《幸运兔精灵》系列全部作品之后，觉得她真是一个童话天才，在中国当下的儿童文学作品中，已经很长时间没有这样的阅读体验了，故事情节逗得我开怀大笑，连呼痛快痛快，语言的酣畅淋漓，也让人像喝了一杯甘甜的美酒，如醉如痴。葛竞年轻勤快把写作当成快乐，她写得极为投入，一点也不偷懒，写得勤奋，她不断地给她笔下的人物出难题，出了一个难题又一个难题，找了一个麻烦又一个麻烦，好像时刻都消停不下来。难题和麻烦与其说是她笔下的小女孩幸运和她的幸运兔精灵解决的，不如说是作家自己拆解的，这些地方最能看出作家的才情和智慧。她深谙儿童之道，亦是自我童年记忆非常好的作家，她解决难题的办法是现实的，又是浪漫的，是传统的，又是现代的，是平凡的，又是神奇的，是真实的，又是幻想的，亦真亦幻，亦庄亦谐，亦理亦情，在童话和小说两种文体中达到了完美的融合，给儿童建构了一个美好而快乐的精神家园。

国际象棋冠军谢军说："诚实+爱心+勇敢=超级棒，兔精灵的故事中有你、有我！"你、我、他（她、它）构成了一代中国儿童生活和中国社会的现实，这远远超出了儿童文学本来的小我，进入了一个全新的大我，幸运的不仅仅是小学生幸运，还有幸运的中国儿童，他们才是中国的未来和希望。在神笔葛竞文学才情的映照下，她努力挖掘出来的人性之美，童年之趣，快乐之味，生活之境，情感之维，不仅给少年儿童带来无限的快乐，也是各个年龄的读者享受不尽的精神盛宴，谢谢葛竞。

一首首生命的变奏曲
——读《米米亚碴碴猫》

　　二十世纪八十年代之前，死亡题材在中国的儿童文学界基本属于禁区，很少有儿童文学作品触碰。新世纪以来，儿童文学作家主张写生活的全面，死亡题材开始越来越多地出现在儿童文学的作品中。《米米亚碴碴猫》主要写了一个叫米米亚碴碴的黑猫，它可是一只非比寻常的猫，它死亡之后还能复活，这只猫因为什么而死亡，又如何复活的呢？米米亚碴碴猫经历了怎样的坎坷猫生呢？这个故事深深地吸引读者的目光。

　　开始，米米亚碴碴猫是王后的宠物猫，有一人之下万人之上的尊贵地位，可是，王后生了女儿之后就去世了，猫的生活也呈断崖式下跌，它不但没有了主人，还得全心全意照顾新生婴儿——可怜的公主，公主灰色的皮肤，灰色的头发，灰色的眼仁儿，灰色的嘴唇，连牙齿和舌头都是灰色的，这可不是白雪公主，而是灰色的像石像一样的公主，米米亚碴碴猫经过千辛万苦把灰公主养大。当公主与王子结婚那天，猫咪闭上了眼睛，第一条命结束了。然后，米米亚碴碴猫又去投胎，变成了一个女佣，帮助一个贫困人家祖孙俩过日子，猫有获得大量财富的本领，可是，它的帮助不但没有使这个家庭幸福，还使他们身陷囹圄，猫用命换取了瑞香的自由，最后猫被人误当作大老鼠而打死。米米亚碴碴第三条猫命故事发生在孤岛上，仅有两只猫的孤岛，它们开始互不理睬，只想享受孤独，后来建立了深厚的友谊，当茉莉神奇消失时，米米亚碴碴发现地平线上升起一颗新星，那颗星就是茉莉星，在孤岛上和它一起长大的小母猫。这一次"在米米亚碹橹第三次猫命的后半生，它每天晚上都会静静望着东方发呆，无论是夏天还是冬天，只要夜空晴朗，它都要在那儿默默地看着那颗星星，茉莉星，那是茉莉闪闪发光的灵魂。"读到这里，许多人都会抑制不住自己的情感，被米米亚碹橹和茉莉两个人深厚的情意感动得泪眼模糊。米米亚碹橹第四次变成了追逐彩虹的猫，觉得九次生命太长了，怎么总也活不完呢？做了一只勇士猫，想用冒险来嘲笑命运之神，让自己死得快点，终于如愿以偿。米米亚碹橹第五次变成了一只三只腿的残疾猫，尽管如此，它还是成了一只身残志坚的猫，照顾了许许多多的城市流浪者。米米亚碹橹第六次变成了一只圣诞猫，与驯鹿结下了恩怨，但还是完成了给人们送礼物的重任。第七次第八次米米亚碹橹还会变成什么猫呢？整个故事的结尾含蓄而又诗意绵长，面对一只公猫金子般黄色的目光，"米米亚碹橹佯装没听懂，一跃没入花丛……"

在儿童文学中，"死亡——复活"应该属于"离家——归家"叙事模式的一种变形。在家，孩子感到安全温暖但生活平淡无趣；离家，孩子感到新鲜刺激但险象环生。在每一次离家归家的过程中，主人公都会得到身心的磨砺而成长。米米亚碹橹猫每一次死而复生，都是一次生命的历险，每一次生命的历险，都是一次华丽的成长，哪一个儿童不想茁壮成长呢？"死亡——复活"，"再死亡——再复活"，也可以说是儿童日常生活中反复玩的一种游戏，据儿童心理学家研究发现，儿童往往把人的睡觉和醒来的自然过程，心理感觉上就是"死亡——复活"的过程，还有亲人"离去——归来"的过程，也有这种心理感觉和投射。儿童在日常生活中便经常重复这种游戏，儿童文学作品以故事的形式呈现这个心理过程，往往能够达到事半功倍的艺术效果。这是《米米亚碹橹猫》在中国儿童文学创作形式上的一次突破，是作家"以儿童为本位"创作思想的一次实践，也是儿童文学追求幻想多元化的一种创作可能。

《米米亚碹橹猫》是一个完整的故事，在这个大故事中包含了一系列小故事，每一个小故事之间的衔接，作者都安排得比较巧妙，类似于中国传统儿歌中的连锁调，或者是成语接龙游戏，前一句的结尾是后一句的开头。比如，前一个猫咪的死亡故事就是下一个猫咪复活故事的前提，这样紧紧抓住读者的阅读心理。又像电视剧中的剧情回放和总结，给人联想回味的空间。故事中还有大量的理趣与哲思互相穿插，像坚硬的筋骨，增加了作品的深刻性和思想性，把猫坚强的生命力和对生命的思考展现出来，"世间最宝贵的是生命，拿生命去换取什么宝藏，什么所谓的成功，真是蠢不可及的做法。""活着真是一件最不容易的事。"这样的句子比比皆是，在故事中像花香一样，与故事相生相伴，让故事有了绵长的味道，也刺激人思考自己的生活。

中国人对猫充满由衷的喜爱之情，在民间传说中，老虎是森林之王，猫给老虎当师傅，教了老虎许多本领，等老虎学到了猫的本领之后，就想吃了猫，猫迅速爬上树躲过了一劫，因为只有上树这个本领没有交给老虎，"猫教老虎留一手"成了中国人对猫智慧的崇拜。猫和人类的关系实在是太亲密了，自从有了人类好像就有了猫，猫是上帝派给人类的精灵。有多少只猫就有多少个故事，猫的故事永远也讲不完。影响几代中国孩童的动画片《黑猫警长》，黑猫警长聪明智慧，枪法无敌，目光如火炬，把老鼠等坏蛋们打得稀里哗啦。奥地利诗人里尔克的诗歌《黑猫》，用猫的目光刺痛人类虚伪的外衣，让人的灵魂与猫的目光相遇，从目光中读懂人类的恐惧。日本佐野洋子图画书《活了一百万次的猫》的虎斑猫，离奇的经历，令人唏嘘叹息，忧郁而伤感。美国动画片《猫和老鼠》，猫变为傻瓜成了被老鼠捉弄的对象，聪明的猫当一回傻子没什么了不起，因为猫有九条命。人呢？据说只有一条命，要珍惜生命，咱人类跟猫们可玩不起呀。

在《米米亚礊礷猫》中，新奇的幻想，神秘的故事，丰富的情感，奉献的精神，可以说是一只猫九死一生的坎坷命运的变奏曲，也可以说是八只猫不同生命经历演奏的合奏曲。在米米亚礊礷猫的传奇中，蕴藏着作者的深刻思考：什么是奉献，什么是乐观，什么是亲情，什么是友情，什么是爱情，什么是生命的意义。

在寻找中实现梦想与超越自我
——读《寻找蓝色风》

　　一部好的儿童文学往往带给人多维解读的空间，可以从多个入口进入作品的底部——那是一个独立自主的艺术生命空间，充满了艺术张力。在《寻找蓝色风》的童话世界中，把中国文化元素与幻想如诗如画地完美融合起来，是一个充满生命活力而又情感丰富的艺术作品。

　　这是一个寻找与救赎的童话故事。作品采用了儿童文学的经典叙事模式——历险记来结构故事情节，作品的主要人物有想变成小男孩的泥人阿丑、两颗大门牙不断长的牙婆婆、住在牙婆婆口袋里的小老鼠、想永久活下去的蓝尾巴狐狸，他们为了各自的梦想上路了。在历险的过程中，人物的性格得以张扬，阿丑虽然长着三个耳朵，相貌丑陋，但是，寻找到蓝色的风变成真正的人——他的这个信念从未动摇；牙婆婆性格古怪充满邪恶，为了得到丑娃的琥珀心来磨牙，她用尽心机；小老鼠贪吃调皮，喋喋不休，人小志大，想成为一只老鼠英雄；蓝尾狐内心焦虑，有收集癖，想永远不死，不断地用物质证明自己的存在。

　　这四个人物各有性格，彼此之间又形成一种内在的矛盾，牙婆婆与小老鼠船长之间，是一种祖孙关系，他们既互相关心互相体贴，还有老太婆与小孩子之间的斗争，俨然有一种代沟，牙婆婆总是在无事的时候训斥小老鼠，小老鼠更是在有事的时候帮牙婆婆的倒忙。一个是好心做坏事，一个是无心做好事，两代人截然不同的人生观和价值观在这种冲突中得到了比较充分的体现。而丑娃的登场，给这两个人贫乏枯燥无聊的生活带来了生机，丑娃是有志向的人，他的梦想是变成一个真正的孩子，牙婆婆长啊长啊的牙齿，给她带来了太多生活的不方便，甚至无边无际的痛苦。一个为摆脱身体痛苦而上路的牙婆婆和一个为了梦想而上路的丑娃，可谓人生的两极，他们在老鼠船长的"摆渡"下调和了许多矛盾，因为牙婆婆摆脱痛苦的唯一方法就是把丑娃琥珀心掏出来，这是一个异常恐怖的"旅伴"，这几个人内在的矛盾在外在的巨大威胁之中，开始形成所谓的"利益共同体"。当遇到收集一切的蓝狐狸，使得牙婆婆与丑娃的敌我矛盾变成了人民内部矛盾，你中有我，我中有你，他们经过黑暗谷、山妖森林、觉姆部落、月光漂移河，并遭遇孤独的巨人、时间先生、狮王金帝时候，他们四个又团结起来，与困难和敌人抗争，闯过了一道道难关，克服重重困难，历经千难万险，最后各自达成了各自心愿。童话的人物关系设置合情合理，符合童话幻想的逻辑又有现实的内在的统一性。

从读者接受的角度来看，作品虽然是大团圆的结局，但是完全颠覆了民间童话的"王子和公主从此过上了幸福的生活"的模式，更不同于一些童话升官发财称王称霸的功利主义结局，这个结局既完满又充满了现代性，完满的是他们都达成各自的心愿，牙婆婆得到了琥珀心，可以磨好她长长的牙。丑娃外表还是那么丑陋，但是实现了做真正孩子的愿望，有了身体和心灵的感觉——一个人的感觉，让丑娃感觉非常幸福和快乐，当蓝狐狸得知生命有限时，也不再储存那永远使不完用不尽的东西。这个大团圆的结局，跟当下成功学的价值标准毫无关系，与功名利禄等外在的东西毫无关系，全部是人的身体、心灵和精神的获得感，不同于成功学的价值观。生命的结局尽管相同，生命的过程却如此相异，生命的获得感才是抚平所有人创伤的唯一出口——我成为我自己，实现自我价值。作品以浅显生动的艺术形式，挖掘出人生极为深刻的道理。正像安徒生《海的女儿》的人鱼公主，从海底世界来到人类世界，为了追求一个"不灭的灵魂"，甚至放弃生命。

在幻想的彼岸寻找到现实的力量和人性之光，如果没有这种发现的能力，很难把丑娃、牙婆婆、蓝狐狸等带到一个崭新的世界之中。丑娃为了获得人类的生命，从地下来到人间，经历了种种磨难，他寻找到了使他复活的蓝色的风，这风的颜色带有深刻的隐喻和象征，既是大海的颜色，也是天空的颜色，更是希望和梦想的颜色。与其说是蓝色的风使丑娃复活，不如说是超越自我和实现梦想的勇气，让在地下的泥人丑娃有了生命感觉，获得了生命的价值和意义。反观之，有多少现代人有人的身体，却没有人的感觉和灵魂呢？从这个意义上来说，童话充满了深刻的现实批判力量，那个收集狂的蓝狐狸不就是现代人焦虑症的一个象征吗？

儿童情趣是经典儿童文学的重要基因，《寻找蓝色风》的童话基因非常纯正。并不以成人的价值观和审美观凌驾于孩童之上，或者各种所谓的标准和规矩来训导孩童。这个牙婆婆相貌奇怪，牙婆婆的牙齿长长以后，嘴就合不拢，说话漏风，喝茶漏水，吃东西牙疼，寻找各种石头来磨牙，磨牙无疑带有双关语，咯吱咯吱的磨牙声，让住在她口袋里的小老鼠船长先生受不了。牙婆婆还有世界上独一无二的长长的名字，没有人记得住她的名字，她就把名字刻在自己的大门上。每次回家，礼貌地向自己的名字问好，然后自问自答地进去了。这些幽默有趣的情节在童话里充满了游戏的乐趣，还有那些从地底下长出来的各种各样奇形怪状的"南瓜房、蘑菇房、芒果房、石榴房、象牙房、山核桃房、矮瓜房……这些房子都会自动长出门、窗、屋檐、烟囱，有的还会直接长出壁炉、床和餐桌来。"不要问为什么，在这个神奇的牙牙山里，一切都天经地义。童话的幻境充满了梦幻色彩，而又让人感同身受。

中国传统文化中的神话因素在《寻找蓝色风》中，得到了现代性的阐释与升华，女娲造人的神话，在中国可谓家喻户晓，但是，造人的女娲在孩子看来，是不是把一个三只耳的丑娃忘记了复活呢？这是典型的孩子思维，也是作品幻想的独创性之所在。作品还原到神话产生的语境中，探寻女娲"工作"的现场，使得童话的幻想有了历史的纵深感。便发现了那个被埋在地下三百万年的丑娃，与其说是寻找琥珀心的牙婆婆发现了丑娃，不如说是孩子的童心世界与泥人丑娃的不期而遇，多么富有童话精神和人文情怀的幻想。你中有我，我中有你的圆融性的思维，就是中国《易经》"黑白鱼"的典型，也是丑娃与牙婆婆相生相克不断历险和成长的关键点，亦是构成这部看似荒谬热闹的童话的逻辑基础，要多深邃有多深邃，要多稚拙有多稚拙的"大道至简"的写作，这无疑是中国故事、中国文化、中国思维的一次艺术性的成功表达。

中国儿童文学处理幻想和现实的关系上，在幻想儿童文学发展史上，经历了拼贴、结合和融合三个阶段，五六十年代的中国童话中的幻想和现实往往是拼贴或嫁接，幻想只是现实生活中的一个梦，醒来之后又回到现实中来，如张天翼的《宝葫芦的秘密》，王葆拥有宝葫芦只是他做的一个梦；八九十年代幻想和现实的结合阶段，是用幻想的外套，包裹着现实的内容，幻想和现实是相加关系，幻想是现实生活的曲笔和映射，如郑渊洁的童话《皮皮鲁全传》中的许多故事，是针对当下教育体制以及现实社会生活的批判；进入九十年和新世纪之初，作家就能够做到幻想和现实的水乳交融，以实写幻，幻极致真，把现实和幻想达到了一种融合，即用小说的笔法写童话，以童话的精神写小说，如陈丹燕的《我的妈妈是精灵》，童话精神得到了全新的释放与升华。《寻找蓝色风》，是带有童话色彩的幻想作品，在幻想和现实的关系中也实现了一种融合和升华，如行云流水般讲述一个成长与救赎的童心故事。

《寻找蓝色风》作为长篇童话故事，作品立意之高远深邃，文学空间营造之精美，人物塑造之典型性，语言表达之成熟，幻想之瑰丽神奇，故事情节之曲折跌宕，泥人阿丑和他的伙伴们，都在寻找中实现了梦想并超越了自我，这是近年来中国儿童文学创作中少有的令人惊喜的一部力作。

带着"大熊"上路，一场爱的"确认"赛
——评麦子《大熊的女儿》

意大利卡尔维诺的《为什么读经典》风靡全世界，他给出经典的定义："经典是那些你经常听人家说'我正在重读'而不是'我正在读'的书。"卡尔维诺又说："一部经典作品是一本每一次重读都像初读那样带来发现的书。"我现在还不能确证《大熊的女儿》是经典，在经典的指认中还有一个重要的指标就是50年后是不是还有人在阅读。在我个人阅读体验中，这确确实实是一部我反复阅读并每一次阅读都有新发现的书，初读时发现《大熊的女儿》离奇曲折的故事情节，被深深吸引；再读时，读出主人公小女孩老豆内心的顽强和爱的坚定；后来再读，我会努力挖掘这个十一岁小女孩对大熊不离不弃爱的力量来自于哪里，作品给出合情合理的解释了吗？

暑假的第一天，没有人叫醒老豆，她舒舒服服地睡到自然醒，爸爸不见了，她发现爸爸尹格的床上正睡着一只巨大的棕色熊：

醒来的熊看着老豆，喉咙处发出一阵叽里咕噜的声音。

"你说什么？"老豆问。

"叽里咕噜。"熊回答。

"我不懂。"老豆实话实说。

如此荒诞怪异的事情没有让十一岁的老豆惊慌失措，她想到了爸爸，因为"有事情找尹格。"这是尹格对老豆说的口头禅。到处寻找之后，老豆发现最优秀的家居设计师画家尹格不仅消失了，还因为经受不住失业被骂被社

会抛弃等种种打击已经患了异形症，变成了眼前这只躺在卧室里的大棕熊，这时候，老豆没有惊慌失措，而是给尹格准备了他最喜欢吃的玉米饼：

熊看着老豆。老豆说："你就是尹格，对吧？"

熊不说话。熊的眼中有泪。

"你果然是尹格啊。"老豆说，"你甭看我，我还是你女儿。"

熊的眼泪流了出来。

"你可别哭，你知道我最讨厌男人流泪了，上次丁小丁被我骂哭后，我连着两天没理他呢。"

熊的眼泪便又收了回去。

以往中国的儿童文学习惯于表达成人对孩子的爱，很少能如此真切而深邃地表现孩子对父母的爱，许多时候，也许孩子对父母的爱更纯洁更伟大。父女深情在这个细节中一下泪泪流淌出来，这是多么令人心酸而动人的场面。相信儿童，感恩儿童，应该是对儿童生命力的信任奠定了优秀儿童文学作品的本质力量。这种现代儿童观的确立，为作品后面故事情节的发展，奠定了扎实的情感基础、叙事动力，以及主人公行动的可能性。

爸爸变成了只会吃饭睡觉打呼噜的熊，并且性格胆怯忧郁软弱，只剩下流泪和叽里咕噜。在老豆的世界中，爸爸从以前的生活靠山和支撑一下变成了巨大的生活和精神负担。小女孩老豆表现得沉着勇敢和坚强，她刹那间长大了，她要担负起家庭的一切重任，她要带爸爸去寻找治疗的方法，她确信一定有办法让尹格恢复到原来的样子。

这种改变没有压垮老豆，却激发了她叛逆生活挑战困难的英雄气概。当老豆与大熊在小区里散步时，遇到邻居异样的目光，老豆像小老虎一样勇敢，等动物园的人想把大熊带走时，她巧妙地骗过了所有人。老豆要在最短的时间内让大熊恢复成原来的样子，她带上家里所有的积蓄和一两件换洗衣服与大熊上路了。加拿大儿童文学理论家家培利·诺德曼认为儿童成长小说就是"在家——离家"的叙事模式，在家生活安全幸福但枯燥乏味，在路上危险不安但刺激有趣。在路途的凶险中，孩子一方面会认识社会，另一方面也会发现自己的潜力并努力锻炼各方面的能力——真正的成长只能在路上。

从前，生活一切正常时，小女孩老豆没时间把爸爸放在心上，他是怎么突然变成熊的，她一点都没有发现前兆。最近的亲人有时又是最远的陌生人，她不了解爸爸，她放在心上的事情实在太多，"轮滑、溜冰、打架、恶作剧老师、捉弄同学……老豆忙得不亦乐乎"，她为自己平时对爸爸的冷漠和疏忽感到惭愧，"为着这种惭愧，她觉得自己一定要为尹格做点儿什么。"听说找到真正的爱情就能让爸爸恢复原形，得知爸爸还深爱着自己的妈妈尹小荷，她不畏千难万阻上路，去鱼骨镇寻找尹小荷。

当遇到不让大熊进餐厅、上火车、住旅店的种种阻碍时，老豆都无数次地对人们庄严地宣誓："他不是熊，他是我爸爸。"打大熊主意的动物园老板一次次想威胁利诱老豆，让他们去动物园表演。路遇小偷被偷走了所有钱财，寻找孤儿院没有人告诉他们当年的真相。当一次次陷入危机和困难的时候，老豆都能想起爸爸当年对自己的鼓励，"加油"，"别怕，有我在！"这时候换成了老豆对大熊的安慰。这些爱的誓言鼓励着老豆，毫无畏惧地寻找解救爸爸的秘方。直到老豆一点钱也没有了，既不能住店又不能吃饭的时候，大熊偷偷地跑去动物园与老板签订合同，卖身筹钱，老豆也找到了动物园，变成了一个表演小丑的演员，藏起来自己所有的悲伤。实际上，变成了大熊的爸爸只是外形是熊，内心还拥有对女儿一如既往的父爱。看到女孩咖啡豆和老豆与动物园园长的打斗时，情急之下大熊突然发出一声巨嚎："嗷呜——别打啦！"让老豆看出了希望。女儿不因为爸爸变成了熊，就改变对爸爸的爱，这种亲情的力量就像生命之水一样源源不断。

最初老豆和大熊到达鱼骨镇时，发现死气沉沉，人们都不快乐。原来这里藏着天大的秘密，一大群因生活中各种失意和打击变成熊的异形症患者被关进了熊堡，在咖啡豆和男孩黑鱼的帮助下，他们一起放出了被囚禁的患者，让他们回到了亲人的身边。连鱼骨镇的市长都知道了没有任何治疗这种疾病的药方，只能是亲人的爱可以使患者减轻痛苦，慢慢恢复人的能力。咖啡豆作为一个叛逆的女孩也被老豆爱爸爸的精神所感动了，放出了关在地窖里已经患了异形症的妈妈，关心正在发烧将要变成熊的爸。

爱是可以传染的，整个鱼骨镇仿佛从一个被魔鬼诅咒的噩梦中慢慢苏醒过来，因为老豆带着一只熊的到来，唤醒了人们爱的力量。鱼骨镇举行了盛大的焰火晚会，笑声和喜悦重回人间。尽管老豆找到了尹小荷，揭开了爸爸和妈妈的一切秘密，可是，当老豆告诉大熊尹小荷的消息时，大熊说："她现在很幸福，不是吗？"大熊得到了女儿坚强勇敢的爱，也从爱情的失落和生活的困境中觉醒过来。

另外，在老豆与大熊寻找"治病"的秘方时，作品里写了许多稀奇古怪的陌生人，有理解并帮助老豆的火车站站长，开卡车运送老豆和大熊的小伙子菠菜先生，给老豆提供住宿和出药方的旅店老爷爷，喜欢咀嚼槟榔的老婆婆，出钱出力不离不弃的仗义女孩咖啡豆，机灵淘气有点贫嘴的男孩黑鱼……这些人既是老豆旅途中的朋友，也是她人生的"引渡人"，是他们的诚恳善良帮助老豆一路走下来。每每遇到困难的时候，不会说话的大熊也会用头来蹭蹭老豆的脸，给了老豆最大的精神和情感支撑。"尹格是孤儿。他没有别的亲人，老豆也没有别的亲人，他们就是彼此的唯一。"一路上，大熊感受到了爱的力量，坚强起来。作品最后写道："春天呀，我正朝你勇敢地走来！"是的，爱不就是春天吗？对于朝夕相伴的父女俩，不离不弃的陪伴，就是爱和春天。

我在阅读时，更愿意沉醉于作品之中，发现了大量世界儿童文学经典的元素，美女与野兽的叙事原型，探秘与历险的故事情节，饱满富有生活气息的细节，奇奇怪怪的人物形象，相貌丑陋的善良女巫，谆谆教诲人的智者，富有诗性心灵的浪漫小伙儿，力大无穷富可敌国的美少女，有些机智有点坏的忠诚男孩……他们如此巧妙地被作家编织成一部极具现代感的现代人精神"熊样"。正像著名儿童文学评论家汤锐所说，这是"一个关于现代人迷失了自我又历经千辛万苦找回自我的动人寓言"。

俗语说瑕不掩瑜，这部书还有待于进一步完善，第一，结构到了后半部分，咖啡豆出现之后，有偷换主角之嫌，咖啡豆是老豆的影子人，她是一个叛逆少女，离家出走打架斗殴甚至偷东西组织帮派等等，都有些用力过猛，造成了这个人物的不真实，即使是幻想小说，真实性也是人物存在的家园。第二，到了第二十一章写尹小荷的故事，作为年轻貌美的舞蹈演员尹小荷，因为自己得了绝症生下来孩子留给自己心爱的尹格做伴，这个行为充满了爱的无私和感动，后来被一个男青年救活了并嫁给了这个男人，这个男人竟然是市长的儿子，也就是说尹小荷做了市长的儿媳妇，这个城市充满了异形症者，剧情反转太快，没有必要安排这种庸俗的故事情节，尹小荷或是得绝症死亡，或是再也没有了踪迹都没有意义，经过这个漫长的历险过程，女儿和父亲的感情加深了，并且父亲已经从那个悲惨的脆弱的心理世界中走出来，这个才是小说的主题。第三，人物语言太过抒情性，无论是运蔬菜的司机还是嚼槟榔的老婆婆还是动物园的老板，都用一个腔调说话，人物语言与叙述人语言重叠，让人有一种怪怪的感受，不符合人物身份的语言会削弱艺术的表现力，甚至影响作品的艺术表达效果。

可以说，自古英雄出少年，我在《论儿童文学的教育性》一书中强调，"超出一般人能力的个体性英雄，对人类未来充满坚定的信念，这是儿童文学的一种积极向上的精神特质。"《大熊的女儿》中的老豆是一个平凡的小女孩，也是一个真正的英雄，尤其在独生子女时代的中国，这一形象更具有特殊的价值和意义。她小小年纪能够在如此巨大的生活灾难面前，表现出义无反顾的坚定信念，带着"大熊"上路，这是一场爱的"确认"赛，亲情、友情大获全胜，《大熊的女儿》是中国儿童文学爱与美的一次华丽绽放。

第 4 辑　动物叙事

沈石溪动物小说的叙事策略

以动物为主人公并言说它们成长经历、个体命运、生存境况、价值选择的动物叙事小说在成人文学领域，以2004年《狼图腾》的问世而引起世人的瞩目，但在儿童文学界，早在20世纪80年代初，动物小说创作已形成了一定的规模，以沈石溪、金曾豪、李传锋、梁泊等为代表，其中，沈石溪可谓动物小说领军人物，被称为动物小说大王。在30多年的创作中，他已出版500多万字的动物小说，其中《第七条猎狗》《一只猎雕的遭遇》《红奶羊》等连续三届获中国作家协会儿童文学优秀作品奖；《圣火》获90世界儿童文学和平友谊奖，《狼王梦》获第二届全国优秀少儿读物一等奖、台湾第四届杨唤儿童文学奖，《象母怨》获首届冰心儿童文学新作大奖，他的作品《斑羚飞渡》被选作人教版七年级课文《最后一头战象》被选作人教版六年级课文。沈石溪独特的创作思维和艺术手法为广大读者所接受，沈石溪的动物小说大多是悲剧，而他最擅长的创作手法也是悲剧创作，在他的作品中所表现出的"改变弱者，争当强者，活着坚强，死的辉煌"的悲剧艺术思想，让个体的生命在悲壮的烈火中得到净化与升华。不论是猎雕、残狼、象王、还是狼王、鹿王等艺术形象，都有着生命历程和悲壮的生命归宿，赋予动物以人类社会价值评价意义和道德突围的质变。"作家改变艺术视角后，刹那间，动物的萎缩卑劣形象便立刻显示出缘于丛林法则的人性亮点和生命光辉，动物小说视角转换，促进了当代我国最新动物小说从思想内涵开掘到艺术手法运用的全方位与大幅度的嬗变更新。"沈石溪自己也坦言："从动物这个特殊的角度去观察体验人类社会，或许会获得一些新鲜的感觉。现代动物小说很讲究这种新视角，即用动物眼睛去思考去感受去叙述故事去演绎情节。"沈石溪以怎样独特的叙事策略征服了广大读者，被他作品的悲剧艺术所震撼呢？

一、叙事场域:野生世界复杂化

　　沈石溪笔下的动物大多是野生动物，它们活动的空间主要是苍茫空旷的荒野，或是温热潮湿的热带雨林，要么是天寒地冻的日曲卡山，还有波涛汹涌的澜沧江。西双版纳特殊的自然景观，让沈石溪拥有了广阔的挥洒空间，也使他的作品洋溢着原生态的丛林气息。在这样十分恶劣的环境中生存，各种动物的命运注定是异常的艰辛。天敌伤害、同类竞争、食物匮乏，兼有人类的捕杀，无论是多么聪明狡黠和健康强壮的动物，都会被它们的同类或者人类剥夺掉生命。因此，在沈石溪的动物小说中丛林、陷阱密布，这些动物根本不会有快乐的结局，也不会有最终的解决办法，即便动物恰巧在一次活动中逃脱了危机，也一定逃脱不了下一次劫难。在他的笔下，有羊、豺、狼、狗、象、鸟、牛、鹰等几十种动物，这些动物小说都是他长期在云南原始森林中，潜心解读动物生存和发展，从更深层次思考生命和命运的结果。

　　在日曲卡雪山下，方圆五百多里的浩瀚的尕玛尔草原，不是茫茫的白雪，就是郁郁葱葱的亚热带丛林或是波涛汹涌的澜沧江，小说的背景要么是光秃秃的山梁，要么是黑暗潮湿的石洞，要么就是干枯的河道、断崖、乱石岗，这里是沈石溪笔下动物们最主要的活动场地或是生存空间，在这些人迹罕至的地方，虽然动物没有人类的干预，显得无拘无束，但这里不是风雪弥漫天寒地冻，就是狂风暴雨飞沙走石，生存条件十分恶劣，这些恶劣的自然环境造成了动物一桩桩生存悲剧。沈石溪在《苦豺制度》的开篇写道：

埃蒂斯红豺群行进在风雪弥漫的尕玛尔草原上，七八十匹雌雄老幼个个无精打采，耳垂间、脑顶上和脊背凹部都积着一层雪花，宛如一支戴孝送葬的队伍，每只豺的肚皮都是空瘪瘪地贴到脊梁骨，尾巴毫无生气地耷拉在地，豺眼里幽幽地闪烁着饥馑贪婪的光，队伍七零八落，拉了约两里长。这种严酷的生存环境面前，行进的是一支即将走向死亡的豺群。接着又刻画了饿极了的大公豺居然在夜里吃掉了死去的豺尸，这种生存的危机马上就到了豺群即将互相残杀的地步。在《天命》中，沈石溪写道："惊蛰过后，老天爷下起一场鹅毛大雪，已朦朦胧胧地泛起一片新绿的日曲卡山麓又跌回天寒地冻的冰雪世界。雪花凄迷的天空，一只鹰拍扇着被雪尘濡湿了的翅膀，顶着刺骨的寒风歪歪扭扭地飞着。"在这样恶劣的环境下，雌鹰霜点喂养两只幼鹰，食物的奇缺即将夺取这两只幼小的生命。就在这时，霜点发现在绝壁下的小石洞里，有一只同样饥饿的老眼镜蛇，这只蛇太狡猾了，霜点虽然是捕捉的能手，但仍没有办法捉到眼镜蛇。它唯一的办法就是在自己喂养的幼鹰中选择一只作为诱饵，可是在两只幼鹰中，一只体弱的是它亲生的孩子，另一只体格健壮的是它抱养的孩子，为了物种的强健，在恶劣的环境下生存下去，霜点忍痛选择了身体较弱的亲生孩子作为诱饵。在《雄鹰金闪子》中，恶劣的生存环境完全改变了动物的生存本能，鹰是苍穹的宠儿，它们不是群居性动物，在鹰的意识世界里，领地意识极强，如果有同性来犯，必然誓死相拼。小说中的金闪子是滇北高原纳壶河谷领空的占有者，它曾经成功地击退了两只雄鹰的侵犯，当第三只叫白羽臀的雄鹰再度来犯时，金闪子为报妻仇，撇下白羽臀，去突袭银环蛇，白羽臀没有在一旁冷眼旁观，在生死攸关的时刻，它救了金闪子，尽管内心十分痛苦，金闪子还是容忍救命恩人在自己的领地上栖身了。在深秋的时候，正是雄鹰所畏惧的秋荒季节，两只雄鹰因为饥饿而互帮互助，倒成了朋友，改变了他们独来独往、鼓励高傲的本性。两只雄鹰没有了敌意，在一个生存空间里相安而居。后天环境因素牵制住了本能欲望，使团结协作的精神在孤独的鹰身上得到了发展。沈石溪动物小说的背景不是一成不变的，而是运用多种风格来书写自然的丰富繁盛。在

《第七条猎狗》中，他描绘了西双版纳原始森林美丽而神秘的图景："大黑山属于自然保护区，上千年的大榕树吊下许多气根，宛如一群大象的鼻子；望天树窄窄的树冠高耸入云，笔直的树干就像长颈鹿的脖子。密密的森林里麂子成群，锦雉乱飞，真是野生动物的理想王国。赤利东游西逛，渴了喝口山泉水，饿了逮只树蝲吃。它成了一条野狗。"优美的环境与一条孤独的野狗形成了鲜明的对比，以仙化的背景与现实形象之间形成背离的矛盾，造成巨大的审美间性。那么，在这样的背景下展开故事，故事讲述了一个老猎人和他的第七条猎狗的神奇而惊险的故事，有人对猎狗的爱，有猎狗对人的爱，有人对猎狗的误会，故事以猎狗与豺群的搏斗献身的悲剧为结尾，表达了狗对主人的忠诚，期间插入猎狗被老猎人赶走后征服一群豺的故事，向读者展示了一个全新的视野。作品把爱、忠诚、大自然、悲剧、巧妙地结合在了一起，带有很强烈的震撼效果。

既然生命的存在是"向死而生"，死亡作为生命存在的最终结果，总是在前方的某一时刻和某一地点等待着，死亡是对生命的否定，这种否定无所谓悲剧或是喜剧，因为死亡是每一个生命的必然结果，没有一个生命能逃出这种早已知晓的结果。所谓的悲剧，在形式上必须是一个完整的故事，而在内容上应该是悲惨的，是个体面对的最无法忍受的困境，在这个困境中，个体做不断的反抗与挣扎，而其所做的任何反抗和挣扎都是徒劳的，悲剧不受个体的意志控制而发生，即"把人类有价值的撕碎给人看"。就悲剧性艺术的本体而言，它面对的是读者，是震撼了作家自我而又是写给读者看的悲惨故事。表现生之痛与死之悲，是沈石溪动物小说一以贯之的命题，也是他的小说感染读者的重要艺术手段。

二、叙事冲突：悲剧故事传奇化

沈石溪对动物形象的刻画，突出塑造了个性化的动物形象，每个动物不仅仅有鲜明的个性，更加具有传奇式的生命经历和高尚的思想品德。有评论认为沈石溪小说中的动物形象不像是生活中的普通动物，而是负载着高尚的道德思想和凝聚着深刻内涵的动物形象。也正如作者所述，他的早期动物小说创作讲究故事性和趣味性，所涉及的动物品种繁多，有很浓的传奇色彩。传奇化艺术特色是沈石溪动物小说抓住读者阅读心理的关键环节。在《一只猎雕的遭遇》里，猎雕巴萨查急主人之所急，想主人之所想。即使在严冬刚过，猎物十分稀少的情况下，它从早晨在草原的上空盘旋，找不到猎物，太阳西下的时候，它依然锲而不舍地寻找猎物，它心里想的是，无论如何，今天不能再空着手回去了，哪怕是一只草兔也能救主人的燃眉之急，能换回点钱来把主人女儿的病治好。故事的最后，在冰天雪地的环境里，它的主人为了自救，咬断了它的脖颈，而这只猎雕却心甘情愿地为主人牺牲自己。在《象冢》中，母象巴娅在自己的儿子向自己的丈夫发起王位挑战的时候，它帮助儿子打败了丈夫，而巴娅却在自己身强力壮的情况下，跳进象冢，陪伴丈夫老象王一起死。这些动物的形象不仅有深刻的内涵，更具有高尚的道德情操。在故事的结构安排上，更显现了动物的传奇色彩。在《斑羚飞渡》中，羚羊群被猎人和猎犬逼到了悬崖边上，原本故事已经结束，没想到镰刀头羊在看到天边突然出现彩虹以后一声"咩——"叫，一个神奇的场面出现了，那些羚羊分成两组，老少搭配，老羚羊牺牲自己，让青壮羚羊踩着自己的脊背飞跃到对面的山崖上。在这段情节中，最传奇化的是让读者感受到动物求生的那种不可思议的力量，类似这样的情节在沈石溪的故事中经常出现。《双面猎犬》和《混血豺王》中的白眉儿，是一只豺和狗的混血儿，身形异常的它即使作为苦豺也不被豺群所接受，被赶出了豺群，沦落为一只流浪豺。走投无路，投靠了人类后，它更是从一个偷鸡贼摇身变成了最勇猛忠诚的猎狗，深受主人喜爱。可惜它好景不长，主人最终还是发现了白眉儿身上豺的特性，白眉儿在人类中无法立足，只得回到豺群做回苦豺。经过与狼王的殊死搏斗，白眉儿终于当上了豺王。可惜却被自己昔日的主人出卖，为了挽救幼豺的生命，使种群得以延续，它不惜在豺群面前暴露自己不豺不狗的身份，不仅失去了豺王的宝座和妻儿，最终还搭上了自己的性命。白眉儿的经历具有传奇化的色彩，与之类似的《残狼灰满》中失去双腿的灰满、《红奶羊》中的茜露儿、《狼王梦》中的母狼紫岚等一系列动物主人公的遭遇和经历都是绝无仅有的。这些故事的情节也不是日常生活中我们能够经历到的，充满着离奇惊险。

"情节的曲折、惊险有可能埋没人物性格的塑造，使人物成为情节的附庸而失去其丰富的精神向度。但是，却可以强化原始性格强悍的指数。"在突出原始野性顽强生命力的同时，沈石溪的作品从来就没有忽视对细节的雕琢和放大，以此形成全面的震撼。毫不掩饰地将动物间的血腥搏杀场面淋漓尽致地暴露在读者面前。这种对蛮荒生活的细腻描写、狩猎场面的残忍描绘，还有食肉动物血淋淋的厮杀场面，明显存在着动物生活写实化的倾向。用作家自己的话说，生命从他诞生的那一刻起，就处在激烈的生存竞争中，旧的物种消亡了，新的物种繁衍了，此长彼消，汰劣留良，生命的进化过程总是伴随着血腥和暴力。在《再被狐狸骗一次》中，公狐狸为了分散作品中"我"的注意力，好让母狐狸带着它的孩子逃生，不惜自毁身体，又是撞树，又是猛咬自己的肢体，最终因流血过多而死。"我"亲眼所见以写实的方式写出这种血淋淋的场面，令读者惨不忍睹，印象深刻。《狼王梦》中，母狼紫岚的二儿子蓝魂儿被人类的弹簧夹夹住了身体，无法逃脱，蓝魂儿呻吟着，紫岚一颗母性的心都要碎了。在人类马上到来，紫岚没有任何办法的时候，"紫岚一口咬断了蓝魂儿的喉管，动作干净利索迅如闪电快如疾风，只听得咔嚓一声脆响，蓝魂儿的颈窝里迸溅出一汪滚烫的狼血，脑袋便咕咚一声栽倒在雪地里，气绝身亡了。"在《智取双熊》中，白袜子和黄帽子为了领地好一场恶斗，"黄帽子一巴掌扇过去，就把白袜子的鼻子打扁了，鼻吻间血流成溪。白袜子也不甘示弱，两只前爪一起抓住黄帽子的头皮用力撕扯，'噗'的一声，黄帽子头顶那片黄毛被活生生撕了下来，冒出一片血花。黄帽子变成了红帽子。黄帽子怒火中烧，用力朝前一顶，把白袜子四仰八叉顶翻在地，然后抱住白袜子那双长着白毛的后脚掌，拼命啃咬起来，好像要帮白袜子脱掉那双脏袜子，换穿一双红袜子……白袜子是反侵略战争，正义在手，真理在胸，又撕又咬，勇不可当。'啊呜'一口，它在黄帽子肩头咬下一大块肉，炒炒足有一大盆；黄帽子则在白袜子的屁股上回敬了一口，两瓣屁股变成了三瓣。突然，白袜子尖尖的嘴吻刺进黄帽子的颈窝，狠狠咬了一口，可能正巧咬断了动脉血管，浓浓的血浆从黄帽子的颈窝喷射出来，像放焰火一样。黄帽子在地上打了个滚，钻到白袜子的肚皮底下，只见白袜子突然惨嚎一声，像皮球似的跳了起来，腹部赫然出现一个碗口大的血洞，白花花的肠子像群蛇似的钻了出来……"每每出现这样的血腥场面，都在读者的脑海中留下了难以忘怀的印象，这种将动物的野性生活写入小说中，虽然是写实动物小说的特色，但沈石溪的笔法可以说是写实中的写实，透过他逼真的描写，刺激了读者的想象力，使读者深深感受到一种自然野性的呼唤。

三、叙事主体：悲剧形象人格化

人格化一般是指对动物植物以及非生物赋予人的特征，使他们具有人的思想感情和行为。沈石溪对他笔下的动物悲剧描写不仅侧重于动物行为，而且侧重于动物的心理描写。他的描写具有人格化的特点。这一特点附和了读者的阅读心理，虽然是动物小说，毕竟作者和读者都是人类，读者需要从动物身上得到有益的启示，因此动物小说人格化是不可避免的，也是情理之中的。在沈石溪描写的动物行为上，疯羊血顶儿的行为就足具人格化的特点。血顶儿为了报杀母之仇，想要改变自己头上犄角的形状，它知道自己正处在发育阶段，羊角在日夜长大，它就把羊角插在狭窄的石缝里，好比把熔岩倒进模型，时间长了，血顶儿的那两只羊角不像其他盘羊那样钻出头顶半尺就朝左右两边分叉绕花，而是笔直地朝前长去，不再拐弯，不再盘成圆圈。两只羊角就像一把叉子，角尖朝外，刺向天空。作品中没有交代血顶儿怎么知道这样做的，可以看出血顶儿的所作所为明显说明它不是一只普通的盘羊，而是一只有逻辑思维的盘羊，所以它知道盘角不利于攻击，因此要把盘角变成直角。它还知道把盘角插进电击石才能改变形状，而且天天不停地做，这些行为的描写足以说明血顶儿具有人格化的特点。另外，沈石溪还十分注重动物的心理展示，进行了大量的动物心理描写，这在很多的作品中都存在。动物心理的人性化描写，使沈石溪笔下的动物角色更具有人格化的特点。在《老鹿王哈克》中，老鹿王哈克为了鹿群的生存，决定放弃鹿王的宝座，与老狼同归于尽，它已做好了思想准备。可当它真的从鹿王的宝座上下来时，看到自己心爱的母鹿向新鹿王投怀送抱的时候，生活的巨大落差像一架沉重的石磨碾着它的心，它觉得或者比死更痛苦。鹿王哈克"突然觉得自己压根就错了，是天底下最可怜的傻瓜和笨蛋，竟然会为了一个虚无缥缈可能永远也无法实现的理想抛掉现实利益，让老狼像幽灵般出没于鹿群好了，让老狼把鹿一个个叼走，直到把整个鹿群吃光好了，反正等不到这一天就会死去，死后万事皆空。不管鹿群是繁荣还是毁灭都看不见了，管他娘的，只要自己活着的时候过得痛快就行。"再如，"洛戛很纳闷，红松树林稀稀拉拉，既没有灌木可以隐蔽，又没有洞穴可以躲藏，对正在逃避强敌追踪的母豺来说，无疑是条思路。难道这只母豺已逃得昏头昏脑糊里糊涂了？不，不可能，豺盛行狡黠，不可能在危急关头犯傻的，母豺一定想搞什么鬼名堂了。洛戛警觉起来。"等等。沈石溪对动物心理的描写大多不是借助于动物的外在特征，而是直接进入动物的内心世界，展现动物的心理活动。而且这些心理活动所体现出来的动物思维能力十分具人类的逻辑思维特征。在动物的经历时也过于人化，描写白眉儿时，"生活是一壶苦水，白眉儿在苦水中泡大的，苦难的生活催它早熟，不幸的灰色童年往往是一笔珍贵的财富。"动物形象的人类情感化和经验化，尽管拉近了动物与读者心灵的距离，但总觉得这笔财富放在动物身上令人怀疑。有的评论者认为以动物为载体来言说人情世事是沈石溪动物小说的显著特点。不可否认，沈石溪的动物小说对动物生命的认同存在过于以人为本位的意识，动物的行为指向更是以人类的社会道德作为评判的标准，情感的旨归也过于人格化和人性化，而在文本的书写中又往往存在主题先行的倾向，更为危险的是，这里沉潜着动物生存的律令，如果动物的行为合乎人的道德标准和社会认同，是不是就可以避免悲剧的命运呢?老子《道德经》第二十五章有云："人法地，地法天，天法道，道法自然。"动物作为自然界的生灵之一，必有其生存行为之道，"各复归其根"，人化的动物尽管是文学的表达，也有违背自然之道之意，如果是那样，我们希望沈石溪思之、慎之，过于表达可能比不表达更能体现对生命的敬畏与对自然的尊崇。

四、叙事风格：悲剧语言个性化

语言是文学作品中最重要的因素，也是作品中无处不在的成分，在小说的语言上，沈石溪动物悲剧小说的语言十分具有感染力。虽然故事的结局是悲剧性的，但他的语言却是朴素精炼，形象幽默，富有情感，个性鲜明。我们知道叙事类作品的语言分为两种，即人物语言和叙述人语言。在动物小说中，一般只有叙述人的语言，因为按照真实性的要求，动物是不可以说话的，动物一说话，就已经人格化了，就已经有童话的倾向了。沈石溪也说："还有一个长期折磨我的问题，就是动物小说不能写对话，似乎不让动物开口说话已经成为动物小说创作的一条戒律……事实上，国外一些动物小说已打破这条戒律，自由自在地让动物口腔里发出声音，标上双引号……到目前为止，我还没有让我笔下的动物开口说话，我担心读者误解，改变读者的阅读习惯，需要一个漫长的引导过程。于是，在描写到一对豹非要进行面对面的通讯联络和感情交流时，非要使用对话不足以表达我的创作意图时，我就另起一段，画上一个破折号，把对话如实写出，省去双引号，让这段对话看起来不像是从嘴巴里说出来，而是一种无声的心灵对话，这是一种圆滑的折中，无奈的妥协。"

在沈石溪的作品中，叙述人经常不是作品中的人物，而是第三者旁白，在叙述的过程中，作者经常钻入动物的内心世界，用动物的眼光来看动物、看世界，或以它们的口气来叙述，就把叙述人语言和动物语言巧妙地融合在了一起。总的来说，沈石溪悲剧作品中的语言是集形象性、哲理性和幽默性为一体的快乐语言。《混血豺王》运用了大量的比喻，形容狗尾巴摇得像一朵野菊花。描写豺王夏索尔的目光时，"目光冷得像冰雪，深得像古井，沉得像石山，辣得像山椒，苦得像黄连，酸得像青杏，混杂着惊疑与猜忌，比荆棘更扎脸。"通感的运用，渲染了目光无形的有形力量，突显了豺王的凶悍狡诈和深不可测的复杂性格。形容日曲卡山麓猛降大雪的恶劣天气，则是真正的"白色恐怖"，远取譬的运用，引起人的无限联想。还有的语言采用拟人的手法，如"这哀嚎简直要把盈江水都吓得倒流回去"。还有一些词类活用，如母豺达维亚为了骗猴王上当，假装受伤而死的时候写道："比尸体还尸体"，用意象的叠加增强表达效果。夸张的运用，在形容猎人看到自己喜爱的猎狗再一次出现的时候："喜得眉毛差点掉下来"。另外沈石溪还经常改变一些诗句和俗语的巧用，如："大豺不计小豺过"；在说狗的时候，"先主人之忧而忧，后主人之乐而乐"。还有许多幽默的句子，比如在白眉儿腹背受敌不得不从悬崖上滑下去的时候，写道："就当玩一回滑梯吧。"像这样幽默的句子在文中经常地出现，使读者的情绪在紧张的故事中以及悲剧命运的冲突中得到缓解，增加了情趣。在《第七条猎狗》中，作者为表现赤利为保护老猎人与眼镜蛇殊死搏斗的场面，运用了一连串动词，"赤利不顾一切地蹿上去，一口咬住眼镜蛇的脖颈。一米多长的蛇身，紧紧缠住赤利。""两只动物在草丛里翻来覆去地扭滚着，撕咬着，直到赤利把眼镜蛇的三角形脑袋咬下来后，顾不得喘口气，又跳出草丛，扑向卡在两根榕树气根间已经血流成河的野猪……"这段纷至沓来、珠联璧合的动词，增添了打斗场面的传奇性，把动物之间生存竞争中的矛盾冲突充分展示出来，也使赤利的忠诚与献身精神，与主人的误会与绝情形成了鲜明的对照，发人深省。

　　在《捕象的陷阱里——一位傣族老猎人的自述》中，作者在描写丑陋的老云豹时："尾巴上的毛被树浆草汁粘成一坨一坨，像一根搅屎棍，身上的金钱状花纹又小又稀，像几枚刚出土的古币，塌鼻梁上的豹须焦黄卷曲，像几根生锈的细铁丝。"对豹不熟悉的读者也能想象出它的神韵，仿佛如中国画的写意，把陌生的事物日常化亲切化，"搅屎棍""古币""细铁丝"这几个意象叠加出老云豹的丑陋与颓废在描写母鹿向老猎人下跪求请时的眼神时，"那眼光凄楚动人，就像孩子遭难时，在等待父母的庇护，那叫声委婉哀怨，就像那无辜的受害者在乞求法官的垂怜。"在《白斑母豹》中，沈石溪还尝试使用无标点的长句，这样的长句通过大量的排比使用，使句子的信息量大大增加，从作品的感情氛围看，增加了作品的深沉感、悲壮感，如一首悲怆的命运交响曲，涤荡人的心灵。在《双脚犀鸟》中，写阳光"透过密密的树叶洒落下来，千万条金色的光线北风一吹，飘飘逸逸，像仙女在梳洗长发"，把景物幻化和仙化，增加了故事的神秘性，当读者看到这种景物的描写时，脑海中不知不觉会浮现出一幅幅真切的画面，这种灵动自然的描写往往能渲染气氛，把读者置身于陌生而遥远的动物世界里。

总之，"动物小说之所以比其他小说更有吸引力，是因为这个题材最容易刺破人类文化的外壳，礼仪的粉饰，道德的束缚和文明社会种种虚伪的表象，可以毫无遮掩地直接表现丑陋与美丽融于一体的原生态的生命。随着时代的变迁，文化会盛衰，礼仪会更替，道德会修整，社会文明也会不断更新，但生命残酷竞争、顽强生存和追求辉煌的精神内核是永远不会改变的。因此动物小说更有理由赢得读者，也更有理由追求不朽。"沈石溪的动物小说融入了作者对生命的体验，也诠释了对人类生存、社会发展和民族存亡的思考。沈石溪为作品赋予了社会学和人类学的意义，他的作品中借助动物的故事暗喻人类社会的生活，以动物的命运来反映生态环境，揭示人类同自然的关系变化。他十分擅长用大自然中动物世界所发生的一桩桩真实生动、壮美惨烈的故事场景，来影射人类社会正在发生着的类似事件。努力为人类生存困境找到一个出口之时，也在为人类现代精神的迷茫提供一种可能的出处，尽管这种出路和管道是以动物生存的折光为鉴，但以其在中国新世纪文本的巨大存在不能不引起我们高度的重视。

（原载《小说评论》2011年1期，有删改）

在动物的灵魂中飞翔
——常新港儿童文学创作的新突破

　　进入新世纪以来，中国儿童文学向幻想世界进军，以常新港的动物叙事最具幻想性和现代性，突破儿童文学作家倾力言说现实困境与儿童精神的对立关系为主要描写对象。常新港正像他的名字一样，"在创作上最突出的特点就是'常新'。""他是一个不断变脸的作家。他创作于20世纪80年代的以《独船》为代表的一系列小说，多以北大荒的儿童和下乡知青生活为题材，立足于现实主义的写作手法，洋溢着冷峻、悲凉的精神气质和艺术情调。""对城市题材的短篇小说和幻想小说的情有独钟，却是常新港当下创作最鲜明的特色。他的艺术转变来自于作家自身和时代的双重要求……一直保持着一种批判的勇气和锋芒，对当下少年儿童的生存困境，他有着认真而严肃的审视。"[1]对生活中严峻部分的关注，使常新港的目光伦理不只聚焦于人类，同时转向了动物生命，春风文艺出版社于2013年7月出版的《动物励志小说》系列包括《老鼠米来》《懂艺术的牛》《了不起的黄毛虎》《兔子快跑》《小蛇八弟》《土鸡的冒险》《一只狗和他的城市》《猪，你快乐》八部。以动物为主角的描写，很容易陷入"子非鱼，安知鱼之乐"的悖论中，因为"我们不知道，也不可能知道身为一只动物真正的感觉。当然，作者对他所要写的动物所知愈多，他就愈有资格尝试那危险的想象，跳跃进动物的内心。然而这过程必然仍是推论的。或许作者所能做的也只有诉诸他自

---

[1]　李东华：《变与不变》，在黑龙江小说创作研讨会上的发言，《文艺报》2006年10月26日，第5版。

己和读者的想象力。"[1]在"诉诸他自己"方面，常新港做了艰难而痛苦的努力，实现了自我与中国儿童文学动物幻想小说一定的超越，探索了极具中国特色的儿童文学表达方式以及对"类儿童"的动物心理有益的创作尝试。

一、质性自然的丰富动物形象

常新港笔下的动物取材中国十二生肖故事中人类熟悉的小动物，只有一个大型动物老虎，这些动物都与中国人有千丝万缕的情感联系。常新港以全新的艺术感受塑造了立体的动物形象群：另类的老鼠米来、懂艺术的牛、了不起的黄毛虎、奔跑的野兔灰灰、不甘于堕落的小蛇八弟、敢于冒险的土鸡、一只在城市里忙碌生活的狗、寻求快乐的猪等等。他们虽然"身为下贱"，但他们是生活和命运勇敢的挑战者，并有作为生命高贵的灵魂守望，这些人物努力在与自然建立交集、与自我族群建立交集、与其他物种的生命建立交集、与本我建立交集，在多重复杂的交集中，主人公实现了自卑与超越，询唤了个体生命的差异性和生命存在的意义，完成了一次又一次的成长。它们都有自己的梦想和追求，更有面对困难勇敢直前的精神，在实现自我价值和族群命运的同时，对读者产生一定的"励志"性。作家尊重他笔下人物的个性，又给了他们足够的成长空间，他的动物小说深得成长中少年儿童读者的喜爱，亦是儿童心灵成长的动物剧场。常新港不局限于人物与环境之间的简单抗争，他还善于挖掘人物内心矛盾与情感的复杂性。

在常新港的这一系列动物形象中，往往以家庭作为一个单元组合形成人物关系，仁慈宽厚的祖辈——祖母与外祖母的形象，她们有责任心有爱心甘愿奉献，对家族和孩子充满了无限博大的深厚情感，是地母形象的动物化身。传统童话中的狼外婆故事可谓家喻户晓，祖母往往是巫婆的化身，《女巫一定得死》中的西方童话中的女巫代表着人类的七宗罪：虚荣、贪吃、嫉

[1]　[英]约翰·洛威·汤森：《英语儿童文学史纲》，天卫文化图书有限公司2003年版，第103页。

妒、欺骗、色欲、贪婪、懒惰。常新港大大颠覆了传统童话的叙事模式，在对动物叙事中把祖母赋予了现代社会生活的丰富内涵，可谓中国当下家庭抚养儿童以祖母为主的社会现实的一种表征。"所谓'现代童话'决不只是因为这些童话产生在现代。'现代童话'首先是因为它们具有现代意识，反映时代精神，并相应地具有现代童话的表现形式，如题材、主题、意境、节奏等等。"[1]

具有"现代意识"和"反映时代精神"被吴其南提高到现代童话的首要地位，常新港在这两个方面都做了一定的尝试。在《兔子快跑》中，兔奶奶发现了被猎人用铁丝套住腿的野兔灰灰，灰灰的眼泪流干了，嗓子哭得发不出声音，看着可怜的兔子，"兔奶奶毫不犹豫地咬碎了自己的一颗牙齿作为工具"，救出了生命垂危的野兔。把野兔灰灰背回养兔场，悉心照料，不让其他兔子欺负灰灰，当发现野性十足的灰灰与家养的兔子不同时，兔奶奶对灰灰充满了赏识和信任。兔奶奶不但悉心照顾无家可归流浪的小动物们，还对自己家族的命运充满了忧患意识，兔奶奶明白养兔场兔子最终的命运是被送到集市上卖掉，成为人们餐桌上的美味。兔奶奶带领大家挖一条通向森林的地道，被养兔场主用水泥堵死了后，兔奶奶毫不气馁，又组织大家不分昼夜地再一次挖暗道。她心系二百七十六只兔子的性命，积劳成疾的兔奶奶在临死前，嘱托灰灰帮助好吃懒做的家兔们逃离养兔场，远离人类的杀戮，以其宽容慈爱的祖辈，是颇具感染力的地母形象。如果说兔奶奶带有领袖范的神性动物。《猪，你快乐》中的猪奶奶就是平民化的老奶奶，充满了朴素的人间情怀，猪奶奶坚强乐观、爱美，不论多热的天气出门都精心打扮，将她的那些红红绿绿的衣服一层套一层穿在身上，捂到中暑也不愿意减少自己的"颜值"。这两位长者形象，堪比孙幼军童话《怪老头》中的怪老头，郭大森《长白雨燕历险记》中的挖菜奶奶，这些老人以人生经验的厚实与心灵的童真童趣完美结合，成为当代童话艺术画廊中比较光鲜的文学形象。

常新港的动物叙事中比较有个性的人物还有一大批鲜明的父亲形象。

[1] 吴其南《中国童话发展史》，少年儿童出版社2007年版，第146页

《懂艺术的牛》中任劳任怨的爸爸，《土鸡的冒险》中的老土鸡，《小蛇八弟》中的蛇爸爸等，都是人类中沉默、庄严、勇敢坚强的男性形象，这也与常新港小说中一贯硬汉的阳刚形象形成了一种暗合与呼应。《独船》中的张木头和石牙子，是一个勇敢面对生死考验的坚强男子汉。土鸡爸爸也是如此，他奋勇面对来犯的敌人黄鼠狼，即使全身的毛都被咬光了，也没有丝毫退却，最后以岿然不倒的姿势在篱笆墙上光荣地牺牲了。这与《独船》中的结尾有很大的不同，《土鸡的冒险》是对成就伟大事业的土鸡的奉献精神和自我价值的肯定，《独船》是走出独船、独屋的张木头无奈而孤独的守望，前者更具英雄已死励志后人的积极意义，后者带有时代和社会造成生命悲剧的苍凉和无奈，前者指向儿童的成长世界，后者指向作家自我的情感世界。无论是成人世界还是儿童生活，抑或动物界的生命体们，真实而残酷的现实便是生命是"独活"的，并且是具有唯一性的。

　　除了具有现代意识的奶奶和吃苦耐劳尽职尽责的父亲形象，常新港动物系列小说的主人公往往是形肖逼真个性十足的动物，是一个个富有生命力的孩子的象征，这也是常新港以儿童为本位的儿童文学创作的艺术再现。《兔子快跑》中的主人公野兔灰灰，"一身灰毛，眼睛是棕色的，看对方时，他的眼睛就会变深，从他的瞳孔就可以看见身后的森林"，这里写出灰灰自幼在森林生活，与养兔场的兔子相比多了一份野性和灵气，"他朝前蹿了一脚，临空跃起，在身体跃到最高点时，迅速转身，用两只脚朝胖兔哥的肚子奋力蹬去……"活化出野兔灰灰的敏捷灵活，头脑聪明，为他后面拯救整个兔子家族的命运奠定了基础。《懂艺术的牛》中"我"是一头尚不能干活儿正自由自在的幼牛，"我"始终觉得野地里有一棵树在召唤。听蟋蟀唱歌，"我"有了唱歌的冲动，受到音乐老师蟋蟀的点化，"我"成了一头会唱歌的牛，一头懂艺术的牛。无意中练歌时，被隐藏在草地里的剧团"星探"发现，成了一头上台演出的牛。《老鼠米来》塑造的老鼠形象也是极其丰满的。米来天生性聪颖、个性独立、不卑不亢；米加加自私自利、争权夺利、目光短浅、不求上进；米胡头脑简单、唯命是从；豆家族的老鼠领导恃宠骄纵、脾气暴躁、独揽大权等。通过这些丰富的老鼠形象，让读者了解了世间百态。

二、在自我成长中丰富个性

个性是作为动物个体的本质化特征，是一个生命体不同于另一个生命体的存在状态，动物叙事文学中最富文学审美特征的文学经典作品，往往需要有个性化的人物存在，才有可能成为一部成功的文学，而文学作品中人物的力量，并不只限于外在的人物的差异性，更需要人物内在性格的不同、人物丰富的个性化标示性和成长性，才有可能为动物主人公的成长扩大足够的心灵世界空间。"艺术品的目的是表现基本的或显著的特征，比实物所表现的更完全更清楚。"[1]在常新港动物叙事文学中，亦追求动物的"个性"化存在，以及内心冲突的复杂性和丰富性。他可以说是中国儿童文学界为数不多的挖掘儿童内心生活和情感世界的现实主义作家。

《土鸡的冒险》写了一只土鸡带领族人历险的故事。当"我"从黑乎乎的蛋壳里出来之后，听到了男人和女人用"我"不明白的声音交流，慢慢"我"认识到这是人类的语言。"我"在别的鸡在抢食时，却努力学习人类的语言，第一个掌握了人类的语言。"我"不仅善于学习，还善于思考，"我"思考死亡，那些没出壳的死蛋，希望他们也和"我"一样站在阳光下呼吸新鲜的空气，却发现它们逐渐从院子里消失了。在性格上"我"也与众不同，别的土鸡似乎不在意女主人检查他们的性别，而"我"却感觉到羞耻，个性在这种不经意的小事中凸显出来。"我"每天早上都感到嗓子发痒，不知不觉地跟爸爸学习打鸣，公鸡的特性凸显出来，还敏感地觉察到公鸡的数量在慢慢减少，不太雄壮的会变成人们的盘中餐，对鸡群的命运充满了忧患。因为是一只懂人类语言的鸡，运用自己的智慧从主人的菜刀之下救

---

[1]　[法]丹纳：《艺术哲学》，安徽文艺出版社1998年版，第369页。

出白毛鸡，并将它送出村子。"我"勇敢、无私，优势明显，慢慢成了土鸡家族的领袖。"我"的成长不局限于简单的鸡舍中，也游走在广大的社会生活领域，"我"目睹肉鸡场的鸡无生命状态地活着，也看到了城里人对土鸡的垂涎而不惜高价收买，时时刻刻感觉到土鸡家族的生命受到威胁，等到下一代土鸡羽翼丰满，还有几只土鸡孵蛋成功之后，"我"决定带领家族逃离险境。一个人离家的过程也是成长之始，途中险象环生，他们都成功脱险，只有一次遇见强大而贪婪的黑狗，一只比自己更年轻力壮的土鸡吓退了黑狗，"我"意识到后生可畏，感觉自己老了，最后，"我"体力不支，死在途中。这只土鸡具有顽强的生命力，好学上进，勇于实现梦想，土鸡从出生到成长为家族领袖的过程是曲折而艰难的，但是，土鸡在爸爸的帮助下，从未放弃梦想，爸爸给予土鸡"领袖鸡"的性格特质。正是因为具有这种"领袖鸡"成就整个族群和自我生命的意义和价值，使这只土鸡与众不同。这与人类中的英雄的成长历史何其相似，经历了童年的刻苦、少年的叛逆、青年的担当、中年的奉献、老年的安详，从土鸡担当并成就整个族群的伟大事业中，感受到生命的力量和反抗命运的光芒。

在《懂艺术的牛》中，"我"生下来就是一头不同寻常的牛。"我"不想过爸爸和哥哥被人驯服、任劳任怨的生活，"我"是一头有理想的牛，也是一头具有反抗精神的牛。在"我"的视野中，远方的地里总有一棵"我"能看见的树，"我"勇敢地对抗着偷牛人，机智地组织牛群和绑架牛的团伙抗争。在自尊受损时，"我"顶翻牛肉贩子的车将他吓跑。"我"在剧团中和众多演员平等地登台演出，一夜间成了明星。"我"具有强烈的反抗意识，来郊外度假的人点篝火，浓浓的烟熏让"我"感到强烈的刺激，"我"撞开门朝草地上那堆火冲了过去，把火堆踢得火星四溅。胖子指着"我"让人们猜"我"是公牛还是母牛，伤害了"我"的自尊，"我"踢了他一脚，这是"我"第一次对人类实施报复。主人想要把"我"高价卖出去，来看"我"的牛贩子伸出手在我的屁股上拍了一掌，"我"将牛肉贩子的车掀翻，吓跑牛肉贩子。"人有的时候，很害怕愤怒中的动物，愤怒中的动物什么都不畏惧"，这样的反抗行为令人惊心动魄。

　　人物的成长不是在享受成功的快乐中，而是在失败以及战胜失败的危途中，上路是成长的开始，能够在路上战胜一个又一个困难，才能成长。而在这个过程中有主动成长和被动成长，常新港作品中的动物世界中的人物，就十分丰富地诠释了成长的多样性。"表象必须在严格的意义上被理解……表象凭着在反思的目光下一步步把自己与自己并置在一起，来分析自身，并且以一种作为自己的延伸的取代形式来委派自己。"[1]动物意象借助于常新港的文学语言得以存活，他们在与作家的情感交流中，确认自我的存在和情感的多重生成方式。在《土鸡的冒险》中以第一人称主人公内视角来叙述，使作者与一只土鸡互相镜鉴的心灵，产生叙述的间性。在作品的最后一章"谁敲响了我的房门"中，一只土鸡在人们都上班的星期一早上来敲响"我"的房门，是"对我的善良和同情心的一种答谢"。在《兔子快跑》中，野兔灰灰知恩图报，在兔奶奶临终前，它们答应奶奶帮助养兔场的兔子们逃生。为了完成奶奶的遗愿，山老鼠坚持不懈地挖洞，直至指甲磨掉。在救出全部兔子后，灰灰甚至决定一直和养尊处优的家兔们在一起，一直陪伴它们直到它们能够独立生活为止。动物的情感世界是同人类一样丰富的，很多时候显得比人类情感更加纯粹，这是其独特与细腻的审美情趣的一种表达。

三、人生百态与陌生化的情感体验

　　常新港不仅写同类动物之间的友情，还善于写跨种类的动物之间的互助，情感描写逼真细腻，充满了孩童的纯洁无瑕。《兔子快跑》写了野兔灰灰与山老鼠之间的感情，山鼠偷吃兔奶奶的榛子后又误食鼠药，灰灰在得知山老鼠和自己一样同是孤儿后，灰灰由怒转为同情。在《懂艺术的牛》中，"我"是一头牛，被人类放炮时震聋了双耳，红脸小麻雀和它的妈妈用嘴叼

---

[1]　[法]米歇尔·福柯《词与物——人类科学考古学》，上海三联书店2001年版，第103页。

回红色野百合花瓣医治"我"的耳朵，中药百合花不仅让"我"的听力恢复，而且拥有了超出一般的听力。这种动物之间的友情和人性化的描写，超出了一般童话对动物的人格化，增强了作品的艺术表达效果，带给读者一种全新的陌生化的审美体验。

朱自强敏锐地发现了动物叙事文学中假定性和虚构性的区别，"虚构故事因恪守森林生活法则而具有动物传记式的真实性……假定性是悬浮于动物生活现实和人类生活现实之上的一种空想……失去了动物给予一个文学家的馈赠。用贝恰博士的话说他'舍弃了同自然的交感'。而对越来越被异化的现代人来说，人同自然的'交感'是多么重要啊。"[1]从"人神兽"类型化的叙事到个性化多样性的交感生命体验对象的复活。动物的多样性和作为生命个体的本质特征的挖掘与表现，才是一部艺术作品理想性的追求，避免文学类型化、同质化、模式化倾向的最佳出口，就是要与动物生命个性的交流与对话。否则，动物文学作家就没有接受"动物给予一个文学家的馈赠"。在以往的儿童文学创作中，尤其在动物与人的对抗中，往往神化动物，如乌热尔图的《七叉犄角的公鹿》，"七叉犄角公鹿"的动物意象就象征鄂温克民族雄壮威武勇敢自由的文化品格。乌热尔图不无自豪饱含深情地说："《七叉犄角的公鹿》中表露的对自然界中自由生灵的钦佩、敬畏、忏悔的姿态……这些情感都属于鄂温克民族。"[2]

哈萨克族以白天鹅作为吉祥幸福的象征，蒙古民族以马作为生命力和野性膜拜的象征等。在原始的神话文学中，有大量的对动物的"神化"描写，这一方面是对自然界中动物神秘性和不可知性的真实表达，另一方面，也是人类自我情感与精神像化的过程，本质上"人类中心"主义的一种泛灵性思维。在《老鼠米来》中，起初米豆两个老鼠家族生活于主人库房下的洞里，白天休息，晚上活跃于主人库房。女主人与女儿不堪其扰，离开这座房子到城里定居。只是定期回来给男主人送些生活必需品，因缺乏与人交流，主人

---

[1]　朱自强：《儿童文学论》，中国海洋大学出版社2005年版，第363页。

[2]　乌热尔图：《述说鄂温克》，远方出版社1995年版，第372页。

的内心是孤独的。米来的出现打破了主人内心的孤独困境，他的学识和涵养使得他与主人形成默契的关系。在主人灯火通明的花园里，人鼠和谐共生的场面演绎得淋漓尽致。人类不以居高临下的姿态去俯瞰动物甚至残害他们，而是与动物互相尊重平等交往，流露出作家希望生命之间和谐共荣的生态观。

常新港的动物幻想小说，很好地完成了这种动物与人的"交感"，尤其以第一人称内视角的运用，主人公与环境之间没有那么强烈的对立关系，而是有了一种人物自我的成长性和丰富的陌生化体验，一个"特立独行"的自我的存在，与其说是阶级的、社会的、时代的，不如说是与生俱来的生命独有的品行和性格，是超越时代和阶级的，做一个完整的"我"，成为新世纪以来中国儿童文学鲜明而主体性的精神和情感诉求。常新港的动物叙事小说，基本上以第一人称主人公内视角为主，极容易产生强烈的"交感"力量。常新港的作品没有以居高临下的姿态去俯视动物世界，始终是以平等的姿态甚至是带着强烈的敬畏感来讲述一个动物生命的成长历程的。《土鸡的冒险》以第一人称一只土鸡的视角、一只土鸡的口吻来述说故事。最后作者加述了一章"谁敲响了我的房门"，幻想有一只土鸡（也被人们成为"笨鸡"）在一个人们都上班的寂静的星期一敲响了我的房门，"是对我的善良和同情心的一种答谢"。《老鼠米来》是关于老鼠米家族的一场具有历史意义的华丽转身，从下层到上层社会的一次成功突变。因为一只叫米来的小老鼠，米来喜爱读书，爱上了人类文化。沉浸于主人的书房里，通晓人类的文字，使得两个有着世仇老死不相往来的家族互通，化干戈为玉帛，和睦相处。知识是人与动物沟通的桥梁，微小的老鼠掌握知识，与人类建立了深厚的友谊，达成久违的和平共处。这一主题对儿童价值观的树立有积极影响，儿童在了解到知识有如此魔力后，会对知识更加崇拜与热爱。

在《猪，你快乐》中，作品的现实性和悲剧色彩得到了淋漓尽致的呈现，猪大家庭的悲欢离合既有现实的真实性又有异样的情感体验。"我"是大家庭里的小六子，也是叙述的主角，在整部作品中我们看到了希望——生活的希望"我们的生活依旧。日子就像太阳和月亮，你来了我走了。黑夜像幕布在天边消失，晨光就在窗户上悄悄地等着我们"。在作品结尾，"我"结婚生子，同样是七个孩子，六个儿子一个女儿，用父亲好不容易吐出的两个字来说是"遗传"。生活有许多悲伤与不幸，但是，不论生活的悲剧怎样上演，生命还是要生生不息，表达了强烈的生命意识。《一只狗和他的城市》也是主人公内视角，"我"是一条长期和家人生活在城市下水道里的狗，循着"窗口"飘进来蚯蚓的声音，朝一块石头撞了过去，醒来后"我"变成一个英俊少年走进了城市，遇见美丽的少女六月跟她一起上中学，"我"意想不到的六月竟然是那条粉红色蚯蚓。整部小说充满着幻想色彩，把不可能发生的事情描写得真实细腻。《一只狗和他的城市》作为具有现代性的幻想类动物小说，一只在地下排水管道生活的狗变成人，进入人类世界本是不可能的事，但在作者的笔下成为顺理成章的故事，世界著名童话故事《人鸦》《尼尔斯骑鹅旅行记》《小老鼠斯图亚特》等都属于这种动物形体与人类思想感情杂糅型的著名的文学作品。

时空转换也是幻想小说的一个重要特征，《一只狗和他的城市》对异度空间的生存转换和换位体验，给作品留下了巨大的想象空间和情感体验，这也是作为幻想文学具有艺术魅力的支点，也是最能表现一个作家才情的地方。在下水道生活时，是用一只狗的视角来看待世界的，即"狗看人"；在人类世界生活时，又是以一个少年的视角来看待人类世界，对人类的一切一无所知，不知道吃饭还要付钱，上学还要考试，也不知道开除是怎么一回事。这种"超自然"的描写牵动着小读者强烈的好奇心，让他们沉浸其中"无法自拔"，进入一种"我"中有狗，狗中有"我"的物我两忘的境界。《猪，你快乐》塑造猪这个大家庭的十位成员，性格各具特点：爸爸作为大塘的建筑师，承担着养家的重任，对孩子严厉又慈祥；妈妈关爱孩子，勤劳贤惠，任劳任怨。大哥是一只有理想责任心很强的猪，二哥天生患有忧郁症，三哥身体肥胖行动不便，四哥贪婪馋嘴欺负弱小，五哥身材娇小是长不大的侏儒，作为老六的"我"聪明伶俐富有正义感，妹妹聪明可爱但胆小……作品以家庭为本位，对猪的世界进行了全新的建构。祖孙三代十只猪构成了一个快乐的家庭，虽然这个家庭遭受了许多灾难和生离死别，最终还是快乐而充满希望地生活在一起。作品的"我"后来成为爸爸，延续着上一代的家庭模式，好好活着。难道这不也是生命永恒的主题吗？幻想文学的异度空间和感觉的设置，"与现代人的现实意识和世界观是相对应的。在现代人的现实意识和世界观中，幻想世界与现实世界之间出现了裂痕甚至是沟壑，因此现代人面对世界才会产生'惊异感'"[1]。《小蛇八弟》描写了一条叫八弟的聪明伶俐、喜欢唱歌的蛇在家族成长中的故事，作品不仅关注动物的生物属性，更关注了社会属性，这些关系中既有和人类一样高尚无私的舐犊之爱、深深的手足骨肉之情、纯洁真挚的友情，当然也有着和异类之间的你死我活、鱼死网破的血腥拼杀。原本安逸快乐、无忧无虑的蛇家族受到人类的残害和死亡的威胁。也可视为提醒人类反思自己行为的一面镜子。

四、富有情感温度的儿童文学语言

"文学的鲜活是它的生命力，不是穿在外面的花衣裳。文学是走向心灵的一条甬道，不是炫目的时装周。"[2]语言作为儿童文学存在的家园，常新港最用心和汗水进行辛勤耕耘。儿童文学作家要把成人语言转化为儿童语言，与此同时，还要产生文学语言丰富的隐喻繁复的意象和生动的情趣。儿童文学与成人文学在审美指向上有很大的区别，作为儿童文学作家，常新港动物叙事的文学语言充满了丰富而饱满的儿童情趣。

在《懂艺术的牛》中，红脸小麻雀是一只小麻雀，幼年时，爱美的她喜欢用红色百合花涂抹自己的脸，是一个爱美的小女孩形象。黑牛就是一个调皮的男孩形象，他说："你们没离开过家吧？你们谁见过高速公路？你

---

[1] 朱自强：《儿童文学概论》，高等教育出版社2009年版，第232页。

[2] 舒晋瑜：《常新港：优秀的作家，都离不开脚下的土地》，《中华读书报》2011年5月25日。

们有谁坐在汽车里游山玩水？我！我玩了！我坐的汽车跑了多远，你们能想到吗？我给你们加个胆你们也不敢想。我告诉你们，我坐的汽车差一点就绕地球一圈了……"将黑牛说话夸张，爱吹牛的性格刻画得淋漓尽致。蟋蟀老师赞美"我"唱歌时："你的声音太好听了！穿透力太强了！太有感染力了！"这里一连用了三个"太"突出"我"的音乐天赋，让"我"感到存在的价值感。蟋蟀还说："我的哥牛啊，你用箫这根棍子，撬起了一个大大的音乐地球啊！"假借的巧用，达到了一种幽默谐趣的效果。《兔子快跑》中对动物眼睛的描写充满了诗情画意："山老鼠不想死，他睁着眼睛，望着灰灰，两只眼睛里充满了对这个世界的不舍。灰灰在山老鼠的眼里，看见泪光……灰灰从山老鼠的眼神中感觉到他对生命的渴望非常强烈。"儿童天生具有情感的泛灵性，在认识世界和感受生活的时候，他们有全新的生命体验，也是通过饱满的语言而诗意的语言来实现的。

在《懂艺术的牛》中，主人想要把"我"高价卖出去，来看"我"的牛贩子伸出手在我的屁股上拍了一掌，样子像是在我的屁股上盖上了一个合同印章，"我的屁股一天都不舒服，不是痒就是痛，要不然就是又痒又痛"，把人的感觉移植到牛身上，通感的运用，让作品与读者，人与动物的交流更畅通，使读者有置身其中之感。

曹文轩认为："大陆新时期的儿童文学创作，曾有过数次新浪潮。在这其中，常新港一直是一个很重要的人物。他的不少作品，在这段历史中，是具有标志性意义的。日后的中国儿童文学史，是无法绕过常新港这个名字，也是无法绕过他的那些作品的名字的。"[1]在动物幻想儿童文学创作上，常新港又做了一次标志性创作，带有鲜明的时代性和现代意识，亦是中国当代幻想动物儿童文学无法绕过的名字。如果从中国奇幻动物小说文体的贡献上，常新港应该是中国较早具有文体意识的作家。[2]"我是土鸡家族中的另类，我的出生，就是让我品尝内心的痛苦、伤心、忧郁和快乐。因为在这个

---

[1] 常新港：《矮子独行》，封底的话，湖北少年儿童出版社2010年版。

[2] 侯颖：《奇幻动物小说的中国"确认"》，《社会科学研究》2015年第1期，第186页—192页。

世界上，有生命的地方，就有这些东西存在着。"[1]与其说是土鸡在品尝内心的痛苦、伤心、忧郁和快乐，不如说是常新港的生命观和情感观不自觉地流露，生命与情感才是文学的原乡，他在努力用文学和话语的力量替所有的生命代言，把丰富的情感表象为文学，又用语言表象作家自身。事实上"世界并不仅仅是为人类而存在的，有一种相同的绵延不绝的力弥漫在所有的存在物中，而组成这个世界的所有存在物实际上是一个巨大的有机体"。[2]

动物叙事文学的魅力还在于神秘性和不确定性，值得注意的是，常新港把人作为动物生存的反面力量书写得过于强大。一方面，使作品充满了生态情怀，是对人类过度扩张和称霸世界的反思；另一方面又使动物生存的基本状态简单化，不只是人类在威胁动物的生存，还有许多复杂的隐忧，族群的错误选择等也在威胁着动物的生存，过于简单化的归因，影响了作品的艺术效果。常新港笔下人工"智能化"的动物也较多，懂艺术的牛、学习人类语言的土鸡、有智慧的小蛇八弟等，这些人物一方面容易走入小读者心灵，让读者感同身受。但是，被人化的动物容易缺少动物生命的独一性，过于人格化和概念化会阻碍常新港向动物丰富的心灵世界开掘，多样性是生命得以生生不息的基础，也是动物叙事文学发展的动力。美国作家盖瑞·科瓦斯奇幽默地说："我的狗有点像是一位精神导师，当我太严肃、太专注时，他会提醒我嬉闹游戏的重要；当我太费心于抽象概念及构思理论时，他会提醒我运动及照顾身体的重要。"[3]

美国儿童文学大师马克·吐温亦不断提醒人类要像高等动物学习，尤其要挖掘它们丰富而复杂的心灵世界。敬畏生命，向动物学习，不只是常新港作为动物幻想小说的拓荒者应该努力的方向，也是中国动物幻想类儿童文学戮力向上提升的一条路径。

（原载《文艺评论》2015年11期）

[1]　常新港：《土鸡的冒险》，春风文艺出版社2013年版，第302页。

[2]　[美]纳什：《大自然的权利》，青岛出版社1999年版，第2页。

[3]　[美]盖瑞·科瓦斯奇：《我的灵魂遇见动物》，海南出版社2009年版，第5页。

每一个词语都参与了生命的诞生
——论金曾豪动物小说的情理世界

　　成名于二十世纪八十年代的江苏作家金曾豪是一个非常独特的儿童文学作家，他四次获得全国优秀儿童文学奖，其获奖作品有《狼的故事》（第二届）、《青春口哨》（第三届）、《苍狼》（第四届）、《蓝调江南》（第六届）。他的作品题材之广泛、文体之复杂以及书写风格之鲜明，在国内的儿童文学界已颇具影响力，尤其是他的动物小说创作，在评论界与动物小说大王沈石溪相提并论，国内对其研究已逐渐展开，方卫平、汤锐、杜白、余雷、谢清风、徐志强等学者皆有品评。世界上的动物小说作家往往具有与动物相处的经验，或者本身就是动物研究专家，动物小说创作亦呈现多种样式，有以科普知识为主的动物纪实小说、以夸张拟人幻想为主的动物童话、以反映动物行为思想和物性特征为主的写实小说、通过动物反思人类文化为主的动物传奇故事等等。金曾豪出生成长于江南小镇，那里虽然远离荒野和森林，但是，他凭借自己敏锐的艺术感受力、超强的幻想力和语言驾驭能力，积累了丰富的文学创作经验之后，用他的动物小说营造了一个全新的创作领域与艺术世界。

一、丧失家园的动物们

进入现代工业社会之后，经济发展给人类带来舒适的生存环境之后，也使人类远离了许多自然的本能，远离自然和荒野，人类的动物性本能沉入了人类的潜意识，通过动物与人类的自然属性相遇，即成为金曾豪动物小说创作的母题。金曾豪并不简单地把现代文明与野性世界进行简单对比，他的笔触往往从多方位展开。金曾豪笔下的动物种类繁多，有猞猁、狼、狐狸这样的野生动物，也有乌龟、蛇、狗这样的小动物，它们都拥有大自然赋予的生存权利和生存智慧。它们同人类一样向往自由、追求自由，散发着生命的灵动和光辉。一旦出现自由和禁锢的对立情况，动物们往往毅然选择"不自由毋宁死"。在《独狼》中，独狼被猎人逮住装进动物园的铁笼之后，它每天的功课就是用嘴把铁笼子咬破，要知道，狼对自由、对大自然无比酷爱。在狼的意识中，被囚禁是比死还要痛苦的事情。墙壁在一次地震中倒塌，它终于重返山林，呼吸到自由的空气，结识了母狼，生养了自己的后代小狼，完成了一个动物生命得以延续的传奇。《西风白马》中的白马贝贝曾经是一匹驰骋疆场、自由自在的光荣的赛马，却在一次灾难中不幸失明，人们对瞎马的处理办法是实施无情的禁锢。为了恢复自由，白马贝贝挣脱了铁链和牢笼，奔向了悬崖。与其说白马是追求自由而死，不如说进入现代社会以后被人们用各种规约和束缚囚禁得失去了生存能力，如同被关进了无形的"动物园"，即使冲破牢笼，回归山林，也不具备生存下去的可能，还得重新回归到"人"的世界中。

金曾豪在现代化侵染下的忧郁城市与保留着原始生命力的诗意荒野中，努力寻找平衡的契合点——野性的呼唤与生存的本性。在他的作品中，随处可见对人类肆意侵害野生动物的罪恶行径的指责和批判。如在《愤怒的狐狸》中，老画家为了完成自己的《百狐图》，在名利和道德面前选择了前者，将红狐带回城里，使得红狐一家遭受灭顶之灾。红狐的悲剧结局让老画家悔不该当初，但一切都无法挽回。现代社会中的人类与自然社会中的动物在生存选择观念上存在着不可调和的矛盾，充满野性的动物坚决抵抗着人类的无礼入侵。逃向荒野的野性动物又是什么样态呢？白马跳崖而死，《绝谷猞猁》中的两条猞猁灰灰和依依在一场灾难中逃出动物园，远离人类的控制，选择了一处绝谷安身。但是，人的入侵再次使猞猁遭受厄运，为了寻找食物，灰灰落入人类的陷阱遇害，依依和自己的儿女惨遭人类的杀害。生命不可复活，连上帝都不能改变，而上帝又是谁呢？作者怀着悲悯的情怀控诉人类的无耻行径，将动物生命的惨死和消亡直面于人类眼前，向天发问，希望能唤醒人类麻木的心灵，对人类的贪婪罪恶可能会产生的后果敲响了警钟。生命的不可复制性强化了小说悲剧的色彩，也对生命的价值和意义浸润着温暖和关爱的真挚情感。

金曾豪的动物小说不同于贾平凹的《怀念狼》，以猎人和狼的传奇来对抗现代都市生活和工业文明；不同于姜戎的《狼图腾》，用草原狼隐喻中国文化需要输入"狼性"来对抗中国农耕"文明"的乏力；不同于杨志军的《藏獒》，借助藏獒间的冲突与杀戮给强者为王败者寇做形象的注释；亦不同于沈石溪的《混血豺王》，通过动物世界的残酷斗争暗示人类社会对政治权力撕心裂肺般的追逐……金曾豪在作品中营造了一个平静唯美、充满诗意的动物世界，万物看上去似乎各归其类，各行其道，然而在这平静的文字下却沉潜着动物生命的张力和情感状态，却显示出一定的艺术冲击力和审美想象。即使是他认为自己创造了一个上帝的视角进行动物小说的创作，我们还是从这上帝的视角中看出了作者对生命和人性的思考，动物的生活与人类息息相通的关系，人类通过自然与动物的灵魂相遇，即实现了抵达生命本质的一种拷问。

世界经典的动物小说，如美国作家杰克·伦敦的《野性的呼唤》、加拿大西顿的《狼王洛波》、英国作家迈克尔·莫波格的《战马》、美国作家玛格丽特·亨利的《风之王》、日本椋鸠十的动物小说，都能够通过一定的时空背景中来书写特定的生命体，通过动物的行为和表现来观察动物，透视动物的心理，在人与动物的交往中把人类社会的背景和动物的生存环境自然而然地流露出来。在金曾豪看来，人类与动物共同生活在地球上，在空间和世界上两者之间是重叠交错的，纵使沟通起来非常困难。在时间的处理上，金曾豪的动物小说将情节安排在动物自然成长的生命时间上，也就是巴赫金曾说过的所谓"传奇时间"，这有别于一般意义上人类所规约的物理时间。这样的时间建构使人存理论在文本上变得不那么明显。同时，在空间的处理上，也相应运用了"传奇空间"，即在安排情节时将大自然的外在影响力有意放大，荣枯兴衰、日月星辰、风云雷雨等自然环境与动物的矛盾关系更为强烈，这些外在的自然环境对情节的发展起到巨大的推动作用。总之，金曾豪的动物小说努力为动物寻得可以自由舒展物性的空间，在充满传奇性的自在时间和空间里，动物们充分展示着智慧和性情。生命的自在状态和自由舒展淡化了动物小说中的人存理论。在结构作品的过程中，作家的才华和审美情感，生命观和人性观也会潜移默化如水般渗入作品之中，而动物的行为和活动力推动着故事情节向前发展，动物的性格在这一系列过程中逐渐丰满起来。

在小说《苍狼》中，人类出于"好意"将狼一家六口安顿在孤岛上，并给这群狼提供充足的食物和安逸的生存环境，然而，人类自以为是的行为却给狼群带来了巨大的伤害。这群狼时时刻刻都在渴望着远方荒野森林的野性生活，那种发自原初生命力的渴求促使狼一家六口"冒死渡过海峡回到它们真正的家园"。小说对狼一家离开小岛并渡过海峡时的表现进行了细致刻画，在穿越海峡的过程中，这群狼遇到了雄鹰的袭击，锋利的鹰爪将狼的身体抓破，鹰尝试着将小狼提出水面，可以面对鹰的强硬攻击，这群狼始终互相咬着尾巴不曾放弃，奋不顾身地向大海深处走去。鹰的目的没有得逞，只好悻悻地离开。在蓝色的海面、黛青色的山峦、蔚蓝的天宇下，是一场生与死的考验，狼的一家与其说是寻找自己的生存家园，不如说是寻找精神家园与情感归属，作品隐喻了每一个生命都有自己的生存时空，批判了人类的

"自我中心主义"。"在具体生命世界里，时间无分始终，现象只有不断生成变化，无所谓有无，无是日减一日的死，死是日加一日的新生"[1]因此，大自然本来没有时间的限制和空间的规约，万物都在一种自在的状态下重复着生死，轮回着命运。金曾豪的动物小说意图还原动物自然生命的本能状态，尽可能减少人类对自然界，对动物的干预。"生死、内外都是人为观念的界制，在自然的大化里，在生命世界的运作里，完全没有这种因寻因解带来的烦恼。"[2]在金曾豪的动物小说中，对所有动物都尽量投上关注的一瞥，既有作为主角的动物生命个体，也对那些微不足道默默无闻的小动物的身影，甚至对产生神奇疗效的小草都带上重重的几笔，金曾豪笔下建构了一个琳琅满目生机勃勃的大自然，不会因为作为主角的动物形象的消逝而影响其自身的生命活力，一个生生不息的生态空间活灵活现地展现在读者面前。地球是一个完整的生态系统，在这里无论是飞禽走兽、游鱼戏水都是生物链中的重要组成部分，生命个体之间是平等的，同时又是相互斗争、相互依存的矛盾关系，金曾豪的作品向我们展示了一种大生命观和大宇宙观，着实难能可贵。

二、艰难地祛除"人存理论"

动物是大自然中丰富多彩客观存在的物种，动物小说尽管是写动物的小说，但绝不是写给动物看的小说，这一点是极为肯定的。金曾豪的动物小说既体现了动物的纯粹性，又不失文学色彩，并与儿童精神的纯真性完美融合，这是金曾豪创作的艺术特色。他的作品大量描写动物的幼年阶段，以小动物的天真可爱为蓝本实现丰富的童年幻想，如描写小狼、小马、小狗或者小孩子。金曾豪对小动物的描摹契合了儿童的精神气质，充分展现了儿童

---

[1] [美]叶维廉：《中国诗学》，人民文学出版社2006年版，第123页。

[2] [美]叶维廉：《中国诗学》，人民文学出版社2006年版，第125页。

的精神生命，是他艺术审美选择的具体表征，这种童年式的想象和书写恰恰是对人类社会童年期的一种遥望，带领人类暂时回归到那个神奇的充满童趣的原始蛮荒时代。动物心理的描摹，也会增加儿童的情感体验，通过动物的情感来体验生命的喜怒哀乐，这与以思考性为主的动物寓言不同。《义犬》叙写了小狗黑豆的艰难成长史，通过小狗黑豆的经历作者意图对人类世界的人性罪恶给予深深的嘲讽。黑豆与哥哥是相依为命的两个孤儿，生活原本艰辛，却有幸遇到了两个友善的主人，他们先后收养黑豆。可是，两个主人积怨已深，在火并中失手杀死了黑豆，黑豆临死前都在困惑着人类为什么要这样残忍和仇恨。

《苍狼》中人受到狼的围困，为了解救人，人类向狼开枪射击，大部分狼逃散了，一条年轻健壮的母狼却趑趄不走，人们原来发现它背上驮着一条被人类打断前爪的小狼，受伤的小狼一次次跌下来，母狼就一次次地停下来让伤狼再爬上来。母狼的举动令人震惊，动物世界母爱的伟大和无私深深地触动了人类情感最柔软的部分。《独狼》中有一段对无私而伟大的母爱的书写：因为难产，蛇在产子时选择了自杀式的"剖腹产"，它用尽全身力气冲向锋利的竹茬，竹茬像手术刀一样割开了蛇的腹部，蛇顺利产下了孩子。这种行为本身就让人心生敬畏，是对母性的崇高敬意，体现了母亲伟大的奉献精神和高贵的灵魂。

金曾豪的动物小说有着多方面的文本指向，在处理人与动物之间的关系时，金曾豪除了批判人类的强势行为对动物的无情伤害外，还着重刻画人与动物的情感关系，通过儿童精神生命与动物精神生命的天然联系，来呈现对动物的深情厚爱。《高家竹园》描绘了人与动物的谐趣图，年近四十的叔叔逮住一只百年老龟，发现龟没有前爪，就给龟装了一对小轮子做"义肢"，老龟自如地在高家竹园"吱吱"地出出进进，一点不怕人，还被孩子们赠予一个见多识广的名字"马老四"，仿佛家中的一员。《天堂之鸟》中也写到了人类对动物的关怀备至。丹顶鹤大顶子由于长喙断了难以进食，生命危在旦夕之际获得了人类的援救，动物医生为丹顶鹤定制了金属材料的喙。丹顶鹤强烈的求生本能使它不断地适应新的喙，终于从刚开始的难以习惯到后来的重得新生。作者看似轻描淡写的一笔却达到了出人意料的艺术效果，读者在不经意间就感受到了来自人类的关怀和爱，同时也感受到了丹顶鹤那顽强的生命力。动物身上折射出的自强不息、永不放弃的精神品格深深地打动了读者，增强了文本的艺术感染力，这是金曾豪动物小说独到的审美追求和价值取向。不同于其他动物小说生硬的介绍科学文化知识，金曾豪将情感的描写与科普知识的表述巧妙结合起来，书写了有情感温度的动物成长世界。

　　动物小说离不开对动物生存的自然环境的描写，而这些自然环境又不单单是动物生存的环境，也是他们内心情感的外化和再现，金曾豪作品中有大量优美的自然景物描写，哪一段单拿出来都可以成为独立的美文。《警犬66号》写了警犬拉拉协助刑警侦破一个个离奇的案件，历尽艰难险阻九死一生，它敏感智慧恪尽职守，屡立战功，赢得了大家的信任和喜爱，也实现了自己的生命价值。超期服役两年的拉拉13岁退役时，它不满足于红房子里安逸的生活，来到森林荒野帮助人们守护药材。拉拉找到了久违的内心安宁，夜晚的大药谷给拉拉带来了美好的感觉，仿佛是久居城市囚笼的人们，在自然的荒野中得到了全身心的放松和享受，这无疑是人类情感的渴望和旨归。金曾豪的动物小说非常照顾孩童的接受心理，在描写激烈的动物打斗场面时，他往往将那些血腥的虐杀和残酷的抗争用轻描淡写的笔调进行书写，显得从容淡定，不像一些作家笔下的动物小说冲突那么激烈和情感高亢。

　　金曾豪的描摹如水上之波澜，虽然激起浪花，但很快归于平静，水面下的波涛汹涌却给人无穷的想象。出生成长在江南水乡的金曾豪有着浓郁的文化底蕴，温润的性格特征和富有神韵的创作笔法，使他的创作更接近儿童的心理状态，语言自然而质朴，情感细腻而优雅。读金曾豪的动物小说如品一杯茗茶，令人神清气爽。在小说《独狼》中写道："鹰的空中绝技把公狼的神经绷得生疼。"《青角》中形容牛的想象为"总是很和平的，美好的，还有一种庄稼汉的浪漫。"这些语言有着丰富的文化凝聚力，艺术感染力很强，读之让人久久回味，营造出了一种温情脉脉而又激情满满的情感氛围，在评论家方卫平看来，"金曾豪在动物小说创作方面显示了良好的艺术分寸感和相当纯净的美学品味。"[1]

三、人类内心情感的外化

作家的生平经历对创作风格影响深远，研究金曾豪的动物小说就不得不提到他的身世背景。金曾豪出身中医世家，成长于文化气息浓厚的江南水乡，较好的地域生活与优越的家庭背景培养了他对文学的超强领悟力，金曾豪的动物小说重视对诗意品质的再现，作品流露出独特的情感特征和对诗意生命的追寻。如他写过的散文《蓝调江南》就体现了丰厚的中国传统文化积淀，对家族行医采药的风俗和历史进行了详细的介绍。在他的动物小说中也不乏充满灵性和神性的动物生命，如《愤怒的狐狸》中狐狸为了生存竟偷食中药，令人惊奇；《独狼》中那只受伤严重的狼偷吃乌尔草，挽救了自己的生命，充满神奇色彩。可以说，金曾豪的动物小说从内在的文化内涵到外在的表现形式都形成自己抒情散淡的特点，故事情节的连缀串珠，通过植物和草药意外地与动物相逢，无意中的传奇，动物心理的揣摩与细节的把握，平中见奇，欲扬先抑，情感节制，含蕴的哲思和随意点染等等，都突显了深厚的文化底蕴，仿佛绵里藏针的苏州评弹，散漫的诗情和不经意的理趣中，突然狂风大作，让人惊叹。江南水乡迷蒙的氛围、悠然柔情的气质、斑斓的万物生命，再加之深厚的文化底蕴，共同铸就了金曾豪动物小说的神秘色彩，以及他对生命的深刻感悟。

金曾豪的动物小说是一种"诗意启蒙"[2]，为了营造生命世界的诗意，他的动物小说又远离了生命本身的粗粝和艰辛，考察其动物小说创作，就会发现作家在追求诗意创作的过程中往往牺牲了作品的真实性，叙事的突然断

[1] 金曾豪：《绝谷猞猁》，江苏少年儿童出版社2008年版，方卫平封底的话。

[2] 余雷：《金曾豪动物小说的诗意启蒙》，《昆明师范高等专科学校学报》，2003年第2期。

裂和价值的悬置让读者很难接受。比如在《独狼》中，作者花大篇幅描写了独狼的历险过程，在这一过程中屡遭人类的迫害和囚居，已然丧失了些许野性和生存能力。但是，金曾豪在文本的最后百分之二十部分却笔锋一转，让独狼回归狼群，顺利当上了狼王。这显然是不合逻辑的。狼的领域观念和族群观念是很强的，狼群对外来侵犯者通常抱有敌视心理，况且还是一只与人类打过交道的狼，连基本的生存能力都是问题，又怎么可能当上狼王呢？这无疑是作者美好的畅想，充满乌托邦的理想式结局减少了作品的可信性。动物生命的狂野和顽强被奇异的想象架空和置换，读来令人感到眩晕迷茫，宛如在一幅江南小桥流水人家的水墨画中想象各种野生动物，使人产生一种阅读的反现代性的奇异感受，没有情感的激动和审美的提升。实质上，这是当下中国动物小说创作的通病，如杨志军的《藏獒》、姜戎的《狼图腾》、贾平凹的《怀念狼》、沈石溪的《羚羊飞渡》等作品，都存在着传奇与志怪气氛过于浓郁的问题。为了追求传奇色彩，满足读者的猎奇心理，作家对动物世界的描写想象多于写实，这虽然完成了作品的娱乐功能，却使中国的动物小说形成了对动物生命的悬置，作品中的人物缺少典型性，降低了作品的审美价值和艺术感染力。作品的艺术魅力会与作者笔下的动物一样，随风而逝。

生物学家把动物同一性状不同表现形式称之为相对性状（relativecharacter），在文学家笔下经过审美的创造成为"这一个"艺术形象的独特性格，或者说相对于同一物种的相对性格，但是，其同一物种的基本性状是不能改变的。那么，在动物小说中，作家就要写出与"这一个"动物交流的独特情感，如果作家对动物的一切均可知和人格化，动物的生命性和性格就会概念化雷同化，其审美方式也变成了简单粗暴。实际上，动物小说中的动物形象与写人的小说一样，动物形象的成功与否，直接关涉到作品的成败。世界上经典的动物小说都以塑造具有独特个性的动物形象为成功要素，作品中的动物主角绝非是类型化的生硬描写，而是有血有肉的个性化的生命个体。即动物作为一种艺术形象应该具有"这一个"的典型性，生命的不可复制性，就从这里表现出来。动物小说不同于负载着人类思想价值观念的寓言和童话，动物小说是以动物为主人公，是描写动物在大自然中的各种行为规范，是人类通过动物的视角寻觅大自然的情趣、探索大自然的奥秘，并最终获得生命启示的艺术途径。过多的人类思想和风俗的渗入，只会简化了动物的生命体征和复杂的性格，继而失去了动物小说本该有的独特艺术魅力。

当然，不能将动物小说简单地理解为描写动物的小说，而应在书写动物生命特征的同时有效融入人类的道德、情感、价值观念，要做到敬畏生命、尊重动物，塑造出能够体现动物智慧、习性和情感的经典动物形象。加拿大作家西顿笔下的狼王洛波，奥地利作家乔伊·亚当森野生母狮子爱尔莎，英国作家迈克尔·莫波格《战马》中的枣红色战马乔伊，丰富着世界文学中的人物画廊，其审美力量丝毫不亚于莎士比亚笔下的哈姆雷特、托尔斯泰笔下的玛丝洛娃、曹雪芹笔下的林黛玉和贾宝玉。实际上，文学是人类情感的外在表现，动物小说作为文学审美艺术的一种重要范式，其中的动物形象应保有动物原初的个性特征。作家在进行创作时，将人类自身的审美感知能力与动物的原始生命力进行碰撞，从而产生巨大的文本叙事张力，有效传达出人类的情感情怀。同时，动物小说隐含着人类与动物之间的紧密联系，人类通过动物视角完成情理世界的丰富和延展，创作出西顿小说中的具有典型性格的动物形象，才能够给世界动物小说创作增容。

（原载《文艺争鸣》2012年5期，有删改）

透视自然的生态之美
——读金曾豪《凤凰的山谷》

金曾豪以带有传奇性动物故事的书写见长，他的作品在中国儿童文学界屡获大奖，他的动物叙事带有一种婉约而抒情的江南味道，而晨光出版社出版的《凤凰的山谷》是他的一部最新力作，可以说，金曾豪把动物奇幻小说的叙事风格发挥得淋漓尽致，动物性、幻想性、儿童性、艺术性比较圆融地集中在一起，写得老道成熟，透出智慧的光芒，达到了一个崭新的艺术境界。

动物叙事文学最难把握的是动物性格的描写，面对人们熟悉的动物要写出富有创造性的性格是很难的。《凤凰的山谷》以江南一家刘家大院为故事发生的背景，写了许多有丰富性格"这一个"的动物形象，这里生活着母爱浓郁的母鸡刘桂花、流浪的小黑鸡起起、勤劳的水牛豆豆、尽责侠义的小狗银子等，但是，作者又不满足于人类驯养的动物，还有野性十足的乌鸦、黄鼬、雪兔等都有鲜明的性格特征。

母爱的主题在作品里表现得极为充盈。有的母爱是以人类对动物的理解和关爱为表现形式，比如，刘奶奶对家禽的精心饲养，理解它们的行为习惯，甚至了解它们的性格。比如，小男孩奔奔对无人要的流浪动物的关爱，他在垃圾箱旁捡回了流浪的小黑鸡，让它有了温暖的家。有的母爱表现为不同种类动物之间的和谐相处，如水牛豆豆肚子底下，每天夜里都庇护着一只无父无母的流浪鸡起起，白天犁地、过河、吃草的时候，起起趴在豆豆的两只牛角之间，它们形影不离，堪比一对亲爱的父子（或母子）关系。最令人动容的母爱，是动物母亲对自己孩子的爱。作品中描绘了一只叫刘桂花的母鸡，充盈着中国文化的温情与快乐，读来令人动容。母鸡刘桂花在桂花盛开的时节，最爱吃的就是桂花，因而得此大名。它在香气氤氲中孵出8个小鸡，做了母亲的刘桂花对孩子充满了甜腻的爱，刘桂花居住在刘家的院墙内，院墙长满枸橘李子，结出的枸橘李子散发出一种带一点点酸的清香味，开胃口的气味，刘桂花希望它的孩子们一天到晚胃口好，多吃多拉，快快长大。做了母亲的刘桂花担负着教育孩子的责任，等小鸡们长到十几天，它就"咯咯咯，咯咯……"发出了集合令，带领孩子们去认识美丽的凤凰山谷，还教孩子们如何寻食如何避开敌人。最感人的一幕，是它母爱的奉献精神，公乌鸦向小鸡们扑来时，刘桂花愤怒地炸开脖子上的羽毛，扇动双翅，不顾一切地向来犯之敌迎面冲击，这行为仿佛一个勇敢无敌的战士，而且是一个暴怒的战士，嘴里大喊着"鬼东西，冲我来吧！"那种舍我其谁的母爱奉献精神，人类都会为之侧目。与屠格涅夫的传世经典《麻雀》一样，产生了令人敬畏的神圣力量，一只老麻雀在大狗嘴下救出自己的小雏鸟，而牺牲了自己性命。屠格涅夫深情地写道："我在看到那只义勇的小鸟和它的热气的迸发时，心里所感觉到的确实是虔敬。爱比死，我当时默想到，比死所带的恐怖还更强有力。因为有爱，只因为有爱，生命才能支持住，才能进行。"刘桂花在这次与乌鸦力量悬殊的对抗中，因水牛豆豆的帮忙而使孩子们免遭意外，自己也保住了性命，但其母爱的力量是何等伟大，并撼动读者的心灵。

《凤凰的山谷》由一系列的小故事组成，像一幕幕的电视连续剧，但每一个故事都令人惊艳。故事情节曲折有趣，入情入理，当满眼杀气惊魂未定的母鸡刘桂花为了保护幼崽跟乌鸦决斗之后，小男孩奔奔把一只黑色的小鸡掺杂在刘桂花的孩子之中，刘桂花拼命地撵追驱逐，终于没有让这个流浪的小黑鸡得到它的母爱。"这时候的刘桂花对一切像乌鸦那样的黑色活物都是怀着强烈反感的，当然也包括了面前这只小黑鸡。"这种叙述情节的铺垫，逻辑缜密，令人信服，可见金曾豪作为一个儿童文学作家所秉持严肃认真的创作态度。

作品面向儿童的叙述定位准确，生动传神，语言风趣幽默，快乐活泼，清新得如一碗莲子羹令人清肺入心。比如，刘奶奶想借着刘桂花孵鸡蛋的时候偷偷埋伏几枚鸭蛋，结果被母鸡刘桂花发现，作品风趣地写道："为这件事，刘桂花很气愤，把鸭蛋逐出，冲着主人大骂了一通。"可以看出做了准母亲的刘桂花性格泼辣外向，得理不饶人，而刘奶奶只能认错了，笑着为自己打圆场："哎呀呀，我拿错蛋了，拿错了。"一个人可以给一只母鸡赔礼道歉，可见老奶奶的慈祥可爱，让人忍禁不住。多么有生活情趣和豁达心胸的作家，是他敬畏生命、万生平等思想的一种自然流露，这样的叙事功力绝非一般儿童文学作家所能企及。再比如，当小鸡们第一次离家到外的心理描写，第一次面对如此广阔的世界，小家伙们在兴奋的同时，还有一点害怕。它们呈一字形地排在母鸡身前，"那样子就像是运动场上排在起跑线上等待发令枪响的小运动员。"动物的行为用拟人化的手法，并模拟人类的心理活动，给读者一个全新的审美体验。

当下的儿童文学作品越来越把孩子写得没有生命力，成人化、颓废、早熟、早衰的儿童形象比比皆是，成了儿童文学的一种创作潮流，使得儿童文学正气不足，生命力匮乏，人物形象还有些贫血。在金曾豪笔下，这些小动物包括小鸡，对世界都充满孩子般新鲜的好奇心，以及强烈的求知欲和挑战性，这是儿童文学创作的一种良性的审美教育。人和动物生存的自然环境虽然在恶化，但是，儿童文学艺术的生态环境却不应该恶化，儿童文学中的不良风气不是儿童造成的，包括世界上很多问题都需要成人社会来负责。儿童文学的创作者以成人作家为主，也不应该把社会和世界写得过于黑暗和绝望，即使作家对世界怀有种种不满，包括对人性恶的丰富人生体验，在儿童文学作品中，也需要把这种复杂现象用儿童能够理解和接受的审慎态度和语言表现出来，如安徒生童话《海的女儿》写到了死亡，但叙事的情感控制得很有节制。

一部优秀的儿童文学作品，不在于写什么，更在于怎么写，中国的动物奇幻文学就进入了这样一个考验作家良知、艺术才能和儿童观、人生观、世界观的时代。别林斯基说："儿童读物的宗旨应当说不单是让儿童有事可做和防止儿童沾染上某种恶习和不良的倾向，而且更重要的是，发扬大自然赋予他们的人类精神的各种因素——发扬他们的博爱感和对无尽事物的感觉。"儿童文学是儿童读物中的主流，它们对儿童的精神成长的影响力非常大，有的作品还会成为儿童一生的情感文化资源。

动物叙事文学在中国一直饱受主流评论界的诟病，一是作家对动物生活经验积累不够，二是叙事过程中太多非"物性写作"，让人怀疑其真实性。在笔者看来，中国的许多动物小说应该属于幻想小说（fantasy）的一个分支，既不属于拟人体的传统动物童话，动物穿上人的衣服做人能做的事并开口说人话，如米尔恩的《小熊温尼普》和凯斯特纳的《动物会议》。也不同于动物小说，小说以动物为主人公，在叙事上以动物行为、动物天性、自然法则为主，忠实于动物的自然本能，动物不能开口说话，也不能像人类一样思考行动，是一种写实主义的动物小说，如加拿大西顿的《狼王洛波》、奥地利乔伊·亚当森乔伊·亚当森《生而自由：野生母狮爱尔莎传奇》。动物奇幻小说以动物为书写对象和书写线索，虽遵从动物的自然天性，但是，在描写上往往以这一种类动物的天性为前提，在动物身上付诸了超自然、非现实、魔法力、幻想性的要素，动物除了靠他们的本能交流以外，还与人一样思考并开口说话。事实上，这种动物奇幻文学需要符合人类情感的真诚性，叙事发展的逻辑性，儿童幻想的纯真性，动物行为的写实性，金曾豪《凤凰的山谷》在这几方面都做了很大的突破。

凤凰的山谷不是因为有凤凰，而是这个山谷有瀑布奔流而下，在山谷间形成一个凤凰的尾部，因而被称为凤凰山谷。故事发生的时空环境被作者描绘得美轮美奂，"有了天光和山崖的倒映，凤凰潭一碧澄澄，仿佛湖底里沉着一方巨大的翡翠。苇洲上的芦花开了，还没来得及全白，却已经在试飞着绵白的花絮。草渚上的蒲草是墨绿的，上了釉似的有瓷的质地，在轻风里优雅地荡漾。蓝天里有云朵，一朵飘过去，又一朵飘过去，地上湖上也就飘过去一片阴，又飘过去一片阴。"光与影、虚与实、动与静的交叉描写，把山谷的清幽和色彩的绚丽呈现在读者面前，让读者一下就进入一个充满了诗意的大自然之中，这个大自然因为有各种动物的存在更加和谐美好，富有了生机和灵性。

这里生存的人和动物既有恬淡宁静的生活，又不回避你死我活的生存斗争，更重要的是，金曾豪笔下每一个动物的生存和行为都不是孤立的存在，而与其他动物和环境之间产生一定关系，甚至极为密切的联系，神秘的大自然中有一种无形的力量，动物之间互相依存成长或此消彼长。比如，母鸡刘桂花在与乌鸦拼死一搏时，它母爱的英雄行为，被茶圃里的黄鼬看到了，它惊诧并佩服于平日里大惊小怪胆怯可怜的母鸡。受心灵震颤和情感教育的何止是黄鼬，当然，还有数不清的小读者和大读者。

金曾豪特别善于渲染故事发生的环境、时机和氛围，天上飞的、地上跑的、水里游的动物，它们的行为都具有相关性，集结为一个富有生机和活力的宇宙空间，也是金曾豪创造的动物奇幻文学的艺术空间，使故事中人物的行为和环境的复杂性得到了令人信服的再现，同时，也使故事情节饱满丰富，能够很好地调动读者各种感觉经验来阅读作品。作者宛若一个横扫千军万马的大将军，调动一切叙述因素，而自己又能很好地退离叙述现场，彰显了作者对自然的尊重，对生态矛盾复杂状态的一种敬畏而虔诚的心境，对动物行为不确定性的忠诚描写，是生态文学叙事"非人类中心主义"的基础，也是中国生态文学得以更好发展的一种可能。

坦诚地说，金曾豪的《凤凰的山谷》对"生态批评"主题的强性介入，致使作品前后两部分形成一定的断裂，前半部分动物与人田园牧歌式的美好生活令人向往，与后半部分现代工业入侵自然、人类对动物杀戮，以及生态环境的恶化形成巨大的反差，读来令人心情压抑，当然这是当今世界生态环境的一种真实写照。依我的阅读体验，总感觉作品后半部，让沉浸在乌托邦美好田园世界中的小读者仿佛当头一棒，暴力、杀戮、死亡、血腥、阴谋、罪恶等丑角纷纷登场，这可以说是批判现实主义的一种真实写法，也可以说

是生态文学的一种流行性写作——人类是自然最大的"恶势力"。

我个人喜欢充满博爱、自由、平等、快乐、和谐、追求等信念的《凤凰的山谷》前半部分的文字，也希望每个儿童的心理都能存放和保持对世界的一份美好的梦幻。儿童文学，不能为生态而生态，亦不能为生态而牺牲儿童文学积极乐观的精神品质。对刚刚展开新鲜人生的儿童来说，阅读儿童文学，还是希望看到美好而高贵的人类情感和精神价值。

（原载《中国出版传媒商报》2014年5月27日，有删改）

动物文学的品格在他笔下异军突起
——论格日勒其木格·黑鹤的《黑狗哈拉诺亥》

近些年，中国的动物叙事文学以物种的差异代替动物性格的丰富多彩，以文化的社会的文化符号替换动物的生命存在，以人的伦理道德诉求置换动物的生命自然表现，虽然出现了动物叙事文学空前的热潮，但越来越远离文学的审美精神，在动物叙事文学繁华的表象下面，是一大堆生命体的怪胎和文学的乱象。蒙古族作家格日勒其木格·黑鹤在动物文学创作中异军突起，接力出版社出版的《黑焰》和《狼獾河》连续两届获全国优秀儿童文学奖，而2011年出版的《黑狗哈拉诺亥》再一次超越黑鹤以前创作的一切动物文学作品，是他动物叙事文学的一个转折点，也可以称为中国动物文学创作的一个新的标石。黑鹤创造了一个崭新的动物叙事文学类型，即感觉派的动物叙事文学。

《黑狗哈拉诺亥》写了两只从小受尽磨难的黑狗，从鄂温克人的森林来到了草原，被猎人布勒训练成出色的牧羊犬，在与狼、熊甚至不怀好意的人的搏斗中铸成了自己钢铁般的意志品质，但最后都不可避免死亡的悲剧。小说忠诚于动物的自然天性，不以传奇的情节见长，而以人与动物的情感交流为主，形成一种全新的审美的感觉，这是《黑狗哈拉诺亥》突出的艺术功绩。

黑鹤以全新的叙事手法，形成意象的立体化与诗意的写实境界。因为动物不能用人的语言进行交流，黑鹤注重味觉、听觉、视觉、嗅觉、心灵感应等非话语方式的交流，黑鹤强烈反对把动物非动物化，"现在流行的动物小说多是传奇色彩很浓厚的，把一些动物神化了。"他笔下的动物生活是原生态的世界，但又与有些动物叙事文学过于强调动物的生态性不同，黑鹤的动物叙事文学追求艺术的审美境界，在动物形象塑造和人的感觉上达到了高度的融合。黑鹤笔下的动物生活却不是枯燥的，他在线性时间轴线中插入了大量立体的生活画面，画面又不是镜像似的反映生活，而是黑鹤用眼睛观察世界的同时，调动了全部身心去感觉，他把文学作为灯，这盏灯照亮了自己童年的生活、当下的生活（成人生活）、动物的生命和自然的世界，形成纵横交错的立体网状结构，从而构筑了一个全新的艺术世界，阅读时并不给人线性叙事单调与贫乏之感。把残酷的野生动物的生活铺展在诗意的背景下，背景却不是静止的背景，而是活动着的立体空间，作品能够调动读者全部通感系统进入他所营造的自然世界。

当男孩白音知道黑狗诺亥再也不会回来时，男孩在草原上奔跑呼唤，小说写道："在男孩的生命中，第一次感到心的疼痛"，而"黄昏的阳光如同熔化铜液般流淌在草原上。"流淌的铜色阳光就像男孩的心在流血，形成一种诗意化的风格，从某种程度上说，风格即人物，把人的内部情感转化为外部的意象，外部的意象又带有情感地表达，在内外交流中形成一种动静结合的效果。他笔下的自然也不同于现实主义作家的环境描写，如姜戎《狼图腾》一望无际的大草原和杨志军《藏獒》中的雪域高原，黑鹤用现代都市人回到荒野的生命快感，来重新欣赏自然，他笔下的文字注入了主体情感，是他化和自化完美结合的产物，具有鲜明的"诗意的写实"特点，这是黑鹤动物叙事文学不同于其他当代动物小说家最本质的地方。

黑鹤以生命成长的节奏来结构作品，饱满而富有性灵，在太阳的映照下像永不落幕的镀金时代。按照霍金人存理论的观点，万物的存在与人的存在休戚相关，时间等织物是人的规定性使然，那么动物等生命体的存在是不以人的时空认知模式为主的。黑鹤抓住了动物叙事文学的本质，一是要尊重和忠实于季节等环境的变化，二是动物主人公有一个从小到大的生长过程，这两种时空变化与动物的成长和性格的形成休戚相关。小狗在一年长成了大狗，小鸟在一年长成了大鸟，小狼在一年长成了大狼……在时序和环境的变化中写出动物的性格，从小饥饿难耐嗜肉如命的黑狗哈拉诺亥懂得牧羊狗的天职是照顾羊群、维护羊群的安全，面对主人一次又一次扔到面前的羊肉，也坚守自己的职业底线，坚决不吃不闻甚至无动于衷。然而，这些道德品质却不是自发获得，而是在猎人一而再再而三的鞭子下养成的。

小说中的细节更是饱满而逼真，他能敏锐地感觉到大自然万物之间的联系，动物和人物出场都符合生活的逻辑，人物活动更合乎情理，铺叙充足翔实，很少横空出世的人物和事件，写两只小狗崽第一次吃冻的狍子肉的场面，"当终于有一片肉屑从狍子身上脱落下来之后，它们几乎毫不犹豫地吞咽了下去，冰冷的触感顺着它们的咽喉和肠道一直向下，进入它们的胃中，迅速地被胃袋接纳，生命中第一次消化这种饱含野性的肉类食物。"而猎人"格力什克看得着迷，如此生猛的狗崽他倒是第一次见到。"这种全身心的生活体验和叙事策略，一是打破一切束缚，能够自由驰骋，想象恣意；二是叙事者作为一个感觉独特的个体，与公众普遍认同的日常感觉经验拉开距离，甚至背离反叛人们的日常感觉习惯，冲破了传统的认知和感觉模式，形成一种陌生化。《黑狗哈拉诺亥》中这样的细节比比皆是，这是他的作品令人深信不疑和反复玩味的魅力所在。事实上，生活既有本质的规律性，又有许多不确定性，但作家要给这种不确定性一个合情合理的文本阐释，这是作为世界经典动物小说作家重要的素养之一。

黑鹤创造了一整套个性化的语言与有效叙事相结合的语像世界。黑鹤笔下的动物生活与其说是来自于他真实生活的经历，不如说来自于他心灵的感受，更不如说来自于他富有天才的语言叙述。读黑鹤的动物小说需要很慢很静心地体味，因为他把语句打磨得闪闪放光，营造了一种意境、情调、温暖的情怀，是一种纯然的汉语写作。叙述的情感真诚、细腻、感人，草地、森林、动物和牧民自然而有生机。他能够恰到好处地运用各种积极修辞，营造了一种艺术意境，并形成了属于他自己个性化而节制的抒情方式。如写黑人吃饭，"他几乎不抬头，只是以一种沉稳而有力的动作节奏分明地将食物不断地送进自己的口中，充分地咀嚼，榨取食物中所有的味道，又像狼一样地吞咽。"黑鹤善于把无形、抽象、陌生的东西物质化，把绘画上的色彩线条、音乐中的旋律节奏和理想中的美好境界三者交织到自己的文字中，由经验生活到表现世界，由表现世界到表达心灵状态，使文字获得一种富于电影艺术般的感染力，淡定从容而意味深长。

即使面对那些针锋相对打斗场面的描写，黑鹤的叙述语言有节制并富有变化，如两只小狗捕杀羊群里的狼，用了一些拟声的虚写，"从羊群深处传出黑色狗崽瓮声瓮气的咆哮"，"威胁的嗥叫、撕咬声，甚至犬齿相碰的清脆声响"，叙述语言带给人的是感觉性而不是动作性。当黑鹤对动物与自然以宗教般虔敬的情感投入时，或者说，当生命状态被作家的思想意识和情感投注时，每一个生命的消逝都令人扼腕心痛，很难像一般动物小说对杀戮和打斗场面进行细致的玩味和夸张的描写，纯粹的文学良知让黑鹤往往用诗化的语言表达对生命的悲悯情怀。对一个美丽生命的凭吊和惋惜之情纯然流露，文学的意境和摄人心的力量往往由此生成。

可见，黑鹤诗意笔墨下的自然和动物都极为丰富，但社会时代背景也没有疏离出他的文字，他的文本深潜着中国社会的现实精神和时代气息。"以人为本"的二十世纪五六十年代的中国很难产生黑鹤的动物叙事文本，黑鹤只能诞生在经济高度发展与生态保护意识渐渐强盛的中国新世纪。从这个意义上来说，如果说二十世纪三十年代新感觉派全身心地感受都市生活的颓废，二十一世纪九十年代新写实小说感受人们日常生活的繁复琐碎，黑鹤在承继着中国现当代文学感觉派的脉搏去寻觅自然、动物与远古的幽情。

黑鹤自己也表示："我被草原和森林接纳，我从未被抛弃，我时时在倾听来自远方草地老人的呼唤，而丛林营地上升起的炊烟，总是催着我回家。我希望永远保留自己在北方森林中的营地，那里是我的家。"这是对自己内心召唤的文学响应，黑鹤找到了一种属于自己心灵的表达动物生命和自然的方式——一种全新的艺术形式，它的"新"在于黑鹤第一次用现代人眼光和童心来守望自然，用一种新颖的现代形式来表达北方森林野地中动物与人的神韵，与他相识的动物和自然被爱得那么致命，以至于他把文学中"自然与动物"的地位提高了。事实上，黑鹤的文字里不仅有自然中的动物和人，还有动物和人心目中的自然，他让自然、动物和人都取得了双倍的艺术骄傲。对当下烂俗而传奇的动物叙事文学无疑起到了一种警示作用。

（原载《小说评论》2011年2期）

新世纪中国动物叙事文学的转型
——以蒙古族作家格日勒其木格·黑鹤为例

　　近年来，我国的动物叙事文学作品异常多产，出现了一片欣欣向荣的大好形势。然而在热闹的背后，去掉浮华，留给读者以启迪的作品少之又少，在繁华的背后，是对动物生命的轻视，是对自然的不慎重，陷入了一种摆脱不掉的文学乱象中。动物性格的多样化消失了，变成了简单的物种差异；动物的生命价值不见了，只是堆砌了许多人类社会的文化代号；动物的自然特征没有了，只是代表了人类的道德伦理和功利主义的欲念。在我国的动物文学创作中，蒙古族作家格日勒其木格·黑鹤凭借大量动物叙事文学作品脱颖而出，其成绩令人瞩目，如《重返草原》《鬼狗》《黑焰》《驯鹿之国》《高加索牧羊犬——哈拉和扁头》《旗驼》《狼獾河》《天鹅牧场》《草地牧羊犬》《罗杰、阿雅我的狗》《老班兄弟》《黑狗哈拉诺亥》等，他的部分作品译介到欧洲、日本等国。2010年，在法兰克福国际书展上举办了黑鹤动物小说朗诵会；2012年，在伦敦书展做《黑焰》英文版推介。黑鹤得《黑焰》获第七届全国优秀儿童文学奖，《狼獾河》获第八届全国优秀儿童文学奖，《老班兄弟》获台湾"好书大家读"活动的年度最佳少年儿童读物奖，被台湾新闻出版局推荐为"中小学优秀课外读物"，在《儿童文学》杂志举行的小说擂台赛中两次获奖。2011年面市的《黑狗哈拉诺亥》，可以说是他动物叙事文学创作的一个高峰，不论对自己还是对其他作家，都是一个超越，在我国的动物叙事文学领域具有里程碑式的意义。黑鹤的作品为我们展现了一个全新的动物叙事文学形式，它强调的是一种感觉。儿童文学评论家朱自强看来，黑鹤是"中国动物小说作家中最具实力的人物"[1]。他用文字重新为人们诠释了辽阔的草原和其上的野性动物，阅读他的作品，每时每刻不被他对动物的热爱和忠诚所感动。

　　许多评论界专业人士从不同的文学视点出发，深度品评了黑鹤的作品。格日勒其木格·黑鹤的叙事风格和创作手法自成一脉，与红极一时褒贬不一的小说《狼图腾》《怀念狼》《藏獒》等不同，更彰显动物生命成长的自然规律；他的作品更加尊重动物的人格和本性，强调了生命存在的意义，重点探讨了人类、动物、自然、社会在一种原始状态下的和谐共处关系，与沈石溪"兽面人心"的动物社会性小说、拟人化的动物童话有着显著区别。黑鹤的作品从某种意义上来说，在中国当代动物叙事文学谱系中，具有鲜明的审美转型特征，同时将当下动物叙事文学引向一个全新的语像世界，兼具中国古典情怀又意指未来。在曹文轩看来，"它们（动物）是书，大书，奥义书。它们向我们传达了造物主的意志，并透过这本大书，教给我们关于存在、关于生命等重大意义。"[2]黑鹤生活在文学气息浓郁和努力进行生态文明建设的当下，他的写作并不以猎奇的心理来记述动物生活，而是以其独特的对动物对自然的敏锐性向迷失在纸醉金迷、重金属重压下的现代人展现了一丝清明。告诉人们如何走向天人合一的状态，在现代都市生活中进行情感的救赎和灵魂的突围，给人类现代文明发展的迅猛发展提供一个反思的入口。所以，我们有必要对黑鹤的动物叙事文学作品做深入探讨，挖掘其在中国当代动物叙事文学中独特的价值。他生活在草原与都市、儿童与成人、动物与人类、原始与现代的转换点上，他的文本是社会的现实精神与时代气息相融合的产物。黑鹤作品是对中国现当代文学感觉派的继承与发展，他细致地考量着自然与人类的关系，深入地体察了动物与远古的情感。黑鹤的文字中，总是流淌着对回归的企盼，这是他对自己的文学作品，这是作者对自己

[1]　朱自强：《带着乡愁寻找精神家园》，《绥化师范学院学报》2010年第3期，第43页。

[2]　曹文轩：《对黑鹤动物小说的解读》，《博览群书》2014年09期，第22页。

的文学作品，乃至整个创作方向的一个阐释，黑鹤找到了一种将内心深处对自然的渴望和对动物、对生命的热爱两者完美结合的崭新的表现手法，通过描写北方古老森林野生动物与原始人类的关系，黑鹤第一次从现代人的视角，怀抱着童真的心，去看待环境变迁、看护自然之美。在黑鹤的笔下，文学中"动物与自然"的地位是至高无上的，它们身上的每一个细节都不容错过。实际上，黑鹤的作品并非单纯地描写自然状态下的人类与动物，而是人类用心体会的动物和心目中的自然，他的描写"象征了如今正为现代化紧锣密鼓的步履日益放逐的生命方式，以及为这步履所迅速遗失的悠久文化最后的背影。"[1]他让自然、动物和人都取得了数倍的文学魅力，对当下媚俗而语不惊人死不休的动物叙事文学无疑起到了一种警示作用。

一、回到动物生存的现场

格日勒其木格·黑鹤1975年出生在中国东北部的内蒙古草原，童年生活在一个真正"风吹草低见牛羊"的自然环境之中，他的童年与蓝天、白云、草地、牛羊、牧羊犬为伴，是他无尽欢乐和自由思想的源泉。然而好景不长，八十年代末，中国社会进入前所未有的改革大潮中，一夜间，人们的思想发生了根本性的变化，重农轻商的意识突然扭转，没有什么比一沓沓纸币更让人激动的事情了，作者就是在这种状态下结束了多梦的童年。中国社会也开始由单一的农牧业进入工业与商业并重、信息腾飞的多样化社会。一面是落后的农牧生活的废除，一面是都市现代化的侵袭；一面是对草地和农田的侵蚀，一面是如雨后春笋般拔地而起的高楼大厦鳞次栉比；一面是工厂里轰隆隆的机器声，一面是汽车在一条条笔直的马路上横行。一夕之间，各种商品富足起来，给人们的衣食住行带来了质的飞跃，享受丰富物质生活的人

---

[1]　任雪梅：《"我在复述一个正在消逝的荒野"——简评格日勒其木格·黑鹤的动物文学创作》，《文艺争鸣》2014年第12期，第131页。

们似乎已经被眼前的惊喜生活冲昏了头脑。同样的，物质生活的改变必然带来新的文化、新的思想和新的价值观。新旧巨大差异的生活席卷了人们日常生活的各个角落，侵蚀年轻男女的情感世界，从小被教育树立起来的精神追求和价值判断都受到了严重的冲击。黑鹤的童年生活也彻底与之告别，"天苍苍、野茫茫"已经无法寻其踪迹，光阴荏苒，岁月如梭，作者还是不可防地跌入成人的世界。但他内心深处依然向往着、眷恋着那片蓝天、那片草地、那段青葱的年少时光，"在离开草地之后，我一次次回去，我不知道自己要去寻找什么。……我的狗等待着我。"[1]随着年岁的成长，黑鹤本人离开了故土，但是他的情感依然深深眷恋着草原，对于这种独特的人生感受，黑鹤在描写狗的文章中这样写道："我领着它们在无人的荒野中奔跑，在阳光下，它们如同从未没落的淘金时代。"[2]

诚然，自然带给人们生活的不可能只是文学作家和诗人笔下的美好和浪漫，东北内蒙古一带滴水成冰的漫长冬季，零下四十几度的严寒，换言之，对农牧生活人们来说就意味着没有草地放养牛羊，没有足够的食物过冬，也许还缺少厚重的衣物御寒。草原不再是美好事物的代名词，也许是一场暴风雪就变成了噩梦的开始，英勇的、慧达天下的人类在这种生活环境下练就了如猛兽一样的强壮体魄，如猎豹一样不懈的持之以恒的精神，物质造就下的文明人类的审美标准在这里显得幼稚可笑、不堪一击，草原的汉子完美地演绎了威武雄壮、不屈不挠、豁达乐观、率真质朴的鲜明人生。另一方面，冻土文化的地域特色和纯粹的环境背景，促使人们在漫长的冬季去安静地思考，让头脑随眼前的所见去想象，让梦想插上翅膀，亦如斯堪地纳半岛上童话的背景，没有什么比草原更让人心胸开阔的地方了，没有什么比草原更带给人挑战的地方了，没有什么比草原更让人看透自己的地方了，没有什么地方比草原更藐视人的生命和存在了。"土地是养育包括人类在内的所有生命

---

[1] 黑鹤：《最接近初雪的银白（序）》，《鬼狗》，中国少年儿童出版社2010年版，第6页。

[2] 黑鹤：《最接近初雪的银白（序）》，《鬼狗》，中国少年儿童出版社2010年版，第6页。

体的母亲，同时也是包容一切，滋养一切的载体。"[1]在《高加索牧羊犬》中，作者根据记忆中的生活生动地再现了冰天雪地的草原上，一个没有生产经验的牧羊犬虽然产下十个小羊，却只活了一个的惨痛故事，不能不说是九死一生。现在回头看来在极其恶劣的自然环境下，能够活下来便已经是创造了生命的奇迹。人类与自然一直是依存共生的一对矛盾体，人类的成长与壮大需要不断战胜自然来完成，自然反过来也会给破坏它的人类以最重的惩罚，人类与动物为了获得自己的生存权不断地征斗，既然是生命，就拥有生存的权利，不论它是卑贱到尘埃的蝼蚁，还是高高在上、斜睨众生的人类。自从人类诞生以来就为了各自的权利展开了无休止地争斗，人与动物、人与自然，可以说人与上天争寿命、人与大地争果实，人类与任何一方很难平衡地发展下去，人类既想敬天敬地畏自然，又想征服一切生命掌管众生成为大神，这是多么深刻的矛盾和生存困境啊！那么，作家格日勒其木格·黑鹤如何用他的语言建构起他内心的想法和童年的记忆呢，如何将这些紧密相连的关系用动物叙事的方式展现出来呢？

尽管评论家纷纷给出了自己的看法，但我们始终坚信，这与格日勒其木格·黑鹤残存的童年生活记忆有着不可分割的关系，在天真而短促的童年时光里，他接触了众多动物，这为黑鹤日后的创作提供了丰富的素材，"狼、狐、獾、跳鼠、雁、隼、大鸨、野鸭、野兔……除了幼小的狼和狐，我甚至还尝试过饲养麻雀和野兔，以及刚刚出壳的鹌鹑。"[2]又与他本人身体的强健有力、高大威猛、热爱运动、亲近自然有必然的联系。在自然主义者卢梭看来，自由的定义非常明晰，一个人应该坚持自己的意志，在有限的生命里，行使自己能力限度内的权利。"你天生体力有多大，你才能享受多大的自由和权力，不要超过这个限度；其他一切都是奴役、幻想和虚名。"[3]黑鹤"每年冬天，将自己的狗留在家中，扛着单板滑雪板，在北方的林地里徘

[1] 乌峰：《蒙古族萨满教宇宙观与草原生态》，《中央民族大学学报》2006年第1期，第81页。

[2] 黑鹤：《序：草地尽头》，《黑焰》，接力出版社2006年版，第1页。

[3] [法]卢梭：《爱弥儿》，李平沤译，商务印书馆1978年版，第92页。

徊几天，滑一次野雪。"[1]作者的这种活动更多的是对过去生活的追忆，与其说是享受融合自然的运动，不如说他更喜欢这种感觉，"几乎要花费一天的时间在没入齐腰深的积雪中攀爬，终于登上山顶，稍事休息之后，套好滑雪板的固定器，拉下护脸，戴上血镜，然后深呼吸，屈膝从山顶一跃而下。"[2]这一刻，自己仿佛是希腊神话中的救世英雄，内心安静地聆听，"风声，可怕的速度，雪下隐藏的尖利的石头，当速度达到一定程度时对可能摔倒之后骨断筋折的恐惧。"[3]这些貌似危及生命的极限运动让黑鹤压抑在内心深处最原始的血性得到释放，更加让他作品下的动物和自然饱含深情厚爱，细腻的情感描写和超前的思想意识也得到很好的解释。在黑鹤的多部作品中，信手翻阅部分，随处可见茫茫草原和童年的大自然生活，眷恋和向往深深地印刻在文字符号中，淡淡的思乡情愁和星星点点的野性生活萦绕在脑海，挥散不去。从这个意义上来说，作家黑鹤的文学创作只为纪念他的不可忘、成追忆的情感世界，在他的作品中再创一个幻想中的浩瀚草原和大自然和谐共存的理想王国。在黑鹤的笔下，读者看到的不是充满束缚的现实世界，而是一切生命都可以主宰自己命运的梦幻国度。在这里，所有物种都可以成为自己的主人，而文章中作为第一人称的"我"，更是凌驾于万物之上的主角。黑鹤在描写自然界与动物们的同时，也没有遗漏作为主角的"我"的由内而外的感觉，在与其他生命交流的过程中，不断激发了人类的原始感觉和对生命的最真实的体会，只有在远离人类制造下的钢筋水泥和霓虹灯下的重金属生活，只有把自己全部放空、全身心的交给大自然的时候，才能洗刷掉靡丽生活带来的冷漠、慵懒、乏味、机械、冰凉的现代文明生活，如天山雪莲般给枯萎的内心注入清新、新鲜和力量，甚至是粗狂和豪迈。他的作品给人们讲述了完全不同的另外一个世界，这个世界如初生婴儿般单纯、美好、干净、无瑕，是救赎麻木心灵的最好港湾。无名氏在《野兽、野兽、野

---

[1]　黑鹤：《序：我的北方营地》，《狼獾河》，接力出版社2008年版，第1页。

[2]　黑鹤：《序：我的北方营地》，《狼獾河》，接力出版社2008年版，第1页。

[3]　黑鹤：《序：我的北方营地》，《狼獾河》，接力出版社2008年版，第1页。

兽》中对城市生活进行深刻批判，借印蒂之口表达了对现代教学的逃避，主人公身处学校，却只感受到约束与禁锢，劳碌无功的学业消耗了太多意志，而周围人的虚假，更是令他深感厌恶。作者通过描写儿童对现代教学的看法，试图唤起我们对人类自然本性的思索，"人类千万年进化的结果，先由原始动物进化为人，再由人进化为面具，后者相当于尼采的超人，是文化黄金时代的最高表现。这是一个伟大的面具时代。"[1]与现代物质文明生活格格不入完全对立的另外一个真实存在的所在就是自然世界，在这个最初的世界里，人类可以随性而为，可以还原初心，原原本本地顺着人类自然本性的发展，尤其是对仍保留天真己心的儿童有更好的保护，自然无私和积极快乐的胸怀更适合孩子们的纯真天性和无忧无虑的成长。这并不是说完全否定现代物质文明生活，甚至持有对抗先进的信息技术的心理，而是这种文明社会下高度制约和压抑人本性的部分，已经严重到人们之间平衡交往和自由成长时，人类对自然的渴望，对内心需求的呼喊，对美好的向往，只有借助文学的广阔天地抒发其理想和情感。尽管，"文学是具有虚构性和假定性的。但文学正是通过这种虚构性和假定性，能够更加深刻地揭示人生的真谛和反映生活的真理。"[2]应该说作家黑鹤的动物叙事小说在这方面发挥得更加淋漓尽致，走得比任何人都更坚决和果敢。黑鹤一直给予默默关注和热爱的自然，既是天然的自然，又是人类社会性行为的一种举动，也许可以说这种关注反映在笔下、从未离开过人的思想，而这种思想，并不是号召我们完全脱离文明社会，回归原始的自然与自由，而是以一种积极的自然状态，作为衡量文明社会发展的标尺。通过两种现象的对比，我们可以清楚地感觉到："文明社会与自然自由之间存在着天然的不和谐，现代人也许需要一小块抵御文明社会的领地。"[3]许多现代的文学家之所以呕心沥血地描绘自然状态

[1] 无名氏：《野兽、野兽、野兽》，花城出版社1995年版，第21—22页。

[2] 陆贵山：《本质主义解析与文学理论建构》，《文学评论》2010年第5期，第12页。

[3] 刘诚：《卢梭的两个世界——对卢梭的国家观和社会观的一个初步解读》，《中国书评》2005年第2辑。

下的人类，不是因为他们渴望逃避，而是表达自身对自然自由的重视，这种自然自由甚至超过了文明社会中的公民自由。黑鹤便是其中的代表，他致力于描写自然的无意识状态，将自然自由看作自身在社会上获得自由的观念依据，可以说是一位名副其实的行为艺术家。

在怀有深深悲悯情怀的作家曹文轩看来，"经典的浪漫主义最瞧不上的风景就是人工的风景。他们喜欢、欣赏的是没有被人梳理过、改造过的，还处于原始状态之中的自然。"[1]这便是格日勒其木格·黑鹤钟情于草原、荒漠，甚至废墟等景致的原因，他的写作初衷与传统猎奇心理不同，许多人只是在观察动物生活的基础上进行记录，而黑鹤的目的是探讨自由精神、动物种群、自然环境、童年理想等现实问题。黑鹤的童年在辽阔的大草原上度过，一只牧羊犬是他最好的玩伴。当他成年后，每年都要重新返回森林与草原，在追忆自己童年生活的同时，与当地的少数民族群众结下了深厚的友谊。黑鹤重返家乡的行为，并不是一种自我的试炼，而是回归生命的自然状态，就如梭罗在《瓦尔登湖》中所说，原始的生活不仅能给人带来归属感，更重要的是平复了在现代社会中沾染的浮躁与焦虑。黑鹤的作品取材于他本人的生活状态，主体的圆融性赋予了文字独特的内涵，"我努力在自己的作品中构筑一个拥有勇气、忠诚、自由和爱的更富乌托邦色彩的荒野世界。"[2]在这片荒野背后，是一种强有力的批判精神，以及对现代文明的反思。

二、动物小说的多元探索与突围

在文学界，动物叙事文学被称为"戴着镣铐的舞蹈"，人们对于动物的生活方式和情感表达充满了好奇，很多无法在人类世界理解的行为和表现，

---

[1] 曹文轩：《对黑鹤动物小说的解读》，《博览群书》2014年第9期，第22页。

[2] 黑鹤：《更北的北方（序）》，《驯鹿之国》，中国少年儿童出版社2010年版，第1页。

在作家笔下经过更细致的加工和再想象，更加的神秘和充满诱惑，因此，有人将动物小说归类为科学小说。持这种观点的人认为，动物小说中传递的动物知识和科技信息的确凿，故认为是动物学知识。实际上，人类在理解其他物种的时候，又陷入本位主义，"动物"并不是一个纯自然性的名词，它不仅作为一个物种而存在，它还具有生命本身的真实色彩，正是因为这些特殊性的存在，动物小说才能够在文学谱系中自成一派，在动物叙事小说中形象生动地刻画一个又一个让读者记忆犹新的故事，这与作家曾经的情感经历和生活不无关系。甚至是两者之间有深刻的情感存在，如果没有这些感情和精神的倾注，没有细致入微的观察，对于狂妄的人类而言，微小的动物就不可能变成一个个鲜活的、充满血肉的、与人同样富于情感表达的生命，动物从人类世界的配角变成作家文学作品中的主人公，而人变成了陪衬，变成了无法改变世界、渺小的不能再渺小的背景存在。这种创作方法，与其他文学派系存在着明显不同。可以说，动物小说的最高境界便是进行动物叙事创作，让文字充盈着感染力，这样优秀的作者几乎都有与描写对象难以忘怀的感情和对其行为的理解，与动物日复一日的亲密接触的生活经历，尤其是对动物生存环境的熟悉、对动物的生活世界和生命价值有着作为人类无法比拟的深刻的自我反省，强烈反思作为强大统治地位的人类的行为。那么，这实际上说，一个人能够写出真正的动物小说，其实就表明这个人的生存方式、情感世界和思维能力达到了一个很高的程度。

黑鹤的动物叙事文学作品中的主人公"我"是一个无比喜爱动物的角色，文中出现的其他诸如老人家、少年、捕猎者、黑心商人、虐待动物的人等等，如果从叙事学的角度来分析，都属于功能型的人物，也是扁形人物。"黑鹤以动物为媒介的自然观，改变了我们对拟人化动物认识的不足。以'通灵'之技写动物，实际上就是让动物成为动物。"[1]作者笔下的动物角色总是呈现出多样化的形式，用夸张的肢体语言表现它们生动的性格，表现

---

[1]　隋琳、张大海：《凛冽世界的动物"力量"——黑鹤动物小说解读》，《文艺评论》2012年第5期，第99页。

出动物本身最真实的生命品格，但同时很多动物又表现出独一份的鲜明个性，例如黑鹤笔下的鬼狗、黑焰、牧羊犬等，他们有的狂傲不羁，有的忠心耿耿，有的顽皮可爱，既有丰富的内心世界，又有人类一直渴求的无比高贵的灵魂，是的，人类为了名利地位，将懦弱的灵魂出卖给了恶魔。

　　黑鹤的小说大多时候采用"我"这第一人称来进行叙述，主人公"我"站在一个观察者，甚至是动物的朋友、伴侣的角度来表达自己对它们的热爱和自己的精神世界。"我"是一个草原高大粗狂的汉子，"我"热爱户外运动、喜欢将自己置身于草地、喜欢茂密的森林、喜欢探知草原森林深处未知的世界，"我"是一个情感丰富、内心细腻、渴求更多的冒险家，"我"是作家最真实的自我写照。"我"自称"狗的主人"，可以与孩童心意相通，更可以和动物聊天，像怪医杜里特一样懂得动物的心里所想，"我"尊重动物，对自然和其他物种的一切生命充满敬畏和膜拜之心，对无法摆脱命运轮回的动物表现了深深的同情和自己无能为力的虚弱感。"我"坚定地站在动物的一边，既有对奸诈商人的批判，也有对拿动物交换金钱和美酒的牧人的无声控诉，还有对猎人残忍的猎杀动物行为的斥责；既有对自然和动物顽强生命力的感叹，也有对自己无法保护动物的自责，还有对动物命运多舛的叹息，更有对大自然和一切生命的疑问思考和对具体表象的小生命活动的细腻刻画。

　　作家在人类文化自身价值观的影响下去评判和思索动物的生命价值尺度下的行为和动作，这种文学形式就是动物叙事。人类生活只有获得极大丰富和满足的时候，只有人生阅历积累到一定程度的时候，只有精神境界达到较高程度的时候，只有对对方情感发展到一定深度的时候，才有可能去注意身边比他渺小很多的物种，才有可能超脱人类本位中心主义来重新审视宏观世界和微观生物，才有可能用新的衡量标准来审视人类社会文化和物质文明。正是这种意识，动物叙事作品中往往蕴含对人类罪恶行为的忏悔和深刻反省，这也是高尚人类通过一种"罪己"的行动，表达对过去行为的自我否定。此外，还包含着探索未知的自然崇拜心理。至少作家黑鹤的动物小说里多次表达对作品里出现的动物的歉意和自己的懊悔，在现实生活里没有对伤害动物的行为和人类挺身而出，在作品里进行勇敢的斗争和尖锐的批评，以他尖锐的笔尖去严肃斥责这些为一己私利不惜大肆杀害无数弱小生命的行为，"所有这些人不断地在讲人类的需要、贪婪、压迫、欲望和骄傲的时候，其实是把从社会那里得来的一些观念，搬到自然状态上去了。"[1]在发展迅速的物质文明下，人类如果想继续可持续发展，保护自然、保护物种、保护生态平衡、保护生存环境已经成为一个不容忽视的问题，正是在这种情况下诞生了动物叙事文学这一文学样式，也从某种角度说明人类生存环境的变化和社会文明进步的体现。"当生存中或自己的努力遭遇到难以克服的障碍，或为不治之症和难以消解的忧愁所烦恼时，大自然就是现成的最后避难所。"[2]自然中原本存在的很多物种的迅速消失，生存环境日益恶化，无不强烈呼唤新的思想价值体系和生命观念的形成。因为只有在一个全新的生态观念和价值体系下，换言之，只有真正做到人类与其他物种处于对等的状态下，人类才能真正反思自己对其他物种所做过的事情，才能由内而外地意识到并有所行动和改悔。

动物大多生活在深不可见的森林和一望无垠的草原，动物叙事作家在对动物生活地方描写时不可避免地加入自己的深厚情感和忧郁的情思，这使得动物的生活环境变得神秘而充满迷人的气息，特别是对动物生命与生存环境之间关系的把握，无处不渗透了大自然的神秘和奥妙无穷，这也是为什么动物叙事作品具有诗意和唯美的特点。但文学是形象和情感的表达，动物叙事类作品在形成动物的生命传记时，也是人类与动物情感交流史，表现两者的关系，一种适度的关爱是以尊重生命为前提的。无论思想如何律动，情感如何细腻，在把握人与动物的关系时，都会出现许多错位和不可思议的事情，这就决定着动物叙事的文学形式在艺术上带有一定的哲理性特点，体现了某些精神探索的特征。但过于强烈的精神探索，会把动物生命幻化成人类文化

[1] [法]卢梭：《论人类不平等的起源和基础》，李常山译，商务印书馆1962年版，第71页。

[2] [德]叔本华：《爱与生的苦恼》，陈晓南译，中国和平出版社1986年版，第156页。

和情感的符号，从而消减动物生命价值，这也是动物叙事文学容易产生的审美误区。[1]之所以黑鹤的动物叙事小说受到如此多的小读者和大朋友的喜爱，是因为他的作品与动物生命的本身息息相关，他的作品如实地再现每一个动物，完全忠诚地按照所思所想表达出来。黑鹤的多数作品的主要思想都是真真实实的内心感受，都是写给大自然中一切生命体的情歌。正如美国自然文学家约翰·巴勒斯所言："我的书不是把读者引向我本人，而是把他们送往自然。"[2]这也许就是他写作的初衷，也是贯穿他每部作品的主旨。而在情感的描述上，作家更在乎自我的感情体验，虽然无法改变社会和这个以名利为重的世界，不过他用自己的方式抚慰受伤的内心和坚定自己的信念，并憧憬自己理想状态下的美好世界，

　　动物小说中表现出来比比皆是的受伤害、惨遭虐待和屠戮的动物，这也是作者无可奈何也无法改变的事实。从动物世界出发，过渡到文学世界，在这一过程中，黑鹤投入了大量的情感。写作对象也是时刻变化着的，"我"的多种感觉和认知模式时常被冲击着，不断改变"我"的思维模式，并随着意识中的改变而相应地改变作品中的动物形象，这种顺应性的态势既是感情选择的结果，也是理性战胜感性的认同，既有自身对动物感情的坚守，也有对动物命运的担忧，这就使黑鹤笔下的每一个动物对象和人类的情感交流出现多重的选择，例如动物本身的习惯和性情是无法改变的，对生的渴望，对食物的占有，对异性的追逐，与同类或同群族之间的团结、友爱、敌对、进攻、强暴、欺凌等，构筑了一个张扬的生命；与非同类之间，以友善对友善，以残暴对凶狼，这种性格是在善恶的碰撞中形成的，就像《鬼狗》中爱憎分明的主人公；不断超越自我，抛弃过去的胆小懦弱，脱变为一个坚强的

----

[1]　姜戎的《狼图腾》作为动物叙事文学，把狼作为一种图腾来崇拜，尽管笔下有关于狼的真实生活的表现，但其文学主题意蕴的能指和所指还是针对人类社会，是人类社会的狼化书写，或者是狼世界的人类化图解。在姜戎为儿童出版的《小狼小狼》一书中，他尽力做到思想和文化的规避，增加了狼故事的传奇性和可读性，但丝毫没有提升狼作为生命的审美化程度，这也是《狼图腾》一书引起争议的很重要的一个原因。

[2]　转引自程虹：《回归荒野》，生活·读书·新知三联出版社2013年版，第148页。

勇士，用坚韧不拔的精神对抗外界风雨；不断改变自我，在环境的磨合中，既保留了天真本心，又逐渐走向强大。生物的自然也好，人类社会也好，无处不充满硝烟和争斗，正如福柯所说"一切场域都是权力之争"。动物之间甚至于人类之间争夺生存空间和生命权利，人类个体之间则是在欲望驱使下争夺资源，在黑鹤笔下，"动物并不是人类的天然敌人，而是一种相互交往的自然'力量'"。[1] 在作家黑鹤的动物叙事作品中，贪婪无知的利己主义者成为动物一个又一个命运转折的契机，无法规避的宿命。动物的悲惨命运，有无妄之灾的偶然性，也有天灾人祸的必然性，脆弱的生命无法避免的走向死亡的轮回。面对这样一个神秘的动物世界，不以人的意志客观地存在着，人们只能不断努力地去接近它、感受它，与它们慢慢接触，直至被接受，如果没有对它们发自内心的喜爱，没有真诚地和它们做朋友，很难描绘出它们的世界，更不可能感染读者，而只是用华丽的辞藻堆砌出一个虚假的世界。对于一个相对不熟悉的世界，在了解的基础上，发挥想象的翅膀，构筑一个现实与梦想共存的理想世界，这样作品就形成了一个充满张力的自由的审美的世界。

三、沉潜在动物小说中的生命观

无论评论家如何褒贬，人与动物的关系不管从哪个方面来讲，都是人类自身存在的问题，也是人类生存不可回避的问题。这两者之间存在着巨大的矛盾，一方面人类有征服自然、猎捕动物、扩大生存空间的本能，另一方面，也有对弱势群体天然的同情心理。在这两种心态斗争下，人类与动物关系的发展史其实也是人类自身文明发展史。当然了，任何一部历史都是以无数鲜血和惨痛教训为代价的，这鲜血有动物也有人类的，但是无论怎样，历

---

[1] 隋琳、张大海：《凛冽世界的动物"力量"——黑鹤动物小说解读》，《文艺评论》2012年第5期，第100页。

史的脚步从不为任何事物稍作停留，不停地向前，从不回头，也不可更改。今天人类在享受物质文明的时候，相信没有人愿意回到茹毛饮血的原始时代，在作品中也好在现实中也好，我们都全部认可人类文明进步的可取性。但是不可忽略的是现在很多文学作品过分关注和描写人类与动物不可共存或人对动物的残忍和杀戮，过分强化和夸大人性中反不如兽性的地方，我想多少是不客观和不可取的。

动物小说家沈石溪的作品中满布着杂交的变异的奇怪动物，不纯正的品种的后代自然还是不纯正的血统，这些物种被认为是自然的一景，实质是借这些奇怪的动物来暗喻人类自身异化生命的现象，是人类社会伦理道德的缺失关系的体现，也是实用伦理生命观的一种具体指向。朱自强将其称为"人面兽心"的动物小说，吴其南称之为"封建小说"，文本写的是动物之间的感情、亲情、友情、爱情，实则婉转表现的是人类情感的，作者是以动物来教育人，作品的行文中也深深浅浅地隐藏着作家受动物影响的感情和对动物情感的接受。这也与作家的创作思路有联系，"动物小说之所以比其他小说更有吸引力，是因为这个题材最容易刺破人类文化的外壳，礼仪的粉饰，道德的束缚和文明社会种种虚伪的表象。"[1]沈石溪在作品《雪豹》中塑造了一个独特的豹子形象，她名叫"妖豹"，在幼年时被人类捕获，待她长大后又被人类放回曾经抓到它的森林。但是很明显人类驯养下的豹子早已经没了野性，不会捕食，没有一点生存能力，根本无法适应森林的原始生活。某一天在森林中，妖豹遇到自己的母亲，母女终于认出对方，妖豹的妈妈已经又生了三只小豹豹了。妖豹的妈妈每天带着她去追逐其他动物、猎杀可以食用的动物，试图教会她作为一个成年猎豹理应掌握的野外生活的本领，但是妖豹却想回到妈妈的洞里与母亲生活在一起，母豹却坚决不同意。于是，妖豹趁着母亲出去给幼崽猎捕食物的时候，竟然悄悄来到母豹家中，叼起三只小豹子，将它们扔下了悬崖，觅食归来的母亲目睹了这一切，一气之下奔向妖豹打了起来，在咬住它的脖子想咬断她喉管的一瞬间，母亲突然放下了妖

---

[1]　沈石溪：《双面猎犬》，浙江少年儿童出版社2010年版，封底创作谈。

豹，面含怒气和痛苦远远离开了妖豹，妖豹再次成为孤零零的一个。没有母豹看护的她不愿意自己去捕食，也不太会捕食，所以每天的吃食就成了妖豹最大的问题。有一次，妖豹想要偷袭豺们抢夺它们的食物，结果反而被一群豺咬死。每一个读者看到这样的结局都很感叹，除了震惊还有丝丝忧伤。固然，我们无法理解妖豹杀死母亲另外的幼崽这样的行为，不过如果换成了人类的行为，多多少少就可以理解了。妖豹嫉妒和母豹生活在一起的小豹，为了独得妈妈的照顾和宠爱杀了其他的兄弟姐妹，为了生存，抢夺其他动物的食物，这些在人类世界都是可以找到原型的。这也许就是作家写作的本意，借动物的故事来隐射人类社会违背伦理道德、妄故情理的行为。正如作家给主角起得名字"妖豹"一样，这个"妖"字就合理解释了妖豹一系列违背野生动物、人化的行为，作家让笔下的对象遵从了人类思维模式，再加上作家的臆想和幻化，让人们怀疑它的动物性。但这也从另一面表明了在动物叙事文学中，每一个写作对象都不可避免地被承载了作家的情感。妖豹最后的死亡，让人难过和怜悯的不是它最终归于泥土，而是因为违背了人类的伦理道德根据人类的喜好而最终受到惩罚，被豺杀死。动物之间的弱肉强食被人为地表现出伦理缺失的因果循环。大多数熟悉沈石溪动物小说的读者会发现，与黑鹤奉行的自然主义生命观不同，沈石溪将人类社会道德伦理价值判断带入动物生活之中。

在黑鹤的小说《黑狗哈拉诺亥》中，虽然忍饥挨饿、爱吃鲜肉的黑狗哈拉诺亥在狗主人假装一次次喂食给它羊肉的时候，完全无动于衷，虽然从动物本性来说馋得要命，但是它更知道如果它吃了这块肉，等待它的是主人的一下又一下狠狠抽打在它身上的皮鞭，无关人类的生命观、伦理观，而只是动物生存、自保的本能。"他写狗的忠诚、勇武，并非是以主奴的关系来写的，而是以个性的眼光，以狗本身的独立性为前提，写狗在自己的成长和发展中的性格表现。"[1]这些在人类看来优秀的道德品质其实是黑狗在遭

---

[1]　隋琳、张大海：《漂冽世界的动物"力量"——黑鹤动物小说解读》，《文艺评论》2012年第5期，第99页。

到狗主人同样情况下的无情皮鞭教训下养成的，它要时刻谨记自己的工作是看护羊群、警惕羊群的安全，如果做不好，它面临的就不只是落在身体上的皮鞭，更有可能被抛弃和宰杀，人类不会白养一只不会放牧的猎狗。黑鹤小说中的细节刻画生动而形象，他以自己童年的经验和对草原的熟识，敏锐地捕捉到自然万物之间的关系，不论是对动物的描写，还是对人的刻画，都真实地还原现实生活，动物行为和人物活动更合乎逻辑，每一个细节都叙述饱满，不会出现玄幻和臆想的对象和情节，有一个场面写的是两只小狗崽第一次吃冻的狍子肉，"当终于有一片肉屑从狍子身上脱落下来之后，它们几乎毫不犹豫地吞咽了下去，冰冷的触感顺着它们的咽喉和肠道一直向下。"[1]猎人"格力什克看得着迷，如此生猛的狗崽他倒是第一次见到。"[2]黑鹤的文字包含张力，更喷涌着一种真实的力量，既打破了传统叙事模式的束缚，能够放飞思想，挥洒想象，又使讲述者能够成为一个纯粹的个体。这种独立的特质，完全挣脱了拟人化动物小说的束缚，给读者久违的自由之感。将传统的认知和感情模式完全抛弃，给读者带来全新的阅读体验，这也是黑鹤作品令人信服和反复品鉴的魅力所在。《黑狗哈拉诺亥》中类似这样的描写很多，在人类与自然、与动物的相互适应过程中，两者之间的关系是相互依赖、共同存在的，动物为生命而战，为本能而战，由生而死，一切归于泥土，这是作品能够长久流传的重心所在，在生活既定的规律中，制造出许多巧合与意外，而作者所做的，便是用文字的方式，为这种不合理性添加合理的解释，这种能力是一位优秀的动物小说作家所必须具备的素质。同时，也从一定程度上说明我国动物叙事小说，从20世纪八十年代流行的沈石溪到新世纪绽放的黑鹤，是一个不断发展和完善的过程，随着社会发展重心的转移和人们思想意识的提高，对待动物的生命观也存在不同，这些进步无疑会影响作家们笔下的一个又一个对象的描写。每个时期对自然和生命的认知是不同的，不可否认，每部作品每个动物小说作家对动物生命本身都是有感情

[1]　黑鹤：《黑狗哈拉诺亥》，接力出版社2011版，第12页。

[2]　黑鹤：《黑狗哈拉诺亥》，接力出版社2011版，第12页。

的，其贡献在于以文学叙事的形式将动物的世界完整、系统地呈现在读者面前。深度挖掘了动物作为文化符号的传媒价值，是沈石溪作品的最大功绩，甚至超过了文本自身的价值。将人类的伦理道德观念以文学性的形势渗透到动物的一举一动、以人类的价值观完成动物的生命轮回，这也是沈石溪动物小说受众范围广泛的一个重要原因。

生命观分为理性和非理性，科学之所以兴盛是在理性生命观的作用下，但每一个生命个体从来都没有脱离过非理性的生命观，尤其是当现实生活中很多用客观的理性观解释不通的状况下，而科学理性又被赋予种种神秘莫测时，人们就选择依靠非理性思维，这种非理性的生命观逐渐占据了和理性生命观同样重要的舞台。黑鹤是自然主义生命观，这来源于作家本身的生命体验的本能，"我们无意中慢慢地疏离与大地之间共同依存的关系，以及对大自然敏锐观察力的同时，我们要记住的只是，自己是大地上的孩子。"[1]时间在黑鹤笔下似乎凝固了，春种秋收的自然历法是永恒的，而人类却在不断地远离自然，奔向陌生的文明。同时，黑鹤又非常重视生命的意义，将每个生命的到来视作自然的恩赐，在平淡的生活中寻找奇迹，如果有人试图破坏自己与动物的关系，人们才会做出一些非理性的举动。在《美丽世界的孤儿——为"森林之王"柳霞而作》一书中，这位温厚的鄂温克族老人意外发现了一只小驯鹿，没有母鹿的小崽需要老人喂奶，就像自己的婴儿般把它一点点养大，两者之间慢慢建立起来深厚的感情，她们一起面对困境，摆脱森林陷阱，躲避熊的攻击，对抗森林火灾，抵御狂风暴雪，它们之间的情感已经远远超过了感恩，成为一种亲人间的相依相伴。当贪酒的丈夫执意卖掉小鹿时，柳霞做出了不符合她性格的惊人举动，如果将"亲情"纳入思考范围，柳霞的举动就有了合理解释，"在车前不到五米的路上，站着一个披头散发的人，满脸通红，手中端着一只大口径步枪。"[2]作家黑鹤以满含深情的笔墨来渲染描绘这一幕的时候，充满了浪漫和诗意。

---

[1]　黑鹤：《高加索牧羊犬——哈拉和扁头》，湖南少年儿童出版社2009年版，第16页。

[2]　黑鹤：《更北的北方（序）》，《驯鹿之国》，中国少年儿童出版社2010年版，第1页。

在沈石溪笔下，我们看到的是一种拟人化的自然，被人类御使的动物，作者用写实的手法，将所有写作对象变为具有传奇色彩的拟人化动物形象。完全符合大众传媒一直以来宣扬的道德伦理教育。如果说黑鹤的文本是卫护真实的自我，去保护儿童的童心，告诉孩子熊是吃人的，狗听话是被人打出来的，大坏狼不会真的打不过喜洋洋，告诉孩子真实的自然、动物的本性，生命的真实，探讨自然之道的不可以人为化；沈石溪的动物叙事作品则是对社会秩序的教化，处处体现着人类的绝对理性，情感架构更是非常依赖于社会性与道德感，试图通过法律、权力、社会秩序来拯救人类与动物身上的罪恶。沈石溪之所以在道德的框架中构建理想王国，是出于对善的期盼。前者充满了浪漫主义对回归自然的期望，后者充满了现实主义对社会不满的批判，两者都体现了文学的价值和力量，表达了人类对动物种族的密切关爱。沈石溪和黑鹤的作品，尽管风格截然不同，却都是动物叙事小说的重要组成部分。

四、表达自我生命感觉的抒情艺术

中国文学体裁的传统和抒情性的风格，都使得动物叙事文学创作习惯上以表现人类社会性为主，虽然描写对象是动物，甚至所有环境和场景全部是大自然，里面的故事情节展开也是动物之间的情感，大多数动物叙事文本都将动物赋予人类的思想行为，动物之间不是野蛮的为生存而战，为食物而同类相残，而是完全符合人类社会的伦理道德体系，以人类的情感走向和价值取向展开故事情节。尽管许多文本里也会出现对动物心理活动的刻画描写，但这种情感的表达，甚至最后圆满的结局和扬善惩恶都是以人类的价值观和喜好来完成的，即使作品中出现的人物的行动和性格也都是道德教育下的典型。新世纪的作家黑鹤给动物叙事文学吹来一股清新的气息，是他笔下真实性的动物，让中国的动物叙事文学可以走入世界文学之林。

黑鹤的动物叙事文学创作不是以宣扬伦理道德为主，不是为塑造人物形象而努力，不以猎奇的心理叙述跌宕曲折的故事情节，甚至没有我们熟悉的人物面貌的刻画和艰难抉择时的心理活动，黑鹤的作品就是真实再现自己的所思所看所感，大多数作品是叙述动物和人类最真实的相处模式和情感交流。这就是作家黑鹤对动物叙事文学谱系最杰出的贡献。从另一个方面来说，他开辟了一个崭新的艺术表现方式。这种形式以真实、客观、独立地表现自我的情感世界，人类社会的时代气息和现实精神被细腻地表现在人类与动物的心理描写上，黑鹤的动物叙事文学作品从来没有脱离这个社会这个时代的大背景。从这个意义上来说，如果说二十世纪三十年代新感觉派注重反映现代社会生活的颓废，诞生于九十年代的新写实小说则更加侧重于反映人们繁杂的日常生活，黑鹤便属于此类。他在继承和发扬中国现当代文学经验的同时，将目光投放在人类、动物、自然三者之间的情感线上。"我希望永远保留自己在北方森林中的营地，那里是我的家。"[1]黑鹤在相当长的一段时间内，总是怀恋着草原与荒野的风光，这些自然景象为他的作品提供了天然的背景，通过对童年记忆的重审，他不断召唤着自己内心深处的情感，用文字的形式，完成情感的释放与宣泄。作为一个动物叙事小说家，黑鹤的人格中，保留了更多对自由精神的向往，以及生命冲动。"人类社会文明的本质是秩序与规范，而秩序与规范，毕竟又是对向往自由的个体生命的限制。对此，一般人也早已经由潜移默化的文化规训而浑然不觉，听之任之。"[2]作家黑鹤所构筑的动物叙事世界是他个人的心理感觉的忠实记录，是感觉派动物小说的写实主义范本，甚至说他确立了中国动物感觉派小说写作的开端。黑鹤与动物相遇好像是他生命中的必然，没有任何功利和利益驱使，如山涧中流淌的甜纯小溪，如原野上奔跑的猎豹，如在天际自由翱翔的天鹅，黑鹤找到了一种能够完全抒发自己对自然的喜爱、对与他相伴的动物的情感的表达，创造了一个比较新颖的文学谱系，在动物文学领域开创了属于自己

[1]　黑鹤：《序：我的北方营地》，《狼獾河》，接力出版社2008年版，第1页。

[2]　杨守森：《生命意识与文艺创作》，《文史哲》2014年第6期，第102页。

的疆域。

（一）在情感互动中确立动物的主体形象

黑鹤是大自然的代言人，从"关注动物生命"这一点出发，他将自己的生命和灵魂，全部投入在对生活的感悟和刻画中，黑鹤笔下如诗如画的字句，就是这份诚心最好的表达。黑鹤的作品构筑了一种全新的人类与动物的情感交流体系。作家黑鹤本身很喜欢挑战体力的户外的跑步、滑雪、篮球等运动项目，在作品中他也擅长用速度来敲击时间和空间，景物不断地变化，环境越加恶劣，生命的张力越强，情感的密度也越大。他的这些户外运动与其说是作家的一种体质、耐力的锻炼，不如说是他真实生活的表现。特别是在大自然的怀抱中，即使是极其恶劣的自然条件，当他的滑板夹杂着雪花从山顶高高跃起、俯冲向山底的时候，"随着林中如潮水般浩大的松涛声，掠过山脊的凛冽寒风，让我几乎无法呼吸，寒冷不再是一种感觉，那种冷像坚硬的石块一样击打在我的脸上。"[1]然而"我的鄂温克朋友，就常年生活在那片无边的林地之中。"[2]"他们长久地生活于丛林之中，感受这四季的轮回，他们的时间只存在于太阳升起又落下、小鹿降生又长大这些具体的事情上。"[3]而栉风沐雨，在日趋恶劣的自然环境中，鄂温克族牧民们仍然坚守着最原始、最自然的生活方式，而承载这种方式的，正是鄂温克人伟岸的背影。从这个意义上讲，驾驭驯鹿的老阿妈柳霞才是这个美丽世界的"森林之王"。鄂温克人一直认为也确实如此执行着森林才是他们的家和归宿，他们的行动忠实于自己和他们热爱的驯鹿，驯鹿在山上，他们就跟着驯鹿的脚步在森林中荡漾，虽然他们已经整体搬迁到拥有现代化设施的住宅中。作家黑鹤对现代文明造就的人类嗤之以鼻，借用芭拉杰依的话说是"要饭的"，而对他笔下的动物和人物有着最深厚的热爱和最深沉的敬畏。黑鹤以诗人般巨大的生命忧患和深切的情感体验，表现了一种旷达的人生境界。动物唯一性

[1] 黑鹤：《序：我的北方营地》，《狼獾河》，接力出版社2008年版，第5页。

[2] 黑鹤：《序：我的北方营地》，《狼獾河》，接力出版社2008年版，第2页。

[3] 黑鹤：《序：我的北方营地》，《狼獾河》，接力出版社2008年版，第3页。

的性格被描写的复合丰满，既有独立的生命个性，又蕴含了动物生动而丰富的内涵。作品中人与动物的关系写得非常复杂，但无论怎样改变，世间的一切生物终究都诞生于自然，终有一天，一切也会回归于自然。"审美状态仅仅出现在那些能使肉体的活力横溢的天性之中，第一推动力永远是在肉体的活力里面。"[1]对世界感到审美疲劳甚至厌倦的人，很难从中获得自己的心灵感悟。他们的灵魂是空虚的，没有艺术的原动力，很难通过外界的引导，触碰到自己心中的块垒。当成人世界奉行的利益至上的原则遭遇纯真的童心时，成人坚信的世界便会轰然倒塌。《鬼狗》中的藏獒受尽人类社会的折磨，最后却成了草原上的一只牧羊犬，在狗主人小男孩那里得到了从未感受过的亲人般的呵护，虽然最后仍归于尘埃、融化在草原之中，但却永远地活在男孩的记忆中，主人公"我"的记忆和往后的岁月里都有一只大狗的影子，和我有扯不断的情感纽带。杨志军的《藏獒》主要想要以藏獒的动物性来唤起人的野性，也可以说藏獒的品性远远超过人，作者眼中的藏獒："它们伟岸健壮、凛凛逼人、疾恶如仇、舍己为人，是牧家的保护神。说得绝对一点，在草原上，在牧民们那里，道德的标准就是藏獒的标准。"[2]杨志军对于藏獒的道德品质加以赞美，貌似抬高藏獒，实际上也是以"人为本位"来衡量动物的伦理，陷入以己之矛攻己之盾"自相矛盾"的价值判断之中。当人们说动物的世界是人类社会的一种延伸时，无疑是对动物一种"人格化"书写的肯定。《藏獒》中在表现西藏人不同家族互相仇杀的情节，藏獒不可避免地顺从了人类的意愿起到了帮凶的作用。无论多么优秀的动物形象，如果被加进人类社会功利性和目的性，必然会弱化作品的表达效果，降低作品的境界，甚至流于俗态，那种似人非人似狗非狗的"怪物"形象，亵渎了藏獒生命的高贵。而作家黑鹤笔下的动物，大到一头驯鹿，小到一只小鸟，它们生命的存在都是意义的。无论高高在上的人类，还是无法把握自己命运的动物，一切都最终尘归尘、土归土，人类也逃不开这个命运。黑鹤曾

---

[1]　[德]尼采：《悲剧的诞生》，周国平译，生活·读书·新知三联出版社1986年版，第351页。

[2]　杨志军：《藏獒》，人民文学出版社2005年版，第4页。

经描写过萨满教的一位老人在她去世时，她的尸体被挂在树上，被冻死的七只驯鹿就埋在这棵树下，它们在通往天国的路是一样的，它们的灵魂是一样的，没有了生时物种的高贵卑贱之分，因为只要是鲜活的生命就是高贵的，生命的生生不息才是自然世界存在的本源，也是人类世界得以持续发展的基础。《黑焰》中写藏獒即将死去的画面："母獒向着远方已经在曙光中呈现出一线青色轮廓的莽莽苍苍的雪山慢慢地走去……当母獒黑色的身影在地平线上消失时，天亮了。"[1]一幕悲壮英雄的凄凉画面就这样跃然纸上，读者读起来很悲壮，但并不伤感，静寂的状态下是人与自然的一种和谐关系，母獒在与雪豹的搏杀中，丢掉了自己的生命，这是大自然中真实的轮回，使得藏獒的离去显得很平静，即使藏獒的主人丹增也没有刻意的悲伤，安静地接受了藏獒的选择。更何况新的生命又诞生了呢。黑鹤倾注了自己全部的情怀来记录动物个体的生命成长，这是一般动物小说作家难以企及的境界。

（二）在与动物的相识中确认人类"自我"的地位

黑鹤大多数作品都塑造充满爱心的人类主人公形象。在动物叙事文学作品中，人物形象经常是生动明确、独具个性、豪放豁达。然而，通过仔细阅读，很多读者都发现这些形象还不够丰满，线条过于单薄，动物和人类的心理变化和感情活动都不够细腻传神。在作家黑鹤的动物叙事小说中，有许多老人、小孩等功能型的人物，然而他笔下的动物形象却有丰富的内心世界，有"独异性"的鲜明个性，例如鬼狗的桀骜、黑焰的忠厚、牧羊犬的活泼等。黑鹤的动物叙事文学中还有一个重要的主人公"我"，热爱自然的运动，一切活动都全身心地投入，即使是打篮球、滑雪等这些运动，也积极地用超出常人的运动量来挑战自我的极限，延伸生命的张力，这是活在现代文明下的人们少有的做事方式。作品没有亲身的经历，没有刻骨铭心的体会，是不会写出好作品的，文学的创作都来源于生活体验而高于生活。"凡是由内在需要产生并来源于灵魂的东西就是美的。"[2]可以说，在以动物猎奇故

[1]　黑鹤：《序：草地尽头》，《黑焰》，接力出版社2006年版，第9—10页。

[2]　[俄]瓦西里·康定斯基：《论艺术的精神》，查立译，中国社会科学出版社1987年，第70页。

事为主流的文学创作环境下的今天，摆脱大众的习惯认可而另辟蹊径地表现人与动物生死相交的深厚感情时，能够真实再现动物和人丰富多彩的内心世界时，这种勇敢的行为是值得更多作家学习的。在黑鹤的作品中，动物就是动物，不会强加人类的意识，他笔下的动物遵循自然法则，表现出合乎本性的品质，他的创作像他笔下的动物一样"诚实"。在《更北的北方》的序文中，黑鹤的写作对象是他小时候捕捉的一只受伤的大雁，"我刚刚将它放在地上，它就开始高声鸣叫，那是一种高昂而响亮的雁鸣。它高高地扬起修长的脖颈，用力地煽动着翅膀，卷起地面上的尘土……一瞬间，我以为它要飞走了。但是，它高高扬起的高傲的头突然沉落下来。它像一只没有被装满的袋子，倒在地上。"[1]小时候的"我"还不明白大雁为何明明不会死还要选择这样惨烈地结束自己的生命呢，它的伤并不足以致命？很多年过去后，"我"才懂得"受伤并被人类囚禁的野雁死于心碎。"[2]"一只高傲的雁，让我开始试着去了解关于自由、尊严、生命和死亡这些词语在书面之外的含义。"[3]对生命截然不同的态度无时无刻不吸引着黑鹤去探索，在他的作品中总是可以观到很多描写生命的不确定性，如《滑雪场上的雪橇犬》，"我"在滑雪场上遇到了一只遭主人遗弃的雪橇犬，它静静地待在滑雪场的入口，也许希望可以等到主人来把它接走。但直到第二年冬天的来临，狗依然没有等到主人的到来。当"我"出现在它面前时，它狂喜地跑向"我"，但当看清我的面容的一刹那，停住了脚步，因为"我"不是它的主人。当"我"了解这只狗的忠诚对主人的时候，给予它平等的对待和生活上的关心。雪橇狗终于相信了"我"并且愿意跟着"我"去生活。雪橇犬开始了它崭新的生活，少年滑雪队的孩子们义务地喂养这只狗。然而幸福总是很短暂，意外的事情发生了，雪橇狗被爱它的滑雪少年撞死。"我"和少年们一起埋掉了这只雪橇狗，内心充满了对它深深的歉意和敬意。黑鹤的动物叙事

[1] 黑鹤：《更北的北方（序）》，《驯鹿之国》，中国少年儿童出版社2010年版，第2页。

[2] 黑鹤：《更北的北方（序）》，《驯鹿之国》，中国少年儿童出版社2010年版，第2页。

[3] 黑鹤：《更北的北方（序）》，《驯鹿之国》，中国少年儿童出版社2010年版，第2页。

文学是对无比高贵的生命艺术化的诠释，也暗含了对人类无意或有意伤害动物的行为深深的忏悔之心。

同时，我们可以看到另外一个鲜明的特征是黑鹤的动物叙事文学具有强烈的忏悔精神和忧患意识。黑鹤追随着逐渐消逝的人类文明的足迹，站在自然生态文明发展的高度上，去思考如何融合现代文明与原始文化。虽然越来越多的人开始关注并参与到志愿者的活动中去，各种动物保护组织大量的出现，对生态的关注和自然的保护从一定程度上显示了中国社会文明的巨大发展和进步。只有当人类文明发展到一定程度时，才开始关心除了自己的衣食住行之外的其他事情，对弱势群体也表现出人道主义的关心。这种关心并不是盲目和博爱的，因为人类突然发现在取得物质资源的同时，这是人类自己一手造成的窘迫局面。而人类急切地针对性地补救行动，反而再一次无意地破坏自然的生态系统。黑鹤多次在自己的作品中呼吁不要试图去寻找那些野生动物，这样不仅打扰到了它们，也破坏了与这些野生动物一起生活的鄂温克人原始的生活环境，也许最好的保护就是退出它们的生活圈子。这是一个矛盾的命题，保护也好，尊重也好，任何做事都需要有一个平衡的度。黑鹤的话语是耐人深省的，如《天鹅牧场》中，主人公"我"无意中发现一对美丽的野生天鹅在公路的大桥下，"感到眩晕的狂乱的心跳"，"天鹅起飞，那种动人心魄的壮观场面，只需看到一次，足以铭记终生。"[1]一对天鹅在离人类这么近的地方安家，它们每天不辞辛苦地筑巢，主人公"我"担心打扰到天鹅的生活，只能每天远远地注视着它们，看着它们美丽的羽毛和高贵的姿态，经常担心有藏着坏心的人发现这对天鹅夫妇，破坏了它们安静的生活。终于有一天，担心的事情还是发生了，在一个晴朗的早上，我如常来观察天鹅的生活，结果从望远镜中看到了我最不想看到的一幕，天鹅在猎人的丝网中拼命地挣扎，当我赶过去要解救它们的时候，猎人已经准备拿走它们的天鹅蛋，"我"用尽办法救下了这些天鹅蛋，小心翼翼地带它们回住地，每天精心地孵化这些天鹅蛋，几乎与天鹅蛋每分钟都待在一起，时刻害

---

[1] 黑鹤：《序：我的北方营地》，《狼獾河》，接力出版社2008年版，第142—143页。

怕压坏了它们。功夫不负有心人，当"我"还在睡梦中，小天鹅们在我日日夜夜的企盼中破壳而出，翅膀毛茸茸的。托了鸟类习惯的福，因为小天鹅们第一眼看见的生物是"我"，所以就自然把"我"当成了妈妈，开心满足已经淹没了"我"，不过依然担心它们会遭遇一些意外，"我"尽我所能地去照顾它们，赶走一些意欲侵害它们的大动物，给它们一个暖暖的巢。然而生命依然那么脆弱，躲过了人祸，却没有躲过天灾，小家伙们被柴草冒出的烟熏死了，"我"内心的痛苦和懊恼无以复加。方敏也曾沉痛地写到大熊猫之死，"珍珍死了，不是死于猎杀病痛，也不是死于天敌，而是死于热爱它的人，死于人类的保护研究。"[1]人类过度地关心或者完全的不关心都会伤害到它们。黑鹤对我国的生命教育表示了自己的担心，动物小说的描写手法应适当，为博取眼球而刻意误导读者，会对野生动物造成无法挽回的伤害，他非常强烈地呼吁："希望动物小说不要加重大众的猎奇心理，组织一些类似'寻找狼'的活动。要尊重动物自身的本性。"[2]黑鹤在文学的动物形象与现实动物生命的比较上，毫无疑问更重视后者。只有"当一个事物有助于保护生物共同体的和谐、稳定和美丽的时候，它就是正确的。"[3]黑鹤的动物叙事小说对生命的忧患让他在描写时笔墨渲染得充满神奇，也因为有了各种各样鲜活的生命，他的作品才更加生动。

（三）多元意象的不确定性与感觉的丰富性

黑鹤笔下的动物叙事小说采用了全新的叙事方式，因为从自然天性来说动物不可能像人类那样用语言表达自己，即使动物之间有信息的交流，也不是人类所能够理解和掌握的，老马识途、犬类灵敏的嗅觉等，所以在他的作品中，我们能够看到除了语言外的多种交流方式，味觉、听觉、视觉、嗅觉都被充分调动起来，充当了话语的补充。黑鹤注重描绘动物间原始的交流方式，反对将动物拟人化，甚至神化，"现在流行的动物小说多是传奇色彩很

[1]　方敏：《大熊猫的那些事儿》，学林出版社2010年版，第133页。

[2]　刘秀娟：《动物小说写作：从生命本身出发——访沈石溪、黑鹤》，《文艺报》2010年6月28日。

[3]　[美]利奥波德：《沙乡年鉴》，侯文蕙译，吉林人民出版社1997年版，第213页。

浓厚的，把一些动物神化了。"[1]《鬼狗》《犴》《黑焰》等的描写对象均是具有很强原生态的真实的动物，不过这样的原生态生活不会一下子吸引人的眼球，只要真正读进作品的人们才能慢慢将作品变成一幅幅生动的图画刻在头脑里。这也需要作家坚持写作的初心，坚持作品淳朴的画风，然后将动物生活的原貌呈现给大众。优秀的作品其精彩之处莫过于使读者阅读时内心荡起涟漪，然后是一波又一波拍打的海浪，有时是狂风暴雨下的大海，但最终都归于平静，就像骑着战马无畏的大战风尘的堂吉诃德，就像杨柳细腰泪眼婆娑的林黛玉，就像临死还挣扎地竖着两个手指头的严监生……与大众喜爱的审美低俗、强调动物拟人化的小说不同，黑鹤的动物叙事在画面的逼真和感觉上达到了很高的境界。沈雁冰曾称屠格涅夫为"诗意的写实家"，作家黑鹤的文学创作也受到屠格涅夫的影响，浪漫的环境下却描写残酷的野生动物的生活，这个环境不是一成不变的，是活动着的立体空间，可以带动读者的全部感官，如在《黑焰》的开始这样写着：

　　"那鬼魅般的影子，在母獒面前的雪地上站定。

　　是一头雪豹。这头被母獒的吠叫打断了晚餐的雪豹在雪地里像一块华美异常的缎子，粗壮如蟒的长尾拖曳在身后。它几乎是在漫不经心地注视着面前的对手。刚才的一击轻松得手，此时它张开被羊血染得鲜红的巨口，傲慢地发出冰块破裂一般的嗥叫。"[2]

　　如果我们反复品味这段文字的话，也许会觉得它更像一首诗。季节、环境的粉墨登场，而对象的层叠又营造了一种氛围，无形中形成一种诗意般的意境。"这头被母獒的吠叫打断了晚餐的雪豹在雪地里像一块华美异常的缎子"，如此多的定语在修饰雪豹，是把雪豹的华美的视觉感受和当时的声音结合起来，造成一种现场感，强大的听觉视觉味觉的感受，这是自然给予人的一种真实力量。从某种意义上来说风格便是抽象化的人物，将人心中的内部情感，转化为具体的外部形象，同时为外部形象加上情感色彩。在一外一

---

[1]　刘秀娟：《动物小说写作：从生命本身出发——访沈石溪、黑鹤》，《文艺报》2010年6月28日。

[2]　黑鹤：《黑焰》，接力出版社2006年版，第5页。

内的交流中造成一种动静结合的效果。黑鹤小说不同于其他动物叙事小说的最根本的区别在于，在幻想中进行人物主体性和动物主体性的关系的转换，这种转换是悄无声息的，艺术的表现其实是情感的表达，文字是语言作为载体的情感意化，将形式与内容完美地融合就是一部成功的作品。"它必须是朴素的和诉诸我们天性的要素和基本规律的；它必须是诉诸感官的，并且凭意象在一瞬间引出真理的；它必须是热情奔放的，能够打动我们的情感、唤醒我们的爱慕的。"[1]如黑鹤在《高加索牧羊犬——哈拉和扁头》一书中以二十四节气支撑全书，从一年的立春开始写到大寒结束，细致描写了每一个节气时自然的景物变化，当然也有作为动景的动物和主人公"我"的生活变化，这种细致入微的描写就像在读者头脑中描绘了一幅四季的图画，让久已远离自然和大地的人们想要扑到大地的怀抱，去闻闻泥土的芬芳。黑鹤笔下的春分景象可以说是别具一格，"所有的积雪都在融化，泥土变得湿润，冬天在大地上的最后印迹——那些斑驳的积雪，已经荡然无存。"[2]"我"在这样的季节里想起在这一天死去的诗人海子，他写的《面向大海，春暖花开》的诗"像雨后的草地一样清新"，给少年时代的"我"留下很深的印象。每一个季节的描写都融入了作者最质朴的感情。黑鹤以原生态的写作方式将童年幻象、动物想象、情感意象与阅读想象完美地交织在一起。黑鹤写动物小说也遵从时间和生命的顺序，一只小鸟也好，都有从小到大的生长过程，看似生活中最平淡无奇的日子，没有任何让人血脉贲张的大动作，但恰恰是这生活中的平淡，才让人在成年以后回味过去的时光，在暮年时不断忆起青葱岁月。时间这把刀在不知不觉中改变了一切，小狗已经跑得追不上了，小鸟已经长大了，翱翔在天边，小狼已经比母狼还凶狠地撕咬食物了……黑鹤笔下的动物不是单纯的镜像，只能对客观现实进行如实反映，而是主观的刻画，作者在细致观察记录的基础上，融合了大量主观情感，调动

---

[1]　[英]柯尔律治：《文学生涯》，刘若端编：《十九世纪英国诗人论诗》，人民文学出版社1984年版，第110页。

[2]　黑鹤：《高加索牧羊犬——哈拉和扁头》，湖南少年儿童出版社2009年版，第16页。

自己一切身体器官，去感知这个古老而神秘的世界。在黑鹤心中，文学不止是一项抒发情感的工具，更是一盏回忆过去的明灯，照亮了他本人的童年回忆和成人世界，照亮了那广袤的草原荒野，也照亮了丰富多彩的动物世界。在这盏明灯的照耀下，他才能够义无反顾地充满力量地勇敢前行。

（四）个性化的语言与鲜明的文学风格

黑鹤笔下的语像世界，是个性化语言与有效叙事相结合的产物，他的作品既要承载深厚的感情，又尽可能地进行有效的被广泛认可的叙事。他的作品穿透力很强，语言有质感，整个文本富于激情和感染力，他每个作品的对象有着他生活中的影子，更是他心灵的感受，这一切与天才的语言表达能力密不可分。传统的中国生态文学作品主要致力于研究自然生态，带有较强的科学性，在无意识间削弱了作品的文学色彩，忽视了人文方面的审美情趣。题材和形式是富于变化的，文学作品的本质是不能够改变的，作家应当注意作品本身的文学魅力。读黑鹤的作品，需要静静地品读，那些语句都会闪闪发光，为读者营造了一个温情的意境。没有大起大落的情节，也没有扣人心弦的高潮，但文字风格非常真实、温馨、生动，每一个动物形象都充满生机。黑鹤恰到好处地运用各种修辞手段，从容淡定而悠远深长。如面对意外死亡的雪橇犬，"我"和少年们一起怀着对它的喜爱和敬畏埋葬了这个没有主人的雪橇犬，作品结尾这样写道："这只叫作哈克的狗等到了最后，但是仍然没有等到它的主人。如果它的主人看到这篇东西，想去看一看它，那么，我可以告诉他，它被我们埋在雪场高级雪道右边的树林里一棵巨大的白桦树下。那棵树很容易辨认，树干上有一个巨大的伤口，像一只眼睛。"[1]作者黑鹤仿佛暗示着什么一遍又一遍地叙述埋葬哈克的地点，也许是希望狗主人记起它，埋葬雪橇犬的白桦树上受伤的眼睛更像一条皮鞭敲打着人类的心灵，讽刺那些丢弃动物的人们。这一刻我们能感受到作家内心是愤怒的，也是悲痛的，情感的描写也是克制的，其意味是幽远的。"语言韵味的实质是要求在有限的语言形象和文字画面中，表现无限丰富的宇宙和人生。韵味

---

[1] 黑鹤：《高加索牧羊犬——哈拉和扁头》，湖南少年儿童出版社2009年版，第16页。

的薄厚取决于感情的浓度，感情是韵味的基础。"[1]即便描写敌我双方打斗时场面作家的情感也十分内敛，如《黑焰》中写忠于职守的藏獒发现狼之后，"母獒狂怒地咆哮着用力撞向靠在最外边的一头山羊，被她撞中肚腹的山羊无动于衷地半闭着没有任何表情的眼睛，挂着霜花的眼睫毛像受惊蝴蝶的翅膀一样翕动，但它却一动不动。"生动逼真的描写，在读者面前仿佛出现了一幅画面，焦急而紧张的藏獒，旁边是麻木的羊群，如身临其境般被带到了故事情节当中。如诗般的故事情节，又缓解了人们担忧的心情，把情节的紧张逼人不可逆转的状态嵌入了灵动的情思，把情节的连贯性破坏掉了，叙事主体既融入事件之中，又拉开距离地观看事态的发展，时断时续的叙述语言的干扰，形成了巨大的审美空间，同时也淡化了急转直下的故事情节带给读者的紧张刺激和扣人心弦。长句子往往给人的感觉是更重视情节而非动作性。不同的叙事风格自然产生不同的阅读效果，黑鹤的语言给人优美的意境留下美好幻想的空间，杨志军的作品更多是满足和娱乐大众猎奇的心理。这也许就涉及了作家文学创作的自觉意识，当作家对描写对象投入了亲人般的感情时，呈现的读者面前动物间的本能杀戮和残酷的弱肉强食，即使是森林里最凶残的动物离去，也会让人悲伤的，这就是真正热爱自然和动物的作家用生命抒写的作品的精妙所在。

黑鹤的作品对细节的处理是完整和充足的，自然中万事万物似乎都被他注意到了，其作品正是由每一个细微的情节构成文本千丝万缕的故事情节，他笔下的动物和人物的出场都是有根据的，它们的活动合乎情理，不会生硬地出现，如《黑焰》写被格桑发现了一匹落单的狼，"它选错了自己前进的方向，那是上风向，风是由它那里向帐房吹去的，格桑就是凭借风中细若游丝的气味发现了它。"[2]黑鹤的作品让人如身临其境般真实，得益于这些合理的细节描写，因为他从不忽视人物对象的真是活动，正如我们所知道的生活中充满了无数的变数，看似理所应当的事情也许下一刻就完全变化了，因

---

[1] 陶东风：《文学理论基本问题》，北京大学出版社2007年版，第141页。

[2] 黑鹤：《黑焰》，接力出版社2006年版，第1页。

此作家在下笔时要给他的每一步都找到合理的出口，这也是黑鹤作品能够达到的写实之力，也是作为世界级动物叙事小说需要达到的境界。黑鹤的文学语言构成了一个完美清新的语像世界，再加上他在作品中投入的情感和动物的灵性，他的作品就成了一个鲜活的生命体，一如他曾经的写作对象驯鹿，令人难忘。

坦言之，也许是黑鹤急于把自己所有热爱的动物都表现出来，也许是出版商急切地想要开创销售业绩，不可避免地造成了一些负面的结果。一方面黑鹤用数量占据了动物叙事小说的市场，另一方面快速的写作也必然会影响作家对作品的反馈和向纵深的思考和探索，导致部分作品里有相似情节的出现。黑鹤的长篇小说存在结构线性化、情节散文化的特征，一定程度上影响了作者的表达效果，削弱了文本的普适性。在蒙古族传统文化中，有生活"艺术化"的特征，他们赖以生存的资源是草场与牲畜，这与农耕文明中人类面对"容易控制的农作物"有着本质区别，对牧民们而言，生活的许多内容都被自然赋予了诗意与灵性，"牧人的羊不是生产符号或抽象的物质，而是具有名字和性格的家庭成员。"[1]他们面对的是"活生生的动物"，这些动物与牧民之间所建立的关系也比较自然，动物成为牧民适应环境的风向标，"牧民时刻注意家畜的各种反应，通过这个中介的信息反馈来把握环境、适应环境，只有这样，才能保证牧民的有效生存。"[2]动物的生命力对牧民来说是生命的一种鼓励，牧民与动物的情感也比较特殊，"牧人时常处于一种情感化的生产关系当中。这种情感化的生产关系促使牧民具备情感化认识世界、改造世界的方式方法就是艺术的方式方法。"[3]这种情感化了的生活，就不是简单的物种之间的占有与被占用之间的关系，而是类似与圣埃克絮佩里《小王子》中的"驯养"，在牧民与动物之间是相互"驯养"，"生活中体验艺术，艺术中能够看到自己的生活，很难发现与艺术无关的生

[1] 鲍晓艳：《再论传承蒙古族传统文化的教育价值》，《高教研究动态》2008年10月22日，第7页。

[2] 鲍晓艳：《再论传承蒙古族传统文化的教育价值》，《高教研究动态》2008年10月22日，第7页。

[3] 鲍晓艳：《再论传承蒙古族传统文化的教育价值》，《高教研究动态》2008年10月22日，第7页。

活，也不容易接受与生活无关的艺术。"[1]没有任何一个民族能像游牧民族一样和动物如此近距离地生活、依赖它们、亲近它们，所以，作为蒙古族作家和普通城市作家在生态文明反应上有很大的差异性。人们就不难理解黑鹤的许多文字中有着他本人的影子，可以说蒙古族动物叙事文学具有一种自叙式的风格，竞争杀戮与悲天悯人共存，与动物相依相伴的蒙古族，对动物无论从情感上的依赖还是精神上的崇敬，对野生动物存在一种难以言明的复杂感情，对伤害家畜行为又爱又恨，这种复杂的感觉基于动物对生活的影响，同时，蒙古族人对自然的神奇力量感到崇敬，导致对杀戮的忏悔和这种狂热崇拜共同存在，强大的审美价值在斗争中迸发出来。黑鹤的动物叙事小说缺乏深刻的精神内核，无法完全表达出牧民这种充满矛盾的生命观。经典的文学作品总是存在着某种深层的共犯结构，例如曹雪芹的《红楼梦》和鲁迅的《狂人日记》，这些文字间总是无意地流露出作者对生命的反思。黑鹤之所以没有进行深刻思考，是因为他将人生体悟融入了情感的表达过程，没有慧达到关怀世界上的一切生灵。黑鹤的作品中时常出现二元对立的物体，如城市与乡村、少年与成人、商人与牧民，这种简单的对立关系占据了大量篇幅，却忘记了物质生活和精神世界还存在着一种相辅相成的复杂关系，这是他作品中缺少的。他更接近读者与迈向世界的一个重要因素在于黑鹤具有其他作家望尘莫及的更高层次的创作起点和与动物天然的亲缘关系。在越来越多的人开始关注"低碳"生活的环境下，他的动物叙事文学是带有强烈生命张力的种子，在生态文明日益发展的土壤上，带着野地的风迅速生根、发芽、开花、结果，我们向黑鹤致敬，向所有的生命和表达这生命的文学致敬。

（原载《文艺争鸣》2011年8期，有删改）

---

[1]　鲍晓艳：《再论传承蒙古族传统文化的教育价值》《高教研究动态》，2008年10月22日，第7页。

猎犬生活的回顾与守望
——读黑鹤的《叼狼》

黑鹤是近年来国内迅速崛起的动物小说家，他出版了《黑焰》《狼獾河》《鬼狗》《黑狗哈拉诺亥》等20多部作品，两次获全国优秀儿童文学奖，作品被译介到日本和欧洲等地。黑鹤不止一次地说，他的写作是将童年记忆写成文字。黑鹤童年生活于中国东北草原与城镇结合部，一位翩翩少男与两条大狗在金色阳光下奔跑，成为他作品的主要意象。质性自然，他的创作具有鲜明的自叙传特点，草原与森林中的动物与童年已经完美地融合在一起。当黑鹤与动物小说这种题材相遇时，他尊重笔下的动物亦如尊重自己的童年一样。他的成名作《饲狼》带着野性之风和力量之美一跑入文坛，就受到了成人读者和儿童的热捧，给中国儿童文学界久溢的甜腻与矫情一次猛烈地冲击。

最新出版的《叼狼》，在审美取向、故事结构、人物性格、叙述语言，亦取得了不俗的成就。《叼狼》一改他以前创作故事的散淡平和，《叼狼》的故事极富儿童文学气质，情节曲折生动，悬念叠加，环环紧扣，节奏明快，达到了儿童文学"静若处子动若脱兔"的鲜活境界。故事开篇写了一群蒙古少年在墓场周围发现了一只黄羊的尸体，阴森恐怖的墓地没有其他活物，难道是墓地的鬼吃了黄羊，孩子们大胆探险，终于发现了"鬼"——一头蒙古细犬，它刚刚产下了灰白色的幼犬，孩子们如获至宝般把幼犬带回家。一位蒙古族老猎人赐给这个幼犬额·特日克的名字，即古老的达斡尔族或蒙古语有力量的"熊"的意思，动物主人公一出场就充满神秘气息。因这种犬的食量巨大，在物资贫乏人尚不能温饱的年代，无人愿意饲养它，七岁的男孩忙来却把它带回家。

为了满足永远也吃不饱的额·特日克的需求，忙来可以说是煞费苦心，当家里找不到食物时，他能忍受"屈辱"去一个不愿意去的邻居家串门，以带回一点食物犒赏心爱的幼犬。额·特日克一天天长大，成了一头人见人爱的巨犬，甚至独自杀死并叼来一头袭击羊群的狼，从此名声大噪。男孩忙来与特日克之间亦建立了深厚的感情。一天，一个骑马的猎人来到忙来家，特日克对这个陌生人不但没有防御，还很顺从地让猎人用手来搔它的头，让忙来心理极为不安，当男孩忙来吃着客人带来的鹿肉干睡醒之后，猎狗特日克跟着猎人已经走过了两座山。从此，猎狗特日在猎人德子的教导下，它大展宏图，帮助猎人猎取凶恶无比的野猪、狡猾残暴的狼、不怀好意的同类，甚至一只会爬树的猫。在山上的小屋里，猎狗和德子也建立了深厚的"战斗情谊"。一次次地猎杀，无论对德子还是特日克，都是一次又一次生命的洗礼，是智慧勇气和运气的巧合，似乎他们从来没有失过手。

如果把《叼狼》看成一首完美的交响曲的话，"轮回——世界的尽头"就是乐曲的一个和声和高潮。在一个飞雪的夜晚，德子忘了带猎枪，一头野猪来袭，特日克被铁链拴住，没能及时地救护人，德子和野猪都死在了雪坑里，当被人们发现时，"寒霜已经挂满了德子和野猪的全身，于是，纠缠在一起的德子与野猪，无论从颜色和质地上，看起来也就更像一个整体。一具人与野猪的雕像，半人半兽的结合体。德子即使在最后一刻，仍然没有松开手中的猎刀，一直保持着手持猎刀捅杀野猪的姿势。""这是一个猎人最终的宿命——与自己穷其一生猎杀的野兽死在一起。"德子死后，特日克重新回到男孩忙来的身边。生活在镇子上的狗，再不需要狩猎了，但是，特日克在猎人德子那里养成的"英勇行为"还时不时泛起涟漪，忙来用爱与责任一点点感化和改变特日克，使特日克成为一头尽职尽责的牧羊犬。最后，特日克为了救忙来，惨死在野猪口。特日克死了，德子死了，甚至那个给猎犬起名字的蒙古老猎人也死了。作品却没有一丝阴郁和悲观的气息，"死去何所道，托体同山阿"，黑鹤的叙述态度自然平和，情感丰富节制而深沉。

黑鹤的动物小说也极富画面感，人物如浮雕般耸立在草原之上，森林之中，蓝天之际。北方森林皑皑白雪，暗夜中一座摇曳灯光的小木屋，精美温暖，而木屋背后的雪坑中却是一场你死我活的生死角斗，"德子与野猪半人半兽的结合体"如浮雕般耸立在作品之中，亦将永远雕刻在读者的心板上，文学的力与美、生与死、善与恶、自由与升华都定格在这一幕中。为《叼狼》中这一笔拍案称绝，反复品读，亦有深意，黑鹤深得海明威"冰山"理论的精髓，一角之下，应是勃勃生机的生活和沸腾的情感。

也许，黑鹤在有意关照年龄较小儿童读者的阅读心理，对善良忠义和勇敢的狗，就像对待自己的亲人一样。特日克虽然死了，但是，得到了人们的敬慕和爱戴，甚至厚葬，作品结尾不无亮色地说，"总有一天，会在某一窝初生的狗崽中发现一只银灰色的幼犬，它的毛色如同浸过蜂蜜的银子一样闪亮。这种事，需要的只是耐心和等待。那猛犬的血脉会一直隐藏在某处，合适的时候总会显现。"《叼狼》里也没有黑鹤早期小说《鬼狗》和《黑焰》里虐待和贩卖动物的成人。他创作取向有了一定的改变，以温婉的目光与平和的心态来审视和敬畏这生生不息的大自然。

《叼狼》的叙事结构较为巧妙，小说从墓地发现幼犬起笔，到墓地为特日克送葬而收束，是一个浑圆的故事。在叙事模式上，也是儿童文学经典的"在家——离家——归家"模式，住在忙来家幼年的特日克，得到了忙来一家人得精心照顾，享受到了自由快乐的童年生活。长大成年后的特日克，被猎人德子带走，离家在外，一次又一次的狩猎充满了巨大的风险，但作为猎犬，它得到了巨大的荣耀，特日克成为一只真正的好猎犬，实现了它作为猎犬的"人生价值"。直到德子死后，它才安全归家。

动物小说的魅力就在于写出动物"这一个"的性格特征，黑鹤笔下特日克的个性也比较饱满，在特日克童年期执拗地狂吃以及成年后捕猎的过程中得到展示。一次吃羊肠子的经历，作品极尽描写之能，把特日克的征服欲写得淋漓尽致，让人忍俊不禁。而在一次捕获野猪的过程中，特日克沉稳老道，当所有的猎狗群围野猪时，特日克按兵不动，等野猪快要精疲力竭时，特日克在主人德子富有经验的暗示下，显示出巨大的杀伤力，一招制敌。回到忙来家的特日克，与小主人重逢，对主人显示出忠诚尽责，情真意切，当忙来差一点被人贩子劫持时，特日克又义无反顾地破了忙来给它定的规矩，向人贩子扑咬，使主人转危为安，亦为后来献身救主做了很好的铺垫。猎犬特日克和男孩忙来互相付出情感，人与狗永远情未了，感人至深，让人潸然泪下。作为动物小说家，如若没有对动物深厚情感和对生命的无限敬畏，绝对创作不出这样情感充盈的作品。

黑鹤小说的语言具有较高的艺术辨识力，他不放过作品中的每一个细节，他把自我感受、语言表达、小说留白做了艺术的熔炼。即使写那些名不见经传的老人，他都很认真很着力，他有追求经典的高度自觉意识，如写那个无名老猎人的毡房，"老人的毡包里昏暗无光，仅有的器物都蒙覆着一层厚厚的灰尘，在酸奶中沤制的皮子总是散发出令人窒息的酸腐味。不过，偶尔当阳光从低矮的包门射进毡包里，在毡包一角会有什么突然闪亮，像暗夜中透过云层的星光。那是一副古老鞍子上的银饰件。"灰暗中透着一点光，这是被人遗忘的生命，曾有的辉煌事迹，以那一只古老鞍子上的银饰件在无声而有力地向世界证明着什么，而这熹微的光，与生命相比又是何等卑微。这种平淡充盈的笔力，在浮躁的儿童文学创作环境中显得弥足珍贵，黑鹤已经形成了自己独特的语言风格，显示了极为扎实的艺术基本功和天才的艺术感受力。

"大自然是一个有机统一的整体，包括人类在内的一切有生之物：动物、植物、微生物，都是这个整体中合理存在的一部分，都拥有自己的价值和意义，都拥有自身存在的权利。它们只服从那个统一的宇宙精神。"黑鹤在生命观和创作观上，表现了对生命宇宙精神足够的尊重，尤其是对大自然神秘力量的充分感受，"自由、爱、灵魂、生命、传奇"这些发光的词汇在他的作品中不是文化符号，而是一次又一次极为深刻的人生经验和感受，这是现代都市人最为缺乏的情感体验，喜怒哀乐等丰沛浓郁的情感在黑鹤的作品字里行间默默流淌，那是一条永远也不会干涸的河流，因负载着无数生灵传奇的生命，河流及河岸的两侧富有了色彩和生机。

黑鹤的动物小说创作，与其说是在诗化自我完美的童年记忆和表达对动物生命的热爱，不如说是他成年后健康人格和美学理想不由自主地一次次出发，与动物小说不期而遇的结果。小说《叼狼》，是黑鹤对猎犬特日克一生生活的回顾与灵魂守望，以凭吊那逝去生灵的高贵和不朽。

（原载《中国新闻出版报》2014年8月29日，有删改。）

人类情理世界的潜文本

——《狼图腾》的叙事价值

随着现代社会生产力水平的提高，人类与动物的生存空间发生了巨大的位移，尤以物种灭亡的加剧和动物家园的锐减，引起人类对自身生命空间持续焦虑，动物叙事文学作为对现代工业文明消解的一种力量，在世界范围内兴盛起来，越来越受到读者热捧。2004年4月长江文艺出版社出版的《狼图腾》正是在这样的背景下应运而生的，"长江文艺出版社的编辑们认为，'这本书2004年可以卖5万册，2005年可以卖15万册，'"[1]然而，这部书的发行量远远高于这个估计，截至2007年，姜戎的《狼图腾》已经印刷了30次，除去相关衍生作品以及国外版权，本书在内地的发行总数竟达到了113万余册。这部以狂飙之势席卷而来的文学作品创造了销售奇迹，也带来了商家新一轮的营销策划之潮。《狼图腾》中的小狼被商家选中，成为独立作品的主人公，以《狼图腾·小狼小狼》的标题进行再版。这本像狼一般颇具性格的图书，在我国的书籍市场掀起了一场龙卷风，《狼道》《狼魂——强者的经营法则》《狼的故事》《酷狼——美国西部拓荒传奇》《像狼一样思考——神奇的商业法则》……狼家族出版物的纷至沓来彰显着一个"狼性崇拜"时代的登场。

但是，在多次阅读和深度思考后，许多读者会发现众多狼族出版物之间的差异实际上非常明显，《狼魂——强者的经营法则》《狼道》等一系列

---

[1] 张诚、姜戎：《狼图腾应该是民族的图腾》，《三月风》2004年第9期，第42页。

作品，是吸取狼群的生存法则与行为模式中适合人类社会竞争的部分加以阐释与运用，并非文学范畴的作品。甚至于有些作品只是乘了《狼图腾》的顺风车，而难以寻到"狼风"的精髓与内涵。《狼图腾》被誉为"具有王者之风的大书"，作为王者它确有难以比肩的精粹与内蕴。同为狼族之书，我们不应一概视为"一串串腐烂的豌豆"，也不应一概视为"一串串的灿烂的珍珠"[1]。只要重新审视姜戎这部作品的叙事价值，便能了解狼族作品的整体思想，甚至零距离接触动物叙事文学的命脉。从动物叙事文本中，读者可以看到人类世界的许多潜藏规则，也能够了解步入二十一世纪以来，中国动物叙事文学在审美取向上的沿袭和创新。关于《狼图腾》的研究可谓汗牛充栋，一部专门研究《狼图腾》的理论专著已经出版[2]。

（一）珍贵的人生经验

《狼图腾》的创作源于作者姜戎在内蒙古额仑草原的11年生活经历，他所描述的草原与草原狼是基于一个生活于此的知青对草原狼的熟知与激情。说这是一部呕心沥血之作并不夸张，25年的腹稿以及6年的创作，加以反复的修正，作者可谓31年磨一剑，这在当代文坛是难得一见的，而他严谨慎重的创作态度更应赢得一份尊重。而比时间的沉淀更为珍贵的是，作者在创作这部饱含血与泪的作品时所蕴含的宗教般虔诚真挚之心。对于狼的生活习性与行为方式，作品的描述是生动精细的，比如写狼群围捕黄羊的情节时，作者抓住狼机智、狡诈、沉着的特性，写出它们机敏地捕捉黄羊的精彩瞬间，它们能够充分利用地形巧妙地将黄羊赶到雪窝，并利用冰雪封冻食物以待日后享用。此外，狼群为了报复而围攻了军马群的生死厮杀、与狼群战斗的毕利格老人的从容以及孤身遭遇狼群的陈阵的恐惧等情节都描绘得如此真实。这都是因为那些情节实乃作者的亲身所感，这与时下的一些"为赋新词强说愁"的言情、玄幻、武侠小说截然不同。能够打动千万读者，让人读罢作品难以平复的震撼力量，正是源自小说《狼图腾》创作的"真诚"。

[1] 李建军：《是珍珠还是豌豆？——评〈狼图腾〉》，《文艺争鸣》2005年第2期，第62页。

[2] 龙行健：《狼图腾批判》，学林出版社2007年版。

这份真诚首先体现在用情之真，作者把自己对草原人民的深情、对朝夕相处的动物之情，加之对文学本身的敬畏之情，都融入作品之中。通过他对"狼"的活化，赋予了这个生命以超越本体的意义，让人心生敬畏、发人深思。作者姜戎曾说："我写这本书绝对是真诚的，是我真正的痛苦、真正的思索。不写出这本书真的是死不瞑目。""我……有一个强烈的愿望，就是借这本书向汉族人介绍被汉文化破坏掉的原始游牧生活状态是什么样的，可惜不可惜？汉人有没有责任？"[1]"真"的是书中所展现的真经历与真体验，"诚"的是作者对草原对狼的挚爱，在《狼图腾》中作者表达出了他的一份担当——他代表与自己相同的许多对草原、对狼群所犯下罪行的人进行了一场心灵的救赎。正是源于这样的创作初衷，姜戎先生坚决反对在这部作品中融入商业化的爱情元素；正是源于这样的认罪勇气，姜戎毫无保留地将《狼图腾》获奖所得的10万奖金捐赠回草原。这部厚重之作的分量不在于篇幅之长，而在于它承载着作者的诚挚之心；它的价值不在于对狼的生活写得如此之生动传奇，而在于它包含了作者对一个国家、一个民族的文化内省，这份真心值得我们细细品读。

　　作者的真诚还体现在作品没有过多的技法与形式主义的泛化，《狼图腾》舍弃了陌生化的叙事技巧，仅用淡定从容的叙事笔法铺叙。也许在一些评论家看来，缺乏"陌生化的叙事"是这部作品的一大失败。但是，故弄玄虚、不明所以的叙事技巧，究竟是打着英美新批评的"形式即内容、内容既形式"理论旗帜的招摇过市？还是当下文坛不可或缺的前卫创作之风？这个问题值得深思。然而，《狼图腾》用其真诚与执着，为读者还原了小说创作的内在力量。抛开花样百出的技巧，用真诚注其血肉的作品，必然能够显示出其强大的养分与内涵。当然，这里并非否定叙事技巧在小说中的运用，而是为了强调深刻的内涵才是文章之根本。须知，作品中深刻的内涵便如同一件剪裁得体的大衣，而独特的叙事手法则是锦上添花的装饰。当下，常常会出现一类形式大于内容的小说，这种舍本逐末的做法只能让作品如一现之昙

[1]　吴菲、姜戎：《用半条命著〈狼图腾〉》，《北京青年报》2004年5月25日。

花，难以长存。相比之下，《狼图腾》并无浓墨重彩的臃肿衣冠，而是只着一身素净的淡衣，却掩盖不住那真诚的文化之韵。

此外，《狼图腾》表达了作者以真诚之心对生命的最高礼赞，他所描写的是生活的真实，更是来自大草原上的无限生机。小到几只蚊虫、飞翔的小鸟、零落的小草，大到敏捷的猎犬、奔跑的黄羊、睿智的草原狼，都透过文字彰显着生命的力量，这群蒙古草原上生物灵动的形象无不深深烙印在读者的心中。作者的真诚还在于他创作的态度绝非鲁迅先生所谓的"欺与瞒"，相反，他用理性的目光审视着草原这片土地的人与动物，他的思考不仅停留在现实的生活，还有他对悠悠中华的文化传承、社会历史的理解。《狼图腾》通过对草原狼史诗般的书写，为人类的文化史留下了一部意味深长的教科书。

（二）汉文化思维与图腾的探索

姜戎先生曾说："面对公众和媒体，我担心会有人问我关于'狼'的那些有趣的故事——我怕掉到'有趣'的氛围里。"[1]如果读者可以深入其中地阅读《狼图腾》这部作品，就可以理解，之所以作者怕掉到"有趣"的故事氛围中，是因为他的创作目的绝非停留在消遣娱乐的层面上，对于中国历史文化与国民精神文化等方面他是有深刻思考。在51万字的篇幅中，作者时常跳脱出来对话、争辩与思索，特别是最后一章《理性深掘——关于狼图腾的讲座与对话》实乃借杨克与陈阵之口表作者之意。雷达先生称在这一章中作者是"以一个文化新大陆的发现者和宣扬者站出来大声讲话"[2]，可以看出作为一个"狼文化"的推崇者，他企图在中华文化甚至于文化哲学的层面上进行会诊与治疗。这是《狼图腾》内在的强大文化思考力，也是透过其动物叙事的表层留给我们的巨大理性、审慎和辨证的探究空间。

作者有其独到的文明史观，在解读历史文化时他梳理出了一个全新的概念，姜戎深度探讨了民族存在与民族性格之间的关系，他认为民族存在决

[1] 姜戎：《狼图腾》，长江文艺出版社2004年版，第65页。

[2] 雷达：《<狼图腾>的再评价与文化分析欲望与理性的博弈》，《小说评论》2005年第4期，第6页。

定民族性格，而强悍的民族性格能够推动民族进步，即"强者为王，超强者夺冠。"[1]在这一理念下，他对中国国民性的问题进行诊脉，并给出了一个名为"中国病"的结论，一切根源"就是'羊病'，属于'家畜病'的范畴。"[2]"羊病"是指在相当长一段时间内坚持农耕文明所形成的民族性格——"羊文明"，与之相对应是民族品格便是以游牧为主的草原民族与西方民族所具有的"狼的精神"。在世界文明的激烈竞争环境中，伴随着政治、经济、制度以及科技等角逐下的根本竞争在于民族性格的比拼。显然，华夏民族的"羊文明"在对抗西方民族的"狼文明"时谁胜谁负昭然若揭，而作者认为想要重整旗鼓需要的是在改变农耕民族的精神性格上下一番工夫。

姜戎的文化思考来自于他的人生经验，他并没有对"狼文明"盲目崇拜，他说："狼性就像核反应堆一样，它能量很大，弄好了造福人类，它的破坏力也很大，弄不好毁坏全球。得要给它控制。但对中华民族来讲，它羊性太多，狼性不足。"[3]治疗"中国病"就要补"狼性"，但是还要注意控制狼性与羊性之间的关系，让二者适度结合，因为狼性不仅代表着强悍血性，还包含着大量危险的不稳定因素，作者曾说"适度地释放和高超地驾驭人性中的狼性，这是条世界性的高难道路。"[4]那么，中国人所需要的"狼性"该如何补充呢？

作者给出的处方是在以狼图腾为核心的游牧精神中找到出路，姜戎认为：游牧精神资源"是有生命力，它到现在还有生命力……就是被儒家、农耕文明打击、消灭、压制的这种游牧精神，应该把它挖掘出来。"[5]也就是说，挖掘潜藏在我们民族品格之中的游牧品格，一旦游牧品格得以运用与发挥，将成为中国战胜欧美强国的制胜法宝。中国的文化图腾是带有专制主义

---

[1]　姜戎：《狼图腾》，长江文艺出版社2004年版，第400页。

[2]　姜戎：《狼图腾》，长江文艺出版社2004年版，第364页。

[3]　姜戎：《狼图腾》，长江文艺出版社2004年版，第401页。

[4]　姜戎：《狼图腾》，长江文艺出版社2004年版，第401页。

[5]　吴菲、姜戎：《用半条命著<狼图腾>》，《北京青年报》2004年5月25日。

色彩的"龙图腾"，它承载着中华文明千百年的文化，成为一个稳定的文化主体，但是，作者认为至少有七种证据指出"龙图腾"是源于"狼图腾"的，这种潜在的血脉深渊使得中国的龙图腾融入狼图腾的强悍进取精神具备了可能性。

作为一名具有责任感的当代知识分子，作者想要救治中华民族国民之病的良苦用心值得鼓励，但同时，作者对文明史的理解与解读确实存在一些值得商榷之处。

第一，作者片面地以农耕文化来概括博大精深的中国传统儒家文化，而忽略了原本复杂的各农耕地域间的文化差异性。首先，农业不足以涵盖中华文化的全貌，早在春秋战国时期，我国的伐木业、手工业、狩猎业以及商业都产生了不可低估的影响。此外，对中国传统儒家文化的解读也非几笔可以概述，例如"四书五经"是中国传统儒家文化之经典，但无论是君臣之礼、忠义之言还是中庸之道都只是其中的一部分。而随着历代统治阶级的意志对儒家经典的不断解读与附加，特别是明朱理学的演绎，儒家文化的发展变得更为复杂，仅因一句"存天理、灭人欲"便对原本的经典全盘否定难免有失偏颇。基于此，作者提出了自己的观点，"日本跟着中国儒家学了一千年……在世界上默默无闻。可是跟西方海狼才学了30多年就一飞冲天"[1]，这实在难以得到中国社会的广泛认同，实际上，韩国、日本、新加坡非常注重保护中国传统文化，这一点是世界公认的，特别是日本的茶道、书画、建筑都受到中国文化的深远影响。此外，在文化精神的传承中，日本人依然受到儒家文化的熏染，日本的世界知名企业对员工培训时特意加了儒佛的"六和敬"，他们袭着中国传入的待人接物礼仪。正是因为日本人认识到了中国传统文化精神的深沉精髓，并在他们的维新与变革中把握住了传承与发展的"度"，才使得它成为与西方比肩的强国。中国的传统文化非但没有成为日本前进的阻力，反而成了助力。

第二，作者简单地将中国病归结为"羊病"，并只寄期望于用狼血来弥

---

[1] 姜戎：《狼图腾》，长江文艺出版社2004年版，第399页。

补羊性本身的不足，已达改善民族性格的目的。将中国国民之病根简单地总结为"羊病"是难以令人信服的。鲁迅先生所说的"阿Q精神"的确是中国人一种弱者的羊性心理展现，但这依然不能概括中国人民的全部性格，特别是在民族大义与危难关头之时，中国人血脉中喷涌而出的也是"狼"一般的团结与勇猛。此外，狼性本身也有其糟粕，狼性中的强悍性和攻击性也在中国人身上得以呈现，比如：在《狼图腾》里杨克便道出了子女对父母所体现的狼性，他说："老爸还没咽气呢，儿女亲属就在老人的病床前，为争夺遗产大吵大闹，吵得老人都咽不下最后一口气。"[1] "我那个儿子，在家里是一条狼，可一出门连只山羊都不如。被同学一连抢走三个钱包，都不敢吭一声。"[2] 可见，中国人所继承的狼性，不仅有强大的能量，也有阴险、贪婪和危险性等动物属性的本质。

通读《狼图腾》便可发现中国人所缺乏的并非狼性，而是一种"理性、审慎和辨证的科学精神"[3]。当缺乏理智的疯狂狼性主导着中国人的行为时，对草原毫无节制地烧毁，对狼群失去理性地捕杀，便造成了自然生态失和的悲哀局面。在作品中，以包顺贵为代表的移民汉人、汉化蒙古人，包括像陈阵和杨克这样的知青，他们有意无意地对草场的破坏、对狼群和动物的猎杀，都是在罔顾生态平衡而犯下了无法弥补的罪行。这些失去了理智的狼性行为，使我们更加深感"理性、审慎和辨证的科学精神"对中国人的重要性，它使得我们从兽性进化到人性甚至神性，也是我们延续文明的根本力量。

第三，作者一味推崇"狼的精神"，在用狼性来治疗中国国民性的过程中，似乎过于沉溺于现代文明的竞争机制。作者表示，"现在市场经济就是不相信眼泪，只相信实力的经济，随着人口压力继续增大，资源持续减少，环境不断恶化，生存竞争将更加残酷。"[4] 在此基础上，姜戎表达了自己对

---

[1] 姜戎：《狼图腾》，长江文艺出版社2004年版，第373页。

[2] 姜戎：《狼图腾》，长江文艺出版社2004年版，第359页。

[3] 侯颖：《人类情理世界的潜文本：〈狼图腾〉叙事价值研究》，《河北大学学报》2011年第1期，第96页。

[4] 张诚、姜戎：《狼图腾应该是民族的图腾》，《三月风》2004年第9期，第42页。

传统文化的观念，"在中国的文化传统中，排斥与压制物竞天择的理念根深蒂固。中国农耕国民性格的本性和惰性也常常会表现出强烈的厌恶和反对竞争的倾向。"[1]作者所赞扬的"狼的精神"背后存在着一个这样的客观逻辑——物竞天择、适者生存、弱肉强食的自然法则。狼群的机智果敢、英勇无畏以及团队的高度纪律性、组织性与执行力是现代社会特别是商业竞争中所极力吹捧的。但是狼的生存之道还包括不择手段、残酷无情，以及只要为了达到目的都可以毫无底线的"狼性"行径。作者在赎罪意识的驱使下，在面对草原与狼群时无意识地忽略了狼性的弊端，而过度张扬了"狼的精神"之裨益。即便是作者在重审中国传统文化之时，也为了突现"狼的精神"之适宜，而将我们的文化置于西方新殖民主义的残酷竞争中，甚至于将之复归到自然界的原始竞争中进行比较。

在自然界中，达尔文物竞天择、适者生存的生物进化论必然是不二法则，但是对于进入文明时代的人类来说，进化论的可用性便需要我们谨慎地对待了。作为同时拥有自然属性与社会属性的人类，如果仅从工具的使用和制造来区分自身与动物的不同，那么人类实在枉为万物之灵长。人类之所以为人类，是因为人类具备着更高超的智慧与更高尚的情感，智慧是理性与审慎，它使得我们能够更好地维持自我的生存；而情感是无私与博爱，它使得我们能够更好地维持万物的生存。就如《敬畏生命》一书的作者史怀泽所说："如果我们摆脱自己的偏见，抛弃我们对其他生命的疏远性，与我们周围的生命休戚与共，那么我们就是道德的。"[2]人类的自律性不允许我们如动物般残暴地攻击与破坏，但是显然破坏与攻击是狼的天性。比如《狼图腾》中有这样的描写：在战斗中，为了保持狼作战时的敏捷与灵活，狼群将受伤的狼咬死，以免成为战斗的累赘，也为活着的狼争取战斗与生存的机会。又如为了复仇，狼群与军马群展开自杀式的交战，这种看似勇于牺牲的团队作战，实际上确是毫无理智的无谓之战，更是兽性大发的极致表现。尽

[1] 张诚、姜戎：《狼图腾应该是民族的图腾》，《三月风》2004年第9期，第42页。

[2] [美]史怀泽：《敬畏生命》，上海社会科学出版社1992年版，第9页。

管作者一再肯定人类需要"狼性"的精神，但这种精神不应包括冷酷残暴的兽性精神。需要警惕的是，作者似乎在展现狼群的暴力竞争行为时，并没有否定这些"反人性"的生存逻辑。试想，如果我们人类只信奉弱肉强食的生存法则，那么为了精英式人群的存活，老弱病残将首先成为被无情淘汰的对象，而当我们毫无仁爱之心地杀戮与残害同类时，人类又与禽兽有何区别呢？人类何以在这样的"狼性"社会中生存呢？

第四，作者期望从与游牧精神息息相关的狼图腾中提取营养，渴望狼图腾能与华夏民族的龙图腾合而并用，实现中国巨龙的再次腾飞。然而，他忽视了龙图腾本身就已包涵了狼图腾的进取与强悍的品格，龙图腾是在图腾文化的角逐中取得最后胜利的，只是它所蕴含的深意没有被当今的人所熟知。与象征着凶恶的西方龙意象不同，中国龙自古以来便具有完美的精神指引意义。早在原始社会时期中国便以龙为图腾，龙春分时登天，秋分时潜渊，不仅拥有腾云驾雾的神秘色彩，更有着呼风唤雨、救民救世的社会能力，而龙融动物身体之精华于一身的形象，更是聚集了古老中国人民智慧之结晶。龙身上长有角、鳞、髯、爪，《尔雅翼》引王符言曰："龙有九似，角似鹿，头似驼，眼似鬼，项似蛇，腹似蜃，鳞似鲤，爪似鹰，掌似虎，耳似牛。"龙集百兽精华于身，具备着神一般的飞腾能力和进取精神，不是狼这种猛兽能够比拟的。《易经》八卦分别对应了一种动物："干为马，坤为牛，震为龙，巽为鸡，坎为豕，离为雉，艮为狗，兑为羊。"在这其中，"震为龙"的意思是震卦为龙，而震卦代表着飞腾、运动和发展变化，这侧面说明了龙有着引领时代发展的作用。孔子在解释干卦的卦辞时也说过："大明终始，六位时成，时乘六龙以御天。"天地轮回，而浩瀚无边的宇宙由开始到终了，又与"龙"息息相关。至于龙成为历代专制统治者至高无上的图腾象征，则是社会在权势崇拜的指引下赋予龙形象的过多阐释，这与龙图腾本身所喻示的理性、进取、智慧的精神并无关联，在这里亦不可一概而论。

《狼图腾》用游牧文化的眼光来看待中国的大河文明和农业文明，进一步揭示了中国儒家文化的内涵和发展规律，"既在印证中国儒家文化的真理性部分和它开放性的心胸和格局，也确乎在告诉我们不要囿于狭隘本本主义的儒家，才能使我们真正学习儒家文化和其他民族文化的精华。"[1]这是一种全新的文化视角，这种视角的解读不是为了让我们摒弃已有的文化精粹，而是让我们在文化重审的过程中敞开更开阔的视域。

（三）对"狼"文化的反思

对中国历史文化与现代文明的反思构成了《狼图腾》立体完整的骨架，而文本中那跌宕起伏、扣人心弦的情节和细节填充了整个故事，丰满翔实的剧情是《狼图腾》受到读者热捧的一个重要原因。动物文学的关注主体是动物，而暴力主宰着动物的存亡，残酷的自然法则让我们不能回避动物界的杀戮与死亡，那么文学作品将以何种价值判断来面对这些动物界的常态便显得尤为重要了。"当暴力变成一种叙事视景时，叙事主体的价值选择往往像一首乐曲的主旋律一样主宰作品的情感流向。"[2]作为一部来自草原的英雄史诗，作者在"对狼的故事极富渲染力和充满张力的描绘中，似乎有一种矫枉过正的暴力在书中蔓延开来。"[3]字里行间弥散着鲜血的气息，情节中充斥着杀戮与死亡，这种冷酷地近乎残忍的叙事风格，很难引发出读者对生命的抚恤与敬畏，阅读这部缺少温度的作品时读者的心里无疑是压抑沉重的。

同样是描写狩猎和杀戮的情节，《老人与海》中曾有这样一段情节，老人圣地亚哥以捕鱼为生，他历经千辛万苦终于抓住了一条巨大的鱼，与它搏斗三天三夜后，圣地亚哥被大鱼的坚强毅力所折服，"我从没见过比你更庞大、更美丽、更沉着或更崇高的东西，老弟。来，把我害死吧。我不在乎谁害死谁。"[4]大鱼的坚韧深深触动了老人，此时它已不再是一个单纯的猎物，而是一个值得人尊重与敬畏的顽强生命，从某种意义上来说，老人在鱼的身上看到了存在的本质与意义，这份精神品格值得老人为之献出自己宝

[1]　侯睿、侯颖：《＜狼图腾＞狂飙之后的文化反思》，《社会科学战线》2006第3期，第307页。

[2]　侯颖：《人类情理世界的潜文本：＜狼图腾＞叙事价值研究》，《河北大学学报》2011年第1期，第98页。

[3]　侯睿、侯颖：《＜狼图腾＞狂飙之后的文化反思》，《社会科学战线》2006年3期，第307页。

[4]　[美]海明威：《老人与海》，上海译文出版社2004年版，第112页。

贵的生命。文本中的人物心理活动描写既真实又动人，当人类能够尊重一切生命，无论是亲人还是敌人，无论是同类还是异类，便是人性自我完善的卓越一步。与大鱼之间的对决，对于老人来讲不是简单的捕猎，他对大鱼万分敬畏，他渴望能够用自我的意志与不灭的信念来战胜对手、点亮人生，所以当他终于制伏大鱼时，他是无比欢愉的。但是，老人的"战利品"却被一条更大的登多索鲨所觊觎，在与鲨鱼经历了一番搏斗后，鲨鱼被老人所杀，圣地亚哥这时并没有感受到胜利的喜悦，反而极为痛苦，"也许杀死这条鱼是一桩罪过。我看该是罪过，尽管我是为了养活自己而且给许多人吃用才这样干的。"[1]面对鲨鱼的死亡，圣地亚哥进行了发自内心的忏悔，想通过自己的举动减轻心中的负罪感，"你杀死它是为了自尊心，因为你是个渔夫。它活着的时候你爱它，它死了你还是爱它。"[2]捕猎是猎人的天职，但这天职的背面是对生命的杀戮，所以老人的内心感到无比忏悔和羞愧，纠结在他心灵深处的是生存之需与生命之重之间无法调和的矛盾，而这种矛盾的苦痛与压抑在他每杀害一个生命时都会不断加深，当老人庄重而悲情地同鲨鱼道别时，在这充满仪式感的情节中我们似乎也能体会到悲剧的强大力量。就如鲁迅先生所言"悲剧是把有价值的东西撕碎给人看"，海明威在《老人与海》中，多次描写到生命的毁灭，以此来加深着悲剧的力度，让人感受到戏剧化审美张力的同时深深地刺痛了每一个有感知的灵魂。

同样描写人类的杀戮行为，在《狼图腾》中却有截然不同的展现，例如文本有这样一段描写，在猎狗巴勒的帮助下，毕力格的儿媳嘎斯迈终于把狼从羊群中拽了出来，徒手掰断了狼的尾骨，将之杀死，文中说："嘎斯迈抹了抹脸上的狼血，大口喘气。陈阵觉得她冻得通红的脸像是抹上了狼血胭脂，犹如史前原始女人那样野蛮、英武和美丽。"[3]作品以第一人称内视角来书写杀戮的美丽与英武，对于女人的杀戮行为给予了极高的赞美与褒奖，

[1] [美]海明威：《老人与海》，上海译文出版社2004年版，第124页。

[2] [美]海明威：《老人与海》，上海译文出版社2004年版，第125页。

[3] 姜戎：《狼图腾》，长江文艺出版社2004年版，第9页。

却对于死亡的一方冷漠而淡然，没有一丝一毫的怜悯和同情，当陈阵询问这位蒙古族女子，在杀死狼的时候是否感到害怕，嘎斯迈的心态竟然十分平静，她回答道："我怕狼把羊赶跑，工分没有啦。我是生产小组的组长，丢了羊，那多丢人啊。"[1]对于人来说，羊群是他们的财产，而对于狼来说，羊群是他们的食物，这看似是人与狼在社会性与自然性间的博弈。但是与狼相同的是，人并没有把动物当作有意义的生命体。当毕利格老人带知青们去捡狼群遗留下来的羊时，他们只是把这些失去生命的动物当作了的战利品，人们只顾得欢心于意外之财的获得、庆祝于不劳而获的满足。如果人同野兽一样毫无对他者生命的悲悯、毫无对世间万物的尊重，只是遵循着动物的生存法则行事，那么在这场抢羊大战的残酷杀戮中，人与狼又有什么不同呢？即使作者对狼的精神有着极高的赞许与欣羡，遗憾的是在面对残暴、无情的杀戮时，他是以动物的法则来对待死亡，而不是以人的标准来面对生命的价值。如此客观的叙事视角与如此冷漠的叙事情感，意味着对待生命作者失去了应有的人味，而毫无底线、毫无原则的书写暴力与屠杀也是对人性本身的迫害。在这个层面上对比《狼图腾》和《老人与海》，我们不难发现《狼图腾》的叙事张力与审美价值便大打折扣了，作为一部畅销小说它新奇独特的故事情节具有一定的说服力，但由于其人类精神内核的缺失，对生命终极价值的冷漠则让这部作品与经典之作《老人与海》相去甚远。

关于为何小说对狼的传奇故事做了大幅渲染，作者是有自己的一番道理的，在接受媒体采访时，姜戎先生表示："现在这些书把孩子们都弄成羊不羊、鼠不鼠的。还有咱们的足球，整个就是一群羊，让一群狼在那儿围剿。这么萎靡的性格你怎么能够振兴？所以人家说我矫枉过正，我就是要刺激刺激他们。"[2]然而，作者的这份"刺激"在文中显得有些偏激，最终效果则是过犹不及。在《狼图腾》中，作者对大草原和天鹅湖进行了细腻的描写，为读者展现了蔚为壮观的图景，带来了优美而崇高的阅读享受，但是作者将

[1]　姜戎：《狼图腾》，长江文艺出版社2004年版，第10页。

[2]　吴菲、姜戎：《用半条命著〈狼图腾〉》，《北京青年报》2004年5月25日。

更多的笔墨放在了杀戮上，无论是狼群围攻黄羊，还是小狼追杀野兔，或是黄羊被狼一击毙命，剧情在这种残忍、凶狠，近乎惨烈的气氛中发展着，作品中洋溢着这种暴力的狂欢和失控的情节，读起来让人深感恐惧与阴郁。

《狼图腾》一书对狼族故事的叙事是非常宏大壮观的，作者将自己的理解与救赎心理，以及对草原狼族的喜爱都淋漓尽致地表达出来，但这种心理却超出了普世的情感而升华成一种类似于宗教般的迷恋与膜拜，这种过度的情感使得作者的叙事效果难以服众，至少我们很难认同作者对狼性与羊性的思辨与剖析是站在一个理性而客观的立场上。此外，作者对于狼生命主体的关注也是隐藏在他对狼性精神的推崇之后的，他人为化地对狼形象的刻画与表达，掩藏了狼残忍血腥的内在特质，而让读者沉溺于狼作为王者的屠戮盛宴中。而肆意的暴力杀戮在文本绘声绘色的描写中，也消解了作者想要对狼性精神以及中国历史文化思辨的初衷。毫无疑问，暴力文化无论是对人的生理还是心理健康都存在着巨大的负面影响。暴力与强韧是有很大不同的，实际上，我们需要"一个人可以被毁灭，但不能给打败"[1]老渔夫圣地亚哥自身拥有钢铁般的坚强意志，却不用任何方式表达暴力。反观现今社会，从电影、视频、网络等各大媒体，到所谓的文学作品中，我们常常能够感受到这种暴力的气息。各式的作品经常在表现一场强强对决后，歌颂一种"正义必将战胜邪恶"的论断。实际上，这些片面赞扬"正义"的作品在潜移默化中为观众传递了暴力信息，让他们认为暴力可以解决一切，特别是一些懵懂的青少年，会因为过于相信文中内容滋生出"拳头"崇拜的倾向。刚刚开始阅读这些带有暴力色彩的文学作品时，青少年会感到恐惧与紧张，而他们的神经中枢随着接触血腥残忍情节的增多而变得兴奋，进而对暴力感到麻木，甚至漠视生命的价值。失去了祥和清净的内心状态，会在残暴的污染中滋生出兽性的恶芽，而当这种暴力的种子不能被及时纠正而任其生长时，便会在难以预料的时候用暴力行为开出罪恶之花。常常为身体注射暴力之血的人，他们的体内必将被暴力所填满，而用暴力铸成的价值观必然使人性失去应有

---

[1]　[美]海明威：《老人与海》，上海译文出版社2004年版，第148页。

的仁爱宽厚和怜悯之心。"暴力文化远离优美、祥和与崇高，打着文化的旗帜，很有迷惑性和欺骗性，很容易使人不知不觉陷入他们设下的、也可能是无意中设下的陷阱，从而害人于无形。"[1]所以，无论是青少年还是成年人都需远离这种暴力文化。

综上所述，作为当代动物叙事文学中不可或缺的一部作品，《狼图腾》用情感之源、理性之光、文化之思、生命之力奏出了一段美妙的交响曲，但细细品味仍能让我们感受到其中不和谐之音符的隐隐做响，人类中心主义的大沼困住了我们对文学美感的追求，阻碍了我们对生命和谐的探索。这样的问题是普遍存在的，并非姜戎一人的失误，海德格尔曾说："主体越是作为主体出现，主体的姿态越横蛮急躁，人对世界的观察，人关于世界的学说，也就越成为关于人自己的学说，即成为人类学。"[2]与此同理，动物叙事文学很容易陷入这个困境之中，作者强制性地将自己代入动物主体中，希望通过动物来阐释动物，很容易走入人本主义的怪圈，让自己处于尴尬而荒诞的境地。例如《狼图腾》，这个题目的寓意是一种以狼为标志的图腾，它既是人类的文化符号，也是作者用以解读人类历史文化的工具。这种假借动物寓意来映射人类社会的行动，就是一次人主体化意识下的"蛮横而急躁"表达。以狼的人类学为主题本身就是一场本末倒置的思辨，因为动物固然拥有思维，却没有一种成熟的语言来表达自己存在的意义和价值。动物叙事文学不应该承载人类的情感和理智过于宰制。因此，对于动物叙事文学的发展而言，回归文学所要求的审美情境和生态领域尤为重要，这一做法既符合中国当代文学的现代性远景，也符合动物叙事文学自身的艺术需求，有助于动物叙事文学走进艺术的"腾格里"，真正为动物文学发展做出中国化的贡献。

（原载《河北大学学报》2011年1期）

---

[1]　侯睿、侯颖：《<狼图腾>狂飙之后的文化反思》，《社会科学战线》2006年第3期，第307页。

[2]　[德]海德格尔：《人，诗意地安居》，上海远东出版社1995年版，第147页。

第 5 辑　图画书论

图画故事对儿童诗性心灵的守望

现代图画书发展的历史要从1658年捷克教育家夸美纽斯所编写的《世界图绘》一书在纽伦堡出版说起，这是西方世界第一本配插画的儿童书，以介绍知识、说明事物为主。直到19世纪彩色印刷术的发明以及英国画家、出版家爱德蒙·埃文斯的开拓，沃尔特·克雷恩、伦道夫·凯迪克和凯特·格林纳威的努力探索，特别是伦道夫·凯迪克被称为"现代图画书之父"，"他探索文字与图画的关系并进行实践，强调只有图文在视觉上变为一个整体，彼此之间才能真正融合。"他为《骑士约翰的趣闻》一书绘制插图，其中约翰骑在马上驰骋的插图，成为后来美国凯迪克图画书奖的标志。20世纪初，英国出现了以阿特丽克斯·波特的《彼得兔的故事》为代表的图画书作家。到了30年代，图画书的中心由英国转向美国，出现了一大批优秀的图画书作家和作品，如1928年由德国移民美国的童书作者婉达·盖格的代表作《100万只猫》、罗伯·麦可斯基的《让路给小鸭》、维吉尼亚·季·巴顿的《小房子》等。许多高品质的图画书的大量创作出版并受到读者的热捧，一个图画书的黄金时代已经到来。20世纪末期中国出版社才开始从国外引进版权，图画书以图画的精美、故事的神奇、印制的考究首先吸引了出版者的目光，将童书的品质提升到艺术的高度，一下吸引了众多目光。方卫平在《想象能走多远》一文中坦诚："直到这个世纪的最初几年，图画书这一在20世纪西方和东方的许多国家被开发得相当成熟的出版门类，对于中国的创作者和出版人而言，仍然是相当陌生的——我们对图画书的文化认知和审美感受程度，在整体上还十分有限。"那么，什么是现代意义的图画书呢？用彭懿的话说："图画书是用图画与文字共同叙述一个完整的故事，是图文合奏。说得抽象一点，它是透过图画与文字这两种媒介在两个不同层面上交织、互动来讲述故事的一门艺术。在图画书里，图画不再是文字的附庸，而是图书的生命，甚至可以见到一个字也没有的无字书（WordlessBooks）。"

那么是不是带插图的童书就是图画书呢？答案是否定的，除具有图画与文字互动地讲述故事，还可以单独用图画来讲述故事。"图画书和文字与生俱来就不同，所以也以不同的方式传达不同的讯息。图画涵盖的是空间而非时间，因此要表现语言文法轻而易举就做到的因与果、强势与附属，以及可能性与实际性等短暂关系就很不容易，因为语言文法所涵盖的是时间而非空间。图画无法靠自己传达出所描绘的为古早之事，也无法呈现人的梦境或臆测。""图画书所提供的独特乐趣，就在于我们能感受到插画者如何利用文字与图画的差异。"因为图画的空间性，在构成故事的时候就会形成巨大的落差和跳跃性，实现情节的紧张、曲折或是舒缓自如，宛如一首首优美的乐章丰富润泽儿童的心灵。

美国的山姆·麦克布雷尼和安妮塔·婕朗创作的图画书《猜猜我有多爱你》，用了很简单的故事形成了画面，小兔子要上床睡觉了，他紧紧抓住大兔子长长的耳朵。他要大兔子认认真真地听他说。"猜猜我有多爱你？"故事的精巧构思在小兔子问大兔子猜测，这与孩子的好奇好问的天性相符。"噢，我想我猜不出来。"大兔子说。"我爱你有这么多。"小兔子说着，使劲儿把两只手臂张得大大的。大兔子的手臂更长，他也张开手说："可是，我爱你有这么多。"因为大兔子手臂长，他赢得了第一次爱的比赛。第二次，小兔子说："我爱你，就和我举得一样高。"大兔子也说："我爱你，和我举得一样高。"大兔子又赢了。第三次第四次……大兔子以身体的高大赢得了小兔子，但是这个小家伙不甘落后，当小兔子看看树丛前方，无边的黑夜之中，再没有什么比那天空更遥远了。小兔子说："我爱你，一直到月亮上面。"大兔子充满爱意地说:"我爱你,从这儿一直到月亮上面,再绕回来。"然后两只兔子紧紧依偎在一起,在爱的怀抱中进入了温暖甜美的梦乡。这是一场真挚感人的爱的竞赛,把爱的深邃用形象、简单、物理的方式呈现出来,浅显的故事后面凝聚了深厚的人生情感和人性思考。

日本作家五味太郎编绘的图画书《鳄鱼怕怕牙医怕怕》更以其精巧绝妙的构思,成为图画书的经典。故事和画面都非常简单,鳄鱼牙疼去看牙医,犹如一个孩子看牙医充满惧怕,牙医面对的是鳄鱼这样一个特殊的病人,内心同样满是恐惧。作品用人物心理活动形成故事:

鳄鱼:我真的不想看到他……

但是我非看不可。

牙医:我真的不想看到他,

但是我非看不可。

鳄鱼:我一定得去吗?

牙医:我一定得去吗?

鳄鱼:我好害怕。

牙医:我好害怕。

鳄鱼:我一定要勇敢。

牙医:我一定要勇敢。

鳄鱼:我做好最坏的打算了。

牙医:我做好最坏的打算了。

鳄鱼:这是一件多么可怕的事。

牙医:这是一件多么可怕的事。

鳄鱼:不用太久……

牙医:不用太久……

看病之后,鳄鱼给牙医行了个礼:多谢您啦!明年再见。

牙医给鳄鱼行了个礼:多谢您啦!明年再见。

鳄鱼:我明年真的不想再见到他……

牙医：我明年真的不想再见到他……

鳄鱼：所以我一定不要忘记刷牙。

牙医：所以你一定不要忘记刷牙。

一篇简单的故事后面蕴涵着丰富的价值，故事用完全相同的话语在不同的人物心理的产生截然相反的效果，形成情节的矛盾和落差，在读者阅读中产生情感的震动，情节的落差越大，在读者的心目中震动越大，达到了一种幽默有趣而又惊险刺激的美学效果。也是对复杂的语言思维与情感思维这样的哲学困惑的追问。美国学者马修斯的《哲学与幼童》一书的该书序言中说："我是在担心怎样教好大学生的哲学导论课时，开始对幼童的哲学思想发生兴趣的。许多学生似乎对运用哲学是与生俱来的这一观点有抵触。为了解除他们的怀疑，我无意中想出了一种方法，向他们证明，就是他们中许多人在孩提时代就已经在运用哲学了。"因幼童本身所具有的哲学思维，对这样深邃的图画故事书的形式是非常喜欢，也深得其味，经典图画故事书以感性的形式表达出来，往往在非常轻松的故事后面，有一种比较厚重的人生感受，隐藏着深邃的意义，甚至是对人生本质的追问和诗意的表达，带有荣格所说的"原型"的意味。

美国的路斯·克劳斯文字创作；克罗格特·约翰逊绘图的《胡萝卜种子》是美国国会图书馆推荐的必读书目，讲的是关于一个小男孩种胡萝卜的故事，更是一个人自信心建立和成长的故事，也回应了人在社会化的进程中一生都要面对的自信问题。

加拿大的菲比·吉尔曼著《爷爷一定有办法》取材于民间故事，是一个主题深刻包含无限可能的故事，作品无论是从故事的构成还是在画面的表达上都堪称儿童文学图画故事书的经典。《爷爷一定有办法》在故事的叙述上，采用了一种还原生活本真的状态来表达，故事发上在一个小镇上，小镇的自然环境和人文环境是孩子最为熟悉的，镇上的房屋低矮朴实、街道上的石子路在画家的笔下清晰可见，而邻里的相处、商贩的叫卖都为故事营造了一个温暖平实的氛围，就在这样的氛围中的一个裁缝的家里发生了一个简单而奇妙的故事。爷爷为迎接他孙子约瑟的出生正在做一条漂亮的蓝色的带星星图案的毯子，约瑟出生之后盖着爷爷温暖的毯子甜美地入睡，但随着约瑟渐渐长大，毯子破旧了，妈妈让约瑟把毯子扔掉。但约瑟坚定地说："爷爷一定有办法。"然后在爷爷愉快地"咔嚓咔嚓"的裁剪声中给约瑟改成了奇妙的外套；等外套老旧了改成背心；背心老旧了改成了领带；领带老旧了改成了手帕；手帕老旧了，被爷爷做成一颗奇妙的纽扣，纽扣就缝在约翰的背带裤上，后来纽扣丢了。哪里也找不到了，爷爷也没有了办法，但孩子拿起笔，将这件事写下来，他说："这些材料还够……写成了一个奇妙的故事。"儿童就是伴随着不断逝去的物质东西，获得了身体的成长，更形成了精神的成长。"爷爷一定有办法"的主题句式像一咏三叹的爱的诗篇，每次都在约瑟的衣物老旧之后，被爷爷神奇的手做成了神奇的物件，无论是毯子、外套、背心、领带、手帕还是纽扣，都是孩子最为珍爱的物品，约瑟就是在这一天天一点点一滴滴的爱中长大的。他童年的物品慢慢地不能用了，甚至是丢失了，但是爷爷的爱会在他生命中扎下深深的根须。更奇妙的是画面无限可能的空间感和现实感，开始的时候没有人注意与约翰共同成长的故事中的人物，到故事的结尾我们惊奇地发现约瑟有了一个已经长大的小妹妹，我们才重新探索这条故事链，妈妈准备小婴儿的衣服、奶奶给小婴儿洗澡、小妹妹就是这么一点点在故事中与约瑟一起长大了，还有约翰童年玩伴——那个穿红衣服的小女孩，她与约瑟在一起有那么多的故事。每一个人物、每一个细节都有无限的故事性和生长性。人类就是在这样的生生不息中快乐而恬淡地生活的，每一个人用生命解说着时间和空间，而儿童的解说更具有成长性和冲击力。

这本书的图画不仅仅跟着故事主人公走，故事外还有无限的故事，尤其是乡镇风俗图的写实，小贩、老人、鹅群、街坊、马车……不时出现在画面中，都能吸引儿童探究的目光。画面还被分成上中下三层，上面是爸爸妈妈的卧室、中间是爷爷奶奶的房间、地板地下好像还有一组组画面，占整个图画书80%的画面是两代人的家具摆设、生活细节，同步地展现在小读者眼前，增大了阅读的信息量，扩大了想象的空间，而且这种全方位的人生乐趣，就不只受线性的约瑟成长故事的吸引。

不过，更奇妙的是在这个故事的在下端有20%的画面的小老鼠一家的故事。因为生活在约瑟家的地板下面，用以连接两个故事的核心出现了——蓝色的星星图案的布料。随着约翰的成长，那条美丽的蓝色毯子不断被爷爷裁剪，那么被丢掉的部分去哪里了呢？成人读者是需要一遍两遍甚至是三遍才会发现地板下面的小老鼠，细心的孩子可能一下就发现了住在约瑟家地板下的小老鼠，它们恋爱的时候用蓝料子做成了头饰装扮新娘，后来约瑟的蓝料子毯子变外衣、背心直到纽扣，蓝料子越来越少，地板下老鼠一家的蓝料子可是越来越多，窗帘是蓝的，床是蓝的，桌布是蓝的，小老鼠们都穿上了蓝色背心……仿佛是一片蓝色的海洋！这样的构思，也许是受了英国女作家玛丽·诺顿的童话《地板下的小人们》的启发，但被菲比·吉尔曼巧妙地用在这里，实在令人赞不绝口。那个老鼠一家已经慢慢地繁衍成了一个大家庭，好像也是祖孙几代了。等约翰的蓝料子纽扣丢失之后，"这些材料还够……写成一个故事"的时候，小老鼠一大家子团团围坐在一起讲故事，我不知道讲什么故事，但读者已经被这个蓝料子的故事感动了，也许在讲一个蓝料子的故事，那不就是小老鼠一家的家族史吧？每每看到这里，读到这里，人们都会有一种温暖的幸福，生活在地球上的人类永不孤单，有那么多的生生不息的生命与我们相伴，也在传递着爱的故事。这个仅占画面20%小老鼠的世界，最为孩子们着迷。儿童文学评论家刘绪源发出惊呼："啊，只看见地面上的蓝色越来越少，而地底下蓝色越来越多，不妨想象一下：当孩子发现自己一遍遍的静静的阅读，竟能带来这么奇妙的发现，而给自己讲故事的大人却是那么粗心甚至无知，他们会产生怎样的自信和快乐？而这对于他们的一生，又会萌生怎样的影响？"

一部短小简单的图画故事何以产生了如此巨大的审美力量和令人回味无穷的魅力？不只在于故事构思的巧妙与画面的精美，更在于叙事的独特，尤其是伦理叙事的巨大成功。

文字的时间轴和图画运动的空间形成无数个新的幻想空间、情感空间、生活空间（相同时间不同空间的老鼠和人）、人物空间（每一个人都在画面的空间内随着时间变化，如小妹妹诞生。）这些物理的空间聚合在一个中心人物约瑟身上，随着人物的成长形成了一个价值空间。作品如万花筒般展示在读者面前。而从叙事的视角来看，儿童文学作品大多是成人写给或画给儿童看的，作家、文本、读者、世界之间形成了一个动态发展的循环系统，作家把自己对世界的价值取向、审美立场和叙事方式表达在文本中，通过文本与读者形成对话，如果这样的对话是真诚的、平等的、友好的、有启发性、有意义的甚至是有趣味的，我们就把这样的叙事称为伦理叙事，否则，成人作家通过文本表现出一种高高在上的权力意识，叙事时使用教训的、挖苦的、讽刺的、打击的霸权话语，我们就称之为非伦理叙事。经典的儿童文学作品往往能够很好地进行伦理的叙事。把作家自我的心灵感受通过平等的方式传递给读者，既不高高在上，又不故意蹲下来装腔作势，形成一种相对和平的对话氛围。

《爷爷一定有办法》不仅采取了伦理叙事的做法，而且在故事中很好地处理了现实伦理、情感伦理、价值伦理和生态伦理的关系。每当约翰的蓝料子衣物变小之后，妈妈都在说："约瑟，看你的毯子（上衣、背心、领带、手帕）老旧了，真该把它扔了。"妈妈遵循的是现实逻辑，生活中妈妈对儿子无限关心是现实伦理，但每次妈妈说过这些话之后，都引起约瑟强烈的不满和反抗，他都会想出对付妈妈的办法，也就是对现实伦理的对抗。人生的不可逆和时间的单向度对现实生活中的人都是平等的，妈妈的劝谏是帮助儿子成长，让他正视生活。爷爷作为故事的重要人物，他遵循的是情感伦理，每次当约瑟的毯子老旧了之后，他都能像魔术师一样变化出神奇的外套、神奇的背心、神奇的领带、神奇的手帕甚至神奇的纽扣，这些物品都是约瑟生活中最贴心最重要的东西，形成他成长的轨迹，饱含着爷爷对孙子深深的关爱，变化的物品就是祖孙俩情感交流的符号，所以当纽扣丢失之后，画面上是爷爷无奈的表情和约瑟的惊恐，代表祖孙俩情感的物质蓝料子消逝了不见了，但他们的感情已经永远驻足在彼此的心里。住在地板下面的小老鼠一家是与上面人的生活一样生机勃勃，约瑟添了一个小妹妹，老鼠家更是人丁兴旺，形成了一个十几口人的大家庭，对老鼠生活的尊重就是对人类朋友的尊重更是对生命的敬畏，表现了作品的生态伦理。表面上看，妈妈、爷爷、约瑟甚至是小老鼠之间都有矛盾冲突，约瑟身体长得越来越大与衣物越来越小之间的冲突；妈妈让约瑟丢弃蓝料子与爷爷以神奇的方式保留蓝料子的冲突；约瑟的蓝料子越来越少，小老鼠家的蓝料子越来越多的冲突等等。他们各自从现实伦理、情感伦理和生态伦理做着自己的选择，但在故事的深处紧紧围绕着约瑟这个中心人物的成长展开，这些伦理叙事是互相渗透互相作用的，融合成价值伦理，约瑟对于自己的破旧的蓝料子毯子的不离不弃既是对自己过去生活的留恋，也是对他与爷爷之间感情的珍视，而当这个蓝料子彻底从约瑟的物质生活中消失之后，他把这些材料写成了一个神奇的故事，实现了从物质生活到精神生活的转换，蓝料子的价值变成精神的象征，而这象征又是诗意的，纯粹的，像天空一样的蓝色的料子上有无数闪烁的星星，小男孩约瑟的成长幸福温暖而又有淡淡的忧郁，所有人的童年是不是都像约瑟一样带着诗情画意？童年是人类的精神之根，就像的星空一样遥远而神秘！

作品用浅显的故事和细腻的画面完美地实现了现实伦理、情感伦理、生态伦理和价值伦理的叙事，为人类图画故事书发展历史留下了精彩的华章。因为"真正的儿童文学并不产生在对儿童的教育意识里，而是产生在儿童文学作家追寻自我的儿童梦的内在需求中，产生于他对儿童的亲切感受中，产生在净化自我心灵的愿望里，产生在对更美丽的人类社会的理想中。他展开的是一个儿童的心灵世界，也是他沉潜在内心深处的求真求美的愿望。"作家求真求美的愿望使图画故事书《爷爷一定有办法》成为永恒的经典，那么，它的价值也会永恒。况且"儿童文学的价值在于它不是一种简易的文学，而是要用单纯有趣的形式讲述本民族甚至全人类的深奥的道义、情感、审美、良知，唯有这样，才能写出真正感动自身，感动儿童，同时感动全人类的作品。"

加登纳说："即便幼儿——作为与生俱来的权力——都有某种形式感，都有艺术形式的整体结构感与平衡感。7岁儿童具有对审美特征的明显感受性，而且在其行为中显示出整体的节奏感与平衡感。他的作品也是使人愉快的，因为他能在无自我意识的情况下，通过作品表现其人性与个性。"无论是功利主义的教训、实用主义的知识还是理性工具的意义，面对经典图画书会像《哈利•波特与魔法石》中的山怪被施了魔法一样轰轰倒地，图画书的整体结构感和平衡感与儿童的天性和个性进行着完美的融合。法国著名图画书作者艾姿碧塔认为："语言具有两种功能：一、促使它的指定物质消逝；二、它也是踏入人类世界的钥匙。孩子每学会一个字，对我们说出来以后，这个字所定义的事物便随即消失。成人之后，我们生活在一个以象征性体系构成的假想世界里。在这个经过在创造的、想象的宇宙之中，我们所扮演的角色就是自己。为了实现这个目的，一切的儿童书籍、游戏、玩具、故事、儿童诗歌、儿歌等等，所表现的正是一个模仿成人世界的、小型的、实验性的象征体系。不论我们是不是愿意，我们都必须进入这个体系。从儿童时期开始，我们便习惯将创造属于自己的观念和能力的责任托付于外界。而且，似乎一生都保持着这种习惯。随着岁月的流逝，我们总是为他人、为其他的一些什么而抛弃了更多的自己。"理念的世界严重地压抑了人的感性和本能，使人一点点地丧失了感受生活的能力，图画故事以线条等空间想象给儿童也给成人更多的感知世界的机会。

在儿童识字不多审美情感急需丰富的幼儿期，一幅精美的图画能使孩子想象力得到无限拓展的可能；特别是在儿童生存环境日益远离自然的当下，儿童离自然生活越来越远，图画故事书可以使儿童保持冒险的、开放的、潜在的性灵来感知世界和自我，确认自我。黑格尔所说的人之为人的本质在于自由意志和对自我的认同。图画故事对文字和概念的策略，无疑为读者感知世界和想象生活提供了更大的可能性。而无字的图画故事书里受到儿童的追捧，恰恰说明了儿童对文字本能的抵御与对儿童诗性心灵的守望。"对儿童来说，图画仍然像个奇迹。因为，它将一切属于三维空间的东西压缩成二维空间。而且，它的影响力经常比语义上所表现的更大。"即使是那些文字和图画相互矛盾的图画书，艾姿碧塔也认为："插图与文章之间的关系如果牵强附会的话，便会形成反效果，尤其是有些时候文章和插图会明显地相互矛盾。或者更微妙地是，有时候文章的阅读会激发想象，营造出别于插画的另一种气氛，另一种趣味。"

阅读图画故事书的乐趣会因感性的儿童和个性的故事形成无限丰富的可能，更何况经典图画故事书往往与儿童一起成长，真正伟大的图画书可以适应不同层次不同地域不同时代读者的需求，无论是大人还是孩子，每一次阅读都会像见到了新朋友一样有新的感受，图画书丰富的艺术内质提供各种可能的艺术想象资源，随着读者心智的成长，这样的书会提升读者，直到生命的尽头。

（原载《文艺争鸣》2010年12期）

离家：就是一次行走江湖
——读中国原创图画书《老糖夫妇去旅行》

　　图画故事书《老糖夫妇去旅行》，是中国少年儿童出版社推出中国原创图画书出版系列中的一颗明珠，由著名儿童文学理论家朱自强和著名儿童画画家朱成梁"两朱"联袂打造，强强联手，可谓珠联璧合，是语言文学与绘画艺术的一次完美的结合。此书以中国人特有的思维方式和审美自觉，以少胜多的艺术创作大智慧，通过一个简单质朴的小故事，勾勒了当代人的一种生活状态，亦叩问了人性的一些弱点。

　　淡雅的色调，铅笔画的线条，一改朱成梁以前暖色调为主的画风。男主人公老糖稀松的头发、胖胖的身材，穿着蓝白相间的睡衣，女主人公戴黑框眼镜，瓜子型的脸庞，小巧的嘴巴，高高挽起的发髻，苗条的身材，穿一条红蓝白相间的长裙，他们是比较典型的当下中国中年夫妇的形象。第一张画面两个人就闪亮登场，两个人穿着睡衣坐在床上在击掌，仿佛一件重大的决定终于达成一致，从表情可以看出他们的快乐和兴奋，这决定就是他们打算利用假期去旅行。第二幅图画是老糖夫妇趴在地上，围着一张地图在寻找旅游地点，周围摆放着出去旅行的背包、茶杯、书和拖鞋等，表明他们已经做好了旅行的准备，下一页则是他们到电脑上查看酒店的信息，接下来，围绕旅行的饮食和住宿等问题，引发读者强烈的好奇心，发生了一系列似乎符合常情而又令人不可思议的事情。

　　如果说朱成梁的代表作《团圆》以色彩的绚丽和画面的大气来冲击读

者的视觉和情感的世界，带有中国画的雄浑和厚重，这部《老糖夫妇去旅行》就是他绘画风格的一次成功转型，可以看出画家在艺术风格上的自我追求和突破。铅笔画的写意，细节的逼真写实，画面的淡雅随意，都带有鲜明的中国画风的婉约、轻灵和飘逸，仿佛是人生一段小小的插曲，一个小小的情绪，而情感控制又非常有节制，忧而不悲，写意自然。当老糖夫妇从电脑信息的留言里看到，去镇子的路上曾发生一次抢劫时，肥硕身形的老糖坐在沙发上发呆，妻子在他边上的脚凳上坐着读书，那是一本恐怖故事书，以此来"安慰"老糖，可以看出老糖妻子善于"添油加醋"的性格，而老糖则是一脸的颓废和无奈，看了这幅画面让人忍俊不禁；火车上的卧铺票难买，他们夫妇坐车时，老糖把自己的座位让给疲惫不堪的妻子躺下睡觉，自己则靠在椅子边上站着睡觉，既是现实生活中真实的一幕，又是中年男子老糖对妻子悉心关照和深深爱恋的自然流露，这些画面充满了浓郁的中国情味，读来令人动容，感同身受。图画书中电脑"正在关机"的一幕，又是多少中国中老年人家庭生活的真实一景，也是电子信息时代人们生活中的每天必备的一课。

　　文字的表述非常简洁朴实有力道，又意味深长。丁香花盛开的季节，老糖夫妇迎来了一个长假。两人兴致勃勃，决定去千里之外的日光屿旅行。但是，住哪一家酒店呢？两人在网络寻找旅馆，查看网友评论，结果发现，他们中意的海景酒店位于山巅，岛上机动车禁止通行，需要爬山才能到达，这样太累了；找到山脚下一家不错的旅馆，但到达那里会经过一片恐怖的森林；闹市区的旅馆太吵了，影响休息；安静的海滨渔村需要坐船，海上风浪大容易晕船；日光屿对面的镇子也不错，到达镇子的长途汽车曾发生过抢劫；留在城里购物也不错，但是火车卧铺票不好买，坐硬座又辛苦。最后，老糖夫妇取消了所有的行程，选择留在了家里。可以说，图画故事书的文字和图画形成了一个矛盾对立又统一的整体，使故事空间加大，内涵丰富，从而扩大了审美的张力。画面中老糖夫妇玩得很过瘾，事实上一件也没有发生过，只是老糖夫妇头脑中想象的"图画"，文字既解释了画面，又控制了故事叙述节奏，亦造成了一种反讽的效果。

"一千个读者有一千个哈姆莱特"，一千个读者也会有一千个对图画书的看法。国际儿童读物联盟（IBBY）基金会主席帕齐•亚当娜看过这部图画书说："这本书对我们所处时代的刻画既真实又让人忍俊不禁；老糖夫妇的这些行为一定会逗得孩子们开怀大笑，而只靠盯着电脑来了解世界的这种做法也会引起孩子们的重新思考。"看过这个故事，我不由自主地想起了澳大利亚的力克•胡哲，他出生时罹患海豹肢症，天生没有四肢，凭借着顽强的毅力和勇气，他能够踢足球、溜滑板、打高尔夫球，还是第一位登上《冲浪客》杂志封面的菜鸟冲浪客，在夏威夷与海龟游泳，在哥伦比亚潜水……"足迹"遍布五大洲超过25个国家、举办1500多场演讲。他的自传《人生不设限》成为全世界人们励志的圣经。日常生活中有多少肢体正常的人都达不到力克•胡哲的生命状态？

太多太多老糖夫妇这样光说不练的"健全人"了，尤其是电子信息时代的人们，被信息的海洋湮没着，浸泡在网络世界的虚拟空间中，人的生命力也开始削弱。听风就是雨，人云亦云，遇事情不加思考和判断，人类的思维方式开始改变，思维方式的改变也改变了人们日常生活中的行为方式。尤其当这种状态已经成为一种习惯的时候，虚拟空间的生活方式在现实中会受到挑战，许多人的主体性开始丧失，活在幻想而虚拟的世界中，无思考力、无行动力、无适应力，这些问题被朱自强先生敏感地捕捉到了，并以非常巧妙平实的方式表现出来，他以长期积淀的理论自觉进行了一次鲜活的艺术创造，以一种美学的方式思考批评人类的情感和精神的困境。

图画故事书的构思非常巧妙，两条线索并行发展，一条线索是现实中的老糖夫妇的生活，他们在积极准备旅游，是他们在家里的行动。另一条线索是虚拟空间提供的信息，也就是他们游玩的画面：一会儿是两个人拎着沉重的旅行箱拾级而上，老糖妻子的高跟鞋都累掉了；一会儿是他们在山脚下吃烤鱼和肉串的享受的表情；一会儿是他们吓得钻入被子狼狈不堪的一幕；一会儿是他们被邻居唱卡拉OK吵得睡不着觉四目相对的无奈等等。两条线索最后交为一点，老塘夫妇最终决定留在了家里。

合上图画书，在反复咀嚼玩味故事的同时，再看图书封面，就有了特殊的深意，老糖夫妇穿着橘黄色的救生衣驾着船在海鸟上凌空飞翔，那是何等的勇敢快乐和令人惊羡的一幕，但是，这一切只能出现在梦幻里，与作品结尾两个人倚在沙发上熟睡，电视上出现"再见"两个字的画面，形成鲜明的对比。人们通常会陷入庸常而无聊的人生状态中，用日常生活的逼真再现反对日常生活对人精神的腐蚀，这在中国当代图画故事书创作上，做了一次极为深刻的思考和大胆的尝试。图画故事书画面的主要色调是深蓝色的冷调子，是否也在暗示电脑时代人们情感的冷淡和贫乏呢？前后环衬做虚光处理的风景区地图，似乎向读者更向这个时代暗示着什么。

当一本图画故事书与读者的人生经验恰到好处地相遇时，就是一部图画书成为经典的前提，也可能是读者对自我人生状态反思的一个节点。儿童比照成人所缺少的也许只有经验，而经验作为你我曾经的过往，一次经验便可能是人生的一次成长。老糖夫妇的滞留可以看作人生经验的一次固化，可能是中年人生命力衰弱的象征，也可能是他们再次出发的前奏，这些都不重要，重要的是他们滞留的心灵将慢慢老去，时间将给他们的生活抹上无味无聊和无趣的机械模式，而不是绚烂多姿充满生机和活力的生命模式。力克·胡哲说："人生最可悲的并非失去四肢，而是没有生存希望及目标！真正改变命运的，并不是我们的机遇，而是我们的态度。"老糖夫妇的人生态度确实需要我们反思，与简单的一次旅行相比，日常生活中人们经常要面对的是比旅行更难抉择的人生难题。

换言之，旅行这样的小事人们都不能成行，玩都不会玩了，不懂得怡养性情，被太多的东西困扰而羁绊，面对人生社会和时代的大问题，人们又会有怎样的责任和担当呢？成人的心灵是一个亟待拯救的王国，王尔德的童话《巨人的花园》在两百年前就回答了这一难题，成人生活若没有儿童富有生命力和创造力的激发，世界将冰霜苦雨一片黯淡。毋庸置疑，成人中也绝不缺少富有激情和创造力的榜样。"寓形宇内复几时？曷不委心任去留？"是陶渊明质性天然的清迈与高洁；"仰天大笑出门去，吾辈岂是蓬蒿然？"是李白蔑视权贵的豪放与洒脱，这些快意恩仇勇敢决绝的古代先贤，应该是中华民族的脊梁和骄傲。《老糖夫妇去旅行》真正体现了朱自强一贯倡导儿童本位儿童观，在朱自强看来，真正的儿童本位的儿童文学，就不仅是服务于儿童，甚至不仅是理解与尊重儿童，而是更要认识、发掘儿童生命中珍贵的人性价值，从儿童自身的原初生命欲求出发去解放和发展儿童，并且在这解放和发展儿童的过程中，将成人自身融入其间，以保持和丰富自己人性中的可贵品质，也就是说要在儿童文学的创造中，实现成人与儿童的相互赠予。对老糖夫妇善意的讽刺和揶揄，其用意在于对儿童精神世界和生命力的询唤和点赞。《老糖夫妇去旅行》其思想的深刻性、问题的前瞻性、图画的精美性、情感的复杂性、风格的简约性，都达到了一定的高度。

诚然，一次生活中简单的旅行不必这样高大上的过分解释，对中年夫妇来说，出去旅行确乎存在着激流险滩、道阻且长、喧嚣吵闹等等现实问题，很多方面与家里日常生活都会不同，人们很难适应。久居现代都市生活的人们，不仅心灵开始干燥无力，身体适应外界环境的能力也在逐渐弱化，当个体的人放弃了心灵的自由和现实的行动性，只能自我设限作茧自缚，这是何等令人担忧和悲哀的境况啊！朱自强在儿童文学理论上一贯倡导儿童文学的身体生活，即儿童文学要创造适宜儿童成长的文化生态环境。这本图画故事书也许是他理论诗意化的一次表达，也许是他个人生命体验的一次夸张而善意地讽刺，希望刺醒自己和一批心灵变硬的人们。改变生活从旅行开始，旅行就要离家。

离家，就是一次行走江湖！

（原载《中华读书报》2015年4月22日，有删改）

文字有怒气，这是文学的希望

——读曹文轩作品萌萌鸟系列

　　福克纳说："作家的天职在于使人的心灵变得高尚，使他的勇气、荣誉感、希望、自尊心、同情心、怜悯心和自我牺牲精神——这些情操正是昔日人类的光荣——复活起来，帮助他挺立起来。"曹文轩力作萌萌鸟系列，包括《乌雀镇保卫战》《拯救渔翁》《黑猫》《怎么对付一只鹰》《偷走娃娃的人》，近日由中国少年儿童出版社出版，以图文并茂的形式，通过一只叫哇哇的大鸟行动，复活了人类的荣誉、希望、自尊、同情、怜悯和自我牺牲等高尚情操。在新世纪，为中国儿童文学演奏了一首荡气回肠的鸟鸣交响乐。

　　感恩是生活幸福的泉源，曾几何时，已经离人们的生活渐行渐远，埋怨、不满、欺诈和恩将仇报弥散开来。《乌雀镇保卫战》中，一只叫哇哇的美丽大鸟，在飞行途中受伤，被乌雀镇一位捕鱼老人救起，为了感谢渔翁和乌雀镇，它留了下来，成为乌雀镇的守护天使。一天，它发现一伙强盗驾驶船只来洗劫乌雀镇，哇哇承担起保卫镇子的重任。一只鸟如何对抗强盗们呢？这需要作家高妙的文学之笔和充沛的想象力，曹文轩严格遵照鸟的逻辑来形成故事，镇长说："谁能把他们到达乌雀镇的时间拖延一会儿，我就能让他们一个个有来无回！"大鸟组织鸟儿们啄掉强盗船上的帆，叼走他们的衣服，吃掉他们的粮食，阻挡了强盗的行程，最后叼起人类早已布置好的大网，罩住了强盗。村民们庆祝乌雀镇的胜利，酒坊主人抬来一缸酒，请大家喝庆功酒，爱喝酒的哇哇鸟也喝了不少，一只鸟在广场中央耍起了酒疯，引得孩子老人哈哈大笑。

正义推动着人类社会的文明滚滚向前，在现实生活中，正义有时却成了稀薄的空气。在《拯救渔翁》中，那个曾救哇哇鸟的捕鱼老人年岁已高，无力继续在河上捕鱼了，于是，他辛辛苦苦开垦了一块荒地，却被邻村的马秃子霸占了。哇哇知道这件事后，就以哇哇鸟的方式来替天行道、伸张正义。想方设法给马秃子捣乱，在播种时率领一群鸟不住地鸣叫让马秃子心慌意乱，在长苗时引导一头牛踩踏青苗，在收获时率领鸟群偷吃庄稼。让马秃子吃尽了苦头，只好把地还给捕鱼老人。鸟力何等弱小？鸟力何等强大？当这种力量与正义联系在一起时，就会有感天动地的力量。哇哇鸟拯救的不只是老渔翁那几亩薄田，还挖掘出人类心中那永不枯竭的正义源泉。

友情使生命美丽，成为生存的一种动力，在人类如此，在动物界亦如此。相互依存的生命，使地球这个大家庭载歌载哭，生机盎然。《黑猫》中，哇哇结识了一个新朋友——一只小黄雀，小黄雀失去了家人，成为一个孤儿，哇哇像家人一样照顾小黄雀，"从今以后，这儿就是你的家。你什么也不用怕，有我呢！"一句"有我呢"使小黄雀体会到无限的温暖与爱意，它在大烟囱的柳树上安了家，与哇哇一起玩耍、聊天，在漫长的黑夜中，尽管风疾水鸣使人烦恼，但是，只要哇哇一看到小黄雀熟睡的静美身姿，心就安定下来。白天，两只鸟儿尽享美好的快乐时光。然而，幸福生活突然被打碎，一天，小黄鸟被黑猫叼走了。哇哇怀着无限的悲伤，向身形巨大的黑猫进行了疯狂的复仇。哇哇鸟用的是调虎离山计和借刀杀人计，黑猫受到了应有的惩罚。仇已报，命不再，哇哇思念小黄雀的情感丝毫没有减弱，它用尽力量把那棵小黄雀曾经住过的小树拔了下来，栽种到一个浅浅的土坑里……希望留有小黄雀体温的小树苗，慢慢能够长成一棵参天大树。日本作家新美南吉《去年的树》，写了一只鸟和一棵树的友谊，曾经撩拨到人类心灵最柔软的地方，令世界上许多儿童和大人感动得潸然泪下，而这个哇哇鸟与小黄雀的深情厚谊，丝毫不亚于那一曲友谊恋歌的凄婉缠绵，而以树为媒的意象，亦富有生生不息的友情力量。也是这一系列图书中情感最丰盈的作品。

心动不如行动，在《怎么对付一只鹰》中，哇哇可以说是一改老鹰捉小鸡的"天理"。当得知与自己最好的小白鸡被老鹰捉去之后，哇哇鸟十分痛苦并自责，即使借酒消愁也难以平复它内心的创伤。哇哇鸟不停地练习飞行，贴着两棵树之间的大网飞行，当它熟练地掌握了这个飞行技巧之后，它把那只杀害小鸡的老鹰引到两棵树之间，并激怒老鹰："喂，你瞧瞧我的飞行！你们鹰，子子孙孙，都不可能飞得像我这样好看！"不出所料，被激怒的老鹰上当了，挂在了网上。老子《道德经》有云："在天之道损有余而补不足"。哇哇鸟的行为可以视为"天之道"的一个最好注释，它把虐待并残害小鸡的老鹰收拾得"大快人心"。

天高任鸟飞，鸟飞在高处，能够鸟瞰人间万象，它会在无边无际的天空下飞翔，看到人世间快乐的一面，也能发现人世间偷孩子的罪恶。在《偷走娃娃的人》中，一群孩子在踢球，球滚进了一条深深的巷子，孩子们立即追了过去。一个男孩想和孩子们一起去追赶那只球，可又担心婴儿车里的弟弟。男孩儿观察了一会儿在婴儿车中熟睡的弟弟，确认弟弟一时半会儿不会醒来，便撒腿往巷子里跑去，去追赶孩子们和那只球。这时候，一个陌生人把婴儿偷走了，哇哇鸟目睹了这一切，它死死地追踪偷孩子的人，一直追踪到一个空房子中，借住风的力量，一扇门把陌生人关进地窖里，哇哇鸟立即飞过去，"借着不远处的火光，它用双爪死死抱着门框，用嘴巴衔着铁闩，一点儿一点儿地将它挪向闩眼。"因好偷娃娃的人之后，哇哇鸟衔着哇哇手腕上的一只铃铛，回去给乌镇的人们报信，人们明白了一切，赶来救回了婴儿。真是一个皆大欢喜的传奇故事。令人感到无限慰藉，生活中我们要是有这样的守护天使，该多么幸福，丢孩子的事情也会少多了。俗话说，文学不能改变世界，却可以创造一个温馨快乐符合人类愿望的美好世界。

曹文轩的文字与李广宇的图画相得益彰。每个故事都配有大量的插图，有图画故事书的灵魂孕育其中。图画的线条稚拙顽皮，色调温暖清丽，给这一系列故事增添了童情童趣和阅读的亲切感，符合儿童的阅读心理。图画在仙境般的世界中展开，一个又一个浪漫传奇的英雄故事也有了鲜明的色彩。《鸟雀镇保卫战》中，哇哇鸟率领鸟队叼走强盗们的衣服裤子，棕色的哇哇鸟叼着绿色带黄点的裤子，后面是一个鸟的方阵，每一只鸟都叼着彩色的裤子或裤衩，向蓝色的天空中飞去，云层中时隐时现金色的阳光，照耀着泛起层层波浪的大海，画面壮观而富有情趣！画面与作品中哇哇鸟的行为互相衬托，带有漫画的夸张和细节的放大，想象着那些强盗们没有衣裤光着身子，是何等滑稽可笑？增添了故事的趣味性和游戏色彩。《黑猫》中，大烟囱上趴着哇哇鸟，大烟囱的砖缝中长出一个小树枝，小树枝上栖居着一只黄色的小鸟，他们的眼神中充满了温情和情谊。《怎样对付一只鹰》中，画面极富动感，如好莱坞大片一般，最后一幅图中，身陷大网中的灰色老鹰，颓败的眼神，绝望的哀号，仿佛从画面中升腾开来。

文字与图画互相辉映的场面，书中还有很多，如果真有"功利"的家长或小学教师，辅导孩子进行"看图写话"的训练，这套书也是比较容易上手并十分好用的助读助写教材。孩子们写完之后，还可以对照大作家曹文轩的文字，比一比，赛一赛，也许，我们活泼可爱的孩子们，比曹文轩写得还有趣呢！那将是何等快乐而自豪，又令人意外的惊喜和收获呀。

儿童文学作家曹文轩的写作基本达到了大道无形，大巧若拙，大音无声的境界。在《拯救渔翁》中，对比手法运用得自然贴切，一面是抢了地的马秃子，看到下雨可以滋润他的庄稼苗，便兴奋得满脸开花；一面是被抢了地的老渔翁，被大雨淋湿跌坐在荒野中痛哭，曹文轩认为"文字有怒气，这是文学的希望所在"，这种强烈的对比，便是一种怒气，能够激起读者对马秃子这种恶人的愤怒，以及对老渔翁深深的同情和怜悯之心。萌萌鸟系列作品作为一种"桥梁书"，其文学性丝毫没有降低，萌萌鸟以丰富的情感和鲜活的形象"出世"，做到了鸟性与人性在文字与绘画的世界中高度融合，怎么能不令孩子们喜爱呢？

哇哇鸟又是一只有个性的鸟，它勇敢、正义、重情、扬善惩恶，充满了浪漫主义的英雄色彩，仿佛侠盗罗宾汉，报复恶人的办法有时又比较

"流氓"，它也有一些自己的癖好，比如爱喝酒、耍酒疯等等，曹文轩说："人不是鱼、不是猴子变来的，而是由鸟变来的。因为我们始终有想飞的愿望。"他还说过，"从某种意义上讲，文学就是无中生有。无中生有的能力是文学的基本能力。也可以说，无中生有是终生不渝地追求的一种境界——一种老庄哲学所企盼的境界。"这一只叫哇哇的美丽大鸟，不只是萌萌的可爱，其行动的英雄主义和浪漫情怀，也许能够驱走人世间的一些黑暗，照亮人们痛苦的心灵，激发儿童心底的善良情愫，跟着萌萌鸟一起自由自在地在天空中飞翔，这就是无中生有的儿童文学，应该追求并努力达到的一种理想境界吧！

（原载《光明日报》2016年1月26日，有删改）

图画书创作的"道"与"术"
——以《会说话的手》为例

　　新世纪以来，中国的图画书创作出版和阅读进入了从未有过的繁荣热闹时代，也是以外国图画书的疯狂引进和本土盲目跟风出版为代价的童书商业化时代，真正高质量高水平真的图画书实在是少之又少。去掉热闹富丽奢华的印制和包装，以及昂贵的定价，推销者不切实际的"广告"和购买者的虚荣攀比，许多所谓图画书都是商业文化细碎凌乱的一地鸡毛，甚至还赶不上二十世纪五六十年代的中国"小人书"，失去了那种在思想性与艺术性上朴素而沉甸甸的童书质感。可是，朱自强和朱成梁联袂打造的《会说话的手》，却是一部可圈可点真正意义上的原创图画书，作品描写了一个五岁男孩在家里和幼儿园艰难的成长故事。文字作者和插图作者能够携手走进儿童成长的复杂现场，反映他们生活的点点滴滴，而且说出他们想说的话。每一个读者都能从这个男孩的成长中，获得一种"成就感"，是一部带有理想和希望的图画书。

　　《会说话的手》写了一个小男孩在家里和学校的生活故事。在家里调皮淘气，装扮成孙悟空弄坏花瓶，被妈妈训斥；与爸爸看球赛，与爸爸热烈击掌欢呼；乡下奶奶来做客，他帮助奶奶找老花镜；在学校，握紧拳头鼓励自己跳过鞍马，被同学欺辱勇敢反抗，上课说话被老师批评，等等，这些手势都是孩子日常生活中经常运用的，可以说是一部认知书。做对事情，或是得到表扬，爸爸大大的大拇指，或是被批评指责时，妈妈毫不留情训斥的食指，或是把同学中的"恶霸"教训到投降后举起的双手，或是出了幼儿园紧紧握住的双手，一个快乐调皮阳光健康的城市男孩形象一下活跃在读者面前。

从叙述、情节、意境、语言、绘画等方面，《会说话的手》远远超过教育儿童日常行为习惯的认知书——桥梁书，最大的差别在于创作目的的不同，以及思想和艺术的纯熟度不同。表达儿童心灵丰富性和复杂性的图画书，往往是以审美为旨归，绝不止于对儿童进行认知教育。图画书中有饱满的细节，充满了情感温度。仅仅举出两个细节来分析，一个是儿童对自己权利的捍卫，当五岁的男孩想要一只小狗的时候，尽管妈妈答应了，但是，他怕妈妈说话不算数，主动跟妈妈拉钩起誓，保证自己的愿望能够达成，这看似孩童游戏的"伎俩"，后面蕴藏着深厚的社会文化背景，大人经常是"欺骗"小孩子，小孩子的权利是很难得到保障的，这是从孩童本位来思考问题的艺术发现，使小男孩获得了主体地位，在作品里成为真正的主人公，这是作家和画家与儿童心灵相通之后，才可能感同身受准确地捕捉到的细节，包括这个5岁男孩是一个左撇子，多次伸出的手都是左手，是"这一个"人个性化的本质特征。

还有一个小男孩在学校处理与同学关系的故事，这个情节就把这部图画书与普通的幼儿认知故事的桥梁书区别开来，也是本书又一大亮点。小男孩在幼儿园被大亮欺辱之后，没有按照我们一般行为规范认知书所写的要告诉老师或者是躲着这个恶霸男孩大亮远远的，而是"这次我也不服输"，图画书中背对着读者的主人公的表情我们看不到，但是，我们可以从他做出小枪的坚定果决的手势，以及他两个胳膊摊开的姿势来判断他的神态，那应该是一个男孩雷霆般愤怒的表情，那是一个对"恶"坚决说"不"的勇敢和正义的英雄表情。从大亮耷拉的嘴角可以看出他的为难和屈服，"大亮只好投降了"，看到这个投降的双手，读者会为小男孩战胜"恶势力"的勇气而欢喜鼓舞。翻页时，竟然是两只紧紧握在一起的手，故事情节转折非常出乎读者的意料之外，这是两个孩子之间的矛盾，孩子已经能够有能力自己解决自己的矛盾，"一出幼儿园，我们就'和好'了"。这传递出作者的儿童文学观，再一次看出了这部图画书的价值取向，只有真正了解儿童并且懂得儿童心理的作家才能够发现，孩子之间的"爱恨情仇"就是这样转瞬即逝，尤其是对胸襟开阔的男孩，绝对没有在成人看来解不开的"情结"，呈现给读者的画面也非常具有深意，大亮是背对着读者，他已经没有脸了，但是，从他抬手的动作和抬脚的姿势，让读者看到了一个男孩的轻松快乐，而小主人公回头的笑脸真是灿烂极了，一种发自内心的喜悦和轻松，这种"冰释前嫌"完全靠自己能力和"较量"获得的友谊更值得珍惜，这才有了后面那一双紧紧握在一起的手，看似轻描淡写的一句话"和好"了，在幼儿的心理却是经过了惊涛骇浪的过程，是幼儿靠自己的努力做到的，无论是对大亮和主人公来讲，都是非常不容易的，这就是儿童真正的成长。对这种儿童成长忠诚而真实地表达，来自于作者对儿童世界的了解以及对儿童的信任，这才是儿童图画书创作的美学基础。

　　作品还隐藏着一条故事辅线，就是这个五岁的小男孩想要一只小狗，妈妈答应他让乡下奶奶带给他一只小狗，奶奶真的送给他一只小狗，之后就离开了城里，回到了乡下，但是，情感的穿透性就在这里升华了，五岁男孩与奶奶在火车站分别时的难舍难分的画面凸显出来，奶奶的大手透过车窗抚摸着的孙子的小手，回到家里小男孩紧紧抱着小狗的一双手，前者是奶奶对男孩的爱，后者是男孩对小狗的爱，应该是一种爱的传递。也是一个分别——获得——分别的温情故事，奶奶从乡下到城里再回到乡下，她将对城里孙子和小狗有无限的牵挂；小男孩惦记着乡下的奶奶，也有了一份牵挂；小狗从农村来到城里，离开了它农村的家，也许那里有它的爸爸妈妈还有兄弟姐妹，也是一种无尽的牵挂。这种情感的复杂就一直萦绕在每一个成长中的儿童身边，他们没有办法解决这一残酷现实，人生有无数次的分别相聚，在每一次分别与相聚中成长，这是人生最基本的情感纠缠，图画书没有过分渲染，在淡淡的分别中，却是浓浓的亲情，作品结尾的画面非常感人，小男孩紧紧把小狗抱在怀里，眼睛里不是两个人拥抱在一起的无比兴奋，而是目光中充满无限的忧郁，无论是小狗还是男孩，情感都开始分流，男孩理解了这个新来小狗的孤单，小狗像小孩子一样远离家乡，开始了一段新的生活，男孩也与小狗一样开始对乡下奶奶无限思念。这一刻，男孩和小狗都成长了。小狗的孤独和男孩的孤独从两者的眼神中无限扩展开来，这就是朱成梁在绘画中最值得反复回味的地方，能够点亮图画书的不只是技巧，而是对人类情感的深邃与复杂的洞悉，画出人物的心灵——喜忧参半才是儿童生活的现实，眼睛是人类心灵的窗户，灵魂就在这个窗口闪光。在文学评论家王富仁看来，真正的儿童文学"展开的是一个儿童的心灵世界，也是他沉潜在内心深处的求真求美的愿望。"看了这个画面，和"抱抱我"简短有力的文字，引爆了读者情感的华彩乐章，会感动得潸然泪下。

绘画在编排上也极其考究，左边的图画是热闹生活的呈现，以写实为主，右边是简洁夸张到一种手形指示图，手在以不同的姿势出现而表达不同的内容，图画占据了巨大的中心位置，文字在简单地写出"手"的心灵，每一句都以极为平实简洁的儿童语言在表达。"我"作为一个男孩的个性写了出来，充满爱心——对奶奶和小狗的态度中可以看出来；自信好强——攥紧拳头给自己鼓劲；宽容大度——与大亮紧紧握着的双手；淘气顽皮——打碎花瓶和上课说话等等，所有这一切细节都写出了一个五岁中国男孩子积极向上乐观开朗的性格特征。这是在写"人"的生活，而不是空洞的"人性"，这种图画书扎根生活的力量，与创作者的人生积累和艺术能力休戚相关，与许多以写"人性"来进行概念先行并掩饰其创作虚空的作品极为不同。敢于面对儿童现实生活的图画书才能够被孩子喜欢，这种艺术追求达成了与小读者的一种互动交流关系。我每一次在给孩子讲这个图画书的时候，孩子们都欢欣鼓舞兴奋起来，比比画画地像在做游戏一样，但是，他们更感受到男孩成长的不容易，已经在自己情感的世界里掀起了巨大的波澜，讲到最后一幕，小读者的眼中已经闪烁着点点星光，也许真正优秀图画书的艺术力量就在这里。一个小男孩从惧怕欺凌到获得友谊、从管不住自己嘴巴到安静下来、从想要小狗到愿望达成……战胜别人与超越自我就是这样一个艰难曲折的过程。

当然，对《会说话的手》还有一些阅读期待，比如，故事埋伏的儿童情趣可以再多元一些，小男孩对狗的喜爱，只在孩子的衣服和墙上的画上有一些烘托，这些都比较单一，还应该在翻开页的环衬上做一些小小的暗示等，有些方面还不够轻松幽默。奶奶的形象也过于呆板和生硬，出现两个大幅正面的图像几乎相同，前者挎着篮子的奶奶应该是藏着秘密意味深长的笑，后者被孙子指出花镜挎在脖子上的奶奶应该是尴尬而无奈的笑，只是在嘴角处有一点区别，前者较平，后者微微上扬，这些细微的区别表达得不够精致，削弱了人物形象的艺术表达效果。

当下大量的图画书都陷入形式的狂欢中，无论是国外引进的图画书还是中国本土的原创书，进入了从未有过的"空洞"时代，图画色彩之绚烂和概念介入之霸道，亦达到了从未有过的"假花"盛开的季节，看似繁花似锦，其实毫无生命力。许多图画书的创作者认为创意为王，我个人部分地赞同这种说法，但是，许多图画书能否被反复玩味，只有创意是远远不够的。即使美国创意绘本大师李欧•李奥尼的作品以这种创作模式，创作的许多作品，被孩子破解了创意的技巧之后，很难再被孩子们反复阅读玩味了，只有他早期的幼儿绘本《小蓝和小黄》，才是真正走入儿童心灵世界的图画故事书，这部图画书的魅力得益于对儿童现实生活的独特理解和感受，而不仅仅是关于色彩知识和概念的一些解读。很多创意图画书来自于理念，孩子的火眼金睛很快发现了这些艺术之"假花"，他们很快就不理不睬了。我认为，创意永远是"术"而不是"道"，图画书创作的王道就是对孩子的"爱"，那种爱不由自主地流淌在文字和绘画之间，如同花香一般，是一种生命力的象征，正如德国哲学家恩斯特•卡西尔在《人论》中所说："美感就是对各种形式的动态生命力的敏感性，而这种生命力只有靠我们自身中的一种相应的动态过程才可能把握"。把握这种生命力的敏感性，就是朱自强和朱成梁在现实生活中积累下来的一种对孩子深深的理解——成长之不容易。

一切优秀的图画书都是自然而然的一种诞生，可以说借助作家和艺术家的手把这种诞生固定下来，让读者看到那种不可思议的生命传奇力量。一部图画书本质上更是一种活动，是创作者和读者心灵活动借助于语言和绘画完成的一种呼应，是情感的一次深呼吸，是灵魂的一次握手。从这个意义上说，《会说话的手》是谁在说话呢？是手在说话吗？是的，是图画书背后两双有魔力的手在说话，更是朱自强和朱成梁两位儿童文学作家，他们的心灵在说话，他们说出了儿童成长中爱恨情仇等丰富的现实"伤痛"，这是一部"无意义而有意味"的真正图画书，值得人反复玩味其中复杂深邃的情感，又用了如此别致简单的形式表达出来，是一部"大智若愚大巧若拙以少少许胜多多许"的艺术珍品，在中国图画书发展史上，也会留下浓墨重彩的一笔，这是一部信任儿童的情感之书，心灵之书，它的价值和意义将历久弥新。毫不夸张地说，《会说话的手》是中国原创图画书的一次重要收获。

用一生寻找童年无猜情谊
——读《小红和小绿》

　　中国东北的长白山，是一座闻名海内外的奇山，因为气候条件的影响，各种植被极为丰富，有大面积的原始森林，温带、寒温带各种阔叶林针叶林，还有千奇百怪的高原苔藓，长白山物种之丰富，可以说天上有多少颗星星，长白山就有多少种动物和植物。一山有四季，在炎热的夏季，山底下人们要穿着纱裙戴着遮阳帽扇着扇子，山顶上却是白雪皑皑，需要穿上厚厚的羽绒服棉大衣，每个人说话的时候，嘴边还冒着白气，互相说着好冷呀好冷呀。站在山顶，极目远眺，湛蓝的天空和天池的美景互相映衬，给人一种山河入梦的感觉，好像什么精美神秘的故事都可能发生。更主要的是，满族入关之后，长白山封山三百年，是自然环境保护得最好的天然宝藏之一。

　　俗话说："靠山吃山靠水吃水。"人参是长白山盛产的最宝贵的中药材，是关东四宝之一，其他三宝为鹿茸、貂皮、乌拉草。可以说，人参养活了千家万户的长白山人，产白山人对人参的情感也是最为深厚的，关于人参的传说故事，真是浩如烟海。有人认为《红楼梦》中的林黛玉前世为绛珠仙草，就是人参的化身。所谓的一千颗人参就有一千个故事，每一棵人参能够从地下被挖掘出来，都带着自己的生命传奇和精彩故事，神秘、美丽、忧伤、欢喜，无所不包，东北小孩子最喜欢的应该是人参娃娃的故事了。人参长得如人形，尤其是白白胖胖的身体，与婴儿的身形最为相似，由此而得名。

在《小红和小绿》的故事中，小红是采参人家的小女孩，她的爸爸每天要上山找人参、挖人参。在丛林茂密的大山中，小红只能自己在家与小兔子和小鹿为玩伴，突然有一天，小红听到一个男孩子在唱："一盆炭，两盆火，太阳出来晒晒我。"小红嘴里也不由自主地唱："太阳出来红似火，家家户户胭脂抹，越抹越红，越红越抹。"他们靠山歌相识相知了。唱歌的小男孩穿着一身绿色的衣服，袖子和衣服的下摆都垂着飘动的流苏，头上戴着一顶小帽子，小帽子上有一个鲜红的帽结儿。男孩女孩一见倾心，他们愉快地玩起了游戏，玩够了小兔小鹿，又玩跳房子，扔铜钱，男孩把衣服的流苏扯下几根种在地里，女孩把自己的头绳弄下几段种在地里，然后挖土，浇水，像精心侍弄种子一样。

小红和小绿希望"要是种谁的衣服就能长成一个谁，像花草似的，那该多有意思！"他们真把衣服种在土里，多么天真无邪而又浪漫有趣的想象。等到玩耍累了饿了，小女孩就拿出馒头来，两人一人一半分着吃。小男孩也把他带来的果子给小女孩吃。他们俩在一起玩好几个月了，绿衣男孩来得一天比一天早，走得一天比一天晚，他们彼此都舍不得离开。朋友之间的情感越来越深，小女孩回家也越来越晚，小女孩不小心说漏了嘴，把和小绿一起玩的事告诉了妈妈，而爸爸妈妈不相信小红，让女儿再遇到小绿的时候，把穿着红线的针偷偷别在小男孩身上，小女孩认为这样做是不对的，但是，迫于父母的压力，她还是在与男孩玩耍的时候，偷偷把针别在了小男孩身上，后来爸爸顺着这根长长的红线，来到了大山深处，令小红的爸爸万分惊喜："一棵老山参，有三、四尺高，生着绿油油的叶子，每片叶子都像个小手掌，老山参的顶头，已经打了红色的籽，好像一粒红玛瑙，看来它最少也有一千年了。"采到了稀世珍宝，小红的家里从此过上了幸福的生活。小红想到小男孩的时候，陷入深深的情谊之中，无限怅惘无限迷茫，图画书的封面和结尾都是老年的小红在与人参苗相对，那种孤独可谓永生，故事画面首尾呼应，让人觉得这是小红童年一次不可思议的旅程，但是，这旅程却影响了她整整的一生，与人参娃小绿这份宝贵情谊需要她用一生来珍藏。老奶奶弯着腰给人参苗浇水的画面，暗示着小红一生都在寻找童年那种无猜的情谊。

故事中大量民间儿歌的巧妙运用，把童心童趣的丰富和人们生活的幸福美好进行了完美融合，可以说儿歌就是儿童生活本身，没有儿歌的童年是不可以想象的。

与故事的浪漫传奇和语言的丰富活泼清新相辅相成的是图画的精美大气，故事内在的丰富性和情感的复杂性用各种色彩和线条进行了打磨和布阵，像打了一场情感战，波澜不惊，唯美动人，令读者久久沉浸在那种浪漫的氛围中，感伤、欢乐、思念、怅惘、迷失等等。

先说说画面的布局，无论是蝴蝶版的对开页还是单幅的画面，在线条都做到了如水般流动，连绵不绝，尤其是多处祥云的运用，把故事带到一个空间之内，而那个世界是静美的，没有人打扰云彩与太阳、月光的窃窃私语，那里只属于宁静中火热的真情，小绿和小红两个小孩子最为故事的主人公闪亮登场的时候，纯真的笑容和稚拙朴素的美，都从他们的一举一动表现出来，小白兔子粉红色的小耳朵，是那么崭新清洁而明丽。山川河流与绿树成荫，大量绿色中凸显的红色，把小红作为故事主人公推到前台，如果细心观察还会发现，小红穿的鲜红的衣裤上还有一个玫粉色的兜兜，这是东北山里孩子日常穿戴，有民俗上辟邪的说法。

小绿、小红、小鹿、小兔子四个小家伙在山坡上奔跑的画面，美得令人惊异，与之相对的是小绿和小红坐在地上种衣服，希望通过种衣服能够长出新衣服来，小绿伸出小小的红舌头，淘气顽皮，小红背靠着他，也在摆弄衣领子上的红绳，羞怯甜蜜，白色小兔子是安静地侧耳倾听棕色小鹿绵绵细语，一幅人和自然祥和美丽的画面。接下来两幅画面是黑夜与白天的对比，倦鸟归林、月上柳梢时，家人举着火把来找晚归的孩子，爸爸的焦急和妈妈的恐惧也都表现得非常细腻充分。等到小红的爸爸把千年山参卖了之后，放在桌子上厚厚的三摞铜钱，爸爸妈妈面露喜色地看着铜钱，与之相对的遥远地方，是小红枯坐在山坡上一块大石头的背影，中间隔着无数云朵，他们出现在同一个画面上。由此可见，绘画者曹俊彦先生深得人生况味，童年世界和成人世界，仿佛是两个永远不能相交的地平线，尽管他们是生活在一个世界上的一家人，但是，心灵的距离那么遥远，远隔千山万水。

《小红和小绿》无论在故事的叙事旋律上，还是在画面丰富的隐喻上，图画书都努力完成了一种浪漫传奇的情感抒发，这是民间故事的永恒力量，更是人参的神奇力量，大自然养育的宝贵人参，救治了无数人的性命，养活了无数个家庭，而无数跟人参有血缘关系的长白山人，因为有了人参才有了自己美好的生活。另一方面，因为有了长白山人辛勤劳作，人参才从地下走出来，从吸取万物精华的黑土世界来到人间，发挥着超"人"的情感力量。正是有了《小红和小绿》个故事，才使人参的故事长上翅膀，像人参鸟一样飞翔，到处播种、发芽、开花、结果。

总之，图画故事书作为一种艺术，使人们有限的生活达到了无限。女孩小红一次不可思议的童年历程，使她终身都会披上七彩的祥云，活到一百岁、二百岁、三百岁，四百岁，五百岁，甚至一千岁———这段历程变成了飞翔起来的故事，传到千家万户，祖祖辈辈，成为永恒。

（原载《中华读书报》2016年3月16日，有删改）

《真假红袋鼠》亲子阅读导读

《真假红袋鼠》是一篇耐人寻味的故事，告诉孩子怎么拒绝陌生人的东西，还要学会自我保护。孩子自我保护的意识，是在日常生活点点滴滴的小事中慢慢建立起来的。

打开《幼儿画报》，一下跳入读者眼帘的是三个张牙舞爪的怪物，仔细观察图画，发现这三个家伙仿佛是红袋鼠、火帽子和跳跳蛙，他们怎么会这样呢？孩子在内心世界会存几个疑问，引导孩子说一说，他们也许会有许多奇思妙想，大人要尊重他们的想象，然后看故事里是怎么说的。

红袋鼠喝了狐狸牌汽水、变成了狐狸的模样，火帽子、跳跳蛙喝了蛋壳牌汽水，肚子和屁股上长出了蛋壳防护服。变形的原因也是故事发生的前提，在一定的条件下才会发生的事，这是故事情节发展的起点，在阅读中要强调喝汽水对变形的重要性。三个变了形的家伙要去给朋友们送爆米花。这种模样出现在朋友面前会怎么样呢？家长讲故事的节奏要缓慢，尤其是在翻页之前，多给孩子留一些想象的空间，不要迫不及待地讲后面的情节。红袋鼠出现在小鸡面前，小鸡们没认出来他，小鸡们非常警觉，认为红袋鼠是大狐狸，以前还抓过他们的妈妈，即使火帽子和跳跳蛙出来做证，小鸡们也不相信，断然拒绝了爆米花，还迅速跑掉了。当红袋鼠打算把爆米花送给仓鼠时，仓鼠以为他是大狐狸，偷过他们的花生和豆荚，还想吃仓鼠，他们也迅速跑掉了。这个时候，家长应该引导宝宝描述一下，红袋鼠、火帽子和跳跳蛙变形之前和变形之后的差别。小鸡和仓鼠做得对吗？让宝宝来回答，并强调辨别真假、善恶、美丑是非常重要的生活能力。

狐狸的坏名声给红袋鼠、火帽子和跳跳蛙带来了麻烦，爆米花没送出去，红袋鼠很伤心，以前和朋友们在一起，红袋鼠总是笑哈哈，对比这种变化，这里要强调信任是人与人交往的基础，如果像狐狸一样尽做坏事，别人就会提防他。假的红袋鼠多想变成原来的模样呀！故事结尾，送不出去的爆米花被三个朋友吃了，这个时候奇迹发生啦，他们竟然变回了原来的样子。使读者紧张的心情像坐过山车一样终于安全着陆。但故事的画面还是三个怪物的模样，这就需要家长阅读时，引导孩子想一想红袋鼠、火帽子和跳跳蛙快乐的样子。

类似主题的故事还有很多，如《白雪公主》，白雪公主抵御不住美食的诱惑，吃了巫婆金灿灿的苹果，被毒死了，可以作为反面的例子。对比是培养孩子识别能力的重要方法之一。

类似结构的故事也很多，如《萝卜回来了》，围绕"送萝卜"这样一条线索来讲，萝卜像接力棒一样被传下去，大家都非常喜欢萝卜，最后萝卜却回到小兔子家。《萝卜回来了》传递的是友爱、互助和温情。《真假红袋鼠》，红袋鼠送爆米花被小鸡、小兔子和仓鼠拒绝了，这个故事阐释的是善恶、真假、美丑的区别，情况比较复杂，故事内涵丰富，表达的是理趣、智慧和勇敢。

在延展阅读的对比中，教育孩子要学会识别真假，抵御美食的诱惑，像小鸡、仓鼠一样，学会保护自己。还要在听故事、讲故事中领略不同故事的内涵和技巧，从而提升宝宝的审美能力。

爱是可以吃的蜜
——评《菊花蜜》

保冬妮的图画书《菊花蜜》讲的是一个叫宝儿的小女孩与养老院奶奶之间的温情故事。金色的菊花以及用菊花酿的蜜，成为连接童年世界和老人世界的桥梁和纽带。

宝儿从幼儿园毕业要升入小学了，一个暑假过后，妈妈牵着她的手从红色油漆斑驳的大门经过，宝儿与妈妈惊讶地发现，曾经与孩子朝夕与共的幼儿园突然改换门庭，变成了养老院。那个北京老街道边上的四合院虽然一点儿没变，但里面的主人变了，整个世界似乎也发生了变化。

宝儿告诉养老院的一位老奶奶，这里曾经是菊花幼儿园，也许是宝儿启动了老奶奶的"童心模式"。老奶奶让宝儿买来金线，给每个老人的衣服上绣上了美丽的菊花。他们的生活也便像菊花一样舒展开来，甜甜的笑脸在养老院绽放。不久，老人们不满足于这些衣服上的假菊花，真的在院子里轰轰烈烈地养起了菊花。菊花盛开时节，那是何等华美而绚丽的一幕。然而，老年人所连接的时光与孤独和死亡很近，老奶奶在生命消逝之前，采摘秋天的菊花酿成了一罐子甜甜的菊花蜜，送给宝儿做人生最后的纪念。可以说，爱是一罐子可以吃的蜜，中国有无数充满爱的老奶奶和宝儿，中国就有无数可以吃的菊花蜜，这蜜甜在嘴里，更甜在宝儿的心中，却充满了永别的淡淡忧伤，也许会成为宝儿童年生活中最值得回味和品尝的人生故事。

作为图画故事书，《菊花蜜》中对中国元素的运用达到了"诗中有画，画中有诗"的圆融一致的艺术高度，极富视觉冲击力和情感丰富性。养老院大门上倒贴着鲜红的"福"字，红漆大门上铜锁的隐约亮色，青瓦红墙廊檐的厚重古朴，金秋北京街道落英缤纷的绚丽耀眼，宝儿妈妈身穿旗袍的挺拔清秀与高贵典雅，宝儿手捧老奶奶留下菊花蜜中双眼折射出晶莹的泪光，仿佛是一首首中国恋曲，婉约大气，荡气回肠，读者再凝眸会感动得泪流满面。

《菊花蜜》尽管书写着社会的大主题，但能从最简单的日常生活入笔泼墨。景美情美人更美，这是近年来保冬妮主创唯美浪漫色彩的图画故事与现实关怀度极高社会问题主题的一次绝妙相遇，那令人心醉的美和令人舒心的爱，传达了中国传统文化的价值——"百善孝为先""老吾老以及人之老，幼吾幼以及人之幼"。图画故事书以极为简单而深邃的艺术形式，承载着厚重的中国传统文化的道德价值，《菊花蜜》做了一次艰难而成功的尝试。故事保持了保冬妮一贯抒情的文学风格，语言文字的流畅与图画的色彩线条在互动中生成了一个个多姿多彩的世界，人们知道菊花是黄色的，但不一定知道有"缤纷的雏菊、婀娜的波斯菊、灿烂的柳叶菊、紫色的瓜叶菊、金黄的万寿菊、粉嫩的非洲菊、明黄的金盏菊像花仙下凡……"，这种"极声貌以穷文"的铺叙方式，把读者心里有而表达不出的感觉用符号固定下来。

周国平说："爱是心的能力，一个人必须有健康的心，才能爱。"保冬妮爱中国传统文化、爱北京四合院里的人和事、爱儿童文学、更爱孩子，她用自己健康美丽的心灵投入"中国风"原创图画故事书，轰轰烈烈地做了起来，至今已经出版了一百多部讲述"中国经验""中国故事"的图画故事书，她把关于中国孩子的美丽童年故事讲给未来讲给世界，让爱与美在她的图画书中达到了一种永恒。

（原载《中国新闻出版广电报》2015年11月27日，有删改）

非同寻常的丰富成长
——读《包子狗与面条猫》系列

  图画书里面的包子狗是小狗的外号，面条猫是小猫咪的外号。生活有哪个小朋友没有外号呢？有外号的小朋友往往有个性，有独一性，也很可爱。包子狗长得胖胖的，像包子一样，面条猫长得瘦瘦的，像面条一样，鲜活而辨识度高的人物形象可以说是图画书的灵魂，他们俩住在樱桃镇，做了很多好事。他们成长的过程可以说是面对难题和解决难题的过程，成长对孩子和大人都是一样艰难的。

  这两个小家伙就像我们生活中的两个小朋友，面对生活的难题，他们从不气馁，勇往直前，所作所为十分令人感动。在《包子狗和面条猫的魔法草莓》中，动物们生活的环境被破坏之后，他们寻找到了一个理想而美好的家园。《包子狗和面条猫的魔法镜子》在追问孩童认识世界的难题，什么是真相呢？《包子狗和面条猫的魔法邮件》《包子狗和面条猫的魔法鞋子》《包子狗和面条猫的魔法画笔》《包子狗和面条猫的魔法泡泡》《包子狗和面条猫的魔法印章》《包子狗和面条猫的魔法药片》《包子狗和面条猫的魔法馒头》《包子狗和面条猫的魔法冰车儿》《包子狗和面条猫的魔法种子》《包子狗和面条猫果的魔法笛子》，从这些看似简单题目背后，都有一个趣味十足的故事，蕴孕着深厚的人文素养。孩子就像是哲学家，他们用崭新的心灵，发现世界和发现自我，保冬妮这十二本书就是孩子在带领成年人一起追问人生、社会和自我的过程，童话可以说是人们生活和人性的一面镜子，美好愿望的达成也是要付出艰辛努力的。

这是一套带有鲜活生活质感的图画书，故事精彩，画面宜人，彼此相映成趣。在《包子狗和面条猫的魔法邮件》中，想给旅鼠写信的波波突然卡住了，不会写"蘑菇鱼汤"四个字了，干脆画上小蘑菇和两条小鱼吧，如果不深谙儿童心理，很难有这样精彩而富有质感的细节。如果说细节决定成败的话，这样的精彩细节就是这一套图画故事书成功的根本。如此饱满而感人的细节比比皆是。保冬妮用生动形象的故事、美丽如诗的语言准确抵达儿童心灵的秘密领地，与他们进行和平友好的对话与交流。还有每本书后面孩子和大人一起做手工的精彩画面，温馨而实用。

用儿童文学理论家朱自强的话来说，儿童文学作家应该是儿童心灵的"同案犯"，作为"同案犯"的保冬妮很节制地使用语言，把生活中的难题交给儿童自己来解决，这十二本书，每一本都解决了儿童成长中的一个问题，可以说，儿童成长的过程就是孩子的梦想与现实博弈的过程，在这种平衡中孩童获得了身体和精神的双重成长。

中国文化符号的巧妙运用是保冬妮一贯追求的中国儿童文学故事的精神内核，是千百年来中国儿童生活在自己文化氛围中的心灵原乡。每个文字和符号都带有情感的温度。包子狗的包子丰富到只有中国人自己才懂的"灌汤包""菜包子""肉包子"等等，面条猫的面条也只有中国人自己才爱的"炸酱面""过水面""热汤面""海鲜面""长寿面"等等，那可是永远也说不完的物质与精神的慰安。这种文化的渗透是保冬妮追求中国原创绘本的精髓之所在，也是超出一般绘本的独特之处。

（原载《包子狗和面条猫》图画书导读，南京大学出版社，

2015年7月第1版）

呵护孩子精神成长
——读《馒头宝宝》系列

对0至3岁的婴幼儿的生活环境，家长和社会的要求是比较高的，一般需要安全、干净、明亮、宁静、优美，婴幼儿图书作为他们成长的精神环境，不同于电视电影和网络等声光电为表现形式的传媒，以画面的迅速转换和声音的刺激来吸引婴幼儿的视觉听觉。阅读图书需要一种安静优美的环境，图书本身更需要打造一个婴幼儿成长的温馨家园。保冬妮的《馒头宝宝》像一个个充满喜悦的玩具，令人爱不释手，无论是精美制作的图画，还是温馨有趣的故事，都堪称中国婴幼儿启蒙绘本的典范之作。

婴幼儿是"全人"，这种创作和编辑思想是《馒头宝宝》一套书的灵魂，也是与一般以行为规范为主的图画书最温暖感人之处。《馒头宝宝》分为三个系列，有行为启蒙、心智启蒙和能力启蒙，每个系列又分为6本。行为启蒙包括《我爱吃饭》《我爱喝水》《我会拉臭臭》《我会尿尿》《我爱睡觉》《我爱洗澡》，吃喝拉撒睡洗日常生活一样不少。以《我爱吃饭》为例，小熊、馒头宝宝、小兔子的肚子咕咕叫了，肚子叫是饿了，那么，饭前要把小手洗洗擦擦是规矩。小兔子站在小凳子上用力而细致地洗着自己的小手，那种虔诚和认真的表情，在画家的笔下栩栩如生。这一幕让我们成人都不由自主想起非典时期，中国的电视报纸杂志铺天盖地讲怎么洗手的生活常识，学会洗手少生病，是减少医疗经费的一项重要举措，也是每一个人一生的功课，这难道不重要吗？

小朋友们洗完小手，戴好围兜，静静地坐在小桌旁等着吃饭。"吃饭了！扶住碗喔，拿稳勺子。""好香啊！""啊呜，吃了一大口。"看到这样几个简单的词句，有声音、有动作、有感觉，在成人的心目中也许丝毫不亚于唐诗宋词的艺术魅力。想想我们多少妈妈和老师，端着饭碗，拿着勺子，满地追跑着喂孩子吃饭的"艰辛"画面，要是一个一岁半左右的小宝宝能够这样坐在饭桌前安静地吃饭，会是幼儿教育中一项多么伟大的"创举"！于教育处显示出了不教育的独特魅力，《我爱吃饭》重在营造一种吃饭的氛围，那些被感染的小宝宝，也许会尝试像故事中的主人公小熊、小兔子和馒头宝宝一样很"英雄"地自己来吃饭。这本书的结尾和开头表现了保冬妮一贯尊重孩子的立场，每本开头都有《保妈妈说成长》，告诉大人孩子在不同的时期有不同的生长节律，要给他们成长的时间，爸爸妈妈如何教育好孩子，也要一点点地慢慢学习。每本书的书后面富有一首儿歌，精巧实用，好玩有趣。比如《我爱吃饭》后面的《啊呜歌》，"啊呜啊呜饭菜香，香香饭菜吃光光。光光小碗亮又亮，馒头宝宝你真棒！"让孩子把吃饭当成了一种快乐的享受，而不是像"逃犯"一样被成人追得满地乱跑。当然，读者可以在朗诵这首儿歌的时候，把馒头宝宝改为自己宝宝的名字，就会收到更好的效果。

　　保冬妮不愧是幼儿教育的专家，幼儿教育30多年的功力不动声色的从小儿歌当中体现出来，不禁让我们拍案叫绝，真可谓是大巧若拙的无声教育。顺便调侃一句，如果全中国的三亿多少年儿童吃饭的时候，都能如此小碗"光光"，又能节约多少粮食，没准能给国家的GDP带来几个增长点呢！从这个角度来说，婴幼儿良好行为习惯的启蒙，应该是幼儿教育的根本，也是未来国民素质和文明修养的一个表征。

　　教育孩子是一种智慧，每一个幼儿都是一个哲学家，他们有自己独特的思维，那么每一个教育幼儿的成人也应该是润物细无声的哲学家，孩子的能力就会在一点一滴的日常生活中培养起来。《心智启蒙绘本》《能力启蒙绘本》中有很多教育婴幼儿非常实用的技巧和方法。比如，教孩子认识颜色是很难的，在《我认识颜色》中，保冬妮用了反向思维来解决这个问题，认识红色的时候，先讲哪些不是红色的，大海不是红色的，船不是红色的，帽子不是红色的，那么哪些是红色的呢？用这种反向思维，一下就激发孩子的兴趣，他们会努力寻找是红色的东西，尤其3、4岁幼儿在人生第一个反抗期——嘴里总说"不不不"的自我意识觉醒时，他们会主动找到许多"是红色"的东西，以反抗成人的"不是"，这就达到了事半功倍的教育效果。

《馒头宝宝》绘本设计装帧极富创意，"儿童教育没小事"这一图书编辑思想贯彻图书每一个角落。细节成功与否，直接决定一部书是否有生命力。要把编辑出版婴幼儿图书，看成一项功德无量的事业，才能把图书做好。简单说这套书两个"婴儿化"的令人温暖的细节：

第一，书的外形，封面和封底做成了动物的模板造型。《行为启蒙》一套六本做成了熊宝宝的形象，每一本的内容不同，熊宝宝的衣着也不同，其中《我爱睡觉》是熊宝宝带着睡帽闭着眼睛幸福地睡觉的姿势和表情。《能力启蒙》一套六本则做成了熊猫宝宝的形象，其中《我敢骑木马》是熊猫宝宝头上戴着蝴蝶结，怀里抱着一个小木马，一副调皮可爱的笑模样。《心智启蒙》一套六本做成了兔子宝宝的形象，其中《我敢游泳》是兔子宝宝戴着泳镜穿着泳衣，身边还有调皮的章鱼螃蟹，显然这是兔子宝宝在游泳，那种逍遥自在的神态好像在吸引着孩子去游泳。这些都是孩子喜欢的小动物，人格化的动物既是孩子的朋友，又是孩子的榜样，模仿并超越他们就成为幼儿的一个小小的愿望，这就是故事书的教育力量。

第二，书的材质和书页的安全处理。新书的纸张往往都如刀般锋利，许多人都有翻动新书页被划破手的教训，尤其是给幼儿的书，孩子的小手皮肤细嫩，更容易受伤。一拿到一本书，成人会细心地抚摸每个边边角角，看能否给孩子带来伤害。这套书把所有的棱角都打磨成圆形，没有锋利的页角，这是编辑考虑得比较周到的地方。尤其是书封面上一行绿色的小字"北京市绿色印刷工程——优秀少儿读物绿色印刷示范项目"，让人感到温暖和放心。近年来婴幼儿成长的环境安全危机不断，一直是社会顽疾，在一套婴幼儿阅读的图书中考虑得如此细心周到，这种"儿童本位"的出版精神应该大力提倡。

近十年来，国外的图画故事书大量引进，"中国制造"不太被人看好，但是，这一套书从内容、形式到装帧设计、印刷质量，都可以让人觉得能够很"霸气"地站在世界幼儿启蒙故事书的舞台上。保冬妮用静美、温暖、明亮的关键词为婴幼儿教育营造了一个温馨的家园，尤其"馒头宝宝"这个红袄绿裤的小男孩，穿着、头型、表情和名字都是中国孩子的典型代表，让人感到亲切自然，不是汉堡宝宝，也不是三明治宝宝这样的舶来品。这一大套书是保冬妮一贯坚持民族特色的创作风格的完美表达，而邬斯琪的绘画也很令人欢欣鼓舞，北京师范大学出版社《馒头宝宝》系列图书，打造了婴幼儿成长的温馨家园，是带给中国宝宝精神成长的一份精美礼物。

（原载《光明日报》2014年06月23日，有删改）

成人智慧与婴幼儿趣味的完美融合
——评《小萝卜浇浇》系列

　　婴幼儿图画故事书是具有自主权的独立王国和艺术世界。中国近十年来引进了大量外国版权的图画故事书，已经占据了中国童书市场的半壁江上，而自主品牌的中国原创图画书凤毛麟角，更不要说家喻户晓的婴幼儿形象的创作了。保冬妮作为具有民族自豪感和教育责任心的儿童文学作家，二十多年坚守本土图画书创作，绘画风格也以中国的水墨画为主，给婴幼儿最精彩的中华民族精神文化的滋养，她的《小萝卜浇浇》系列图画故事书堪称又一大力作，此套书由北京师范大学出版社出版，20本两大系列，一个系列是小萝卜浇浇与睡婆婆，主要是婴儿在家时期的故事，另一个系列是小萝卜浇浇在幼儿园，主要是幼儿在学校的故事。幼儿教育的本质在于润物无声，这种润物无声的教育在婴幼儿文学中是以美的方式呈现出来的，让婴幼儿感同身受，保冬妮做了一次较成功的尝试。

　　在中国童书中，中国人形象的创立应该是常识，曾几何时，我们的童书已经很少看到黑头发黑眼睛黄皮肤红袄绿裤的中国孩子了，不是欧洲就是美洲要不就是日本的卡通形象，中国孩子形象的缺失是中国图画书的一大憾事。好在保冬妮一直在致力于在童书中表现中国人自我的生活。馒头宝宝、水墨宝宝、穿着小虎头鞋的男孩、爱吃糖葫芦的女孩等等中国印象的图画书，给中国家长和孩子莫大的心灵安慰。这套《小萝卜浇浇》的小女孩更是令人喜爱，一个用红色头绳扎成的冲天小辫子，配上黑黑的头发和粉嫩的胖嘟嘟的小脸，再穿上红袄白裤，分明是我们邻家可爱的小女孩。而睡婆婆老奶奶，身穿蓝色的大褂子，慈祥的圆扁的脸上有着小小的鼻子和小小的嘴巴，经常戴着一副小眼镜，还有那把总也不离手的魔力大伞。睡婆婆善良、慈祥、友爱、宽容、大方，她教会了孩子无数的生存本领，在孩子遇到困难时总能给孩子带来解决问题的“灵丹妙药”，以及成长的快乐与安全，这是一个充满智慧的老人，她神奇的大伞可以变出孩子所希望的一切事物，她美丽的笑容带给孩子无穷的力量，她在孩子梦里又在孩子身边，她是孩子成长的保护神，给孩子带来温暖和快乐，不就是我们身边中国儿童的老祖母形象吗？绝不同于以往童话故事中的巫婆形象，是中国儿童文学特有的艺术形象，这是保冬妮图画故事书的一大亮点。

小浇浇和睡婆婆是我们中国家庭自己的老人和孩子，而图画书中的爸爸妈妈也总是陪伴孩子左右，一幅又一幅其乐融融的家庭画面不断地出现在读者面前，是中国家庭温馨幸福生活的真实写照。生活中不是缺少美与爱，而是缺少发现美与爱的眼睛，保冬妮在这套图画书中把日常生活和幻想世界进行了完美的艺术融合与创造。

小萝卜浇浇光着小身子，小屁股上还带着一大块青色的印记来到了人间，在美与爱的呵护下，小萝卜浇浇一天又一天成长着，但成长的过程也是化蛹为蝶的过程，孩子自己要克服一个又一个困难，当然，这里绝对缺少不了成人无声的“润泽”力量。保冬妮深谙婴幼儿心理，作为心理咨询家和儿童文学作家，她用干净清爽的语言给儿童的成长编织了一个又一个美妙的故事，每一个故事都具有强烈的冲击力。《小萝卜浇浇和睡婆婆》包括《睡婆婆来了》《咱们都不哭》《小手小脚伸出来》《水果街的奇遇》《兔妈妈的商店》《小鸭爱嘛嘴》《怕怕不怕》《哇啦哇啦学说话》《屁股扭扭真快乐》《喂喂喂打电话》，单单从题目来看，就会发现全部是婴儿期成长所遇到的问题，是对婴儿期孩子情绪和情感的养成教育，而这些情感的养成又是通过生活中具体的小事情来体现的。《小鸭爱嘛嘴》的故事里，写了一只小鸭子发现鳄鱼牙齿太多长得太丑，就给鳄鱼写了一封信，邀请鳄鱼先生来到自己家，请河马医生给鳄鱼拔牙，写好了信请谁去送呢？大头鱼和小鹿都不愿意去送，于是，小鸭子请小黄鸟去送，小黄鸟把信送给了鳄鱼，并传回消息说鳄鱼答应拔牙了。一天下午，鳄鱼穿着绿色的西装来到小鸭子家，想吃了小鸭子再拔牙，小鸭子和鸭妈妈都吓坏了，鳄鱼张开了大嘴，幸好睡婆婆及时赶到，用小浇浇画上的线把鳄鱼的嘴巴捆住了，才化险为夷。但是，鸭子妈妈打了鸭子的屁股，小鸭子嘴巴噘得高高的，委屈极了，小浇浇一想起小鸭子也噘嘴巴，并发出呀呀呀的声音，小浇浇同情理解小鸭子，并模仿鸭子呀呀呀叫的声音和噘起嘴巴，也是心里有了委屈和生气的表达。阅读和听讲这类故事无疑能够引起小读者的同情心和同理心，也能启发成人对孩子的生气等情感要给予足够的关照和理解，不能像鸭子妈妈一样轻易打孩子屁股。这类好心办坏事的故事是儿童文学经典的叙事模式，也是最能体现成人作家儿童观教育观的一种故事类型，在这个故事中，睡婆婆看到小鸭子遇到危险挺身而出，让孩子获得成长的安全感，爸爸妈妈看到小浇浇撅嘴巴也没有批评指责，而是带着孩子去花园里玩耍，给孩子一个成长的时间，对好心办坏事的孩子多一分理解和尊重。

《喂喂喂，打电话》描写的是孩子对电话充满了好奇，而这么小的孩子又很难讲清楚电话的奥秘。保冬妮就写了一个充满了传奇性和幻想性的故事，小浇浇打电话的时候发现里面有妈妈的声音，就觉得妈妈应该在电话线里，想把妈妈从电话线里拉出来，画面中我们看到电话线已经被小浇浇缠在了身上，尤其她那种专注而好奇地寻找妈妈的表情，看了之后令人莞尔一笑。这时的爸爸束手无策，抢走了电话，小浇浇大哭，哭着哭着睡着了，还是睡婆婆在梦里给小浇浇做了一个有趣的游戏，用她的魔力花伞一挥就比画出了一条长长的电话线，线一头是南极一头是北极，白熊和企鹅永远见不到，但是用电话就能听到声音互相慰问，睡婆婆又驾驶马车去了一个农场，在那里看到牛伯伯的电话，草地上的牛羊、小蚂蚁等都可以给遥远地方的人打电话，甚至河里的河狸也帮忙拉上了长长的电话线，穿过海底电缆可以把电话打到北美驼鹿那里，知道驼鹿正拉着圣诞老人的马车到世界各地送礼物。等小浇浇回到家里，发现妈妈笑眯眯地等着她，家里还有一大堆礼物。故事通过打电话传递了人与人、人与动物、动物与动物的交流爱和传递温暖的过程，让读者在这一过程中发现世界的联系性，这种复杂深厚的人文知识很难给孩子讲清楚，但是，这种温馨可爱的故事会给小孩子的心灵播下爱与幸福的种子。这里我们发现保冬妮运用故事所流露出的教育智慧和文学才华。

小萝卜浇浇长大了，慢慢离开了睡婆婆的怀抱，到了上幼儿园的年龄，《小萝卜浇浇在幼儿园》生动形象地描写了小浇浇从3到5岁的幼儿园生活，包括《我爱果冻班》《有尾巴的小浇浇》《我是一头小羚羊》《男阿姨》《大狗和木偶》《种兔子》《疯狂的萝卜》《没有坏孩子》《我变大姐姐了》《拍皮球，我最好》十个故事。从婴儿到幼儿，是宝宝从自然人到社会人过渡的第一步，是幼儿离开熟悉的家庭生活，离开熟悉的爸爸妈妈以及睡婆婆的开始，这一阶段的幼儿生活是他们了解他人、熟悉社会和确认自我的重要阶段。意大利教育家蒙台梭利认为"三岁决定一生"，也是孩子建立秩序、懂得规则、承担责任的重要环节。蒙台梭利认为幼儿的游戏就是工作，他们的工作具有重要的意义，对幼儿游戏和生活的尊重是儿童建立自我的开始。《大狗和木偶》的故事中，幼儿园的孩子们把卡片当雪花一样撒开，把书当蝴蝶扔上天，积木到处丢，香蕉皮也扔在地上，小浇浇还被地上的西瓜皮滑倒了。孩子一转身去做别的了，这时候幼儿园的胖老师拿个画着大狗的垃圾箱来了，"小朋友们，这是一只吃垃圾的大狗"，小朋友高兴地把碎纸屑、西瓜皮、香蕉皮、橘子皮都给大狗喂到嘴里。瘦老师做了个布娃娃的木偶，这个木偶就愿意擦桌子收拾屋子，孩子们也学着老师收拾教室，哪里脏了就收拾哪里，胖老师和瘦老师还教给每一个孩子做纸箱大狗和布娃娃，小浇浇还带回家帮助妈妈做家务了，受到了妈妈的表扬。一个人生活习惯的养成就是要从幼儿做起，当幼儿既懂得了生活的秩序、又能保护环境、同时还会劳动，他们就会有一种自我价值的实现感，也能体会到劳动的乐趣，这是人的一生都不不应该缺少的重要课程。

《没有坏孩子》的故事中，小浇浇撕坏故事书、往粥里倒沙子、拆开了音乐盒，小朋友和瘦老师都很生气，胖老师问小浇浇为什么这样？小浇浇不想让故事书里的大灰狼吃掉小红帽，中午玩的挖沙子的游戏孩子们是把沙子假装当成糖吃的，音乐盒里的小人一直在唱歌，小浇浇想看看里面的小人长得什么样子，这个故事非常生动地把幼儿思维的幻想性和好奇心展现出来。日本幼儿文学作家中川李枝子的《不不园》，写了一群小朋友在幼儿园搭了一艘大轮船，然后有人当船长有人当船员，乘风破浪去出海捕鱼的勇敢故事，充分表达了幼儿想象力的丰富性，这是成人应该理解和呵护的幼儿美好心灵，不应该粗暴地批评和指责。《没有坏孩子》中，晚上妈妈来接小浇浇回家的时候，小朋友都管小浇浇叫坏孩子，胖老师拿着一个小星星贴在浇浇的脑门上说："没有坏孩子。浇浇只是一个不太懂事的小孩子，慢慢长大了，就会少犯错误啦。"胖老师及时挽回了浇浇的自尊心，保护了她的好奇心，没有因浇浇犯的错误而批评她。这也许只是大人的举手之劳，在幼儿的心灵中却容易留下阴影，也是所有成人在面对天真烂漫的孩童时，必须注意的地方。多少幼童的心灵，在还没有展开的美好中，就被成人的简单粗暴扼杀了。小浇浇在幼儿园经常遇到这样那样成长的障碍，好在有懂她的胖老师，还有理解她的爸爸妈妈。这些发生在浇浇身上的故事也许在现实生活中，我们中国的孩子和家长经常遇到，我们是否有能力有办法来解决这一道又一道孩童成长的难题呢？

在《男阿姨》的故事中，面对认知能力比较弱的幼儿，他们指认男女的标识可能就是头发的长短，头发短的叫叔叔，头发长的叫阿姨，突然出来一个头发长的男人，孩子管他叫阿姨，但是，他是小朋友的爸爸呀，孩子们真为难啊！浇浇调皮地管这个孩子的爸爸叫男阿姨，这是多么尴尬的生活中的一幕，成人带孩子的时候，会经常遇到这种情况，能把这些问题给孩子讲清楚，真是非常不容易。难怪鲁迅在五四时期大声疾呼"以幼者为本位"，如果成人不能以幼者为本位，这教育也失去了存在的根本。保冬妮以敏锐的洞察力，从幼儿本位的立场提出了一系列幼儿成长的严肃课题，对孩童、对教师、对家长都是很难回避也回避不了的问题。图画故事书解决不了孩子成长中遇到的所有问题，但是，保冬妮及时准确生动地揭示了这些问题，美丑、善恶、真假、生死等等，以故事的形式生动形象地表现出来，启动孩子的心灵唤起成人的思考，这些就是作为一个教育工作者和儿童文学作家难能可贵的品质。

从小浇浇系列图画故事书中，我们很容易发现保冬妮的教育观，可以概括为四个字，真、慢、美、巧。真，就是把真实的生活以孩子能够懂的方式呈现出来；慢，就是孩子有一个自我成长的过程，有睡婆婆呵护他们慢慢成长；美，世界是美好的，儿童的心灵更是美而善良的，成人要小心翼翼地呵护儿童美丽的世界；巧，就是成人要用巧妙而智慧的方法来教育孩子，要尊重孩子的童心童趣，润物无声才是最有效的教育。

俗语云"文如其人"，透过一本又一本图画故事书，我们可以看到保冬妮虔敬的创作姿态，仿佛她以特有的方式在说：图画故事书在上，受冬妮一拜！这样一种孜孜以求的创作精神，坚守着一个高尚美好的目标，她对创作的痴迷，对童心的热爱，使她收获了丰饶的硕果，已出版了100多部精美的作品。希望保冬妮永远高举中国原创图画故事书的创作旗帜，为中国孩子创作出更多精美的故事。

第 **6** 辑　评论现场

童心在黑暗中发出人性之光
——读赵丽宏《渔童》

法国艺术理论家丹纳认为："不论什么时代，理想的作品必然是现实生活的缩影。"赵丽宏的长篇儿童小说《渔童》（福建少年儿童出版社），通过孩子的目光与行为逼真再现了中国"文化大革命"时期上海的现实生活。这部小说出版之前，曾载《收获》2015年5月卷，在以成人为主要读者对象的杂志上刊载儿童文学作品，实属罕见，在当代成人文学和儿童文学史上都应是一个值得瞩目的文学现象，事实上，无论国内还是国外，优秀的文学作家，往往不分成人文学还是儿童文学，读者对象应该是9—99岁。

《渔童》这部儿童小说的故事情节非常吸引人，是真正意义上的长篇小说。《渔童》延续赵丽宏《童年河》的叙事风格和故事，以小学生童大路的学校和家庭生活为一条线索，把"文革"时期人们的日常生活从背景推到前台，上海各个阶层人们的日常生活和精神状态都产生了"革命性"的变化。小说中另一条重要线索围绕着"物"展开——一尊明代唯一的一件宝贝德化瓷的渔童，在那个特殊年代，这个渔童已经成了"四旧"的代表，被革命的对象，凡是跟渔童接触的人命运无疑都处于危险之中，渔童和与渔童相关的人的命运起伏跌宕，令读者心惊胆战。

我是一口气读完的，时而落泪、时而心痛、时而愤怒、时而欣慰，即使那个黑暗的年代，恶人恶德恶行作为一种特殊时代的"风尚"，令人愤怒和憎恨，但是，善良的大多数人不惜冒生命危险互相温暖互相帮衬，这黑暗中的霞光是那么令人感动温暖，叙述者又是那么通达儿童的心灵深处，文笔清新，不枝不蔓，结构缜密，富有智慧。在儿童文学的文学审美成绩单上，又交了一张令人满意的文章学试卷，是经得起推敲的纯粹汉语表达，在书写"中国儿童"的故事时，显示出超强的语言驾驭能力，与赵丽宏几十年的散文修炼密切相关。

人物是小说的主人，小说的生命与人物的生命休戚相关。《渔童》这部小说，不仅主人公童大路性格鲜明，而且，其他人物形象也活灵活现：童大路妈妈的聪慧懂礼，外婆的朴实正义，爸爸的仗义勇敢，弟弟的勇敢聪明，妹妹天真可爱等。赵丽宏说："一个时代，如果孩子们失去了天真的童心，那么，这一定是一个没有希望的时代，一个真正恐怖的时代。值得庆幸的是，'文革'无法毁灭人间的童心。"在书写特殊时期的儿童文学作品中，往往把那个时代的黑暗写得布满天空，永无希望。实际上，即使狂风卷积着乌云，还有人性的亮光隐隐闪烁，那种光在彼此的心底流转照耀，韩教授对社会绝望了，夫人自杀，事业被毁，尊严全无，甚至被迫搬进了自己仆人曾经居住的小屋，他还要遭受肉体上的折磨，最后决定自杀，当他站到窗台上想往下跳的时候，是童大路的亲情呼唤与渔童还在的信念使他燃起了对生命的留恋，顺势童大路把他从窗台外拉了回来。

儿童才是乱世中真正拿得起来放大下的英雄，当派出所的汪所长来学校查找渔童的下落时，保护并藏起渔童的童大路能够经得住派出所的拷问吗？这么大的事连一般的成人都要吓得瘫软，而童大路的表现真令人称道。派出所的汪所长在例行公务时，表现了一定的讯问技巧，"有人看见你拿着渔童离开的，难道是检举的人瞎说？"像是讯问又像是启发，童大路马上反应过来，"就是瞎说嘛，谁看见啦？"童大路强大的内心让人敬佩，坚持说"我不知道。"童大路的班主任刘老师，也适时解围为大路获得了心灵的支撑。"他用感激的目光看了一眼刘老师。刘老师对他点了点头，厚厚的眼镜片后面，闪出温和的光芒。"这种温暖的力量给了童大路行动的勇气和智慧，这种富有感染力的细节比比皆是，在那个人人自危、是非颠倒、极端荒谬的年代，勇敢善良正义的孩子童大路，一次又一次与恶做斗争，还好，童大路得到了那么多人的帮助，他才能保存下这个稀世珍宝渔童，渔童才能活在童大路童年的生活中，激励他向追求人生真善美的理想一步一步艰难地迈进。

小说往往用对比的手法形成一种强大的艺术冲击力。"文革"前与"文革"中的对比，韩教授一家与胡生宝一家的对比等等。"文革"前的韩家是一派祥和温馨知书达理的景象，小女孩韩娉婷美丽善良友爱同学，韩太太优雅和善温柔，韩教授学识渊博大度开朗，尤其是那套带着笑意的安慰话，"天下万物，都有个寿数，寿数到了，留也留不住。这块大理石桌面，今天是寿数到了，碎了也是天意呢。"这对闯了祸的小学生童大路来说，简直是一道特赦令，与价值连城的物相比，对童心的理解和呵护成了这部小说的金钥匙，为后来童大路一系列英雄行为奠定了坚实的基础。胡生宝出身卑微，胡生宝的爸爸更是贼眉鼠眼，对韩家恩将仇报，胡作非为，阴险狡诈，心狠手辣，一派流氓无赖的嘴脸。乌鸦占了凤凰巢之后，以打砸抢起家的胡生宝一家住进了韩教授家里，书柜里的书被烧光了，放上了碗碟、肥皂、草纸，放线装书《世界艺术史》的书桌上搁着一双灰蒙蒙的黑皮鞋。文化在那个年代遭受的劫数罪恶一一排放在读者面前，尤其是无辜的韩太太和算命的瞎子被逼跳楼，真是让人心寒恐惧。鲁迅那句"文化吃人"振聋发聩的怒吼，在人们的耳边响起，让人时时刻刻吸取历史的教训。

儿童在那个特殊年代的英雄主义被激发起来，童大路能够冒死去救美丽的渔童，渔童的美与童大路一家的美丽心灵互相映衬，当乡下的外婆把装苞谷的大缸一层层的遮蔽打开之后，真为那个完好无损还在微笑的渔童而感动泪流，世界已经发生了多么大的变化呀，渔童原来在韩先生韩太太的壁橱里享受着尊敬和爱戴，这时候，他只能在存储粮食的仓库里放光微笑，而自己的主人韩太太已经冤死九泉，而渔童不知，为了他能够保持完身，童大路及其周围的人历经了怎样的磨难。师生情、同学情、祖孙情、父子情、兄弟情、朋友情都在这次疾风暴雨的运动中一试真伪，是对人性的深层勘探。

在儿童文学的园地中，好长时间看不到有力道的现实主义作品了，近年来，一些成人文学作家仿佛约定好了入驻儿童文学，他们相信自己的人性目光，相信自己对生活的判断，相信自己的童年记忆，涌现了一些反映中国人精神风貌的现实主义作品，赵丽宏的《童年河》和《渔童》就是其中两部力作。《童年河》是作者小试牛刀，他把记忆中的童年生活与上海六十年代初的城乡区别及市井风情都很好地再现出来，尤其农村少年从广阔天地到城里过"囚笼"般的生活鲜明对比，令人好生爱怜。好在，其善良朴实和强大的生活能力，不是城市少年的另类，而成为日常生活中的小英雄。作家留下一个悬念，"文革"开始了，孩子无忧无虑的生活被斩断了。这部《渔童》把文革推到了前台，把文化及文化人所遭受的磨难，逼真地描写出来，令人灵魂战栗，保护渔童这部雕像只是一个隐喻，即使把所有的书烧光、把所有的古董砸烂、把所有的知识毁灭，热爱真善美的心灵永远像太阳一样照样升起。童大路带着韩教授和韩娉婷去乡下外婆家去看渔童，外婆不急着把渔童拿出来，而是拿着一根长绳子去井边，大路以为外婆把渔童藏在了井里，顺着井绳往上拉，拉出了一个尼龙丝网线袋，兜着满满一袋西红柿。朴实的外婆用"冰镇西红柿"招待城里的客人。生活细节真是原汁原味，富有生活和时代气息，令人感动。想起我童年时期去姥姥家，姥姥一听到我们的动静，就急急忙忙迈开小脚，拿着长把的漏勺在大水缸里捞哇捞，捞出一根根脆生生的"冰镇黄瓜"。那个年代的童年记忆和人情的温暖，在民间奋力地生长着，不因为什么"革命"而丝毫褪色。

小说结尾胡宝生作恶多端的爸爸遭到了报应，出了车祸，折了腿。这是对恶人的一种惩罚。一方面对善良的读者有了交代，解了读者的心头之恨，同时，也令人担心，这样的故事是不是容易误导小读者，对"文化大革命"这一历史灾难的认识有误会呢？不过故事最后都交代清楚了，也给渔童、韩教授和女儿韩娉婷一个很好的结局，这是儿童文学的希望之光。韩教授和女儿韩娉婷转道国外，文革结束了，他们决定建立韩先生的博物馆，当然，把饱经风霜的渔童放在世人的面前，二十多年，大路从一个孩子变成了事业有成的大人，渔童还是和当年一样，没有任何变化，"他永远是个可爱的孩子，再过百年千年，还是这个样子。"这是童心最美的赞歌，是让童心永远不老的艺术理想。

在中国，《渔童》这个名字应该是家喻户晓的著名剪纸动画片，1959年由上海美术电影制片厂出品，万古蟾导演，故事内容极为丰富，动画人物造型鲜明夸张，色彩明丽清晰，人物对话极具个性，富有感染力的配音和插曲，影响了中国几代人的童年生活，亦成为中国动画史上的经典力作。赵丽宏的这篇小说以"渔童"为名，吸引了很多人的目光，可以达到中国儿童文化互惠互利的良性效果，也是一种富有创意的举措。

（原载《人民日报》2015年9月25日，有删改）

文学湘军多姿多彩的童话梦
——以汤素兰、谢乐军、尹慧文为例

　　湖南是中国现代儿童文学的一个重要开端之一，如果说叶圣陶的童话《稻草人》走了一条中国自己的创作道路，开启了中国儿童文学现实主义创作的先河，湖南籍作家黎锦辉的童话剧《麻雀和小孩》《葡萄仙子》等就开启了快乐唯美浪漫主义创作的先河。到了二十世纪三十年代，张天翼的《大林和小林》《秃秃大王》以幻想的狂放热闹和出奇制胜超越了以往的儿童文学，使中国童话创作达到了一个高峰。新中国成立后，谢璞、邬朝祝、李少白、罗丹、胡木仁、萧育轩等在童话创作中又创佳绩。进入新世纪，汤素兰、谢乐军、皮朝辉、邓湘子、谢然子、尹慧文、陶永喜、流火等一大批儿童文学作家以崭新的文学姿态，出现在中国新世纪的童话舞台，延续黎锦辉的唯美和张天翼的幻想，创造了一大批童话佳作。汤素兰来自于自然和童心深处美妙的诗意童话，谢乐军大幅度夸张的动物狂欢的侠客童话，尹慧文来自日常审美陌生化的生活童话等等，形成了湘军多姿多彩的童话创作风格。在新世纪中国童话的天空中，他们的童话如闪亮的星星发出迷人的光辉。

　　"湖南三面环山形成的凝滞、与湘资沅澄四水的流动、潜移默化地对湖南作家施展着魔法，较高的气温与丰沛的雨水，形成独特的生物群落与自然生态，高山深林中常年雾气缥缈，极富生命的流动之感，使这里的艺术打下空灵轻盈、浪漫奇诡、自然率真的印记。"[1]在童话创作中，这些作家可以说把"空灵轻盈""浪漫奇诡""自然率真"达到了出神入化的境界。

汤素兰出版了50多部作品，几乎囊括了国内所有儿童文学大奖，她的创作引起评论界的关注，集中对她童话创作中的快乐、幽默、温暖、美丽进行了阐释，在我的阅读中，也感受到了她童话快乐后面的忧伤，幽默后面的无奈，温暖后面的坚韧，美丽后面的伤感，甚至梦幻后面的残酷，她对儿童生活的现实和梦想不断进行终极般的询唤。经过近30年的努力创作，汤素兰已然成为中国童话创作的一个新的发展高度，诗意唯美的童话风格也饱含了汤素兰的情感精神和人格气质。

汤素兰童年生活在乡下，在自家小院子里与奶奶一起遥望星空是平常的日子，"天上有多少颗星星地上就有多少人，天上的一颗星星陨落了，地上就有一个生命消逝，反之亦然。"遥望星空的童年情结成为她童话创作的主旋律，她以天空般悲悯的情怀，脚踏实地创作她诗意美妙的童话。田园、山野、花草、树木、河流、动物、植物、月亮、星空等大自然成为她童话表达的主要意象，她代表自己更替当下远离土地的城市孩子追寻梦幻般的精神家园。她创造了一个奇迹花园，这是一个属于孩子们自己心灵的世界，纯真可以随意挥洒，想象力展翅高飞，连里面的成人也带着浓浓的童心上路，成为孩子们的好朋友。在汤素兰的《奇迹花园》中，会飞的房子来去自由，海底的星星温暖闪烁，蛤蟆先生可以和冬天约会，老鼠小六子的理想是当一个快乐的马车夫，红松鼠冬果果驾船历险……在这座花园里，你想干什么就可以干什么，什么奇奇怪怪的事都可能发生。谢乐军多次获奖，被称为"乐乐童话大王"，代表作《营救星空行动》《魔术老虎》《奇怪的大王》《长翅膀的小汽车》《快乐的芭蕉扇》等十余部。在儿童文学评论家袁利芬看来，"谢乐军致力于塑造具有民族特色的童话明星，一个个鲜活、生动的童话形象尽显湖湘人质朴、勇敢、善良的性格内涵，彰显出本民族的风格和文化意

---

[1] 陈一辉：《湘籍现代作家创作中的精神气质》，《现代文学研究丛刊》1997年第2期，第142-143页。

蕴。"取材极为广泛,上至十二生肖神仙鬼怪,下至日常生活警察小偷,无所不包。

汤素兰童话中的动物是自然之子,是实现儿童心中梦想的朋友,童话人物仿佛一个个快乐的音符。"笨狼翻了一个跟头。正要翻第二个,看到草地上有一队小蚂蚁在做体操。一只小蚂蚁分不清左和右,别的蚂蚁伸左腿时,他伸右腿,结果绊倒了别人,自己也摔了跤,真好笑。"[1]笨狼俨然一个快乐有趣而又充满好奇心和生命力的小男孩,他洒向世界的目光快乐新奇和有趣,他所捕捉到的也是快乐新奇和有趣。谢乐军童话中的动物是儿童恶作剧的侠客和代表,在《鼠大王称霸》中老鼠以"造尿运动"把绿色草地和明亮的溪水都染黄了,按说应该属于环境污染,童话却出人意料地写道"动物世界的花草树木变成了金黄的世界,像春天的油菜地一般美丽"。所有的动物吃了洒有菜油的青草,营养丰富,都长胖了。童话结尾揭开谜底,原来老鼠一天造尿500毫升是假的,他们为了得到大王的奖赏,偷来菜油掺和着水冒充尿便,一直在欺骗胡子鼠大王。情节密度大,转换快捷,出乎读者的意料之外而又在情理之中。《猪大王做梦》中的猪的名字就带有鲜明的民族文化印记,是《西游记》里猪八戒的弟弟猪九戒,他胆小内敛,但想做大王,最后想出妙计赢得了动物们的同情,如愿以偿。

在汤素兰的童话世界中,童话人物的情感如散落的星子,自发其光,自得其乐,每个人都仿佛一个快乐的音符。《黑猫几凡的鱼果》中,黑猫只剩下最后一条鱼,明天没有早餐了,他望着满天星斗会情不自禁地唱:"星星啊星星真美丽,明天的早餐在哪里?"[2]唱完还不能解决饥饿问题,听了兔子太太种胡萝卜的经验,黑猫几凡身体力行把鱼骨头种在奇迹花园里,真长出结了果子的树,但这树结的不是普通的果子,而是神奇的鱼果,摘也摘不尽,吃也吃不完。黑猫几凡把他的鱼果分给猫世界的人们共享。这是纯儿童式的思维,收获的也是纯儿童的快乐。在汤素兰的童话中,人物情感的快乐

---

[1]　汤素兰:《笨狼的故事》,浙江少年儿童出版社2008年版,第22页。

[2]　汤素兰:《奇迹花园》,湖南少年儿童出版社2009年版,第114页。

不再是附着在故事之上的一层油皮，情感本身即是童话的身体和灵魂，发出亮晶晶的光，在童话的天空中点缀成一幅幅精美的图画。情感的快乐和生活态度的积极乐观成为童话的本体，带着美丽的忧伤上路，童年的乐趣却无处不在。

尹慧文的童话对我们日常所熟知的已经见惯司空的生活现象进行了丰富加工和变形，从而营造出让读者意想不到、忍俊不禁的想象空间。这种变形借助于空间的夸张或位移来实现，如《吉米的鲸鱼》中，一只本来像蝌蚪大小的鲸鱼模型玩具会变得像池塘一样大。吉米作为鲸鱼的饲养者不得不屡屡为鲸鱼更换鱼缸，甚至最后弄到池塘里。读者在阅读的过程中也会随之产生丰富的联想，一只黄豆大的小黑球越来越大，大到胀满整个池塘。这种阅读体验让读者感到兴奋和奇特。又如《天天长高的幼儿园》中，幼儿园突然莫名其妙地长高，原来是生长在幼儿园下的竹子把幼儿园顶了起来。这些空间上的夸张让人们对生活的本来面目产生了重新思考，原来在想象的国度里，世界本可以出现这样一番不可思议的景象，童心和诗性无处不在。

《雨中曲》堪称汤素兰的童话精品，故事的节奏在汤素兰的神仙妙笔下，仿佛指挥着大自然这样一个神奇的乐队，一会儿是舒缓的小夜曲；一会儿是欢快的轻音乐；一会儿是狂风大作的进行曲……一张一弛，一动一静，一缓一急两条线索时而低语、时而欢歌，把读者带到了一个神奇而美丽的童话世界。连最不起眼的雨滴，都富有神奇的生命力。"燕子们喜欢把自己的身子做成黑色的剪刀去剪雨丝，他们在雨中剪来剪去，慢慢地雨丝便真的断了，雨过天晴，大家都从家里跑出来，或者从窗口探出头来，看着雨洗过后干干净净的天空，呼吸着雨后清新的空气。然而这一回，雨丝老是剪不断。花园外面小溪里哗哗的水声也越来越大，慢慢地变成了轰隆隆隆的声音。平时清澈的溪水，现在变得浑浊，成了一条黄色的巨龙，在风雨之中愤怒地大吼大叫。"[1]汤素兰用干净明丽的笔墨创造的"第二自然"奇迹花园，给童话人物足够的成长空间，也为读者们认识世界形成了"间隔性"，给儿童的

---

[1]　汤素兰：《奇迹花园》，湖南少年儿童出版社2009年版，第65页。

心灵空间和精神维度增加了张力。

谢乐军的童话则善于用拟声词，形成一种打击乐的效果，在《猴大王逞能》中，"大眼牛坐在秋千板上，秋千"咯吱咯吱"的响声。肥河马坐在秋千板上，秋千"嘎嘎嘎嘎"弯成了弓。胖大象坐在秋千板上，秋千撑架"咔嚓咔嚓"裂开了几道缝。这既是童话重要的情节，又带有戏剧的色彩，以拟声词和戏仿的语言，把童话与儿童的游戏心理结合在一起，形成幻想的狂欢，大大渲染了童话故事的环境气氛。

与谢乐军和尹慧文单纯的快乐相比，汤素兰童话的快乐和幸福植根在大地上，绝不无视社会的黑暗、人性的复杂和儿童生命的艰难，她笔下的人物成长中有神奇的魔法陪伴，但也不是一帆风顺和风光无限。饥不果腹衣不遮体的卖火柴小姑娘在奇迹花园中很难觅得，但不能说儿童成长没有其他烦恼。《小朵朵和大魔术师》是汤素兰的代表作之一，汤素兰呈现儿童生命本身的天真快乐形态时，引发读者的笑声里却是有意味的笑和含泪的笑。六岁的女孩朵朵上学了，第一天之后不想再去了，"就那么坐着，一动也不能动，还要把手放在背后"，"像是有人把我绑起来了一样呢！"[1]朵朵鲜活的生命刚刚触到学校体制的电门就产生了强大的反作用力。那些在学校的体制内长期受到打压的生命，学校绑架他们的何止是孩子的身体，还有孩子的思想和灵魂。

汤素兰、谢乐军和尹慧文深谙儿童心理，是同情和体谅儿童身体生活和精神苦恼的作家。"儿童文学要调和肉体本能与精神愿望的矛盾，还要调和成人期许和儿童个体能力愿望的关系，儿童文学存在着两个或者是多个价值判断，有儿童原初的本能，比如吃喝玩乐等身体生活，不劳而获的轻逸愿望和付出沉重的美好，这两种选择在儿童的心理一直在挣扎，前者是本能，后者是成人的希望，或者说前者是儿童的，后者是成人的，成人代表了社会的集体的愿望，也是儿童从自然人向社会人行进过程中必然要付出的代价，

---

[1]　汤素兰：《小朵朵和大魔法师》，浙江少年儿童出版社2009年版，15页。

经典儿童文学往往两者兼顾。"[1]在汤素兰轻逸曼妙而又美好温暖的童话世界中，给了这种深刻的存在性矛盾以精湛的艺术表达。小朵朵不想上学这件事，对中国当下的一个家庭来说如晴天霹雳，爸爸妈妈为此大吵起来，互相指责对方不负责，爸爸指责妈妈只顾工作不管孩子，妈妈指责爸爸没有良心，是个骗子，说好了不要孩子却非得要孩子，并发疯一样向爸爸扑过去。"朵朵以前从没见过妈妈这个样子。朵朵又害怕又伤心。她终于知道了，原来自己是个多余的人。"家庭战争令孩子痛苦、失望、无能为力，在朵朵看来，她是爸爸妈妈生活中一个多余的人，甚至是一个大麻烦。"夜里，爸爸妈妈都睡着了，朵朵悄悄地打开小卧室的门，手里拎着一口小皮箱。""独自一个人站在夜晚的街上，朵朵有点儿寂寞了。但是，她很坚强。"[2]汤素兰把儿童成长之痛并快乐着在童话中能够完美融合在一起，流露出对"小朵朵们"的无限悲悯的情怀。

如果说汤素兰童话深得安徒生童话艺术的精髓，注重个体的复杂性格和心灵的探索，在于坚守对人性和人类的理想之光。那么尹慧文则承继了格林童话对民间集体智慧的描摹，在《扛着汽车去旅行》中，尹慧文笔下的大力熊为了不让熊妹妹受晕车之苦，毅然决然地将汽车扛了起来。在《漂亮的大尾巴》中，小松鼠为了救治生病的小兔子，尽弃前嫌，用自己的大尾巴温暖了病中的小兔。在《筷子镇大战》中，两双具有竞争意识的筷子在面临共同的敌人——恶犬时，团结一致，奋勇击敌，取得了筷子镇的胜利。

湘地文化和民间神秘的风俗，对大自然和生命的敬畏之心，是汤素兰童话泛生性和拟人化风格形成的精神原乡。可以说，传奇的故事情节在她的童话中比比皆是，《住在摩天大楼的马》《失踪的马》《红鬃马》对当下所谓现代"城"之困进行了一系列反思。带有怪诞色彩的童话《奇怪的树》，写了一棵树总站在一个地方厌倦了，开始对周围环境不满，收起树叶不给兔子遮蔽阴凉，抽出树根鞭打在树下睡觉的老马，当动物们商量好要惩罚它把

---

[1] 侯颖：《为童年留下一片绿洲——论儿童文学的诗性品质》，《当代文坛》2011年第3期，第19页。

[2] 汤素兰：《小朵朵和大魔法师》，浙江少年儿童出版社2009年版，第16页。

树锯掉时，它吓得滚下山坡，在看似荒诞的"无意思"叙事的背后，不得不赞叹作家的生态情怀和"化他"意识。"对于生态批判而言，所有的生命形式（无论是人类还是非人类）的福祉以及环境的健康未来，是所有其他的目的都要面对的最终目标。"[1]汤素兰以童心的率真和敏锐，辛辣地批判了人类中心主义，这棵树的落荒而逃又显得多么忧伤而无奈，带有诗意唯美而凄凉。

尹慧文童话的情节与人物就像我们身边经历的人和事一般亲切自然，她将现代生活中一些不为人注意的生活元素融合进创作之中，那些诸如呼啦圈、百货橱窗里的娃娃、吹泡泡用的肥皂水、雕花筷子、隆隆作响的破旧空调等事物都有了让人耳目一新的艺术情调，使读者在这种被陌生化了的事物中，重识那些貌似枯燥的现代生活所具有的丰富个性与厚重质感。而同时，作家以泛灵论的姿态使汽车、房子、筷子甚至垃圾都具有了人类的感情，情感的外化和物化，让儿童的心灵得到感性的润泽，对儿童文学的创作来说是难能可贵的。

综上可见，汤素兰童话唯美典雅幽默，充满抒情童话的意味又不失热闹童话的情趣，能够让人慢慢回味品读；谢乐军童话带有动作性传奇色彩，兼有武侠小说的风骨，节奏快民族风格鲜明；尹慧文的童话清新平实，明白晓畅、口语自然，仿佛有意识地讲故事给孩子听。以我个人阅读经验来说，汤素兰的童话创作已经达到了一定的境界，对中国纯文学童话是一次提升，汤素兰在童话《飞翔的房子》中君子自道："为了把一个包在洋葱里的童话故事剥出来，可没少吃苦头，差不多可以说是一把鼻涕一把眼泪才终于把那个故事一个字一个字地剥出来写到纸上。当然，那个故事也是一个特别感人的故事，任何读那个故事的人都会感到鼻子发酸，眼泪会情不自禁往下掉。"[2]用评论家王泉根的话说，汤素兰是中国童话第五代的领军人物，把热闹派和抒情派童话很好地结合在一起，并进行了质的飞跃和提升，而且越

---

[1]　[美]乔纳森·卡勒：《当今的文学理论》，《外国文学评论》2012年第4期，第57页。

[2]　汤素兰：《奇迹花园》，湖南少年儿童出版社2009年版，第4-5页。

写越成熟大气雅致，谢乐军注重童话故事情节快节奏的发展，尹慧文因创作数量不多，刚刚破开童话的土壤，还需要大踏步上路。当下，中国童话整体创作不是很景气，许多作家已经涌向幻想小说，能够坚守童话创作固有的领地，在艺术手法和文学气度上，需要童话湘军持续不断的努力，超越张天翼在中国童话史上的高度，发挥黎锦辉曼妙美丽的浪漫风格。

（原载《文学风》2013年4期）

脑呼吸·原生态·暖小说
——董恒波向着儿童文学的高质量前行

　　儿童文学评论家梅子涵认为，"儿童小说通常有两种叙事秩序，一种是情节性推进，一种是故事性推进，《灰姑娘》属于情节性推进作品，围绕着灰姑娘的一系列经历展开，没有一个固定的扣结，大多数中国儿童文学属于这个系列。言外之意，也是中国儿童文学很难跻身于世界儿童文学强国的一个原因。探案小说属于故事性推进，自始至终围绕一个扣结，整个故事围绕这个扣结开端，发展，情节层层推进，最后真相大白。凯斯特纳的《埃米尔擒贼记》是真正悬念故事的儿童小说，极为优异，是高质量的探案系列小说。"[1]作为世界经典的儿童文学作品都不乏探案推理的质素，如作为美国现代文学开启人马克·吐温的"河之书"系列、作为英国"白面包奖"获得者达尔的《女巫》系列、开启新世纪文学神话的英国作家J. K. 罗琳的《哈利·波特》系列、奥地利作家托马斯·布热齐内的《冒险小虎队》系列，小说都不乏推理破案的情节，或者说探案推理构成了儿童文学作品的元故事。这些被儿童读者热衷的作品，亦不同于供给成人阅读却被儿童据为己有的代偿品《福尔摩斯探案集》。这种以探案为主的故事性小说，在中国儿童文学界少之又少，作为辽宁儿童文学小虎队作家群的骨干之一董恒波，近年来向着这一目标大举进军。

　　董恒波在创作这一个系列的推理探案小说之前，他的《同一个梦想》

---

[1]　梅子涵：《儿童小说叙事式论》，湖北少年儿童出版社2012年版，第20页

《天机不可泄露》《魔笔盖尔》《猜猜谁是鬼狐狸》等系列小说，显露出极强的发现型智慧性写作的特点。这些小说都紧紧围绕一条线索展开跌宕起伏的情节、结构宏大气派、题材广泛丰富、主题立体多样，学校与社会、成人与少年、正义与邪恶、阳光与黑暗等等一些极为棘手的问题，均以幽默智慧风趣的方式和少年儿童生命不可遏制的力量，在中国的儿童文学的世界里自由翱翔。可以说，有追随理想和贴近现实的张力，又有对纯文学的挑战和通俗娱乐的快意嬉闹，更有独具特色的快节奏和舒缓的小夜曲叙述，他已然成为辽宁小虎队作家群中的一个轻骑兵。作为中国作家协会会员、国家一级作家、辽宁省儿童文学学会常务副会长兼秘书长，他曾出版各类儿童文学作品五十余部，获冰心儿童文学奖、全国五个一工程奖等多种大奖，为他创作和挑战探案推理小说奠定了坚实的创作基础，董恒波这一季的《神探小鹰》幽默推理小说系列，在商业写作充斥中国童书出版界的当下，是一次费力不讨好的"苦役"，确乎是一次比较成功的尝试。

脑呼吸激发儿童强烈的好奇心。探案推理小说往往能抓住读者的心，优秀的推理小说凸显故事性小说诱人的艺术魅力。创作探案小说的前提和基础是"制案"和"设谜"，案子和谜局又不能成为纯粹的数理逻辑，这里面有人生的智慧，又与人的七情六欲相互连接，如果把创作推理探案小说看成是一种智性活动，也可以说是作家的一次脑呼吸，又是在跟读者进行一次次脑力较量。所谓的制造谜局要合乎逻辑，又要与生活密切相关，是对作者创作能力极大的挑战。《谁绑架了波斯猫》的开端设置案子比较简单，一个老太太名叫丽丽的波斯猫突然丢失了，但是，如果这是一个普通老太太也没有什么，这个老太太却是一个住在别墅里的大富婆，波斯猫丽丽的身价于是乎倍增，惊动了来自家庭、小区甚至社会上方方面面的力量，尤其神探小鹰的四个少年，三男一女，小鹰、蛐蛐、木头、蝴蝶，作品的主人公亦闪亮登场了，"扣结"一步步被揭开的过程也就显示出四个孩子作为神探高超的破案能力，在这一过程中展开社会市井百态。富婆老太身边的人都有作案嫌疑，作者采用了阿加西·克里斯蒂的推理方法，神探小鹰们怀疑老太身边的每一个人，不愿伺候猫的小保姆、有偷东西前科的老金头、想弄点好处的小区保安等等，但每一个人都又因证据不足被排除，案子陷入僵局。这时候，一个细节使得案子峰回路转，绑架波斯猫的人来信了，敲诈老太40320元，称呼邮递员为叔叔，来信的字体为细圆字体，神探小鹰显示出惊人的洞察力，绑架者索要的钱数也极为蹊跷。后来，小鹰在学校橱窗里发现了用细圆字体打印的学生作文，随着跟踪调查的深入，发现了绑架波斯猫的是一个叫露露的小女孩，这后面有惊人的大秘密。小女孩是丢猫老太的亲孙女，因为重男轻女的封建思想在作怪，老太太已经逼迫儿子和儿媳离婚，露露和妈妈一起生活。但是，妈妈得了重病没钱医治，老太太又不出钱。露露为了救助生病的妈妈，老太太身边的所有人都参与了"绑架"，小保姆、老金头、小保安、甚至露露同父异母的弟弟，给予绑架者卡中打入的5万元钱，也是那个有"犯罪前科"的老金头所为。最后演出了在大桥上交换波斯猫的行动，结局完全出乎读者的意料之外，变成了一次爱心捐助的大行动。

儿童成长的原生态就是生命力的张扬和扩容，那种静若处子动如脱兔的状态，只有在儿童的生活状态中才能得以持续的张扬。在破案推理猜谜的过程中，董恒波的作品从未离开对儿童生活的现实社会环境、学校环境和家庭生活的全方位展示，也反映出辽宁小虎队作家群一贯坚守的现实主义创作原则。从1996年赵郁秀主编的"棒槌鸟儿童文学丛书"开始，小虎队作家群明确坚守"三贴近"的创作原则，能够"和儿童站在一起……以儿童的耳朵去听、以儿童的眼睛去看，特别以儿童的心灵去体会……写出儿童看得懂并喜欢看的作品"，董恒波遵循这一创作原则，在他的作品中，尽管是探案小说，但他从未远离社会现实生活，"神探小鹰他们破案工具，可不是作案工具，还是挺全的。首先，是在一个5927帆布的箱子里有一个专门放笔记本电脑的袋子，笔记本是三星的，是可以用3G无线上网的。小鹰的手机还是带有卫星定位系统的，还有数码摄像机，这些都是最新式的高科技，这些东西都是小鹰的爷爷的工具，爷爷对小鹰早就在悄悄在培养着，有意识地让孙子接触到很多破案的器材。当然，在使用像电脑、数码相机等设备上，小鹰的技术已经远远超过爷爷了。"这是当下中国儿童现代生活的真实反映。作品不停留在对儿童原生态生活的精准描述，还在逼问社会人心的丑态，以漫画的笔法进行酣畅淋漓的讽刺和批判。《谁绑架了波斯猫》里因为王富婆在报纸上刊登万元寻猫广告，有18个人竟然抱着不是波斯猫的猫企图蒙混过关，其中有一位还抱着狗，这种对生活的夸张的描写，略显荒谬无稽，但却是对人性的一次戏谑和放大，类似的情节在《半夜谁来敲门》《会飞的耳环》《大杨树下的谋杀案》《明晚给你一个惊喜》《无人认领的巨款》《神秘的亡灵日记》和《失踪的梅花K》中都有比较充分地展示，表现作者对现实深入的观察和高度的艺术敏感性，对儿童小说以生活为本位但绝对不缺儿童的幻想性，是在探案小说、幻想小说和童话之间进行了一次有机的融合，是对新的叙述方式的一种追求，使得儿童小说的内在审美格局有了大大的扩容。

在设置故事悬念、揭开故事谜团的同时，这一系列的推理小说达到了一定的艺术表现高度，作者从来没有忽视对人物外貌、内心、情感、性格的描写。小鹰的理智客观，遇事沉着冷静；木头的憨厚稚拙，好心办坏事；蝴蝶的意气用事，巧舌如簧都有非常生动的表现。小侦探蛐蛐是小鹰的同学，他感情细腻，善于给人起外号，把班级的五十四个同学都用扑克牌来替代，发现了缺少了一张梅花K，那么，把这个丢失的梅花K找到，就会找到作案分子，明显地耍小聪明。《失踪的梅花K》中，充分展示了蛐蛐作为少年人的性格特征。即使是作为次要人物成年人的描写，也是三五两笔，惟妙惟肖，妙笔成趣，极富艺术感染力。神鹰小侦探怀疑家境贫寒又有后母的郭亚历偷了200元钱，后母郎大脚是个卖猪肉的，得知这个消息，郎大脚"没有使用梁山好汉们用的那把砍肉刀，而是一下子把武器扔到了地上。那把刀在与地面撞击的时候，发出一阵清脆的金属声，这把刀真的是好刀呀，不仅刀刃，连刀背上都是上等的好钢呀。徒手上阵的郎大脚，左手一把就揪住了郭亚历的耳朵，右手猛地一扬，'啪'的一声，就在郭亚历的脸上来了一个耳光。郎大脚打起儿子的时候，也没有什么病态了，浑身充满活力，那个巴掌打得是又准又有力量，郭亚历的脸上立刻爬起来五条暗红色的虫子。"把这一个阶层的家长或者是中国家庭教育的现状生动准确形象地描绘出来，从这小小的细节可以看出，中国现实生活中儿童自由和人权保护还有相当漫长的路要走。《半夜谁来敲门》中，少年儿童已然成为成人利益的绑架者，这里有好大喜功沽名钓誉的马校长、弄虚作假的课外作文辅导班的徐先生、一心想让儿子出名的张诚老妈，使得张诚的作文获奖之后，他的精神一直受到痛苦的煎熬，学校校长老师的重视、同学们的羡慕、家庭物质的奖励和老妈安排宴会排场的盛大，丝毫没有减轻张诚内心的不安和痛苦，对诚实、善良这些精神品质的寻唤，成为小说主人公张诚出名之后难解的方程式。

董恒波有着极为娴熟地驾驭他作品人物和题材的能力，在少年成长的现场，成人和社会环境的恶劣如影随形地缠绕着孩子，使得少年儿童的正常成长都变成一次又一次的历险。《谁绑架了波斯猫》中婆媳矛盾、"小三"问题、医药费问题等都成了小女孩露露成长中很难以迈过去的沟沟坎坎，血缘关系也受到利益的挑战，因为奶奶重男轻女的封建思想，老太太为了一只丢失的波斯猫大动干戈，成千上万地花钱，却不肯花一分钱救助自己的儿媳，不理解孙女的所作所为，甚至想把孙女送进派出所。最后在孙子自杀式的恐吓下，奶奶才低头，儿童的生命力在这种顽固封建思想的枷锁下几乎窒息。好在，在神鹰小组的帮助下，女孩露露的行为得到了整个社会的帮助，作品的结尾有一个比较光明的结尾。但是，值得商榷的是，露露救助母亲的行为，是用以恶制恶的方法，无论是出于什么动机和目的，这种行为本身都有触犯法律的嫌疑。在道德上，绑架波斯猫救助母亲的行为可以理解，在法律的天平上，这种行为会受到一定的制裁。从中可以看出，董恒波对儿童成长的深度思考和精神困惑。

即使面对这一系列的沉重话题，作者也没有减弱对儿童文学的精神守望，每部作品都格调轻松活泼、幽默有趣，尤其是语言的原生态东北腔和口语化，如写蝴蝶说话好听，东北话叫"甜乎人"；"不食言"的儿童版本是"不吃咸盐了"，这样的语言在作品中比比皆是，妙语连珠。可以说，董恒波对儿童文学的审美视域进行了一次开疆破土，在目前儿童文学理论界争议最大的"俗""雅"之间进行了一种有效地化育，使得他作品中主题的沉重、题材的重大却以一种轻灵有趣的方式叙述出来，润物无声地潜入儿童的精神世界和情感空间，表达了真善美战胜假恶丑所动用的一切智慧和情感力量，可以说，他创作了一种暖小说，这种力量不只来自成人等外界环境的帮助，更来自于少年儿童自身。他的每一部小说都是以儿童成长力和生命力为本位，相信儿童相信爱，作者丰沛而细腻的情感如潺潺的溪水流入读者的心田，这也是他的作品受到广大读者欢迎的一个重要原因。不可否认，董恒波推理小说写作水平还不太整齐，《谁绑架了波斯猫》故事架构完整，推理严密，设谜巧妙，情节扣人心弦，其他两部就弱了一些。而作品叙述节奏过快过急，在一定程度上也削弱了作品的艺术表达效果。但是，董恒波向着高质量儿童文学方向的努力，非常值得称道。

敬畏儿童丰富的痛苦
——评殷健灵的《野芒坡》

野芒坡，一个上海清末民初特定历史时期存在的地方——外国传教士在这里创办了孤儿院。它"穿越时空"，在公元二〇一六年殷健灵的小说《野芒坡》中得以复活，是什么力量让殷健灵在这一历史题材上用功，与她之前写《纸人》时代的儿童小说有什么内在的血缘关系呢？历史题材小说的现实性从来都是小说创作的关键点，也是考验一个作家艺术功力的地方，以"磨"作品为创作态度的殷健灵在这部小说中，是把《纸人》时代的儿童心灵的内宇宙与《野芒坡》时代的外宇宙进行了一次情感融合，表达出儿童成长过程中丰富的痛苦。

无家之痛、禁锢之痛、身体之痛、情感之痛、心灵之痛、精神之痛等集中展现在读者面前。在刘绪源看来，"当年的孤儿院有种种问题和不足……会有种种灾难、疾病，儿童的存活率并不高；孤儿来自社会各方，良莠不齐，也会在暗中形成秘密的势力，使一些弱者受害（这在小说中也有隐约的体现）；教会的严峻的宗教气氛，还会对幼小的儿童心理造成压抑，并非人人都能顺应。"能够存活下来并成才的不是很多，但是，在中国清末民初的黑暗社会之中，孤儿院给底层无家可归孩子提供了一个栖身之地，小说努力挖掘这种痛苦现实生活背后的人性之光，更表现出儿童顽强的生命力和对艺术的向往。

这个跨时空的视角使得小说具有独特的意味，历史的厚重感和现代性的演绎，把一群鲜活的面孔栩栩如生地展现在二十一世纪的读者面前。外国传教士在上海建立的孤儿院，这个历史题材的亮点是紧紧围绕一个男孩幼安的成长来写，是男孩幼安从家庭走向社会的成长小说，也是男孩幼安面对社会生活不屈不挠的斗争以及寻找自己兴趣爱好和灵魂归宿的自传。小说运用跨文化因素，充分体现了儿童文学爱与美的主题，虽然生活在宗教气氛浓郁的孤儿院，幼安却走向了一条通往艺术和美的神奇道路，这条道路也像宗教一样，给了男孩幼安信心和生活下去的勇气，超越了生死之境。

《野芒坡》中每一个人物都有比较鲜明的个性，幼安因教堂里的绘画雕塑等艺术品的存在，发现了自己这个方面的天赋，从而产生了对艺术的疯狂热爱，仿佛一个人的受难史，这也符合人为了自己的梦想而努力的艰辛过程。对儿童心灵追求的如梦似幻的描写占据了小说大部分，使得这个历史题材有了丰富的现实性和情感积极向上的力量。另外，幼安离开那个没有爱和关怀的家，作为一个流浪儿来到孤儿院，这一群孩子中有善有恶，作家毫不回避地描写出孩子们的顽劣和鲜明个性，使得孤儿院的艰难生活非常逼真。幼安与自己一样敏感善良有梦想的伙伴一起成长，女孩卓米豆的轻松活泼使深沉忧郁的幼安收获了不一样的轻松快乐；若瑟对宗教的追求和对人的理解，让幼安我得到了一个灵魂的避难所；菊生的理解和支撑带给幼安对梦想的信念，让幼安在自己精心做的红木床上雕刻夸父逐日的图案，这实现了幼安对美的渴望，这是一种神奇而令人羡慕的真正的友谊。如果说孤儿院给了幼安生活的栖身之地，友情的力量则鼓励他并成为他生存下去的动力。安仁斋牧师是他人生路上真正的领航人，发现并尊重幼安对艺术的兴趣和癖好，给幼安提供学习的机会，这对一个孤儿来说真可谓是人生的太阳。

孤儿院里的孩子被教授一些手艺，长大后有一技之长就能够养活自己。他们的劳动被盘剥也是不争的事实，繁重的劳动、恶劣的条件、心理的摧残等等。孤儿种种日常生活的苦难被宗教气氛笼罩之后，苦难就有了人的神性的一面，即探索灵魂的空间，那么，孤儿肉身的受难史和人的精神的殉道史就为孤儿们的成长提供了一个比较宏大的文化背景，两个故事互文存在，没有孤儿的苦难生存现实，故事就没有感染人的生活基础；没有宗教的神性召唤，很难在这种苦难中坚持生存下去，禁锢与救赎成为这所孤儿院安放孩子身体和精神的寓所，孤儿本身的生存痛点之多和儿童成长之艰难，比较充分地扩大了小说的艺术空间。

《野芒坡》的叙述节奏张弛有度，是一个成熟作家的精心之作。小说结构十分完整，前一笔的交代到后一笔的描写都有呼应，隐形的成人和隐形的儿童也在互文成长，这是一个有温度的故事，以兔子灯开篇，以外婆的雕像结尾，这两个物品带有人生两极的隐喻，前者是老人带给困苦中孩子的希望，后者是年轻人报答老年人孝心的沉甸甸果实。小说叙述男孩幼安从五岁到十八岁身心的艰难成长历程，有许多情节令人潸然泪下。这是殷健灵对儿童生命的尊重使然，她从一个书写女孩心灵成长的内宇宙作家，到如此鞭辟入里地书写历史题材儿童成长的外宇宙作家，说明了作家超越自我以及艺术创作的成熟。作品结尾写幼安远赴意大利追求艺术之梦，对自己内心的这个愿望小心翼翼如履薄冰地守候着，这是一个对艺术真正热爱的人，才怀有对伟大艺术的敬意之心，就像殷健灵对她笔下的幼安小心翼翼地呵护一样，作品预示着经过淬火重生的凤凰幼安，在孤儿院的生活苦难都将有别样的价值。

《野芒坡》语言干净唯美，充满诗情画意。得到曹文轩的高度赞誉："风景描写，意象独特，境界悠远，修辞别具一格。它们镶嵌在漫漫的文字之中，带来的好处举不胜举。"景物描写往往是人物心灵的外化，呼应着人物成长，当春天来到野芒坡的时候，紫藤花盛开、新翻开的土油亮、银杏树长出叶子、小燕子兴致勃勃地筑巢……若瑟给幼安讲了他从未听说的话，"你恨你的继母和父亲没有用啊，你的痛苦没有减少一分，反而更多了。总有一天，那些痛苦会远离我们的身体，而你纯洁的精神却会让你飞起来。"把一颗宽恕的种子播撒在幼安的心里，幼安的人生开始转变，这些欣欣向荣的景物难道不也与若瑟一样，点亮了幼安黑暗的人生吗？

殷健灵在《学不来的"淡"与"静"》一文中，谈自己欣赏的作家孙犁先生和金波先生的创作，"淡"与"静"是殷健灵追求的文学创作方向，一直保持对这种美学品格的敬畏。在她自己的小说中，这种精神也如花香一样在《野芒坡》中弥散开来。与一种文学品格相遇，就是与另一个自我相逢，那是一种创作的兴盛，也是一种情感和灵魂的搏击。

如果从儿童文学现实审美教育的角度来看，孤儿院与野芒坡这种历史题材，是把儿童丰富的生命痛苦揭示出来，并把这些生存之痛放到当下物质生活较为富裕的现代都市儿童面前，看看孤儿们顽强生命力和他们的精神追求，会不由自主地咬紧牙关，寻找发现自我实现自我和超越自我的种种方式，也许，这就是成长小说润物细无声的独特魅力。

（原载《南方日报》2017年7月7日有删改）

守住希望
——在徐玲《如画》的世界中

儿童文学理论家朱自强认为："儿童文学的本质就是要表现儿童本位的儿童文学"，那么，什么是儿童本位的儿童文学？文学界一直众说纷纭，理论上的热议恰恰说明真理是可以讨论的。徐玲的新作《如画》，以小说的诗学很好地回答了这一问题。近年来，反映农村留守儿童生活题材的作品可谓汗牛充栋，也取得了较大的成绩。徐玲的《如画》反其道而行之，写了一个叫如画的女孩子从城里返回家乡农村的故事，其创作不是与"留守儿童"题材小说对立的标新立异，而是现实生活中大量农民工正带着孩子返回家乡，徐玲敏感地抓拍这一现象并表现在作品中。儿童现实生活，才是徐玲创作以儿童为本位儿童文学的基础，《如画》可以说是描写中国农民返乡儿童文学的代表作之一。

成长中的儿童，往往面临许多自身的矛盾痛苦和社会环境等给出的一道道难题。当如画和双胞胎哥哥如水，以及爸爸妈妈在城里已经生活五年之后，再返回农村生活，对小学五年级的女孩如画来说，真是如晴天霹雳。但是，爸爸在城里打工收入减少，家里老人无人照顾，田地荒芜等等生活现实，迫使爸爸不得不做出这个决定。从此，这个家分属两地，妈妈领着如水继续在城里念书，爸爸带着如画回到农村创业。徐玲适时适度地进入了如画的精神和情感世界，不只是生活环境的变化，如画的城里生活成了她永远割舍不掉的梦。如何让如画既能记住过去生活的美好，又能面对现实，留住并走出过去的"美梦",融入现实生活,从而创造一个又一个新梦,才是儿童文学最应该守住的希望之光。

成人世界和如画自己的努力,让她慢慢找到的了农村生活的幸福感,但是,这个过程是比较艰难的。刚刚返回银树谷,学校生活的枯燥无趣,学生阅读水平的低下,教师资源的匮乏,同龄人的愚钝等等,都让如画度日如年、痛苦失望。家里生活也不如意,奶奶老年痴呆症生活不能自理、爷爷一天天变老生病无法劳作、爸爸养羊失败赔了钱、弟弟如歌弱小不懂事等等,也令如画焦虑不安。好在,如画是一个有梦想的女孩,她努力改变自己以适应环境,最宝贵的人生资源来自于周围人——成人世界积极乐观向上的生活态度,他们热爱生活、追求梦想、勤劳善良、踏实肯干,爷爷不厌其烦地伺候奶奶,做各种好吃的,让如画学会了关爱的力量;爸爸养羊失败也不气馁,又重新养丝瓜卖丝瓜水赚钱养家致富,让如画学会了坚持的力量;郝校长把每一个孩子当成自己的孩子,甚至帮助孩子背书包把孩子送回家,让如画感觉了无私的力量;城里的画家叔叔把银树谷的房子画成了美丽的画卷,让如画发现了艺术的力量;城里的退休老人来农村小学支教,让如画懂得了奉献的力量……在学校里,如画受到校长的委托,把她在城里学习的知识技能服务学校,辅导同龄人阅读高尔基《童年》时,仿佛签订了一份与高尔基《童年》的精神契约,榜样的力量催发了她生活的勇气,也发现了人生的价值和意义,"我的童年,又何必去搞清楚究竟是属于江海城,还是属于银树谷?珍惜所有的经历,幸福的、迷茫的、美好的、遗憾的、憧憬的……把这些感受统统贮存在身体里,让它们发酵成积极向上的力量,便是童年给予我最大的意义。"

另外,作品既有写实的全景关照,又有浪漫的理想情怀。在对厚实的社会生活的反映和深刻的人文思考之间,特别注重对"这一个"人物的刻画,带有鲜明的个性特征和时代生活色彩。乡村新面貌的改变,不只是农民物质生活条件的改善,还有新一代农民生活质量和精神文明的提升。从城市返乡的农民与从未走出农村的老一代农民不同,经过现代化发达城市生活的洗礼，他们拥有广博的见识和新的生活观念生活态度，这一代农民的精神内涵产生了根本性的变化。爸爸李大松在养羊失败之后，发现了种丝瓜的项目。爷爷认为种丝瓜主要是作为蔬菜来吃，那些种丝瓜的大户卖不出去都赔钱了，坚决反对爸爸种丝瓜。爸爸坚持自己的理想，他种丝瓜采用了新技术，每一个丝瓜都用瓶子接着丝瓜水，卖丝瓜水卖到城里成了人们美容的绿色产品，这可是作为老一代善良勤苦的农民代表爷爷，无论如何也想象不到的事情。在网络上发布信息、拍照片、宣传旅游，互联网时代已经改变了人们的生活状态。这一次爸爸李大松获得了全胜，观念、技术、胆识、实干等多方面的努力，让爷爷看到了爸爸的梦想成真，过上了发家致富的生活，乡村变了，大批的城里人来到农村，享受农村生活醉人的风景。这是一个欣欣向荣的新农村，农村人一样可以过上幸福的生活。城里的妈妈和哥哥如水如果能回来，一家人团圆在一起，其乐融融，难道不更好吗？农村和城里从来都不是对立的两极，只要爱与希望永在，人们就能够过上如画如歌的生活。

徐玲因为是语文教师出身，她的作品比较重视语言文字的运用，清新可人，明白如话，有的段落甚至可以成为语文教学的范本，例如："秋风吹熟了山坡上的板栗，野菊一簇簇盛开，你挨着我，我挨着你，密匝匝铺展，雪白的花瓣，金黄的花蕊，像小伞，像太阳，像无数绽放的笑脸，率真又执着地仰望蓝天，拥抱这个属于它们的明媚季节。"这一段如诗如画的自然风光，不正是儿童欣欣向荣快乐生活的写照吗？希望和爱在当下中国的儿童文学界有些暗淡无光，人们以"扬恶于世""怨天尤人"作为发泄自己人生情绪的一个出口，儿童文学也免不了成了"重灾区"，实际上生活中有美好、真实和善良的一面，真像一天有黑夜也有白昼一样，一些作家缺少发现美的眼睛，徐玲的儿童文学之眼看到了希望，守住希望之光，给读者带来一种文学的温暖。儿童本位的儿童文学，是不应该忘记儿童生活的丰富多彩。徐玲毫不掩饰自己对山村如诗如画如歌生活的热爱，这不是对生活的架空粉饰和妄想，应该是她的一种人生态度和世界观，她自言道："城市有城市的幸福，乡村有乡村的幸福，无论何种幸福，都只属于有梦想的人！"她在讴歌幸福，是儿童文学应该珍视的人性之光，也是儿童文学审美之力。

我们不得不承认，在歌颂这种真善美力量的时候，徐玲由于过于用力，有轻易之嫌，题材铺排过大，涉及生活面过广，人物形象过多，故事线索过繁，有些枝枝蔓蔓。比如说如水的身世之谜，为了表现家里人的善良，尤其是爷爷的朴实和妈妈的负责人，把如水写成了领养的孩子，对领养的孩子需要高看一眼和特殊照顾，这是让如水留在城里读书的原因，这个理由很难说服读者，更不用说说服如画了。也许是创作主旨过于明确的原因造成的，使读者和小说中的人物生活形成一种既定性和概念化倾向。人物的模糊和不可知不确定性才是生命的本质，这部小说有社会剖析派小说的视野，却缺少社会剖析派的深刻，太过简单化理想化处理儿童生活的难题，流于生活表面，有些情节的设计让人怀疑。比如，如画刚刚回到家乡，自己最珍爱的竖笛被弟弟如歌落在了山里，天黑之后，不是姐弟两个人一起回去找竖笛，而是如画自己回去取，对于一个在城里生活了五年的小女孩，既不熟悉山路又害怕森林里的各种动物，不可能自己在黑暗中回到山上找竖笛，这种人物身份、人物性格和人物行为很难令人信服，这种简单化矛盾设计和故事情节的处理，说明作家的文学感觉还需要丰富，她的小说人物自我性、自在性和无意识等不被人们理喻的东西，很少出现在作品中，这与《杧果街上的小屋》和《手》等相比都有一定距离，任何一个人物都有性格和命运成长的内在矛盾性和丰富性，人物的行为思想有时候应该是连自己都不了解自己，作家笔下的人物也带有这样一些不确定性和不可知性，作家要给自己笔下的人物一个自足的成长空间，让人物从混沌状态中自己走出来，比让作家把人物从困境中直接写出来要好得多。

（原载《中国新闻出版广电报》2016年10月20日，有删改）

孩子真实而奇幻的成长方式
——评《小熊包子》系列

　　宇志飞翔《小熊包子》系列作品，包括《奇怪的礼物》《有尾巴的同学》《神秘的身世》《怪物骑士》《9乘9怪事箱》《雨果的密室》六部，单单从题目上就可以闻到一股奇幻和梦想的味道，是一个叫熊豆豆的中国普通男孩子的成长故事，因为有了小熊包子这个神秘伙伴的出现，他的童年生活色彩斑斓、如诗如画，令人神往。

　　一个枯燥乏味的休息日早上，熊豆豆不用上学了，父母没有起床，熊豆豆感觉非常孤单无趣，他多想拥有一个毛茸茸、软绵绵、暖乎乎的东西抱着，像他的同学李鹿鹿的宠物狗皮普一样。事遂心愿，还真是下起了小动物雨，小青蛙、大老鼠都随着龙卷风来了，更来了一个穿着黑色长斗篷被帽子遮住脸的男人，送给了熊豆豆一个包裹，那人走后，这个包裹活了起来，从里面出来了一个笑眯眯的小熊，当熊豆豆抱起他时，感觉小熊像一个热乎乎的包子，当一个包子一样的朋友出现在孤独寂寞的熊豆豆身边，一切都变得温暖起来。爸爸妈妈不理解的时候，有小熊包子安慰，班级的同学欺负自己有小熊包子帮忙，熊豆豆和好朋友李鹿鹿开始了不同寻常的奇幻之旅，李鹿鹿可是聪明机智的破案高手，他们破译了小玛雅预言，走入雨果的密室，找到了9乘9怪事箱，发现了有尾巴的同桌，还撞见了怪物骑士……

　　在周作人看来，"王尔德的作品无论哪一篇，总觉得很是漂亮，轻松，而且机警，读者极为愉快，但是有苦的回味，因为在他童话创造出来的不是

'第三的世界'，却只在现实上复了一层极薄的幕，几乎是透明的，所以还是成人的世界。"而"安徒生因为他异常的天性，能够复造出儿童的世界，但也是很少数，他的多数作品大抵是属于第三世界的，这可以说是超过成人与儿童的世界，也可以说是融合成人和儿童的世界。"那么，儿童世界与成人世界最大的不同在于幻想的本质性，儿童可以随意出入现实和幻想的世界，没有障碍，成人的出出进进就不那么自由。这部作品最具有童话幻想本质性的地方，就在于这种出入的自由，当小学生熊豆豆看到会走的包裹里出来一只小熊的时候，他非常平静而快乐。当小熊包子吃自己喜欢的食物时，熊豆豆在姨妈家的宴会上不断地提供给小熊包子，这种幻想和游戏的交互性，使得童话达到亦真亦幻的境界。

小熊包子无疑成了熊豆豆的精神影子，或者说是超验世界的替代者，小熊包子为熊豆豆的精神世界提供了非常完美的情感出口，避开了现实生活中多数人尤其是爸爸对熊豆豆的不理解，还有粗俗高大同学的欺负，表姐夏天对他的不屑。事实上烦恼依然存在，小熊包子无法帮助熊豆豆摆脱这些成长中的烦恼，却可以给熊豆豆提供一个转移烦恼和建立自信的港湾，小熊包子的身世之谜更激发了熊豆豆探索的勇气，这个突然与熊豆豆有缘分的小熊，他从哪里来？他到哪里去？是熊豆豆对小熊存在的天问，也是对自我生命的追寻，这样一个类似精灵又似玩具更像朋友的小熊包子，就不同于张天翼笔下的《宝葫芦的秘密》中的宝葫芦，小熊包子几乎没有宝葫芦的超能力，实现不了熊豆豆超乎寻常的欲望，大多数是成长的陪伴，这就不同于普通的魔法宝物的童话故事。小熊包子在这个陪伴成长的过程中，熊豆豆的日常生活逼肖地展现在读者面前，使得这个生活呈现出立体多维的画面。

文学是情感的集散地，尤其是儿童文学作品往往以写暖情为主，在这篇作品中也从多个层次多个侧面展开。成人世界熊豆豆的爸爸深爱妈妈，爱的方式就是对妈妈言听计从；妈妈深爱自己的妹妹咪子阿姨，对妹妹爱的方式就是把自己的东西都分给姨妈一半；小罗姨夫爱世界的方式就是不停顿地摄影，把世界各种稀奇古怪的景象照下来与大家分享；表姐夏天深爱自己的宠物猫"洋妞妞"，爱的方式就是不停顿的天天"顺毛撸"，如果不顺毛撸，小猫就尖叫挠抓极为暴躁，等等，爱的方式真是千奇百怪不一而足。

一部好的具有现代性的童话作品，不但要有精彩纷呈的故事情节，吸引读者阅读，更要有血肉丰满的儿童心理世界和细腻逼真的日常生活细节。细节决定成败，从这些细节最能看出一部作品的功力。《小熊包子》系列作品中精彩有趣的细节随处可见，充满了童情童趣，读来妙趣横生。熊豆豆哄表姐的宠物小猫睡觉的一节，深得儿童文学之味，熊豆豆一遍一遍用手轻轻地给小猫撸毛，渐渐地发现"小猫眯起了眼睛，睡意朦胧，喉咙口咕噜咕噜地响，好像煮开了一锅粥呢。"熊豆豆看到了希望，将手慢慢停下时，小猫突然睁开雪亮的眼睛还尖叫起来，前功尽弃，熊豆豆重新给小猫撸毛，熊豆豆累得手都酸了，小猫还是不睡，熊豆豆突然想出一个好办法，把小猫放在摇篮里像哄孩子一样摇晃，难缠的小猫终于迷迷糊糊睡去，熊豆豆如同获得了大赦，转身蹑手蹑脚地离开，这时候小猫睁开眼睛并高声尖叫，做"苦工"的熊豆豆恨死这只"小恶猫"，表姐夏天又来批评熊豆豆无能，连一只小猫都对付不了，熊豆豆又累又气又委屈，真是百口难辩，那种内心的挣扎丝毫不亚于一个大人所受的困扰，成长的复杂情态就从这些日常细细碎碎的生活中表现出来。

当哲学的沉思、爱的沉醉、生命的渴望、梦想的远方、谜一样的生活，林林总总地出现在熊豆豆面前，他作为当下中国孩子的烦恼和快乐，就不是他独有的，而是传播分享给无数个有类似情感和生活经历的孩子，毫无疑问，这些苦恼都不只是中国孩子所独有，而是所有儿童成长中的必然。这个熊豆豆和小熊包子是普普通通中国孩子的一员，也是成千上万小学生的一对，是包子而不是汉堡，而当熊遇到包的时候，变成了熊包，在中国还有特殊寓意。

泰戈尔曾说："世界上最远的距离不是生和死的距离，而是我站在你面前，你却不知道我爱你"，人与人的距离是多么遥远，儿童成长中的伤痛有多深，有谁能真正理解别人和爱别人呢？即使爱和理解都准确传达出去，又有多少人能得到回报呢？从这个意义上来说，小熊包子系列儿童文学作品，就不是简单的以游戏性作为主旨的作品，这里有爱、友谊、伤痛、想象、责任、无奈、梦想许许多多复杂的人生况味，这个生活在中国的小男孩熊豆豆，因为有了小熊包子的陪伴，被抚平了不少心灵的创伤。

悲喜之寓所
——《朱奎经典童话》复活真实人性世界

　　《朱奎经典童话》系列包括《伟大的约克先生》《傻傻的约克先生》《不平凡的约克先生》《森林里的约克先生》《幸福的约克先生》五部，主人公约克先生不是人，是一头胖胖的白色的猪，生活在他身边的邻居很多，有公鸡咯咯咯、母鸡咯咯哒、奶羊咩咩、老马皮尼，还有索普先生和索普太太，他们是一对鹅夫妻，这一群动物快乐地生活在农场里。

　　"咯咯咯、咯咯咯"农场热闹的生活从公鸡打鸣开始了，是公鸡咯咯咯在叫醒他的妻子咯咯哒，结果叫醒了奶羊、老马起来吃早餐然后去干活，这叫声还惊醒了索普太太和索普先生的美梦，他们让咯咯咯赔偿三秒钟的睡觉时间，他们吵哇吵哇一直吵到约克先生那里，约克先生公正公平公开地判了案子，两个邻居都执行了判决，并平息了两家的矛盾。约克先生是怎么判案的？那可真是巧妙机智充满了智慧。一波未平一波又起，第二天早上约克先生还在睡，这些邻居就来叫醒他，因为他们发现了一只大鹅蛋靠近了一副抓老鼠的夹子，那个夹子会夹断看家鹅和下蛋鸡的脖子，对于一只大鹅蛋的诱惑远远高于对夹子的恐惧，勇敢的小猪撞向那只夹子，吓得昏死过去，一会儿苏醒过来之后，公鸡咯咯咯站在草垛上唱了一首《伟大的约克先生不死之歌》，蹄子只被夹到了一点点，吃到了香甜的大鹅蛋，母鸡咯咯哒也吃到了夹子上肥美的虫子。貌似皆大欢喜，索普先生和索普太太却不高兴，恨夹子太小没有夹断约克先生的脖子。

所发生的故事都貌似日常小事，却蕴含着爱恨情仇，无所不包，把人性的复杂多样淋漓尽致地刻画出来。狼来了，半夜来侵害动物们，索普一家赶紧堵上了圈门，羊吓得发抖，老马一声不吱仿佛嗓子被草卡住了，只有约克先生狼哭鬼嚎叫醒了主人，主人出来却什么事都没有，狼一而再再而三地出现，约克一再警告，主人都发现没有什么异常，以为是这头猪捣乱，就拼命拽猪的耳朵，把猪拽得嗷嗷大哭不已，朋友们受不了约克先生被冤枉，开始罢工绝食来抗议主人，结果引来了更大的乱子，勤勤恳恳工作二十年的老马被皮鞭抽打，母羊因为绝食产奶太少被主人捆起来打算卖掉，表面看似快乐的农场生活后面却有无尽的生存、性格和命运悲剧。伟大的约克先生竟然把主人的鞭子叼住逃跑向烂泥坑，小麻雀喳喳掉在烂泥坑中差一点送命，所有的人在反抗主人的强权斗争中团结一致，创造了一个又一个动物生存奇迹，让心存好奇并关爱和理解动物的小主人帮助他们，消除了一个又一个误解，老马皮克得以安度晚年，母羊咩咩不再被卖，母鸡咯咯哒能够活下来幸福地接着生双黄蛋……这些动物们的性格在丰富驳杂几乎无事的日常生活事件中得以充分地展现出来，正如契诃夫所说："在生活里……一切都是掺混在一起的——深刻的或浅薄的，伟大的与渺小的，可悲的和可笑的。"[1]小动物们的物的自然属性被作者严格遵守着，动物之间有可以交流的话语，但是，与人类之间是永远无法用语言来交流，既保持了童话的真实性，同时又赋予了人格化的思想感情和性格特征。约克先生是一头猪，他"浑身白色，小眼睛，大嘴巴，他整天就在睡觉，睡醒了就吃。他睡觉的时候，两只大耳朵忽闪扇着，四条腿卷曲着，屁股上的小尾巴却奇怪的绕了一圈，尾巴尖冲天抖动着。"勇敢狭义、机智公正、见义勇为、积极向上，是整个家禽界的英雄猪，也不乏孩子气的贪吃贪睡调皮淘气，愿意在泥塘中打滚，被误解和惩罚也大哭不止等。咯咯咯和咯咯哒夫妻俩情感真挚、热心助人、性格开朗、忠于职守，丈夫打鸣，妻子下蛋，与周围邻居和谐相处，亲如一家；索普太太和索普先生两只鹅，嫉妒成性、自私冷漠、孤傲卑劣、幸灾乐祸、看不得别

---

[1]　[苏联]叶尔米洛夫：《契诃夫传》，北京：人民文学出版社，1960年版，第101页。

人好，他们给农场的动物们带来了很多麻烦，甚至偷走咯咯哒的鸡蛋，差一点要了母鸡的命。老马皮克任劳任怨、自律自怜、勤勤恳恳，母羊咩咩胆小怕事，能够配合大家和谐相处，麻雀喳喳是一个热心助人的小不点，每一次农场里出了事故，喳喳都能及时报信，发挥自己的绵薄之力。

童话写出了典型环境中的典型性格，在现实生活中发现了人物性格的丰富性和复杂性，尤其是讲故事的方式，对话体的运用，把异常热闹、生机勃勃的动物生活状态描摹出来，看似平静的农场生活，每天每时每刻都在上演着人世间的悲欢离合。每一个故事都仿佛一个动画片，把人物的行为、心理、语言、神情活灵活现地再现出来，故事情节跌宕起伏，比较富有表现力。咯咯哒一出现就能听到她那些神奇的造句和修辞："约克先生，你真是伟大渺小、了不起、高瞻远瞩的猪。"当面对老马被拴在槽子的缰绳时，她勇敢地说，"我有空前绝后、前仆后继的好办法。"当约克先生冒着生命危险撞倒了鹅舍，气得主人端着枪追赶约克先生并开了一枪，咯咯哒发现约克没有流血和死亡，她兴奋地造句："真的、假的都高兴，加十万个万个感谢。"约克的疯狂举动，让主人的小儿子发现了鹅太太才是小偷，还原了动物界的正义和公平。咯咯哒的修辞，造成了一种语言的狂欢和汉语组合的快感，既突出了人物性格，又增加了作品的喜剧气氛，使得约克的英雄行为，在滑稽角色咯咯哒的映衬下，充满了儿童情趣。

朱奎说："我的童话，没有说教，没有功利，没有刻意地说明什么，只是一个故事。一个为了能让你微笑、会心一笑、哈哈笑、大笑而写出来的故事。"这些故事在阅读中确实给读者制造了笑的噱头，而笑过之后却是无尽的回味与咀嚼。每一天每一个动物活着都不容易，都是悲喜交加，"近乎无事的悲剧"和"含泪的笑"，那个伟大的约克先生被误解、被冤枉、被毒打、被卖掉、被杀死的命运……整个农场里无论是什么性格的动物，最后的命运都是"向死而生"。这是这部童话与一般的热闹派童话和通俗写作最大的不同，在表面快乐如画的现实生活中，蕴藏着巨大的无法克服的悲剧命运。第二部《傻傻的约克先生》一开头就写了母鸡咯咯哒不在了，咯咯咯又娶了一个新太太，母鸡小咯咯哒，"小咯咯哒长的样子和说话方式都与离去的咯咯哒一模一样。"看了这一句无关痛痒的话，却触动着读者的神经，那个最有热情最能助人为乐最能下双黄蛋最能造句的咯咯哒死去了。索普先生也娶了一个小索普太太。生生死死、来来去去，每一个生命都是地球的旅客，这快乐住在一个转瞬即逝的"悲"里面，戏剧还要继续上演。

不得不承认，因为对话的丰富和每一个动物都要充分地发表意见和表达自己对事物的看法，一方面丰富了人物性格，使得每一个小动物的话语方式都给人留下深刻的印象，尤其是咯咯哒的生造词更是一种对汉语的幽默，这是最富有表现力的地方，另一方面，由于这种全景性的人物表现，延宕和阻碍了故事的发展，使得故事情节流淌缓慢，话语的激流反倒阻碍了故事的节奏，这种美学风格，与传统的民间儿童文学的讲述性形成了矛盾，文人写作的幽默有趣不在于故事，还有阅读时的思考和体味，为阅读提供了语言的快感，没有耐心是很难沉浸在作品的"讲"的艺术之中，这种矛盾统一在朱奎的童话之中。

童话是儿童之话，而作家朱奎"话语"的独立自主和叙述风格，复活了人性的复杂，亲情、友情、爱情都在日常小事中得以展示，也成全了约克先生的伟大、平凡、傻乎乎、幸福和自由等等，这头猪多彩的性格以及他的爱恨情仇将走进每一个读者心中。童话给了一个闪闪发光的结局，约克先生说："我有泥塘、草地、风霜雨雪、美食，可以大吃，可以大睡，有色彩丰富的梦，还有朋友。可以说，我是世界上最幸福、最美满的猪"。是的，超越苦难，在生活中能够感受幸福并深知幸福来之不易的人，才是一个真正成熟的人。

灾难文学是文学中的"钙"
——读王巨成的小说《震动》

　　四个少男两个少女，因为一场青涩的恩怨，在人迹罕至的山坳里，要用一场最远古最有说服力的方式——决斗，来了结这段恩怨，以便今后可以安静地生活。这时，"四周的山像得了什么命令一样，轰隆隆地咆哮起来，咆哮声中，山石滚落下来，山体像被无形的巨斧劈开，绿色的植物被像无形的大手撕开，那些泥石，呼啸着，排山倒海般冲向山涧……"地震啦！六个少年性命如何？他们会如何面对这场灾难？他们之间的恩怨又会以哪一种方式呈现？亲人如何找寻这失踪的少年们？

　　这样的情节使我们不由自主地想起了英国作家戈尔丁的《蝇王》，在未来的一次核战争中，一群英国男孩乘飞机离开英国，途中飞机被击落，流落到一座也是人迹罕至的荒岛。孩子们分成两伙互相杀戮，伤亡惨重，最后，孩子们得到成人的救助，重返人类社会，但荒岛被一场大火烧成灰烬。1983年度，瑞典文学院把诺贝尔文学奖颁给戈尔丁，形容《蝇王》为"以清楚的写实主义叙事手法，以及多样性、普及性的神话方式，阐明了今日世界的人类情况。"事实上，人类的情况往往是复杂的，王巨成的《震动》做了另一种回答。

　　开始，少年们疯狂地逃跑，山石不断滚落下来，挡住了孩子们的去路，六个少男少女不知道跑了多长时间也没能跑出山坳，那个要与钟雷决斗的少年黄春荣跑在最前面，突然，他下半身被山石埋住，随着"救救我"的惨叫，五个人同时朝黄春荣奔去，在巨石下面救出了血肉模糊的黄春荣。当又一次山石滚落之时，女学生顾芳芳也被砸伤了腰。学习较好但家里以卖菜为生受到黄春荣欺辱的钟雷，被同学称"那个拿别人手机的男生"受尽同学白眼的俞前进，失学在家被认为社会混混的元帅，引发男生之间决斗的漂亮女生宋佳玲，小说写了他们内心激烈的矛盾和斗争。元帅想起与自己相依为命的奶奶，本想一个人逃走，但被宋佳玲信任的话语感动之后，就决定留下来，他们心照不宣地要活一块活，要死一块死，仅有的矿泉水一人一口分着喝，一块口香糖给身体最弱的顾芳芳吃。晚上睡觉的时候把受伤的黄春荣和顾芳芳围在中间取暖相依而眠。钟雷不计前嫌背着黄春荣一次次逃出险情。最后俞前进在同伴鼓励的目光下，一个人赶夜路爬出山坳，在途中遇到毒蛇，他为了保全自己的性命，更为了完成报信的任务，毅然咬掉自己的中指，忍着剧痛回到镇上报信，使同伴获救。

寻找也是这个作品一个重要的主题，学校、家长、社会、同学，一刻不停地寻找失踪的孩子，亲人的召唤更是少年坚持下去、活下去的有力支撑。顽皮的元帅一想到奶奶等他回家，就从昏迷中露出微笑，与死神对峙。

除了这六个少年的叙述线索之外，作品用散点透视的结构，同时展现了在地震中人们的坚强毅力和大爱无疆的美好品质。元帅的奶奶在地震中后背被压住不能动，她想着孙子需要自己，从吃土豆到吃土，硬是挺到救援队来救出自己，创造了生命的奇迹；何平老师、季洁同学都为了救别人而献出自己的生命，李全有、俞飞跃、顾长勇、曹佳音一串串名字出现在救援现场，还有许许多多没有名字的人，用身体救助别人的生命，用信心支撑别人活下去，用歌声点燃别人的生命之光。一幕幕感天动地的场景，让人潸然泪下，难怪编辑在小说的封面上有这么一句警示语："一本需要带手绢阅读的书。"

中国儿童文学史上，从来就不缺少苦难题材的小说，苦难是社会性的，也是漫长而凄苦的，对人的精神和品质是渐渐渗透，也往往被小说家所热衷。但灾难题材的儿童小说却很少。一方面与中国文学中天人合一的传统有关，一写到自然就是田园风光、诗情画意。在儿童文学的谱系中，保有一种盲目乐观的理想化的生活，甚至都不敢言"死"，自然灾难更是缺失。海德格尔认为"人，向死而生"，因为知道有死，人类才能更珍惜生的意义。从这个角度来说，《震动》在震动人的情感、心灵、人生和人性之后，也给儿童文学创作提出了一个令人震动的课题。灾难的突发性、毁灭性和不可抗拒性也许更能让人们思考人生的大问题，"活着或者不活"这种哈姆雷特永远追问的话题，有时真不是人力所为，还有别个力量在驱使生命，不仅仅是人的生命，包括一切动物植物的生命。那些生命生存的权利就需要人来保护，因为他们的生命与人类息息相关，就像那只支撑元帅奶奶活下去的小老鼠。但愿，人们被《震动》之后，好好活着，这就是《震动》的人性之光，不同于那部寓言式的《蝇王》，也许是中国儿童文学的一种坚强力量。

（原载《北京晚报》，2010年10月11日）

第 7 辑　吉林儿童文学

吉林省儿童文学发展六十年综述

　　吉林省是中国东北三省之一，在地理位置上处于辽宁和黑龙江之间，吉林省不及辽宁省和黑龙江省幅员辽阔、人口众多、物产丰富。但是随着中华人民共和国的建立，却缔造了新中国汽车工业的摇篮——第一汽车制造厂；缔造了新中国电影的摇篮——长春电影制片厂；还缔造了一个鲜为人知的摇篮，新中国儿童文学的摇篮——东北师范大学。可以说，吉林省儿童文学的发展与东北师范大学密切相联，与新中国文学事业的发展风雨兼程，形成了自己独特的成长历程，可以用一个中心，四个时期，三条线索概括其面貌。

　　一个中心就是以东北师范大学作为儿童文学教学科研与人才培养的中心，贯彻落实党的文艺路线和教育方针。四个时期：第一个时期是吉林儿童文学起步期，从四十年代至新中国成立前；第二个时期是奋进期，新中国成立后十七年；第三个时期是繁荣期，从1978年改革开放到20世纪80年代末；第四个时期是多元化时期，从90年代上半叶到新世纪的近十年。吉林省儿童文学以三条线索构成立体的网状结构，这三条线索分别是：在题材的选择上，以儿童生活为主的多种题材共同发展；在创作技巧上，以现实主义为主的多种表现手法皆有尝试；在反映民族生活上，以白山黑水上居住的汉民族为主的表现满族、朝鲜族、蒙古族、回族等多种民族生活的文学协调发展。

一、新中国教学科研与人才发展中心的东北师范大学

如果说上海是中国现代儿童文学的发祥地，那么东北师范大学就是新中国儿童文学的摇篮。"新中国成立后，为了培养新中国自己的儿童文学理论工作者，教育部指定东北师范大学首先开设儿童文学课，由蒋锡金教授带中国第一代儿童文学研究生，东北师范大学成为培养新中国儿童文学作家的摇篮。"（《东北儿童文学史》）蒋锡金先生是鲁迅时代与鲁迅夫人许广平共事过的中国现代著名作家、鲁迅研究专家，是新中国创办的新中国成立后第一所大学东北大学（东北师范大学的前身）的著名教授。他早年在上海领导过诗歌运动，创办过多种诗刊和文学期刊、报纸，他是中国最早毛泽东诗词解说者，比郭沫若1946年7月10日的评论，起码要早三四个月。他在任《新华日报》华中副刊编辑期间，于1946年3月14日所写的《咏雪词话》解说了毛泽东的《沁园春·雪》。他出版过诗集《黄昏星》《瘸腿的甲鱼》等，创作过剧本《台儿庄》（与他人合作）《横山镇》。还有译自埃及金字塔的诗歌《亡灵书》、《俄罗斯人民的口头创作》（与曲秉成合译）、普希金的童话诗《鲁斯兰和米德柳拉》。为人民文学出版社注释过《鲁迅日记》，并为《新文学史料》等刊物撰写了许多有价值的纪念文坛宿友的文章，如《萧红和她的〈呼兰河传〉》《离乱杂记》《鲁迅为什么不去日本治病？》诸多关于二萧的文章，具有重要的史料价值和研究价值。他可以说是国内享有盛名的研究萧红、萧军和鲁迅的中国现代文学专家。他的文学研究视野非常广阔，儿童文学是他关爱的事业之一，为新中国培养了大量的儿童文学人才。与蒋锡金先生同时代的中国现代文学著名诗人、教授、翻译家穆木天，在新中国成立后也在东北师范大学中文系任教并同时倡导儿童文学，浦漫汀儿童文学事业的缘起和成就都与两位老先生的教诲和影响有直接的关系。姜郁文是蒋锡金教授培养的新中国第一批儿童文学研究生之一，她与浦漫汀同为蒋先生的

弟子，他们这三位师生在中国儿童文学界的地位是有目共睹的，由于他们，造就了一大批儿童文学人才，为中国的儿童文学事业做出了贡献。该校的毕业生，如徐荣凡、张少武、崔坪、郭大森、崔乙、顾笑言、孔凡清、尤异、高帆（高云鹏）、文牧（方半林）等，都已成为东北儿童文学理论和创作队伍的中坚力量，他们为发展东北的儿童文学事业做出了巨大贡献。

蒋锡金教授社会兼职很多，曾任中国作家协会吉林分会副主席、吉林省社会科学联合会副主席、长春市文联主席等职。20世纪80年代任吉林儿童文学研究会会长，直接指导了第二次吉林省少儿文艺创作评奖，有51名作者获奖。其中鄂华、孟左恭、胡昭、郭大森、尤异等的小说童话还获得了全国第二次少儿文艺创作奖。蒋锡金先生还为建国三十年的《吉林儿童文学作品选》和80年代初的《吉林儿童文学近作选》写过两篇长篇序言，对吉林省新中国成立后儿童文学的发展做了评论，对推动吉林儿童文学的繁荣和发展起到了重要的指导作用。此外，他还为张少武的中篇小说《九月的枪声》、陆景林的寓言集《披虎皮的狼》写了序言，对两部作品做了恰如其分的评价。《九月的枪声》获得全国少数民族文学奖，《披虎皮的狼》获吉林政府长白山文艺奖。90年代初，蒋先生还为郭大森高帆共同主编的大型童话辞典《中外童话大观》撰写了长篇序言，用大量篇幅论述了中国古代童话的产生和发展，填补了中国古代童话研究的空白。在建国三十年之际，蒋锡金、郭大森和崔乙共同主编的《儿童文学论文选》，成为儿童文学作家、评论家、出版社编辑重要的学习资料和高校教师进行儿童文学教学的重要参考书。

浦漫汀作为蒋锡金先生的学生为吉林省培养了大批儿童文学教师和作者，使这个新中国儿童文学摇篮的队伍越发壮大。她后来被调到北京师范大学任教，依然关心着吉林儿童文学作家的成长。她的学生在儿童文学方面的成绩，都浸透着她的心血。到北京后，她主持着北京师范大学中文系的儿童文学教研室工作，并担任中国儿童文学研究会副理事长，全国高校儿童文学教学研究会的理事长，对全国的儿童文学理论有着举足轻重的影响作用。她主编的《新中国儿童文学大系》等多部中外儿童文学名著丛书，还有她著作的《浦漫汀儿童文学评论集》《浦漫汀儿童文学论稿》《浦漫汀与儿童文学》等等，都是中国儿童文学不可多得的理论指南，在中国当代儿童文学史中占有重要地位。在她从事儿童文学研究五十年之际，荣获宋庆龄儿童文学奖成就奖，严文井称浦漫汀为"中国儿童文学的辛勤园丁"。

姜郁文1954年在东北师范大学中文系儿童文学研究生毕业，曾在东北师范大学中文系任教，后调入辽宁大学等高校讲授儿童文学和文艺理论课。1962年调到辽宁省作家协会，从事理论研究和编辑工作，曾任辽宁省儿童文学学会副会长秘书长等职。著有《战斗的童年》《论儿童文学的特殊性》《情趣盎然的儿歌》等散文及论文50余篇，并有《苏联儿童文学》等译作。1995年出版了《东北儿童文学史》（与吴庆先、马力合著），这是她对东北儿童文学研究的重要贡献，蒋锡金先生在该书代序中指出："你们花了几年时间，在没有人走过的荆棘丛生的路上，闯过道道难关，不顾一切踏出一条路，终于将东北儿童文学史写出来，为后人研究铺石架桥，它具有破天荒的性质，这个意义是很深远的。"

崔坪也是蒋锡金先生的学生，1953年毕业于东北师范大学中文系，曾在沈阳任中学教师，后调到北京语言学院任教。20世纪七十年代末调入人民文学出版社任少儿文学组组长、《朝花》儿童文学丛刊执行主编。在此期间，崔坪团结了一大批我国老中青儿童文学作家，出版了许多作家的儿童文学新作，并成功地出版了我国建国三十年儿童文学短篇小说、童话寓言、诗歌、剧本四部选集，汇集了建国三十年中国儿童文学的优秀作品，载入了中国儿童文学出版史册。大型儿童文学丛刊《朝花》发表了数百位儿童文学作家的小说、散文、童话、寓言和评论文章，与国内其他儿童文学期刊，把八十年代的中国儿童文学推向了高潮，被人称为中国儿童文学的黄金时期。当时，崔坪身在北京，却时时不忘对吉林儿童文学作家的扶持，发表出版了许多吉林儿童文学作家的小说、散文和评论，还对张少武和李玲修的小说做了专题评论，极大地鼓舞了吉林儿童文学作家的创作热情。崔坪创作的优秀儿童中篇小说《饮马河边》《红色游击队》《暗哨》《大搜捕》等也都是描写东北地区，特别描写了吉林省九台、磐石、桦甸、敦化一带的抗日斗争生活和解放战争时的儿童团的战斗生活。为了写好《大搜捕》，他曾多次深入长白山区和东北边陲体验生活。

高帆（原名高云鹏）1961年毕业于东北师范大学中文系，浦漫汀老师去北京后，高帆在中文系主讲儿童文学课，并带了10多名儿童文学研究生，侯颖、董国超、赵大军等是他的学生。他的学生们在儿童文学领域所做的努力，也为东北师范大学这个新中国儿童文学摇篮增添了光彩。高帆除教学工作外，还是我国著名的儿童诗诗人和儿童文学评论家，理论专著有《青年学诗》《世界著名童话家》，主编了《实用儿歌鉴赏大全》，与郭大森共同主编了90万字的童话辞典《中外童话大观》。高帆的论文在全国首届儿童文学理论评奖中曾获优秀论文奖，他为中国儿童诗发展和儿童文学理论建设做出了贡献。

朱自强是茅盾研究专家孙中田教授的中国现当代文学博士，日本东京学艺大学访问学者，曾任东北师范大学文学院副院长、博士生导师，2004年后调到中国海洋大学任教。他的儿童文学评论视野广阔，主要学术著作有《儿童文学的本质》《中国儿童文学与现代化进程》《小学语文文学教育》《日本儿童文学论》《儿童文学概论》等论著，主编了几十种图书，发表论文、评论100多篇，论著曾获中国图书奖、吉林省社会科学奖。他对儿童文学本质的追问，尤其是他在世界经典儿童文学视野下建构的儿童文学理论，对新时期的儿童文学创作和理论研究有正本清源的作用；他在《中国儿童文学与现代化进程》中提出中国现代儿童文学诞生的"两个现代"的观点：一个是理论的"现代"，以周作人提出的"儿童本位"理论为标志；另一个是创作的"现代"，以《稻草人》《寄小读者》等作品的出现为标志，以此阐明中国现代儿童文学起点为外源性的"现代"，受了外国儿童文学理论和作品"现代性"的催生而建立起来的中国现代儿童文学，伴随社会的现代化而发展。他的儿童文学研究见解独到，在国内乃至东南亚地区享有盛名，影响广泛，对当代中国儿童文学理论的建设和发展有着推动作用。

侯颖是新时期以降东北师范大学第一位儿童文学硕士研究生，曾任北方妇女儿童出版社编审，责编过《世界金质童话》《中国最佳童话》《生态童话系列》等儿童文学精品书，获得过20多次国家级和省部级的编辑奖项。2005年调回东北师范大学文学院主讲儿童文学课程，获儿童文学博士学位，担任文学院儿童文学研究中心主任、教授、博士生导师，主持国家社科基金项目"人类情理世界的潜文本——动物叙事论"、教育部人文社会科学规划项目"论儿童文学教育性"课题等六个项目，发表了近百篇儿童文学理论文章，《试论中国原创儿童文学的危机》《儿童文学创作中存在几个问题》《网络儿童文学的正负文化价值》等理论文章，在国内儿童文学理论界有一定的影响。

二、吉林省儿童文学发展的四个时期

第一个时期是吉林儿童文学起步期，从40年代至新中国成立前。自"五四"新文化运动以来，特别是30年代之后，东北儿童文学的发展起点是很高的。中国现代著名作家萧军、萧红、骆宾基、舒群等，都是土生土长的东北作家，有的就是吉林省作家，都写出了很出色的儿童文学作品，如萧军的《我的童年》、骆宾基的《鹦鹉和燕子》《蓝色的图们江》、舒群的《没有祖国的孩子》等。萧红的五篇儿童短篇小说《弃儿》《夜风》《山下》《孩子的演讲》《手》，其中前两篇写于东北，后三篇是流亡关内之作。《手》的主人公小学生王亚明是一个开染坊人家的女儿，因为帮助家里干活，一双手被颜料染得漆黑。上学后，受到学校的校长、老师、舍监甚至同学的种种歧视，最后因为成绩不好被校长勒令退学。一个阶层的种种不幸在三十年代黑暗的社会中用这个被染黑的手的符号都诠释了出来了。萧红的作品特别善于挖掘人性的弱点，尤其是文化的杀人以及人与人之间的一种虐待和压制，萧红把这种对生存的压抑用"越轨"的笔迹描画出来，对权威与先进的知识为名对儿童或者是学生进行精神虐杀的人类愚昧作为进行了批判。更令人同情的是，萧红往往能找到生活中最弱最平庸甚至是最"傻"的人来写，而这些人在生活中大量存在，他们有着追求人生目标的愿望，更有一种倔强不屈的性格，用萧红的话来说："她（王亚明）的眼泪比我的同情高贵得多！"小说在一种绝望中表达了希望之所在。尤其在作品的结尾，"我"看着王亚明的背影向着弥漫着朝阳的方向走去，"雪地好像碎玻璃似的，越远，那闪光就越刚强。"小说无论是思想内容还是表现手法都是经典的越轨的"笔致"，给人巨大的精神震撼。

舒群为黑龙江省阿城人，1931年参加东北抗日义勇军，1932年开始文学创作，1935年参加中国左翼作家联盟。1942年后任东北局文委副主任、东北大学副校长、东北电影制片厂厂长等职。出版短篇小说集《没有祖国的孩子》《战地》《海的彼岸》《我的女教师》等。代表作《没有祖国的孩子》，写了日本帝国主义侵占东北之后，一个没有祖国的朝鲜孩子果里在异邦所遭受的苦难和凌辱。小说刻画了果里在遭受民族压迫的时候能够奋起反抗，不甘心当"亡国奴"，以此来警醒中华民族起来反抗日本人的侵略。《水中生活》和《孤儿》也是反映东北沦陷区儿童生活的小说，激发人们反抗日本侵略，坚持收复国土的坚定信心。

梅娘是长春人，在三四十年代的中国文坛上曾有"南张北梅"的说法，南张指上海的张爱玲，北梅指吉林省的梅娘。1936年，16岁的梅娘出版了《小姐集》，以"难得的真诚，难得的清丽"出现在东北文坛，"充分表现了华丽的辞藻和其磅礴的文力"成就了"又一篇《寄小读者》"[1]。而她的短篇小说《侏儒》写了一个可怜的私生子不幸的遭遇，他生来就是畸形，不仅身体残疾，而且精神上也遭到虐待，小小年纪就悲惨死去。小说暴露了畸形社会对人的虐杀，特别是对儿童的虐杀，从而深刻地抨击了黑暗的社会。

师田手是吉林省扶余县人。他1933年加入左翼作家联盟，1945年返东

---

[1] 刘爱华：《孤独的舞蹈——东北沦陷时期女性作家群体小说论》，北方妇女儿童出版社2004年版，第146页。

北，曾任吉林省文教厅长、东北作家协会副主席等职务，主要作品有短篇小说集《燃烧》、诗集《爷爷和奶奶的故事》、《歌唱南泥湾》等。他的儿童小说《大风雪里》描写了东北抗日联军英勇抗战的故事，秋姐子年仅14岁，但已经参加抗日义勇军两年了，在军队里担任交通员，每次都能出色地完成任务。在一次执行任务时候被敌人逮捕，敌人用种种酷刑来折磨她，她都能勇敢地面对，最后被敌人残忍地杀害了。作品表现了秋姐子高度的爱国热情和抗战的大无畏精神。

朱媞毕业于吉林女子中学附属的示范班。学生时期就开始文学创作，1945年出版了短篇小说集《樱》，其中的《小银子和她的家族》讲述了一个女孩的凄惨的命运，由于出身贫寒被卖给一个瞎子家，被迫街头卖艺，以至于被强奸，最后被卖给流氓残害致死。通过幼女被凌辱被损害的命运，对黑暗罪恶的社会进行了血泪控诉。

这一时期的儿童文学是东北文学的重要组成部分，以揭露儿童生活的苦难和对敌人的反抗斗争的现实主义题材为主，流露出浓郁的东北地域文化色彩和鲜明的时代特征，为新中国吉林省儿童文学的发展奠定了坚实的基础。

第二个时期是奋进期，新中国成立后17年，经历了新中国儿童文学8年黄金期和后来9年的曲折发展期，吉林省儿童文学的发展与新中国的命运休戚相关，在党和政府的关怀培育下，出现了大量优秀的儿童文学作品，并产生了全国影响。

新中国成立以来，1950年4月，召开了第一次全国少年儿童工作干部大会。在大会上，呼吁"作家们或是少年儿童工作者必须多多创作以少年儿童为对象的好的文学艺术作品，以优胜劣汰的形势来淘汰那些不良的作品，解救少年儿童精神上的饥饿"。1955年，《人民日报》发表了《大量创作、出版、发行少年儿童读物》的社论，指出解决少年儿童读物的种类、数量、质量问题，是少年儿童教育事业中的一项极其重要的任务。

响应党和国家的号召，与全国的大环境相呼应，吉林省儿童文学作家率先起步，陶德臻的儿童小说《小先生》发表在1950年2月《长春新报》文艺副刊第十四期，张家愚的儿童小说《复学》发表在1950年4月。建国十七年期间，吉林人民出版社出版的长篇小说《水晶洞》、中篇小说《草原儿童团》《长耳朵的故事》《三个朋友》《小驼子和兰花》《小五更》《夏夜繁星》等作品至今仍令人记忆犹新。《长春》文学月刊发表了吕治范的《采蘑菇》、张少武的《摸鱼》、郭大森的《草原上的湖》等，《吉林日报》的《沃土》文学周刊和《长春日报》《布谷》文学周刊，也是五六十年代吉林省儿童文学作家发表作品的重要园地。

鄂华是我国著名作家，他的小说《自由神的眼泪》和《女皇王冠上的钻石》享誉中国。他的长篇儿童小说《水晶洞》出版后，被改编成儿童剧，在北京、上海、西安等地上演，很大地提高了吉林省儿童文学的声誉。鄂华的儿童小说《向往》以一个城市儿童的人生体验为线索，写了假期里来到了荒无人烟的一个桥头扳道工身边，了解了这个三十年如一日检查铁路线路老工人的生活后，理解了什么是真正的英雄含义，解决了自己思想上不切合实际的想法。小说题材较新颖，有明显的思想教育倾向，反映了那个时代儿童创作的时代特征。

孙景琦的《小小牛司令》，1954年入选《全国青年文学创作选》，是一篇非常成熟的儿童小说，写了朝鲜族少年儿童金东奉，不顾父亲的反对，到生产队里去喂牛，他工作起来勤勤恳恳任劳任怨，把队里的牛饲养得非常健壮，在农耕生产中起了重要的作用。被人们称为"牛司令"，他积极认真的工作态度改变了老饲养员朴"酒瓶子"的人生态度，更改造了父亲的思想，少年改造老年的主题具有一定的创新意义。整个作品基调明快，在平凡的日常生活小事中表现复杂的人物性格，是一篇难得的佳作。

张少武的《逮鸟儿》，发表在1956年《长春日报》上，是一篇优秀的儿童小说。《摸鱼》发表在1963年《长春》，是他的儿童文学代表作，刻画了一个少年的成长，需要老队长的帮助，他一方面把农活干好不误时令，另一方面与老队长一起摸鱼，满足了自己爱玩的天性。而对摸鱼的细节做了精到入微的刻画，表现了作者极强的观察能力。

崔坪的《芦苇里响起了枪声》，反映了镇反时期少年儿童配合公安人员捉拿反革命的故事，最初发表在1954年《少年文艺》上，并在上海等地出过单行本，也深受小读者的喜爱。刘凤仪的《草原儿童团》，也是50年代产生过全国影响的儿童小说。

孟左恭表现蒙古族儿童生活的儿童小说《草原的儿子》，发表在1960年上海的《少年文艺》，描写了抗日战争时期，蒙古族少年阿尤勒一家不堪蒙古王爷的剥削和压迫，妈妈被蒙古王爷大管家的马活活拖死，爸爸参加了八路军，小阿尤勒勇敢地冲出敌人的包围圈给八路军送信，与爸爸重逢，最后打败了国民党与王爷的联军。从此草原上八路军的队伍又多了一个勇敢的小骑兵，大家称他为草原的儿子，作品情节跌宕起伏，矛盾斗争激烈，把人物所处的险恶环境描写得细腻逼真，极大地渲染了作品的悲剧色彩，而主人公机智勇敢的斗争，又显示出乐观的革命浪漫主义精神，具有传奇色彩。是新中国成立以来影响广泛的儿童文学作品，为吉林省儿童文学赢得了荣誉。王汪的《渔家女》、万忆萱的《平原上》也都是反映革命斗争题材的儿童小说，故事情节生动有趣，儿童形象丰满鲜明，是比较难得的儿童文学佳作。

郭大森的《草原上的湖》（后入选人民文学出版社建国三十年儿童文学作品选），通过一个城市少年明明来到了牧区，见到了美丽的大草原，展开了草原与湖水神奇画卷，更写了画卷的主人公草原少年林小鹰，他纯朴善良的品质，机智好玩的天性，都深深地感染了明明，使城市少年与草原少年结下了深厚的友谊。小说具有浓郁的抒情色彩，对自然风光与人物活动的描写都有许多精彩之处，奠定了作者后来儿童文学创作的诗意风格。还有吕治范的《采蘑菇》、梁若冰的《海秋和他的新朋友》、张琦的《小马林和飞毛腿》、郎需才的《"勇敢大王"和"胆小鬼"》都描写了现实生活中的儿童，表现他们丰富多彩生活的同时，又写出了他们各自不同的性格。为儿童文学家园丰富了色彩，积累了创作经验。

胡昭是新中国著名诗人，吉林省舒兰县人，从1948年就有诗作问世。他的诗歌《光荣的星云》《军帽下的眼睛》风靡全国。他的诗歌题材分为三个部分，有反映东北森林里动物生活的诗歌，如《小刺猬》《打酒喝喝鸟》《黑熊和回声》《小狐狸》《偷苞米的大黑熊》《大松鼠和大松塔》；有反映东北人民社会主义新生活的诗歌，如《煤》《雪》《洒水车》等；有改编于民间故事的儿童诗歌，如《毛驴参》《神奇的翅膀》《幸福的钥匙》等。1956年他出版了童话诗《响铃公主》和《雁哨》。《雁哨》是一首叙事诗，描写了一队北飞的大雁途中的历险故事，在露营的时候，放哨的大雁发出了两次警告，都没有遭到袭击，第三次警报也没有得到雁群的重视，结果中了猎人的奸计，有三只大雁丧失。作品的主题类似与民间故事狼来了，但诗作的角度新，两条线索清晰，一条是报警的小雁与雁群之间的矛盾，逐渐激化；另一条是猎人与群雁之间的斗争，也愈加激烈，两条线索交叉进行，视角转换迅速，推进故事情节向前发展，营造了紧张的斗争气氛，报警的小雁和抱怨的雁群声音也真实细腻。这首诗堪称新中国成立后东北诗坛上乃至全国最优秀的童话诗之一，获得了第二次全国少儿文艺创作奖。

李中申的儿童诗在50年代取得了一定的成绩，他的儿童诗集《城外的白杨》反映了新中国成立后东北农村发生的巨大变化，表现了孩子们学习、劳动以及立志掌握文化科学知识，更好地建设祖国的远大理想。《大海的水浪推浪》《姐姐补网》也都是这一主题的延续。

这一时期影响较大的诗作还有丁耶的《去串阔亲戚》，该诗写了农业生产机械化给农村带来的巨大变化，反映了新中国成立以来对新生活的热切愿望；王玎的《洼塘变粮仓》、扬子忱的《丰收戏》、张少武的《喜事》、吴矣的《云彩歌》等，从题目就可以看出，大多数歌颂了社会主义新生活。

这一时期吉林省童话创作比较薄弱，有影响的、比较重要的作家是李光月，1920年在长春出生。新中国成立前做过印书馆和杂志社的编辑，新中国成立后做过中小学、中小学教师进修学校和长春师专的教师。他在二十世纪四十年代就出版过长篇童话《秃秃历险记》，新中国成立后于五十年代出版过两本童话集《长耳朵的故事》和《三个朋友》。《三个朋友》是一篇写得非常娴熟的童话，主要写了小狗、花猫和公鸡开始都不服气对方，认为别人没有自己本事大，但经过了一件又一件的麻烦事情之后，才发现不同的人有不同的优点，都可以利用自己的长处给别人带来方便，从而团结一致成为好朋友。从整个童话的寓意来讲，就是一篇寓言，但作品在刻画童话形象，描写人物语言，设计故事情节方面都有很强的童话故事色彩，不是简单的说教。《东北儿童文学史》称："东北解放后至'文革'前，在童话创作上成就最大的，是吉林省童话家李光月。""李光月的童话虽然数量不多，但却以其新颖的内容和感人的魅力，成为东北童话园地中的佳篇。"

60年代初期，鄂华的童话《湖上的追逐》（与刘兴诗合作）是吉林童话佳作，为吉林省儿童文学的建设和发展奠定了厚重的基础。

著名童话家严文井在任《东北日报》副总编时写了三篇童话，有《蚯蚓和蜜蜂的故事》《丁丁的一次奇怪的旅行》和《小花公鸡》。金近在东北电影制片厂担任编剧时写的《谢谢小花猫》《小猫钓鱼》都为吉林省童话的发展起到了推动作用。

相对童话的发展，科幻文学在这一时期，取得了较大的成绩。鄂华的《水晶洞》以惊心动魄的故事情节，深深地吸引了读者。作者巧妙地介绍了水晶的形成过程，构成成分，以及水晶的品种、用途、勘探等方面的知识。作家以其深厚的科学基础和富有情感的文学表达，为少年儿童创作了一部精彩的科幻小说。《天空的梦》也是一篇优美的科学幻想童话，描写了乖巧的小梦神与天空女神带领小女孩玲玲周游宇宙，随着所观测的景物不同、幻境的变化，小梦神和天空女神给玲玲讲解天文知识和自然现象。童话在梦境中展开，虽然介绍知识，但并不枯燥，而是展开神奇的幻想，把知识巧妙地融入故事之中，是科学性和艺术性结合较好的儿童文学佳作。

关于儿童散文的创作数量较少，主要有郎需才出版于1957年的《连长日记——军事夏令营生活散记》，以日记的形式记载了一群少年野游的故事，假借少年的口气写了自己的所见所闻，五天的军营生活生动有趣丰富多彩，每个人物的性格也很有特点。还有文牧，又名方半林，吉林人。六十年代出版了儿歌集《抗联叔叔到我家》，他的散文创作更加出色，出版的散文《小伐木工人的笔记》记述了小伐木人在吉林省林区的各种见闻，反映了那个时期少年儿童的生活。《东北儿童文学史》称："文牧的散文无论是对东北山川如诗如画的勾勒，还是于写景抒情中蕴含的具有哲理性的沉思，都表明作家经过执着的艺术追求，在散文领域所达到的艺术境界。"

这一时期的儿童文学创作以儿童小说为主，在反映生活的深广度上都有了进一步的发展，儿童生活的丰富性得以全面的展示。鄂华、崔坪、孙景琦、郭大森、孟左恭的儿童小说、李光月的童话、胡昭的儿童诗、文牧的儿童散文都产生了全国影响，为吉林省儿童文学的进一步发展奠定了坚实的基础。

第三个时期是繁荣期，从1978年改革开放到20世纪80年代末。结束了"文革"十年的凄风苦雨，吉林省儿童文学在党的十一届三中全会之后，一支数量较大素质较好老中青三代的作家队伍形成。创作在以儿童小说和诗歌为主的情况下，童话创作异军突起，其他文体也有斩获，出现了一大批具有全国影响的作品，在第二次全国少儿文艺创作评奖中，吉林省获奖作品（加上三部儿童电影和一首儿童歌曲）数量在上海、北京之后，位于第三位。吉林省儿童文学呈现了"繁花满树子满枝"的丰盛景观。

1979年为迎接建国三十年，吉林人民出版社出版了一批儿童文学图书。鄂华《水晶洞》修订再版，并重印了张天民、刘凤仪、梁若冰、孙景琦等人的儿童小说，同时出版了建国三十年《吉林儿童文学作品选》，收省内作家以来近百篇儿童文学作品，锡金为本书作序，在国内产生很大影响。张少武儿童小说集《远方的种子》、万忆萱的童话诗《宝石山的传说》也在这一年出版，更使吉林儿童文学图书的出版呈现出崭新的气象。

东北三省合编《小学生文库》出版后，把吉林儿童文学图书的出版推向了高峰，为全国儿童文学的繁荣做出了重大贡献。几年内先后出版了《茅盾儿童文学作品选》《张天翼儿童文学作品选》《冰心儿童散文选》《叶君健儿童文学作品选》《叶圣陶童话选》《严文井童话选》《陈伯吹童话选》《贺宜童话选》《金近童话选》《包蕾童话选》等。还出版了黄庆云的

《从小跟着共产党》、陈模的《凤凰山女儿》、圣野的《诗的散步》、郭风的《搭船的鸟》、金振林的《罗霄山追踪》、严振国的《闯关东》、崔坪的《大搜捕》、浩然的《大肚子蝈蝈》、李凤杰的《老鼠吃猫的故事》、孙幼军的《吉吉变猫熊的故事》、李迪的《恐怖的森林》、赵惠中的《海滨的萤火》、韩静霆的《泥人小芝麻》、高洪波的《狐狸种葡萄》、王家男的《大森林的女儿》、任霄的《六一的风》等近百种之多，这些图书的出版都与吉林省著名儿童文学作家郭大森的辛勤工作密不可分，正是他默默无闻的奉献，才使新时期吉林儿童文学出现了盛世繁华的景象。此外，陈日朋的科普读物、陆景林的寓言集《披虎皮的狼》、张少武的《儿童小说集》、浩然的小说《机灵鬼》等，也都是深受孩子们喜爱的儿童图书。新中国成立以来，《长春日报》《吉林日报》《城市晚报》《吉林文艺》（原名为《长春》、现名为《作家》）《春风》《江城》《绿野》《长白山》《东辽河》《吉林儿童》等报刊都很重视儿童文学作品的发表。

1980年，吉林省召开了少年儿童读物出版座谈会，成立了儿童文学研究会，省新闻出版局和省作家协会等八家单位联合发起举办了吉林省少年儿童文学创作评奖，评出了51件优秀少儿文艺作品，其中一等奖的作品报送北京参加全国第二次少儿文艺评奖。结果，鄂华的《水晶洞》、胡昭的《雁哨》、孟左恭的《草原的儿子》、郭大森的《天鹅的女儿》、尤异的《彩虹姐姐》等，在这次全国性的评奖上获得了殊荣。前三篇都是"文革"前的作品，后两篇是新时期的重要收获。通过这次评奖活动，充分显示了吉林省儿童文学作家的创作实力，也极大地鼓舞了吉林省作家的创作信心。

在很短的时间内，吉林省的一批作家便写出了多种儿童文学佳作，王汪的儿童小说《古庙里的号声》、李玲修的《明天要决赛》、郭大森的童话集《天鹅的女儿》、成人文学作家顾笑言的中篇儿童小说《鹿鸣山谷》。尤异儿童长篇小说《周岚和她的学生》获全国优秀少年儿童优秀读物奖。中申新时期以来以写香港风情小说著称，1981年出版了儿童小说《小脑袋和大鼻子的故事》；吴广孝的寓言从70年代见诸报刊，到了80年代，寓言集《骄傲的红玫瑰》《猫法官》《鹅女皇》《熊博士》出版，他的寓言《科学家和定律》获1983年上海儿童文学园丁奖。文牧的散文在80年代获得丰收，《边防村写意》《绿色的边境》《小伐木人的歌》《走向白桦林》等出版。鄂华在上海人民出版社出版的以世界大科学家为题材的短篇小说集《盗火者的足迹》，是一部团中央向全国少年推荐的优秀读物。鄂华、胡昭、孟左恭、郭大森在辽宁少年儿童出版社出版的《东北儿童文学作家丛书》，进一步奠定了吉林省作家在东北儿童文学发展上的位置。

1984年，北方妇女儿童出版社作为专业的少儿读物出版社在吉林省正式成立，极大地丰富了吉林省儿童文学的出版。《吉林儿童文学近作选》把1980—1982吉林儿童文学创作进行了一次比较全面的总结，老作家蒋锡金教授做了长篇的序言："在短短的三年之中，给年幼的一代提供了丰富多彩的精神食粮，大大地充实了我们省以及全国的儿童文学宝库。这个形势是很喜人的。"

在小说方面，中申的《打赌》是反映儿童现实生活的作品，写了两个孩子不愿意做算术题，因为对作业中"塑料零件"的理解而发生争执，后来把兴趣完全转移到打赌比赛中，忘记了做作业。小说本意是讽刺孩子做事情用心不专一，因为小说能够很好地刻画两个孩子稚气可爱的性格和贪玩的个性，从语言到心理描写都增添了许多儿童情趣，并对儿童接触社会生活的环境的细腻描写，增添了作品的厚重感，能够把读者带到作品中并理解儿童的一些做法，收获了意外的艺术效果。

龙世寿的《小老师》是一个取材别致的小说，写了一位十二三岁的小女孩到爸爸工作的工厂里教工人们学外语，最开始学生们对这个小老师不屑一顾，后来在小老师精彩的讲授中，这些工人都对老师产生了敬佩之情，反映了刚刚粉碎"四人帮"整个社会对知识的渴望，是一篇很有时代特色的小说。

还有一些描写战争题材的小说，如辛路的《尤努斯偷西瓜》写了回民孩子热爱八路军，为了让八路军伤员恢复健康去偷西瓜的故事。胡昭的《鱼》

写老一辈革命家把优良传统传给后代的故事。今新的《山丫头》写了解放战争中，民兵们不为艰险运送军粮的故事。万捷的《不要忘记妈妈》写了东北抗联在杳无人烟的冰天雪地的大山中抚养烈士遗孤的故事。

这个时期还出现了一些描写风土民情的小说，给人一股清新质朴的感觉，如张少武的《捉"怪"记》写了北方农村的浓郁生活气息。崔贵新的《深谷里亮起了火把》是以长白山区儿童生活为主，写了不同性格的少年儿童的美好心灵。而刘博的《露芭的生日礼花》却是一篇感人之深的作品，写了异国儿童的悲惨生活，反映了阶级压迫的黑暗，显示了作家成熟地驾驭小说的能力。

在童话创作方面，首先当推郭大森的《天鹅的女儿》，发表于1978年3月的《吉林文艺》上，很快被哈尔滨人民广播电台改编成童话剧，几乎全国大多数电台都转播了，后被十几种儿童文学选本收录，是新时期我国童话创作的重要收获之一。这是一篇优美的抒情童话，故事写了天鹅妈妈溺爱小女儿，后来在天鹅爸爸的训练下，练就了一身的本领，能够与姐姐们一起经受暴风雨的考验，篇末写小天鹅参加了百鸟大会的竞赛，至于竞赛的结果如何并未言明，引起小读者的无限幻想，童话的构思巧妙，意境优美，语言洗练。尤异的《彩虹姐姐》以民间故事为背景，写了明明受到奶奶讲的彩虹姐姐故事的感染，上学之后用三棱镜反射光的原理，把彩虹姐姐请到了家。在短短两千字的童话里，熔铸了多种童话因素，把幻想世界和科学实验巧妙地结合在一起，扩大了童话的艺术审美力量。

这一时期的儿童诗歌也有很大的收获，在《1949—1978年吉林儿童文学作品选》中，入选了30多首诗歌，其中19篇为粉碎"四人帮"之后的诗作。《吉林儿童文学近作选》收入了24位诗人的50多首诗歌，可见诗歌创作成果之丰盛，正如蒋锡金所言："诗歌方面所反映的少年儿童的生活和他们的心理状态也是多方面的。有叙事诗、有童话诗、有寓言诗、有生活诗、有抒情诗，也有许多特为儿童编织的反映儿童心理的儿歌。"出版的儿童诗集有中申的《雪花·海风·篝火》、左正的《魔法的宝石》、高帆的《我们的理想多美好》《大自然的影集》《岁月留痕》、姚业涌的《黎明的星》《校园朗诵诗》、张俊以的《星娃娃的天国》、薛卫民的《含笑的花蕾》等。

胡昭80年代诗歌创作的题材广阔，主题丰富，艺术技巧更加成熟，写出了一大批深受大家喜欢的儿童诗。如《瘸狼》《山泉里的星星》《桔梗谣》《袄带歌》等。叙事长诗《瘸狼》，深受吉林儿童文学作家们的喜爱，成为他们学习写作的样板。

中申的《海与天》写得清晰晓畅，把海与天之间有一线相隔又相连的景致描绘出来，而且用亲生兄弟做比，给人许多启发。另一首《海风》，写海上吹来的风，吹过田野、渔村和盐场，每每经过这些地方，诗人就用抒情的笔墨讴歌人的生产劳动；而海风给人的感觉也是独特的，既猛烈又柔和、既咸又甜，使得读者读诗的感觉不止于表面，而有更深的体验。

高帆的诗歌创作可以分为校园诗、自然诗以及童话诗。70年代末，高帆的儿童诗集《我们的理想多美好》表现了校园生活中，青少年蓬勃向上，憧憬未来的豪迈诗情和远大理想。80年代他的诗歌集《岁月留痕》出版，写了许多回忆童年生活的清新诗歌，如《清清浅水》写了松花江畔的小鱼、蝲蛄、卵石、沙滩、碧水等美丽奇妙的自然景观。80年代中期，高帆吟咏自然的儿童诗取得了重要收获，如《我看见了风》中写道："风是一个胖子，钻进了对面的树林，挤得小树摇摇晃晃，树缝冒出它气喘的声音。"用拟人的笔法把物象的风人格化性格化，风的顽皮淘气活化出来，物象与读者的审美心理相契合，是一篇儿童诗的珍品。

薛卫民的儿童诗歌在这一时期崭露头角，陆续在《人民文学》《诗刊》《青春》《星星》《少年文艺》《儿童文学》等一大批全国重点文学期刊杂志上发表作品。1984年，吉林人民出版社出版了他的第一部儿童诗集《含笑的花蕾》，被团中央、文化部、国家教委列入"红领巾读书活动"推荐书目。儿歌集《快乐的小动物》中国少年儿童出版社1986年出版。同年出版了儿童诗集《森林城的霓虹灯》。薛卫民的儿童诗以儿童情趣浓郁、用词炼句凝练、意境深远含蓄见长。

这个时期特别值得一提的是齐铁雄的童话剧《寒号鸟》，在1982年全国少年儿童戏剧评奖中获奖。主要写了寒号鸟在秋天百鸟都在忙着冬天储存食物和搭建鸟窝的时候，这只小鸟却不垒窝，不储粮，寒冬时节用欺骗的手段得到了百鸟的羽毛，就有了百鸟的能耐，去找别的鸟来比试，占有了别的鸟的窝。但还是不满足自己的所得，认为自己的羽毛最美丽、歌声最嘹亮、力气最大，竟然想让凤凰给自己让窝。这种行为惹怒了众鸟，凤凰下令收回所有鸟的鸟毛，这只自作自受的鸟只有在寒风中光秃秃地承受折磨。作品的主题深刻，情节曲折，在环环相扣的故事情节中表现了寒号鸟性格的变化，众多鸟的形象个性突出形象丰满，剧本的人物语言和叙事语言都很洗练精致，是新时期我国儿童戏剧的重要收获。

这一时期吉林儿童文学无论是文体的丰富性，还是主题的深刻性、题材的广阔性方面都有了很大的收获，可以说是吉林儿童文学的黄金期。

第四个时期是多元化时期，从90年代上半叶到新世纪的近十年。可以分为前十年出版受到经济大潮冲击的彷徨期，新世纪国家对儿童教育重视，外来出版物的大量引入，又激发了吉林省儿童文学创作，呈现了多元并存的局面。

吉林省委省政府、长春市委市政府、省市作家协会对儿童文学很重视，为鼓励作家进行儿童文学写作，在省市最高文学评奖中，获得成就奖的鄂华、胡昭、郭大森、张少武、杨子忱都在儿童文学创作方面做出了贡献。

北方妇女儿童出版社依旧坚持精品路线，九十年代出版了《世界金质童话》《中国最佳童话》《新中国儿童文学名作大观》《外国儿童文学名作大观》，在国内出版界引人注目，深受读者的欢迎。其中的《中国最佳童话》获得全国优秀畅销书奖，10年后，还被中国大百科全书出版社重版向全国中小学生推荐。鄂华的童话诗《雁姑峰上的石像》、吴广孝的《寓言选》、王位的寓言集《乌龟见龙王》、宫玉春的童话、肖玉华的《龙文鞭影故事选》、全国童话名家作品集《长白山童话集》、张少武的中篇小说《九月的枪声》等陆续出版。

新世纪以来，吉林作家再次起步，金叶的系列小说《都市少年三部曲》，王德富的生态童话，谢华良的儿童小说，高帆、薛卫民、张洪波、钱万成的儿童诗，于德北的儿童小说，宇黎的幻想小说，刘玉林的民间传说故事，吴晋明的低幼散文等都取得了令人瞩目的成绩。

张少武出版于90年代的中篇小说《九月的枪声》产生过全国性的影响，对其中"漂零岁月"的章节，蒋锡金说："在世界水平的少年儿童作品之中也算得精彩杰出的一段了。"张少武的儿童小说在东北地区乃在全国都是很著名的，是中国儿童文学的宝贵财富。

郭大森的长篇小说《辽河甩弯儿》创作并出版于1999年，以一个少年亲历东北解放战争的全过程为主要线索，形象地歌颂了辽沈战役中军民团结一心的英雄事迹。作品没有过多地描写战争的惨烈场面，而是着重写了斗争中错综复杂的局面，作品的基调明快，即使是在艰苦的环境里，人民群众也是对胜利充满了信心和希望。长篇童话《长白雨燕脱险记》初版于1999年，书名为《绿旋风》，做了很多修改，更名为《长白雨燕脱险记》。其中的挖菜奶奶、仇小宝、老麻雀、小燕子佳佳，以及他们的故事给小读者留有深刻的印象，也为中国儿童文学的艺术画廊增添了新的面孔。著名儿童文学理论家浦漫汀教授在出版序言中说："比他以往的童话创作有了很大的突破，是郭大森童话中最优秀的一部。"

王德富的《生态童话系列》，包括《鸭狐鹤狐奇遇记》《鸳鸯孩儿上》《鸳鸯孩儿下》《双狼点儿狈》《少女丛林遇险记》《峡谷降怪》《参童小侠》《淘气包汤姆•球》《飞碟掳走的孩子》《三栖怪孩》十种，曾获"第六届全国优秀少儿图书奖"。王德富的这一组童话，完全以长白山的生态环境为背景，以丰富多彩的野生动植物为描写对象，在曲折多变的故事情节中，塑造了一大批极具个性的童话形象，表现了作家对人与自然及人类生存状态的思索和关怀。

宇黎原名陈新华，创作了"小天使罗琦儿神奇漫游"系列童话，第一部《神圣的火花》(该书已被美国一著名博物馆收藏)、第二部《通往月亮国的路》已经由人民文学出版社出版。其续集《玫瑰园里的梦》创作之中。该系列童话讲述了一位勇敢、善良的美丽小天使罗琦儿与一只顽皮、机灵的红毛小狐狸犹犹的冒险故事。故事发生在跨越时空、国界、语言、种族和物种的宏大、浩渺而神奇的宇宙背景中，幻想神奇有趣，是新世纪吉林儿童文学在奇幻文学创作上的一次收获。

金叶原名金丽华，代表作长篇小说《都市少年》三部曲，由《太阳桥》《月亮船》《星星河》组成，力图从学校、家庭、社会各方面表现改革开放中国教育对少年儿童的巨大影响，有问题小说之特点，书中提出教师的价值问题、离婚家庭孩子成长问题等，都能深深启迪读者。是吉林儿童文学对城市少年儿童成长生活关注的一部力作。

谢华良坚持农村题材小说的创作，他善于触摸农村儿童复杂的内心世界，更善于表达农村人在教育子女方面重视的品德，如善良、纯朴与友爱等等，他的小说在写作方法上也进行了多种尝试，如《爸爸的玩具车》具有幻想小说的特点，而《下雪了，天晴了》具有浓厚的抒情性，已经形成了自己的清新飘逸的风格。已出版《一鸣惊人》《告诉你没啥》等七部儿童文学作品集。曾经获冰心儿童文学新作奖、全国少工委新世纪儿童文学奖等多种奖项。

在吉林省儿童文学创作队伍中，钱万成是独树一帜的作家。他是以儿童诗起步，并最早形成全国影响。他的儿童诗见诸国内诸多儿童文学名刊，其诗歌代表作《留住童年》《同学》《妈妈》，儿歌《小毛驴盖房》《友谊糖》等被收入中小学教材，被翻译成多种文字介绍到国外。他与金波等诗人倡导的八荣八耻儿歌活动影响广泛。他的童话寓言清新顺畅，构思精巧，立意鲜明，童心可照，完全适合儿童的阅读口味。因此，在国内外荣获过大奖，是名副其实的少年儿童的好朋友。

张洪波以油田诗起家，但一直醉心儿童文学创作，童话集《童话石油国》石油工业出版社出版，儿童诗集《野果》香港南洋出版社出版，他的儿童诗以写动物植物见长，如《夏夜的萤火虫》："生命短暂到只有十几天的日子/十几天/要把生活、爱情和死亡都进行完/对于一只小小的虫子来说/可实在不简单"。他的诗歌善于凝视动植物，把每一物种所承载的自然属性和文化属性通过浅显的诗句表现出来，更是对人生的一种哲思。

这一时期的吉林儿童文学不再形成有组织有系统的出版形式，许多吉林省的作家都在外省的出版物上频频亮相；在创作理念和创作方法上因为社会生活的复杂，每个作家成长环境的不同，也各有千秋，但不乏精品佳构，形成了多元价值共存的时期。

三、吉林儿童文学的特色主要表现在以下三个方面:

吉林省儿童文学以三条线索构成立体的网状结构，这三条线索分别是：在题材的选择上，以儿童生活为主的多种题材共同发展；在创作技巧上，以现实主义为主的多种表现手法皆有尝试；在反映民族生活上，以白山黑水上居住的汉民族为主的表现满族、朝鲜族、蒙古族、回族等多种民族生活的文学协调发展。

1.在题材的选择上，以儿童生活为主的多种题材共同发展。吉林省儿童文学在党和政府的关怀培育之下才得以发展，出现了一大批的儿童文学工作者，但这些人大多数是业余作者，分布在全省的各个地区：从农村到城市、从厂矿到商店、从部队到普通居民、从林区到油田、从机关到学校。各行各业都有，他们所接触的人和事丰富多彩，集中表现在文学创作的题材上就非常丰富，几乎无所不包，但都是以对儿童的思想教育、认识的提高和艺术的陶冶为主。从作为新中国儿童文学摇篮的东北师范大学所担当的对下一代的教育任务始，革命斗争中儿童生活题材的儿童文学一直占据了很重要的位置，从五十年代《复学》、六十年代《草原的儿子》、七十年代《小猎人的礼物》直到九十年代《九月的枪声》和《辽河甩弯儿》，战斗生活中造就了无数个小英雄。吉林的儿童文学始终没有脱离革命传统教育的题材，在这类题材创作的坚守中，可以看出吉林人民在中国共产党领导下，对来之不易的幸福生活的珍惜，同时也反映出这块土地上斗争的艰苦卓绝，尤其是抗联的民间故事和传说像长长的流水滋润着东北作家的艺术之根，在儿童文学创作中必然会流露出来，并能够进行很好的艺术表达。吉林是全国的农业大省，作家有浓厚的土地情结，对农村生活非常熟悉，写农村儿童的生活是吉林儿童文学的重要题材，并能够把儿童放在自然的环境中来写，作品的内容与表现手法能够达到很好的融合，如张少武的《摸鱼》，农村儿童眼里真是一个生机勃勃的世界："清河上金翅金鳞的残照，稻穗上雾一般的绿灰儿，红了脸的高粱，清秀诱人的羊角蜜瓜，傍午火辣的太阳，夏夜小树林上空的月亮；春天玛瑙般的樱桃，秋天欢喜岭下的蘑菇；麦地的山雀，河里的红毛鲤子，这一切都像一幅幅画一样呈现在读者面前。再加上玉米地里的蝈蝈叫，歪脖柳上公老黄鸟的啼鸣，真是一派天籁。在这儿你可以看见绚丽的色彩，闻到清甜的瓜香，听到婉转的鸟鸣。"读这样的文字一下能够联想到萧红笔下的呼兰河，如果作家没有这样的生活体验是很难达到这样的水准，就是摆在世界儿童小说之林都毫不逊色，吉林儿童文学作家对自然的顶礼膜拜，可以说出现了一大批描写自然的圣手。吉林儿童文学的这一特点，从创作深广度上区别于辽宁和黑龙江，直到新世纪初谢华良农村儿童小说的创作，都有置身其中的感觉，而不是置之度外的观察，这种创作的深刻体验性，表现出鲜明的地域特点。朴实善良坚韧又不乏智慧幽默与狡黠的农村儿童形象随处可见，具有成长的主体性，继承了东北作家群对儿童生命主体的关注与尊重，而不是被看被观察甚至被怜悯的苦孩子，仿佛鲁迅笔下少年的闰土，富有生机与活力，这些儿童鲜活地出现在读者面前。从某种角度说，地域的就是全国的，也能够被少年儿童普遍接受和喜爱，表现出极强的艺术生命力。但是吉林作家又不囿于地域生活，如刘博的《露芭的生日礼花》、鄂华的《最贵重的金属》《自由神的证词》《希特勒财宝的秘密》、宇黎的《小天使罗琦儿神奇漫游》等都是反映国际题材的作品。吉林儿童文学创作题材的丰富性，为其进一步发展提供了大视野。

2. 在创作技巧上，以现实主义为主的多种表现手法皆有尝试。吉林儿童文学虽然有较好的东北儿童文学的创作背景，和来自不同地区的儿童文学工作者的创作努力。但儿童文学的诞生与民间故事、民间的神话传说、民间寓言故事、英雄史诗等等，更有千丝万缕的联系，深受地域文化的影响。东北大野的大山和平原，大川和小溪，城镇和乡村都是产生文学的血脉之根。吉林作家创作的儿童小说，大都具有浓厚的幻想色彩和传奇色彩。舒群《没有祖国的孩子》就以蒙太奇的手法，如电影胶片般闪现不同国家孩子的生活。孟左恭《草原的儿子》中的小奴隶阿尤勒在隐姓埋名后参加赛马比赛，获得第一名却放弃领奖，他怕王爷认出来，那场面真是惊心动魄。在给八路军送信时为了躲避敌人的追杀，隐藏在马肚子低下飞奔，都让人感觉到侠义和神奇。新世纪以长白山为主要描写对象的王德富生态童话，都充满了传奇色彩，如《鸭狐鹤狐奇遇记》写了两只狐狸——鸭狐和鹤狐的奇遇故事，鹤狐为了寻找弟弟先来到了飞禽国，"这里真美，高大的树木，遮住了太阳，遍地的花草，鲜艳夺目。汩汩流水的小河里，鲜鱼清晰可见。"飞禽国自然环境的优美却没有抑制住狐狸的贪婪，鹤狐的弟弟也因贪吃野鸭变成了狐狸头鸭子身的怪物，鹤狐给弟弟起名鸭狐。之后，鸭狐来到了走兽国，遭遇了"老虎牧猪""悬羊自杀""黑瞎子坐殿"等奇妙有趣惊险刺激的事情。一只狐狸偷吃了九只仙鹤，一夜之间变成了狐头鹤身的怪物，这就是鹤狐。鸭狐听说人参国能够帮助他们恢复常态，于是他们历尽艰难险阻终于到了人参国，童话结尾写到，为了恢复狐狸身，"鹤狐跳完了九个小温泉，随之出现了九只仙鹤。这时，鹤狐筋疲力尽，没有能力再往大温泉跳了。山参王见状，一伸手，将鹤狐丢进大温泉里。……这回从里面出来的，不是仙鹤，也不是鹤身狐狸头的鹤狐，而是一只纯粹的活泼可爱的小狐狸。"经过洗礼得到新生的小狐狸。再也不是童话开篇那个淘气、顽皮、贪婪、凶残、诡计多端的家伙，外表美和内心美达到了一致，变成了一个能弃自己肉体于不顾完成灵魂自救的成熟的狐狸。这种深刻的主题可以与世界一流的文学作品比肩，如俄国大文学家托尔斯泰的《复活》，写了涅赫留道夫经过玛斯洛娃的事件，受到灵魂的洗礼，最后精神得以复活。鹤狐原形的恢复也经过了一系列痛苦的事情，而鸭狐没有哥哥精神受到那么大的煎熬，也没有做哥哥那么多的坏事，虽然到了人参国，救出了野鸭，却没有变回原来的狐狸模样，只能留在人参国等待下一次的洗礼，鸭狐的结局带有浓厚的悲剧色彩，却形成了作品更丰富的艺术空间和审美空间。

儿童叙事诗一直在吉林儿童文学中占有重要的位置。如胡昭的《雁哨》和《瘸狼》。《雁哨》写出了小雁做哨兵的警觉，《瘸狼》则叙述小主人公小巴图的英雄行为，为了给爷爷报仇，小巴图苦练一身过硬的本领，并随时提高警惕防止瘸狼的攻击，终于亲手杀死了瘸狼，替爷爷报了仇。诗歌故事情节曲折，人物形象鲜明生动，用误会、巧合、反复的手法来渲染气氛，能够感受到鲜明的时代气息和传奇而悲愤的诗歌风格。

吉林的方言土语很多，吉林的儿童文学有很多就来自于民间文学的滋养。如郭大森的儿童小说《辽河甩弯儿》，从题目就可以看到东北方言的特有的表达方式，小说写乡长刁占一和他四姨太葛彩云逃跑的一幕，具有漫画色彩，"平时善于骑马的葛彩云，大概是被枪声吓破了胆，她今儿个说啥也上不去马了，多亏她老爹蛤蜊皮连捧带抱，才把她推上马背，刁占一却由于用力过猛，一纵身，从马背上穿了出去，像个顾头不顾腚的逃命山鸡一般，一头扎到老雪瓮里去了。"这样的细节描写增加了故事的趣味性的同时，也表现了人物性格的丰富性。至于小说中的东北方言更是俯拾皆是，如一部东北方言的百科全书。读来生动诙谐，强化了作品所叙述故事的时代性和地域特色，这些既反映生活原生态，也都充满了丰富、大胆的想象，构成神奇的艺术世界。在富有传奇性的现实主义描写的基础上，又不乏浪漫主义的艺术色彩，构成了吉林儿童文学别样的情趣。

3. 在反映民族生活上，以白山黑水上居住的汉民族为主的表现满族、朝鲜族、蒙古族、回族等多种民族生活的文学协调发展。新中国成立以来的民族政策，促进了各民族人民的大融合，在吉林这块土地上也是多个民族共同生活共同发展，在儿童文学的表现上，也显出了鲜明的民族特征。朝鲜族在吉林省是仅少于汉族人口的少数民族，朝鲜族的民俗在吉林省各个地区随处可见，而在延边朝鲜族为主的地区，文化生活更显出鲜明的民族特色。如孙景琦的《小小牛司令》，写了朝鲜族少年儿童金东奉的成长故事，作品有很多细腻的关于朝鲜族风俗习惯的描写。小小牛司令回来很晚的时候，李玉子妈妈给他准备了朝鲜人最爱吃的打糕、辣白菜。金东奉在路上遇到他爹的时候，"他赶紧给老金让路，站在道旁，恭恭敬敬地行了一个九十度的鞠躬礼。这是朝鲜族晚辈看见长辈的礼节。"这种民族习俗的细致描写，一方面增加了作品的真实性，另一方面浓郁的民族情感，尤其是金东奉作为朝鲜族少年被爸爸从家里赶出来之后住在汉族人家里，反映了民族的团结友爱，增添了小说的表现力。胡昭的《桔梗谣》、何鸣雁的《玉女池》等都是反映朝鲜族生活的作品。孟左恭《草原的儿子》、胡昭的《瘸狼》等反映了蒙古族人民的生活；反映回族生活的作品，如辛路的《尤努斯偷西瓜》写了回汉两个民族虽然风俗不同，但在抗日战争期间能够团结合作，结下了深厚的军民情。吉林儿童文学反映各民族儿童生活的作品都有深厚的民族土壤，作家们都熟悉并尊重不同的少数民族，在现实生活中各民族人民都能世代友好，民族之间的融合互助已经形成非常好的基础，尤其是不同民族的优秀的文化传统，被各民族的人们所接受和认同，这种和而不同的民族大家庭的生活，致使汉民族的作家能够在艺术表现上与少数民族作家（当然包括少数民族的大量民间文学）互相渗透，很好地表达不同民族人们的生活，出现了许多有全国影响的优秀儿童文学作品。

另外，在文体发展上，吉林儿童文学以小说诗歌为主，散文、戏剧、寓言、科学文艺等都有斩获。吉林儿童文学一共分为四个时期，前两个时期几乎都是儿童小说，在创作的初期，一直以儿童小说为主，收集在《吉林儿童文学作品选》1949年到1979年的作品中有26篇小说。在《吉林儿童文学近作选》中以儿童小说为主，兼顾童话、科学文艺、儿童戏剧、儿童诗歌、寓言都有大的发展，直到新世纪儿童诗歌已经沉寂的时候，薛卫民的儿童诗创作却如日中天，连续两次获得全国优秀儿童文学奖，几十首诗歌进入中小学教材。这是一种对纯粹儿童文学的坚守，也为吉林儿童文学赢得了巨大的声誉。

　　总之，吉林儿童文学与共和国同呼吸共命运走过了60年，有过辉煌的历史，在建国十七年和改革开放新时期都取得了非凡的成绩，涌现了一大批具有全国影响的作家作品，发展线索呈双驼峰形状。进入新世纪以来，与相邻的省份辽宁、黑龙江相比都存在着一些不足，如创作队伍不够整齐，少儿文学出版呈现滑坡，儿童文学发表阵地萎缩。面对竞争日益激烈的图书出版市场，儿童文学作家不知所措，没有出现在全国有影响的作品。在创作方面，反映儿童现实生活的作品太少，大多数流于表面化和猎奇化；文体发展不平衡，深受儿童喜爱的幻想故事和童话作品始终没有大的突破，陷入了新的苦闷期。但是，知耻而后勇，总结过去是为了更好地面对未来，儿童文学本身就是面对未来的文学。在不远的未来，吉林儿童文学一定会再创辉煌！

　　　　　　（原载《社会科学战线》2011年6期，与郭大森合作，有删改）

向着明亮那方
——吉林儿童文学创作的梦想与超越

　　日本儿童诗人金子美玲的童谣《向着明亮那方》，影响了世界许多国家几代人的儿童生活，"向着明亮那方"应是儿童文学区别于成人文学的本质力量，吉林儿童文学创作有过光辉耀眼的成绩：二十世纪三四十年代，舒群《没有祖国的孩子》、梅娘的《小姐集》等在中国现代儿童文学史上留下了重要一笔；新中国成立后，鄂华的《水晶洞》、胡昭的《雁哨》、孟左恭的《草原的儿子》、郭大森的《天鹅的女儿》、尤异的《彩虹姐姐》、吴广孝的寓言等都产生了全国影响；进入新时期以来，高帆、薛卫民、张洪波、钱万成的儿童诗，胡冬林、于德北、谢华良的儿童小说在全国也有一定的影响……

海豚音的韵味：发出天籁之音的薛卫民

　　薛卫民从成人诗起家，转向儿歌和儿童诗创作就显示出高超的创作水平和儿童诗天才的创造力，1993年，儿童诗集《快乐的小动物》获中国作家协会第二届"全国优秀儿童文学奖"。1996年，童谣集《彩绘新童谣》获第十一届"中国图书奖"。2002年，儿童诗集《为一片绿叶而歌》获中国作家协会第四届"全国优秀儿童文学奖"。薛卫民先后有十余篇作品被选入人民教育出版社出版的小学《语文》课本。中国历史上的诗歌有三字经、四五六绝句，有谁想到创造两个字的绝句？薛卫民堪称奇才，他两个字绝句《挑瓜》："弹弹，/敲敲，/吃瓜，/先挑；/耳朵，/听好，/甜瓜，/哪跑！"动用一切感觉，把挑瓜过程描写得惟妙惟肖，幽默风趣，妙不可言，两字入诗，在诗歌的王国里可谓"海豚音"，发出天籁之音的韵味，至于他的儿童诗《全世界有多少人？》，在嘻嘻哈哈中发现了世界上只有三个人"你，我，他"，亦写出了诗人对世界认识的达观和智慧。薛卫民所创造的两字童谣，不仅是中国儿童诗的一种创造，更是汉语写作、诗歌创作的奇迹。钱万成也是独树一帜的儿童诗人，其代表作《留住童年》《同学》《妈妈》，儿歌《小毛驴盖房》《友谊糖》等被收入中小学教材，被翻译成多种文字介绍到国外，青春、梦想、奋斗、追求和力量是他吟咏歌颂的主要意象。张洪波的儿童诗以写动物植物见长，如《夏夜的萤火虫》，他的诗歌善于凝视动植物，把每一物种所承载的自然属性和文化属性通过浅显的诗句表现出来，更是对人生的一种哲思。吉林省的儿童诗创作在全国一直处于领先地位，胡昭的《雁哨》，作为中国十七年儿童诗歌的代表作之一，大气磅礴，叙事独到，童话色彩浓郁，深得儿童诗的精髓。高帆的《我看见了风》把抽象事物具体化形象化，创造了儿童诗的全新意象："风是一个胖子/钻进了对面的树林/挤得小树摇摇晃晃/树缝冒出它气喘的声音。"这种出神入化的构思和理趣，在世界写"风"的儿童诗里都堪称独步，可谓世界诗歌星空中璀璨的一颗。

吉林的儿童诗歌创作虽没有北京作为文化中心的地理位置和创作影响力，也应该是全国儿童文学版图上"沸腾的重镇"，没有吉林的儿童诗，中国的儿童诗将是无法估量的重要损失。儿童诗歌不只是成人作家面向儿童读者创作的、符合儿童年龄特征的一种文学作品，亦是母语的天籁之韵。儿童诗歌作为人类文化和语言宝库中的一种资源，一种思维方式，甚至是一种人生观和世界观，亦应该提高到振兴中华文明的高度上来，重新认识。当中国人回望童年不约而同地想起"小老鼠，上灯台，偷油吃，下不来"，或者

"青石板，板石青，青石板上钉铜钉"，或者"风是一个胖子"，"世界上只有三个人"的时候，也许再过百年千年万年，有中国人的地方，人生的第一首儿歌就会不由自主地吟唱出来，成为中国人的集体无意识和文化符号，说明我们共有一个精神原乡，共享一种汉语思维的福音，共饮一杯温暖甘甜的华夏文明之水。儿歌对中国人的影响与唐诗宋词一样源远流长，从这个意义上来说，吉林的儿童诗歌创作不仅是中国儿童文学的重要组成部分，亦对中华诗歌文化和中华文明也润物无声，相伴成长。难能可贵的是，我们有与世界对话的创作成果、创作实力和创作队伍。

幻想的野味：写字台放到长白山原始森林的胡冬林

著名儿童文学家严文井曾深有感触地说："东北有写不完的童话。"作为最具东北风俗和地方特色的长白山区，不仅是我国著名的自然风景区之一，更作为动植物资源保存比较完好的生态环境区，被世人所热爱和瞩目。随着人类对自然的破坏，对动植物资源的无情掠夺，生态失衡问题越来越成为限制人类生存发展的重大问题。

美国《瓦尔登湖》的作者梭罗，向世人展示了一种最为原始的"简朴"的生活状态，梭罗阐释为："世上有两种简朴，一种是近乎愚昧的简朴，另一种是明智的简朴。智者的生活方式，是外在简朴而内涵丰富。野人的生活方式是内外都简朴。"胡冬林放下城市优渥的生活环境，把自己的写字台安放在长白山原始森林之中，胡冬林的简朴无疑是智者的简朴，他的作品内涵无限丰富，更为重要的是，他打通了自然与社会的通途，幻想与现实的壁垒，儿童文学与成人文学的管道。胡冬林的动物小说《野猪王》，写了野猪在长白山原始森林的生活，无论是对儿童还是成人，都是一个陌生而新奇的世界，胡冬林与野猪零距离接触，他尊重笔下动物的选择，而不是赋予过多的人类的道德伦理想象，是世界第一个把长白山野猪作为主角来写的真正的动物生命体验小说，不仅具有文学史的意义，更具有动物学和生态学的意义。获第九届全国优秀儿童文学奖的《巨虫公园》是一篇儿童科学幻想小说，以三个小学生和一只狗为线索叙述故事，他们无意中被微缩成米粒大的小人，当孩子们进入了昆虫世界，昆虫们变成了巨大的怪物，人类与昆虫打交道便不再占有优势，这便是去"人类中心主义"的一种想象，使得故事在创作之初就有了生态学上的思考，带浓郁的游戏色彩。这几个孩子来到巨大的虫子世界，求生避祸成为孩子们日常生活的必修课，孩子们每一次与小小昆虫相遇，都成为一次又一次生命的历险。虫性虫情虫趣被描绘得惟妙惟肖，诗意神秘又充满杀机，染上一种幽默好玩童心可鉴的纯真色彩。

胡冬林把知识与幻想融合一处，是科幻文学生命力之所在，让孩子了解认识熟悉和热爱昆。介绍昆虫知识一方面准确生动，另一方面点燃孩子对昆虫生命的热爱以及对昆虫不同于人的行为的一种好奇，这才能够以文学的幻想性激起孩子对自然神性的敬畏之心。胡冬林用幻想之笔建立了昆虫和人类骨肉相连的血脉关系，潜意识里传播了中国人的生命观和世界观，是中国传统文化中"齐物"思想唯美形象而诗意的表达。

吉林儿童文学有丰厚的书写长白山的历史，郭大森的童话《长白雨燕历险记》、王德富《生态童话系列》十种、宫玉春的长白山童话等，都以长白山为书写背景，高耸入云的长白十六峰，明净清澈的天池水，神秘浩瀚的原始森林，与人比肩的群花异草，生机勃勃的动物部族，都给儿童文学增添了无穷无尽的生机和乐趣。

朴实的泥土味：记下东北少年原生态生活的于德北、谢华良

于德北奋笔耕耘在文学创作上，诗歌、散文、小说成绩斐然。他出版了小小说集《秋夜》和《杭州路10号》，以及长篇随笔两部，童话三部，科幻小说一部，儿童小说七部，除此之外，他还是第三届小小说金麻雀奖得主。

尤其在儿童题材的创作上，于德北更彰显出其特有的风格。

于德北在作品中以一种平民化的价值观、伦理观，来讲述平民故事和平民的感情。在《一个人的生活真美好》中，他通过写一个14岁的残了双腿的男孩李小二的外在行为去表现其内心世界。笔触充满灵善与温柔，将这段情感描写得清新、纯美而高尚，令人动容。

谢华良是最接吉林乡土气息的儿童文学作家，他是乡间一所学校的语文教师，他以小说创作为主，他的小说从未离开吉林这片乡土和乡土上的少年们，他目前已出版《一鸣惊人》《告诉你没啥》《下雪了，天晴了》《我有一匹马》等多部儿童小说。他的小说在《儿童文学》《少年文艺》《读友》等国内重要儿童文学刊物上头题发表，并有多篇被《儿童文学选刊》选载，曾获得冰心儿童文学奖大奖、长白山文艺奖、吉林文学奖一等奖等。一直生活在农村的作家谢华良，却是一位保持"纯朴"、营造感动的乡土作家。

谢华良作品情感表达最充沛的地方，是作家对童年生活的一种刻骨铭心的爱，对自己儿时生活持续的理解与关照，《奇怪不奇怪》写出了一对少年在成人世界的入口张望着、打量着、惊异着，成人世界人与人之间复杂的社会关系和每个人鲜明的个性"谜"一样地吸引着孩子们，在困惑和探寻中少年渐渐成长。这种生活如一幅画一样展开，所有的"奇怪"都充满了神奇的魅力，成长也就如诗如画了。小说极具现代性，没有大道理和高姿态的人为拔高，更没有给洁和"阎罗王"两个老师做出评判，而是写出了生活本来的朴实面貌。面对"死亡"这样残酷的话题，儿童文学作家一般不敢挑战，很多作家都在试图回避这一问题。谢华良却可以把"死亡"的残酷转化成亲情的感动。《生日快乐》就是其中最著名的一个篇章。

于德北、谢华良，以自己纯朴的文风在中国儿童文学界耕耘了20年，这是中国儿童文学当下需要提倡和坚守的一种有价值的美学方向。而吉林文学的传统就在于这种朴实的泥土味，从舒群、孟左恭、郭大森、张少武等老一辈儿童文学作品里，可以闻到金黄色大玉米的香浓气味，但愿，这种香气能够永恒。

小寓言的哲味：与达·芬奇对谈人生的吴广孝

　　中国寓言文学研究会名誉副会长、顾问吴广孝可谓奇才，他翻译的西班牙诗人《洛尔伽诗选》，可以与戴望舒的译本比肩，他翻译的意大利人文主义巨擘《达·芬奇寓言》在中国的寓言界可谓翘首。他的代表作《骄傲的红玫瑰》《小猴吃辣椒》《猫法官》《鹅女皇》《熊博士》等显示出极高的艺术天赋。最新吉林出版集团出版的"寓言家吴广孝先生作品"系列，可谓当下中国寓言创作的重要收获之一。吴广孝初试寓言就显示了极高的艺术天赋，把人生的智慧、故事的简练、情感的真诚、语言的诗意很好地结合在一起，在承继寓言以动植物"育人"的属性之外，他笔下大量的动植物获得了人类难以企及的丰富情感，寓言与情感血亲文字，成为"吴广孝体"——充满世界情怀的寓言作品。

　　吴广孝是一个翻译家，他的寓言取材视野也是走笔全世界。在他看来"交流的力量是可以打穿地球的。真诚可以打动铁石心肠。"吴广孝寓言的语言有力道有嚼头，更如醇香的米酒越品越上瘾，阅读的快乐会常常溢满心头，汉语高度凝练的表意性、丰富多姿的抒情性、语重心长的哲理性在吴广孝手下如魔术师般精彩融合，在中国寓言文学史上吴广孝寓言应是美的华章之一。

　　王位也是执着于寓言创作的一位儿童文学作家，他的寓言视野集中在现实生活之中，出版了《乌龟见龙王》《长生不死药》《花的寿命有多长》和《心中那一道风景》等六部近一千首寓言故事，他的寓言创作有科普知识的精准科学，有神秘故事的百转千回，亦有曼妙唯美童话的生命质感，仿佛一只只长白山深处的百灵鸟，把它看到的"鱼鸟世界"、"动物王国"、"植物王国"、"百科天地"唱给世界和人们静听品赏。

　　还有陆景林、丁贵林等的寓言创作，在全国产生了一定的影响。至于一生执着于寓言创作的老许，出版了2000多万字的寓言作品，也是吉林儿童文学创作一道独特的风景。这也许于吉林儿童文学泰斗级的人物公木(张松如)先生与蒋锡金先生对寓言的倡导和扶持有关系，公木先生是我国当代著名诗人、文艺理论家、先秦寓言研究大家，他于1984年在长春倡导和成立了中国寓言文学研究会。蒋锡金先生1957年出版的寓言诗《瘸腿的甲鱼》在全国产生了很大的影响，吉林的寓言创作有很深厚的文学血脉和生活沃土。

令人遗憾的是，寓言作为一种"教训性""讽刺性"极强的文体，与儿童的生活愈来愈远，不采取一种全新的艺术融通方式和现代性的突围，随着现代儿童文学观念的崛起，寓言这种"道理"人生观与"快乐"儿童文学的审美观渐行渐远，人们只能望着连年空缺的"全国优秀儿童文学奖"的牌位，做一次又一次深情的道别。

进入新世纪以来，中国的儿童文学整体创作水平正在迅速发展。居安思危方能赢天下，吉林儿童文学呈现出明显不足，后继乏力，创作队伍老化，儿童文学观念落后，坦率地说，吉林儿童文学现代儿童观还没有成形，以儿童为主体的儿童文学观念还没有建立起来，还停留在二十世纪以作家为主体的儿童文学创作观念中。吉林的儿童文学作品萦绕着浓郁的教育主义思想，即便是人们尊崇的胡冬林先生刚刚获奖的最新作品《巨虫公园》也值得商榷，作品中一个关键的情节是，孩子们从昆虫世界脱险的方法，不是孩子们靠自己的智慧和勇气赢得了胜利，而是科学家爷爷闪亮登场才使孩子们走出昆虫世界回到现实中来，延续了二十世纪五十年代中国儿童文学的"教育"传统，成人还是不信任儿童，没有放他们到自由的天地里去。吉林儿童文学的创作方法单调，以现实主义创作方法为主努力写出典型人物的做法固然可取，但是，儿童文学的故事之妙、游戏精神、创造的想象等等本质属性，还没有被吉林的儿童文学作家深刻认识；儿童文学的叙述语言、叙述面向、叙述方法都成人化程式化，不是含义丰富妙趣横生的儿童语言，缺少幽默豁达和轻松的审美快感，而是，高高在上教训似教科书似的口吻，让儿童读者不愿意阅读，甚至阅读了也心有余悸，总感觉是与语文教育和中小学生作文体的合谋；吉林儿童文学的想象力不够，当下世界儿童文学发展的几个大的文体，如幻想小说、图画故事书、童话、成长小说、校园小说等重要文体，在吉林的儿童文学中比较缺乏，这是一个让人不忍目睹的残酷现实。

　　吉林儿童文学虽然取得了很大成就，但是，在人性丰富挖掘上还没有全方面深刻地展开，儿童文学还需在人性的挖掘上、终极问题的探询上、儿童成长的困境中、现代生活的虚无中、生命存在的不确定性等等问题上展开。吉林儿童文学还停留在"写什么""真实不真实"的创作发蒙期，至于"怎么写"的阶段还没有全面深入展开。吉林儿童文学作家基本上处于散兵游勇自生自灭的原始状态，一方面没有能力把握当下儿童丰富多彩的生活，另一方面还没有底气与中国儿童文学对话，而与世界儿童文学对话的自觉性还没有建立起来。相对于国内发达的儿童文学省份，吉林省的文化品牌还没有形成，不及江浙上海一带的女作家组合、辽宁的小虎队作家群、湖南的中青年作家群等那么有全国的影响力和冲击力。

　　当下，中国的童书市场被欧美日本等发达国家瓜分殆尽，国外强势儿童文学影响着中国人的童年阅读，他们是喝"洋奶"长大的一代，他们的后代还会继续喝下去。外国文化"蚕食鲸吞"着中国文化，用中华传统文化的"三百千""四书五经"来应对这种残酷的现实，明显力不从心，只能说我们拥有三亿多少年读者的泱泱大国，原创儿童文学何等薄弱和悲哀，视之，痛心疾首！尽管如此，儿童和儿童文学作为一个国家和民族生命的朝霞，吉林儿童文学创作还是要"向着明亮那方"！

（原载《吉林日报》2014年6月12日）

返还中国传统文化的精心之作
——评郭大森的儿童文学创作

郭大森是我国著名儿童文学作家，是集儿童小说、童话、散文、评论、随笔以及儿童文学编辑于一身的儿童文学多面手。他的创作始于二十世纪的50年代，正值中国儿童文学发展的第一个黄金时期，儿童小说《爷爷》《草原上的湖》《老猎人和他的孙子》等为他奠定了扎实的创作基础。新时期以来，郭大森的儿童文学创作如雨后春笋般蓬勃起来，童话、小说、散文、评论等文体无所不包，题材更是丰富多彩，从如梦如诗的《天鹅的女儿》到活泼可爱的《小猪巴克夏》；从神秘莫测的《蓝灯》到如史诗般宏阔的《辽河甩弯儿》；从东北风情浓郁的《磨坊里洒满了月光》到情节生动感人的《长白雨燕脱险记》……郭大森为中国儿童创造了一个又一个缤纷绚丽的艺术世界，浸润了几代人的童年精神生活，伴随他们健康快乐地成长。

当个别儿童文学作家以消解故事模糊人物淡化情节支离细节颠覆汉语为艺术"创新"的标识时，郭大森先生还在牢牢地坚守儿童文学的创作原则，作品不仅有完整的故事情节、精到传神的细节，更有鲜活的艺术形象和准确生动富有节奏感的语言。长篇童话《长白雨燕脱险记》围绕着小长白雨燕佳佳历险的过程，塑造了许多可爱的童话人物形象，细心的喜鹊大婶、传奇的人参老人、勤劳慈祥的挖菜奶奶、爱嫉妒的老麻雀、顽皮的小草人、小人参孩红兜肚等。值得关注的人物当属挖菜奶奶，她是一个地地道道的山村老妇人，无名无姓，所具备的手艺就是在大山里挖菜。她爱孩子，喜欢一切生灵，精心饲养受伤的长白雨燕，使它恢复健康重返家园。对犯了错误的少年仇小宝更是宽厚仁慈，她是具体的人物，更是一个虚幻的形象。在遍地是巫婆（很少有好巫婆）的儿童文学形象之林，无疑有中国儿童文学史的意义和现实影响力，可谓作者的神来之笔。大地赋予人们的不仅仅是果蔬和粮食等的生存之物，还有包容一切的坚韧和博大，挖菜奶奶是东北文化的精神象征，具有符号学的隐喻。长篇小说《辽河甩弯儿》也刻画了许多生动的人物形象，如"我"（二牛）、县武工队政委乔麦叔叔、爷爷、爸爸、潘老叔、二旦，以及乡长刁占一、乡长太太、管家蛤蜊皮、乡丁苗长脖、国民党杂牌军连长、鬼火眼睛塌鼻子排长、戴棉帽子的大兵等等，从人物的名字就可以看出，郭大森不仅用具有浓郁地方色彩的语言写出了人物的主要性格，也用大量的细节和动作描写，增加了作品情节的生动性和趣味性，这也是作品显示出富有浓厚儿童情趣的地方。另外，作为成熟的乡土文学作家，郭大森极善于运用具有浓厚乡土气息的大众化语言，既强化了作品所叙述故事的地域性特色，也有力地突出了人物形象。

儿童文学评论家韦苇说："文学化的人与大自然，事关审美欣赏领域向无垠的大自然扩延，事关人类对大自然的理解与把握，事关人类对自身生存环境的认识，事关地球生物物种的保全，事关子子孙孙的自然生态安全……其意义其价值可以想见是超越文学本身的。"郭大森的儿童文学作品以大自然的描写和诗意的抒情见长，从他的早期作品《草原上的湖》《天鹅的女儿》《绿色的喷泉》到近期的《辽河甩弯儿》《长白雨燕脱险记》，无论是小说还是童话，无论是长篇巨制还是短篇精品，景物描写和抒情描写已是他作品久远的品格，这种品格与作家童年的生存环境有关。

郭大森儿时生活在美丽富饶的东北辽河边上，辽河的水滋养了作家的生活，他与自然之间的交流已融合在他的精神世界中，形成了一种城市里长大的作家永远无法比拟的精神富矿，取之不尽挖只不绝，每挖每采，必有新品和精品出现。国内同行已有大量的评论散见在各种报刊和杂志中，无不对郭大森作品中的景物描写和抒情描写称赞有加。儿童文学评论家锡金、严文井、浦漫汀、崔坪、高云鹏等许许多多的大家都做过这方面的评论。如《长白雨燕脱险记》中写道："耸入云霄的长白十二峰的悬崖峭壁上，坐落着一幢幢别致的小屋。房屋的结构多为碟状，有的呈圆碟，有的呈椭圆形碟状……如童话般的小房子，完全可以与世界上的豪华艺术宫殿相媲美。"这是主人公矫捷勇敢的长白雨燕的家。作品开篇就给读者带到了如梦似幻的童话仙境。如果说"写境"是童话的入门，那么"造境"就是中国文学更高的追求，也是步入世界经典童话殿堂的入场券，郭大森无疑是稳操胜券了：风光旖旎的高山花园、奇形怪状的岳华林、终年积雪的长白山头、宝石般晶莹剔透的天池……"应该承认，长白山的美丽是极为独特的，因为她地处高寒山区，所以，这里的花草树木都具有挺拔、俏丽、雄姿英发的个性"。作品多处写人与鸟、鸟与鸟、鸟与自然、人与自然的冲突，如老麻雀对雨燕的敌视、仇小宝对鸟的迫害，但这种冲突的结果往往是在双方的共同努力下，化干戈为玉帛，一起和谐共生共存，明确体现了郭大森天人合一的生态观。作家勇敢站出来为人类习惯称为害鸟的麻雀辩护，"有的麻雀不愿意吃虫子，爱吃一点谷子，也只是一种习惯。""麻雀要想吃点粮食，也是可以理解的。有的鸟类，不仅有漂亮的笼子住，人类还给它们小米和鸡蛋吃，它麻雀就不应该有吃点粮食的自由吗？"显然作家在为老麻雀翻案，但这不是为制造噱头来一个反弹琵琶，而是作家现代生态观念强有力的写照，再不是以人的道德观为标准来区分生物的好坏，而是充满了对生命的敬畏和尊重，这在中国的儿童文学界是难能可贵的突破。这一旋响的背景音乐还有：郭大森巧妙地将长白山地区乃至整个东北地区的地理环境、经济物产、季节气候、历史传统、风俗习惯等诸多方面的知识融入各种类型的民间故事中，黄狗种地、深山挖宝、人参故事、老麻雀负荆请罪等，为作品中的人物提供了一个广阔的具有历史厚度的生活天地，从而达到了气势恢宏、博大精深的艺术效果。激发小读者对家乡对祖国壮丽山河的无限依恋和热爱之情。

"蜂蝶纷纷过墙去，却疑春色在邻家"。每次读郭大森的儿童文学，我都有一种别样的感受和体验。当下外国儿童文学大量充斥中国童书市场，中国本土文学的阅读越来越被人们忽视。事实上，自"五四"新文化运动以来，中国的儿童文学创作已经走上了一条自主的道路。我们有足够的理由把自己的现代国货《稻草人》《寄小读者》《大林和小林》和当代国货《草房子》《男生贾里》《女生贾梅》《霹雳贝贝》等彰显给世界儿童，这种对外国货的盲目追捧和对国产儿童文学作品的打压已经成为中国儿童文学界的众生喧哗。诚然，外国的精品需要大量引进，而我们自己的优秀儿童文学是不是也该引起教育工作者、出版工作者、家长和老师的重视呢？作为炎黄子孙，我们自己文化的精髓还是应该留存下去的吧！

萤火不在于辉煌，只在于点亮，点亮就有希望就有光芒。郭大森除了进行儿童文学创作之外，他还是一位专业的少儿读物编辑，他把自己的编辑事业比做萤火之光。发现作家、扶掖新人也是他最大的人生快乐。先后经过郭大森先生扶掖的作者五十年来有几百名，其中的许多作家现在都成了中国儿童文学界的中坚力量。热心儿童文学的公益事业，也是郭大森鲜为人知的一面，曾无偿地将《绿旋风》一书赠送给农村四所希望小学四千余册，这一义举在当下一些儿童文学作家商业写作一切向钱看的状态下是一种强烈反拨，表达了一个有良知有道义感的儿童文学作家对少年儿童的诚挚爱心。

郭大森在儿童文学园地已经辛勤耕耘了整整50年，伴随中国儿童文学跋涉前行。面对自己一生的选择，郭大森总是用充满深情谦虚地说："我是新中国儿童文学的见证人，我看到了事业的辉煌和未来的希望！"每每说起这些，我都能看到郭大森两眼闪烁着激动的泪花。意大利教育家玛丽亚•蒙台梭利曾说："儿童正是作为一种精神上的存在而不仅是肉体上的存在，才给人类的发展提供了强大的原动力。也正是儿童的精神决定了人类发展的进程，并有可能把人类引向更高级的文明。"郭大森正是把儿童精神作为人类的希望之光，他才能够"痴心"儿童文学创作50年，撑起了中国儿童文学的一片诗意天空，并将一直继续下去。作为儿童文学的后来者，有许多人被郭大森的精神激励和感动着，一起去追随儿童精神的理想之光，为中国的儿童文学事业贡献热诚和力量。

（原载《吉林省教育学院学报》2007年7月）

王德富生态童话的现代性

　　吉林作家王德富先生创作并出版了10卷本、共100多万字的《生态童话系列》，完全以长白山的生态环境为背景，以丰富多彩的野生动植物为描写对象，塑造了一大批极具个性的童话形象，表现了作家对人与自然及人类生存状态的思索和关怀。

　　作品以长白山为背景来构筑童话，但又不囿于长白山的一山一景，而是把人与自然的和谐关系融入作品之中。瑞典女作家拉格洛芙的《尼尔斯骑鹅旅行记》，以小男孩尼尔斯骑鹅历险为主线，描写了瑞典的自然风光和风土人情，表现了作家对祖国的深深热爱之情，是当今世界上唯一以儿童文学作品获诺贝尔文学奖的作家。

　　王德富的童话创作虽不能完全与拉格洛芙的作品相比，但作家极具现代意识和广阔的胸襟，作品目力所及，小到一只蘑菇、一个针鼻大小的昆虫，大到浩瀚无垠的宇宙、未来空间都有所涉及。穿梭在这种变化莫测的空间背景下的，是作者对长白山民间传说和社会历史的认知，空间的变化和时间的流动，使作品的艺术世界变化无穷、魅力四射，更符合儿童读者的审美。孩子们为什么喜欢看"探险记"一类的作品？

　　在儿童文学评论家孙建江看来，"这中间一个重要原因就在于作品地理位置的不断变化造成的悬念性。当读者的阅读随着情节的发展步步深入时，作品组织情节变化的人物关系突然陷入了异常（陌生）的境地，尽管这时故事还在进行，但这一人物关系却紧紧系着读者的心绪，而只有到这一人物关系又峰回路转、化险为夷的时候，读者才为之释然"。王德富深谙这一读者心理，他的10卷本的《生态童话系列》全部为奇遇记、探险记之类的作品，如《鸭狐鹤狐奇遇记》就是写了两只狐狸——鸭狐和鹤狐的奇遇故事，鹤狐为了寻找弟弟先来到了飞禽国，飞禽国自然环境的优美却没有抑制住狐狸的贪婪，鹤狐的弟弟也因贪吃野鸭变成了狐狸头鸭子身的怪物，鹤狐给弟弟起名鸭狐。之后，鸭狐来到了走兽国，遭遇了"老虎牧猪""悬羊自杀""黑瞎子坐殿"等奇妙有趣惊险刺激的事情。这些事件对鸭狐是一种磨砺。对小读者来说，事件的超常性和陌生化，吸引了读者的好奇心和探索欲，随着鸭狐走下去，来到了长白花果山。在这里，鸭狐见识了在冰雪中开着的鲜黄色的小花"冰凌花"，在80度热水中生长的"温泉瓶尔草"，能吃虫子的"茅膏菜"，这种对长白山独特地形地貌的描写，既扩大了作品的艺术空间，又满足了读者的审美需求。接着作品又以鹤狐的奇异经历为主线，他历经了"野狼川""颠颠倒倒沟""砍头沟""嘴皮子沟""官瘾沟""妒忌沟""造谣沟""小鞋沟""舔腚沟""阴阳沟""荒唐自由沟"等等，顾名思义，把这些具有社会意蕴和内涵的幻想荒诞的背景展示出来，既丰富了鹤狐的性格，推动情节向前发展，又深化了作品的主题。《飞碟掳走的孩子》则把故事发生的背景放在从地球到太空的来回转移中，显示了作者不拘长白山一隅，而是胸怀宇宙、放眼未来，增强了作品的生态意识和未来观念，更具时代精神和民族特色。

　　王德富是生长在长白山的本土作家，丰富驳杂的东北文化和民间传说是作家成长的前提和条件，但这种本土思想另一方面又是作者艺术发展的束缚，必须有对文学艺术创作的宗教般的追求，才能从民间文学的"茧"中挣脱出来，变成一只美丽的"蝴蝶"在童话的王国里自由飞翔。

　　《生态童话系列》完成了这种突破，既保留了口头文学那种浓郁的地方色彩，又具备了文学创作的艺术美，使以民间文学为主体的长白山文学上升了一步，跨入文学创作的崭新领地。

（原载《文艺报》2008年3月15日）

给语言找一个温暖舒适的家
——评王位的寓言创作

　　通过语言符号的表情能够了解文学的心思。寓言作为一种文学，寓言寓言，顾名思义，就是给语言找一个居住的地方，面向成人的寓言可能是金碧辉煌的宫殿，可能是一座现代化摩天大楼，可能是一个幽暗神秘的古堡，可能是田园牧歌的庄园，更可能是一个密不透风囚居人身的牢笼。寓言承载了太多成人的经验和教训，就像寓言的年龄一样古老，好像有人类以来就有这种文体形式。

　　寓言作为儿童文学的一种文体，人们对寓言作品保持着高度的警觉，总怕有些成人伪君子假借文化之名来戕害幼小孩童的心灵。与古老的寓言相比，人类发现儿童的历史是非常短暂的，儿童的发现是人类现代文明高度发展的产物，面对儿童的寓言就要有现代人的情感温度和智慧理趣。语言构筑的世界，无论是奢华的宫殿，还是简陋的小草屋，对于懵懂的孩童来说，都应该是一个温暖舒适的家。

　　令人惊喜的是，王位近三十年的寓言创作，构制了一座又一座精美的小屋：《螃蟹为什么横着走》《秋叶飘零燕子飞》《乌龟见龙王》《长生不死药》《花的寿命有多长》《心中那一道风景》，近千首寓言故事还真的营造了一个又一个温暖舒适的家，让孩子感受到人性的美好和生存的智慧，有的评论者称王位的寓言是"中国最具有悦读价值的寓言故事"。那么，悦读的快感来自于何方呢？王位寓言具备寓言文学的优秀品质，不再泛化，单单他语言营造"象"世界的千姿百态，和他情理趣理真理哲理等"理"空间的探寻上，就令人着迷。

王位寓言的"象"世界可谓千姿百态异彩纷呈。如果把寓言放在文学的花圃里，就不能缺少文学的本质，即文学是以形象来取悦世界和建构自我的。在王位的寓言中，这种想象来自于大千世界林林总总的丰富多样之中，动物的世界如诗如画地呈现，客观而唯真。天上飞的、地上走的、水里游的、林中跑的动物界的各种知识以各种各样的生命的物象出现在读者面前，每一个生命都具有传奇性，让读者惊叹这种生命的巨大本事，更想象他们在自然环境中的不同命运。

在《扇贝怎样走路》中，故事写道："在大河的浅水湾，生活着河蚌和扇贝。"一次，河蚌和扇贝进行了游泳比赛，"发令枪响起，扇贝喷出两股水柱，用反作用的原理推动身体前进。速度虽然不算太快，但是与慢吞吞的河蚌比起来，还是快了许多。"落在后面的河蚌，"慢慢吞吞地打开蚌壳伸出斧足，不慌不忙地利用肌肉的不断收缩和伸展向前挪动，人家扇贝早就到终点了，他还像蜗牛一样在半路上缓缓地前行呢。"结果不言自明，扇贝这一次取得了决定性的胜利，金牌收入囊中。寓言的高度就在这里，王位并没有停止对大自然的观察和思考，后来，河水暴涨，扇贝和河蚌同时被推到岸上，扇贝和河蚌两个人自我的力量显得微不足道，此时此刻，两个弱者的身影呈现在读者面前。河水终于回落，不幸的是，扇贝与河蚌没能及时回到水里，而是搁浅在河滩上。两者的本能或者说天性发挥了作用，"扇贝急于想回到水里，于是扇贝撒开贝壳施展喷水行走的招数，可是离开水，他的这一招数失灵了。"更令扇贝难以接受的是，"河蚌却不慌不忙地钻进河沙里，朝自己的家径直走去。扇贝眼看着河蚌越走越远，自己一个人在河滩上绝望地哭起来。"作为昔日的冠军，它的努力现出了苍白无力，尤其是在它的失败者面前，显得多么苍凉而凄美，令人产生深切的同情。读者对这生命不是鞭笞与唾骂，而是希望再来一次大水吧，帮助扇贝回家，去找它的爸爸妈妈还有它的兄弟姐妹。这是作为寓言故事最为"抓人心"的艺术形象。环境一改变，不同的物种就显示出不同的特点。这是王位具有现代性多维思考向度的一个精彩例证。

在伊索寓言中，最著名故事恐怕是《狐狸与葡萄》，狐狸仰望着树上累累硕果而无能为力的形象，可以说深入小读者的心灵，而不只是那个狭隘的道理。这个道理对涉世未深的孩子也许没有什么意义。鲁迅在《文化偏至论》中提出了"首在立人，人立而后凡事举"，寓言创作的第一要义在"立形象"，形象立起来之后，一切事理无疑迎刃而解，每每看《伊索寓言》和中国先秦寓言中的精彩故事，孩子们更多的是对那个主人公做事的身影着迷。王位的创作深得寓言艺术的真谛，把这种古老的艺术形式赋予了生机和活力，绝不是鲁迅批判的那种"活死人"。《聪明的啄树雀》中啄树雀，《送宝》中的鲫鱼，《地麻雀的担心》中的地麻雀，《深海鱼为什么不浮到水面上来》中的比目鱼等等，形象也好意象也罢，这些艺术画廊中的"象"是构成王位寓言艺术创作大厦的根基，没有这些"象"，就妄谈一个作家的创作。但是，要创作出世界级的葡萄树下转悠的狐狸，以及把冻僵的蛇放在怀里的农夫，王位还需努力，那还有一段长长的路要走。

在对事理、哲理、真理的探索上，王位寓言可谓人类好奇心的巨大明敌。世界伟人海伦•凯勒在《假如给我三天光明》一书中，谈到她儿童时期的阅读，她不喜欢拉•封丹的寓言，"动物拟人化表达方式永远无法引起我特别的兴趣，也就无心去领会其中的寓意了。"在海伦•凯勒看来，寓言不能激发人类高尚的情操，更"没有必要由猴子和狼来宣扬伟大的真理"。理性和知识像碎片一样会搅乱人们的心灵。寓言的知识性只是寓言探索真理道路上的一个工具，绝对不能成为寓言的本体，而寓言的理性也会限制儿童读者的想象。如果仔细阅读，王位的寓言可以说知识性极为丰富，与他学理科出身有关，但在处理知识、道理、真理等看似寓言的目的时，王位的寓言往往采取了比较迂回曲折的办法。他的寓言文字比较长，往往把事件的全过程写清楚，很少在结尾把一个教训性的道理直接点明，他希望通过他的叙述，让读者自己去悟道。《蝗虫为什么结群行动》本来是一个科普知识为主的寓言，但在叙述过程中知识已经发生了位移，倒是故事情节的曲折趣味的空气充满田间地头，一次，上千亿只蝗虫去吃庄稼地中的庄稼，玉米地的玉米成了光杆司令，他深有感触不无痛心地说："这帮可恶的家伙，生理活动十分旺盛，体能消耗较大，所以，他们的身体需要维持较高的体温才行。于是他们便结群而行，身体相互拥挤，以免散失热量，保持体温，只有这样，他们干起坏事来，才更加有力。"故事的主人公发现了敌人制胜的原因，这种知识道理与自然现象的巧妙融合，是王位寓言潜移默化的艺术效果。

他写了大量的寓言，从题目上看就给人一个思考和想象的空间，而且这种问题好像人们司空见惯而又没有人追问，他一本正经地提出来，人们还真张口结舌面红耳赤，既遥远又贴身的现象我们怎么没有注意呢？如《花的寿命有多长》《扇贝怎样走路》《为什么有的鱼离开水还能存活》《蝗虫为什么结群行动》《长颈鹿的脖子为什么那么长》《深海鱼为什么不浮到水面上来》《射水鱼为什么能射水》《螃蟹为什么吐白沫》《猫为什么吃老鼠》等等，对每一个物种的描述，他都建立在客观性的基础之上，"去人类中心主义"，对问题本身的探询就是常人忽略的巨大存在，王位的寓言可谓一问一世界，无止无休，一问一世界，一理一存在。正如《道德经》所言"一生二，二生三，三生万物。"万物的存在都具有激发人类巨大好奇心的潜质，努力探询真理的兴趣比告诉人们一般性的道理更有意义和价值，何况真理具有变化性和相对性呢？

国际儿童文学研究会理事长、斯德哥尔摩大学教授玛丽娅·尼古拉叶娃谈到优秀儿童文学应具有现代意识，所谓现代意识包括三个方面：一是问题意识，儿童文学所表达的是一个什么问题，是不是儿童成长、儿童生活中的真问题还是成人作家自说自话。二是引导意识，作品能否激发读者多角度思考，对人性有一种坚定的信念。三是开放性的结尾，对善与恶、美与丑、真与假提供一个较为感性的认知空间。无论主人公遇到多么大的危险和多么强大的敌人，靠他的勇气智慧和力量一定会战胜恶势力。在这三个方面，王位都一直努力着、成就着，并取得了骄人的成果，也给人们带来了阅读的快感。

　　作为儿童文学研究者和热爱着，笔者对文学中传递的理性总是抱着一种警惕和怀疑的态度。中国当代寓言创作虽然取得了一些成就，但是，思维的僵硬化、语言的模式化、叙述的刻板化、文化的侏儒化还是让人不太满意，致使"全国优秀儿童文学奖"连续多届都是"寓言空缺"。世界经典寓言可以说是人类思想智慧和艺术的精华，寓言具有自己独到的审美追求、语言表达、价值判断，套用高尔基的话说："具有主权和法则的一大独立国"。古老寓言与现代生活如何融合，创作出具有时代特征的经典文本，是我们这一代人寓言艺术创作者的伟大梦想。如何做到老树发新芽，旧瓶装新酒，我们仍需努力。中国俗语云"五十而知天命"，如果说对这个世界、人生、自我有一定认识和理解的话，人生应从五十岁开始，五十岁作家的人生才积累了一些令人回味咀嚼的酸甜苦辣，他们的创作也许更有参考价值和意义指向。祝愿刚过五十岁的王位，他寓言创作的春天鸟语花香，春满人间，文如其名，建造一座繁花似锦的寓言宫殿，让孩子们在这艺术的宫殿内玩耍嬉戏，给幼小纯洁的心灵一个温暖幸福的家园，将是中国儿童文学的福音。

（原载《文坛风景线》2014年特刊）

虫情练达即文章
——评胡冬林《巨虫公园》

　　全国优秀儿童文学奖是与茅盾文学奖、鲁迅文学奖和黑骏马少数民族文学奖齐名的中国作家协会主办的四大奖，全国优秀儿童文学奖从1980年至2013年，共评了9届，吉林省作家只有薛卫民连中双元，第二届他以《快乐的小动物》获幼儿文学奖，第四届他以《为一片绿叶而歌》获诗歌奖。从1997年至今15年吉林作家空缺，尤其小说、童话、科幻文学等在评论界和读者心目中影响较大的文体，吉林省作家一直没有获奖。2013年，胡冬林的《巨虫公园》喜获第九届全国优秀儿童文学奖，是吉林文学的一次重要收获。细数全国优秀儿童文学奖的名册，以科幻为主的儿童文学一直处于严重贫弱状态，多次出现空缺。榜上有名的科幻文艺作品，多以普及知识为主，幻想力趣味性不足，文学性和审美性大打折扣。实际上，儿童对科幻文学的渴求就像花儿离不开阳光，鱼儿离不开水一样。胡冬林的科幻文学《巨虫公园》很好地实现了对昆虫世界陌生化与新奇性、知识化与幻想性、拟人化与故事性、童心化与情感性的成功探索，《巨虫公园》为中国儿童科幻文学贫弱的身体进行了一次大输血。

一、陌生化与新奇性是科幻文学的生命之源

　　法国作家法布尔的《昆虫记》，美国作家乔安娜·柯尔《神奇校车》，可谓昆虫世界的科普宝典。在幻想类昆虫世界的文学作品中，经典不多。微缩或变形是儿童最为喜爱的一种文学形态，德国格林《白雪公主》中的七个小矮人，日本民间童话《一寸法师》中的一寸法师，英国斯威夫特《格列佛游记》中的小人国，瑞典拉格罗夫《尼尔斯骑鹅旅行记》中骑在鹅背上的小男孩，都是儿童文学天空中的耀眼的恒星，受到不同时期世界各国儿童的喜爱。胡冬林的《巨虫公园》以三个小学生、一只狗和一位作为科学家的老爷爷为主人公，因为基因改变他们微缩成米粒大的小人，昆虫却变成了巨人，他们进入了大自然的原始森林，人类与昆虫打交道不再占有优势，求生避祸历险成为孩子们的必修课，也是推动故事情节向前发展的内部动力。儿童对昆虫世界的好奇心得到了淋漓尽致地张扬，与昆虫打交道，成为他们生存和生活的一部分。这种构思精巧有趣，富有创意，让小读者感到既陌生又新奇。

二、知识化与幻想性是科幻文学飞翔的翅膀

　　钱钟书曾在《宋诗选注》中说杨万里的诗"努力要跟事物——主要是自然界——重新建立嫡亲母子的骨肉关系，要恢复耳目观感的天真状态"。《巨虫公园》恢复了人类与虫子的"亲属"关系，胡冬林以昆虫世界和儿童心理为本位，不是虫子变大，而是人变小了，比昆虫还小，保持人的外形和内心，便于从内部观察和描摹昆虫的世界和表达人类对昆虫的好奇心。人类高高在上的优势减弱了很多，小草变大树，树叶变一座小房子，小虫变巨

蟒，螳螂变绿色巨牛，人类弱小的孩子随时随地有被昆虫吞噬的危险，需要怎样挣扎战斗才得以存活？饿了去寻找新鲜的蜂蜜，渴了喝清澈的露水，住在蜗牛壳三层小"别墅"里，蜷曲在一片空中悬浮的绿叶中，这一个个优美的意象充满好玩的想象和艺术张力。胡冬林没有把自然知识作为一个个情节的铺路石，让小说变得凌乱不堪，而是做了文质兼美的形象性感觉化处理，给孩子们带来全新的生命体验和成长乐趣。昆虫世界可谓险象环生，杀机四伏，同时也妙趣横生。小说开篇，小学生纳米虫一跌入大自然，就遭遇了牛虻的追杀，在王天白和巴鲁的搭救下"虻口脱险"，正得意的牛虻进入了红蜻蜓的视线，它们又来一场空中闪击战，红蜻蜓与牛虻大战几十个回合，牛虻被红蜻蜓生擒活剥吞噬殆尽，令孩子们看得目瞪口呆。故事情节一波三折，悬念迭出，扣人心弦，深深吸引人们阅读。

三、拟人化与故事性是科幻文学的血脉

科幻小说的难点之一是人物形象的刻画，尤其作为"这一个"昆虫性格的描写，这是挑战作家才情的难题。胡冬林《昆虫公园》中的人物各具特色，如机智勇敢的纳米虫、坚强细致的丫丫、有点小坏有点帅的王天白、充满好奇心而博学的科学家爷爷，人物性格鲜明，有行动的合理性和丰富的情感。爷爷是一个对昆虫世界充满敬畏的科学家和好奇心极强的孩子王，与孩子们共同历险，帮助孩子在野外生存做向导。作品结尾，孩子们乘坐"大米粒二号"飞船回到人类世界，爷爷留在了昆虫世界，与虫共舞，可以说是胡冬林生活在长白山生活的写照。在散文《原始森林手记》中胡冬林自道，在原始林中"找到生平最满意的写字台"，在普通人看来大体相同的虫子，在作家笔下各有性格，胡冬林尊重"虫性真实"，有些昆虫被作家赋予了人格魅力，却不是昆虫具有了人类的思维，而是昆虫具有了人的感觉，人具有了昆虫的体验，昆虫的性格特征便鲜明生动起来。比如细腰蜂的恋家癖形象，

骷髅蛾作为偷食蜂蜜的大盗贼形象，它模仿蜂后的声音能达到以假乱真，还有贪婪的螳螂，机智的大毛毛虫，特别能战斗的红蜻蜓等等，水陆空三地昆虫在《昆虫公园》中都有充分的"表演"。

四、童心化与情感性是儿童科幻文学的精神

在蜜蜂王国大冒险中，孩子们一进入蜜蜂王国，发现蜂王、工蜂、清洁蜂、采集蜂等等，每一种蜜蜂都各司其职，一只病恹恹的蜜蜂引起了他们的好奇，爷爷查出病情，孩子们帮助它揪下身上的蜂虱，小狗巴鲁把病蜂身上的虱子一只只咬死。丫丫的顽皮淘气令人惊羡，她搂着蜜蜂的脖颈，"感觉那茸毛又细又软，手直痒痒，便动手给它编起了小辫。"这是小朋友们之间的嬉戏玩闹，亦是丫丫倾注在蜜蜂身上的真情，病蜂痊愈之后，报答救命恩人，用长长的吻舔丫丫的脸蛋。在夕阳下，那告别的场面缠绵悱恻，不亚于人类的十里长亭相送，"在树墩的最高处，有一只金灿灿的蜜蜂，在向他们久久地遥望着……大家一次又一次回过头去，遥望那颗渐渐远去的光点。"人蜂情未了，这情景交融的画面堪称世界文学的经典一笔。文艺理论家张未民说："胡冬林在原始森林里是满心欢快的高兴的，这种精神和情感状态呈现得非常真实而自然，我是相信的，他做到了'齐物'。""齐物"是动物小说的精神家园，情真意切才可能"齐物"，胡冬林《巨虫公园》做到了真正的"齐物"，也是对文学的灵魂守望结出的一颗硕果。

文学是作家情感的语言符号，胡冬林深入山林生活，把写字台摆在大自然之中，对昆虫深厚的情感是他对生命透彻体悟的自然流露，亦是对地球和人类自我存在方式的一种深沉关怀。儿童文学作为语言艺术，在商品经济狂潮席卷中国当代儿童文学之后，被许多作家摒弃了，成为中国儿童文学走向世界的雾霾天气。胡冬林在《巨虫公园》中对语言的怜爱、珍视与使用，是非常小心翼翼，一如他对昆虫生命的敬畏，敬畏每一个汉字，不管这些字是

工作蜂、战斗蜂抑或是蜂后，每一个字每一个词语都给它们找到了恰当的岗位，让它们在昆虫的世界里舞蹈。随便翻开作品任何一段，一篇篇文质兼美的小散文跃然入目，都可以堂而皇之地挺进小学语文教科书，不时叩击读者的感觉和心灵，在小朋友精神的键盘上演奏出优美的旋律。

从这个意义上说，胡冬林的语感来自他天才的想象，对文学语言几十年的修炼，再加上对儿童文学和自然充满无限敬畏之情。王国维在《人间词话》中说："诗人对于宇宙人生，须入乎其内，又须出乎其外。入乎其内，故能写之；出乎其外，故能观之。入乎其内，故有生气；出乎其外，故有高致。"胡冬林是一位真正的诗人，自然的歌手，对昆虫世界的深入洞悉，使他成为昆虫之王——来自中国长白山深处的法布尔，他也是一位虫情练达的儿童文学作家。

（原载《吉林日报》2013年11月14日，有删改）

纯朴与感动
——谢华良的儿童文学世界

　　谢华良是最接吉林乡土气息的儿童文学作家，他是乡间一所学校的语文教师，他的创作以小说为主，他的小说从未离开吉林这片乡土和乡土上的孩子们，他目前已出版《一鸣惊人》《告诉你没啥》《下雪了，天晴了》《我有一匹马》等多部儿童小说。他的小说在《儿童文学》《少年文艺》《读友》等国内重要儿童文学刊物上头题发表，并有多篇被《儿童文学选刊》选载，曾获得冰心儿童文学奖大奖、长白山文艺奖、吉林文学奖一等奖等。一直生活在农村的吉林作家谢华良，是一位保持"纯朴"营造感动的乡土作家。

　　谢华良儿童文学创作以小说为主，题材非常广泛，小说中的人物众多，主要人物都具有纯朴的品质，当纯朴与其他品质对抗时，纯朴往往占了上风。在谢华良《我很纯朴》里面，对纯朴进行了诠释："纯朴，是啊，纯朴，她和校园里流行的那些众多的、能够引起人们激动和兴奋的词儿比较起来，简直太没亮色了。我就亲眼见到，有许多同学鄙视着纯朴，逃避着纯朴——甚至试图把自己身上，哪怕残存的一两丝纯朴，都要连根拔掉……"纯朴包括情感的真挚、道德的善良、人格的健全，甚至是中国文学传统中一种至高无上的美学境界。《老子》十九章说"见素抱朴"，二十八章说"复归于朴""复归于婴儿"，都强调了保持自然纯朴才是人性的一种理想状态。

中国儿童文学理论奠基人之一周作人把儿童文学作家分为"生就的"和"造就的"两种，在分析两者细微的差别时，曾举了一个生动的例子，他认为："安徒生与王尔德的差别，据我的意见，是在于纯朴与否。王尔德的作品无论哪一篇，总觉得很是漂亮，轻松，而且机警，读者极为愉快，但是有苦的回味，因为在他童话创造出来的不是'第三世界'，却只在现实上复了一层极薄的幕，几乎是透明的，所以还是成人的世界。安徒生因为他异常的天性，能够复造出儿童的世界，但也是很少数。他的多数作品大抵是属于'第三世界'的，这可以说是超过成人与儿童的世界，也可以说是融合成人和儿童的世界。"我没有把谢华良的儿童文学创作抬高到安徒生或者是王尔德的位置，我只是想说，在谢华良的文学视域中，当童年世界与成人世界相撞时，就会迸发出迷人的色彩，但这色彩是纯朴的，没有过多的装修和伪饰，是一种天成的自在。

　　谢华良作品情感表达最充沛的地方，往往是作家对童年生活的一种刻骨铭心的爱，对自己儿时生活持续的理解与关照，与瑞典儿童文学作家林格伦的创造态度相似——"写给童年的自己"；而对当下儿童生活的观照，就有一种隔，拉开距离的审美，对儿童生活的姿势和表现是持续的温婉的"笑"，这"笑"后面是作家对当下儿童生活与自己儿时生活比照之后，流露出来的最深沉的祝福。即使是他作品中的成人，也是融入了儿童世界和成人世界之后的"第三世界"，这"第三世界"里的成人，都拥有了一种纯朴的性格。做教师出身的谢华良深深理解儿童成长的苦涩与困惑，他小说中的成人有鲜明的个性又有对儿童深刻的理解，尽管方式不同但殊途同归。

　　《奇怪不奇怪》写出了一对少年在成人世界的入口张望着、打量着、惊异着，成人世界人与人之间复杂的社会关系和每个人鲜明的个性"谜"一样地吸引着孩子们，在困惑和探寻中少年渐渐成长。这种生活如一幅画一样展开，所有的"奇怪"都充满了神奇的魅力，成长也就如诗如画了。小说极具现代性，没有大道理和高姿态的人为拔高，也没有给洁和"阎罗王"两个老师做出评判，而是写出了生活本来的朴实面貌。还有《麦子麦子》中省城报刊的主编郭老、洋钉的爸爸等成人，对儿童充满了理解和体贴。成人的多样性和丰富性同时存在于我们的生活中，任何一种以对儿童的理解和关爱为出发点的教育，都有其存在的现实性和合理性，这是当代儿童文学创作中最缺失的地方，也是谢华良小说最令人回味无穷的地方。

面对"死亡"这样残酷的话题，儿童文学作家一般不敢挑战，很多作家都在试图回避这一问题。谢华良却可以把"死亡"的残酷转化成亲情的感动。在小说《雪落无声》中，我感受到儿童文学界久违的贫苦家庭人与人之间温润的情感。谢华良写到的死亡，尽管是一系列的(父亲因车祸而死，爷爷因思念父亲而死)，但父亲死后，大家都瞒着奶奶，怕让她知道受不了丧子的打击，奶奶也装作若无其事的样子，直到18年后，奶奶临死前才流露出已经知道儿子死了，奶奶怕大家悲伤才装作那么乐观的。为了一个"爱"字，所有活着的人都在"制造幸福"地活着，作品反映出家庭的责任感以及人间的温暖与美好。

《生日快乐》也是涉及死亡的一篇小说。一场车祸打碎了一个家庭的幸福和美满，妈妈走了，家里只剩下父女俩，突然的打击使两个人如何生存下去呢？爸爸为了女儿，女儿为了爸爸，都埋藏了内心的悲伤，而是两个人在做一些约定："一年来，两人约好：彼此有保留秘密的权利，但有事要请假——如果一方不准假，请假无效；一年来，两人约好：快快乐乐地活，不许偷着哭——如果必须哭，两人要一起哭；一年来，两人约好：不轻易提到妈妈……"约定是约了，而且这约定是如何落实的呢？小说紧紧围绕过生日这个线索来展开，那么多具有生活原生态和质感的画面，让人读来感动落泪，作为爸爸老蓬同志和作为女儿的小蓬同学都在坚强着，隐着与忍着成为这部作品最饱满的感情，这一年的时间里，小蓬同学放学从没晚回来过，老蓬同志下班也只晚过一次——那次是单位开会，可那个会开得太长了，已经过了下班时间，领导还在兴致勃勃地讲，讲了一个事又讲了一个事，然后又想起一个事……天就渐渐黑了。老蓬走出会场，往家里打电话，向小蓬同学请假。作品结尾老蓬同志盯着小蓬同学看，两个人围着一个生日蛋糕，互相往脸上摸着奶油，一边抹一边嘿嘿笑，"蛋糕上的彩色小蜡烛在燃烧，火苗一闪一闪，像在一边舞蹈一边唱歌——嗯，那个大家都熟悉和喜欢的歌儿。"这笑中饱含着怎样强大的责任和担当，而火苗的闪烁更象征了父女俩爱的感动与坚强。

　　谢华良以自己纯朴的文风在中国儿童文学界耕耘了20年，而且是中国儿童文学从纯朴走向华丽的20年，从单一走向多元的20年，从保守走向开放的20年。从这"另类"的坚守里面，可以看出他对儿童世界与成人世界融合后的"第三世界"的准确把握，这是中国儿童文学当下需要提倡和坚守的一种有价值的美学方向。

（原载《吉林日报》2014年6月5日）

窦晶：一位闪闪发光的儿童文学作家

窦晶身处吉林，却是一个面向全国乃至世界的儿童文学作家，她的作品以幼儿文学居多。走进她的文学世界，会被她那种坚持童心童趣的创作所打动，她的笔在不动声色中，把地域文化色彩与儿童生命的梦幻与折光很巧妙地表达出来，是一个让读者眼前突然一亮的青年儿童文学作家。窦晶写了大量的童话、童谣、儿童诗和儿童小说，她的作品有《最美最美的新童话》《叽里咕噜搬运魔法》《六个小邋遢鬼》《爱的大口袋》《非常小姐弟》等，曾经获得冰心儿童文学新作奖、全国童谣大赛奖。

窦晶最有潜力和价值的作品应该是幼儿文学创作，代表作《非常小姐弟》是一部妙趣横生的幼儿系列成长故事。作品塑造了两个个性鲜明的儿童形象——吉米花和吉大力，还有一只调皮的小狗"吉星高照"，他们快乐地生活在中国北方的城市里。这两个小家伙好像是在中国幼儿文学天空中升起的两个充满生机的新星，富有儿童生命质感和童情童趣，又具有鲜明的时代特征。

当下，一些80后小夫妻已经有两个孩子了，作为独生子女的年轻父母，怎样分配他们的爱？小朋友怎样处理兄弟姐妹之间的关系？答案就藏在一个个童真童趣的小故事里。在弟弟吉大力的眼里，姐姐吉米花嘴馋、鬼主意多，还有点霸道；在姐姐吉米花眼里，弟弟吉大力胆小耍赖还爱打小报告。两个小姐弟满怀热情地饲养宠物，经过无数次失败之后，培养了热爱劳动和认真负责的精神。

停电的黑夜里，吉大力点上蜡烛，唱起了生日快乐歌，没有人过生日怎么办？吉大力说我们给黑天过生日吧，拿出两个光头饼当作黑天的生日蛋糕。给黑天过了一个隆重的生日之后，还开了一个"停电聚会"，爸爸、妈妈、姐姐和弟弟唱歌跳舞，一家人真是其乐融融。一次日常生活中的停电，被作者妙笔生花成一次精神和情感成长的重头戏，也许会成为吉大力和吉米花生活中最美的记忆，或许会被他们很快忘记，但是，给黑天过生日感恩的心会如雕塑般印在读者的心上，使人久久感动。可以说，有魔法的是作家的心灵而不是道具，从中可以看出窦晶的儿童文学观是对世界和生活的感恩，爱是一种无声而有力的语言。

窦晶塑造人物的成功之处在于儿童在环境中"艰难"地成长，许多在成人看来也许是搞笑的轻松小事，在幼儿那里有时候就是天大的事和天大的困难，而且战胜这些困难需要许多种办法、智慧及勇气。刚刚上学的吉大力遇到的最大的难题是什么呢？不是知识学不会，不是不会跟同学交流，更不是与老师沟通的问题，而是一切都要忍着，忍着上课不说话，忍着屎憋着尿，忍着肚子叽里咕噜叫不能吃东西，忍着摔倒了不能放声大哭，甚至忍住不能放屁，让刚刚上小学一年级的吉大力感到"长大可真不容易"。

控制自己真是太难了，难道人的一生不都是在控制自我和"忍"中过日子的吗？这种故事的底色既写出了人物性格，又通过文学的世界让小读者进行一次生活的体验和心灵的成长，让童年有了丰富的环境和"价值不菲"的痛苦磨砺。这是生命从自然性到社会性的一次艰难的生成和转变，更是儿童从自身生活中发出的绚丽光彩。如果没有儿童本位的儿童观，是无论如何也理解不了儿童成长过程中"痛并快乐"的真谛，那种困扰是许多畅销的儿童文学蔑视或没有发现的，那种从概念出发的写作的架空性，也就使儿童文学与儿童的心灵离得很远。

一个女作家在现实世界和不泯的童心之间建立起来一根纽带，达成多种联系，在这千条万缕的联系中，窦晶不忘记作为人最基本的、真理般的感受。她用儿童文学的眼睛点亮了世界也点亮了心灵，心灵与眼睛是童心的本质，这种温婉的美与幽默的智慧，也可以视为一种自我认同和生命力的象征。

作为曾经做过多年少儿节目编导的一位妈妈，窦晶多年与小朋友、老师、家长打交道，当她走进儿童文学世界，可以说是厚积薄发，好多作品水到渠成，灵感的浪花不断涌现，但是窦晶尽量控制自己的创作速度，均匀而富有节奏，让作品呈现出坚实美好的质感。

她的每一个小童谣和小童话都是她心灵的一次起飞，在秉持文学这种精神事业的时候，不断地超越自我，在幼儿的天空中进行单纯而深刻的精神和情感的"历险"，而这些"历险"过程中的城堡险滩和绝境不是高高在上的"玩具"世界，而是多变的现实生活环境本身。作品的读者对象尽管是年龄比较小的孩子，但是，孩子长大成人之后，也能从那一派天真中体悟到人生的真谛和情感的丰富，享受一种艺术精神的永恒魅力。

（原载《中国教育报》2015年6月8日）

吉林儿童文学的三朵蜡梅

　　我在做吉林省作家协会重点理论研究项目"东北儿童文学论"时发现，在东北儿童文学作家队伍中，无论是辽宁、吉林还是黑龙江，获得全国大奖的儿童文学中，以男性作家为主，如常新港、黑鹤、薛卫民、胡冬林、薛涛、刘东、常星儿等，他们创作质量之高影响之大已经撑起中国儿童文学半壁江山，上海江浙等南方地区以女性儿童文学作家为主，形成中国两种完全不同的创作品格。这次吉林儿童文学女作家窦晶、郝天晓和芷涵集体亮相，就像寒冬绽放的三朵蜡梅，让人眼前一亮。

　　窦晶的写作面向低龄儿童，写了大量的儿歌、儿童诗、儿童故事和儿童小说，《最美最美的新童话》《叽里咕噜搬运魔法》《六个小邋遢鬼》《爱的大口袋》等影响较大，曾获得冰心儿童文学新作奖、全国童谣大赛奖等，这次带来的《豆豆老师有魔法》（四册）和《豆豆老师科普童话屋系列》（三册），延续她以前清新明丽的风格，保持了积极旺盛的创作生命力，作品在人物描写、故事设计、儿童情趣、叙述节奏上，都是对自己以前创作的一次超越，放在中国低幼儿童文学创作中，也是难得一见的上乘之作。

　　郝天晓的写作对象以小学高年级和中学生为主，写了《矮子猫和胖脸兔》（三册）《飞猫侠》（四册）等十几部作品，曾经获得冰心儿童文学新作奖、"作家杯"第五届全国儿童文学新作奖等，这次带来的《鬼马女神捕》（上下），延续了她以前的创作风格，作品集幻想、探案、揭秘、历险、武打等于一体，塑造人物个性鲜明，故事情节曲折复杂，幻想天马行空，大胆神奇，中国文化元素摇曳多姿，叙述节奏酣畅淋漓，是个性饱满的中国原创幻想小说。

芷涵的写作以儿歌和儿童诗起家，她的儿童诗《小雨点的公交车》《抢月亮》《懂》《墙角的秘密》等充满儿童情趣，是童心的浪漫流淌。这次带来的陶小宝日记《我不再拖拉了》，是一部描写当下小学生校园生活的小说，以日记和故事相融合的形式，用第一人称叙述了陶小宝和他的同学在学校和家里丰富多彩的成长故事。

总体来看，这三位作家的创作带有鲜明的东北儿童文学特色：

第一，现实针对性强，都能够潜入儿童成长现场，做儿童生活的"同案犯"，都是以儿童为本位的作家。无论是以写实为主的芷涵的《我不再拖拉了》，还是以写幻想为主的郝天晓的《鬼马女神捕》，都能面对少年成长中的友情、亲情和师生情，把少年儿童成长的烦恼揭示出来，是面对儿童心灵的探索和关爱。窦晶的写作是潜入低年龄儿童成长的现场，发现孩子"长大可真不容易。"在《非常小姐弟》中，刚刚上小学一年级的吉大力感到控制自己真是太难了，连上厕所都得忍着。在《豆豆老师有魔法》中，豆豆老师是一个充满爱心、教学方法多样、因材施教、懂得孩子心理的漂亮女老师，还塑造了一群天真活泼、情感丰富、个性鲜明的孩子，他们都有成长中的烦恼，有写不完的作业、上不完的课后班、控制自己上课不能随便讲话、下课不能打打闹闹等，每一个人都有自己成长的伤痛，难道人的一生不都是在控制自我和"忍"中过日子的吗？窦晶敢于面对儿童成长中的"真"问题，并把这些孩子情感的层次性多角度地表达出来，这是作为一个儿童文学作家难得的艺术天赋。

第二，善于描写典型环境中的典型性格，这些人物形象以心胸开阔、性格豪放、乐观向上、快人快语、机智灵活、幽默有趣为主，形成了作品的人物群像，通过故事来写人物性格，真实可信，妙趣横生。窦晶的《豆豆老师有魔法》中，为了当上三好学生使用小伎俩的张大龙，劝说同学辛岩多投自己一票，答应当上三好学生妈妈买的奖品轮滑鞋让辛岩多玩，学校奖励的是一副羽毛球拍，结果，张大龙真的当上了三好学生，羽毛球和轮滑鞋两样奖品都成了辛岩多的"玩具"，偷鸡不成蚀把米，他内心非常不平衡，觉得不划算，不想跟辛岩多玩了，求他明年千万别再投票给自己了。这些妙趣横生的小故事，真实地反映了儿童的性格以及内心的丰富性复杂性。芷涵《我不再拖拉了》，写俄罗斯学生来学校交流时上美术课，大家都很拘谨，没有人敢当模特，陶小宝主动上台前当模特，自己设计思想者、狗刨式游泳等各种动作，一下子活跃了课堂气氛，大家都踊跃上台，用肢体语言沟通了两国孩子的情感。一群活泼有趣的淘气包子形象鲜活起来。郝天晓的《鬼马女神捕》中的蓝翎，是一个来到人间的灵界少女，个性豪爽，勇气可嘉，从不在困难面前低头，有时候也表现出小女孩的温柔贤淑、敏感多情。其他几个主要人物性格也鲜明有趣，带有福斯特《小说面面观》中"圆形人物"的一些色彩。

第三，语言是文学的寓所，这三位女作家的语言都非常明丽轻快，幽默机智，是用孩子的话在写孩子的心理和生活。书面语的诗情画意和口语的讲述性交叉运用，使得整个作品的语言风格摇曳多姿，极富感染力，耐人寻味。如果说南方女作家群是以抒情婉约的风格为主，这三朵北方的蜡梅以热情爽朗为主，前者关乎儿童的敏感忧郁的细腻情感，后者关乎儿童的生存困境以及"动如脱兔"的生命品格，前者文风绮丽繁复，后者简洁朴实大气，前者带给人浪漫唯美的想象，后者带给人鲜明生动的生活质感，尤其是中国儿童文学中少有的幽默，在这三位作家中都有明显的体现。窦晶的《豆豆老师有魔法》中，写了《班级有个都教授》，都小浩被老师称为都教授，这是一个雅号，上课时，同学丁家宜和他闹矛盾，豆豆老师希望都小浩做一个绅士。他自己安慰自己："好吧，暂时当个绅士也不会缺一块肉。"儿童心理妙不可言，"一块肉"的比喻把儿童的忍耐和清高惟妙惟肖地描绘出来，童心可鉴。而写关于生病的作文时，周小鱼的作文本写下："中耳炎、脑炎、肺炎、鼻炎"等等一系列，到底写哪一次病呢？让孩子犯难了。女生丁家宜生气的时候，杏眼圆睁，"嗖嗖嗖，眼里飞出无数把'小飞刀'"，把抽象的情感和情绪具象化形象化，特别是拟声词的运用，达到了集声音、画面与故事情节于一体的现代传媒效果，非常可圈可点，令人叫绝。而郝天晓滔滔不绝连绵不断的人物语言，正是现代中学生思维发达的一种外化，如《鬼马女神捕》中，蓝翎记得姬十四说的话："一个人的人生有多漂亮就在于他能把握多少个擦肩而过的机会"，这种带有青春少年叛逆的语言组合，增加了小说的思想性和哲理性。

总之，吉林儿童文学这三朵蜡梅花，各自在自己的创作领域内展示着自己的才华，也是她们创造力最旺盛的时期，希望能百尺竿头更进一步，尤其在当下中国儿童文学繁花似锦的年代，既要按捺住自己内心的浮躁情绪，又要抓住每一个擦肩而来的机会，以东北文化的博大胸襟，坚韧品格，撑起吉林儿童文学一片湛蓝的天空，也为中国儿童文学做一份功德无量的事业。

（原载《吉林日报》2016年12月16日）

后　记

　　《论儿童文学的诗性品质》是我的第五部理论书。第一部《多维视点下的儿童文学》收入儿童文学的评论，更多的是从儿童文化、儿童教育、儿童文学阅读和童书编辑出版的角度来考量儿童文学；第二部学术著作《论儿童文学的教育性》，是教育部人文社会科学基金结项成果；第三部评论集《儿童文学的情理世界——侯颖文论集》收录了少量的儿童文学论文；第四部《水往高处流》是关于东北儿童文学的作家作品论。这一部《论儿童文学的诗性品质》，是我从2006年到2016年所写的儿童文学理论以及评论等。

　　这部文集的大部分文章都在报纸杂志上发表过，但是，由于报纸和杂志登载篇幅限制，论文有很大的删减，这次出版基本保留了我写作的原貌，也是我儿童文学理论思考的即时状态。文集分为七辑，第一辑儿童文学理论，是对儿童文学整体现象的勘察，有些论文反映的情况已经与时下的创作出版情况有所变化，比如说，写于2004年并发表于2005年的《试论中国原创儿童文学的危机》，里面谈到的中国原创儿童文学在图书市场的占有率没有引进版图书的占有率大，经过十年的努力，情况已经大为改善，甚至原创儿童文学的文字书的市场占有率远远超过了引进版的儿童文学，同时，当时指出中国原创儿童文学深层危机随着时间的流逝依然存在，还有愈演愈烈的趋势。中国儿童文学最具有成就感的表现就是曹文轩获得了国际安徒生儿童文学大奖，这是中国儿童文学走向世界的一个标志。第二辑经典重读，一是对儿童文学史上有定评的作品进行重新解读，对叶圣陶的《稻草人》做了一次关于现代儿童文学观的重新评价；二是对文学史忽略的作家作品重新挖掘，萧红的儿童小说《手》一直被文学史家所忽视，我个人认为在中国儿童小说发展史上，有重要和深远的意义，这篇文章被许多文集收入和转载。第三辑为文体突围，对一些有跨文体特征的儿童文学作品进行分析，比如说英国作家麦考琳的《重返梦幻岛》是一次经典重述的创造性作品，董宏猷《一百个孩子的中国梦》和萧萍《沐阳上学记》都融合了小说、诗歌、散文等多种写法，具有儿童文学形式突围的美学意义，也是我近年来关注的一个创作现象。第四辑动物叙事，收录了我在完成国家社会科学基金项目"人类情理世界的潜文本——动物叙事论"的过程中，发表在报纸杂志上的论文，也是我最近五年的研究重点。第五辑图画书论，是我对图画书的一些评论文章，我持续关注中国原创图画书，尤其是对朱成梁、保冬妮等带有鲜明中国民族元素的图画书，对其创作风格和美学指向有所倾心，这方面的评论比较集中。第六辑评论现场，是国内的一些儿童文学热点作家作品的评论，也是对一些特殊创作现象的研究，比如，赵丽宏是成人文学作家，最近创作的儿童文学作品《童年河》和《渔童》有比较大的反响，这是对儿童文学疆域的拓展。第七辑为吉林省的儿童文学评论，对地域性比较强的儿童文学作家作品研究，因对创作背景和文化习俗比较熟悉，就一直在跟踪阅读，老一辈的儿童文学作家郭大森有十几篇关于他的评论文章，这一次只是收了一篇关于他童话创作的论文，还有谢华良我也写了几篇评论文章，一直关注他朴实无华带有乡土味的儿童小说创作。窦晶也是最近几年成长起来的吉林儿童文学作家，有旺盛的创作精力和非常好的作品刊发。还有许多儿童文学作家作品我一直想写评论，因为精力有限，还没有来得及。还有一些东北儿童文学作家已经写了专门评论，为避免重复，已经收入我的另一部关于东北儿童文学作家作品论的著作中。

儿童文学的诗性正义和美学空间的营造，一直是我关注的话题，随着自身阅历的增加，愈发感觉到儿童文学与儿童心性具有自洽性，儿童文学世界

中的正义、纯洁、美好和光明等力量，是我人生不断前行的动力。在近30年
的学习和研读儿童文学的过程中，我的一些浅见和看法得到了《人民日报》
《光明日报》《文艺报》《中华读书报》《中国新闻出版报》《吉林日报》
等报纸，以及《文艺争鸣》《当代作家评论》《当代文坛》等杂志的刊载，
特别是一些儿童文学作家、评论家、老师、朋友、亲友的鼓励，使我能够在
这片儿童文学的沃土上精耕细作，勤勉努力。但是，因为随着儿童文学创作
实践的复杂和儿童现实文化生活的丰富，儿童文学界涌现了越来越多的话题
等待深入研究，现在这部文集只是个人一点浅见，有不妥之处，恳请同行专
家学者批判指正。

　　最后，感谢北方妇女儿童出版社以及刘刚社长、师晓晖总编辑，得到了
这次出版机会，还要感谢东北师范大学校内社科培育项目的资助，本书才能
与广大读者见面。

东北师范大学儿童文学研究中心

2017年3月31日